Monika Felten
Die Königin der Schwerter

SERIE PIPER

Zu diesem Buch

Bei einer Auktion ersteigert die Journalistin Sandra Thorsen eine Affenskulptur mit mysteriösen Schriftzeichen. Noch ahnt sie nicht, dass sie damit eine unheimliche Macht zum Leben erweckt. Die Figur führt sie in das phantastische Reich Benize. Auf einer abenteuerlichen Reise durch eine Welt voller Dämonen verändert Sandra sich auf dramatische Weise: Immer mehr verliert sie sich in der Persönlichkeit der Priesterkönigin Zarife, die das Land Jahrhunderte zuvor beherrschte und in ein dunkles Zeitalter stürzte. Um Benize vor einem furchtbaren Schicksal zu bewahren, müssen Gegenspieler sich verbünden und Feinde zu Freunden werden …

Monika Felten, geboren 1965, begeisterte mit ihrer »Saga von Thale« auf Anhieb eine große Leserschaft. Der erste und der zweite Roman, »Elfenfeuer« und »Die Macht des Elfenfeuers«, wurden mit dem Deutschen Phantastik Preis ausgezeichnet. Das dreibändige Epos »Das Erbe der Runen« wurde ebenfalls ein großer Erfolg. Monika Felten lebt in der Holsteinischen Schweiz und zählt zu den erfolgreichsten deutschen Fantasy-Autorinnen. Weiteres zur Autorin: www.daserbederrunen.de und www.monikafelten.de

Monika Felten

DIE KÖNIGIN DER SCHWERTER

ROMAN

Piper München Zürich

Mehr über unsere Autoren und Bücher:
www.piper.de

Von Monika Felten liegen bei Piper vor:
Elfenfeuer. Die Saga von Thale 1
Die Macht des Elfenfeuers. Die Saga von Thale 2
Die Hüterin des Elfernfeuers. Die Saga von Thale 3
Die Nebelsängerin. Das Erbe der Runen 1
Die Feuerpriesterin. Das Erbe der Runen 2
Die Schattenweberin. Das Erbe der Runen 3
Die Königin der Schwerter

Ungekürzte Taschenbuchausgabe
Dezember 2008

Umschlagkonzeption: Büro Hamburg
Umschlaggestaltung: HildenDesign, München – www.hildendesign.de
Umschlagabbildung: Sarah Koning, Miami
Autorenfoto: Thorsten Eichhorst
Satz: Satz für Satz. Barbara Reischmann, Leutkirch
Papier: Munken Print von Arctic Paper Munkedals AB, Schweden
Druck und Bindung: CPI – Clausen & Bosse, Leck
Printed in Germany ISBN 978-3-492-26680-2

Den Weg, der vor dir liegt,
kennt keiner.
Nie ist ihn einer gegangen,
wie du ihn gehen wirst.
Es ist dein Weg.

Segensspruch der Hüterinnen von Benize

Prolog

Der Boden erbebte unter den rhythmischen Schlägen großer Kriegstrommeln. Das Klirren von Waffen und Rüstungen kündete von Tod und Verderben, während das Licht Tausender Fackeln den Himmel im Osten gleich einem mitternächtlichen Sonnenaufgang entflammte. Wie ein endloser, glühender Strom schoben sich die Truppen Torpaks durch die Täler des Hochlands, um sich von dort aus in die Ebene vor dem Weißen Tempel zu ergießen.

Zarife, die letzte Hohepriesterin Benizes, stand auf dem einzigen Wehrturm des Tempels und beobachtete, wie sich die Krieger unweit der Mauern zum Angriff formierten.

»Es sind … so viele.« Die Stimme der Novizin zu ihrer Linken bebte vor Furcht. »Glaubt Ihr, die Dashken werden rechtzeitig eintreffen?«

Zarife antwortete nicht. Sie wusste, es war keine Hilfe zu erwarten. Die Dashken, jene mächtigen Elementarwesen des Hochlands, die den Hohepriesterinnen des Weißen Tempels seit Jahrhunderten unerschütterlich zur Seite gestanden hatten, würden nicht kommen. Sie selbst hatte ihnen befohlen, nicht einzugreifen.

»Komm! Es ist Zeit.« Zarife zog sich das Gewand enger um den Körper und wandte sich um. Ein halbes Dutzend Raben, Wächter und Botenvögel der Priesterinnen, stiegen auf und flogen krächzend davon, als die beiden Frauen den Wehrturm verließen und die gewundene Treppe zum Innenhof des Tempels hinunterstiegen.

Die dreihundert Getreuen, die sich dort nahe dem heiligen Feuer versammelt hatten, senkten ehrfürchtig das Haupt. Die meisten von ihnen trugen den aschfarbenen, fein gewebten Umhang der Priesterinnen, wenige, viel zu wenige die Rüstung der Tempelwache.

»Herrin.« Oren, ein hünenhafter Schwertkämpfer mit schwarz tätowiertem Schädel, trat vor. Seine aufrechte Haltung kündete davon, dass ihm alle Furcht fremd war. Kraftvoll und entschlossen waren seine Bewegungen, als er die geballte Schwerthand zum Gruß gegen den Brustharnisch schlug, das Knie beugte und mit fester Stimme sagte: »Die Wachen des Tempels sind bereit, Euch mit ihrem Leben zu schützen.«

»Mögen die Götter mit euch sein.« Orens Heldenmut berührte Zarife. Er war ein Mann, auf dessen Schwert und Rat sie sich immer hatte verlassen können und der ihr wie kein anderer bedingungslos ergeben war. Sie wusste, dass sie ihm nichts vormachen konnte. Botenvögel hatten ihnen die Stärke der Angreifer verraten, ehe auch nur ein Krieger Torpaks den Fuß auf den heiligen Boden des Hochlands gesetzt hatte.

»Der Weiße Tempel ist keine Festung«, hatte er damals zu ihr gesagt. »Das große Tor wird nur von einem einzigen Balken gesichert. Die Mauern sind dünn und so niedrig, dass die Feinde sie schon im ersten Ansturm überrennen werden.« Er hatte ihr zur Flucht geraten. Sie aber hatte sich entschieden zu bleiben.

Zarife hatte den Gedanken noch nicht zu Ende geführt, da wurde es schlagartig still. Das Dröhnen der Trommeln verstummte, das Klirren der Waffen erstarb. Was blieb, war das leise Geräusch des Windes, der klagend durch die schmalen Lichtschlitze der umliegenden Gebäude fuhr.

Zarife erschauerte, wusste ihre Gefühle aber wohl zu verbergen.

Langsam ließ sie den Blick über die Gesichter der Umstehenden schweifen. Entschlossenheit und Ingrimm, banges Hoffen und Furcht schlugen ihr entgegen. Ob Krieger oder Lakai, Priesterin oder Novizin, in diesem letzten Innehalten vor dem Angriff verschwamm die straffe Rangordnung, die innerhalb des Tempels geherrscht hatte. Hier und jetzt waren sie alle gleich. Verlorene Seelen, die angesichts der gewaltigen Übermacht vor den Toren nur eines zu erwarten hatten: den Tod.

Zarife spürte, dass sie etwas sagen musste. »Meine getreuen Freunde«, hob sie mit fester Stimme an. »Die Stunde der Entscheidung ist nah. Die Krieger Torpaks sind uns dutzendfach überlegen. Sie werden nicht zögern, uns zu töten. Wir aber werden ihnen zeigen, dass wir zu kämpfen wissen, und ihnen beweisen, dass wir selbst im Angesicht des Todes nicht verleugnen, wofür wir gelebt und woran wir geglaubt haben. Möge der Geist Benizes überdauern.«

Niemand antwortete. Das Schweigen auf dem Platz lastete schwer, Zarife glaubte, es mit den Händen greifen zu können. Sie wusste, dass die Menschen mehr von ihr erwartet hatten. Doch was hätte sie ihnen sagen sollen? Sie hatte keine Furcht. Sie war bereit. Die anderen waren entbehrlich. Wie der Weiße Tempel gehörten auch sie schon jetzt der Vergangenheit an. Nutzloser Ballast, Anhänger einer Epoche, die sich unausweichlich dem Ende zuneigte. Nichts und niemand würde diesen Untergang aufhalten können.

Diese Schlacht war verloren, noch ehe sie begonnen hatte. Aber das war nicht das Ende. Ein dünnes Lächeln umspielte Zarifes Mundwinkel. Jene, die vor den Toren auf ihren Triumph warteten, ahnten nicht, was sie mit diesem Sieg heraufbeschworen. Erst die Zukunft würde zeigen, wie das Schicksal in dieser Nacht entschied.

Vor den Toren wurden Stimmen laut. Die Angreifer waren jetzt ganz nah. Sie forderten Zarife auf, herauszukommen und sich zu ergeben. Nur dann, so tönte es über die Mauern hinweg, würde man das Leben jener verschonen, die ihr gedient hatten.

Die Rufe verhallten unbeantwortet, das Tor des Tempels blieb verschlossen. Der Wind frischte auf und peitschte das heilige Feuer in die Höhe. Gierige Flammenzungen reckten sich nach den Priesterinnen, die ringsherum Aufstellung genommen hatten und in stummem wie verzweifeltem Gebet selbst versuchten, die Dashken anzurufen.

Zarife wusste, dass ihre Mühe vergebens war. Sie war die Herrin der Elemente. Sie allein hatte die Macht, den Dashken zu befehlen, und sie hatte entschieden. Hier waren die Letzten des einst so mächtigen Reiches von Benize versammelt. Dreihundert Seelen, verloren, verzweifelt und gemeinsam dem Untergang geweiht.

Als der erste Stoß des Rammbocks das Tor erschütterte, hielten die Priesterinnen entsetzt inne. Geschützt von den Wachen und einem Wald aus Speeren, wichen sie an die rückwärtige Mauer des Tempels zurück.

Schon erzitterte das Tor unter einem neuerlichen Schlag. Die Scharniere ächzten. Feiner Staub löste sich von den Wänden. Der dritte Stoß schließlich ließ das Holz bersten und trieb die eisenbewehrte Spitze des Rammbocks tief ins Herz des Tores.

»Speere bereit!« Oren hob den Arm.

Zarife hörte die Novizin neben sich aufkeuchen, sah die Schweißperlen auf den Gesichtern der Krieger und fühlte, wie auch ihr Herz sich vor Anspannung verkrampfte.

Unter lautem Bersten gab das Tor dem Ansturm der Angreifer

nach, und die ersten Krieger stürmten in den Innenhof. Vor den Mauern brandete Jubel auf.

»Speere vor!« Oren wirkte wie befreit. Das Schwert mit beiden Händen umklammernd, die Angreifer fest im Blick, stellte er sich vor den Ring der Verteidiger, als könne er es nicht erwarten, sich in den Kampf zu stürzen. Die stählerne Klinge blitzte im Fackelschein und fand sogleich ihr erstes Opfer in der Masse der Heranstürmenden. Blut tränkte den Boden, Schreie gellten durch die Nacht, als er das Schwert wie ein Berserker gegen den Pulk der Feinde führte.

Doch Oren allein konnte die Masse der Angreifer nicht aufhalten. Schon wurde überall gekämpft. Die Wachen des Weißen Tempels nahmen sich ein Beispiel an Oren und kämpften wie besessen. Für eine Weile hielten sie dem Ansturm stand, aber es war nur eine Frage der Zeit, bis die Kräfte sie verlassen würden.

Bald sah Zarife die Ersten sterben. Ein Junge in der Gewandung der Lakaien stürzte mit einem Pfeil in der Brust zu Boden. Gleich zwei Tempelwachen erlagen den Schwerthieben der Angreifer. An immer mehr Stellen brachen die Krieger aus Torpak durch und setzten ihr blutiges Werk an den wehrlosen Priesterinnen fort. Die Todesschreie der Frauen gellten durch die Nacht, und die Welt versank im Chaos.

»Herrin, rettet uns!« Eine Novizin kam angestolpert, umklammerte den Arm der Hohepriesterin mit beiden Händen und sank neben ihr auf die Knie. Ihr Haar war aufgelöst, das Gesicht von Furcht gezeichnet. »Herrin, bitte«, keuchte sie. »Ich flehe Euch an, ruft die Dashken, sonst sind wir verloren.«

»Närrin.« Zarife streifte die Hände der Novizin ab. »Die Dashken werden nicht kommen.«

Die Novizin starrte sie an. »Dann ... dann habt Ihr sie nicht ...?«, fragte sie fassungslos.

»Die Dashken sind zu wertvoll, um sie für *das* hier zu opfern«, erwiderte Zarife abfällig. »Sie werden nicht kommen. Sie wissen ja nicht einmal, was hier geschieht.«

1

»... ich freue mich, dass Sie heute Abend so zahlreich erschienen sind, um den Nachlass der Gräfin de Lyss in Augenschein zu nehmen, und hoffe, dass Sie ...« Der Mann oben auf dem Podium sprach so schnell, als fürchte er, die Gäste, die in dem großen Saal Platz genommen hatten, durch eine lange Rede zu vertreiben.

Sandra Thorsen saß etwas abseits und schmunzelte. Einen Bleistift in der Hand und den Notizblock auf den Knien, lauschte sie den Worten des Auktionators, dessen sterile Latexhandschuhe so gar nicht zu dem dunklen Maßanzug passen wollten.

Von »zahlreich« konnte nun wirklich nicht die Rede sein. Kaum zwanzig Personen hatten sich an diesem Nachmittag im großen Saal des Latinger Rathauses eingefunden, wo von Mitarbeitern des angesehenen Auktionshauses Thormälen & Murr eine Nachlassversteigerung durchgeführt wurde.

Mit größtmöglichem Abstand zu den anderen Besuchern hatten sich die Gäste auf die gut zweihundert Stühle verteilt, die man in Erwartung reichlicher Interessenten aufgestellt hatte – ganz so, als könne jeder der Anwesenden ein potenzieller Träger des heimtückischen Virus sein, dem die Gräfin de Lyss vor sechs Wochen zum Opfer gefallen sein sollte.

Wenn es denn überhaupt ein Virus gewesen war.

Sandra hatte da so ihre Zweifel. Immerhin hatte die Gräfin ein hohes Alter jenseits der achtzig erreicht, und wenn die genaue Todesursache auch noch nicht öffentlich bekannt war, so lag die Möglichkeit eines natürlichen Todes infolge Altersschwäche doch ziemlich nahe.

Dessen ungeachtet brodelte in der friedlichen Kleinstadt, in der die Gräfin zurückgezogen eine ansehnliche Villa bewohnt hatte, die Gerüchteküche. Eine Gemeindeschwester hatte die alte Dame eines Morgens tot im Bett vorgefunden und die Polizei gerufen. Die Beschreibungen des Anblicks, die tags darauf in verschiedenen Presseartikeln zu lesen waren, gingen von »friedlich schlafend« über »unnatürlich verrenkt« bis »grauenhaft entstellt.« Was davon der Wahrheit entsprach, war für Außenstehende kaum zu beurteilen, denn jene, die es wissen mussten, hüllten sich inzwischen in Schweigen.

Einige Hintergründe aus dem Leben der Gräfin, die, Spekulationen zufolge, durchaus im Zusammenhang mit ihrem plötzlichen Ableben stehen mochten, hatte der Lokalreporter des »Latinger Wochenblatts« kaum zehn Tage später in einem Artikel veröffentlicht. Nun wussten alle, dass die alte Dame hoch verschuldet war und ihr einziger noch lebender Verwandter, ein Galerist aus England, es entrüstet abgelehnt hatte, das Erbe anzutreten.

Um wenigstens einen Teil der Verbindlichkeiten zu begleichen, hatten die Schuldner schließlich das Auktionshaus Thormälen & Murr mit der Versteigerung des gesamten Inventars ihrer Villa beauftragt und diese durch großformatige Anzeigen in der lokalen und überregionalen Presse angekündigt.

Die Anzeigenkampagne war auf reges Interesse gestoßen. Sogar aus dem Ausland waren Anrufe gekommen, in denen sich Interessenten über die vorhandenen Antiquitäten informiert hatten. Das Augenmerk der Kunden galt dabei vor allem den Kunstgegenständen, die die Gräfin von ihren zahlreichen Reisen in den Orient und die entlegenen Wüstenregionen des Nahen Ostens mitgebracht hatte. Dabei handelte es sich zumeist um antike Schmuckstücke und aufwendig gearbeitete Gefäße sowie rituelle Artefakte und Skulpturen, über deren Verwendungszwecke der Laie nur Vermutungen anstellen konnte.

Im Stadtrat von Latingen hatte man der Auktion mit Spannung entgegengesehen, denn auch mit den Steuern war die Gräfin seit Jahren säumig gewesen. Dann aber war wie aus dem Nichts das Gerücht von dem Virus aufgetaucht, der die alte Dame dahingerafft haben sollte. Ein Erreger, hochansteckend und tödlich, der überall lauern konnte: nicht nur an den Kleidungsstücken der Gräfin, auch an dem Mobiliar der Villa und natürlich auch an den heißbegehrten Artefakten. Vermutlich war es nur der clevere Trick eines besonders gierigen Käufers. Aber die Gerüchte hatten sich rasch verbreitet und hielten sich noch immer hartnäckig – ein Umstand, der sich in den geringen Besucherzahlen der Auktion nur allzu deutlich widerspiegelte.

»... zweihundertsiebzig zum Ersten, zum Zweiten und ... Dreihundert! Dreihundert zum Ersten ... Höre ich mehr? ... Zum Zweiten und zum ...« Wumm! Der Hammer des Auktionators donnerte auf den kleinen Holzblock auf dem Stehpult. »... Dritten!«

Sandra rückte ihre randlose Brille zurecht und kritzelte eine Notiz auf das noch leere Karopapier. Nur dreihundert Euro für eine tönerne, mit Blattgold besetzte Figur aus dem 12. Jahrhundert, die vermutlich mehr als das Zehnfache wert war! Unwillkürlich kam ihr der Gedanke, dass an der Geschichte mit dem skrupellosen Sammler vielleicht doch etwas dran sein mochte. Andererseits sah die vornehm gekleidete Dame mit dem Fuchspelzkragen, die die Figur soeben erstanden hatte, nun wirklich nicht wie ein Strohmann aus. Sandra hatte mittlerweile einen Blick für so etwas. Als freie Redakteurin des »Stadtanzeigers« hatte sie schon über so manche Auktion berichtet. Im Stillen bedauerte sie, dass es nicht mehr so spektakuläre Versteigerungen wie diese gab, denn aufgrund der besonderen Umstände würde ihr Bericht diesmal fast eine ganze Seite im Stadtanzeiger bekommen. Die lange Reportage würde ihr gutes Geld einbringen, das sie dringend benötigte. Seit sie ihr Journalismusstudium begonnen hatte, war sie auf jeden zusätzlichen Cent angewiesen.

»... dieses schlichte, aber sehr gut erhaltene Exponat aus den Anden stammt vermutlich aus dem elften Jahrhundert. Es besitzt einen Steigbügelhenkel und wurde bei religiösen Zeremonien der Mochica als Spendengefäß für Trankopfer genutzt. Ein überaus seltenes Exemplar, das heute selbst für Museen nur noch schwer zu bekommen ist. Wir beginnen mit fünfhundert! Höre ich fünfhundert?«

Sandra verscheuchte den Gedanken an ihren schmalen Geldbeutel und wandte sich wieder dem Podium zu.

»Fünfhundert! Höre ich fünfhundert?«, fragte der Auktionator noch einmal.

Keiner der Anwesenden hob die Hand.

»Niemand fünfhundert?«

Schweigen.

Der Auktionator wartete noch ein paar Sekunden, bevor er die Tonfigur an seine Mitarbeiterin zurückgab.

Irgendwie tat er Sandra leid. Die zweifellos wertvollen Exponate hatten wahrlich ein größeres und kauflustigeres Publikum verdient. Während sie sich eine Notiz über die Kaufunlust des Publikums machte, hörte sie, wie er leise mit der Mitarbeiterin sprach. Sie blickte auf und sah, wie diese aus einer mit Holzwolle gefüllten Kiste eine etwa zwanzig Zentimeter hohe Skulptur in Form eines kauernden Affen hervorholte und auf das Pult stellte. Ein Raunen lief durch den Saal, und für den Bruchteil eines Augenblicks glaubte Sandra einen kühlen Windzug auf der Haut zu spüren, der sie frösteln ließ.

»Diese Affen-Skulptur ist wohl eines der ungewöhnlichsten Stücke aus dem Nachlass der Gräfin de Lyss«, verkündete der Auktionator mit routinierter Stimme. »Ohne Zweifel handelt es sich bei dem Exponat um eine überaus seltene Skulptur, die in der Kunstgeschichte ihresgleichen sucht. Nach den uns vorliegenden Informationen handelt es sich um ein Fundstück aus der zentralasiatischen Taklamakan-Wüste, das die Gräfin erst kürzlich erworben hat. Ich muss jedoch einschränken, dass die Sachverständigen sich nicht auf ein genaues Alter einigen und es auch keiner der bekannten Kulturen eindeutig zuordnen konnten. Einige schätzen die Skulptur auf etwa achthundert bis eintausend Jahre. Andere hingegen vertreten die Ansicht, dass es sich auch um eine hervorragende Fälschung aus jüngster Zeit handeln könnte. Sollten Sie sich für dieses Stück interessieren, bietet sich Ihnen nunmehr die einmalige Gelegenheit, ein unter Umständen wertvolles Exponat günstig zu erwerben, da wir auf Grund der widersprüchlichen Aussagen nur einen Mindestauktionspreis von einhundert Euro ansetzen konnten.«

Die Worte des Auktionators zogen an Sandra vorbei, ohne dass sie richtig zuhörte. Wie gebannt starrte sie auf die sandfarbene Tonfigur mit dem grimmigen Affengesicht. Sie liebte Affen über alles. In ihrer kleinen Wohnung tummelten sich an die hundert Stoffaffen; sie füllten Vitrinen, besetzten Regale und Fensterbänke und waren auch als Bildmotiv überall zu finden. Affenmotive auf Porzellan, auf der Bettwäsche, den Bildern und den Handtüchern. Wo immer Sandra einen Stoffaffen entdeckte, konnte sie einfach nicht widerstehen.

»Wenn du so weitermachst, wirst du noch mal einen Affen heiraten«, hatte ihre beste Freundin Manon erst vor Kurzem scherzhaft gesagt.

»Einhundert Euro! Höre ich einhundert Euro?«

Sandras Hand schoss samt Bleistift in die Höhe, als besäße sie ein Eigenleben. Der kauernde Affe hatte sie augenblicklich in Bann gezogen. Sie musste ihn haben.

»Einhundert zum Ersten ... Einhundert zum Zweiten ...«

Zu Sandras Überraschung schien sie die Einzige zu sein, die an der Skulptur Interesse hatte.

»... Einhundert zum Dritten!« Erst das harte Klacken des hölzernen Hammers machte ihr bewusst, dass sie gerade ein Großteil des Honorars, das sie für die Reportage erhalten würde, für eine nutzlose Affenfigur ausgegeben hatte.

Ach was. Kurz entschlossen fegte Sandra die trüben Gedanken beiseite. Eine solche Gelegenheit konnte sie sich einfach nicht entgehen lassen.

Als sie sich zwei Stunden später endlich mit der Kiste, in der die Affenskulptur ruhte, auf den Heimweg machte, wurde es schon dunkel. Über den Baumwipfeln stand die blasse Mondsichel. In den Zweigen einer Linde sang eine Amsel ihr Abendlied. Es war noch einmal kalt geworden. Auf den Dächern der parkenden Autos glitzerte Raureif, wie ein letztes Aufbäumen des Winters, den der Frühling schon fast vertrieben hatte. Fröstelnd schloss Sandra die Knöpfe ihrer Steppjacke, schlang sich den gestreiften Schal um den Hals und setzte ihre Strickmütze auf.

Wenn Manon jetzt hier wäre, würde sie vermutlich wieder lästern, dachte sie bei sich. Der gestrickte Schal und die gleichfarbige Mütze waren für sie »Jamaika Look« und absolut untragbar. Sandra kümmerte das wenig. Sie liebte Accessoires in knalligen Farben, und gerade jetzt passten sie wunderbar zu ihrer Stimmung. Sie freute sich über die gewonnene Auktion, auch wenn das Glücksgefühl nicht ungetrübt war. Es würde eine lange Nacht werden. Martina, die Chefredakteurin des Stadtanzeigers, erwartete ihre Reportage am frühen Morgen, und da sie nicht mehr richtig zugehört hatte, seit sie die Skulptur erworben hatte, würde sie wohl improvisieren müssen.

Die dunkle Gestalt, die sich wie aus dem Nichts kommend aus den Schatten auf der gegenüberliegenden Straßenseite löste und gespenstisch lautlos auf sie zuschoss, bemerkte Sandra erst im allerletzten Augenblick. Sie versuchte auszuweichen, aber es war zu spät. Ein ausgewachsener Spaniel sprang an ihr hoch und warf sich mit dem ganzen Gewicht seines Körpers gegen sie.

Sandra erschrak. Die Brille rutschte ihr von der Nase und die Holzkiste aus den Händen. Instinktiv fing sie die Brille auf. Die Holzkiste zerbarst krachend auf dem Asphalt. Schlagartig ließ der Hund von ihr ab. Seine ganze Aufmerksamkeit galt nun der Kiste, die er knurrend und zähnefletschend beschnupperte.

Sandras Herz raste. Mit fahrigen Bewegungen setzte sie die Brille wieder auf und starrte fassungslos auf das Gewirr aus geborstenem Sperrholz und die hervorquellende Holzwolle.

Der Affe!

»Entschuldigen Sie. Das ... das tut mir leid.« Ein dunkel gekleideter Mann mittleren Alters tauchte wie aus dem Nichts neben ihr auf, berührte sie leicht am Arm und schaute schuldbewusst auf die zerborstene Kiste herab. »Ich ... ich weiß auch nicht, was plötzlich in meinen Hund gefahren ist«, startete er einen hilflosen Erklärungsversuch. »Ich wollte ihn festhalten, aber er hat sich einfach losgerissen. Ist alles in Ordnung mit Ihnen? Es ist hoffentlich nichts kaputtgegangen?«

Der Spaniel schnüffelte weiter an den Überresten der Kiste und knurrte leise.

»Wie ... was?« Sandra war zutiefst verwirrt. Hilflos rang sie die Hände.

»Soll ich dies für Sie aufheben?«, fragte der Mann höflich. »Wenn etwas kaputtgegangen ist, ersetze ich Ihnen den Schaden selbstverständlich. Sie glauben ja nicht, wie unangenehm mir die ganze Sache ist. So etwas habe ich bei Atla noch nie erlebt. Er ist eine Seele von Hund. Gutmütig und ...«

»Danke, das geht schon.« Sandras Stimme bebte. »Nehmen Sie nur den ... den Hund da weg.«

»Ja, natürlich. Komm, Atla.« Der Mann fasste den Hund am Halsband, zog ihn ein paar Schritte von der Kiste fort und blieb stehen.

Sandra bückte sich und tastete in der Holzwolle nach der Skulptur.

Der Spaniel bellte warnend. Dabei stellte er sich immer wieder auf die Hinterbeine und versuchte, sich aus dem Griff des Mannes zu befreien. Der aber war darauf vorbereitet und hielt ihn fest.

Sandras tastende Finger berührten etwas Hartes. Für wenige Sekunden zögerte sie, dann nahm sie allen Mut zusammen und befreite den tönernen Affen aus der Holzwolle.

Er war unversehrt. Sandra fiel ein Stein vom Herzen.

Um sicherzugehen, dass der Affe nicht beschädigt war, hielt sie ihn in das Licht einer Straßenlaterne und betrachtete ihn prüfend von allen Seiten.

»Ah, Sie waren bei der Versteigerung.« Interessiert betrachtete der Mann die Skulptur. »Haben Sie den Affen dort erstanden?«

»Ja.«

»War viel los?«

»Nicht besonders.« Sandra bückte sich, um die Überreste der Kiste aufzuheben. Das Aufräumen half ihr, die Fassung wiederzufinden. Als sie sich aufrichtete, stand der Mann direkt hinter ihr.

»Darf ich ihn mir mal ansehen?«, fragte er und streckte fordernd die Hand aus.

»Nein.« Sandra fühlte sich bedroht, presste den Affen an sich und wich zurück.

Ich muss hier weg.

In der Nähe stand ein Abfalleimer. »Ich muss jetzt weiter.« Hastig wandte sie sich um und eilte darauf zu. Ihr Herz raste. Am liebsten wäre sie gelaufen, aber sie riss sich zusammen.

Es ist nur ein Mann, der mit seinem Hund spazieren geht, sagte sie sich in Gedanken, während sie die Überreste der Verpackung mit einer Hand in den Abfalleimer stopfte. Ich muss keine Angst haben, er ist nur ein Spaziergänger ...

... nur ein Spaziergänger. Wie gern hätte sie das geglaubt. Aber sie war schon immer ängstlich gewesen und neigte auf dunklen, einsamen Straßen gelegentlich zu Paranoia. So wie jetzt. Obwohl sie sich schon etliche Schritte von dem Mann entfernt hatte, glaubte sie noch immer seine Blicke im Nacken zu spüren. Atemlos hetzte sie weiter.

Als sie ein gutes Stück entfernt war, wagte sie einen vorsichtigen Blick zurück über die Schulter. Der Mann folgte ihr nicht. Er stand noch immer neben dem Mülleimer, tätschelte seinem Hund liebevoll den Kopf und schaute ihr nach.

Sandra schnappte nach Luft und lief schneller. *Fort, nur fort.*

Als sie sich das nächste Mal umdrehte, war die Straße wie leergefegt. Mann und Hund waren verschwunden. Es war, als hätte es sie niemals gegeben.

2

Aideen träumte von einem Fest, auf dem Hunderte Menschen ausgelassen im Schein eines gewaltigen Feuers tanzten. Die Flammen schossen knisternd in die Höhe und trugen winzige Funken hinauf, bis sie vor dem schwarzen Nachthimmel als goldene Sterne verglühten.

Aideen schaute ihnen nach und fühlte sich glücklich.

Du wandelst auf den Sternen ...

Das Bild verschwand, und sie sah einen Adler. Majestätisch zog er seine Kreise über grünen Hügeln und Seen, die im Sonnenlicht funkelten.

Das Land wird grün, wo immer du gehst ...

Der Flug des Adlers lockte Aideen, es selbst zu versuchen. Anmutig breitete sie ihre Traumschwingen aus und erhob sich in die Lüfte. Seen und Hügel verwoben sich mit den Feldern, auf denen das Korn reifte, zu einem bunten Flickenteppich in Gold, Grün und Blau, während sich weit im Süden das dunkle Band des Waldlands als schnurgerade Linie vor dem Horizont abzeichnete.

Niemals zuvor hatte Aideen sich so frei gefühlt wie in diesem Augenblick. Als sei sie selbst ein Adler, begann sie zu kreisen und folgte wie selbstverständlich dem König der Lüfte, als dieser nach Norden davonflog.

Im Norden erhebst du dich, wenn die Zeit gekommen ...

Der Flug führte sie tief ins Hochland hinein. Die Felder verschwanden, die Seen wurden seltener, während zwischen den grünen Hügeln immer häufiger graues Gestein und schroffe Felsen hervorschauten. Aideen lachte. Sie hätte ewig so weitergleiten können, doch der Flug fand ein jähes Ende, als der Adler sich auf den knorrigen Ästen einer Eiche niederließ, die ihre mächtige Krone mehr als fünf Mann hoch über einer Wiese ausbreitete. Aideen wollte nicht landen, aber sie hatte keine Macht über den Traum, der sie zwang, dem Adler zu folgen. So blieben ihr nur der stumme Protest und die Trauer über das Ende des herrlichen Flugs.

Flügelrauschen und Krächzen lenkten ihre Aufmerksamkeit auf

eine Schar von Raben, die sich ganz in der Nähe in der Baumkrone niederließ.

»Arkrra. Es ist ein großer Augenblick!«, schnarrte einer der Raben in unmittelbarer Nähe. »Krraja. Ein wahrlich großer Augenblick.«

»Gefunden! Sie wurde gefunden«, krächzte ein anderer, und dann riefen alle durcheinander: »Macht euch bereit! Macht euch bereit! Die wahre Herrscherin von Benize wird aus ihrem Schlaf erwachen. Die Zeit, die Zeit ist gekommen.«

... wenn die Zeit gekommen und die Raben sprechen!

Aideen fuhr so ruckartig aus dem Schlaf auf, dass es eine Weile dauerte, ehe sie sich ihrer Umgebung bewusst wurde. Ihr Bett, ein schlichter Holzrahmen, auf dem, von Lederriemen gehalten, wärmende Felle und gewebte Decken lagen, stand zusammen mit zwei anderen Betten in einer niedrigen Höhle. Durch drei faustgroße, kreisrunde Öffnungen in der Wand drang frische Luft und manchmal auch etwas Tageslicht herein. Doch das Felsgestein war dick und die Luftschächte lang und schmal, sodass auch am Tag immer eine Kerze in der Höhle brannte, um den drei jungen Frauen, die hier wohnten, Licht zu spenden.

Aideen blinzelte, drehte sich um und versuchte durch die Luftschächte einen Blick nach draußen zu werfen, konnte aber kein Tageslicht erkennen. Seufzend ließ sie sich auf die Felle zurücksinken, schloss die Augen und atmete tief durch, während sie versuchte, sich an den seltsamen Traum zu erinnern.

Du wandelst auf den Sternen.
Das Land wird grün, wo immer du gehst.
Im Norden erhebst du dich, wenn die Zeit gekommen
und die Raben sprechen.

Aideen murmelte die Sätze leise vor sich hin. Zunächst noch unsicher, dann mit immer festerer Stimme rezitierte sie die Worte der Prophezeiung, die ihr so sehr vertraut waren und die zu hören schon niemand mehr zu hoffen gewagt hatte.

Niemals zuvor hatte Aideen eine Vision empfangen, und doch gab es für sie keinen Zweifel daran, dass dies nicht einfach nur ein Traum gewesen war. Ihr Herz machte vor Freude einen Satz, als sie begriff, was das bedeutete: Die Gebete der Hüterinnen waren endlich erhört worden! Nun würde es nicht mehr lange dauern, bis die letzte Hohepriesterin von Benize von den Toten zurückkehrte, um das alte Reich neu erstarken zu lassen.

Aideen wusste, dass es ihre Pflicht war, ihrer Ausbilderin unverzüglich von dem Traum zu berichten, selbst wenn sie diese dafür wecken musste.

Und wenn sie mir nicht glaubt? Unschlüssig beobachtete Aideen die Flamme der erlöschenden Nachtkerze, die in dem kupfernen Halter ums Überleben kämpfte. Ich bin keine Seherin, warum sollte sie mir glauben?

Du wandelst auf den Sternen … Ein letztes Mal sprach sie leise die Worte, von denen es im Buch der Hüterinnen hieß, dass sie das neue Zeitalter einleiten würden. Sie dachte an das, was sie über die Prophezeiung wusste.

»Hütet euch!«, sollte Zarife, die letzte Hohepriesterin Benizes, kurz vor ihrem Tod dem Feind zugerufen haben. »Hütet euch, denn ich werde nicht ruhen, ehe gesühnt ist, was ihr mir angetan habt. Wenn die Raben sprechen, sollt ihr erzittern und in Furcht erstarren, denn dann ist der Tag der Rache nicht mehr fern.«

Und die Raben haben gesprochen – zu mir, dachte Aideen stolz. Unter den Hüterinnen gibt es genügend Frauen, die älter, erfahrener und gewiss auch weiser sind als ich. Sollen sie entscheiden, was zu tun ist.

Leise richtete sie sich auf und schlüpfte aus dem Bett. Fröstelnd entzündete sie eine neue Kerze und steckte sie in den Halter. Während sie sich ankleidete, ließ sie die beiden anderen jungen Novizinnen, mit denen sie den Schlafraum teilte, nicht aus den Augen.

Mel und Orla schliefen tief und fest, ihr Atem ging ruhig und regelmäßig. Sie schienen keine Vision empfangen zu haben. Aideen hatte nicht vor, sie zu wecken. Was sie erlebt hatte, ging die beiden nichts an – noch nicht.

»Was sagst du da?« Karadek, oberster Regent von Torpak, Präses des Waldlands und Souverän des Hochlands von Alt-Benize, setzte den Weinkelch so ruckartig auf die Tischplatte, dass sich ein Teil des roten

Saftes über das edle Holz ergoss. Auf seiner Stirn zeigte sich zwischen den buschigen Brauen eine steile Falte. »Wann?«

»Heute Nacht, Herr.« Der Junge in der rot-blauen Kluft der Dienstboten schaute den Herrscher kurz an, wandte den Blick aber sofort wieder dem Boden zu, als fürchte er, jeden Augenblick Opfer des Jähzorns zu werden, für den der Regent so gefürchtet war.

»Bei den schwarzen Pforten des Halvadal, warum erfahre ich das erst jetzt?«, fuhr Karadek den Pagen an, als trüge dieser die Schuld an der Verzögerung. Der Atem des Regenten ging schnell, sein Gesicht war vor Zorn gerötet. Mit einer ungehaltenen Bewegung griff er nach dem weißen Mundtuch, säuberte seinen Mund vom Wein und stand auf.

Obwohl früh ergraut und von unterdrücktem Kummer gezeichnet, hatte er nichts von der drakonischen Ausstrahlung verloren, die ihm in den fünfzehn Jahren seiner Regentschaft nicht nur Respekt und Ehrfurcht im Volk verschafft hatte. Seine aufbrausende Art, die oft zu vorschnellen und nicht immer weisen Entscheidungen führte, war im ganzen Land gefürchtet. Nicht wenige, die seinen Zorn geweckt hatten, hatten dies mit dem Leben bezahlt.

Die harte und oft grausame Hand, mit der er das Reich von Torpak aus regierte, hatte dazu geführt, dass sich immer mehr Menschen gegen ihn wandten. Viele schlossen sich den Rebellen an, die von jeher gegen die Herrschenden in Torpak kämpften. In der Zeit seiner Regentschaft waren sie zu einer ernst zu nehmenden Gefahr geworden, und obwohl die Garde schonungslos gegen sie vorging, schien ihre Zahl trotz der vielen Opfer stetig zu wachsen. Doch so hart wie Karadek regierte, war er auch gegen sich selbst. Als Rebellen vor Jahren seine Frau und seinen einzigen Sohn heimtückisch vergiftet hatten, hatte er öffentlich keine Schwäche gezeigt.

Niemand konnte mit Gewissheit sagen, ob es wirklich die Meuchler waren, deren gepfählte Körper eine Woche später auf dem Marktplatz von Torpak zur Schau gestellt worden waren. Die Warnung hingegen, die von den geschändeten Leichen ausgegangen war, war unmissverständlich: Wer Karadek herausforderte, war des Todes.

Doch damit nicht genug. Nur einen Tag nach der Totenfeier für die verstorbene Regentin und ihren Sohn hatte Karadek eine Hofdame zur Frau genommen, die ihm in den folgenden Jahren zwei Söhne und eine Tochter geboren hatte. »Mein Erbe wird weiterleben«, hatte er die Herolde im ganzen Land verkünden lassen und damit jene herausgefordert, die ihm und seinen Kindern nach dem Leben trachteten. Tatsächlich hatte es daraufhin noch eine ganze Reihe von Versuchen gegeben, Karadek selbst oder seine Kinder zu töten, die jedoch immer vereitelt werden konnten.

Karadek wusste diese gescheiterten Mordversuche wohl für sich zu nutzen. Die grausamen öffentlichen Hinrichtungen der vermeintlichen Meuchler hatten ihm noch mehr Einfluss und Macht verschafft. Und nachdem er jene Berater, die es gewagt hatten, seine barbarische Vorgehensweise anzuprangern, auf ähnlich grausame Weise beseitigt hatte, wagte es kaum noch jemand, sich gegen ihn zu erheben.

Vom Volk gefürchtet und von den Rebellen gehasst, regierte Karadek seither das Land mit eiserner Hand, und nichts, so schien es, würde daran etwas ändern können.

An diesem Morgen jedoch blitzte zum ersten Mal eine Spur von Sorge hinter der sorgsam errichteten Fassade aus Stolz, Gelassenheit und Härte auf. Zu ungeheuerlich, zu unglaublich war die Nachricht, die der Page ihm zutrug, wenngleich sie ihn nicht völlig unvorbereitet traf.

»Sprich!«, herrschte Karadek den Jungen an. »Warum wurde ich nicht früher davon unterrichtet?«

»Ich weiß es nicht, Herr«, murmelte der Page, den Blick fest auf seine Schuhspitzen geheftet. »Hauptmann Zoltan trug mir auf, Euch die Nachricht zu überbringen und Euch um eine Audienz für sich und den Aguren Odion zu bitten, sobald Ihr die morgendliche Speisung beendet habt.«

»Lauf hinaus und sage ihnen, sie sollen hereinkommen.«

Der Page nickte ernst, verneigte sich ehrerbietend und wollte gerade kehrtmachen, als Karadek noch einmal das Wort an ihn richtete: »Warte!«

Der Junge erblasste. »Ja, Herr?«

»Dir ist hoffentlich klar, dass niemand etwas von der Botschaft erfahren darf!«, ermahnte Karadek ihn in gefährlich ruhigem Ton.

»Ja, Herr.«

»Gut.« Karadek verzog keine Miene. »Dann hoffe ich für dich, dass es sich auch so verhält, bis ich die Worte offiziell verlauten lasse – verstanden?«

Der Page schluckte. »Ja, Herr.« Seine Stimme war kaum mehr als ein Flüstern.

Karadek schien zufrieden. »Geh jetzt.«

Das ließ sich der Page nicht zweimal sagen. Mit schnellen Schritten erreichte er die Tür und öffnete sie. »Der ehrenwerte Regent erwartet euch«, stieß er atemlos an jene gewandt hervor, die in der Dunkelheit des langen Flurs gewartet hatten. Dann trat er zur Seite, um die beiden Männer einzulassen. Der erste war ein hochgewachsener Kämpe mit kurzem schwarzem Haar und kleinen, eng zusammenstehenden Augen. Er trug einen schwarzen Umhang und den in Purpur und Schwarz gehaltenen Waffenrock der Garde, auf dessen ledernem Bruststhild mit dem schwarzen Stierkopf das Wappen Torpaks prangte. Der andere war ein kleiner, gedrungener Mann fortgeschrittenen Alters mit Hakennase und dunklen Ringen unter den tief liegenden Augen. Seine blasse Haut ließ darauf schließen, dass er die Sonne nur selten zu Gesicht bekam. Das schüttere Haar hatte die Farbe des Morgennebels und hing ihm in fettigen Strähnen bis auf die Schultern herab. Seine Gewandung war schlicht: Wie alle Auguren war er in eine nachtblaue Kutte mit weiter Kapuze gehüllt, die in der Taille von einer Kordel gehalten wurde. Beide gehörten zu Karadeks engsten Beratern.

»Odion! Zoltan!« Mit einer fließend-kraftvollen Bewegung erhob sich der Herrscher und eilte auf die beiden zu.

»Karadek!« Zoltan salutierte, während Odion zum Gruß nur schweigend das Haupt senkte. »Wir haben wichtige Neuigkeiten.« Der Hauptmann wollte noch etwas hinzufügen, wartete jedoch, bis der Page die Tür geschlossen hatte, und sagte dann: »Die Prophezeiung von der Rückkehr der Hohepriesterin wird sich schon bald erfüllen.«

Wenig später saßen sich die Männer an einem schweren Eichentisch gegenüber und berieten.

»Gibt es Nachricht von den Spähern?«, erkundigte sich Karadek. »Wenn einer der Simions den Kelch gefunden hat, muss es auch einer der Späher bemerkt haben.«

»Ich habe Kunde von drei Simions, die weitergewandert sind«, berichtete Zoltan. »Die Späher sind aufmerksam, aber noch haben sie nicht feststellen können, welcher der drei erfolgreich war.«

»Drei?« Karadek fuhr sich mit der Hand nachdenklich über das Kinn. »Das ist keine gute Nachricht.«

»Die Späher wachen Tag und Nacht«, versicherte Zoltan. »Sie werden die Simions nicht mehr aus den Augen lassen, bis wir sicher sein können, wer es ist.«

»Warum töten wir nicht alle, die einen Simion besitzen?«, warf Odion mit heiserer Stimme ein. »Einer oder drei, was spielt das für eine Rolle, wenn es dazu dient, das Schlimmste zu verhindern?«

»Du vergisst, wo sich die Späher aufhalten.« Zoltan schüttelte den Kopf. »Sie können die Simions zerstören – nicht aber deren Besitzer töten. Wir haben schon zu viele Späher verloren und dürfen kein Wagnis eingehen.«

»Darf ich dich daran erinnern, dass die Suche inzwischen ein Ende gefunden hat?«, fragte Odion kühl. »Einer der Simions hat Zarife gefunden und damit sein Ziel erreicht. Wenn wir nicht eingreifen, wird er die Hohepriesterin schon bald nach Benize zurückführen.«

»Odion hat recht«, mischte sich Karadek in das Gespräch. »Wir müssen handeln. Gebt den Spähern den Befehl, die drei zu töten, so wie es schon einmal geschehen ist. Ich weiß, dass es kein Sieg ist, aber es verschafft uns zumindest einen Aufschub.«

»Der Mord an der Weberin liegt fast zweihundert Jahre zurück«, gab Zoltan zu bedenken. »Vieles ist geschehen, seit die Väter unserer Vaterväter Zarifes Rückkehr erfolgreich vereitelten. Die Welt dort ist nicht wie die unsere. Wenn es stimmt, was die Späher berichten, verfügen die Menschen über geradezu magische Mittel, um einen Mord aufzuklären. Sie würden unsere Späher finden und gefangen nehmen. Ich wage nicht, daran zu denken, was daraus alles erwachsen könnte.« Er holte Atem und sagte dann: »Und es gibt noch einen anderen Grund, vorsichtig zu sein. Ich muss euch nicht darauf hinweisen, dass die Anzahl der Tore in den letzten Jahrzehnten stark gesunken ist. Sei es gezielt durch die Anhänger Zarifes oder unwissend durch die Menschen auf der anderen Seite. Wir können es nicht riskieren, auch die letzten beiden durch unbedachtes Handeln zu verlieren.«

»Es gibt immer noch das Tor, durch welches die Simions in das

Land gelangen«, gab Odion zu bedenken. »Wird nur der Simion zerstört, werden sie Zarife einen neuen schicken, der sie leitet. Damit lösen wir das Problem nicht, wir schieben es nur auf...« Er verstummte, maß Zoltan mit einem spöttischen Blick und fügte gedehnt hinzu: »Es sei denn, wir zerstören auch das Tor, durch das die Hüterinnen sie schicken.«

Zoltan erwiderte den Blick, sagte aber nichts. Jeder in Torpak wusste, dass seine Garde seit vielen Jahrzehnten vergeblich versuchte, das geheime Tor im Hochland zu finden. Ein Unterfangen, das schon viele mutige Männer das Leben gekostet hatte. Er ließ sich von Odion jedoch nicht provozieren und tat, als hätte er den Vorwurf nicht gehört. Odion wartete eine Weile und sagte dann: »Nun, wie auch immer, ich halte es nach wie vor für das Einfachste, die Besitzer der drei Simions zu töten.«

»Kommt nicht in Frage.« Zoltan verschränkte die Arme vor der Brust. »Die Späher sind gute Männer. Sie wissen, wo die Simions sind. Ich bin sicher, es wird ihnen gelingen, die Skulpturen zu zerstören, ehe Zarife das Tor findet.«

»Dennoch dürfen wir nicht den Fehler machen, die Lage hier im Land zu unterschätzen«, wandte Karadek ein. »Wir müssen die Patrouillen an der Grenze zum Hochland verstärken und unverzüglich Truppen in den Norden entsenden. Die Rebellen werden gewiss von der baldigen Rückkehr Zarifes erfahren haben und sich zum Kampf rüsten. Es steht zu befürchten, dass sie sich zusammenrotten, um Zarife bei ihrem Rachefeldzug beizustehen und Benize zur alten Macht zu verhelfen. Wenn sie sich erst mal formiert haben, werden sie auch losschlagen – mit oder ohne Zarife.« Er verstummte und hob nachdenklich die Hand ans Kinn. »Was sagen die Sterne?«, richtete er das Wort an den Auguren. »Wird es Krieg geben?«

»Ehrwürdiger Karadek, Ihr wisst so gut wie ich, dass die Sterne schon lange von dem bevorstehenden Wandel künden«, sagte Odion in dem ihm eigenen, heiseren Flüsterton. »Der Stier nähert sich dem Zeichen der Königin. Eine seltene Konstellation, die Anlass zu größter Sorge gibt. Die Prophezeiung hat sich erfüllt, daran gibt es keinen Zweifel. Zarifes Seele hat einen Weg gefunden, in diese Welt zurückzukehren. Sie ist voller Hass und wird nicht zögern, blutige Rache zu nehmen.« Ein Schatten huschte über sein Gesicht, und es wirkte wie das Antlitz des Todes, als er hinzufügte: »Dies ist der Augenblick, den schon unsere Väter und Vorväter gefürchtet haben. Unsere Aufgabe ist es, das Schlimmste zu verhindern.«

Die alte Frau saß allein am Herdfeuer und beobachtete, wie die Dunkelheit in der Hütte dem ersten Grau des Tages wich. Die Nacht war kalt gewesen, zu kalt für die Jahreszeit. Der frühe Frost war ein Vorbote des Winters, dessen eisiger Atem das Waldland in dieser Nacht gestreift hatte.

Die Alte seufzte und strich sich mit hageren Fingern eine Strähne ihres schütteren grauen Haars aus dem Gesicht. Das Feuer vor ihr war fast heruntergebrannt. Mit einer Mischung aus Hoffnung und düsterer Vorahnung starrte sie in die Glut, ehe sie den krummen Rücken beugte, um dem Feuer mit einem trockenen Scheit neue Nahrung zu geben. Funken stoben, doch die Alte beachtete sie nicht. Sie hatte nur wenig geschlafen und glaubte die Last der Jahre doppelt schwer auf ihren Schultern zu spüren.

In der Nacht hatten die Raben gesprochen. Endlich hatte sie die lang ersehnte Vision empfangen, die die Rückkehr der Hohepriesterin Zarife ankündigte. Am Vorabend ihres Lebens war ihr die Gnade zuteil geworden, erleben zu dürfen, dass sich die Prophezeiung erfüllte, in die so viele Menschen ihre Hoffnung setzten. Es war eine Ehre, aber auch eine große Verantwortung.

Ermattet schloss sie die Augen. Während sie in die Stille lauschte, glaubte sie, in der Ferne Schreie und Waffenklirren zu hören, während ein leichter Windzug ihr den metallischen Geruch von Blut zutrug. Erschauernd öffnete sie die Augen, wohl wissend, dass das Ringen um die Macht begonnen hatte. Hunderte, vielleicht sogar Tausende würden den Frühling nicht mehr erleben, denn ihr Blut würde den Schnee im Hochland rot färben. Die Alte zögerte. In ihren Augen funkelten Tränen, als sie den Kopf hob und den Blick in die Ferne richtete. Der Gedanke, eine Mitschuld am Tod von so vielen unschuldigen Seelen zu tragen, war ihr unerträglich. Dennoch wusste sie tief in sich, dass es keinen anderen Weg gab. Sie musste die Botschaft weitergeben. Den Aufrührern die Kunde zu verschweigen, würde bedeuten, dem verhassten Tyrannen die Macht zu überlassen, denn ohne die

Hilfe der Rebellen würde Zarife scheitern, bevor ihre Heimkehr überhaupt begonnen hatte.

Mit steifen Beinen erhob sich die Alte, griff nach dem Stock und schlurfte ins Freie. Vor der Tür hielt sie inne, begrüßte den Tag mit einem stummen Gebet und schaute zum Dachfirst hinauf, wo sich an diesem Morgen mehr als zwei Dutzend schneeweiße Tauben gurrend aneinander drängten und neugierig zu ihr herunterschauten.

Sie wissen es, schoss es ihr durch den Kopf. Sie spüren die Veränderung in der Sphäre und die Kräfte, die sich regen. »So sei es denn.« Mit zitternden Fingern löste sie das Kräutermesser von ihrem Gürtel und rief die Tauben mit einem gurrenden Laut zu sich. Ein rascher Schnitt über ihre Fingerkuppe ließ dunkelrotes Blut aus der Wunde hervorquellen. Blut, mit dem sie das weiße Kopfgefieder der Tauben rot färbte. Die blutigen Köpfe waren das vereinbarte Zeichen dafür, dass sich die Prophezeiung erfüllt hatte. Die Rebellen würden wissen, was zu tun war. Die Alte zweifelte nicht daran, dass sie das Heer in nur wenigen Tagen zusammenrufen konnten. Nacheinander nahm sie die Tauben zur Hand, raunte ihnen einen Namen zu und warf sie hoch in die Lüfte, wo sie nach einigem Kreisen in alle Himmelsrichtungen davonflogen.

3

Stolpernd und keuchend floh Sandra durch den nächtlichen Wald. Es war kalt. Ihr Atem dampfte. Irgendwo hinter sich hörte sie Äste und Zweige bersten. Der Boden erzitterte unter schweren Schritten.

Er kam.

Sie wollte schneller laufen, doch der Boden verwandelte sich jäh in einen zähen schwarzen Morast, der ihre Füße bis zu den Knöcheln verschlang. Fluchend versuchte sie sich zu befreien. Aber was sie auch tat, es führte nur dazu, dass sie noch tiefer einsank. Panik stieg in ihr auf. Ihr Herz raste. Doch sie gab nicht auf. Erst als der massige Körper ihres Verfolgers aus dem Dunkel zwischen den Bäumen auftauchte, hielt sie inne. Todesfurcht schnürte ihr die Kehle zu, als sie den Kopf hob und auf das Dickicht starrte, aus dem in diesem Augenblick ein riesenhafter Affe ins Mondlicht trat …

Sandra erwachte mit einem Schrei. Die Augen weit geöffnet, richtete sie sich in ihrem Bett auf und blickte sich gehetzt um.

Draußen schien die Sonne und schickte einen hellen Lichtstreifen an den Jalousien vorbei auf ihre Bettdecke. Dennoch dauerte es eine ganze Weile, bis sie begriff, dass Morast und Dunkelheit nur ein Traum gewesen waren.

... nur ein Traum. Ein Albtraum.

Seufzend ließ sie sich in die Kissen sinken, schloss die Augen und wartete darauf, dass ihr Herzschlag sich beruhigte.

Die seltsame Versteigerung, die Gerüchte um den Tod der Gräfin, der Erwerb der Affenstatue und die merkwürdigen Ereignisse auf dem Heimweg hatten offensichtlich Spuren in ihrem Unterbewusstsein hinterlassen. Und was sollte auch anderes dabei herauskommen, wenn man bis weit nach Mitternacht an einem Artikel arbeitete, der spektakulär, mystisch und gruselig zugleich sein sollte.

Sandra setzte die Brille auf und drehte sich so, dass sie den Affen sehen konnte. Bei Tageslicht wirkte er längst nicht so finster wie noch in der vergangenen Nacht. Nun gut, besonders hübsch war er nicht. Zu klobig, zu unförmig, zu wenig affig. Eigentlich war er nichts, das man unbedingt besitzen musste. Und trotzdem ...

Sandra schlug die Decke zurück, schwang sich aus dem Bett und ging zum Schreibtisch, wo sie die Skulptur am Abend abgestellt hatte. »Was um alles in der Welt hat mich dazu bewogen, dich zu kaufen?«, murmelte sie kopfschüttelnd. Nüchtern betrachtet, war die Skulptur ein glatter Fehlkauf. Sie sammelte Plüschaffen und keine antiken Kunstgegenstände, die nur entfernt Ähnlichkeit mit Primaten hatten. »Ich muss verrückt gewesen sein, einhundert Euro für dich auszugeben.«

Aber für Reue war es zu spät. Während sie sich noch über ihre eigene Dummheit ärgerte, ging sie zum Fenster und öffnete die Jalousien. Das dünne Metall scharrte leise.

Hilf mir!

Sandra hielt mitten in der Bewegung inne und lauschte. Hatte da nicht gerade jemand gerufen? Sie horchte, aber das Rufen wiederholte sich nicht. »War wohl nix«, murmelte sie schulterzuckend und überlegte, dass es vermutlich das Scharren der Jalousie gewesen war, das sich wie ein Ruf angehört hatte.

Fünf Minuten später lief der Kaffee gluckernd in die Kanne und verströmte ein köstliches Aroma. Sandra goss sich ihre Tasse halbvoll und gab einen großen Schuss Milch dazu. Mit der Tasse in der Hand ging sie zum Schreibtisch und schaltete den Laptop ein, um nachzusehen, ob ihre Chefin die Reportage angenommen hatte.

Die Mailbox war leer.

»Na toll.« Sandra legte die Füße auf den Tisch, trank ihren Kaffee und surfte nebenbei im Internet. Es ist doch immer das Gleiche, dachte sie, während sie sich den Wetterbericht für das Wochenende ansah. Ich hetze mich ab, und dann hat es doch noch Zeit bis Montag. Ohne echtes Interesse überflog sie die Online-Nachrichten.

»Großfeuer in Papierfabrik«, stand dort als Titelthema zu lesen. »In der Nacht zum Samstag hat ein Großfeuer die Lagerhalle einer Papierfabrik in der Nähe von Settensen fast völlig zerstört. Zwanzig Löschzüge waren im Einsatz, denen es erst in den frühen Morgenstunden gelang, den Brand unter Kontrolle zu bringen …«

Sandra klickte auf den Link »Foto-Serie zum Großfeuer«. Die Redakteure hatten zwölf Fotos aus der Brandnacht ins Netz gestellt, die alle sehr eindrucksvoll ein Bild des Infernos zeichneten. Immer wieder war das brennende Gebäude zu sehen, aus dessen Dach lodernde Flammen fast zwanzig Meter hoch in den Nachthimmel schossen und ihn in einem feurigen Rot erstrahlen ließen …

… Brandgeruch erfüllte die Luft, und das Bersten von Dachbalken kündete von einer Zerstörung, die vollkommener nicht hätte sein können. Niemand kam, um zu helfen, kein Wasser ergoss sich auf die gefräßigen Flammen, die erst dann erlöschen würden, wenn auch das letzte Stück Holz zu Asche zerfallen war.

Fassungslos starrte sie auf das Bild der Verwüstung. Der Anblick der brennenden Gebäude weckte in ihr einen tiefen Schmerz und etwas, das noch mächtiger war: Zorn! Hier brannte nicht irgendein Haus, hier wurde etwas zerstört, dem sie sich tief verbunden fühlte. Wie von geisterhaften Schwingen getragen, glitt sie näher heran und schwebte durch die Rauchschwaden. Sie ahnte, dass etwas Schreckliches sie erwartete, und wehrte sich dagegen. Sie wollte es nicht sehen. Aber sie war zu schwach. Etwas hatte von ihr Besitz ergriffen und zwang sie weiter voran. Über die Mauern hinweg zu einem freien Platz in der Mitte, wo von einem schwelenden Haufen aus Asche und bleichen Gebeinen ein bestialischer Gestank ausging …

Sandra hustete und würgte. Hastig stellte sie die Kaffeetasse ab, um den Inhalt nicht zu verschütten, und gab dem Hustenreiz nach. Da klingelte es an der Tür.

»Moment!« Keuchend schleppte sie sich zur Tür und öffnete.

»Was ist denn mit dir los?« Manon, ihre beste Freundin, stand im Treppenhaus und schaute sie bestürzt an.

»Es ... es geht schon wieder.« Sandra hustete erneut und schloss die Tür. Tatsächlich ließ der Husten langsam nach.

»Dann ist ja gut.« Manon ging ins Wohnzimmer und machte es sich wie immer auf der Couch bequem. Sie war so oft bei Sandra zu Besuch, dass sie sich in deren Wohnung wie zu Hause fühlte. »Ist Ivana schon da?«, fragte sie.

»Ivana?!« Sandra schlug sich mit der Hand vor die Stirn. »Stimmt ja. Wir wollten heute zusammen joggen. Mann, das hab ich total vergessen. War ziemlich spät gestern Abend.«

»Die Versteigerung?«

»Hm.« Sandra nickte. »Und das Tippen danach.«

»He, der ist doch neu!« Manon hatte den Affen entdeckt. Neugierig stand sie auf und nahm ihn in die Hand. »Also, hübsch ist der aber nicht gerade«, urteilte sie.

»War ein Schnäppchen.« Irgendwie hatte Sandra das Gefühl, sich für den Kauf rechtfertigen zu müssen. »Ein antikes Fundstück aus der Taklamakan-Wüste.«

»Hast du den gestern etwa ersteigert?«, fragte Manon. Die Muskeln in ihrem Gesicht zuckten. Hastiger als nötig stellte sie den Affen zurück auf den Tisch und wischte sich die Hände an ihrer Jogginghose ab.

Sandra schüttelte belustigt den Kopf. »Du glaubst doch nicht etwa den Blödsinn, der in der Zeitung stand?«

»Sicher ist sicher.« Manon warf dem Affen einen misstrauischen Blick zu. »Der ist mir nicht geheuer. Er guckt so grimmig.«

»Also, ich finde ihn gelungen.« Sandra ging zum Schreibtisch und nahm den Affen in den Arm.

»Als Hobby-Affenmutti musst du es ja wissen.« Manon ließ den Blick durch den Raum schweifen. »Trotzdem, irgendwie passt er nicht zu deiner Bande.«

»Du hast aber auch an allem, was ich gut finde, etwas auszusetzen.« Sandra runzelte die Stirn, verkniff sich jedoch eine schärfere Bemerkung. Sie wollte sich nicht mit Manon streiten und stellte den Affen kurzerhand neben einer Gruppe Plüschaffen auf ein Regal. Dann setzte sie sich auf den Couchtisch und trank einen großen Schluck Kaffee. Er war schon fast kalt, aber das störte sie nicht.

»Möchtest du auch einen?«, fragte sie Manon. »Ich setze noch welchen auf.«

»Kaffee? Ich?« Manon schaute Sandra an, als zweifle sie an deren Verstand. »Aber ich trinke doch seit Silvester keinen Kaffee mehr.«

»Ach ja, klar. Keinen Kaffee.« Sandra ahnte, dass ihr Lächeln dämlich aussehen musste. »Entschuldige. Ich ... ich bin wirklich noch nicht ganz wach. Es ist wohl das Beste, wenn ich mich jetzt umziehe.« Sie nahm ein Haargummi vom Tisch und band ihre schulterlangen, dunkelbraunen Haare zu einem Pferdeschwanz zusammen. »Frische Luft tut mir sicher gut.«

»Das glaube ich auch. Wo Ivana nur bleibt?« Manon schaute auf die Uhr und runzelte die Stirn. »Wenn sie in fünf Minuten nicht da ist, laufen wir allein«, entschied sie. »Sonst kommen wir heute gar nicht mehr los.«

Zwei Stunden später saßen Manon und Sandra nach einer langen Joggingrunde um den Latinger See wieder auf dem Sofa in Sandras Wohnung und nippten an einem Cocktail.

»Blöd, dass Ivana uns versetzt hat«, meinte Sandra. »Das hat sie noch nie getan.«

»Sie hätte wenigstens anrufen können«, pflichtete Manon ihr bei und prostete Sandra zu. »Sie weiß gar nicht, was sie verpasst hat.« In diesem Augenblick klingelte es an der Tür. »Ups, wenn man vom Teufel spricht ...« Manon grinste.

Sandra stand auf, um zu öffnen. Draußen wartete Ivana. Die zwanzigjährige Ungarin war Sandras Kommilitonin und seit zwei Jahren mit Sandra und Manon befreundet.

»*Szia*, Sandra. *Szia*, Manon. Entschuldigt, dass ich mich verspätet habe«, sagte sie. »Ich wäre heute wirklich gern mit euch gelaufen, aber wir haben einen Trauerfall in der Familie. Da ging zu Hause alles drunter und drüber.« Sie zwängte sich an Sandra vorbei und ging ins Wohnzimmer. »Oh, ein Midday Power.« Ivana seufzte und warf einen sehnsüchtigen Blick auf die Vitamincocktails ihrer Freundinnen. »Den könnte ich nach all dem Stress auch gut gebrauchen.«

»Kein Problem, ich mach dir einen.« Sandra ging in die Küche.

»Wer ist denn verstorben?«, wollte Manon wissen.

»Meine Oma in Ungarn.«

»Ach, das tut mir leid.«

»Ich habe sie kaum gekannt«, meinte Ivana. »Sie war alt und lebte schon lange in einem Heim. Wir wussten, dass sie bald sterben würde, daher kam ihr Tod für uns nicht überraschend, aber meine Mutter ist natürlich sehr traurig. Übermorgen soll ich mit ihr nach Ungarn fliegen und dort alles regeln.« Sie seufzte und strich sich eine schwarze Haarsträhne aus der Stirn. »Leute, ich kann euch sagen, es war nicht leicht, das alles so kurzfristig auf die Reihe zu bekommen.«

»Das kann ich mir vorstellen.« Sandra kehrte ins Wohnzimmer zurück und reichte Ivana den Cocktail.

»Und was ist mit der Uni?«, fragte Manon. »Verpasst du da nichts?«

»Im Augenblick ist es ziemlich ruhig«, entgegnete Ivana und nahm einen großen Schluck.

»Du hast gesagt, ihr wusstet, dass deine Oma bald sterben würde«, hakte Manon nach. »War sie krank?«

»Nein, das nicht. Sie war für ihr Alter sogar noch sehr vital, aber die Karten haben uns gesagt, dass sie bald von uns gehen würde.«

»Was für Karten?«, fragte Sandra.

»Tarotkarten.«

»Ommm!« Manon versuchte einen Lotussitz, schloss die Augen, legte Daumen und Mittelfinger aufeinander und hielt die Arme angewinkelt in die Höhe.

»Lass das!« Ivana knuffte ihr in die Seite. »Das ist nicht komisch. Das Kartenlegen hat in meiner Familie eine lange Tradition. Meine Oma lernte es von meiner Urgroßmutter, deren Mutter eine waschechte Zigeunerin war. Meine Mutter lernte es dann von meiner Oma und hat es später mir beigebracht. Ihr müsst wissen, dass meine Großmutter im Zweiten Weltkrieg ihre sieben Kinder fast ausschließlich durch Kartenlegen ernährt hat. Mein Mutter erzählt noch heute davon, wie die Leute mit einem Schinken vor der Tür standen, um zu erfahren, ob ihre Söhne gesund seien und nach dem Krieg wieder heimkommen würden. Seit wir in Deutschland leben, hat meine Mutter die Karten oft gefragt, wie es ihren Verwandten in Ungarn ergeht. Es ist wirklich sehr interessant. Ihr solltet das auch mal versuchen.«

»Nee, lass mal.« Manon schüttelte den Kopf. »Dieser ganze Esoterik-Kram ist nicht mein Ding. Ich würde wahrscheinlich dauernd lachen müssen.«

»Und du?«, wandte Ivana sich an Sandra.

»Für mich ist das auch nichts.« Sandra schüttelte den Kopf. »Außerdem will ich gar nicht wissen, was die Zukunft ...«

Dump!

»Was war das?« Ivana horchte auf.

»Ach, das war nur der hier.« Sandra las den Plüschaffen vom Boden auf, der neben der Affenskulptur gesessen hatte, und stellte ihn wieder an seinen Platz. »Dummer Affe, jetzt bleibst du da aber sitzen«, schalt sie.

»Och, jetzt tust du dem Kleinen aber unrecht.« Manon grinste und deutete auf die Affenskulptur. »Der arme Kerl kann doch nichts dafür, wenn er von dem Streitmacher geschubst wird.«

»Er ist nicht geschubst worden«, sagte Sandra bestimmt. Sie ärgerte sich, dass Manon wegen der Skulptur keine Ruhe gab. Vermutlich, weil ich mich insgeheim selbst über meine Dummheit ärgere, überlegte sie und schluckte die bissige Bemerkung herunter, die ihr auf der Zunge lag. Irgendwie hatte Manon ja auch recht: Der Affe passte wirklich nicht zu ihren niedlichen Stoffaffen.

»Eine Skulptur? Zeig mal. Die kenne ich ja noch gar nicht.« Ivana stand auf, trat neben Sandra und betrachtete den tönernen Affen. »Ist der neu?«

»Sandra hat ihn erst gestern ersteigert. Ganz schön hässlich, nicht wahr?«, meinte Manon und gesellte sich zu ihnen. »Ein Erbstück der Gräfin de Lyss, deren mysteriöser Tod vor ein paar Wochen Schlagzeilen machte.«

Ivana nahm den Affen an sich.

»Die Skulptur stammt angeblich aus der Taklamakan-Wüste in Zentralasien«, beeilte sich Sandra zu erklären.

»Für mich sieht sie eher keltisch aus. Sieh mal hier.« Ivana hielt Sandra den Affen hin und deutete auf ein Muster aus drei sich berührenden Spiralkreisen, die, als Dreieck angeordnet, in den Ton auf dem Affenrücken geritzt waren.

»Was ist das?«, wollte Sandra wissen. Das Muster war ihr bisher noch gar nicht aufgefallen.

»Ein Triskel. Ein keltisches Symbol«, erklärte Ivana. »Die genaue Bedeutung der Spiralen ist nicht bekannt. Sie sollen angeblich die Reise vom Leben zur Seele symbolisiert haben, Wachstum, Entwicklung und kosmische Energie. Wenn sie, wie diese, gegen den Uhrzeigersinn verlaufen, symbolisieren sie das Ende oder die Rückkehr zum Ursprung. Dass es drei sind, bedeutet entweder den Zyklus von Geburt, Leben und Tod oder eine dreifache Göttin als Mädchen, Mutter, Greisin. Sie könnten aber auch für die keltische Trinität stehen, für Wasser, Land und Himmel.«

»Mensch, Ivana, jetzt bin ich aber schwer beeindruckt«, warf Manon ein. »Was du alles weißt.«

Ivana antwortete nicht. Sie hatte die Augen geschlossen und betastete die Figur vorsichtig von allen Seiten.

Sandra und Manon wechselten verwunderte Blicke. Manon verdrehte die Augen und tippte sich an die Stirn, aber Sandra schüttelte nur den Kopf und winkte ab. Die Sache war ihr viel zu mysteriös, um sie auf die leichte Schulter zu nehmen.

Ivana wirkte fast wie in Trance. Ihre ganze Aufmerksamkeit galt dem Affen, und nicht die kleinste Regung in ihrem Gesicht verriet, was sie fühlte oder dachte.

»Kosmische Energie«, flüsterte Manon und grinste.

»Schscht«, zischte Sandra ihr zu. Sie wollte noch etwas hinzufügen, da stieß Ivana einen ächzenden Laut aus und schlug die Augen auf.

»Was ist?«, fragte Sandra.

»Ich ... ich weiß nicht.« Ivana stellte den Affen zurück ins Regal und fuhr sich mit der Hand über die Augen. Sie wirkte erschöpft, aber auch ein wenig verstört. »Da ist etwas mit diesem Affen, das ich mir nicht erklären kann.«

»Und was?« Der Spott in Manons Stimme war nicht zu überhören, aber Ivana ließ sich nicht beirren.

»Nun ja, ich bin kein Medium«, entschuldigte sie sich. »Aber nach allem, was ich darüber weiß, würde ich sagen, er hat eine Aura.«

»Eine Aura? Klingt gefährlich«, sagte Manon mit kriminalistischer Miene, senkte die Stimme und fügte grinsend in Anlehnung an eine bekannte TV-Krimiserie hinzu: »Bring das Ding sofort aufs Revier, Steve. Die Kollegen sollen es gründlich untersuchen.«

»Lass doch den Blödsinn.« Sandra warf ihr einen wütenden Blick zu und wandte sich an Ivana. »Was bedeutet das: Er hat eine Aura?«

Ivana schaute sie an und sagte ernst: »Das bedeutet, dass dieser Affe lebt.«

4

Golden sank die Sonne über dem verborgenen Tal von Benize und tauchte die Welt in herbstlichen Glanz. Die langen, grünbraunen Halme des Schilfs wiegten sich sanft in den Wellen des großen Sees und verschwammen fernab des Ufers in einem silbrig schimmernden Dunst. Kein Gebäude, keine Straße, ja nicht einmal die kleinsten Spuren kündeten davon, dass hier Menschen lebten, denn es galt, die heilige Stätte vor den Schergen Torpaks geheim zu halten.

Aideen stand am Ufer. Den Blick nach Norden gerichtet, schaute sie über das Wasser. Ihr moosgrüner, von grau glänzenden Fäden durchwirkter Umhang schützte sie vor der beißenden Kälte, die mit dem schwindenden Licht von den fernen Schneefeldern herabströmte. Er war aber auch eine Tarnung, die sie vortrefflich vor den Blicken der Späher verbarg, welche das Hochland auf der Suche nach dem Grab der letzten Hohepriesterin von Benize durchstreiften.

Aideen atmete tief durch und schaute sich um. Bei klarem Wetter konnte man von den Hügelkämmen aus die gewaltige Bergkette des Nordlands sehen. Seit Tagen schon waren die stummen Riesen in einen weißen Panzer gehüllt, und es war nur eine Frage der Zeit, bis dieses Weiß auch das Hochland bedeckte. Der Gedanke ließ Aideen frösteln. Sie spürte das Nahen des Winters mit jeder Faser ihres Körpers und sehnte schon jetzt den fernen Frühling herbei. Sie war ein Kind des Sommers und hasste die kalte, dunkle Zeit, in der die freundlichen Wellen des Sees im eisigen Griff des Frostes erstarrten und die Nahrung so knapp wurde, dass die Frauen sogar Jagd auf Schneewölfe machen mussten.

Der Winter im Hochland war lang und voller Entbehrungen, doch diesmal gab es etwas, das ihr Mut machte. Die Raben hatten gesprochen. Die Simions, die Sucher, welche die Hüterinnen auf die Reise geschickt hatten, hatten Erfolg gehabt. Irgendwo jenseits der Tore dieser Welt hatten sie gefunden, was verloren war. Nun würde alles gut werden.

Auch Bethia, die Seherin, hatte in der vergangenen Nacht von den sprechenden Raben geträumt. Ein Irrtum war ausgeschlossen. Nicht mehr lange, dann würde Zarife zurückkehren, um zu rächen, was man ihr einst angetan hatte, und zurückzuerobern, was ihr damals grausam entrissen worden war. Aideen ballte die Fäuste. Beim Gedanken an die Tragödie, die dem Untergang des Weißen Tempels und der Vernichtung der Priesterinnen vorausgegangen war, spürte sie tief in sich jene Verbitterung aufflammen, die sie wie jede Hüterin im Herzen trug. Doch die Tage des Kummers waren gezählt. Bald schon würde ...

»Was siehst du?«

Aideen erschrak und fuhr herum. Mel kam den verborgenen Pfad am See entlang und gesellte sich zu ihr.

»Wie hast du mich so schnell gefunden?«, fragte Aideen, statt zu antworten.

»Ich bin deine Freundin. Ich weiß, wo es dich hinzieht, wenn du allein sein willst.« Mel zwinkerte ihr zu. »Nun? Was siehst du?«, fragte sie noch einmal.

»Schnee.«

»Ach.« Mel zog in gespieltem Erstaunen eine Augenbraue in die Höhe. »Was noch?«

»Mehr nicht.« Aideen schaute sie fragend an. »Sollte ich?«

»Nun, immerhin bist du die einzige Novizin, die die Vision empfangen hat.« Mel gelang es nicht, den Neid aus ihrer Stimme zu verbannen. »Die anderen sagen, du hättest das Gesicht.«

Aideen winkte ab. »Es war ein Zufall. Mehr nicht.«

»Irgendwann ist immer das erste Mal.« Mel legte Aideen eine Hand auf die Schulter. »Sagt zumindest die Oberin. Sie möchte dich sehen und schickt mich, nach dir zu suchen.«

»Mich?« Aideen sah ihre Freundin erstaunt an. »Warum?«

»Das musst du sie schon selbst fragen«, sagte Mel. »Mir hat sie es nicht anvertraut.« Sie wandte sich um und bedeutete Aideen, ihr zu folgen. »Komm mit«, sagte sie aufmunternd. »Sie wird dir schon nicht den Kopf abreißen.«

Obwohl Aideen ihr ganzes Leben im Hochland verbracht hatte, war sie noch nie in den privaten Räumen der Oberin gewesen. Wie alle Novizinnen hatte aber auch sie schon von dem Wunder gehört, das es hier zu bestaunen gab. Die Oberin, so hieß es, bewahre das Licht der Sonne in ihren Räumen auf. Aideen hatte es für ein Märchen gehalten, das unter den angehenden Hüterinnen kursierte. Doch nun wurde sie eines Besseren belehrt. Kein anderer Raum in den unterirdischen Höhlen war so prachtvoll ausgestattet, so warm, so wohnlich – und so hell wie die Räume der Oberin.

Eine Dienerin hatte sie eingelassen und gebeten, hier zu warten. Aideen nutzte die Zeit, um die großen rechteckigen Gefäße näher zu betrachten, denen das vermeintliche Sonnenlicht entströmte. Die fünf Becken standen in gleichmäßigen Abständen auf Tischen an den Höhlenwänden. Sie waren so durchsichtig wie klares Eis, bestanden aber aus einem harten Material, das Aideen gänzlich unbekannt war.

Neugierig trat sie näher und blinzelte in das grelle Licht, um zu erkennen, was sich in dem Becken befand. Es dauerte jedoch eine ganze Weile, bis sie erkannte, woher die Helligkeit kam. In den durchsichtigen Gefäßen waren unzählige raupengleiche Tiere eingeschlossen, die ständig in Bewegung waren und wie eine quirlige Masse umherkrochen. Dabei leuchteten ihre Panzer in einem so hellen, leuchtend gelben Licht, dass die Tiere selbst inmitten des Lichtscheins nur schwer zu erkennen waren.

»Das sind Sonnenraupen.«

Aideen zuckte erschrocken zusammen und fuhr herum. Sie war so in die Betrachtung der Tiere vertieft gewesen, dass sie die Ankunft der Oberin gar nicht bemerkt hatte.

»Ehrwürdige Oberin.« Hastig verneigte sie sich.

Doch der weißhaarigen Frau in dem von glänzenden Silberfäden durchwirkten Gewand schien der Sinn nicht nach solchen Förmlichkeiten zu stehen. Gemessenen Schrittes trat sie zu ihr an das Leuchtgefäß und sagte im Plauderton: »Sie tragen das Licht und die Wärme der Sonne ein Leben lang in sich. Wenn sie sterben«, sie deutete auf einen dunklen Punkt in der Mitte der Masse, der langsam verschwand, »tragen die anderen die Energie weiter.«

»Energie?« Aideen verstand nicht.

»Das Licht und die Wärme.« Die Oberin lächelte milde. »Ist das nicht wunderbar? Nichts geht verloren. So viele Tiere auch sterben mögen, die Käfige leuchten weiter, denn ihr Licht wird an jene weitergegeben, die neu geboren werden.« Sie machte eine bedauernde Geste und sagte: »Ich wünschte, wir hätten mehr von ihnen. Der Gestank der Fackeln, Öllampen und Kerzen ist in den Höhlen oft nicht zu ertragen.«

Aideen nickte. Die stinkende Luft der rußenden Fackeln war einer der Hauptgründe dafür, dass sie den Winter so hasste, denn er zwang sie, die meiste Zeit in den verqualmten Höhlen zu verbringen. Diese Tiere waren wahrhaftig ein Wunder.

»Warum fangen wir nicht mehr von ihnen ein?«, fragte sie. »Dann könnten alle Höhlen ...«

»Könnten.« Die Oberin hob Einhalt gebietend die Hand. »Aber das ist unmöglich, denn außer diesen Tieren hier gibt es im ganzen Land keine Sonnenraupen mehr.«

»Oh.« Aideen schaute betroffen drein, überlegte kurz und sagte: »Vielleicht kann man sie züchten.«

Die Oberin schmunzelte. »Sie vermehren sich nicht.«

»Nicht? Aber wie können sie ihre Art dann erhalten?«

»Indem die Lebenden die Toten fressen«, erklärte die Oberin. »Für jeden Käfer, der stirbt, gebiert ein anderer ein neues Leben. Ihre Anzahl bleibt immer gleich.« Sie deutete mit der Hand nacheinander auf die fünf durchsichtigen Käfige und sagte: »Dies sind alle Raupen, die wir finden konnten. Seit dem ersten Tag der Wache sind sie in den Käfigen eingesperrt und spielen unermüdlich ihr seltsames Spiel von Tod und Wiedergeburt. So wie die Sonne abends im Westen stirbt, um am Morgen im Osten wiedergeboren zu werden.«

»Das ... das ist unglaublich.«

»Ja, das ist es.« Die Oberin legte Aideen die Hand auf die Schulter und führte sie von den Käfigen fort zu einer Gruppe gepolsterter Stühle. »Aber ich habe dich nicht rufen lassen, damit du das ungelöste Rätsel der Raupen ergründest«, sagte sie und bedeutete ihr, sich zu setzen.

Für endlose Momente herrschte Schweigen. Aideen spürte den Blick der Oberin auf sich ruhen. Angestrengt schaute sie zu Boden und hoffte, dass diese ihr nicht anmerkte, wie aufgeregt sie war.

»Nun, es ist sehr erfreulich, was ich von dir höre«, hob die Oberin an. »Es geschieht überaus selten, dass sich eine der Novizinnen durch eine solch seltene Gabe auszeichnet. Du kannst dir sicher denken, dass ich dich zu mir gerufen habe, um mehr über dich und dein Talent zu erfahren.«

Aideen spürte, dass die Oberin auf eine Antwort wartete, und suchte nach den richtigen Worten. »Da … da gibt es nicht viel zu erzählen«, sagte sie ohne den Blick zu heben. »Ich wusste selbst nichts davon, bis ich in der vergangenen Nacht diesen seltsamen Traum hatte.«

»Hattest du noch nie eine Vision oder vielleicht eine Vorahnung von etwas, das sich dann überraschend erfüllte?«, erkundigte sich die Oberin.

»Nein.« Aideen schüttelte den Kopf. »Nicht dass ich wüsste.«

»Nun, das ist sehr erstaunlich, aber nicht weiter tragisch. Umso wichtiger ist es, dass wir unverzüglich mit deiner Ausbildung zur Seherin beginnen.«

»Ich soll eine Seherin werden?« Aideen hob den Kopf und blickte die Oberin mit großen Augen an. »Aber ich habe doch schon eine Ausbildung zur Jägerin begonnen.«

»Alles ist im Fluss, und manchmal ändert sich der Lauf der Dinge, ehe man das Ziel erreicht hat«, sagte die Oberin. »Das kann geschehen, wenn der eingeschlagene Weg nicht der richtige ist oder wenn sich, wie in deinem Fall, ganz unverhofft ein neuer Weg auftut.«

Aideen konnte kaum glauben, was sie da hörte. Nicht in ihren kühnsten Träumen hätte sie damit gerechnet, jemals in den Kreis der Seherinnen aufgenommen zu werden. Solange sie sich zurückerinnern konnte, war keine der Novizinnen für diese Ausbildung auserwählt worden. Und nun sollte ausgerechnet sie diejenige sein …

Die Oberin lächelte. »Indem du die Vision empfangen hast, hat sich deine Gabe offenbart. Aber die Kraft des Sehens ist bei dir noch ein zartes Pflänzchen. Eben erblüht, will sie gehegt und gepflegt werden, um irgendwann einmal ein stattlicher Baum zu werden. Wir, die wir hier wachen, sind nur wenige. Seit Elna vor zwölf Wintern zu den Ahnen gegangen ist, ist Bethia unsere einzige Seherin, und wie du weißt, ist auch sie nicht mehr die Jüngste. Wir können es uns nicht leisten, deine Gabe unbeachtet zu lassen. Ich habe daher beschlossen, dass du schon morgen Quartier bei Bethia beziehen wirst.«

Zoltan, der erste Kommandant der Garde von Torpak, wirkte von Statur und Auftreten her wie der Inbegriff eines Kriegers. Dessen ungeachtet war er aber auch ein wortgewandter Diplomat, der selbst heftigen Zorn hinter nüchterner Ruhe verbergen konnte – eine Eigenschaft, die ihm schon so manches Mal das Leben gerettet hatte, wenn es galt, sich Karadek gegenüber zu behaupten. Anders als der Regent, der in seinem Jähzorn oft unbedacht handelte, blieb Zoltan auch bei Auseinandersetzungen stets ruhig und so besonnen, dass jene, die ihn nicht kannten, ihn häufig für schwach hielten. Doch die augenscheinliche Schwäche täuschte, denn Zoltan vermochte mit großem Geschick zu taktieren und wusste sein Ziel auf anderen Wegen zu erreichen.

Als Befehlshaber der Garde war es seine vorrangige Aufgabe, für die Sicherheit des Regenten und dessen Familie zu sorgen, Aufstände zu verhindern und die Rebellen im Zaum zu halten. Ein Auftrag, dem er mit der nötigen Härte und notfalls auch Rücksichtslosigkeit nachging. Er war es gewohnt, Erfolg zu haben, auch wenn er seinem ganz persönlichen Ziel, den Leichnam Zarifes zu finden und zu vernichten, in all den Jahren seines Wirkens noch kein Stück näher gekommen war.

So freute es ihn umso mehr, dass Karadek ihm endlich den Befehl erteilt hatte, das Heer Torpaks ins Hochland zu führen, um dort einen möglichen Aufstand der Rebellen schon im Keim zu ersticken.

Beflügelt von den Möglichkeiten, die sich ihm damit eröffneten, hatte er am Abend alle Kommandanten im großen Beratungssaal seines prachtvollen Hauses zusammengerufen.

Die dreißig Männer an dem großen ovalen Tisch aus dunklem Eichenholz wussten noch nichts davon, dass sich die Prophezeiung erfüllt hatte. Ungeduldig harrten sie dessen, was Zoltan zu berichten hatte.

Dieser wartete jedoch, bis Ruhe einkehrte. »Männer«, hob er schließlich in der ihm eigenen, gelassenen Art an. »Die Raben haben gesprochen.«

Die Worte verfehlten ihre Wirkung nicht. Nach einem kurzen Moment des Erschreckens war es mit der Ruhe wieder vorbei. Die Kommandanten redeten aufgebracht durcheinander. Einige waren aufgesprungen und gestikulierten wild. Andere versuchten stumm und mit versteinerter Miene zu ergründen, was die Nachricht für sie bedeuten mochte.

»Ruhe!« Zoltans verhaltener Ruf vermochte das Stimmengewirr nicht zu übertönen. Erst der Tonkrug, den er mit Wucht auf den Tisch knallte, um sich Gehör zu verschaffen, ließ die Männer verstummen. »Wie ich sehe, wisst ihr um den Ernst der Lage«, fuhr er fort. »Es entspricht der Wahrheit, dass Zarife einen Weg gefunden hat, ihre jahrhundertealte Drohung wahr zu machen. Wir können es uns also ersparen, uns den Kopf über die Glaubwürdigkeit dieser Nachricht zu zerbrechen. Sie ist auf dem Weg, die erlittene Schmach zu rächen und Torpak zu vernichten.« Er machte eine Pause, um die Worte wirken zu lassen, und fuhr dann fort: »Was wir nicht mit Bestimmtheit sagen können, ist, wann und wo sie zurückkehren wird. Ein Umstand, der es uns sehr erschwert, die Verteidigung zu organisieren.«

»Gibt es dafür denn keinen Plan?« Einer der Kommandanten erhob sich. »Mit Verlaub«, hob er an, »die Prophezeiung ist nicht neu. Jeder, der seit der Vernichtung des Weißen Tempels über Torpak und die annektierten Gebiete herrschte, musste damit rechnen, dass sich die Prophezeiung zu seinen Lebzeiten erfüllen könnte. Da wäre es doch weitsichtig gewesen, einen Plan zur Verteidigung auszuarbeiten, der ...«

»Solche Pläne gab es«, fiel Zoltan dem Redner ins Wort. »Doch sie sind hoffnungslos veraltet und unbrauchbar. Waffen, Rüstungen und Kampftechniken haben sich in den vergangenen Jahrhunderten sehr verändert, und früher gab es auch noch keine Rebellen.«

»Mit anderen Worten, wir sind völlig unvorbereitet«, tönte es vom anderen Ende des Tisches herüber.

»Nicht völlig«, schränkte Zoltan ein. »Karadek und ich haben Beschlüsse gefasst, die der sofortigen Umsetzung bedürfen. Dabei sind es vor allem die Rebellen, auf die sich unser Augenmerk richtet, denn sie werden, so viel ist sicher, das Heer stellen, auf das Zarife ihren Rachefeldzug stützen wird.«

»Die Rebellen?« Jemand lachte. »Wenn Zarife mit denen gegen Torpak zu bestehen hofft, hat sie schon verloren. Dieser elende Haufen aus Tölpeln ist schlecht bewaffnet und kaum kampferprobt. Mit denen werden wir schnell fertig.«

»Auch einfache Bauern, Fronler und das Waldvolk können zu einer ernsten Gefahr werden, wenn sie sich zusammenrotten, um für ein gemeinsames Ziel zu kämpfen«, erwiderte Zoltan ernst. »Berichten zufolge formieren sie sich bereits an der Grenze zum Hochland.«

»Worauf warten wir dann noch?« Einer der Kommandanten erhob sich. »Ich sage: Lasst uns das Heer ausheben und ins Hochland ziehen, um diesem Pack endgültig den Garaus zu machen!«

»Wohl gesprochen!«

»Tod den Rebellen!« Allgemeine Zustimmung wurde laut.

Zoltan hob den Arm und bat um Ruhe. »Ich habe bereits Befehl gegeben, die Reservisten zusammenzurufen«, erklärte er mit fester Stimme. »In drei Tagen wird das Heer bereit zum Abmarsch sein.« Die Kommandanten bekundeten ihre Zustimmung, indem sie mit den Fäusten auf den Tisch klopften. Aber Zoltan war noch nicht fertig: »Erwartet nicht, dass der Weg ins Hochland ein Spaziergang wird«, dämpfte er das Hochgefühl der Männer. »Auf dem Marsch werden wir mit heimtückischen Angriffen rechnen müssen, die darauf abzielen, die Moral der Truppen zu schwächen, ehe wir auf die Hauptmacht der Rebellen stoßen.«

»Was ist mit den Dashken?«, rief einer der Männer aus. »Was, wenn auch sie sich gegen uns wenden?«

Zoltan antwortete nicht sofort. Wie alle hier kannte auch er die schaurigen Legenden, die sich um die gefürchteten Elementarwesen des Hochlands rankten. Niemand wusste, wie viele es von ihnen gab, und niemand kannte ihre wahre Gestalt. Die wenigen Mutigen, die auf der Suche nach Zarifes Versteck mit dem Leben davongekommen waren, berichteten von Hunderten von riesenhaften schwarzen Wölfen mit Zähnen so lang wie Dolche, die ihnen nachgestellt hatten. Blutgierige Bestien, die einem Mann mit einem Biss den Kopf abreißen konnten und dabei selbst unverwundbar schienen.

»Die Dashken werden uns nicht angreifen, solange wir das Hochland nicht betreten«, sagte er mit fester Stimme. »Den Legenden zufolge beschützen sie Zarifes Leichnam. Solange sie diesen nicht in Gefahr sehen, werden sie nicht in den Kampf eingreifen.«

»Aber was ist, wenn die Hohepriesterin zurückkehrt?«, fragte einer der Kommandanten. »Wenn sie den Dashken den Angriff auf uns befiehlt, sind wir verloren.«

»Ein Grund mehr, unverzüglich zu handeln, um ihre Rückkehr zu verhindern.« Zoltan war nicht daran gelegen, etwas zu beschönigen. »Wenn wir schnell sind, werden wir siegen«, sagte er und ließ den Blick über die Gesichter der Kommandanten schweifen. Nicht bei allen fand er Zustimmung. »Noch Fragen?«, erkundigte er sich.

»Das Heer in seiner vollen Größe auszuheben, würde mindestens zwei Wochen dauern«, gab ein grauhaariger Kommandant zu bedenken. »Ich muss wohl nicht sagen, dass die meisten unserer Gardisten nach dem Krieg gegen die Tamjiken in ihre Heimatdörfer zurückgekehrt sind. Andere sind erst vor Kurzem aufgebrochen, um ihren Familien im Winter beizustehen.«

»Bei den schwarzen Pforten des Halvadal, das ist wahrlich ein ungünstiger Zeitpunkt für ein solch gewaltiges Unterfangen.« Ein älterer Krieger, der im Kampf gegen die Rebellen ein Auge eingebüßt hatte, erhob sich und schüttelte den Kopf. »In ganz Torpak gibt es nur noch knapp eintausend Gardisten, die innerhalb eines Tages abmarschbereit wären.«

»Dann sollten wir hier nicht weiter lange Rede führen«, erwiderte Zoltan ungerührt, dem die ungünstigen Umstände nicht neu waren. »Sendet unverzüglich Boten in alle Dörfer und ruft die Gardisten ohne Angabe von Gründen auf, sofort nach Torpak zurückzukehren.« Noch während er das sagte, spürte er erneut jene leise Wut in sich aufsteigen, die ihn schon seit Langem begleitete: Wut über den zögerlichen Regenten, der es ihm aus Sorge um seine eigene Sicherheit viel zu lange versagt hatte, mit der Garde ins Hochland zu marschieren. Wut über seine eigene Nachlässigkeit, die ihn den Plan nicht nachdrücklicher hatte vortragen lassen, und Wut über die ungünstigen Umstände, unter denen der Plan nun durchgeführt werden musste. Nur ein paar Monate früher, und er hätte die Rebellen mit einem sorgfältig geplanten Feldzug überraschen können.

Zoltan fuhr sich mit der Hand müde über die Augen. Es war müßig, Gedanken an etwas zu verschwenden, das sich nicht mehr ändern ließ. Die Würfel waren gefallen. Jetzt galt es, die Aufgabe zu meistern.

5

»Der Affe lebt?« Manon schaute Ivana an, als hätte sie sich verhört. »Das ist jetzt nicht dein Ernst, oder? Aura, pah! Das Ding ist so tot wie eine Billardkugel.«

»Vielleicht. Vielleicht aber auch nicht«, erwiderte Ivana ungerührt.

Manon seufzte und fasste sich mit der flachen Hand an die Stirn. »Mensch, Ivana, wach auf!«, sagte sie eindringlich. »Die Zeiten, wo wir hinter jedem Donner einen Gotteszorn vermutet und die Sonne als Gottheit angebetet haben, sind lange vorbei. Wir leben im 21. Jahrhundert. Wir manipulieren Gene, machen uns die Kraft des Atoms zunutze und kommunizieren in Bruchteilen von Sekunden über Tausende von Kilometern hinweg. Für so einen spirituellen Quatsch gibt es heute keinen Raum mehr.«

»Das ist deine Sicht der Dinge. Aber sie muss ja nicht die einzige Wahrheit sein.« Ivanas Tonfall war schärfer als beabsichtigt.

»Die einzige Wahrheit?«, ereiferte sich Manon. »Wie viele Wahrheiten gibt es denn deiner Meinung nach?«

»Das weiß ich nicht«, gab Ivan zu. »Meine Urgroßmutter hat immer gesagt: ›Gehe niemals davon aus, dass das Offensichtliche das Wahre ist‹ – und daran glaube ich.«

»Sprüche.« Manon schüttelte den Kopf. »Ist das alles? Also damit überzeugst du mich nicht. Da müsste schon …«

»Was genau hast du gespürt?«, mischte sich Sandra ein, um einem Streit zwischen ihren Freundinnen zuvorzukommen.

»Das ist schwer zu beschreiben.« Ivana überlegte kurz. »Als ich die Skulptur berührte, glaubte ich eine Wärme zu spüren, wie sie sonst nur von Lebewesen ausgeht. Und noch etwas. Eine große Sehnsucht, Trauer und Verzweiflung, und einmal …«, Ivana stockte und schaute Sandra an. »Jetzt kannst du mich gern auch für verrückt halten, aber einmal glaubte ich sogar eine Stimme zu hören, die um Hilfe rief.«

Hilf mir! Sandra erschauerte. Hatte sie die Stimme vorhin vielleicht auch gehört?

»Moment mal«, mischte sich Manon ein. »Du glaubst doch wohl nicht daran, dass der Tonaffe irgendwelche Gefühle hegt?«

»Ich weiß, was ich gespürt habe, und dazu stehe ich«, entgegnete Ivana.

»Also wirklich.« Manon winkte lachend ab. »Die Zeiten, in denen du mit deinen Kuscheltieren redest, sollten eigentlich längst vorbei sein.«

»Ich rede nicht mit meinen Stofftieren«, erklärte Ivana scheinbar ruhig.

»Mensch, das war symbolisch gemeint.« Manon verdrehte genervt die Augen. »Ist mir schon klar, dass du das nicht tust.«

»Ähm, hast du vielleicht irgendeine Vermutung, was dahinterstecken könnte?«, unterbrach Sandra das Gezänk der beiden, um das Thema wieder auf den Affen zu lenken.

»Wenn du mich so direkt fragst, würde ich sagen, dass in der Skulptur etwas eingeschlossen ist.« Ivana nahm den Affen wieder zur Hand und hielt ihn nachdenklich ins Licht. »Aber wie schon gesagt, ich kann mich auch täuschen. Wenn du es ganz genau wissen willst, müsstest du dich an ein richtiges Medium wenden.«

»Huhu, lass mich raus, lass mich raus!«, rief Manon mit piepsiger Stimme und klopfte mit den Fingern auf den Tisch. »Ich bin ein mächtiger Dschinn und schon zweihundert Jahre in dieser Skulptur gefangen. Wenn du mich befreist, erfülle ich dir drei Wünsche.« Sie lachte über ihren eigenen Witz und fügte hinzu: »Na los! Worauf wartest du noch? Bestimmt musst du nur an dem Affen reiben und irgendwo einen Stopfen herausziehen – und schwups, bist du reich, schön und glücklich.«

»Sei nicht albern, Manon.« Zum ersten Mal hörte Sandra echte Verärgerung in Ivanas Stimme mitschwingen. »In der Skulptur ist natürlich kein Dschinn, der uns drei Wünsche erfüllt. Aber ich spüre sehr deutlich die Gegenwart von etwas Fremdem.«

»Glaubst du diesen Mist etwa auch?« Manon schüttelte den Kopf und sah Sandra prüfend an.

»Nun, ich denke, dass ...« Sandra verstummte. Sie wollte weder Manon noch Ivana verärgern und suchte nach einer salomonischen Antwort.

»Aha, alles klar«, folgerte Manon, der das Schweigen offenbar zu lange andauerte. »Du glaubst also auch daran.« Sie ließ die Schultern sinken, als sei dies eine erschütternde Erkenntnis. »Wenn das so ist, bin ich hier heute wohl fehl am Platz.«

»So ein Unsinn«, beeilte sich Sandra zu erklären. »Du bist …«

Doch Ivana unterbrach sie. »Manon, wann begreifst du endlich, dass es auch in unserer ach so fortschrittlichen Welt noch Dinge gibt, die wir weder erklären noch berechnen können? Dinge, die wir nicht verstehen, wenn wir uns ihnen nicht öffnen. So wie das Tarot, das uns den Tod meiner Großmutter vorhergesagt hat.«

»Also wirklich«, Manon hob theatralisch die Hände. »Ich muss doch kein Tarot legen, um herauszufinden, dass eine alte Frau irgendwann sterben wird. So ungewöhnlich ist das ja nun auch wieder nicht. Wisst ihr was? Ich gehe.« Noch während sie das sagte, wandte sie sich zur Tür. »Wenn ihr meine Meinung hören wollt, sollte Sandra den Affen so schnell wie möglich wieder verkaufen oder in die Mülltonne werfen. Da gehört er nämlich hin. Also, bis bald und ciao.«

Schwungvoll fiel die Tür hinter ihr ins Schloss.

Sandra schaute ihr verblüfft nach, machte aber keine Anstalten, ihr zu folgen. Manons Abneigung gegen alles Übersinnliche war ihr nicht neu. Der unerschütterliche Glaube, dass alles, was geschah, eine logische Erklärung hatte, hatte Manon schon als Kind sehr erwachsen wirken lassen. Wo Sandra Hexen und Gespenster hatte lauern sehen, hatte es für Manon immer nur Nebel und Schatten gegeben.

»Na, die ist heute aber schlecht drauf«, hörte Sandra Ivana in ihre Gedanken hinein sagen.

»Ja, schade.« Sandra zog die Schultern hoch und machte ein betrübtes Gesicht. »Ich weiß auch nicht, was plötzlich in sie gefahren ist.«

Eine Weile herrschte Schweigen, dann fragte Ivana: »Sag mal, hast du etwas dagegen, wenn ich den Affen mitnehme und ihn heute Abend meiner Tante zeige? Sie hat Erfahrung als Medium. Vielleicht kann sie herausfinden, was es mit der seltsamen Aura auf sich hat.«

»Gute Idee.« Sandra nickte. »Meinetwegen kannst du ihn mitnehmen.«

»Soll ich dir vielleicht auch mal die Karten legen?«, bot Ivana ihr an.

»Hm. Ich weiß nicht.« Sandra war sich nicht sicher, ob sie in die Zukunft sehen wollte, da sie fürchtete, dass ihr etwas Schlimmes prophezeit werden könnte. Lieber tappte sie blindlings in eine Falle, als wochenlang vorher darüber nachzudenken, wo und wann diese wohl zuschnappen würde.

»Ich könnte versuchen herauszufinden, wann du deinem Traummann begegnest, ob du später einen guten Job bekommst oder ganz einfach nur, ob die Zukunft dir Glück bringen wird«, meinte Ivana unbeirrt.

»Ich überlege es mir.« Sandra entging nicht, dass Ivana einen raschen Seitenblick auf ihre Armbanduhr warf. »Musst du los?«, fragte sie.

»Es ist schon fast sechs Uhr.« Ivana hatte es plötzlich eilig. »Ich wollte meine Mutter doch nicht so lange allein lassen. Du kannst dir nicht vorstellen, was bei uns los ist. Es ist alles ein bisschen viel für sie. Sie ist ja nun auch nicht mehr die Jüngste.«

»Kein Problem.« Sandra stand auf, um Ivana zur Tür zu begleiten. »Danke, dass du dir die Zeit genommen hast vorbeizukommen. Ich wünsche dir einen guten Flug. Komm heil und gesund zurück.«

»Keine Sorge, das werde ich.« Ivana zwinkerte Sandra zu. »Ich hab schon das Tarot befragt.«

»Das hätte ich mir denken können.« Sandra grinste. »Na, dann kann ja nichts mehr schiefgehen. Bis bald.«

»Ja, bis bald. *Szia*.« Ivana drehte sich um und wollte die Treppe hinunterlaufen, da fiel ihr noch etwas ein. »Halt! Warte!«, rief sie und kam noch einmal zurück. »Jetzt hätte ich fast vergessen, den Affen mitzunehmen.«

»Den Affen?« Unwillkürlich zuckte Sandra zusammen. »Warum?«

»Hast du das schon vergessen?« Ivana runzelte die Stirn. »Du hast doch gesagt, ich kann ihn mitnehmen und meiner Tante zeigen. Du weißt schon, wegen der Aura.«

»Nein!«

»Wie – nein? Aber du hast doch vorhin gesagt …«

»Ich habe es mir anders überlegt.«

»Aber …«

»Manon hatte recht, es ist nur eine Statue aus Ton«, erwiderte Sandra. Sie war verwirrt, weil sich plötzlich alles in ihr dagegen sträubte, den Affen fortzugeben. Ein kleiner Teil von ihr revoltierte dagegen, aber das Gefühl, ihn behalten zu müssen, war so übermächtig, dass sie nicht anders konnte, als Ivanas Bitte abzuweisen.

»Aber das stimmt nicht.« In Ivanas Gesicht wechselten Verwirrung und Unverständnis in rascher Folge. »Ich habe es gespürt. Der Affe …«

»Der Affe bleibt hier.« Sandra ließ sich nicht beirren.

»Also schön.« Ivana seufzte resignierend. »Es ist schließlich dein Affe. Mehr als anbieten kann ich es dir nicht. Also dann, bis bald.« Sie wandte sich um und stieg die Stufen hinab.

Sandra schaute ihr nach und lauschte darauf, wie ihre Schritte sich entfernten. Sie war erleichtert. Auf unbestimmte Weise hatte sie das Gefühl, gerade ein großes Unglück verhindert zu haben. Andererseits wunderte sie sich aber auch über ihre heftige Reaktion. Ivana hatte ihr doch nur helfen wollen. Vermutlich war sie jetzt ebenso wütend wie Manon und gar nicht gut auf sie zu sprechen.

Sie schloss die Tür, ging ins Wohnzimmer zurück und setzte sich auf die Couch. Manon und Ivana hatten ihre Cocktails nicht ausgetrunken. Der Anblick der halbleeren Gläser stimmte sie traurig. Der Tag hatte so fröhlich begonnen – und jetzt?

Du brauchst sie nicht, wisperte es in ihren Gedanken. *Sie sind nicht wichtig.*

»Blödsinn!«, sagte sie laut. »Es gibt nichts Wertvolleres als gute Freunde.« Einer plötzlichen Eingebung folgend, stand sie auf, holte den Affen aus dem Regal, stellte ihn vor sich auf den Tisch und sagte streng: »Wenn du glaubst, uns auseinander bringen zu können, hast du dich getäuscht.«

Das Telefon klingelte. Sandra sprang auf, fand den Apparat aber erst nach einigem Suchen unter den Papieren auf dem Schreibtisch.

»Thorsen ... Oh, Martina. Schön, dass du dich meldest. Hast du die Mail bekommen? ... Und? Hat dir der Bericht von der Versteigerung gefallen? ... Wie? Was soll das heißen: Nur Mist geschrieben? ... Was? Ich habe die halbe Nacht daran gesessen und ... Blödsinn, ich habe nicht geschlafen. Ich habe meine Notizen alle ... Esoterik-Scheiße? Moment mal. Wie meinst du das? ... Ja, das mache ich. Jetzt sofort. Dann werden wir ja sehen. Ich melde mich in ein paar Minuten wieder. Bye.« Sandra legte das Telefon fort und schaltete ihren Laptop ein. Endlose Sekunden verstrichen, dann endlich erschien die Mailbox. Drei Mausklicks genügten, und die E-Mail der Chefredakteurin erschien auf dem Bildschirm. Sandra machte sich nicht die Mühe, den Text zu lesen. Unverzüglich öffnete sie den Anhang und überflog die Zeilen, die sie als Word-Dokument an die Redaktion geschickt hatte.

Versteigerung brachte nicht den erhofften Gewinn.

Zeile für Zeile überflog Sandra den Text, den sie in der Nacht verfasst hatte. Alles schien seine Ordnung zu haben. Die Einleitung war objektiv und journalistisch nicht zu beanstanden. Warum behauptete Martina, sie habe nur Mist zu Papier gebracht? Sandra las aufmerksam weiter: »So mysteriös und geheimnisvoll die Meldungen um den Tod der Gräfin auch gewesen sein mochten, so wenige potenzielle Interessenten hatten sich an diesem Abend zur Auktion eingefunden, um die verlorene Seele zu finden, die im Strom der Zeit auf der Suche ist. Dem Auktionator war schon zu Beginn der Veranstaltung ...«

Sandra stockte und las die Passage noch einmal.

»... um die verlorene Seele zu finden, die im Strom der Zeit auf der Suche ist ...« Was war denn das für ein idiotischer Satz? Nie und nimmer hatte sie den geschrieben. Da musste sich irgendjemand in der Redaktion einen üblen Scherz mit ihr erlaubt haben. Ein Hacker oder ein Neider, der ihr den Artikel missgönnte. Immer schneller huschten ihre Augen über die Zeilen.

»Nachdem eine tönerne Figur aus dem 12. Jahrhundert weit unter Wert den Besitzer gewechselt hatte, konnte ein antikes Gefäß keinen Liebhaber finden. Dabei ist es doch gerade die Liebe zum Leben, die die Seele davor bewahrt, ganz im Strom der Zeit zu verschwinden, auf dass sich ein Wirt findet, dem sie innewohnen kann.

Eine antike tönerne Wasserflasche hingegen konnte ...«

Sandra nahm ihre Brille ab, blinzelte, setzte sie wieder auf und las auch diesen Satz noch einmal. Martina hatte recht. Der Text wimmelte nur so von zusammenhanglos eingeschobenen Sätzen über Seelen und deren Wanderung durch die endlosen Weiten des Universums. »Das stammt nicht von mir«, murmelte sie, während sie mit fliegenden Fingern den Ordner auf ihrem Laptop nach dem Quelltext durchforstete, um ihn mit dem Inhalt der Mail zu vergleichen.

»... Dabei ist es doch gerade die Liebe zum Leben, die die Seele davor bewahrt, ganz im Strom der Zeit zu verschwinden, auf dass sich ein Wirt findet, dem sie innewohnen kann ...«

Fassungslos starrte Sandra auf den Bildschirm. Quelltext und Mailinhalt stimmten haargenau überein. Wie war das möglich? Kein einziger dieser verrückten Sätze stammte von ihr, dessen war sie sich ganz sicher. Konnte es sein, dass der Hacker auch Zugriff auf ihren Laptop gehabt hatte? Aber sie hatte ihn doch sofort ausgeschaltet, nachdem sie die E-Mail abgeschickt hatte. Je länger Sandra darüber nachdachte, desto verwirrter wurde sie. Irgendwie ergab das alles keinen Sinn.

Eines aber war klar. Der Bericht war ein einziger Trümmerhaufen. Ihn vernünftig zu überarbeiten, würde sie mindestens zwei Stunden kosten. Kein Wunder, dass Martina sich so lautstark darüber beschwert hatte.

Sandra war so aufgebracht, dass sie sogar den Ärger mit Ivana und Manon vergaß. Diese Reportage war für sie überlebenswichtig. Jeder Cent davon war bereits verplant. Doppelt sogar, seit sie die Affenskulptur erworben hatte. Nur gut, dass sie mit der Chefredakteurin befreundet war. Martina würde ihr sicher eine zweite Chance geben. Sie atmete zweimal tief durch und wählte die Nummer der Redaktion.

6

»... Der große Tempel von Benize lag auf einer Anhöhe, weit oben im rauen Norden, dort wo der Wald in das karge Hochland übergeht.« Die Greisin mit den wirren, schlohweißen Haaren verstummte und starrte in die Flammen, als könne sie dort ein Abbild des Tempels erblicken. »Mit den beiden hoch aufragenden Türmen und der goldenen Kuppel über dem Heiligtum war er prächtig anzusehen. Erbaut aus schimmerndem Marmor, der aus den Steinbrüchen des Südens herbeigeschafft worden war, leuchteten die Mauern im Sonnenlicht wie frisch gefallener Schnee. Er war ein so prächtiges Bauwerk, wie es die Welt bisher noch nicht gesehen hatte. Größer als der Tempel von Torpak und doch nicht gefeit gegen das Unheil, das die Priesterinnen von Benize am Ende ereilte.« Sie verstummte. Für endlose Augenblicke war nur das Knistern des Feuers zu hören.

»Erzähl doch weiter. Bitte, Ulama.« Die Spannung stand ihren jungen Zuhörern ins Gesicht geschrieben.

Auch Tisea lauschte gebannt. Sie war gern in Ulamas Hütte. Mit ihren siebzehn Wintern war sie eigentlich schon viel zu alt, um am

Feuer der Geschichtenweberin zu sitzen. Aber die Legenden, die sich um die Priesterinnen von Benize rankten, hatten sie schon fasziniert, als sie noch ein kleines Mädchen gewesen war, und so hatte sie sich auch an diesem Abend den Kindern angeschlossen, um der Geschichte zu lauschen.

Tief in die Bilder der Vergangenheit versunken, nahm Ulama sich die Zeit, einen Schluck Wasser zu trinken, ehe sie wieder zu sprechen begann: »Es heißt, sie habe es geahnt«, sagte sie scheinbar zusammenhangslos, ohne den Blick von den Flammen abzuwenden. »Sie habe es kommen sehen. Als Einzige. Aber sie ist nicht geflohen, nein. An der Seite ihrer Getreuen sah sie dem Tod ins Auge. Stolz und aufrecht, wie es sich für eine Hohepriesterin geziemt, ging sie den Weg mit ihnen bis zum bitteren Ende.« In der Stimme der Greisin schwang Trauer mit, die auch die Kinder verspürten. »Zarife, die letzte Hohepriesterin von Benize, starb grausam unter den Schwertern der Angreifer. In einer Nacht aus Blut und Feuer brachen sie wie eine alles verschlingende Flut über den Tempel herein. Tausende schwer bewaffneter Krieger gegen eine Handvoll Priesterinnen und ihre Getreuen.« Ulama schluckte trocken. »Nur die Raben sahen, wie sie starben.«

»Hat denn niemand überlebt?«

»Überlebt?« Ein sprödes Geräusch, das an trockenes Pergament erinnerte, entfloh Ulamas Kehle. »O nein. Die Zerstörung war vollkommen. Noch in der gleichen Nacht brannten die Angreifer den Tempel bis auf die Grundmauern nieder und warfen die Leichen der Priesterinnen in die Flammen. Nichts blieb außer verkohlten Mauern und Asche, die der Wind zerstreute. Allein Zarifes Körper verschonten sie. Ihr Leichnam sollte in Torpak öffentlich verbrannt werden, um dem Volk zu zeigen, dass die Schlacht gewonnen und das Reich von Benize für alle Zeiten zerschlagen war.« Ulamas Lippen bebten, als könne sie den geschändeten Körper der Hohepriesterin im Geiste vor sich sehen.

»Das ist aber eine traurige Geschichte«, sagte ein rothaariges Mädchen.

»Ja, das ist es.« Die Geschichtenweberin nickte bedächtig. »Aber sie ist nicht ohne Hoffnung.«

»Tot ist tot«, meinte ein Junge knapp. »Da gibt es keine Hoffnung.«

»Was wisst ihr schon vom Tod?« Ulama stieß einen rauen Seufzer aus und fuhr dann fort: »Ich habe mehr Winter erlebt als ihr alle zusammen. Ich habe gesehen, wie die Zukunft Geschichte wird. Ich weiß, wovon ich spreche.«

Der Junge biss sich auf die Lippe und blickte beschämt zu Boden.

»Tot ist nicht gleich tot«, erklärte Ulama bedeutsam. »Wer des geheimen Wissens kundig ist, vermag sich dem Tod zu entziehen – solange der Körper nicht zu Asche zerfallen ist.«

»Aber du hast selbst gesagt, dass die Priesterinnen alle verbrannt wurden!«, rief das rothaarige Mädchen.

»Sagte ich das?« Ulama wandte sich ihr zu und neigte den Kopf ein wenig. »Überlege.«

Das Mädchen legte die Stirn in Falten, sagte aber nichts.

»Du hast uns noch nicht erzählt, was mit Zarifes Leichnam geschah«, wagte Tisea leise einzuwenden, als das Mädchen nicht antwortete.

Ulama schenkte ihr ein zahnloses Lächeln. »So hat also wenigstens eine von euch der Geschichte aufmerksam gelauscht.«

Tisea errötete. Sie empfand das Lob als nicht ganz gerechtfertigt, denn anders als die anderen hatte sie die Geschichte von Zarife schon so oft gehört, dass sie es nicht mehr zählen konnte.

»Zarife wurde nicht verbrannt«, hörte sie Ulama mit gewichtiger Stimme sagen.

»Was geschah mit ihr?«, fragte das Mädchen mit vor Aufregung geröteten Wangen.

»Sie wurde geraubt.«

»Geraubt?«, riefen die Kinder wie aus einem Munde, und das rothaarige Mädchen fügte hinzu: »Aber sie war doch tot!«

»Ja, das war sie.« Ulama nickte bedächtig. »Aber vergesst nicht, dass sie eine mächtige Priesterin war.« Sie verstummte, um Kraft für das zu schöpfen, was sie jetzt erzählen wollte. Und obwohl Tisea jedes Wort, das sie sagen würde, auswendig kannte, konnte auch sie sich der Spannung nicht entziehen, die die Kinder erfasst hatte.

»Man sagt, dass sie Verbündete hatte«, nahm Ulama den Erzählfaden wieder auf. »Mächtige Verbündete über den Tod hinaus, die den Hohepriesterinnen des Weißen Tempels zu allen Zeiten treu ergeben waren und ihr das Versprechen gegeben hatten, sie vor den alles verzehrenden Flammen des Feuers zu retten. Es heißt, die Dashken, die dunklen Elementargeister des Hochlands, die mühelos jede Gestalt annehmen können, hätten ihren Leichnam den Händen der Feinde entrissen, um ihn im unwegsamen Hochland zu verbergen, bis die Zeit der Rückkehr gekommen sei.«

Ein kühler Windzug strich durch den Raum und peitschte die Flammen des Feuers in die Höhe, als fahre ein Elementargeist in eben diesem Augenblick durch die Hütte. Funken stoben auf, und Holz knisterte. Die Kinder rückten ängstlich zusammen und sahen sich verstohlen um. Nur der Junge schien keine Angst zu kennen. »Dann ist sie heute längst zu Staub zerfallen«, sagte er gelassen.

»Du!« Die trüben Augen der Alten blitzten, als Ulama herumfuhr und den Jungen anschaute. »Du solltest nicht spotten über Dinge, von denen du nichts verstehst. Zarife ist nicht zu Staub zerfallen. Jene, die ihr das Wort gaben, hüten ihren Körper auch heute noch. Niemand weiß, wo er ist. Niemand hat ihn je gesehen. Aber es heißt, dass sie auch heute noch so edel und anmutig aussieht wie damals, ganz so, als wolle sie sich jeden Augenblick erheben, um ...«

»Hüte dich, Ulama. In Torpak hört man diese Geschichte gar nicht gern.« Ein junger Mann in der hellen Lederkleidung der Waldläufer war unbemerkt eingetreten. Er hockte sich ans Feuer und hielt die Hände den wärmenden Flammen entgegen. »Es heißt, sie hetze das Volk auf.«

»Hákon!« Die Miene der alten Geschichtenerzählerin hellte sich auf. »Sohn meines Sohnes Sohn. Es tut gut, deine Stimme zu hören. Setz dich zu uns und lausche meinen Worten, so wie du es früher immer getan hast. Dann kannst du den Narren in Torpak die Wahrheit erzählen.«

»Danke, Ulama, aber es ist schon spät.« Hákon lächelte entschuldigend. »Ich bin gerade angekommen und wollte dir nur kurz die Ehre erweisen, ehe ich meine Mutter aufsuche.« Er ließ den Blick über die Gesichter der Kinder schweifen. »Du bringst sie in große Gefahr«, sagte er mahnend. »Von mir wird niemand etwas darüber erfahren, was du hier tust, aber du weißt so gut wie ich, dass es streng verboten ist, die alten Legenden zu erzählen. Ich muss dir nicht sagen, wie man in Torpak über Zarife und ihre Priesterinnen denkt.«

»Nein, Hákon, das musst du nicht«, knurrte Ulama. »Hätte Karadek die Macht dazu, würde er jede Erinnerung an Benize und jede Legende aus dem Gedächtnis der Menschen tilgen.«

»Nicht jede Erinnerung und nicht jede Legende«, korrigierte Hákon. »Vergiss nicht, dass es auch andere Legenden gibt als die deinen. Legenden, die …«

»…von den Machthabern erfunden wurden, um das Andenken jener zu beschmutzen, die einst im Weißen Tempel herrschten«, beendete Ulama den Satz für Hákon. »Schaurige Märchen, die allein dazu dienen, Unwissenden Angst zu bereiten und die Macht jener zu festigen, die den Weißen Tempel zerstörten.«

»Es sind einige hundert Jahre vergangen«, wandte Hákon beschwichtigend ein. »Taten wurden vergessen, Worte verdreht. Viele Menschen verbinden mit Zarifes Namen die Erinnerung an ein finsteres Zeitalter, während andere die Jahre ihrer Herrschaft als die Blütezeit Benizes preisen.« Er seufzte und schüttelte den Kopf. »Sowohl die eine als auch die andere Meinung gründet sich auf Legenden, die mündlich von Generation zu Generation weitergegeben wurden. Wer vermag da heute noch zu sagen, was Wahrheit und was Lüge ist?«

»Die Wahrheit fühlst du in deinem Herzen.« Ulama ließ sich nicht beirren. »Und es wird der Tag kommen, da sie jene einholt, die schändliche Lügen über Zarife verbreitet haben.«

»Möge diese Wahrheit uns Frieden und Wohlstand bringen.« Es war offensichtlich, dass Hákon sich nicht mit Ulama streiten wollte. Er zwinkerte den Kindern zu und verabschiedete sich mit den Worten: »Und möge der große Geist des Waldes noch lange seine Hand schützend über dich und deine jungen Gäste halten.«

»Ach je, ach je! Wie weit ist es nur gekommen? Nun haben sogar die Jungen des Waldvolks den Glauben an die Wahrheit verloren.« Ulama seufzte, aber es klang nicht wirklich böse. Alle wussten, wie sehr sie Hákon liebte.

»Was wurde aus Zarife?«, fragte eines der Kinder, nachdem Hákon gegangen war.

»Sie schläft.« Ulama nickte bedächtig. »Und sie wartet.«

»Worauf?«, wollte der Junge wissen. Wie die anderen Kinder hörte auch er die Legende von Zarife zum ersten Mal, denn seit die Herrscher in Torpak hart gegen jene vorgingen, die öffentlich von der prophezeiten Rückkehr Zarifes erzählten, wagten es viele Eltern nicht mehr, ihren Kindern davon zu berichten. Ulama jedoch war alt.

Sie hatte keine Angst und hielt unerschütterlich an dem Glauben fest, dass die goldenen Zeiten von Benize eines Tages wiederkehren würden.

»Worauf sie wartet?« Sie beugte sich vor. Der Feuerschein ließ ihr gefurchtes Gesicht wie eine dämonische Maske erscheinen, als sie mit unheilvoller Stimme sagte: »Sie wartet auf ihre Seele.«

Die Kinder keuchten auf. Einige schlugen sich die Hände vor den Mund, andere saßen wie erstarrt, und sogar der Junge, der eben noch so gelassen dagesessen hatte, wirkte verunsichert.

»Sie wartet darauf, dass ihre verlorene Seele nach Benize zurückkehrt, damit ihr Körper und ihr Geist sich wieder vereinen können. Wenn das geschieht, so erzählt es die Prophezeiung, wird sie die Herrschenden aus Torpak vertreiben und Benize zu neuem Glanz führen.« Ulama verstummte und fuhr sich mit den faltigen Händen müde über die Augen. »Nun geht heim«, sagte sie matt. »Geht heim und verschließt das Wissen um Zarife tief in euren Herzen, denn das ist der Platz, der ihr gebührt.«

Die Kinder nickten brav, erhoben sich und verabschiedeten sich mit einem Abendgruß. Tisea wartete, bis sie gegangen waren, dann schickte auch sie sich an, die Hütte zu verlassen.

»Tisea!« Die Stimme der Alten ließ sie zusammenzucken. Sie hielt inne und drehte sich um. »Ja?«

»Komm zu mir, mein Kind.« Ulama hob die dürre Hand und deutete ein Winken an.

Zögernd trat Tisea näher. Sie fürchtete, Ulama werde sie maßregeln, weil sie sich, obwohl dem Kindesalter längst entwachsen, immer wieder unter die jungen Zuhörer mischte. »Ich ... ich habe nur ...«, setzte sie hastig zu einer Antwort an.

»Du liebst die Legenden«, unterbrach Ulama sie. »Denkst du, ich weiß das nicht? Denkst du, ich bemerke es nicht, dass du Jahr um Jahr hierherkommst, um der Geschichte der letzten Priesterin zu lauschen?« Sie nickte bedächtig. »O ja, das denkst du fürwahr. Aber ich bin nicht so blind, wie es vielleicht den Anschein haben mag. Auch wenn meine Augen mich mit den Jahren mehr und mehr im Stich gelassen haben, so erkenne ich doch jeden von euch sofort wieder. Und nun setz dich zu mir, mein Kind. Ich habe eine Aufgabe für dich.«

»Eine Aufgabe? Für mich?«, fragte Tisea erstaunt, während sie sich auf einer der Matten nahe dem Feuer niederließ und beobachtete, wie Ulama einen Holzscheit auf die Glut legte.

»Für dich. Ja, ja.« Ulama wartete, bis Tisea Platz genommen hatte, und erklärte ohne Umschweife: »Ich möchte, dass du etwas für mich ins Hochland bringst.«

»Ins Hochland?« Tisea starrte Ulama an. Niemand reiste ins Hochland, schon gar nicht so kurz vor Wintereinbruch. Seit die Krieger aus Torpak den Weißen Tempel zerstört und die Priesterinnen getötet hatten, gehörte das Hochland den Dashken und jenen, die mit ihnen im Bunde standen. Oft schon hatten die Herren von Torpak Krieger ausgeschickt, um Zarifes Körper zu finden und dem Mythos um ihre Rückkehr ein Ende zu bereiten. Junge Männer, furchtlos und begierig auf das Gold, das die Herrschenden demjenigen versprochen hatten, der das Versteck entdeckte. Die meisten waren nicht zurückgekehrt. Ihre Spuren verliefen sich zwischen den grünen Hügeln, und jene, die den Weg zurück fanden, waren verwirrt und konnten sich nur bruchstückhaft an das erinnern, was ihnen widerfahren war. Was sie zu berichten wussten, hatte die Legenden genährt und das Hochland zu einem geheimnisumwobenen Ort der Geister und Dämonen gemacht, von dem viele nur hinter vorgehaltener Hand sprachen.

Tisea hatte Angst. »Ich ... ich soll ins Hochland reisen?«, fragte sie noch einmal in der Hoffnung, sich verhört zu haben.

»Ja, das sollst du.« Ulama nickte bedächtig.

»Aber dort wohnt niemand. Nur die Geister und die Dashken.«

»Die Geister?« Ulama lachte, es klang wie trockenes Pergament. »Ja, Geister mögen es wohl sein. Aber nicht nur. Es gibt viele Geschichten über das Hochland. Doch glaube mir, nur die wenigsten davon sind wahr. Dir wird nichts geschehen.« Sie senkte die Stimme und schaute sich um, als fürchte sie, jemand könne ihr Gespräch belauschen. »Wer den geweihten Dolch bei sich trägt, ist im Hochland willkommen. Die Dashken werden ihm nichts antun.«

»Den geweihten Dolch?« Tisea verstand nicht.

»Den geweihten Opferdolch des Weißen Tempels.« Tiefe Ehrfurcht lag in Ulamas Stimme. »In der Legende heißt es, dass Zarife nur dann in ihren Körper zurückkehren kann, wenn ihrem neuen Körper das Herz mit diesem Dolch herausgeschnitten und in den alten Körper gelegt wird. Dann und nur dann wird auch ihre unsterbliche Seele wieder einkehren in die Hülle, die sie vor vielen hundert Jahren verlassen musste.«

»Aber warum ist der Dolch nicht im Hochland, wenn er so wichtig ist?«, fragte Tisea.

Ulama lächelte: »Das, mein Kind, ist schon fast eine eigene Legende. Aber eine sehr geheime. Niemand außer mir hat sie je gehört.«

»Niemand?« Tisea schaute Ulama fragend an.

»Niemand.« Ulama schüttelte den Kopf. »Es ist eine Legende, die meine Mutter an mich weitergab, bevor sie starb. Sie selbst hatte sie von meiner Muttermutter erzählt bekommen, ehe diese für immer die Augen schloss. Die wiederum hatte sie von ihrer Mutter und so immerfort. Es ist eine Legende von Verrat, Neid, Habgier und Mut – und es ist auch die Legende meiner Vorfahren. Wenn du willst, wenn du es wirklich willst, werde ich sie dir erzählen.«

Tisea nickte gebannt. Sprechen konnte sie nicht, zu ergriffen war sie von Ulamas Worten, zu stolz, dass sie teilhaben durfte an etwas, von dem zu allen Zeiten nur wenige Auserwählte gewusst hatten.

»Der geweihte Dolch von Benize war einst das wichtigste Artefakt hinter den Mauern des Weißen Tempels«, hob Ulama an. »Er ist mehr als nur ein Dolch, mehr als nur ein heiliger Gegenstand. Ihm wohnt echte Magie inne, die ihm, so heißt es, einst von den Göttern höchstselbst geschenkt worden war. Die Legende weiß zu berichten, dass er nur in Zeiten großer Not und zu den höchsten Festen verwendet wurde. Wenn die Menschen keinen Ausweg mehr wussten und sie in ihrer Not Beistand von den Göttern erflehten – oder wenn zu Ehren eines Gottes ein Tier geopfert werden sollte.«

»Das ist grausam.« Tisea runzelte die Stirn. »In den anderen Legenden wird nichts über Blutopfer erzählt.«

»Wie ich schon sagte, der Dolch fand nur sehr selten Verwendung. Und das war auch gut so. Denn wie alles Magische birgt der Dolch neben großer Macht auch große Gefahren in sich. Nur die Hohepriesterin selbst, die um diese Gefahr wusste, durfte ihn führen. Nur sie durfte die Tiere opfern. In den alten Schriften, die nach dem Sieg von den Bastarden aus Torpak verbrannt wurden, stand geschrieben, die Kräfte und Talente des Geopferten würden im Augenblick des Todes durch die Klinge in den Körper jener Priesterin übergehen, die den Dolch in den Händen hielt. So erlangte diese übernatürliche Kräfte, die sie zum Wohle Benizes nutzte. Blieb der Regen aus, erhielt sie eine Botschaft, wo noch Wasser zu finden war. Zog ein mächtiger Sturm auf, führte der Dolch seine Trägerin im Geiste an einen sicheren Ort, den sie gemeinsam mit den Priesterinnen, ihren Arbeitern und Getreuen aufsuchte. Blieb das Wild aus, zeigte der Dolch der Hohepriesterin, wo die Jägerinnen ihre Beute suchen mussten. Viel Gutes hatten die Priesterinnen dem Dolch zu verdanken, doch darf man darüber nicht vergessen, dass er auch großes Unheil über Benize brachte.«

»Wie das?« Tisea lauschte gespannt. Sie hatte geglaubt, alles über die Priesterinnen des alten Glaubens zu wissen. Was sie nun hörte, war so unglaublich, dass es ihre Vorstellung vom Leben im Weißen Tempel gründlich durcheinanderwirbelte.

»Nun, auch die Priesterinnen und Novizinnen von damals waren nur Menschen.« Ulama bedachte Tisea mit einem Lächeln. »Die magischen Kräfte, die der Dolch verlieh, weckten bei vielen von ihnen Begehrlichkeiten. Und nicht jeder vermochte der Versuchung zu widerstehen. Die alten Legenden berichten, dass eine begnadete Seherin sterben musste, weil ihre schwächere Rivalin hoffte, dadurch an deren Wissen zu gelangen. Eine junge Novizin tötete mit dem Dolch einen bestialischen Meuchler, der zuvor ihre Freundin erstochen hatte, und wurde dadurch selbst zu einer gefährlichen Bestie. Erst nachdem sie drei ahnungslose Priesterinnen grausamst ermordet hatte, konnte man ihr das Handwerk legen. Das Schlimmste aber geschah nach Zarifes Tod, zu einer Zeit, da der Dolch bereits von den Hüterinnen im Hochland verwahrt wurde.« Ulama verstummte.

»Was ist geschehen?«, drängte Tisea voller Neugier.

»In den Jahren ihrer Herrschaft beanspruchte Zarife den Dolch allein für sich, was als Hohepriesterin ihr gutes Recht war«, erzählte Ulama weiter. »Böse Zungen behaupten, sie habe seine Kräfte schändlich missbraucht, um ihre Macht zu stärken. Doch dafür gibt es keine Beweise. Wir kennen nur den Auftrag, den sie ihren Getreuen gab, als sie spürte, dass sich ihre Zeit dem Ende zuneigte.«

»Wenn die Raben sprechen, müssen Herz und Dolch zusammenkommen, auf dass die Seele ihr Heim findet«, zitierte Tisea die letzte, unbekannte Strophe der Prophezeiung.

»Du hast die Worte nicht vergessen.« Ulama nickte Tisea wohlwollend zu. »Zarife gab den Hüterinnen den Auftrag, ihren Körper und den Dolch zu verwahren, bis sie eines Tages zurückkehren würde, um ihr altes Heim, wie ihre sterbliche Hülle in der Prophezeiung genannt wird, wieder zu beziehen. So gab es nach ihrem Tod niemanden mehr, der den Dolch für sich beanspruchte. Der Tempel war zerstört, die Hohepriesterin fort. Von den wenigen, die das grausame Massaker überlebt hatten, wagte es niemand, Zarifes Platz einzunehmen. Sie wandten sich von den Blutopfern ab und schufen eine neue Ordnung. Fortan nannten sie sich die Hüterinnen des alten Glaubens und sahen ihre Aufgabe allein in der Bewahrung dessen, was Zarife ihnen hinterlassen hatte. Viele Jahrzehnte gingen ins Land, bis sich eine Novizin der magischen Kräfte des Dolches erinnerte. Sie war nicht besonders klug und hatte keine Talente. Aber sie war von krankhaftem Ehrgeiz getrieben und haderte mit dem Schicksal, das sie so sträflich vernachlässigt hatte. Aus dem Hader wurde Wut, und schließlich erwuchs daraus ein Hass auf alle, die von Geburt an mit besonderen Gaben ausgestattet waren. Eines Nachts wurde dieser Hass übermächtig. Sie schlich sich ins Heiligtum, nahm den Dolch an sich und tötete in einer einzigen Nacht fast ein Dutzend Hüterinnen im Schlaf. Ausnahmslos Frauen, die besondere Talente besaßen. Am Ende packte sie der Wahnsinn, und sie richtete sich selbst. Es war ein grausiger Anblick, der jene erwartete, die das Unglück überlebten, und ein großer Verlust für die Hüterinnen. Die Oberin entschied, dass es zu gefährlich sei, den Dolch weiterhin in den Höhlen zu verwahren. Und so geschah etwas, das niemals zuvor geschehen war ...« Ulama hustete und griff nach dem Wasserbecher. Es dauerte eine Weile, bis sie sich wieder beruhigte. Dann endlich fuhr sie fort: »Aus den Reihen der Hüterinnen wurde eine junge Frau auserwählt, die für ihren Sanftmut und die Gabe bekannt war, Visionen empfangen zu können. Ihr wurde der Dolch anvertraut, auf dass sie ihn hüte und beschütze, bis die Raben sprächen und die Prophezeiung sich erfüllte. Man schickte sie ins Waldland, wo sie fortan leben sollte, bis die Zeit gekommen war, da sie mit dem Dolch zurückkehren konnte.« Ulama verstummte erneut.

»Diese ... diese Frau«, warf Tisea mit vor Aufregung geröteten Wangen ein. »War sie ...?«

»Ja.« Ulama nickte, noch bevor Tisea die Frage zur Gänze gestellt hatte. »Du vermutest richtig. Diese junge Frau war meine Ahnin. Sie nahm den Dolch an sich und verließ die Gemeinschaft der Hüterinnen, um hier im Waldland ein neues Leben zu beginnen. Seitdem wird der Dolch unter den Frauen meiner Sippe weitergegeben, welche die Gabe des Sehens von unserer Ahnin geerbt haben. Von der Mutter auf die Tochter, bis zu jenem Tag, an dem der Ruf uns erreicht und die Prophezeiung sich erfüllt. Das Versprechen, das meine Ahnin den Hüterinnen einst gab, bindet uns auch heute noch. Wenn die Raben sprechen, müssen wir unverzüglich aufbrechen und den geweihten Dolch zurück ins Hochland bringen, damit Zarife in ihren Körper zurückkehren kann.«

»Heißt das, die ... die Raben haben gesprochen?« Tisea flüsterte nun.

»Ja, das heißt es.« Etwas Endgültiges lag in diesen Worten. Bitternis und Hoffnung, Verlust und Neubeginn, all das und noch viel mehr. Zu viel, als dass eine Siebzehnjährige es hätte verstehen können.

»Bitte, erzähl mir mehr davon.« Tisea bemerkte, dass sie vor Aufregung zitterte.

»Gestern Nacht«, antwortete Ulama schließlich, »habe ich im Traum den Weißen Tempel gesehen. Wie ein Vogel flog ich darüber hinweg. Die Wände strahlten wie das Gefieder eines Schwans, und die goldene Kuppel des Heiligtums warf das Sonnenlicht in tausend Strahlen zurück. Ich begann zu kreisen. Immer höher und höher stieg ich hinauf, und schließlich bemerkte ich, dass ich nicht mehr allein war. Raben hatten sich mir angeschlossen, sie krächzten, aber dann, ganz plötzlich, verstand ich, was sie sagten. ›Macht euch bereit!‹, riefen sie sich zu. ›Macht euch bereit! Die wahre Herrscherin von Benize wird aus ihrem Schlaf erwachen. Die Zeit, die Zeit ist gekommen.‹« Ulama verstummte und starrte in die Flammen, als könne sie die Bilder des Traums im Geiste noch einmal heraufbeschwören. Dann seufzte sie und richtete den Blick wieder auf Tisea. »Als ich erwachte, wusste ich, dass es das Zeichen war, auf das die Hüterinnen schon so lange warten«, sagte sie fast ein wenig wehmütig. »Es ist so weit, der Dolch muss ins Hochland zurückkehren.«

»Wo ist er jetzt?«, wollte Tisea wissen. Ihr Herz pochte heftig. Abenteuerlust und Furcht, Sorge und Zuversicht wechselten in rascher Folge, und es war längst nicht entschieden, welches Gefühl am Ende die Oberhand gewinnen würde.

Ulama antwortete nicht, aber ihr Blick sagte mehr als alle Worte. »Er ist hier«, folgerte Tisea. »Hier in der Hütte.«

»Ja, ja, das ist er.« Ulama nickte bedächtig. »Ich bin die Hüterin des Dolches, so wie vor mir schon meine Mutter, die Mutter meiner Mutter und jene, die vor ihnen waren.« Sie streckte die knochigen Hände aus, um sie am Feuer zu wärmen. »Ich habe gewartet. All die Jahre lang. O ja, das habe ich«, sagte sie mit einem Anflug von Trauer in der Stimme. »In meiner Jugend träumte ich fast jede Nacht davon, den Dolch ins Hochland zu tragen. Hätte das Zeichen mich damals erreicht, ich wäre ohne zu zögern aufgebrochen. Jetzt aber sind meine Knochen zu alt für eine so lange und beschwerliche Reise. Der Winter steht vor der Tür, die Schneewölfe aus dem Norden ziehen nach Süden und machen den Weg gefährlich.« Sie hob den Kopf und bedachte Tisea mit einem langen Blick aus altersblinden Augen. »Ich habe dich beobachtet, Tisea, Allvars Tochter«, sagte sie ernst. »Du bist jung und tatkräftig und verehrst die Priesterinnen des alten Glaubens wie keine andere hier. Dein Pflichtbewusstsein sucht seinesgleichen. Ohne zu klagen trägst du die Last, die das Schicksal dir aufbürdete. Deshalb habe ich schon vor Monaten beschlossen, dass du an meiner Statt in den Norden reisen wirst, wenn der Ruf mich ereilen sollte, um den Hüterinnen, die dort wachen, den Dolch zu überbringen.«

Tisea schwieg. Überwältigt von dem Ungeheuerlichen, das Ulama ihr auftrug, fühlte sie sich außerstande, sofort eine Entscheidung zu treffen. Sie hatte die Wälder ihrer Heimat noch nie verlassen, hatte keine einzige Nacht unter freiem Himmel verbracht. In ihrem ganzen Leben war sie nie weiter gereist als bis zur Wassermühle an der Dronthe, wo der Wald endete und Wiesen und Felder sich ausbreiteten. Nur zu gut erinnerte sie sich noch an ihren letzten Besuch im vergangenen Herbst, der ihr schmerzlich vor Augen geführt hatte, wie ängstlich sie im Grunde ihres Herzens war.

Nahe der Mühle gab es eine Fähre. Sie hatte damals gerade einen Sack mit Eckern zur Mühle getragen, als der Fährmann an Land gegangen war, um auf Reisende zu warten. Beim Anblick der wartenden Fähre hatte sie ganz unvermittelt das Fernweh gepackt, und für einen Augenblick hatte sie tatsächlich mit dem Gedanken gespielt, den Fluss zu überqueren. Nicht lange, nur für einen Tag oder zwei. Der Reiz des Abenteuers war jedoch schnell verflogen, als ihr bewusst geworden war, dass sie die Nacht dann ohne ein schützendes Blätterdach über dem Kopf würde verbringen müssen – für sie wie für die meisten Waldbewohner ein unerträglicher Gedanke.

An diesem Abend jedoch war es anders. Ulamas Worte hatten etwas in ihr berührt, das sie sich mehr als alles andere wünschte, seit sie der Legende der letzten Priesterinnen zum ersten Mal gelauscht hatte. Es war wie eine Offenbarung, das Erwachen einer Sehnsucht, die sie immer gespürt hatte, die sie aber nie in Worte hatte fassen können. Nicht die Wiesen und Felder des Südens waren es, nach denen es sie verlangte. Sie wollte das Hochland sehen. Ulamas Bitte war eine Gelegenheit, die sie nicht ungenutzt verstreichen lassen durfte. Wäre sie frei gewesen in ihrer Entscheidung, sie hätte sofort zugestimmt. Aber sie war nicht frei...

»Du fürchtest dich.« Ulama schien ihre Gedanken zu erraten.

»Ja.«

»Nun, das ist keine Schande.« Die Alte nickte bedächtig. »Das Waldvolk ist nicht für die Ebene geboren. Nur die Wagemutigsten verlassen das schützende Dach der Bäume, um in die Welt hinauszuziehen.«

»So wie Hákon?«

»Ja, so wie Hákon.« Stolz schwang in Ulamas Stimme mit. »Er ist sehr mutig. Aber das war nicht immer so. Auch er hat sich gefürchtet, als er mit nur zwölf Jahren gezwungen wurde, seinen Dienst in der Garde von Torpak anzutreten.«

»Warum schickst du nicht ihn?«, wollte Tisea wissen.

Ulama schüttelte den Kopf, und es war, als husche ein Schatten über ihr Gesicht. »Die Jahre in Torpak sind nicht spurlos an ihm vorübergegangen«, sagte sie bedauernd. »Er hat sich Karadek zugewandt.«

Tisea spürte Ulamas Trauer und schämte sich für ihre törichte Frage. »Habe ich Zeit, es mir zu überlegen?«, fragte sie schließlich.

Ulama nickte. »Bis Sonnenaufgang.«

»Ich danke dir.« Tisea erhob sich. »Ich fühle mich geehrt und würde dir sehr gern helfen. Aber du weißt, dass ich nicht gänzlich frei bin.« Sie verbeugte sich zum Abschied und schickte sich an, die Hütte zu verlassen. »Mögen die guten Geister des Waldes dir einen erholsamen Schlaf schenken.«

»Ich gebe dir mein Pferd«, sagte Ulama in einem Tonfall, als hätte Tisea sich bereits entschieden.

Das Gefühl, nicht mehr Herr ihrer eigenen Entscheidungen zu sein, jagte Tisea einen Schauder über den Rücken. »Morgen«, sagte sie bestimmt, wandte sich um und ging zur Tür.

»Ja, morgen«, hörte sie Ulama so leise murmeln, als spräche sie zu sich selbst. »Morgen gebe ich dir mein Pferd.«

7

»Fertig!« Sandra nahm die Brille ab, fuhr sich mit der Hand müde über die Augen und klickte auf »Senden«. Fast zwei Stunden hatte sie damit zugebracht, alle falschen Sätze aus der misslungenen Versteigerungsreportage zu tilgen. Jetzt war sie hundemüde, aber sicher, einen journalistisch korrekten Text abgeliefert zu haben.

»Das ist alles völlig verrückt.« Sandra fuhr das Notebook herunter, klappte es zu und schaute zu der Affenskulptur hinüber, die noch immer auf dem Wohnzimmertisch stand. Ohne Brille konnte sie den Affen nur verschwommen erkennen. Ein unheimlicher Anblick. Was hatte Ivana vorhin noch gesagt? Gehe niemals davon aus, dass das Offensichtliche das Wahre ist. »Du weißt es, nicht wahr?«, sagte sie leise zu dem Affen. »Du weißt genau, wie diese verrückten Zeilen in meine Reportage gekommen sind.« Sie lehnte sich gähnend in ihrem Stuhl zurück, legte die Füße auf den Tisch und schloss die Augen. In kurzen Bildern rief sie sich die Ereignisse des Tages noch einmal ins Gedächtnis: das Joggen mit Manon, Ivana mit dem Affen in der Hand ... Dann schweiften ihre Gedanken ab.

Sie lief durch einen Nebel. Die grauen Schleiher waberten so dicht, dass sie kaum etwas erkennen konnte. Wie blind stolperte sie über den von Geröll bedeckten Boden dahin. Sie wusste nicht, wohin sie lief und was sie erwartete, sie wusste nur, dass sie weiterlaufen musste. Irgendwann gelangte sie in einen Tunnel, aber der Nebel folgte ihr wie ein lebendes Wesen und nahm ihr auch hier die Sicht. Immer wieder stießen ihre Füße gegen Hindernisse. Steine, die am Boden langen, geschwärztes Holz und – Knochen. Erschaudernd blickte Sandra auf einen bleichen Totenschädel hinab, der, von ihren Füßen angestoßen, gespenstisch lautlos ein Stück weit über den Boden hüpfte. Als er liegen blieb, klappte der Unterkiefer nach unten.

»Komm!« Das Wort hallte durch ihr Bewusstsein, brach sich an den Wänden und stürzte als hundertfaches Echo auf sie ein. *Komm! ... Komm! ... Komm! ...*

Sie krümmte sich und presste die Hände auf die Ohren, aber die Stimme ließ sich nicht aussperren. Wie ein schauriger Gesang begleitete sie Sandra auf ihrem Weg durch die Höhle. Als sie schon glaubte, wahnsinnig zu werden, blieb der Nebel mit einem Mal hinter ihr zurück, als sei er irgendwo hängen geblieben. Auch die Stimme war jetzt fort. Nichts deutete darauf hin, welchem Zweck sie diente. So wie die Höhle. Es gab keine Einrichtungsgegenstände oder Dinge des täglichen Gebrauchs, die darauf schließen ließen, dass sie bewohnt war. Einzig bemerkenswert war eine flache Erhebung in der Mitte der Kammer.

Neugierig trat Sandra näher. Unter dem Staub war deutlich eine menschliche Gestalt zu erkennen. Sandra kniete nieder. Vorsichtig streckte sie die Hand aus, um das Gesicht vom Staub zu befreien, da schoss aus dem Boden urplötzlich eine bleiche Hand hervor und umklammerte ihren Arm. Sandra schrie auf und wollte zurückweichen, aber die Geisterhand hielt sie fest.

Nie zuvor hatte Sandra solche Panik verspürt, nie so grauenhafte Todesängste ausgestanden. Während sie mit Händen und Füßen verzweifelt nach einem Halt tastete, suchte sie den Boden ringsumher hektisch nach etwas ab, das sich als Waffe verwenden ließe – vergeblich.

Ihr Blick irrte über die Wände, in die unzählige Nischen geschlagen worden waren. Sie waren nicht leer. In jeder hockte eine tönerne Affenstatue, die sie grinsend anstarrte ...

Sandra zuckte zusammen, weil ihre Füße von der Schreibtischplatte rutschten. Keuchend richtete sie sich auf und barg das Gesicht in den Händen.

Welch ein Albtraum. Affen, Skelette und Geisterhände ...

Während sie darauf wartete, dass sich ihr Herzschlag beruhigte, ließ sie den Traum im Geiste noch einmal an sich vorüberziehen. Wenn das so weiterging, würde sie vermutlich bald ein Fall für den Psychiater sein.

Manon hatte ihr geraten, den Affen so schnell wie möglich wieder zu verkaufen oder ihn einfach wegzuwerfen. Das war vielleicht doch keine so schlechte Idee. Vielleicht war er wirklich schuld an all den seltsamen Dingen, die ihr in den letzten Stunden widerfahren waren. Immerhin hatte Ivana behauptet, er hätte eine Aura.

Die Mülltonnen stehen gleich neben der Haustür, überlegte sie. Es sind nur ein paar Stufen hinunter ins Erdgeschoss, dann bin ich ihn los. Der Gedanke war verlockend.

Hundert Euro so einfach in den Mülleimer werfen?, begehrte es in ihr auf. Das kann ich unmöglich tun. Der Affe ist viel zu wertvoll, um ihn einfach wegzuwerfen.

Er muss weg.

Nein, er bleibt hier.

Aber er ist mir unheimlich.

Er ist völlig harmlos. Ich bilde mir das alles doch nur ein.

Weg mit ihm.

Nein, ich will ihn behalten!

Weg ...

Sandra hielt sich die Ohren zu. Unfähig, das Für und Wider gegeneinander abzuwägen, beschloss sie zunächst einmal nichts zu unternehmen und den Affen irgendwo verschwinden zu lassen, wo sie ihn nicht ständig ansehen musste.

Draußen war es dunkel geworden. Entschlossen schaltete sie die Schreibtischlampe an, setzte die Brille auf und ging zum Wohnzimmertisch. Das Licht der Halogenlampe brach sich am Wandspiegel und ließ die Augen des Affen aufblitzen.

»Also, raus mit der Sprache. Was bist du für einer?«, sagte sie, stützte das Kinn auf die Hände und starrte die Skulptur an. Natürlich erwartete sie nicht wirklich eine Antwort. Und dennoch ... Irgendwie beschlich sie auch jetzt wieder das Gefühl, dass sich hinter den starren Gesichtszügen mehr verbarg als nur gebrannte Tonerde.

Die Sekunden verstrichen. Langsam und zäh flossen sie dahin. Nur das Brummen der Halogenlampe war zu hören. Dann, zunächst fast unhörbar, mischte sich ein helles Summen in das sonore Geräusch des Netzteils. Sandra beachtete es nicht. Sie saß nur da und starrte den Affen an, als sei sie selbst zu einer Statue geworden. Das Summen wurde lauter, zog an ihrem Ohr vorbei – und erstarb.

Sandra verzog keine Miene. Nicht die kleinste Regung in ihrem Gesicht verriet, dass sie es gehört hatte. Bruchteile von Sekunden später jedoch schnellte ihre Hand ruckartig hoch und fuhr mit tödlicher Präzision auf eine Mücke nieder, die sich, von Licht und Körperwärme angelockt, auf ihren Arm gesetzt hatte. Das Insekt hatte nicht den Hauch einer Chance. In einem hellroten Blutfleck lag es zerschmettert auf ihrem Arm. Der Anblick rief in Sandra Abscheu, aber auch ein Gefühl des Sieges hervor. Sie hatte das Insekt mit dem ersten Schlag erwischt. Gleichsam fasziniert und abgestoßen, hielt sie den Arm ins Licht. Das Blut war eklig, besaß aber ohne Zweifel eine sinnliche Farbe. Die Mücke selbst sah mit ihren unnatürlich verrenkten Gliedern geradezu widerlich aus, aber der Sieg über die Kreatur weckte in ihr ein süßes Triumphgefühl und eine Erinnerung …

… der Blutfleck war groß, erstaunlich groß. Er war nicht hell, sondern von einer dunklen tiefroten Farbe. Und er wurde größer. Glänzend wie Öl im Sonnenlicht bahnte sich die zähe, dunkle Masse einen Weg über den staubtrockenen, von unzähligen Füßen aufgewühlten Boden. Fort von dem Körper der Novizin, die sich keuchend am Boden krümmte. Die Hände auf die klaffende Wunde im Bauch gepresst, als könne sie das entrinnende Leben damit aufhalten, starrte sie Sandra an, fassungslos und flehend. Der Anblick war grausam und mitleiderregend, und doch waren es Gefühle von Triumph und Macht, die diese Bilder begleiteten …

Sandra keuchte auf. Mit einer hektischen, fast panischen Bewegung fegte sie das Insekt von ihrem Arm, griff nach einem Papiertaschentuch und rieb damit wie besessen über den Blutfleck. Wie viele Mücken mochte sie in ihrem Leben schon erschlagen haben? Hundert? Oder mehr?

Gleichgültig. Wie viele es auch immer gewesen sein mochten, nicht eine davon hatte sie auch nur eines Blickes gewürdigt. Was ist nur in mich gefahren?, überlegte sie aufgebracht. Niemals zuvor war sie sich selbst so fremd gewesen. Was geht in mir vor? Und was, um alles in der Welt, waren das für entsetzliche Bilder?

Das Papiertuch begann sich in kleine Röllchen aufzulösen, die Haut ihres Arms war bedenklich gerötet. Sandra bemerkte es nicht. Erst als der Schmerz heftiger wurde, hielt sie in der Bewegung inne, knüllte das Papiertaschentuch zusammen und warf es achtlos zu Boden. Dann wandte sie sich dem Affen zu. »Du!«, stieß sie keuchend hervor. »Da steckst du doch dahinter.« Irgendwo in ihrem Bewusstsein flüsterte ihr eine leise Stimme zu, dass das unmöglich war. Dass die Anschuldigung dumm und kindisch war und dass sie sich mit ihrem Verhalten absolut lächerlich machte. Aber Sandra war nicht in der Stimmung, sich zur Vernunft zu mahnen. Ivana hatte recht. Etwas stimmte nicht mit diesem Affen, und dieses Etwas ließ sich nicht vernünftig erklären.

Aber wenn der Affe glaubte, Grusel-Spielchen mit ihr spielen zu können, hatte er sich getäuscht. Sie war nicht so alt und gebrechlich wie die Gräfin de Lyss. Und sie war auch nicht so leicht einzuschüchtern. Sie hatte sich noch nie mit der erstbesten Erklärung zufriedengegeben und das Journalismusstudium nicht zuletzt deshalb begonnen, weil es sie danach drängte, alles zu hinterfragen.

»Du hast Biss. Aus dir wird mal eine Top-Journalistin«, hatte der Chefredakteur der HIT bei einem Volontariat in den letzten Semesterferien zu ihr gesagt. Das hatte ihr zwar noch keinen Job eingebracht, aber immerhin war es ein Lob von allerhöchster Stelle gewesen und Balsam für ihre Studentenseele.

Entschlossen nahm sie das Telefon zur Hand und wählte Ivanas Nummer. Vielleicht war es ja noch nicht zu spät, und sie konnte ihr den Affen noch schnell vorbeibringen, damit ihre Tante ihn sich einmal ansah.

Die Leitung war besetzt. Sandra wählte noch einmal, jedoch mit dem gleichen Ergebnis. »War ja klar.« Sie legte das Telefon beiseite und nahm sich vor, es später noch einmal zu versuchen. Irgendwann mussten die Kondolenzanrufe von Ivanas Verwandtschaft ja mal ein Ende haben. Im Nachhinein ärgerte sie sich, dass sie ihrer Freundin den Affen nicht gleich mitgegeben hatte. Das hätte ihr einige Mühe erspart.

Sie schaltete den Fernseher ein, um sich abzulenken, da klingelte es an der Tür. »Nanu?« Sandra schaute auf die Uhr. Es war fast halb neun. Wer, um alles in der Welt, kam sie so spät abends noch unangemeldet besuchen?

Sandra ging zur Tür und drückte den Knopf der Gegensprechanlage. »Ja?«

»Hallo, Sandra, ich bin es noch mal – Ivana«, tönte es aus dem Lautsprecher. »Darf ich raufkommen?«

»Na klar. Warte, ich mach dir auf.« Sandra drückte auf den Summer. Gleich darauf hörte sie die Haustür unten ins Schloss fallen und eilige Schritte im Treppenhaus, die sich rasch näherten. Sie öffnete die Tür, spähte hinaus und sah Ivana mit einer Tasche in der Hand die Treppe hinaufkommen. »Hast du etwas vergessen?«, fragte sie.

»Nein.« Ivana war völlig außer Atem. »Im Gegenteil. Ich habe dir etwas mitgebracht. Darf ich reinkommen?«

Fünf Minuten später schaute Sandra verwundert auf die altertümliche Schachtel mit Karten, die Ivana aus der Tasche gezogen und vor ihr auf den Tisch gelegt hatte. »Ein Tarot?«

»Mein Tarot.« Ivana nickte.

»Wenn du mir die Karten legen willst, muss ich dich enttäuschen.« Sandra hob abwehrend die Hände. »Ich habe dir vorhin schon gesagt, dass ich nicht wissen will, wo und wann ich meinem Traummann begegnen werde.«

Ivana schmunzelte. »Es geht auch nicht um deinen Traummann, es geht um den da«, erklärte sie und deutete auf den Affen. »Weißt du, was ich vorhin gespürt habe, hat mir keine Ruhe gelassen. Der Affe birgt ein Geheimnis, da bin ich mir sicher. Wenn du es erlaubst, würde ich gern versuchen, ihm mithilfe der Karten auf die Spur zu kommen.«

»Geht das denn?«, fragte Sandra.

»Nun, meine Tante wäre für so etwas sicher besser geeignet, aber ich möchte es auf jeden Fall versuchen.« Sie schaute Sandra bittend an. »Darf ich?«

»Meinetwegen.« Sandra nickte. »Was brauchst du?«

»Mehr Platz.« Ivana ließ den Blick über den Couchtisch schweifen, auf dem eine Menge Zeitschriften, Zeitungen und Fachblätter verstreut lagen, und fügte hinzu: »Kerzenlicht wäre auch nicht schlecht.«

»Kein Problem.« Sandra stand auf und befreite den Couchtisch von allem überflüssigen Zeug. Aus der Schublade einer kleinen Anrichte holte sie eine Schachtel mit Teelichtern hervor und reichte sie Ivana. »Sind das genug?«, fragte sie.

»Ja, danke.« Ivana nickte bedächtig, während sie das abgegriffene Tarot-Deck aus der Schachtel nahm und auf den Tisch legte.

Wenig später verströmte ein halbes Dutzend Teelichter auf dem Couchtisch ein gemütliches Licht. Der Affe hockte Ivana gegenüber am Rand des Tisches. Mit grimmiger Miene schien er zu beobachten, wie sie die Karten mischte und drei gleichgroße Stapel daraus formte. Nach kurzem Überlegen nahm sie den mittleren Stapel zur Hand und schob die anderen beiden zur Seite. Die gewählten Karten breitete sie mit sicherer Hand in drei parallelen Reihen verdeckt vor sich auf dem Tisch aus und wählte nacheinander sieben Karten aus.

Sandra konnte sich ein Schmunzeln nicht verkneifen. Sie hatte sich einen Stuhl herangezogen und sah ihrer Freundin schweigend zu. In ihren Augen mutete Ivanas Vorgehen doch recht seltsam an. Nüchtern betrachtet war alles, was sie tat, Zufall, und Sandra hatte so ihre Zweifel, dass am Ende etwas Vernünftiges dabei herauskommen würde.

Ivana schob die übrig gebliebenen Karten zur Seite und legte die sieben Karten keilförmig auf dem Tisch aus. »Diese Legeart nennt man den ›Zauberspruch der Zigeuner‹«, erklärte sie. »Die Karten zeigen uns die Gegenwart, geben aber auch einen Ausblick auf die Zukunft.«

Sandra nickte, blieb aber skeptisch.

Ivana schloss kurz die Augen, um sich zu sammeln. »Das ist dein Ich«, begann sie den Zauberspruch und deckte die oberste Karte an der Spitze des Keils auf.

»Die Königin der Schwerter«, murmelte sie ehrfürchtig.

»Was bedeutet die Karte?«, wollte Sandra wissen. »Und warum liegt sie auf dem Kopf?«

Ivana antwortete nicht sofort. Schweigend starrte sie die Karte an, als müsse sie deren Deutung erst abwägen. »Wenn die Königin der Schwerter auf dem Kopf liegt«, sagte sie schließlich, »weist das auf eine Frau gereiften Jahrgangs hin, die selbstbewusst im Leben steht. Auf eine kühl berechnende Karrierefrau, die vor Heimtücke nicht zurückschreckt und großen Schaden anrichten kann, wenn sie dir feindlich gesinnt ist.«

»Der Affe ist demnach eine Frau?« Sandra runzelte die Stirn.

Ivana ging nicht darauf ein, sondern wirkte nun sehr konzentriert. »Was sich deckt«, sagte sie leise und griff nach der zweiten Karte. Das Bild zeigte einen Mann, aber diesmal erklärte Ivana Sandra nicht, was er bedeutete. »Was dich schreckt«, sagte sie und drehte die dritte Karte um. Sie zeigte ein weißes Pferd mit einem Reiter in schwarzer Ritterrüstung. Das Visier des Helms stand offen und gab den Blick frei auf einen Totenschädel. Unten am Rand stand in Großbuchstaben DEATH. Der Tod!

Sandra erblasste.

Ivana bemerkte ihr Erschrecken. »Keine Sorge«, sagte sie. »Der Tod erschreckt die meisten Leute, aber wie alle Karten hat auch er eine Licht- und Schattendeutung. Er liegt nicht auf dem Kopf. Also wird er im Sinne des Lichts gesehen und steht für den Abschied von alten Gewohnheiten oder für einen Neubeginn.« Sie wandte sich wieder den Karten zu und deckte das vierte Bild auf, während sie flüsterte: »Was dich treibt.«

Sandra erkannte einen Engel mit Trompete. Darunter standen Menschen, die ihm die Arme entgegenreckten. Ivana blieb ihr auch diese Erklärung schuldig. »Was dir bleibt«, sagte sie stattdessen und deckte die fünfte Karte auf. Diese schien ihr zu gefallen, aber sie ging nicht darauf ein, sondern drehte sogleich die sechste Karte um mit den Worten: »Was dich zu Boden zwingt.«

Sandra entging nicht, dass Ivana zusammenzuckte. Auf der Karte war ein Turm abgebildet. Im Gegensatz zu dem Bild auf der Todeskarte sah er eher harmlos aus, schien jedoch genau das Gegenteil zu bedeuten.

Ivana schwieg; es dauerte jedoch ungleich länger, bis sie sich der letzten Karte widmete. Ihre Hand zitterte, als sie danach griff und sagte: »Was dir die Zukunft bringt.« Zögernd, fast ängstlich drehte sie die Karte um, auf der ein Mond zu sehen war. »Oh.«

Es war das erste Mal, dass Ivana auf eine Karte laut reagierte. Sandra spürte ihre Bestürzung, als wäre es ihre eigene. »Und?«, fragte sie vorsichtig. »Was sagen die Karten über den Affen?«

»Viel.« Ivana fuhr sich mit den Händen über das Gesicht, als sei sie plötzlich sehr müde. »Zu viel.«

»Wohl nicht viel Gutes«, vermutete Sandra.

»Ob es gut oder schlecht ist, muss sich erst noch erweisen«, meinte Ivana. »Die Karten legen sich da nicht fest. Ich kann nur Tendenzen sehen und Vermutungen anstellen.«

»Und wie sind die Tendenzen?«, wollte Sandra wissen.

»Verworren. Sehr verworren. Ich bin mir nicht mehr ganz sicher, auf wen sich die Deutung bezieht. Auf das Geheimnis des Affen ...«, sie schaute Sandra an, »oder auf dich.«

»Auf mich?«, fragte Sandra entrüstet. »Aber ich wollte nichts über die Zukunft wissen.«

»Das solltest du aber, denn der Turm hier«, Ivana deutete auf die vorletzte Karte, »sagt mir, dass schon sehr bald eine große Veränderung bevorsteht.«

»Eine Veränderung?« Sandra winkte ab. »O nein, die brauche ich nicht. Ich bin zufrieden mit meinem Leben, so wie es ist.«

»Das glaube ich dir gern, aber die hier«, Ivana deutete auf die Königin der Schwerter, »kann dir große Schwierigkeiten machen.«

»Wer ist sie denn?« In Gedanken ging Sandra alle Frauen durch, die sie kannte, fand aber niemanden, auf den die Beschreibung der Karte passte. »Also, das musst du mir jetzt genauer erklären.« Sie stand auf und setzte sich neben Ivana. Irgendwie hatte sie das Gefühl, dass jede Erklärung, die ihre Freundin ihr gab, gleich eine ganze Reihe neuer Fragen aufwarf. Dennoch konnte sie nicht leugnen, dass die Karten eine seltsame Anziehung auf sie ausübten, ganz so, als könne sie mit ihnen einen winzigen Blick in eine andere Welt werfen. »Wie es aussieht, scheint der Affe die Königin der Schwerter zu sein«, folgerte sie. »Ist ja irgendwie auch logisch, denn seit ich ihn habe, habe ich nur Ärger.«

»Nicht so schnell«, erwiderte Ivana. »Ich muss mit der Deutung sehr vorsichtig sein, denn gleich die zweite Karte, der Page, weist auf mögliche Fehlinterpretationen hin.«

»Aha, ich verstehe. Die Karten sagen dir: Kann sein, muss aber nicht.« Sandra grinste. »Da machen sie es sich aber ganz schön einfach.«

»So kann man es auch sehen…« Ivana nickte. »Aber lass mich trotzdem eine Deutung versuchen. Ich bin überzeugt, dass es für dich sehr wichtig ist. Also, ich fasse jetzt mal zusammen, was mir die Karten sagen. Du hast in der Königin der Schwerter eine mächtige Gegenspielerin und wirst dich schon bald von alten Gewohnheiten trennen müssen. Kommende Hindernisse kannst du überwinden, wenn du die Vergangenheit mit einbeziehst, während dich die Welt als fünfte Karte ermutigt weiterzumachen, auch wenn du glaubst, am Ziel zu sein. Der Turm hingegen spricht von Streit und Trennung, vielleicht auch von dem Ende einer Freundschaft. Und der Mond als siebente Karte …« Sie zögerte und schaute Sandra an. »Willst du das wirklich wissen?«

»Warum nicht?«

»Weil die Bedeutung ziemlich deprimierend ist.«

»Nur wenn man daran glaubt.« Sandra versuchte, ihre Verunsicherung durch ein Lächeln zu überspielen. Im Stillen ärgerte sie sich über ihre Neugier und darüber, dass sie Ivana das Kartenlegen erlaubt hatte, denn ein Teil von ihr war durchaus geneigt, der Deutung Glauben zu schenken.

»Der Mond ist die eigentliche Zukunftsdeutung«, erklärte Ivana ernst. »Er steht für Prüfungen, aber auch für das Weibliche, Nichtgreifbare, Mysteriöse. Er kann auf Irrwege hinweisen, auf die Gefahr, von Illusionen und mystischen Kräften gefangen genommen zu werden.«

»Das klingt wirklich nicht erfreulich.« Sandra schaute Ivana an. »Was habe ich jetzt davon, dass ich all diese Dinge weiß?«

»Du könntest versuchen, lenkend einzugreifen«, schlug Ivana vor. »Wenn du aufmerksam bist, wirst du bestimmt auf Dinge stoßen, die das Tarot vorhergesehen hat.« Sie nahm einen Zettel und einen Stift zur Hand, machte ein paar Notizen und reichte sie Sandra. »Hier«, sagte sie. »Da steht alles ganz ausführlich drauf. Du weißt ja, ich fliege übermorgen nach Budapest und bin für zwei Wochen nicht zu erreichen.«

»Danke.« Sandra nahm die Beschreibung entgegen. Sie wollte noch etwas sagen, aber Ivana hatte es plötzlich sehr eilig. »Du meine Güte, es ist ja schon spät«, sagte sie mit einem Blick auf die Uhr. »Ich muss sofort nach Hause, sonst macht sich meine Mutter Sorgen.« Sie schob das Kartendeck zusammen, steckte es ein und stand auf. »Sie ist sehr dünnhäutig seit Großmutters Tod.«

»Das verstehe ich.« Sandra begleitete ihre Freundin zur Tür. »Ich finde es wirklich sehr lieb von dir, dass du dir die Zeit zum Kartenlegen genommen hast«, sagte sie und reichte Ivana zum Abschied die Hand. »Ich wünsche dir einen guten Flug und trotz allem schöne Tage in Budapest.«

»Auch dir alles Gute, *Szia*. Und pass auf dich auf.« Ivana winkte kurz, dann war sie schon im Treppenhaus.

Sandra schaute ihr nach, wie sie hinunterging, horchte auf die Schritte, die immer leiser wurden und schließlich verklangen, als unten die Haustür ins Schloss fiel.

Ich werde sie nie wiedersehen.

Der Gedanke blitzte ohne jede Vorwarnung hinter ihrer Stirn auf. Klar, endgültig und schockierend.

Es war still im Treppenhaus, aber Sandra ging nicht in ihre Wohnung. Selbst als das Licht ausging, blieb sie noch in der geöffneten Wohnungstür stehen und rang mit den Gefühlen, die sie völlig unvorbereitet ergriffen hatten.

War es möglich, dass Ivana die Karten für ihre Reise falsch gedeutet hatte? Sollte sie ihre Freundin anrufen und warnen?

Ach was, bestimmt spielen mir die überreizten Sinne nur einen Streich. Sandra atmete tief durch und versuchte, die düsteren Vorahnungen zu verdrängen. Ivana vertraut dem Tarot, sagte sie sich. Es gibt keinen Grund, sich Sorgen zu machen.

Sandra drehte sich um, schloss die Tür leise hinter sich und schaltete den Fernseher ein. Aber was sie auch tat, die Ahnung drohenden Unheils blieb, so wie die innere Stimme, die ihr zuflüsterte, dass sie Ivana niemals wiedersehen würde.

8

Tisea erwachte früh aus unruhigem Schlummer. Neben ihr an der Wand lag Peme auf einer Strohmatte. Mit den kurz geschorenen dunklen Haaren wirkte die Zehnjährige fast wie ein Junge. Ein Eindruck, der von ihrem hageren Körper noch unterstrichen wurde. Sie hatte die wollene Decke bis zum Kinn gezogen und die Beine wie ein Schoßkind angezogen.

Tisea seufzte. Es war lange her, seit sie Peme so entspannt hatte schlafen sehen. Der Kummer, den sie in sich trug, schien so übermächtig, dass sie ihn selbst im Schlaf nicht ablegen konnte. Tisea wünschte, sie könnte ihrer Schwester helfen, aber solange Peme nicht sprach, war es schier unmöglich, sie zu erreichen.

Früher hatte auch ihre Schwester Danea das Zimmer mit ihnen geteilt, aber die Sechzehnjährige hatte zu Beginn des Sommers einen Gefährten genommen und war mit ihm in sein Heimatdorf gezogen. Danach war es mit Peme noch schlimmer geworden. Wie ein Schatten begleitete sie Tisea überall hin und wich ihr nicht von der Seite. Nur wenn Peme schlief, gelang es Tisea, sich von der Anhänglichkeit ihrer Schwester zu befreien. So wie am gestrigen Abend.

Tisea lächelte versonnen, als sie an die wundersame Wendung dachte, die ihr Leben genommen hatte. Niemals hätte sie es für möglich gehalten, dass Ulama ihr solche Beachtung schenken würde, nicht im Traum damit gerechnet, dass sie die Heimat Zarifes einmal mit eigenen Augen sehen würde.

Im Nebenraum grunzte ihr Vater im Schlaf. Wie so oft in den vergangenen Monaten hatte er bis weit in die Nacht hinein seinen Kummer mit Wein zu ertränken versucht. Anders als Peme, die einfach aufgehört hatte zu sprechen und sich als äußeres Zeichen ihrer Trauer die Haare abgeschnitten hatte, gab er sich fast täglich dem Weinrausch hin, seit ihre Mutter im vergangenen Winter vom Fieber dahingerafft worden war.

Tisea schluckte. Auch sie litt, aber sie war besonnen genug, ihre Trauer nicht zu zeigen. Das Leben ging weiter. Irgendjemand musste sich um das Haus und das Vieh, um Peme und viel zu oft auch um ihren hilflosen Vater kümmern.

Die Last, die auf ihren Schultern ruhte, war schwer, so schwer, dass sie schon oft mit dem Gedanken gespielt hatte, einfach fortzugehen und nie mehr zurückzukehren. Allein die Liebe zu Peme hatte sie davon abgehalten, es wirklich zu tun. Ihre kleine Schwester war krank und viel zu jung, um für sich selbst zu sorgen. Außerdem wurde ihr Vater leicht jähzornig, und Tisea wagte es nicht, sie mit ihm allein zu lassen.

Die Liebe zu Peme war es auch gewesen, die verhindert hatte, dass sie Ulamas Auftrag sofort angenommen hatte. Bei allem Stolz und aller Freude darüber, dass die Geschichtenweberin sie auserwählt hatte, war sie doch nicht frei in ihrer Entscheidung. Die halbe Nacht lang hatte sie überlegt, was aus Peme werden sollte, wenn sie ging. Längst war sie für die Zehnjährige weit mehr als nur eine große Schwester. Sie war ihr Mutter und Vater zugleich, und seit Danea das Elternhaus verlassen hatte, hatte sie auch noch die Rolle der besten Freundin übernommen.

Peme hatte den Tod ihrer Mutter einfach nicht verwunden. Seit der ersten Totenwache hatte sie kein Wort mehr gesprochen, und es gab keine Anzeichen dafür, dass sie es irgendwann wieder tun würde. In der ersten Zeit hatte Tisea sie oft weinen gehört. Doch wenn sie ihre Schwester hatte trösten wollen, hatte diese sich abgewandt. Inzwischen weinte Peme nicht mehr. Der Strom der Tränen war versiegt, aber Schmerz und Trauer waren noch da, und Tisea wusste, dass sie einen weiteren Verlust nicht würde ertragen können. So hatte sie schließlich nur eine Lösung gefunden. Ihre Schwester musste sie begleiten.

Tisea seufzte und schaute zum Fenster. Das graue Zwielicht des beginnenden Tages hatte einen rosafarbenen Schimmer angenommen. Es wurde Zeit. Leise erhob sie sich, kleidete sich an und suchte zusammen, was sie für die Reise benötigte.

In dem Raum gab es außer den Schilfmatten nur noch eine Eichentruhe, in der die Mädchen ihre Kleider und Festgewänder aufbewahrten. Der Deckel knarrte beim Öffnen. Tisea hielt mitten in der Bewegung inne und lauschte mit klopfendem Herzen auf das Grunzen aus dem Nebenraum. Schlaf weiter, flehte sie in Gedanken. Bitte schlaf. Wenn ihr Vater erwachte und sie beim Packen erwischte, war alles aus.

Im Nebenraum waren die Geräusche eines plumpen Körpers zu hören, der sich schwerfällig umdrehte. Endlose Augenblicke verstrichen, dann endlich setzte das Schnarchen wieder ein.

Aufatmend holte Tisea die pelzgefütterten Mäntel und ledernen Winterstiefel aus der Truhe. Dicke und warme Kleidung, die sie vor dem eisigen Nordwind im Hochland schützen würde. Sie schloss die Truhe und suchte weiter. Zwei Decken, zwei Messer, Feuersteine, eine warme Mütze für Peme, Proviant und zwei Wasserschläuche, ein Gefäß mit Heilkräutern und etwas Verbandsmaterial ... Viel war es nicht, das den Weg in die beiden Bündel fand, die sie aus den Mänteln schnürte.

Als sie schon glaubte, alles beisammen zu haben, fiel ihr Blick auf die Steinschleuder, mit der die Kinder im Wald auf die Jagd gingen. Peme beherrschte die Kanka mit großem Geschick. Tisea steckte sie rasch in ihr Bündel. Draußen hielt der Tag bereits Einzug in das Dorf. Erste Stimmen wurden laut. Die Zeit drängte.

»Peme!« Sanft rüttelte sie ihre Schwester an der Schulter. »Peme, wach auf.«

»Hmm ...« Peme verzog das Gesicht und rollte sich auf die andere Seite.

»Peme!« Tiseas Stimme wurde drängender. »Wach auf, wir müssen gehen.« Mit einem Ruck zog sie ihrer Schwester die Decke fort, rollte sie zusammen und fügte sie dem Gepäck hinzu. Peme setzte sich auf. Sie war jetzt wach.

»Schscht!« Tisea legte ihr mahnend einen Finger auf die Lippen, obwohl sie wusste, dass Peme ihr Schweigen nicht brechen würde. »Sei ganz still«, sagte sie mit einem Kopfnicken in Richtung des Nebenraums. »Ich will nicht, dass er aufwacht.« Dann reichte sie Peme die Hand, half ihr auf und sagte: »Komm, wir müssen los.«

Morgennebel hing träge zwischen den Bäumen, als die beiden Schwestern durch das Dorf hasteten. Der Wind schlief, und es war kalt, aber ein rötlicher Schimmer am Himmel kündete wie schon seit Wochen von der Rückkehr von Sonne und Wärme.

Hoch über ihren Köpfen lieferten sich zwei Haselhörnchen eine wilde Jagd durch die herbstlich gefärbten Baumkronen. Peme blieb stehen, um die putzigen Tiere zu beobachten, aber Tisea fasste sie am Arm und zerrte sie mit sich. Weit kam sie nicht. Nach weniger als zwanzig Schritten blieb Peme einfach stehen. Mit einem Ruck befreite sie sich aus Tiseas Griff, verschränkte trotzig die Arme vor der Brust und schaute ihre Schwester finster an.

»Was soll das denn jetzt?« Tisea stellte ihr schweres Bündel auf das trockene Laub am Boden und seufzte. Sie war in Eile und nicht gewillt, sich von einem bockigen Kind aufhalten zu lassen. »Lass den Unsinn und komm mit.«

Peme schob trotzig die Unterlippe vor und schüttelte den Kopf. Die Botschaft war unmissverständlich. Sie würde nicht weitergehen, bevor sie erfahren hatte, was der überstürzte Aufbruch zu bedeuten hatte.

»Das erkläre ich dir später«, sagte Tisea voller Ungeduld. Dann besann sie sich und sagte etwas freundlicher: »Also gut, ich gehe zu Ulama – kommst du nun mit?«

Als sie den Namen der Geschichtenweberin hörte, hellte sich Pemes Miene auf. Wie alle Kinder liebte auch sie die alte Frau, die so wunderbar erzählen konnte. Die Geschichtenweberin besaß auch viele Tiere. Tauben, Hühner, Katzen, eine Ziege, und obwohl sie schon seit Jahrzehnten nicht mehr reiten konnte, nannte Ulama auch Silfri, einen kräftigen Kaltblüter, ihr Eigen. Früher war Peme mit den anderen Kindern oft zu Ulama gegangen, um ihr mit den Tieren zu helfen. Vor allem das Pferd hatte es ihr angetan. Silfri hatte ursprünglich einem Holzfäller gehört, der ihn zum Holzrücken eingesetzt hatte. Doch dann war das Tier in eine Falle getreten und hatte sich schwer verletzt. Der Holzfäller hatte es schlachten wollen, aber Ulama hatte es ihm abgekauft und gesund gepflegt. Sehr zur Freude der Kinder, die Silfri schnell ins Herz geschlossen hatten. Zwar lahmte der Wallach auch nach seiner Genesung, aber das störte die Kinder nicht. Peme war Silfri oft geritten. Nach dem Tod ihrer Mutter hatte sie sich aber auch von ihm zurückgezogen. Die Aussicht, das geliebte Pferd wiederzusehen, schien ihr jedoch zu gefallen, denn sie lief nun voraus.

Tisea atmete auf. Mit einem raschen Blick über die Schulter vergewisserte sie sich, dass ihnen niemand folgte. Dann nahm sie ihr Bündel wieder auf und eilte ihrer Schwester hinterher.

Wenn Ulama überrascht war, dass Tisea nicht allein kam, so ließ sie es sich nicht anmerken. Eben in dem Augenblick, da Tisea und Peme die Hütte erreichten, trat sie aus der Tür, als hätte sie die beiden schon von Weitem gesehen, und begrüßte sie freundlich. »Du warst aber lange nicht hier«, wandte sie sich mit einem Anflug von Bedauern an Peme. »Silfri hat dich schon sehr vermisst. Er steht im Stall. Möchtest du ihn besuchen?«

Peme nickte. Ihre Augen leuchteten.

»Dann lauf gleich zu ihm.« Ulama lachte. »Du weißt ja, wo das Futter steht. Über eine Mohrrübe freut er sich immer.«

Kaum hatte sie das gesagt, lief Peme auch schon los. Ulama schaute ihr nach. »Sie hat immer noch so kurze Haare«, stellte sie an Tisea gewandt fest. »Und sie spricht immer noch nicht.«

»Nicht ein Wort.« Tisea schüttelte betrübt den Kopf.

Ulama ging nicht weiter darauf ein, sondern deutete auf das große Bündel, das neben Tisea auf dem Boden lag. »Du hast dich entschieden, wie ich sehe.«

»Ja.« Tiseas Stimme wankte nicht. »Ich werde gehen.«

»Ich wusste, du würdest mich nicht enttäuschen.« Ulama nickte bedächtig. Dann wanderte ihr Blick in Richtung des Stalls. »Was ist mit Peme?«

»Sie wird mich begleiten.« Während sie das sagte, ließ Tisea Ulama nicht aus den Augen. Sie war überzeugt, dass die Geschichtenweberin Einwände erheben würde. Umso mehr erstaunte es sie, dass Ulama wieder nickte. »Das habe ich fast befürchtet«, sagte sie. »Hast du es dir auch gut überlegt? Peme ist noch ein Kind. Sie ...«

»Sie braucht mich.« Tisea ließ sich nicht beirren. »Vater kann nicht für sie sorgen. Danea ist fortgegangen. Wer also sollte auf sie aufpassen, wenn ich nicht da bin?«

»Dein Pflichtgefühl ehrt dich.« Ulama lächelte, gab aber zu bedenken: »Vergiss nicht, der Weg, der vor dir liegt, ist nicht ganz ungefährlich.« Sie machte eine bedeutungsvolle Pause und fügte hinzu: »Bedenke auch, dass ich nur ein Pferd habe. Und das ist noch nicht einmal ganz gesund.«

»Mach dir keine Sorgen.« Das klang viel zuversichtlicher, als Tisea sich tatsächlich fühlte. »Silfri ist noch jung. Auch wenn er lahmt, wird er Pemes zusätzliches Gewicht kaum spüren. Wir werden das Kleinod wohlbehalten ins Hochland bringen.«

Ulama nickte nachdenklich. »Weiß Peme es schon?«, fragte sie.

»Ich werde es ihr erzählen, sobald wir unterwegs sind«, erwiderte Tisea. »Sie hängt so an mir. Ich bin sicher, sie wird es verstehen.«

»Nun gut.« Mit einem raschen Blick nach allen Seiten vergewisserte Ulama sich, dass sie immer noch allein waren, und sagte dann: »Aber gib acht, wie viel du ihr preisgibst. Auf keinen Fall darf sie das Ziel kennen und Kenntnis darüber haben, was ihr mit euch führt. Sie spricht nicht, aber sie ist nicht stumm, vergiss das nicht! Und sie ist noch ein Kind.« Sie machte eine auffordernde Handbewegung. »Komm mit ins Haus. Dann gebe ich ihn dir.«

In der Hütte angekommen, schloss Ulama die Tür, ging zu einer Truhe und holte einen in helle Tücher gewickelten Gegenstand daraus hervor. »Das ist er«, sagte sie feierlich. »Verbirg ihn gut vor fremden Blicken. Sollte er verloren gehen, ist die Zukunft Benizes in großer Gefahr.«

»Du kannst dich auf mich verlassen.« Tisea nahm den Dolch ehrfürchtig entgegen. Er war länger als ihre Hand, schlank und schmal, aber erstaunlich schwer. Unter dem Tuch zeichneten sich viele Erhebungen ab, die darauf schließen ließen, dass der Griff reich mit Steinen verziert war. Für einen Augenblick war sie versucht, ihn anzusehen, verwarf den Gedanken aber wieder und steckte ihn in die Tasche mit den Heilkräutern.

»Nun ist er in deiner Obhut.« Ein Schatten huschte über Ulamas

Gesicht, verschwand aber schon mit dem nächsten Wimpernschlag wieder. »Komm mit zum Stall«, forderte sie mit fester Stimme und bedeutete Tisea, ihr zu folgen. »Ich habe alles vorbereitet. Ihr dürft keine Zeit mehr verlieren.«

9

Der Abschied von Mel und Orla fiel Aideen schwerer als erwartet. Zwar ging sie nicht wirklich fort, sondern bezog nur Quartier in einer anderen Höhle, aber es hatte dennoch etwas Endgültiges an sich. Seit Aideen und ihre beiden Freundinnen in ihrem sechzehnten Winter zu den Jägerinnen gekommen waren, teilten sie die kleine, spärlich möblierte Höhle. Keine von ihnen hatte damit gerechnet, dass sich dies einmal ändern würde.

Wie alle Hüterinnen waren auch die drei Novizinnen Findelkinder, die von ihren Familien verstoßen und im Hochland ausgesetzt worden waren. Aideen wusste, dass sie großes Glück gehabt hatten. Man hatte sie gefunden und zu den Hüterinnen gebracht, ehe die gefürchteten Schattenwölfe ihre Witterung hatten aufnehmen können. Wie alle, die in den Höhlen lebten, hatten sie eine Ausbildung erhalten, die sie befähigte, später eine Aufgabe in der Gemeinschaft zu übernehmen. Aideens, Mels und Orlas Ausbildung sollte zur kommenden Sommersonnenwende, in ihrem zwanzigsten Jahr, abgeschlossen sein. Dann wären sie gemeinsam in einer feierlichen Zeremonie als Jägerinnen im Kreis der Hüterinnen aufgenommen worden. Doch nun ...

»Wir werden dich vermissen.« Eine Träne rann Mel über die Wange, als sie Aideen zum Abschied umarmte. »Ich hatte so sehr gehofft, dass wir bald gemeinsam auf die Jagd gehen können.«

»Du und Orla, ihr beide wart schon immer viel geschickter als ich im Umgang mit Pfeil und Bogen. Du weißt ja, wie schwer ich mich immer damit getan habe, ein Tier zu töten.« Aideen spürte, wie ihr die Kehle eng wurde. »Jetzt weiß ich, dass mir schon immer etwas anderes vorherbestimmt war.«

»Den Weg, der vor dir liegt, kennt keiner«, zitierte Orla feierlich den Spruch, mit dem jedes neue Findelkind bei den Hüterinnen gesegnet wurde. »Nie ist ihn einer gegangen, wie du ihn gehen wirst. Es ist dein Weg.« Sie wartete, bis Mel die Umarmung löste, und schloss Aideen liebevoll in die Arme. »Bisher war dein Weg auch der unsere, nun müssen wir uns trennen.«

»Das hast du schön gesagt.« Aideen schluckte trocken. Jeder andere hätte jetzt geweint, aber sie hatte keine Tränen. Schon als Kind hatte sie nicht weinen können. Nicht vor Schmerz, nicht vor Wut und auch nicht vor Kummer. »Mein eingeschlagener Weg war falsch. Gestern hat sich mir endlich meine wahre Bestimmung offenbart, und ich werde sie annehmen.« Sie löste sich aus den Armen der Freundin und strich ihr Gewand glatt. »Bethia erwartet mich«, sagte sie mit fester Stimme. »Ich muss jetzt gehen.«

Bethia war eine Frau fortgeschrittenen Alters, die sich meist im Hintergrund hielt, nie laut sprach und stets den Eindruck erweckte, den Blick nach innen gerichtet zu haben. Unter den Novizinnen galt sie als eigenbrötlerisch, denn sie schätzte die Einsamkeit und bewohnte ihren Raum nahe dem Allerheiligsten allein. Neben der Oberin und der obersten Heilerin war sie eine der wenigen, denen es gestattet war, die sagenumwobene Höhle zu betreten, in der der Leichnam der Hohepriesterin Zarife seit vielen hundert Jahren ruhte.

Obwohl Aideen Bethia schon ihr ganzes Leben lang kannte, wusste sie so gut wie nichts über die Seherin. Nie hatte sie Bethia lächeln sehen, nie auch nur eine Gefühlsregung von ihr wahrgenommen. Zu ihr zu gehen, war ein Schritt ins Ungewisse, und Aideen gestand sich ein, dass sich ein Teil von ihr davor fürchtete. In der Nacht hatte sie lange wach gelegen. Sie hatte darüber nachgesonnen, was ihr die kommenden Wochen und Monate wohl bringen mochten, und voller Wehmut an das sorglose Leben mit Mel und Orla zurückgedacht. Das Lachen, Träumen und Herumalbern, mit dem sie und ihre Freundinnen sich oft die langen Winterabende vertrieben hatten, dessen war sie gewiss, würde von nun an der Vergangenheit angehören.

Diese und andere Gedanken begleiteten sie, während sie durch die staubigen Tunnel eilte und immer tiefer ins Herz des unterirdischen Labyrinths vordrang. Vor ihr lagen Monate harter Arbeit und eifrigen

Lernens, vor allem aber eine Zeit des Wandels, von der niemand sagen konnte, was sie bringen würde. Gewiss würde es Jahre dauern, das Wissen und die Weisheit der alten Seherin auch nur annähernd zu erlangen.

Einige hatten hinter vorgehaltener Hand davon gesprochen, dass es wohl Krieg geben würde. Aideen hatte nicht wirklich eine Vorstellung davon, was das für sie bedeuten mochte. Krieg war für sie ein Begriff aus der Vergangenheit, denn alles, was sie darüber gehört hatte, stammte aus den Legenden, die sich um den Untergang von Benize rankten. Was dort geschrieben stand, war mehr als entsetzlich, und sie hoffte inständig, dass es nicht so weit kommen möge.

Endlich erreichte sie die Höhle der alten Seherin. Ein Vorhang aus Schneewolffell verdeckte den schmalen, in den Fels gehauenen Eingang so gründlich, dass sie nicht erkennen konnte, ob drinnen ein Licht brannte. Unschlüssig, was sie tun sollte, blieb sie stehen.

»Komm herein. Ich beiße nicht!« Die Stimme der Seherin klang weder einladend noch abweisend. »Oder willst du da draußen etwa Wurzeln schlagen?«

Aideen schloss die Augen und atmete tief durch. Mehr denn je wurde ihr bewusst, dass nichts mehr so sein würde wie zuvor, wenn sie die Höhle betrat. Sie war am Ziel und doch erst am Anfang. Mit dem nächsten Schritt würde sie ihr altes Leben endgültig abstreifen und wie eine alte Haut hier im Gang zurücklassen. Der Gedanke erfüllte sie mit einer dumpfen Trauer, aber unter dem Schmerz spürte sie auch eine leise Neugier, die sie drängte, sich der Herausforderung zu stellen und ihr neues Leben als Seherin zu beginnen. Ein letztes Zögern, ein wehmütiger Blick zurück, dann trat sie ein.

Am Sonntagmorgen blieb Sandra im Bett. Wirre Träume von Affen, Flugzeugabstürzen und hämisch grinsenden Tarotkarten, an deren Einzelheiten sie sich nicht mehr erinnern konnte, hatten ihr in der Nacht den Schlaf geraubt. Während sie wach im Bett gelegen hatte, hatte sie immer wieder darüber nachgedacht, ob sie Ivana nicht doch anrufen und ihr von ihren Befürchtungen erzählen sollte. Einmal hatte sie sogar zum Telefon gegriffen, sich dann aber dagegen entschieden. Ivana hatte schon genug um die Ohren. Es brachte nichts, wenn sie ihre Freundin jetzt noch nervös machte. Und ändern würde es auch nichts. Ivana würde morgen mit ihrer Mutter nach Budapest fliegen und sich wohl kaum von einer besorgten Freundin, die plötzlich eine düstere Vision zu haben glaubte, davon abhalten lassen.

Sandra gähnte und kuschelte sich in ihre Bettdecke. Sie hatte Kopfschmerzen, war müde und verspürte keinen Antrieb, etwas zu unternehmen, obwohl die Frühlingssonne einladend ins Fenster schien. Gegen zehn Uhr klingelte das Telefon, lange und nervtötend, aber ihr war nicht danach zumute, mit irgendjemandem zu sprechen. Seufzend zog sie sich die Decke über den Kopf. Als das Telefon keine Ruhe gab, sprang sie auf und riss kurzerhand den Stecker aus der Telefondose.

Da sie nun schon mal aufgestanden war, nutzte sie die Gelegenheit, sich ein Mineralwasser und eine Kopfschmerztablette zu holen. Dann rollte sie sich wieder in die Bettdecke, schloss die Augen und wartete darauf, dass die Wirkung einsetzte. Sie hätte alles dafür gegeben, noch ein wenig schlafen zu können, aber sie war innerlich viel zu aufgewühlt. Dauernd polterte jemand durch das Treppenhaus, auf der Straße war Kinderlachen zu hören, ein Motorrad mit viel zu lauter Auspuffanlage dröhnte vorbei, und irgendwo stritten sich kläffend zwei Hunde. An Schlaf war nicht zu denken. Die Kopfschmerztablette wirkte nicht, und es war viel zu hell, denn die Sonne schickte ihre Strahlen durch die Ritzen der Jalousie in ihr Apartment.

Draußen war ein zauberhafter Frühlingstag, aber Sandra stand der Sinn nicht nach Sonne, lauen Lüften und Blumenduft. Sie fühlte sich so kraftlos und elend wie schon lange nicht mehr.

Bestimmt werde ich krank, überlegte sie und dachte erschaudernd an die Pressemeldungen, die sie über den Tod der Gräfin de Lyss gelesen hatte. Was, wenn die Virus-Theorie doch der Wahrheit entsprach? Was, wenn es diese mysteriöse Krankheit wirklich gab? Immerhin hatte sie den Affen nicht mit Handschuhen angefasst ... Und wenn ich mich angesteckt habe? Bei dem Gedanken fühlte Sandra sich gleich noch schlechter.

Ist wohl besser, wenn ich zum Arzt gehe, überlegte sie.

Ein Arzt! Endlich wusste Sandra, was sie tun würde. Sie brauchte einen Arzt. Umständlich schälte sie sich aus der Bettdecke, schlich zum Telefon und wählte die Nummer ihres Hausarztes.

Die Leitung war tot. »So ein Mist.« Sandra schüttelte das Telefon, klopfte mit den Fingern dagegen und wählte noch einmal – nichts.

Wieso war das verdammte Telefon denn ausgerechnet jetzt kaputt? Mit weichen Knien machte sie sich auf den Weg zu ihrer Handtasche, um das Handy zu holen. Dabei wäre sie fast über das Telefonkabel gestolpert, das sich quer durch die Wohnung über das Parkett schlängelte. Verwundert hob sie es auf und erkannte, dass der Stecker nicht in der Telefondose steckte.

Fast hätte sie laut losgelacht. Kein Wunder, dass das Telefon nicht funktionierte. Und während sie sich daranmachte, das Telefon wieder anzuschließen, überlegte sie fieberhaft, wer das Kabel wohl herausgezogen hatte.

Die Erkenntnis, dass Sonntag war und die Praxis nicht geöffnet hatte, kam ihr erst, als die freundliche Stimme des Anrufbeantworters am anderen Ende der Leitung sie daran erinnerte. Für einen Augenblick erwog sie, den ärztlichen Notdienst anzurufen, doch dafür erschienen ihr die Symptome dann doch nicht schwerwiegend genug. Nichts war schlimmer, als wie ein Hypochonder dazustehen, während in einem anderen Teil der Stadt jemand in höchster Not auf einen Arzt wartete.

Um sich abzulenken, schaltete sie den Fernseher ein. Auf dem Doku-Kanal lief eine Reportage über versunkene Wüstenstädte. Das Thema berührte etwas in ihr. Sie stellte den Apparat lauter und legte die Fernbedienung fort. Da klingelte das Telefon.

Diesmal hatte sie vorgesorgt und den Anrufbeantworter angeschlossen. Nach dem vierten Klingelton schaltete er sich ein.

»Sandra!« Das war Manon. »Was soll das? Ich weiß, dass du da bist. Was ist los? Warum gehst du nicht ans Telefon? Bist du sauer wegen gestern?« Die Stimme aus dem Lautsprecher klang mit einem Mal besorgt. »Also, wenn du wütend bist, wollte ich dir nur sagen, dass es mir leidtut. War wohl nicht gerade feinfühlig, was ich gesagt habe. Aber du weißt ja, dass ich auf alles Spirituelle allergisch reagiere. Es wäre wirklich schön, wenn du dich kurz melden würdest. Du kennst ja meine Nummer. Ciao.«

Es klackte, als Manon den Anruf beendete.

Sandra machte keine Anstalten, aufzustehen und Manons Wunsch nachzukommen. Von all den Dingen, zu denen sie an diesem Tag keine Lust hatte, stand Telefonieren ganz oben auf der Liste. Sie wollte einfach nur ihre Ruhe haben.

»... So kann man in der Taklamakan-Wüste auch heute noch versunkene Städte finden, die entweder durch Wüstenausbreitung und Sandstürme unbewohnbar wurden oder deren Zuflüsse ausgetrocknet sind. Die archäologischen Funde deuten auf verschiedenste Kultureinflüsse hin, die ...«

Sandra horchte auf. Hatte der Auktionator nicht gesagt, dass der Affe von einer Fundstätte in der Taklamakan stammte? Das Thema interessierte sie. Hastig setzte sie die Brille auf und verfolgte aufmerksam, was der Film über die asiatische Wüste zu berichten wusste.

Eine halbe Stunde später wusste sie, dass Taklamakan so viel bedeutete wie: »Begib dich hinein, und du kommst nie wieder heraus«, dass es in der Wüste ein großes Erdölvorkommen gab und dass die teuerste Straße der Welt zu den Förderanlagen führte. Aufschluss über antike Fundstücke oder versunkene Kulturen hatte der Film nicht gegeben. Sandra gähnte. Die Dokumentation hatte sie schläfrig gemacht. Nach einer erfreulich kurzen, aber viel zu lauten Werbepause folgte eine Reportage über Meeressäuger. Schöne Bilder in kristallklarem Wasser, mit nicht minder einschläfernder Musik und ebenso hypnotischer Sprecherstimme. Genau das Richtige, um den versäumten Schlaf nachzuholen. Sandra kuschelte sich in ihr Kissen und zog sich die Decke bis zum Kinn. Knappe zehn Minuten gelang es ihr noch, die Bartenwale auf ihrem Weg durch die endlosen Weiten des Ozeans zu begleiten, dann trug der Schlaf sie fort ...

Wieder träumte sie von einer Höhle, die von Fackeln erhellt war, doch diesmal war die Höhle nicht leer. In der Mitte des Raums erhob sich ein Quader aus massivem Felsgestein, der wie ein Altar aussah. Rechts und links davon glommen in eisernen Becken Kohlen, die ein gespenstisches rotes Licht auf eine weiß verhüllte Gestalt warfen, die auf dem Altar ruhte. Sie sah aus wie eine ägyptische Königin. Die Arme waren am Körper angewinkelt, die Hände umfassten einen Stab, der auf ihrem Bauch ruhte. Unter dem schweren, glatten Stoff trat jeder einzelne der mit kostbaren Ringen geschmückten Finger deutlich hervor. Die Frau war nackt. Augen, Mund und die kurze spitze Nase, ja selbst die Knospen ihrer kleinen Brüste zeichneten sich so lebensnah unter dem Gewebe ab, dass Sandra kaum glauben konnte, vor einer Toten zu stehen. Zögernd hob sie die Hand, um das Tuch zu lüften, denn es drängte sie, das Gesicht der Frau zu sehen.

Wer war es, die hier in der kalten Gruft eine letzte Ruhestätte gefunden hatte? Wie alt mochte sie gewesen sein? Welchen Ausdruck würde sie in den Zügen der Toten finden?

Ihr Herz klopfte heftig, als sie das Tuch vorsichtig mit Daumen und Zeigefinger berührte. Tief in ihrem Innern wusste sie, dass sie etwas Verbotenes tat, spürte, dass sie es lieber lassen sollte. Aber die Neugier war stärker. Einen kurzen Moment noch zögerte sie, dann zog sie das Tuch fort ...

»Nein!« Ruckartig fuhr sie im Bett auf und schnappte nach Luft. Rasender Herzschlag trieb ihr das Blut in heißen Wogen durch den Körper. Sie versuchte, sich zu beruhigen, indem sie sich klarmachte, dass es nur ein Traum gewesen war, hatte damit aber keinen Erfolg.

Die Frau hatte ihr Gesicht getragen.

Sie hatte ihren eigenen Tod gesehen.

Über das Rauschen des Blutes in ihren Ohren hinweg hörte sie ein schrilles Klingeln. »Sandra!« Jemand rief ihren Namen. »Sandra, mach die Tür auf. Ich weiß, dass du zu Hause bist.« Jemand hämmerte mit den Fäusten gegen die Wohnungstür und drückte unablässig auf den Klingelknopf. »Wenn du nicht sofort aufmachst, hole ich den Schlüsseldienst und lasse die Tür aufbrechen, das schwöre ich.« Das war Manons Stimme.

»Warte, ich komme!« Sandras Stimme war kaum mehr als ein heiseres Krächzen. Sie hustete und räusperte sich. Dann versuchte sie es noch einmal. »Ich komme ja schon!«, rief sie Manon zu. »Warte einen Moment.« Sie strampelte die Bettdecke fort, um schneller an der Tür zu sein, stolperte dann aber beim Aufstehen über ihr Sweatshirt, das sie am Abend achtlos zu Boden geworfen hatte. Fast wäre sie gestürzt, fing sich aber im letzten Augenblick ab und stieß sich nur das Knie an der Bettkante.

»Mist, verdammter.« Sandra verkniff sich einen Schmerzenslaut und sog die Luft scharf ein. Humpelnd erreichte sie die Tür.

»Sandra!« Kaum dass sich die Tür einen Spalt weit geöffnet hatte, zwängte Manon sich so nachdrücklich hindurch, als fürchte sie, Sandra könne sie jeden Augenblick wieder zuschlagen. »Ich habe dich schreien gehört. Was ist denn los? Warum gehst du nicht ans Telefon?« Manons Stimme überschlug sich fast vor Sorge. »Ich habe es heute schon dreimal versucht und dir sogar auf deinen Anrufbeantworter gesprochen. Hast du das nicht gehört?«

»Ja, doch.« Sandra suchte nach einer passenden Erklärung. »Aber ich wollte nicht telefonieren. Weißt du, ich habe heute Nacht kaum ein Auge zugemacht und fühlte mich so richtig mies. Mein Kopf dröhnt, ich bin total schlapp und kann mich zu nichts aufraffen.« Sie zog die Schultern in die Höhe und seufzte. »Wahrscheinlich habe ich mir gestern beim Laufen einen Virus eingefangen, den ich jetzt ausbrüte.«

»So wie du aussiehst, ist das bestimmt der gleiche Virus, der auch die alte Gräfin dahingerafft hat.« Manon zwinkerte Sandra zu als Zeichen, dass das nicht ernst gemeint war, aber Sandra konnte nicht darüber lachen.

»Sehr witzig.«

»O sorry, das waren wohl nicht die richtigen Worte, was?« Manon legte Sandra versöhnlich den Arm um die Schultern. »Na komm, so schlimm wird es schon nicht sein. Am besten, wir setzen uns hin, und du erzählst mir, was mit dir los ist. Wenn du möchtest, koche ich uns einen Tee.«

»Gern.« Sandra war nun wirklich froh, dass Manon gekommen war. Brav setzte sie sich auf die Couch, kuschelte sich in die Decke, die Manon ihr reichte, und beobachtete, wie diese in der Küche Wasser aufsetzte.

»Also, was ist los?«, fragte Manon, während sie mit den Teebeuteln hantierte. »Die Sonne scheint, aber bei dir ist alles abgedunkelt wie bei einem Fliegerangriff. Normal ist das nicht.«

»Ich hab doch schon gesagt, dass ich müde bin«, murmelte Sandra. »Aber jedes Mal, wenn ich einschlafe, plagen mich furchtbare Albträume, und ich wache gleich wieder auf.« Sie seufzte resignierend. »Das ist nicht auszuhalten.«

»Dann beunruhigt dich etwas.« Zwei Teetassen in der Hand, kam Manon ins Wohnzimmer, stellte sie auf den Tisch und setzte sich neben Sandra. »Ich glaube immer noch, der Affe ist schuld.«.

»Jetzt lass doch mal den Affen aus dem Spiel«, brauste Sandra auf. »Der kann nun wirklich nichts dafür.«

»Na, du musst es ja wissen.« Manon seufzte und zog die Schultern in die Höhe. »Und? Was ist es dann?«

»Eine aufziehende Grippe, zu wenig Schlaf, Mangelernährung ...« Sandra griff nach der Teetasse und nahm einen kleinen Schluck. »Ich bin kein Arzt. Woher soll ich das wissen? Wenn ich es wüsste, könnte ich mir auch selbst helfen.«

Eine ganze Weile herrschte Schweigen.

Sandra hatte sich ermattet zurückgelehnt und die Augen geschlossen, während Manon in ihre Teetasse starrte, als könne sie im Bodensatz eine Botschaft erkennen.

Im Westen sank die Sonne als rote Scheibe hinter die Häuser, und im Treppenhaus polterten die ersten heimkehrenden Sonntagsausflügler die Stufen hinauf.

»Mir wäre wohler, wenn du mir einen Schlüssel für deine Wohnung geben würdest«, sagte Manon ganz unvermittelt.

»Einen Schlüssel? Warum?« Sandra runzelte die Stirn.

»Denk doch mal nach. Du bist hier ganz allein und fühlst dich nicht gut. Was ist, wenn es schlimmer wird und du die Tür nicht selbst öffnen kannst? Dann komme ich nicht rein, selbst wenn du mich vorher noch angerufen hast.«

»Hm.« Sandra überlegte. Manon hatte nicht ganz unrecht mit dem, was sie sagte. Das Thema war auch nicht neu. Der Gedanke, sich gegenseitig Ersatzschlüssel anzuvertrauen, war schon einmal aufgekommen, als Manon sich versehentlich aus ihrer Wohnung ausgesperrt hatte. Seitdem besaß Sandra einen Schlüssel für Manons Wohnung. Bisher hatte sie sich aber immer geweigert, Manon den ihren zu geben.

»Du hast doch auch einen Schlüssel zu meiner Wohnung«, hörte sie Manon in diesem Augenblick sagen, als hätte diese ihre Gedanken gelesen. »Überleg es dir. Es muss doch nicht erst etwas Schlimmes passieren, bevor du einsichtig wirst.«

»Also schön«, gab Sandra nach. Sie hatte nicht die Kraft für lange Diskussionen und ahnte, dass Manon diesmal nicht nachgeben würde. »Der Zweitschlüssel liegt in der Schreibtischschublade.«

»Dein Vertrauen ehrt mich«, sagte Manon erfreut. »Ich passe auch ganz bestimmt gut darauf auf.«

10

Der erste Tag nach der Prophezeiung war in Torpak nass, kalt und windig aufgezogen. Den ganzen Vormittag lang wollte es nicht richtig hell werden, und der stete Regen verwandelte die ungepflasterten Straßen alsbald in eine schlammige Masse. Wer konnte, blieb am wärmenden Herdfeuer im Schutz der Häuser.

Ungeachtet des rauen Wetters herrschte auf dem großen Platz vor den Quartieren der Garde reges Treiben. Von überall her trafen Gespanne ein. Rufe gellten über den Platz, Boten kamen an und ritten wieder fort. Versklavte Tamjiken in tropfnassen Gewändern schleppten Hunderte Fässer, Kisten und Körbe in die großen Lagerräume, während Fronler aus den umliegenden Dörfern Pferde aller Rassen am Zügel in die Stallungen führten.

»Es scheint, als hätte sich sogar das Wetter gegen uns verschworen.« Zoltan stand am Fenster der Kommandantur und beobachtete den Fortgang der Arbeit. »Wenn es so weiter regnet, ist das Korn in den Säcken verdorben, ehe wir auch nur einen Fuß ins Hochland gesetzt haben.«

»Keine Sorge, im Norden ist das Wetter besser.« Menard, Zoltans engster Vertrauter und väterlicher Freund, blickte von dem Kartentisch auf. Er war mehr als zwanzig Jahre älter als der Kommandant und hatte Torpak schon unter Karadeks Vater gedient. Sein ergrautes Haar war über der Stirn stark gelichtet und so kurz geschoren wie der sorgfältig gestutzte Bart, ein Umstand, der die buschigen grau-weißen Augenbrauen fast ein wenig fremd in seinem Gesicht wirken ließ. »Nur einen halben Tagesritt weiter nördlich soll schon die Sonne scheinen. Oben im Waldland herrscht angeblich seit Wochen eine ungewöhnliche Trockenheit.«

»Eine Dürre? Wer sagt das?« Zoltan fluchte leise, als er sah, wie einer der Sklaven ausrutschte und mitsamt dem Weizensack in den Schlamm fiel.

»Ein Bote, der vor einer Stunde hier eintraf.« Menard nahm das Studium der Karten wieder auf. »Der Wind kommt von Norden«, sagte er beiläufig. »Wir können also hoffen, dass der Regen bald aufhört.«

»Mögen die Götter deine Worte erhören«, murmelte Zoltan. »Der Regen ist wahrlich kein gutes Vorzeichen für den Beginn eines Feldzugs. Wenn ich nicht wüsste, dass es unmöglich ist, würde ich sagen, dass diese teuflische Priesterin bereits die Fäden zieht, um den Marsch ins Hochland mit allen Mitteln zu verhindern.«

»Ist sie denn schon zurückgekehrt?«, erkundigte sich Menard.

»Nein.« Zoltan schüttelte den Kopf. »Aber ich habe das Gefühl, dass uns nicht mehr viel Zeit bleibt, es zu verhindern.«

»Karadek sollte sich an das Volk wenden«, meinte Menard, ohne von den Karten aufzublicken. »Ein derart großes Aufgebot an Gardisten bleibt nicht unbemerkt. Es kursieren bereits Gerüchte über einen neuerlichen Krieg gegen die Tamjiken im Süden.«

»Gegen die Tamjiken?« Zoltan lachte kurz auf. »Welch ein Unsinn! Wir haben das feige Pack vor sechs Monaten so vernichtend geschlagen, dass es sich den Grenzen unseres Reiches in den nächsten zehn Jahren nur auf Knien nähern wird.«

»Das Volk vergisst so etwas schnell«, gab Menard zu bedenken. »Doch es ist neugierig. Wenn du solch unsinniges Gerede verhindern willst, musst du den Leuten die Wahrheit sagen, sonst werden immer neue Gerüchte aufkommen.«

»Die Wahrheit?« Zoltan wandte sich vom Fenster ab und trat zu Menard an den Kartentisch. »Hältst du das etwa für klug?«

»Wir werden nicht verhindern können, dass sie es irgendwann erfahren«, gab Menard ausweichend zur Antwort. »Besser sie hören es von uns als von den Rebellen.«

»Die Rebellen!« Zoltan stieß einen verächtlichen Laut aus. »Diese Narren ahnen doch nicht, wem sie da huldigen. All die glorreichen Legenden von Zarife, die sie ihren Kindern erzählen, sind nichts weiter als verklärtes Gewäsch. Öl, das die Anhänger des alten Glaubens gezielt ins Feuer der Verzweiflung gießen, um noch mehr Menschen gegen Karadek aufzuwiegeln.«

»Und? Ist das verwunderlich?« Menard schaute Zoltan an. Er wusste, dass seine Äußerung einem Hochverrat gleichkam, aber er war alt und fürchtete niemanden mehr.

»Hüte deine Zunge«, mahnte Zoltan seinen Freund. »Karadek ist nicht wie sein Vater. Er duldet an seiner Seite nur Gefolgsleute, die ihm bedingungslos ergeben sind.«

»Gefolgsleute wie dich?« Ein spöttisches Lächeln umspielte Menards Mundwinkel.

»Wie mich.« Zoltan straffte sich. Als einer der wenigen konnte er sich rühmen, Karadek zu dienen, seit dieser die Macht in Torpak übernommen hatte. Mit Feingefühl und diplomatischer Gewandtheit war es ihm gelungen, sich das Vertrauen des Regenten auch nach dessen Wandlung zum Tyrannen zu erhalten. Menard ließ sich davon nicht beeindrucken. Er kannte Zoltan besser als jeder andere in Torpak und wusste, dass er vor ihm offen sprechen konnte. »Vergiss nicht: Wenn die Rebellen siegen, werden sie dich neben ihm aufhängen«, sagte er mahnend.

»Die Rebellen werden nicht siegen.« Zoltan schüttelte den Kopf. »Sie sind uns zahlenmäßig weit unterlegen und haben nichts als Hacken und Schaufeln, um sich zu verteidigen. Diese Narren werden blind vor Hass in ihren Untergang rennen.«

»Sie kennen das Waldland besser als wir«, gab Menard zu bedenken. »Unsere Garde mag tapfer sein, aber die Krieger haben bisher nur in den Steppen des Südens gekämpft. Ich muss dir nicht sagen, dass ein Feldzug im Wald etwas völlig anderes ist.«

»Nein, das musst du mir nicht sagen«, knurrte Zoltan. Dann hellte sich seine Miene auf, und er fügte geheimnisvoll hinzu: »Aber wenn es stimmt, was du sagst, wird es gar nicht so weit kommen.«

Mit unbewegter Miene schaute Ulama Tisea und Peme nach, bis die beiden im Dickicht des Waldes verschwanden. Sie versuchte, sich mit dem Gedanken zu trösten, alles richtig gemacht zu haben. Dennoch plagten sie Zweifel. Hatte sie die richtige Wahl getroffen? Würden Mut und Zuversicht allein genügen, das Abenteuer zu bestehen? War es klug gewesen, den Mädchen zu verschweigen, wovon sie Kenntnis hatte?

Manchmal ist es leichter, nicht um die drohenden Gefahren zu wissen, hörte sie ihre innere Stimme sich rechtfertigen. *Es ist der Mut, der uns siegen lässt, nicht die Verzagtheit.*

Ulama nickte bedächtig. Es wäre gewiss nicht gut gewesen, die beiden schon jetzt mit all dem zu belasten, was sie unterwegs erwarten mochte. Übertriebene Vorsicht konnte zu Verzögerungen führen, und Zeit war ein kostbares Gut. Dass sie zu zweit auf einem Pferd ritten, war schon hinderlich genug, denn obwohl der Kaltblüter kräftig und ausdauernd war, würde er dem zusätzlichen Gewicht irgendwann Tribut zollen und nicht so schnell vorankommen wie mit nur einem Reiter.

Dennoch ... Etwas in ihr fand keine Ruhe. Sie hatte gewusst, dass es irgendwann so weit kommen würde. Tisea war kräftig, mutig und ungebunden. Sie war nicht vollkommen, o nein, sie hatte durchaus ihre Schwächen. Die innere Stärke aber, die das Mädchen nach dem Tod der Mutter entwickelt hatte, hatte Ulama tief beeindruckt. Ohne zu klagen, hatte sie ertragen, was das Schicksal ihr aufbürdete. Die Liebe zu ihrer kleinen Schwester und die Verantwortung für ihren seelenkranken Vater hatten sie in wenigen Wochen zu einer starken und entschlossenen Frau heranreifen lassen, die wie geschaffen dafür schien, den Dolch ins Hochland zu bringen oder ihn an ihrer Statt zu verwahren.

Ursprünglich hatte Ulama geplant, Tisea in diesem Winter wie eine eigene Tochter in die Geheimnisse des Geschichtenwebens einzuweihen, damit sie ihren Platz einnehmen konnte, wenn die Zeit gekommen war. Aber das Schicksal hatte es anders bestimmt.

Ulama seufzte, drehte sich um und ging mit schweren Schritten auf die Hütte zu. Mehr denn je fühlte sie die Last der Jahre auf ihren Schultern, und zum ersten Mal in ihrem Leben sehnte sie sich danach, sich endlich ausruhen zu dürfen. Sie hatte länger gelebt als alle ihre Vorfahren und war ob ihres hohen Alters inzwischen schon selbst zu einer Legende geworden. Als Hüterin des Dolches war ihr eine besondere Gnade zuteil geworden, aber auch ihre Lebensspanne war nicht unendlich.

Ulama fröstelte. Wie ein Fuchs, der spürt, dass der Winter naht, fühlte sie, dass es Zeit wurde, sich auf das Ende vorzubereiten.

In der Hütte angekommen, legte sie zwei Holzscheite auf die Glut des Feuers. Obwohl die Sonne bereits den Morgennebel vertrieb, erschien ihr die Luft kühler als zuvor. Ihre Finger waren klamm und steif, die Muskeln schmerzten. Jeder Schritt, jede Bewegung fielen ihr doppelt schwer, und sie ahnte, dass es mehr war als nur die Kälte, die an ihren Kräften zehrte.

Ich werde immer schwächer. Ulama erschauerte. Obwohl sie es schon bei ihrer Mutter und Muttermutter erlebt hatte, hatte sie nicht damit gerechnet, dass es so schnell gehen würde. Es war, als ob der Dolch seine Beschützer vor dem Tod bewahrte. Einmal fortgegeben, ließ das Ende nicht lange auf sich warten.

Ein eisiger Luftzug streifte Ulama, und ihr Blick wanderte zur Tür. Für den Bruchteil eines Augenblicks glaubte sie eine Bewegung vor dem Eingang auszumachen, doch der Eindruck schwand so schnell, wie er gekommen war, und nur einen Wimpernschlag später waren es wieder die Stämme der hoch aufragenden Bäume, die durch die geöffnete Tür zu sehen waren.

Ulama spürte, dass ihr nicht mehr viel Zeit blieb. Müdigkeit und Schwäche griffen nach ihr, und es fiel ihr immer schwerer, sich dagegen zu wehren. »So komm.« Sie flüsterte fast, während sie den Blick ehrfürchtig auf den Eingang der Hütte richtete, wo sich in diesem Augenblick erneut ein Schatten vor das Sonnenlicht schob.

Als Hákon Ulamas Hütte um die Mittagszeit erreichte, fand er die Tür offen vor. Früh am Morgen war ein Bote aus Torpak im Dorf eingetroffen und hatte ihm und den anderen Männern, die in der Garde ihren Dienst taten, den Befehl überbracht, unverzüglich in die Hauptstadt zurückzukehren. Im ersten Augenblick war Hákon erbost gewesen. Er war zurückgekehrt, um seiner Mutter in dem bevorstehenden Winter zur Hand zu gehen, und konnte es nicht fassen, dass man ihn nach nur einer Nacht in der Heimat zurückbeorderte. Den Befehl zu missachten, stand jedoch außer Frage, und so hatte er seinen Ärger heruntergeschluckt und sich in aller Eile von seiner Mutter und Gor, dem älteren Bruder, verabschiedet, um den Rückweg anzutreten. Ulamas Hütte lag auf dem Weg zur Straße nach Torpak, und er wollte nicht vorbeireiten, ohne sich von der Ältesten seiner Sippe zu verabschieden.

Als er sich der Hütte näherte, spürte er, dass etwas nicht stimmte. Es war nichts, das er hätte mit Worten beschreiben können. Nichts, für das er mit den Augen irgendwelche Beweise fand. Es war einfach da – oder vielmehr: nicht da.

Unschlüssig, was er tun sollte, saß er ab, band sein Pferd an einem Baum fest und ging auf die Hütte zu. Wohin er auch blickte, alles schien unverändert. Die Hühner scharrten im Verschlag hinter der

Hütte auf dem staubtrockenen Boden, eine Handvoll blaugrauer Tauben hockten auf dem strohgedeckten Dachfirst, und aus dem Rauchabzug stieg eine dünne Rauchfahne auf. Hákon ging zur Tür. Der Anstand verbot es ihm, die Hütte unangemeldet zu betreten. »Ulama?«, rief er und spähte ins Dunkel. Der kräftige Klang seiner Stimme scheuchte die Tauben auf. Eine Antwort erhielt er nicht. »Ulama, bist du da? Ich bin es, Hákon.«

Nichts regte sich, und niemand antwortete ihm. Vermutlich war Ulama irgendwo im Wald unterwegs, um Kräuter zu sammeln, wie sie es häufig im Herbst tat. Hákon seufzte und wollte zu seinem Pferd zurückgehen, als er eine seltsame Kälte im Nacken spürte. Im ersten Augenblick glaubte er an eine Sinnestäuschung. Doch als er sich umdrehte, spürte er deutlich den kalten Luftzug, der, aus der Hütte kommend, über sein Gesicht strich. Eine Kälte, wie er sie niemals zuvor gespürt hatte. Leblos und leer – die Kälte des Todes. »Ulama!«, rief Hákon noch einmal, während er in die Hütte stürmte, und wusste doch, dass er keine Antwort erhalten würde. Nicht jetzt, nicht heute – niemals mehr.

»Dann ist es also wahr.« Auf Jolfurs Stirn zeigte sich eine steile Falte, während er die Bluttaube betrachtete, die vor ihm auf dem Tisch stand und hungrig ein paar Körner pickte.

Es war kalt in der ärmlichen Blockhütte hoch oben in den Bergen nördlich des Waldlands, die ihm und einer Handvoll Getreuer seit einigen Jahren als Zuflucht diente. Zwar wurde der eiserne Ofen im Raum ständig mit neuen Holzscheiten bestückt, aber die Wärme, die das Feuer verbreitete, entschwand nur allzu schnell durch die Ritzen und Spalten im Gebälk. So hatten es sich die Männer, die hier Schutz suchten, angewöhnt, ihre dicke Kleidung auch am Tage nicht abzulegen.

Längst hatte der Winter, von Norden kommend, seinen eisigen Atem in die Berge getragen und die Welt jenseits der grünen Täler mit einem dicken Mantel aus Schnee bedeckt. Erst in der vergangenen Nacht hatte es wieder kräftig geschneit.

Während Bjarkar und die anderen auf der Jagd waren, hatte Jolfur an diesem Tag die Aufgabe übernommen, die Hütte und das Feuer zu bewachen, denn der Schnee lag so hoch, dass sie nicht vor dem späten Nachmittag zurück sein würden.

Umso mehr hatte es ihn überrascht, als seine Tochter und die Mutter seiner verstorbenen Frau, in deren Obhut er das Mädchen gegeben hatte, gegen Mittag in die Hütte getreten waren. Sie lebten in dem Dorf unten im Tal, das einst auch seine Heimat gewesen war, und hatten den beschwerlichen Aufstieg bisher nur im Sommer gewagt. Die beiden waren seit Sonnenaufgang unterwegs gewesen, halb erfroren und völlig erschöpft, doch die Botschaft, die sie bei sich trugen, war so bedeutsam, dass er ihnen den Leichtsinn längst nachgesehen hatte.

»Sie kommt zurück. Nicht wahr, Vater?«, hörte er das Mädchen in seine Gedanken hinein sagen. In eine wollene Decke gehüllt, saß die Kleine nahe dem Ofen, nippte an einem Becher mit heißem Kräutertee und schaute ihn aus ihren großen nussbraunen Augen an. »Die Hohepriesterin wird Karadek dafür bestrafen, was er Mutter angetan hat. Das wird sie doch – oder?«

»Ja, das wird sie.« Jolfur lächelte, aber es war ein trauriges Lächeln. Sie wird ihrer Mutter immer ähnlicher, dachte er bei sich und drängte die Trauer zurück, die die Erinnerung an das, was für immer verloren war, in ihm weckte.

Er war nie ein Mann großer Worte gewesen. Sanftmütig und stets darauf bedacht, in Frieden zu leben, hatte er es widerspruchslos hingenommen, dass die Last, welche die Herrschenden in Torpak den Fronarbeitern aufbürdeten, immer erdrückender wurde. Schweigend hatte er das Leben in Not und Elend ertragen, während die anderen Männer des Dorfes sich längst den Rebellen angeschlossen hatten und in die Berge gegangen waren. Ohne aufzubegehren, hatte er mit angesehen, wie die jungen und unverheirateten Männer des Dorfes für den Krieg gegen die Tamjiken zwangsrekrutiert worden waren, und selbst dann nicht die Stimme erhoben, als die Garde einige Monate später gekommen war, um auch die halbwüchsigen Knaben zu holen. Böse Zungen hatten damals behauptet, er sei schwach und feige, doch der Eindruck war falsch. Bei allem, was er getan oder nicht getan hatte, hatte Jolfur immer nur ein Ziel im Auge gehabt: seine Familie zu schützen und zu überleben.

Er hatte überlebt. Seine Familie hatte er nicht schützen können. Noch heute kamen ihm die Tränen, wenn er daran dachte, wie die

Krieger der Garde eines Abends in sein Haus eingedrungen waren, seine schwangere Frau aus dem Bett gezerrt und sie der Aufwieglung beschuldigt hatten, weil sie die Legende von Zarife öffentlich erzählt hatte. Sie hatte geweint, gebettelt und um Gnade gefleht, aber die Krieger waren unerbittlich gewesen. Nur Minuten später war sie vor den Augen der herbeigerufenen Dorfbewohner hingerichtet worden, als Warnung für alle, die es drängte, die verbotenen Legenden weiterzugeben.

Wie immer, wenn er sich erinnerte, spürte Jolfur auch diesmal eine ohnmächtige Wut in sich aufsteigen, so heftig und verzehrend wie an jenem Abend, als er der Hinrichtung seiner Frau hatte zusehen müssen. Ihre gellenden Schreie verfolgten ihn auch jetzt noch jede Nacht bis in den Schlaf, und der Wunsch, ihren Tod zu rächen, wurde mit jedem Tag stärker.

In jener Nacht waren seine Welt und alles, woran er geglaubt hatte, in Scherben zerbrochen. Allein der Gedanke an Rache, der wie ein verzehrendes Feuer in ihm brannte, hatte ihn damals davon abgehalten, seinem Leben selbst ein Ende zu setzen. In blankem Hass hatte er geschworen, den Tod seiner Frau hundertfach zu vergelten, und den Schwur mit seinem eigenen Blut besiegelt. Es war ein Schwur, der keine Mittelwege duldete. Ein Schwur, den er mit aller Härte umsetzte, dem er Mitgefühl und Sanftmut geopfert hatte und an den er sich bis an sein Lebensende gebunden fühlte. Die Erde auf dem Grabhügel seiner Frau war noch frisch gewesen, als er sich auf den Weg in die Berge gemacht hatte, um sein Leben fortan dem Kampf gegen Karadek zu widmen. Drei Jahre waren seitdem vergangen. Jahre des Kampfes und der ständigen Furcht vor Entdeckung. Jahre, in denen er zum Anführer der Gruppe aufgestiegen war.

»Zarife ist eine gute Frau«, sagte das Mädchen in diesem Augenblick. »Wenn ich groß bin, will ich ...«

»Still, Kind.« Die Alte, die Jolfur am Tisch gegenübersaß, hob mahnend die Hand. »Dein Vater muss nachdenken.«

Die Kleine presste die Lippen zusammen und schaute zu Boden.

»Was wirst du tun?«, richtete die Alte das Wort an Jolfur.

»Was besprochen wurde.« Entschlossenheit, aber auch die Sorge über das, was kommen würde, standen Jolfur ins Gesicht geschrieben. »Wir sind nur wenige, aber wir können kämpfen.«

»Die Leute im Tal sagen, dass sich die Rebellen in den Wäldern an der Grenze zum Hochland versammeln«, berichtete die Alte.

»Die Leute im Tal sollten endlich lernen, nicht so geschwätzig zu sein«, knurrte Jolfur.

»Sie beten für euch«, ergänzte die Alte. »Und für Zarife.«

Jolfur ging nicht darauf ein. In Gedanken überdachte er bereits die nächsten Schritte. Die Zeit der Rache war gekommen. Endlich würde er Karadek heimzahlen können, was dieser ihm angetan hatte. Endlich würde er den Schwur einlösen und den Tod seiner Frau hundertfach rächen können.

»Blut für Blut«, murmelte er so leise vor sich hin, dass die Alte es nicht hören konnte, und ballte die Fäuste. Schon morgen würde er mit Bjarkar und den Männern aufbrechen, um sich den anderen Rebellengruppen anzuschließen. Zuvor jedoch würde er dafür sorgen, dass die Mutter seiner Frau und seine Tochter unbeschadet in ihr Tal zurückkehren konnten, denn er wusste, dass er es nicht würde ertragen können, auch noch seine Tochter zu verlieren.

11

Ulama war schon alt gewesen, als Hákon noch ein kleiner Junge gewesen war. Solange er sich zurückerinnern konnte, hatte sie so ausgesehen wie am vergangenen Abend, als er sie kurz besucht hatte. Der Tod, so munkelte man, schien sie vergessen zu haben. Ihre eigenen Kinder hatte sie überlebt, die Sohnsöhne waren längst ergraut. Ulama aber war geblieben, wie sie war. Alterslos und, wie es schien, unsterblich.

Jetzt hatte der Tod sie gefunden. An diesem kühlen, sonnigen Morgen war er ihr letzter Gast gewesen. Ob er auch ihr erster gewesen war, vermochte Hákon nicht zu beurteilen. Schweigend beobachtete er die Heilerin, die neben Ulama kniete und doch nichts mehr für sie tun konnte.

»Sie ist vor drei oder vier Stunden gestorben.«

Hákon zuckte zusammen. Er war mit den Gedanken weit fort gewesen.

»Quäle dich nicht mit Vorwürfen, Hákon«, sagte die Heilerin tröstend, während sie Ulamas Augen schloss. »Sie musste nicht leiden.«

Hákon entspannte sich. »Dann war es ein natürlicher Tod?« Die Frage war überflüssig. Als Waldläufer besaß er genug Erfahrung, um zu erkennen, dass hier kein Kampf stattgefunden hatte.

»Sie war alt«, hörte er die Heilerin sagen. »Früher oder später erlischt jede Kerze.« Sie erhob sich und schaute Hákon an. »Du solltest es den anderen sagen.«

»Ich sollte längst auf dem Weg nach Torpak sein.« Hákon kämpfte mit seinem Gewissen. Ulama hatte es wahrlich nicht verdient, dass er ihren Tod als hinderlich empfand. Sein ganzes Leben lang war sie ihm mit Liebe und Fürsorge begegnet. Diesem Großmut galt es gerade in der Stunde des Todes Respekt zu zollen. Sie gehörte zu seiner Sippe, und wenn die Pfade des Blutes auch verschlungen waren, war sie für ihn, wie für alle, doch immer wie eine Muttermutter gewesen. Es war seine Pflicht, für die Dauer der Trauernächte an ihrer Seite zu bleiben, so wie es das Gesetz der Sippe verlangte. Drei Nächte lang würden alle männlichen Nachkommen Ulamas unter freiem Himmel an ihrer Seite Wache halten, damit das Unsterbliche in ihr ungehindert ins Reich der Ahnen aufsteigen konnte.

Aber er hatte auch andere Pflichten, die keinen Aufschub duldeten. Er musste dem Ruf des obersten Regenten unverzüglich Folge leisten, denn er hatte ihm Gehorsam bis in den Tod gelobt und geschworen, bis zum letzten Atemzug für Torpak zu kämpfen. Er wusste, dass es ein schweres Vergehen war, auch nur einen dieser Schwüre zu brechen. Mehr als einmal hatte er gesehen, wie es jenen erging, die es dennoch taten.

Was also sollte er tun? Hákon seufzte. Wie er es auch drehte und wendete, es schien keine Lösung zu geben. Die Ergebenheit gegenüber der Sippe stand der, die er dem Regenten gegenüber empfand, in nichts nach. Bisher hatte es zwischen den beiden keine Berührungspunkte gegeben. Diesmal jedoch standen sich die Pflichten so unvereinbar gegenüber wie Feuer und Wasser.

Einige Minuten überlegte er noch, dann fasste er einen Entschluss. »Also gut«, sagte er. »Ich bleibe hier.«

Nach allem, was Aideen über Bethia wusste, hatte sie nicht damit gerechnet, dass diese sie warm und herzlich empfangen würde. Wie erwartet, war die Begrüßung dann auch eher unterkühlt verlaufen. Mit wenigen Worten hatte die Seherin ihr erklärt, wo sie schlafen und ihre Habseligkeiten ablegen konnte. Dann hatte sie sich wie selbstverständlich an den Tisch zurückbegeben und war mit der Arbeit fortgefahren, als sei sie allein. Unsicher, was sie als Nächstes tun sollte, hatte Aideen sich auf einen Stuhl gesetzt und beobachtete nun schon seit einer halben Stunde ohne echtes Interesse, wie Bethia Blätter und Kräuter hackte, in einen Kessel mit dampfendem Wasser gab und unter monotonem Gemurmel umrührte. Inzwischen war Aideen zu der Überzeugung gelangt, dass alles, was sie jemals von den anderen über Bethia gehört hatte, der Wahrheit entsprach. Die Seherin war überaus sonderbar und erweckte selbst bei der Arbeit den Eindruck, als befände sich ihr Geist in einer anderen Sphäre.

Gewiss hält sie mich für eine dumme Gans, dachte Aideen, die unter der Nichtbeachtung litt. Ein paar Mal war sie versucht, ein Gespräch zu beginnen, doch die Nähe der ehrwürdigen Seherin machte sie befangen. Am liebsten hätte sie den Raum wieder verlassen. Allein der Anstand verbot ihr, dies ohne Erlaubnis zu tun, denn immerhin hatte die Oberin selbst sie hierher beordert. Dieser Befehl konnte nur rückgängig gemacht werden, wenn Bethia sie persönlich fortschickte. Dafür musste die Seherin aber erst einmal selbst etwas sagen.

Schließlich wurde es Aideen zu dumm. Sie nahm all ihren Mut zusammen und fragte: »Ihr mögt mich nicht – oder?«

»Was sieht der alte Leitwolf, wenn die jungen Wölfe heranwachsen?«, erwiderte Bethia rätselhaft, ohne im Umrühren innezuhalten.

»Was er sieht?« Aideen verstand nicht. »Was hat das mit mir zu tun?«

»Denk nach.«

Aideen ärgerte sich, dass die Seherin das Gespräch durch die Metapher in eine andere Richtung lenkte, ohne ihre Frage zu beantworten. »Wenn ich der junge Wolf bin«, folgerte sie nach einer Weile, »seid Ihr der Leitwolf.«

Bethia antwortete nicht. Aideen nahm es als Zustimmung. »Und was sieht der Leitwolf?«, fragte sie leicht gereizt.

Die Seherin zog den Löffel aus dem Kessel und legte ihn auf den

Tisch. Zum ersten Mal an diesem Tag schaute sie Aideen direkt in die Augen. »Er sieht sein Ende.«

»Aber ...«

»Kein Aber«, fiel Bethia ihr ins Wort. »Die Oberin hat dich zu mir geschickt, damit du meinen Platz einnehmen kannst, wenn ich die letzte Reise antrete. So war es damals, als ich zu Elna kam, so war es bei Elna selbst und immerfort. Es ist der Zyklus von Geburt, Leben und Tod, dem wir uns alle stellen müssen. Das Rad der Zeit steht nicht still, nicht für mich und nicht für dich. Irgendwann wirst du an diesem Kessel stehen und dir die törichten Fragen einer Novizin anhören müssen. Du wirst alt sein und sie jung, und in ihrem Gesicht wirst du sehen, was nach dir sein wird. Sie wird der erste Vorbote des Todes sein und dich jeden Tag aufs Neue daran erinnern, dass deine Tage gezählt sind. Nun beantworte dir selbst die Frage: Wirst du dich freuen, sie bei dir zu haben? Wirst du sie mögen?«

Aideen schaute betroffen zu Boden. So hatte sie es noch gar nicht gesehen. Tief in sich spürte sie, dass etwas falsch war an der Art, wie Bethia die Dinge betrachtete, aber sie konnte es nicht in Worte fassen. So nickte sie nur und sagte: »Ich verstehe.«

»Nein, du verstehst es nicht. Nicht wirklich«, widersprach Bethia heftig. »Du bist zu jung. Der Tod ist dir noch fremd.«

»Wenn ... wenn ich wieder gehen soll, dann müsst Ihr es nur sagen.« Plötzlich war es Aideen unangenehm, sich so überstürzt in das Leben der Seherin gedrängt zu haben. In dieser Höhle war kein Platz für sie, das spürte sie genau. Sie konnte Monate und Jahre hier verbringen und würde doch immer eine Fremde bleiben. Unerwünscht und ungeliebt.

»Kann der Leitwolf das Schicksal aufhalten, indem er die Jungen tötet?« Bethia lachte freudlos. »Das Alte muss dem Neuen weichen, so war es, und so wird es immer sein.« Sie schloss kurz die Augen, seufzte und fuhr mit überraschend sanfter Stimme fort: »Nicht dich hasse ich, mein Kind, aber das, was du verkörperst. Gib mir etwas Zeit, mich mit dem Unausweichlichen abzufinden «

Aideen fehlten die Worte. Überrascht von so viel Offenheit und von einer düsteren Ahnung geplagt, starrte sie die Seherin an. »Habt ... habt Ihr etwas gesehen?«, fragte sie zaghaft. »Habt Ihr ... ich meine, wisst Ihr, wann ...«

»Genug jetzt!« Bethia drehte sich abrupt um und wandte sich wieder dem Topf mit den Kräutern zu. Von der leisen Vertrautheit, die für einen winzigen Augenblick zwischen ihr und Aideen aufgeflammt war, war nichts mehr zu spüren. Dennoch hatte sich etwas verändert. Aideen ahnte, dass Bethia ihr mit den wenigen Sätzen mehr preisgegeben hatte, als es ihr selbst recht war, und sie war klug genug, es dabei zu belassen.

Schweigend beobachtete sie, wie die Seherin den Sud durch ein sauberes Tuch in eine tönerne Wasserflasche goss und diese sorgfältig verschloss. Zusammen mit einer flachen Schale und einem Bündel frischer Kräuter legte sie die Flasche in eine gewebte Umhängetasche, nahm ihren Mantel zur Hand, ging zum Ausgang und winkte Aideen, ihr zu folgen. »Komm!«, sagte sie. »Es gibt Arbeit.«

»Wo gehen wir hin?«, wagte Aideen zu fragen.

»Du kannst sehen. Kannst du es dir nicht denken?«

»Nein.« Was soll diese Anspielung auf meine Hellsichtigkeit?, dachte Aideen. Nur weil ich einmal eine Vision hatte, kann ich doch nicht alles im Voraus wissen.

»Mit Vorhersehung hat das wenig zu tun«, hörte sie Bethia sagen, als hätte sie ihre Gedanken gelesen. »Nur mit Scharfblick.«

»Dann gehen wir sicher zur Oberin«, vermutete Aideen.

»Nein.« In Bethias Miene zeigte sich nicht die geringste Regung, als sie Aideen antwortete. »Wir gehen die Geister anrufen.«

Aideen folgte Bethia auf eine Anhöhe westlich der Höhlen. Die Sonne war gerade untergegangen, und ein kühler Wind trug die frostige Luft des Nordens ins Hochland. Sie war froh, ihren Mantel angezogen zu haben, und sehnte sich insgeheim nach der Wärme in den Höhlen.

Der Gedanke, schon an ihrem ersten Tag Zeuge einer Geisteranrufung sein zu dürfen, erfüllte Aideen jedoch mit Stolz und ließ sie die Kälte besser ertragen. Während sie Bethia beobachtete, die nur wenige Schritte vor ihr ging, richtete sie sich unwillkürlich auf und versuchte, sich ebenso anmutig zu bewegen. Die Seherin schwebte geradezu über den felsigen, moosbewachsenen Boden und stolperte nicht ein einziges Mal, obwohl es schon fast dunkel war. Aideen hatte große Mühe, mit ihr Schritt zu halten. Immer wieder stieß sie mit dem Fuß gegen Hindernisse, die sie straucheln ließen und es ihr doppelt schwer machten, die übernatürliche Eleganz der Seherin nachzuahmen.

»Wo bleibst du denn?« Bethias Stimme ließ Aideen zusammenfahren. Sie trat in eine Bodenwelle und stolperte, konnte einen Sturz aber im letzten Augenblick verhindern. »Du bewegst dich so plump wie ein lahmer Esel«, schalt Bethia unwirsch. »Wenn wir uns nicht beeilen, ist der Mond aufgegangen, ehe alles bereit ist.«

Aideen errötete und nahm sich vor, mehr auf den Weg zu achten. Von nun an folgte sie der Seherin weniger elegant, dafür aber sehr konzentriert und ohne in Träumereien zu verfallen. Es dauerte nicht lange, bis sie die Hügelkuppe erreichten. Hier oben blies der Wind sogar noch stärker als im Tal.

Die Seherin schien sich daran nicht zu stören. Sicheren Schrittes führte sie Aideen zu einem von hohen Felsen umstandenen Platz, wo es völlig windstill war. Eine alte Feuerstelle mit geschwärzter Erde und trockenes Reisig, das im Schutz der Felsen unter einer ölgetränkten, mit Steinen und Grassoden beschwerten Plane lagerte, ließen darauf schließen, dass sie diesen Ort oft aufsuchte.

Bethia überließ es Aideen, das Feuer zu entzünden, während sie selbst die Zeremonie vorbereitete. Sorgfältig breitete sie ein Tuch neben der Feuerstelle aus, auf dem sie die Kräuter bereitlegte, und goss etwas von dem Sud, den sie in der Höhle gekocht hatte, in die flache Schale.

Aideen beobachtete sie verstohlen. Als die Flammen knisternd und funkensprühend aufloderten, wies Bethia sie an, sich vom Feuer zu entfernen. Sie selbst legte ihre Gewänder ab und begann mit einer rituellen Waschung, indem sie das Wasser aus der Schale über ihren Leib rinnen ließ.

Aideen fröstelte bei dem Anblick, aber Bethia schien die Kälte nicht zu spüren. »Heiliges Wasser, du bist die Kraft, die meinen Körper und meine Seele reinigt …« Die Stimme der Seherin schwebte klar und kraftvoll durch die Nacht. Die Worte wurden von den Felsen zurückgeworfen und erhielten dadurch einen machtvollen Nachhall. Aideen spürte, wie sich die feinen Härchen an ihren Armen aufstellten, während ihr gleichzeitig ein wohliger Schauder über den Rücken lief. Gefangen von der Magie des Augenblicks, lauschte sie der rituellen Anrufung, wohl wissend, dass sie von nun an nichts mehr sagen und sich nicht mehr bewegen durfte. Bethia war auf dem Weg zu den Geistern, und sie wollte die Zwiesprache auf keinen Fall stören.

Immer noch unbekleidet, setzte sich die Seherin ans Feuer, nahm einen rußgeschwärzten Stock zur Hand und zeichnete sich damit drei schwarze Spiralen oberhalb ihrer Brüste auf den Körper, die die Form eines Dreiecks bildeten. Dann ging der Mond auf. Silbernes Licht fiel durch die einzige Öffnung des Rings aus Felsen und ließ den Körper der Seherin in einem geisterhaften Licht erstrahlen.

»Heiliges Feuer, du bist die Kraft, die meine Seele befreit …«

Bethia nahm eine Handvoll Kräuter, warf sie in die Glut und schloss die Augen. Die frischen Blätter verbrannten dampfend. Aideen sah, wie Bethia den aufsteigenden Rauch tief in ihre Lungen sog, und bemerkte, dass ein leichter Luftzug auch ihr den Duft der Kräuter zutrug. Neugierig schloss sie die Augen und atmete tief durch, so, wie sie es bei Bethia gesehen hatte. Die Kräuter rochen mild und würzig.

»Heilige Kräuter, ihr leitet mich und öffnet mir den Weg.«

Wieder zischte und dampfte es, als Bethia eine Handvoll anderer Kräuter ins Feuer warf. Der Rauch war streng und beißend, und obwohl Aideen nicht so dicht am Feuer saß, wurde ihr davon schwindelig. Während sie noch gegen das Gefühl ankämpfte, warf die Seherin auch die letzten Blätter ins Feuer und bat die Geister, ihr ein Zeichen zu geben.

Aideen konnte ihre Worte nicht verstehen. Sie fühlte sich seltsam, ganz so, als wate sie im Geiste durch einen zähen Nebel, der nur ein paar Fetzen von dem durchließ, was Bethia sagte.

»Zeig mir«, forderte die Seherin mit vom Rausch schwerer Stimme. »Simion«, hauchte sie. Und immer wieder: »Simion … Simion … Simion …«

Die magische Anrufung berührte etwas in Aideen und trug sie mit sich fort. Sie hatte das Gefühl zu schweben und spürte, wie sich in ihr etwas öffnete. Im Geiste sah sie ein helles Licht, das sie lockte, näher zu kommen und zu schauen, was sich dahinter verbarg. Langsam schwebte sie darauf zu und sah …

… weit über sich das Sonnenlicht golden durch Baumkronen fluten. Die Blätter bewegten sich im Wind und zauberten ein ständig wechselndes Muster aus Licht und Schatten an den Himmel. Aideen konnte den Blick nicht davon lassen. Erfüllt von Staunen und Begeisterung, streckte sie die Arme aus und versuchte nach dem

wundersamen Lichtspiel zu greifen. Hin und wieder streifte ein Sonnenstrahl ihr Gesicht. Dann lachte sie und schloss geblendet die Augen. Auch andere schienen ihre Freude daran zu haben. Aideen hörte Kinderlachen und Frauenstimmen, die entzückte Laute von sich gaben, wenn sie sich bewegte.

Die Welt war erfüllt von Frieden, Geborgenheit und Glück, wie Aideen es noch nie erlebt hatte, und sie wünschte, sie könnte ewig hierbleiben. Da schob sich jäh ein Schatten vor den funkelnden Himmel. Das Kinderlachen erstarb. Die Frauen schrien auf. Geborgenheit und Glücksgefühl zerplatzten wie Luftblasen auf dem Wasser, und wenn Aideen auch keine Furcht fühlte, so spürte sie doch, dass etwas Furchtbares geschah. Finster und bedrohlich senkte sich der Schatten auf sie herab und wurde zu einer dämonischen Fratze, die ihr den Atem stocken ließ. Hände griffen nach ihr, hoben sie auf und trugen sie fort, während das Weinen der Kinder und die verzweifelten Schreie der Frauen immer weiter hinter ihr zurückblieben …

»Aideen?« Jemand rüttelte an ihrer Schulter. »Aideen, bei allen Göttern von Benize, wach auf!« Etwas drang scharf und beißend in ihre Nase und zerrte sie in die Wirklichkeit zurück. Ruckartig richtete sie sich auf, würgte, hustete und schnappte nach Luft.

Es dauerte einige Herzschläge, bis sich das verschwommene Bild vor ihren Augen klärte. Bethia saß neben ihr auf dem Boden, das Gesicht von Sorge gezeichnet. Aideen schüttelte verwirrt den Kopf. Sie glaubte sich dunkel daran zu erinnern, dass die Seherin nackt gewesen war. Jetzt aber trug sie wieder ihren Mantel. »Was … was ist geschehen?«, fragte sie matt.

»Du warst fort.« Bethia verschloss die kleine Tonflasche, die den scharfen Geruch verströmte, sorgfältig mit einem Stopfen und ließ sie in die Tasche ihres Mantels gleiten.

»Was ist das?« Aideen litt noch immer unter den Nachwirkungen des beißenden Geruchs und schüttelte sich unwillkürlich, als sie nur daran dachte.

»Ptanamalis.«

Das Wort sagte Aideen nichts. »Es stinkt«, stellte sie fest.

»Das soll es auch.« Bethia blieb ernst. »Es ist für jene gedacht, die den Weg zurück allein nicht finden. So wie du.« Sie reichte Aideen etwas Wasser und fragte: »Was hast du gesehen?«

»Einen Wald im Sonnenschein, unglaublich schön.« Die Erinnerung brachte Aideen eine Ahnung des Wohlgefühls zurück, das sie inmitten der Bilder verspürt hatte. »Da waren Frauenstimmen und

Kinderlachen. Und dann ...« Sie stockte. »Es wurde dunkel. Die Frauen schrien, die Kinder weinten, und ich hatte das Gefühl zu schweben.« Sie schaute Bethia an, und für einen Augenblick glaubte sie, Bestürzung in den Zügen der älteren Frau zu erkennen. »War es eine Vision?«, fragte sie. »Wisst Ihr, was ich gesehen habe?«

»Eine Vision? Nein, das war es nicht.« Die Seherin antwortete eine Spur zu schnell, um wirklich überzeugend zu klingen.

Aideen bemerkte es nicht. »Was war es dann?«, fragte sie matt.

»Sehnsüchte.« Bethia zog die Schultern in die Höhe, als wären die Bilder es nicht wert, lange darüber nachzudenken. »Wünsche? Wer weiß? Viele, die hier im Hochland leben, sehnen sich nach den Wäldern oder denken an die Familien, die sie einst verstoßen haben. Das ist nicht ungewöhnlich. Vermutlich hat der Duft der Kräuter diese Sehnsüchte auch in dir geweckt.«

»Mag sein.« Aideen nickte und fuhr sich mit den Händen müde über die Augen. »Verzeiht, dass ich mich so ungeschickt angestellt habe.«

Bethia schaute sie lange an. In ihrem Gesicht arbeitete es.

»Nicht du bist es, die um Vergebung bitten muss«, erklärte sie schließlich, hob die Hand, berührte Aideen sanft an der Wange und sagte: »Was dir widerfahren ist, ist allein meine Schuld. Du bist mir anvertraut worden. Ich trage die Verantwortung für dich, denn du bist noch viel zu unerfahren, um zu ermessen, welche Folgen aus meinem Wirken erwachsen können. Ich hätte dich warnen und dafür sorgen müssen, dass du dem Rauch nicht ausgesetzt bist.« Sie lächelte entschuldigend. »Es tut mir leid«, sagte sie aufrichtig. »Aber ich war so viele Jahre allein. Du bist meine erste Novizin. Es gibt vieles, das auch ich erst noch lernen muss.« Die Offenheit der älteren Frau rührte Aideen und brachte sie ihr ein Stückchen näher. Für die Dauer eines Augenblicks gewährte Bethia ihr einen kostbaren Blick hinter die sorgfältig gehütete Maske der Unnahbarkeit, die sie tagaus, tagein zur Schau trug, und sie spürte, dass sich dahinter eine empfindsame Person verbarg.

Doch der Augenblick verstrich, und nur wenige Herzschläge später gab sich Bethia wieder so, wie sie von allen gesehen werden wollte. »Es ist schon spät«, stellte sie fest und fragte knapp: »Kannst du aufstehen?«

»Ich denke schon.« Schwankend kam Aideen auf die Beine.

»Gut.« Bethia deutete zum Feuer hinüber. »Dann lösche das Feuer und räume die Sachen zusammen. Wir gehen zurück.«

12

»Sie hatte wahrlich ein erfülltes Leben.« Gor, der neben Hákon am Feuer saß, neigte den Kopf ein wenig zur Seite, damit er nicht so laut sprechen musste. Wie es ihre Pflicht war, hatten sich die Brüder an Ulamas aufgebahrtem Leichnam eingefunden, um dort in dieser und den beiden kommenden Nächten die Totenwache zu halten. Sie waren nicht die Einzigen. Mehr als zwei Dutzend Männer, junge und alte, Sohnsöhne und Sohnsohnsöhne der Geschichtenweberin, hatten sich zum Schutz gegen die nächtliche Kälte in Decken gehüllt und nahe der Trauerfeuer niedergelassen, die man zu Ehren der Toten entzündet hatte. Wegen der anhaltenden Trockenheit waren sie kleiner als gewöhnlich; ganz verzichten wollten die Trauernden jedoch nicht auf sie.

Drei Tage, so verlangte es der Brauch, mussten die Toten des Waldvolks auf einer Lichtung im Wald aufgebahrt werden. Bei Tag waren es die Frauen, die nicht von der Seite der Verstorbenen wichen und die Totenfeier vorbereiteten. Bei Sonnenuntergang übernahmen die Männer die Wache, um bei Tagesanbruch wieder von den Frauen abgelöst zu werden, bis der Leichnam nach der dritten Nacht in einer feierlichen Zeremonie dem Feuer übergeben wurde. Holz und Reisig hatten die Frauen schon unter dem Gestell aufgeschichtet, auf dem Ulama in ihre besten Gewänder gekleidet lag. Doch es war ungewiss, ob man das Feuer würde entzünden können. Die Gefahr war groß, dass die Flammen auf den Wald übergriffen.

»Ja, das hatte sie.« Hákon flüsterte fast. »Sie ist von uns gegangen, wie sie gelebt hat. Still und bescheiden.« Er seufzte. »Ich wünschte, ich wäre am Abend meiner Ankunft bei ihr geblieben, so wie sie es sich gewünscht hat. Aber ich war in Eile und konnte nicht …«

»Mach dir keine Vorwürfe.« Gor deutete mit einem Kopfnicken auf

Ulamas Leichnam. »Ich bin sicher, sie hat es verstanden.« Er zwinkerte seinem Bruder zu. »Du warst immer ihr Liebling.«

»Ich weiß.« Hákon nickte bedächtig. »Aber gerade deshalb hätte ich ihre Bitte nicht ...« Er verstummte, weil auf der anderen Seite des Platzes plötzlich Stimmen laut wurden.

»Was ist da los?« Gor reckte sich und spähte über das Feuer hinweg.

»Das werden wir gleich wissen.« Im flackernden Licht waren die Umrisse der Männer jenseits der Flammen nur undeutlich zu erkennen. Offenbar gab es dort ein Handgemenge. Hákon zögerte nicht. Gefolgt von Gor, eilte er darauf zu.

»Lasst ... lasst mich sofort los!«, hörte er einen Mann rufen. Die Worte kamen dem Sprecher nur schleppend über die Lippen. »Ich ... ich bin nicht ... nicht betrunken. Ich ... ich will nur ...«

»Was ist hier los?« Energisch bahnten Hákon und Gor sich einen Weg durch die Umstehenden.

Inmitten der Männer stand schmutzig und mit zerrissenen Kleidern Allvar, Tiseas und Pemes Vater. Die schulterlangen, grauborstigen Haare hingen ihm wirr ins aufgedunsene Gesicht, während die kleinen Augen rastlos umherhuschten.

»Was fällt dir ein, unsere Totenwache zu stören?«, fuhr Hákon ihn streng an. »Du gehörst nicht zu unserer Sippe.«

»Sie ... sind weg!« Verzweiflung schwang in Allvars Worten mit.

»Wer ist weg?«

»Meine Kinder, meine Mädchen.« Allvar sank wimmernd auf die Knie und schlug die Hände vors Gesicht.

»Tisea und Peme?«, erkundigte sich Hákon.

»Ja, ja!« Die Arme an den Körper gepresst, bewegte sich Allvar wiegend hin und her, als quälten ihn große Schmerzen. Offenbar hatte er jede Menge Wein getrunken und war nicht mehr Herr seiner Sinne. »Helft mir«, flehte er. »Bitte. Ich muss sie suchen ... sie suchen. Die Dämonen ... die Dämonen aus dem Hochland haben sie geholt.«

»Dämonen, pah. Du bist betrunken, Allvar!«, hörte Hákon einen seiner Vaterbrüder neben sich ausrufen. »Ist doch kein Wunder, dass die Mädchen sich davonmachen. Ich habe mich schon gewundert, dass sie nicht längst weg sind.«

»Wie lange sind sie schon fort?«, erkundigte sich Hákon, ohne auf das Geschwätz seines Verwandten einzugehen.

»Ich weiß es nicht.« Allvars dürre Finger krampften sich zitternd um einen Zipfel seines schmutzigen Hemds, während er zu Hákon aufblickte. »Ihr müsst sie suchen, bitte«, flehte er.

»Wir müssen gar nichts, Allvar«, herrschte Gor den Betrunkenen an. »Wir haben hier eine Tote zu betrauern und sind an die Pflicht der Wache gebunden. Wenn du deine Mädchen hättest halten wollen, hättest du dich mehr um sie kümmern müssen.« Er schnaubte verächtlich. »Sieh dich doch an. Bist du das, was man einen guten Vater nennt? Ich für meinen Teil werde die Mädchen gewiss nicht suchen. Mögen sie es dort, wo sie ein Heim finden, besser haben als bei dir.«

»Aber die Dämonen ... meine Kinder ...«

»Wenn du sie so sehr vermisst, steh auf wie ein Mann und suche sie selbst, statt hier herumzujammern.« Einige Männer lachten, als Gor das sagte, andere nickten zustimmend. »Das wäre eines treusorgenden Vaters wahrlich würdig.«

»So treusorgend, wie dein Vater es einst war?« Obwohl er betrunken war, blitzte es in Allvars Augen herausfordernd auf. »Oder willst du etwa behaupten, dass er damals nach seiner Tochter gesucht hätte? Dass er den Dämonen gefolgt wäre, die ihm das Kind entrissen? Was hat er getan? He?« Er maß Hákon mit einem spöttischen Blick aus den Augenwinkeln, als warte er auf eine Reaktion. Dann fuhr er an Gor gewandt fort: »Ich sage es dir: Nichts hat er getan. Der alte Narr war viel zu feige. Und nicht nur das, er war auch ...«

»Schluss jetzt!« Gor trat vor, packte den betrunkenen Allvar am Arm und zerrte ihn von den Männern fort. »Ich habe genug von deinem Geschwätz. Mein Vater ist tot. Ich lasse es nicht zu, dass du seinen Namen in den Schmutz ziehst und schändliche Lügen über ihn verbreitest.«

»Das sind keine Lügen!«, rief Allvar aus, während er sich unter Gors eisernem Griff wand und unbeholfen davonstolperte. Seine Augen suchten Hákons Blick, der die Szene verwirrt beobachtete. »Frag ihn!«, rief Allvar und deutete auf Gor. »Frag deinen Bruder. Er weiß es. Er war dabei.« Ein kräftiger Ruck von Gor entlockte ihm einen schrillen Schmerzenslaut und zwang ihn, den herausfordernden Redefluss zu unterbrechen.

»Du kommst jetzt mit«, befahl Gor. Ohne den Arm loszulassen, zwang er den widerstrebenden Allvar mit sich. »Ich bringe dich nach Hause.«

Zur Mitte der Nacht saßen Hákon und Gor wieder beisammen am Feuer. Schweigend hingen sie ihren Gedanken nach, während sich die Männer ringsumher schlafen legten.

»Ist es wahr?«, fragte Hákon seinen Bruder nach einer Weile. »Ist es wahr, dass wir eine Schwester hatten?«

Gor antwortete nicht sofort. Wie abwesend starrte er in die Flammen. Schließlich nickte er und sagte leise: »Ja, es stimmt. Ich hatte eine Schwester.« Er verstummte, schaute Hákon tief in die Augen und fügte hinzu: »Du hattest mehr als das – eine Zwillingsschwester.«

»Eine Zwillingsschwester?« Unfähig, die ganze Tragweite der Worte zu ermessen, starrte Hákon Gor an, der seinem Blick mit zusammengepressten Lippen standhielt. »Wie ...? Warum ...?«, fragte Hákon verwirrt. »All die Jahre ... Warum weiß ich nichts davon?«

»Vater wollte es nicht.« Gor schüttelte betrübt den Kopf. »Mutter hat den Verlust nie verwunden. Sie hatte sich soseh eine Tochter gewünscht und drohte an ihrer Trauer zu zerbrechen. Um es ihr leichter zu machen, hat Vater alle Erinnerungen an Viliana vernichtet und jedem verboten, von ihr zu sprechen. Er wollte nicht, dass Mutter durch irgendetwas an sie erinnert wird. Sie aber hat ihre Tochter nie vergessen. Und sie hat es unserem Vater nie verziehen, dass er nichts unternommen hat, um sie zurückzuholen. Bis zu seinem Tod hasste sie ihn dafür.« Er verstummte, und als er weitersprach, war seine Stimme ungewohnt sanft. »Ich war damals noch zu klein, um zu verstehen, was geschehen war. Aber ich war alt genug, die Kluft zu spüren, die unsere Eltern von diesem Tag an trennte. Nichts war mehr so wie vorher. Ich glaube, Vater wollte nicht, dass du es auch spürst. Er wollte, dass du ihn liebst und achtest, so wie ein Sohn seinen Vater lieben und zu ihm aufsehen sollte. Du hast ihm das gegeben, was Mutter und ich ihm versagt haben. Du warst ihm immer am nächsten. Ich glaube, an dir wollte er gutmachen, was er deiner Schwester nicht geben konnte.«

Hákon starrte seinen Bruder an. »Wusste Ulama davon?«

Gor nickte. »Ja, sie wusste es. Und mehr noch; ich glaube, sie hatte sogar irgendetwas damit zu tun.« Er rückte ein Stück näher an seinen Bruder heran und senkte die Stimme. »Was ich dir jetzt erzähle, muss unter uns bleiben. Verstanden? Ich habe keine Beweise dafür, nur eine vage Erinnerung aus Kindertagen, die mich bis heute nicht loslässt.«

»Versprochen.« Hákon nickte ernst. Wahrheit oder nicht: Er war begierig, alles zu erfahren, was mit seiner Schwester zusammenhing.

»Also gut«, hob Gor an. »Ich glaube, Ulama hatte die Hände mit im Spiel, als Viliana verschwand. Ich erinnere mich an ein Gespräch zwischen ihr und Vater, das ich zufällig belauschte. Ihr wart damals gerade ein halbes Jahr alt. Ulama sagte zu ihm, er müsse es tun. Der Handel sei beschlossen. Vater wollte nicht und bat um einen anderen Weg, aber sie blieb hart. Ich hörte, wie sie sagte: ›Du musst ihnen das Mädchen geben. Sie ist die zehnte der Blutlinie und gehört zu ihnen.‹«

Hákon verstand nicht. »Zu wem gehört sie? Zu den Dämonen?«

»Ich weiß es nicht.« Gor zuckte hilflos die Schultern. »Ich habe ein paar Mal versucht, von Ulama etwas darüber zu erfahren. Aber du kanntest sie ja. Sie hat mir nie etwas verraten.«

»Und jetzt ist es zu spät.« Bitternis schwang in Hákons Stimme mit, als er auf den aufgebahrten Leichnam der Geschichtenweberin blickte.

»Seit dem Zwischenfall sind neunzehn Jahre vergangen.« Gor schüttelte den Kopf. »Vermutlich ist unsere Schwester längst tot.« Er schwieg kurz, hob dann aber noch einmal zu sprechen an. »Versprich mir, dass du Mutter nichts davon erzählst«, bat er. »Sie hat Ulama sehr verehrt und könnte es nicht ertragen, wenn sie … wenn sie die Wahrheit erführe.«

»Keine Sorge. Ich werde ihr keinen Kummer bereiten.« Hákon schaute seinen Bruder nachdenklich an. »Aber ich muss Antworten haben.« Sein Blick wanderte zum Feuer, und er versank in tiefes Schweigen.

Gor wartete, konnte die Stille aber irgendwann nicht länger ertragen und fragte: »Woran denkst du?«

»An Ulama«, antwortete Hákon leise. »Und an Viliana. Aber auch an Tisea und Peme und an Ulamas Pferd, das spurlos verschwunden ist.«

»Du glaubst doch nicht etwa, dass das alles irgendwie zusammenhängt?«, fragte Gor.

Hákon antwortete nicht. Die Nachricht aus Torpak, Ulamas Tod, seine Zwillingsschwester, die angeblich von den Dämonen geraubt worden war, zwei vermisste Mädchen und ein verschwundenes Pferd. Konnte es sein, dass Ulama den Mädchen ihr Pferd gegeben hatte? Er hatte das Gefühl, wichtige Hinweise in den Händen zu halten, die, richtig zusammengefügt, einen Sinn ergaben. Nur welchen? Wer konnte schon sagen, wie viele Geheimnisse Ulama mit in den Tod genommen hatte? Hákon seufzte und fuhr sich mit den Händen müde über das Gesicht. Vielleicht täuschte er sich, und es war tatsächlich nur eine Verkettung von Zufällen – vielleicht aber auch nicht.

Bethia wusste, dass sie erwartet wurde, und verzichtete darauf, ihr Kommen anzumelden. Trotz der späten Stunde saß die Oberin noch immer an ihrem Arbeitstisch und las in dem dicken, ledergebundenen Buch, in dem die Geschichte Benizes niedergeschrieben war. Ihre sorgenvolle Miene hellte sich auf, als sie die Seherin erblickte. »Bethia!«, rief sie erfreut aus. »Komm, setz dich zu mir und berichte. Ich habe schon auf dich gewartet. Hast du sie finden können?«

Bethia hob beschwichtigend die Hand. Sie war längst nicht so gelassen, wie es für die Oberin den Anschein haben mochte, aber sie hatte gelernt, ihre Gefühle sorgsam zu verbergen. Ohne Hast kam sie der Aufforderung nach und setzte sich. »Die Sphäre ist in Aufruhr«, erklärte sie, ohne die Frage direkt zu beantworten. »Es war nicht leicht, den Simion zu finden.«

»Aber du hast ihn gefunden.« Die Oberin schien es wirklich eilig zu haben, denn sie hielt sich nicht mit langem Nachfragen auf.

Bethia nickte. »Ja, ich habe ihn gefunden.«

»Und? Ist sie schon auf dem Weg?«

»Noch nicht.«

»Was können wir tun?« Ratlosigkeit schwang in der Stimme der Oberin mit. Wie Bethia wusste auch sie, dass ihnen die Hände gebunden waren, solange Zarife das Tor nicht erreicht hatte.

»Hoffen.« Bethia seufzte. »Der Simion wird sie leiten. Aber sie muss den Weg zum Tor aus eigenem Antrieb finden.«

»Das dauert zu lange.« Die Oberin schüttelte den Kopf. »Die Kundschaftervögel berichten, dass die Rebellen sich bereits formieren. Auch die dunkle Macht Torpaks im Süden regt sich. Sie wissen um die erfüllte Prophezeiung und werden alles daransetzen, die Rückkehr der letzten Hohepriesterin zu verhindern.«

»Und wenn sie schon an der Grenze des Hochlands stünden: Ich kann nichts tun, um ihr zu helfen«, erklärte Bethia. Sich der Grenzen ihrer Macht schmerzlich bewusst, seufzte sie, schüttelte den Kopf und fügte hinzu: »Ich wünschte, ich könnte es.«

»Was ist mit dem Dolch?«, wollte die Oberin wissen. »Wird er rechtzeitig hier eintreffen?«

»Er ist auf dem Weg.« Bethia nickte. »Ich spüre es. Wenn alles gut geht, wird er in wenigen Tagen hier sein.«

»Das ist eine gute Nachricht.« Es war deutlich zu spüren, wie sehr die Oberin auf eine solche gehofft hatte. Ihr Gesicht nahm einen entschlossenen Ausdruck an, als sie sagte: »Dann dürfen wir keine Zeit mehr verlieren. Wenn Zarife das Tor erreicht, muss alles für das Ritual bereit sein. Sie allein kann die Dashken von der Aufgabe entbinden, diesen Ort zu schützen, damit sie die Rebellen im Kampf unterstützen können. Die Rebellen mögen tapfere Krieger sein, aber sie sind Karadeks Truppen in Waffen und Ausrüstung hoffnungslos unterlegen. Ohne die Hilfe der Dashken werden sie sich der Übermacht beugen müssen.« Sie wollte sich erheben, aber Bethia hielt sie zurück.

»Auf ein Wort noch«, bat sie.

»Was ist?«

»Es geht um die Novizin, die ich unterweisen soll.«

»Was ist mit ihr?«

»Sie ist sehr empfänglich.«

»Gut.« Der Oberin gelang trotz der Eile ein Lächeln. Bethia spürte, dass sie sich nicht weiter mit solchen Belanglosigkeiten aufhalten wollte, aber das war ihr gleichgültig. »Zu empfänglich«, erwiderte sie ernst. »Sie atmete nur etwas Rauch von der Anrufung ein und hatte augenblicklich eine Vision.«

»Das sollte ein Grund zur Freude sein, nicht zur Besorgnis. Worauf willst du hinaus?«

»Sie sah, was sie nicht hätte sehen dürfen«, sagte Bethia düster. »Sie sah, wie die Dashken sie holten.«

»Hat sie Fragen gestellt?«, wollte die Oberin wissen.

»Noch nicht.« Bethia schüttelte den Kopf. »Aber das wird sie, wenn sich die Visionen wiederholen.«

»Nun, irgendwann hast auch du die Wahrheit erfahren, ebenso wie ich.« Die Oberin schien weit weniger beunruhigt als Bethia. »Unsere besondere Stellung unter den Hüterinnen bringt es mit sich, dass wir es irgendwann erfahren müssen.«

»Aber nicht so früh«, hielt Bethia ihr entgegen. »Sie ist noch zu jung und unerfahren. Wie alle Novizinnen beschäftigt auch sie noch die Frage nach ihrer Herkunft und ihrer Familie. Sollte sie jetzt schon die Wahrheit erfahren, wird sie gewiss versuchen, ihre Mutter zu finden.« Sie schaute die Oberin ernst an. »Du weißt, was das bedeutet.«

»So wie die Dashken dafür Sorge tragen, dass niemand zu uns gelangt, sorgen sie auch dafür, dass niemand von hier fortgehen kann.« Die Oberin nickte bedächtig. »Du sorgst dich um sie, nicht wahr?«

Bethia nickte. »Sie bringt alles mit, was eine gute Seherin ausmacht. Und wenn sie auch noch viel lernen muss, wäre es doch ein herber Schlag, sie zu verlieren.«

»Dann müssen wir ein Auge auf sie haben.« Die Oberin schaute Bethia ernst an. »Ob Tag oder Nacht, sie sollte immer in deiner Nähe sein.« Ein dünnes Lächeln huschte über ihr Gesicht, als sie hinzufügte: »Sollte sie wieder eine unerwünschte Vision haben, wird dir sicher eine unverfängliche Deutung dazu einfallen.« Die Oberin erhob sich und ging zur Tür. »Wo ist Aideen jetzt?«

»In meinen Räumen.«

»Gut«, die Oberin nickte. »Heute Nacht habe ich noch ein paar wichtige Dinge zu erledigen. Sobald die Sonne aufgeht, begleitet sie dich in unser Heiligtum, wo ihr gemeinsam die Anrufung vorbereiten werdet.«

»Gut.« Bethia nickte. Sie hatte nicht wirklich damit gerechnet, dass die Oberin Aideen so früh schon gestatten würde, das Heiligtum zu besuchen, und freute sich über das entgegengebrachte Vertrauen. Von nun an würde die junge Seherin stets an ihrer Seite weilen, und das war gut so.

13

Als die Frauen am Morgen kamen, um die Tagwache zu übernehmen, machte sich Hákon auf den Weg. Es war kein besonders schöner Morgen. Die Sonne hielt sich hinter dichten Wolken verborgen, die aber keine Aussicht auf Regen in sich trugen. Das trübe und hoffnungslose

Wetter passte zu der Stimmung, die Hákon in der Nacht den Schlaf geraubt hatte. In nur wenigen Stunden hatte sich seine Welt so grundlegend verändert, dass er kaum einen klaren Gedanken fassen konnte. Seine Mutter, sein Vater, Gor, ja sogar Ulama, alle, denen er vertraut hatte, hatten ihn belogen und ihm ein wichtiges Teil seiner selbst vorenthalten. Hákon ballte die Hände und zog die Luft scharf ein. Er hatte eine Schwester, mehr noch, eine Zwillingsschwester, die, wenn sie überhaupt noch lebte, irgendwo im Hochland ein ungewisses Schicksal erduldete.

Er nahm es Gor nicht übel, dass er so lange geschwiegen hatte; sein Bruder war damals gerade fünf Jahre alt gewesen, zu jung, um zu begreifen, was geschah. In den folgenden Jahren hatte er es nur gut gemeint. Nie hatte eine böse Absicht in seinem Schweigen gelegen.

Und Ulama? Welchen Grund mochte sie für ihr Schweigen gehabt haben? Wenn es stimmte, was Gor ihm erzählt hatte, musste sie weit mehr über das Verschwinden des Mädchens gewusst haben als jeder andere im Dorf. Schlimmer noch, es stand zu befürchten, dass sie eine entscheidende Rolle bei der Entführung gespielt hatte.

... sie ist die Zehnte der Blutlinie. Das sollten ihre Worte gewesen sein, und sein Vater schien sehr wohl gewusst zu haben, was sie damit gemeint hatte. Hákon sagten die Worte nichts, aber er war entschlossen, es herauszufinden. Wenn die beiden es gewusst haben, dachte er bei sich, muss es im Dorf auch andere Menschen geben, die die Bedeutung kennen. Von den Männern seiner Sippe erhoffte er sich keine Hilfe. Sie waren schon immer eine eingeschworene Gemeinschaft gewesen und hielten ein gegebenes Versprechen bis über den Tod hinaus. So gab es nur einen, den er fragen konnte: Allvar, Tiseas Vater.

Es war kaum heller geworden, als er Allvars Hütte erreichte. Im Gegensatz zu dem Mann, der sie bewohnte, machte das aus massiven Stämmen errichtete Blockhaus einen gepflegten Eindruck. Keine Spinnenweben zierten die geschlossenen Läden, die Stufen vor dem Eingang waren sauber gefegt, das Holz im Unterstand neben der Haustür sorgfältig aufgestapelt. Ohne Zweifel trug die Hütte die Handschrift einer tüchtigen Frau. Ein vergänglicher Eindruck, der sich nicht lange halten würde, wenn Tisea und Peme tatsächlich länger fortblieben.

Die Tür war geschlossen. Hákon trat vor und klopfte dreimal mit der Faust kräftig dagegen. »Allvar?«, rief er. »Allvar, mach auf. Ich bin es, Hákon.«

Nichts regte sich. Hákon klopfte und rief noch einmal, erhielt aber wieder keine Antwort. Er rüttelte am Türknauf, aber die Tür war von innen verriegelt. An jedem anderen Morgen wäre er wieder gegangen und hätte es später noch einmal versucht. Aber dies war kein gewöhnlicher Morgen, und Hákon spürte, dass es auch kein gewöhnlicher Tag werden würde. Dies war einer der Tage, die Ulama »Schicksalstage« genannt hatte. Ein Tag, der alles veränderte. Ein Tag, der die Betroffenen zwang, alte Pfade zu verlassen, um neue zu beschreiten.

Noch dreimal klopfte er an die Tür, lauter und kräftiger als zuvor. Noch dreimal rief er Allvars Namen. Dann trat er einen Schritt zurück und warf sich mit aller Macht gegen die Tür. Der Riegel gab dem Ansturm sofort nach. Vom eigenen Schwung getragen, stolperte Hákon in die Hütte und blieb wie angewurzelt stehen.

Drinnen stank es erbärmlich. Allein sein Anliegen, das keinen Aufschub duldete, hielt ihn davon ab, auf der Stelle kehrtzumachen und die Hütte wieder zu verlassen. Aufmerksam schaute er sich um. Zwei Türen am anderen Ende des Raums führten zu den Schlafkammern. Hinter einer waren heiseres Röcheln und unregelmäßige Atemzüge zu hören.

Wie nicht anders zu erwarten, hatte sich Allvar nach seinem unrühmlichen Auftritt bei der Totenwache hierher zurückgezogen, um seinen Kummer im Weinrausch zu ertränken. Hákon schnaubte verächtlich. Jeder im Dorf wusste, dass Allvar ein schwacher Geist innewohnte. Das Verschwinden seiner Töchter hätte für ihn ein Grund zur Besinnung sein können – wenn er es gewollt hätte. Doch wie es aussah, hatte er auch diesmal lieber den Weg des Vergessens gewählt.

»Allvar?« Langsam ging er auf die Tür der Schlafkammer zu. Das Bild, das sich ihm hier bot, war mitleiderregend und abstoßend. Allvar lag bäuchlings auf dem strohgefüllten Sack, der ihm als Bett diente. Ein Arm war seitlich ausgereckt. In der Hand hielt er einen Weinkrug, dessen Inhalt eine große rote Lache am Boden gebildet hatte. Das Haar stand ihm in alle Richtungen vom Kopf ab. Er schnarchte laut. Dem Gestank nach zu urteilen, hatte er erbrochen. Hákon hielt sich die Hand vor den Mund. Am liebsten wäre er wieder gegangen und hätte Allvar seinem Elend überlassen. Aber das ging nicht. Er musste mit ihm reden – und zwar sofort.

Hákon zögerte einen Augenblick. Dann verließ er die Hütte, um wenig später mit einem Eimer Wasser zurückzukehren, den er in einem Schwall über dem Betrunkenen entleerte.

Hustend und fluchend fuhr Allvar in die Höhe. »Was ... was soll das?« Mit einer fahrigen Bewegung strich er sich die Haare aus der Stirn und schaute sich verwirrt um. »Hákon?« In dem von Wein umnachteten Blick blitzte Erkennen auf. »Was ...?«

»Das erkläre ich dir draußen.« Noch während er das sagte, packte Hákon Allvar am Arm, zerrte ihn in die Höhe und beförderte ihn nachdrücklich zur Tür hinaus. Er war erstaunt, wie leicht Allvar war. Dem ausgemergelten Körper fehlte jegliche Kraft zur Gegenwehr, und so gelang es Hákon problemlos, Allvar zur Pferdetränke in der Nähe des Hauses zu zerren. Ein leichter Stoß genügte, um ihm ein kühles Bad zu verpassen.

»He! Bist du von Sinnen?« Allvar, der langsam wieder zu sich kam, war außer sich. Mit tropfnassen Kleidern schälte er sich unbeholfen aus der Tränke.

»Ich wollte dir nur helfen, den Unrat abzuwaschen, den die Trunkenheit bei dir hinterlassen hat. Der Gestank war unerträglich.« Hákon trat näher, reichte Allvar die Hand und half ihm aus dem Wasser. »Entschuldige, wenn ich dabei etwas unsanft mit dir war, aber ich muss mit dir reden.«

»Reden?« Allvar starrte Hákon an. »Worüber?«

Hákon prüfte mit einem kurzen Seitenblick, wie viele Dorfbewohner sie beobachteten. Dann raunte er Allvar zu: »Nicht hier. Wir gehen zu Ulamas Hütte.«

Eine halbe Stunde später saßen sich die beiden Männer an einem Tisch in Ulamas Hütte gegenüber. Hákon hatte Allvar eine warme Decke und frische Kleider aus einer der Truhen gegeben, in der Ulama neben ihren eigenen auch allerlei Kleidungsstücke ihrer Söhne und Sohnsöhne aufbewahrt hatte.

»Du wolltest mit mir reden?« Allvar stützte den Kopf auf die Hände, hielt die Augen geschlossen und kaute auf einem Stück getrockneter Baumrinde, die für ihre heilsame Wirkung bei Kopfschmerzen bekannt war.

»Ich habe Fragen«, erwiderte Hákon ernst.

»Dann frag.« Allvar stöhnte, als bereite ihm das Sprechen große Schmerzen.

»Was weißt du über meine Schwester?«, fragte Hákon geradeheraus.

Allvar zuckte zusammen, hob den Kopf und schaute Hákon an: »Woher weißt du ...?«

»Von dir«, fiel Hákon Allvar ins Wort. »Du kamst gestern Nacht zu Ulamas Totenwache und hast davon gesprochen.«

»Ich habe was?« Allvar riss bestürzt die Augen auf. »Bei den schwarzen Pforten des Halvadal! Ich gab deinem Vater mein Wort, es niemandem zu erzählen. Und jetzt ...«

»... hast du dein Wort gebrochen. Schreib es dem Wein zu. Oder der Sorge um deine Töchter. Dann lässt sich der Wortbruch vielleicht besser verkraften. Aber wie auch immer, ich weiß es jetzt und verlange, dass du mir davon erzählst!«

»Verdammter Wein, verdammter Suff.« Schluchzend barg Allvar das Gesicht in den Händen. »Ich wollte mein Wort nicht brechen. Wirklich nicht. Und ich wollte ihnen so gern ein guter Vater sein, ja, das wollte ich wirklich. Ich liebe sie so sehr. Aber ich habe ihnen nur Kummer bereitet, und jetzt ...«

»... ist es zu spät, sich selbst zu bedauern.« Hákon spürte, dass seine Worte herzlos klangen, aber er konnte für Allvar und das, was ihm widerfahren war, kein Mitleid empfinden. Ein schwacher Mann, der sich so gehen ließ und die Liebe seiner Töchter mit Füßen trat, hatte in seinen Augen kein anderes Schicksal verdient. Dessen ungeachtet wusste er den Kummer wohl für sich zu nutzen. »Ich mache dir einen Vorschlag, Allvar«, sagte er. »Ich werde nach deinen Töchtern Ausschau halten, wo immer ich bin, wenn du mir im Gegenzug alles erzählst, was du über meine Zwillingsschwester weißt.«

»Aber ich habe deinem Vater mein Wort gegeben.«

»Mein Vater ist seit vierzehn Jahren tot.«

»Das Wort der Waldbewohner gilt auch über den Tod hinaus.«

»Allvar.« Hákon senkte die Stimme. »Willst du, dass ich mich nach deinen Töchtern umsehe, oder nicht?«

»Ja ... doch.«

»Also dann – ich höre.« Hákon machte eine wohl bemessene Pause und fügte hinzu: »Ich wurde mein Leben lang belogen. Bis gestern ahnte ich nicht einmal, dass ich eine Schwester habe. Aber jetzt, da ich um ihr Schicksal weiß, werde ich alles daransetzen herauszufinden, was mit ihr geschehen ist.«

Allvar antwortete nicht sofort. Schließlich seufzte er, schloss kurz die Augen und begann zu erzählen. »Sie war eine Zehnte«, sagte er so selbstverständlich, als erkläre das Wort alles. »Es gibt nicht viele Zehnte in einer Blutslinie, aber sie war eine. Dein Vater wusste es und deine Mutter auch. Ulama hatte es ihnen schon vor eurer Geburt gesagt. Aber sie wollten sie nicht hergeben, so wie es das Gesetz verlangt.«

»Das Gesetz?«, fragte Hákon. »Welches Gesetz?«

»Das Gesetz von Benize. Das Gesetz, den alten Glauben mit unserem Blut am Leben zu halten.« Allvar gab einen gequälten Laut von sich. »Niemand weiß, warum, aber sie kommen immer pünktlich. Sie wissen immer, wann eine Zehnte geboren wird. Zweimal konnte dein Vater deine Schwester vor den Dashken retten, beim dritten Mal kam er zu spät.«

»Die Dashken haben sie geholt?« Wie jedes Kind im Waldland kannte auch Hákon die schaurigen Geschichten über die Dämonen, die im Hochland hausten und angeblich immer wieder Kinder aus dem Waldland verschleppten. Doch wie alle Kinder hatte auch er diese Geschichten irgendwann nicht mehr ernst genommen. Seit er dem Kindesalter entwachsen war, waren es für ihn nichts weiter als Schauermärchen, die die Eltern ihren Kindern erzählten, damit sie des Nachts im Haus blieben und bei Tage nicht so weit fortliefen. Niemals hätte er es für möglich gehalten, dass auch nur ein Funken Wahrheit in den Geschichten stecken könnte. »Wie viele?«, fragte er. »Wie viele haben sie noch aus unserem Dorf geholt?«

»Sie war die Erste seit dreißig Jahren.« Allvar hustete und spie den Rest der Rinde in das Feuer. »Und bisher auch die Letzte. Man sagt, wenn die Zehnte der Blutslinie ein Mädchen ist, kommen sie sie holen. Jungen sind vor ihnen sicher.«

»Aber warum?«

»Ja, warum? Wer kann das sagen?« Allvar seufzte erneut, biss noch ein Stück Baumrinde ab und begann zu kauen. »Ulama hätte es dir vermutlich sagen können, aber sie hat ihr Wissen mit ins Grab genommen.«

»Wie so vieles.« Hákon nickte betrübt, dann fasste er einen Entschluss. »Ich werde sie suchen«, erklärte er, und es klang wie ein Schwur.

»Wen? Deine Schwester?« Allvar starrte Hákon an, als sei er verrückt geworden. »Junge, das ist zwanzig Jahre her. Sie ist längst tot. Ich will dir nicht zu nahe treten, aber was glaubst du, bedeutet es wohl, wenn es heißt, ›den alten Glauben mit unserem Blut am Leben zu halten‹?« Er fuhr sich mit dem Finger an der Kehle entlang. »Du wirst nichts finden da oben. Glaub mir.«

»Ich werde sie suchen«, erklärte Hákon noch einmal, als hätte er Allvars Worte nicht gehört. Vergessen war die Pflicht der Totenwache, vergessen die Pflicht, dem Ruf des obersten Regenten Folge zu leisten. Hákon wusste, dass er es nicht einen Tag länger würde ertragen können, mit der Ungewissheit zu leben. Mehr noch, er war es seiner Mutter schuldig, das zu tun, was sein Vater niemals gewagt hatte. Er würde herausfinden, was mit seiner Schwester geschehen war.

Niemals zuvor war Aideen im Herzen der Höhlen gewesen, obwohl diese ihre Heimat waren, solange sie sich zurückerinnern konnte. Denn hier, wo seit Jahrhunderten der unversehrte Körper Zarifes auf die Rückkehr seiner Seele wartete, hatten nur wenige Auserwählte Zutritt. Aideen konnte ihr Glück kaum fassen. Niemals hätte sie es für möglich gehalten, dass sie so schnell mit eigenen Augen würde sehen können, was den meisten ihr ganzes Leben lang verborgen blieb.

Ehrfürchtig folgte sie Bethia durch die Korridore und beobachtete in gespannter Erwartung, wie die Seherin kraftvoll die vom Alter gezeichneten Holztüren öffnete, die das Heiligtum von jenen Bereichen der Höhlen trennten, die jeder Hüterin zugänglich waren. Dahinter herrschte eine seltsam bedrückende Düsternis, wie Aideen sie nie zuvor gesehen hatte. Allein hätte sie es nicht gewagt einzutreten, aber Bethia schien sich nicht daran zu stören. Mit geübten Bewegungen zündete die Seherin eine kleine Öllampe an und durchschritt die Türöffnung. Die Lampe spendete nur wenig Licht, gerade genug, dass Aideen die feine Staubschicht erkennen konnte, die den Boden jenseits der Tür bedeckte und die wie Dampf unter ihren Füßen aufstieg, als sie eintraten.

Bethia verlangsamte ihre Schritte, während sie dem gewundenen, stetig nach unten führenden Korridor folgte. Es war still hier, unheimlich still. Aideen konnte weder Bethias noch die eigenen Schritte hören. Es war, als schwebten sie über den Boden dahin, obwohl ihre Spuren im Staub deutlich zu erkennen waren.

Mit den Blicken versuchte Aideen die Schatten zu durchdringen, die sich mit dem Zwielicht der kleinen Lampe vermischten und mit den Wänden der Höhle zu einem undurchdringlichen Dunkel verschmolzen. Manchmal glaubte sie aus den Augenwinkeln Bewegungen darin zu erkennen, ein lautloses Gleiten von Schwärze in der Finsternis, das nie wirklich greifbar wurde, sie aber ebenso begleitete wie die geheimnisvoll raunenden Stimmen, die Aideen in der Dunkelheit zu hören glaubte. Stimmen, die keinen Ursprung zu haben schienen. Stimmen, die aus der Luft selbst zu kommen schienen und immer gerade dann verstummten, wenn sie zu verstehen versuchte, was sie wisperten. Gern hätte sie Bethia danach gefragt, aber sie wagte es nicht, die erhabene Stille zu brechen, und verschob es auf später.

Der Korridor endete an der Schwelle zu einer kuppelförmigen Höhle, die völlig im Dunkeln lag. Je näher sie der Höhle kamen, desto leiser wurden die Stimmen. Unmerklich fielen sie zurück und verstummten schließlich ganz. Aideen nahm es verwundert zur Kenntnis; ihre Aufmerksamkeit aber galt dem wohlgehüteten Schatz, der hier verwahrt wurde.

Respektvoll blieb sie vor der Höhle stehen. Ein kühler Luftzug strich ihr, aus dem Dunkel kommend, wie eine eisige Hand über das Gesicht. Unwillkürlich fröstelte sie. Es war jedoch nicht die Kälte, die ihr einen Schauder über den Rücken jagte, es war etwas anderes – die Ahnung von etwas Altem, Mächtigem, die in der Berührung mitschwang und ihr die eigene Vergänglichkeit mehr denn je bewusst machte.

Ich bin es nicht würdig, hier zu sein, dachte sie erbebend. Ich bin zu schwach. Eine schwache Seele in einem schwachen Körper, dazu verdammt zu vergehen, während sie, die hier ruht, Jahrhundert um Jahrhundert unbeschadet überstanden hat.

Für einen Augenblick war sie tatsächlich versucht kehrtzumachen, aber Bethia gab ihr mit einem Handzeichen zu verstehen, dass sie warten solle. So langsam, dass es fast wie ein feierliches Ritual anmutete, ging die Seherin an der Wand entlang und entzündete nacheinander sechs Fackeln, die dort in eisernen Halterungen bereitstanden. Mit jeder neu entfachten Flamme wichen Dunkelheit und Kälte ein Stück weiter zurück, und Aideen entspannte sich etwas. Auf ein Zeichen von Bethia hin betrat schließlich auch sie den Raum. Er war nicht leer. In der Mitte erhob sich ein Quader aus massivem Felsgestein, der wie ein Altar aussah. Rechts und links davon flackerten in zwei eisernen Becken Feuer unter den Kohlen auf, die, von Bethia entfacht, ein gespenstisches rotes Licht auf eine verhüllte Frauengestalt warfen, die auf dem Altar ruhte.

Aideen trat näher. Die Frau war unbekleidet und lag auf dem Rücken. Ihr makelloser Körper wurde gänzlich von einem glänzenden weißen Tuch bedeckt, das, wie schon die Kammer, keine Spuren von Staub oder Alter zeigte. Ihre Arme waren am Körper angewinkelt. Die schlanken Hände umfassten einen Stab, der auf ihrem Bauch ruhte. Unter dem schweren, glatten Stoff trat jeder einzelne der mit kostbaren Ringen geschmückten Finger deutlich hervor. Augen, Mund und die kurze spitze Nase zeichneten sich so lebensnah unter dem Gewebe ab, dass Aideen kaum glauben konnte, vor einer Toten zu stehen.

»Unglaublich, dass sie schon so lange tot ist, nicht wahr?« Bethia war neben sie getreten und betrachtete den verhüllten Leichnam. Sie sprach sehr leise. Dennoch kam es Aideen vor, als sei es ein Frevel angesichts der Stille, die diesen Raum seit Jahrhunderten erfüllte.

»Sie ist wunderschön«, hauchte sie mit rauer Stimme, unfähig, den Blick von der makellosen Frauengestalt abzuwenden. Mehr denn je erfüllte sie der Gedanke mit Freude, dass Zarife, die hier so friedlich schlafend ruhte, schon bald auferstehen würde, um Benize die Freiheit zu bringen und das alte Reich neu entstehen zu lassen. Und sie malte sich aus, wie es wohl sein würde, wenn sich der Körper das erste Mal seit Jahrhunderten von dem Altar erhob.

»Ja, das ist es, wonach wir alle uns sehnen.« Bethia schien in ihren Gedanken zu lesen wie in einem offenen Buch. »Wir dürfen uns wahrlich glücklich schätzen, im Morgengrauen des neuen goldenen Zeitalters zu leben, in dem sich die Prophezeiung erfüllt. Nicht mehr lange, dann wird sie wieder unter uns weilen.« Sie verstummte, und als sie weitersprach, war alle Ergriffenheit aus ihrer Stimme verschwunden. »Zuvor aber gibt es noch viel zu tun. Ohne unsere Hilfe wird Zarife den Weg zurück nicht finden. Sie wird das Tor selbst öffnen, aber wir müssen sie leiten, damit sie an ihren Bestimmungsort zurückfindet.«

»Sie wird ein Tor öffnen?« Irgendwie hatte Aideen immer geglaubt, dass Zarifes Seele in der lichtlosen Zone zwischen ihrer Welt und dem Halvadal gefangen war. Bethias Worte machten sie stutzig. »Wo ist sie jetzt?«

»Es ist ihr gelungen, in einer anderen Welt einen neuen Körper zu finden«, erklärte Bethia. »Sie lebte dort seit mehr als zwanzig Jahren, ohne um ihre Vergangenheit zu wissen. Erst als es einem Simion gelang, sie zu erreichen, erwachte ihr wahres Selbst, das sie nun hierher führen wird.«

»Ein Simion?« Aideen runzelte die Stirn.

Bethia seufzte. »Hätten wir mehr Zeit gehabt, ich hätte dich in diesen Dingen ausführlich unterwiesen«, sagte sie. »So aber kann ich dir nur kurz das Wichtigste erklären.« Sie ging zu einer der Nischen, die auf Schulterhöhe in den Fels der Höhle geschlagen worden waren. »Dies ist der älteste Simion«, erklärte sie feierlich, griff in die Nische und holte eine tönerne Statue hervor, die wie ein ziemlich hässliches, hockendes Tier aussah. »Der erste Simion überhaupt. Einer der wenigen, die noch von Zarife selbst gefertigt wurden. Zwischen ihm und allen anderen, die später geschaffen wurden, besteht eine enge Verbindung. Sobald sich der Simion, der Zarife begleitet, dem Weltentor nähert, werden die Augen dieser Skulptur grün zu leuchten beginnen. Das ist für uns das Zeichen, mit der Anrufung zu beginnen.«

»Das ist aber ein seltsames Geschöpf.« Aideen trat näher und betrachtete die Figur aufmerksam.

»Der Simion stellt einen Affen dar«, erklärte Bethia. »Ein Tier, das es hier bei uns nicht gibt, wohl aber in der anderen Welt, die der unseren sehr ähnlich ist. Du musst wissen, dass Zarife nicht nur eine mächtige Hohepriesterin war, sie war auch sehr bewandert in den Künsten, die wir Magie nennen. Sie wusste vieles über das Reich der Toten, denn schon zu Lebzeiten war es ihr möglich, mit den Toten zu sprechen.«

»Die Stimmen«, entfuhr es Aideen. »Sind es Stimmen der Toten, die man draußen auf dem Korridor hören kann?«

»Stimmen? Hier im Heiligtum?« Nun war es Bethia, die die Stirn runzelte. »Ich weiß nichts von solchen Stimmen.«

»Aber …?« Aideen verstummte. Nach dem peinlichen Ereignis oben bei den Felsen wollte sie sich nicht wieder lächerlich machen, sonst würde man sie am Ende noch für verrückt halten.

»Hast du Stimmen auf dem Weg hierher gehört?«, hakte Bethia nach.

»Nein. Nicht direkt.« Aideen ärgerte sich, dass sie so voreilig geredet hatte, und suchte nach einer ausweichenden Antwort. »Ich … dachte nur, da wären welche. Aber ich habe mich wohl getäuscht.«

»Ich bin schon oft hierhergekommen in den vergangenen Jahren«, sagte Bethia. »Stimmen habe ich nie gehört.«

»Dann war es sicher nur die Aufregung, die mir einen Streich gespielt hat«, erwiderte Aideen und schob schnell eine Frage nach, um Bethia abzulenken: »Was hat es mit diesen Affen auf sich?«

»Die Simions fertigte Zarife selbst an«, erklärte sie. »Als sie ahnte, dass Benize verloren war, traf sie mittels Magie eine ganze Reihe von Vorkehrungen, die es ihr möglich machen sollten, ihre Macht und ihr Wissen auch über den Tod hinaus zu bewahren. Mit Blut band sie die Skulpturen an ihre Seele und hauchte ihnen mit der Macht ihrer Magie gerade so viel Leben ein, dass sie sich nach ihrem Tode auf die Suche nach ihrer wiedergeborenen Seele machen konnten.« Bethia sprach sehr ernst. »Durch die wenigen Weltentore, die unsere und die andere Welt noch verbinden, haben wir immer wieder einen Simion ausgeschickt in der Hoffnung, dass er sie eines Tages finden würde.«

»Aber wie ist das möglich?«, fragte Aideen. »Die Skulpturen können doch nicht laufen, wie sollen sie dann von dem Tor fortkommen?«

»Du kennst die Menschen nicht, die auf der anderen Seite der Tore wohnen«, sagte Bethia. »Sie sind habsüchtig. Besonders verlangt es sie nach Dingen, die wertvoll aussehen. Die Simions machen sich das zunutze und wandern so von Hand zu Hand.«

»Seltsam.« Aideen schüttelte den Kopf. »Was wollen die Menschen denn mit den Figuren?«

»Manche verkaufen sie, andere verschließen sie auf Jahre in ihren Heimen.«

»Aber wie sollen sie Zarife dann jemals finden?«

»Nun, auch dafür hat Zarife vorgesorgt«, Bethia lächelte wissend. »Die Simions haben gewisse ... Fähigkeiten. Fähigkeiten, die es ihnen ermöglichen, einen zu langen Aufenthalt an einem Ort zu verhindern. Vor allem aber haben sie die ausgeprägte Fähigkeit, Zarifes Seele auch über sehr weite Entfernungen hinweg zu erspüren. Du kannst es dir wie einen Ton vorstellen, den Zarifes Seele aussendet und den nur die Simions hören können. Dieser Ton leitet sie. Sobald sie ihn vernehmen, werden sie alles daransetzen, zur Quelle des Tons zu gelangen, um Zarife hierher zurückzubringen.« Sie machte eine fächernde Handbewegung und sagte: »Aber das führt jetzt zu weit. Später einmal werde ich dir ausführlich davon erzählen.« Sie wollte das Thema beenden, doch Aideen bewegte noch eine Frage.

»Sind denn nie welche kaputtgegangen?«, wollte sie wissen. »Ton ist so brüchig. Es ist unvorstellbar, dass die Figuren all die Jahrhunderte unbeschadet überstanden haben.«

»Zarife war eine Meisterin der Magie und sorgte dafür, dass die Simions gegen Zerstörung gefeit sind«, sagte sie mit einem Anflug von Stolz in der Stimme. Als sie weitersprach, huschte ein Schatten über ihr Gesicht. »Lange Zeit blieben sie unbehelligt, dann aber entdeckten die Mächtigen in Torpak die Tore in die andere Welt. Sie wussten um die Prophezeiung und hatten auch von den Simions erfahren. Um Zarifes Rückkehr zu verhindern, schickten sie Späher in die fremde Welt, die dort gezielt nach den Simions Ausschau hielten. Viele Jahre suchten sie vergeblich, dann aber gelang es ihnen, einen Simion in die Hände zu bekommen. Seitdem haben wir große Verluste.« Ihre Miene verfinsterte sich. »Am Ende waren nur noch wenige Simions unversehrt. Der Simion, den Zarife besitzt, zwei weitere und dieser hier.« Sie hielt die Tonfigur in die Höhe. »Er ist der Einzige, der uns geblieben ist. Nicht auszudenken, was geschehen wäre, wenn Torpaks Schergen auch die letzten zerstört hätten.« Sie verstummte und schwieg einen Augenblick, dann straffte sie sich und sagte: »Aber halten wir uns nicht mit trüben Gedanken auf. Alles ist gut gegangen, und Zarife ist auf dem Weg. Wir können nicht sagen, wie lange es dauern wird, bis sie eines der Tore erreicht, aber wenn es so weit ist, müssen wir vorbereitet sein. Die Anrufung selbst werden wir oben auf dem Hügel im Kreis der Felsen vornehmen. Später wird hier die Vereinigung von Körper und Geist erfolgen.«

»Die Vereinigung?« Aideen erbleichte. »Aber Zarifes Seele wohnt doch schon in einem Körper.«

»Der neue Körper ist nicht wichtig«, erklärte Bethia. »Er ist nur die Hülle, die unser Selbst umgibt, und daher entbehrlich. Zarife gab uns den Auftrag, ihre alte Hülle vor dem Verfall zu bewahren, auf dass sie einst in sie zurückkehren kann. Dafür muss die neue Hülle sterben. Aber nun genug davon. Wir haben die heilige Ruhe dieses Ortes schon zu lange gestört. Lass uns gehen.«

»Und was ist mit dem Simion?« Aideen deutete auf die Skulptur, die Bethia noch immer in den Händen hielt.

»Der Simion kommt mit«, erklärte Bethia. »Von heute an wird immer eine Hüterin bei ihm Wache halten, um auf das Zeichen zu warten. Ihr wechselt euch ab. Tag und Nacht. Du wirst mit der Wache beginnen. Später wird dich eine der Hüterinnen ablösen, die ich eigens für diese Aufgabe ausgewählt habe.«

14

Dünne Nebelschwaden zogen verirrten Geistern gleich durch die Gräben und Schluchten des Hochgebirges, als Jolfur und seine Männer die einsame Hütte verließen und sich auf den Weg ins Tal machten. In der eisigen Luft gefror ihnen der Atem fast augenblicklich an den Bärten, während sie über die dicke Schneedecke stapften, die der Winter in diesem Jahr früh über die Berge gebreitet hatte. Es dauerte nicht lange, da waren ihre Bärte mit einer Schicht aus glitzerndem Reif überzogen.

Die Männer froren. Es war kaum einer unter ihnen, der nicht die Sonne herbeisehnte. Die zwanzig Köpfe zählende Gruppe hatte einen beschwerlichen Abstieg und einen langen, gefährlichen Marsch durch das Waldland vor sich. Keiner von ihnen vermochte zu sagen, wie lange sie unterwegs sein würden, denn weder Jolfur noch einer seiner Getreuen kannte das Ziel. Sie wussten, dass sich die Rebellen an der Grenze zum Hochland sammelten, aber die Grenze war lang. Sie würden auf Hinweise aus der Bevölkerung angewiesen sein, wenn sie nicht wochenlang in den Wäldern umherirren wollten.

Ihrem Mut und ihrer Entschlossenheit tat das keinen Abbruch. Zu viele Jahre schon gärte der Hass in ihnen, und zu lange schon suchten sie nach einer Möglichkeit, Rache für das zu üben, was Karadek ihnen angetan hatte.

Fast alle hatten ein ähnliches Schicksal erlitten wie Jolfur. Die meisten quälte der Verlust eines geliebten Menschen. Schweigend bahnten sie sich ihren Weg durch die wild zerklüftete Landschaft aus Gräben und Graten, die schon so manchem Spähtrupp aus Torpak zum Verhängnis geworden war, getrieben von dem Gedanken, dass der Tag der Rache nicht mehr fern sei, und erfüllt von der Erwartung eines Sieges über die verhassten Gardisten.

Jolfur und Bjarkar, ein hünenhafter Axtkämpfer mit zottigen rotblonden Haaren, führten die Gruppe an. Lange schwiegen sie und hingen ihren eigenen Gedanken nach, dann sagte Bjarkar: »So geht es also in den Kampf.« Sein Atem stieg als weiße Wolke in der frostklaren Luft auf und ließ neue Eiskristalle in seinem Bart zurück. »Vielleicht.«

»Vielleicht?« Jolfur schaute ihn an. »Wie meinst du das?«

Bjarkar erwiderte den Blick nicht. »Ich hoffe, es ist keine Falle.«

»Eine Falle?«, fragte Jolfur erstaunt. »Wie kommst du darauf?«

»Die Herrscher in Torpak kennen viele wirksame Methoden, Geheimnisse zu lüften«, erklärte Bjarkar ernst. »Wenn sie von der Bedeutung der Bluttauben erfahren haben ...« Er ließ den Satz unvollendet, aber Jolfur verstand. »Willst du damit sagen, ich sei zu gutgläubig, weil ich dem Ruf ohne zu zögern folge?«

»Ich meine, dass ich die Botschaft erst dann glaube, wenn ich das Rebellenheer mit eigenen Augen gesehen habe.« Bjarkar ließ den Atem in einer dünnen Rauchfahne aus dem Mund entweichen. »So lange bleibe ich wachsam.«

»Ich verstehe.« Jolfur nickte bedächtig. Es erstaunte ihn immer wieder, welch umsichtige Gedanken seinen Freund, den ehemaligen Holzfäller, bewegten. Mit seiner enormen Größe, dem wüsten Haarwuchs, den breiten Schultern und Händen so groß wie Schaufeln wirkte er wie ein Mann, der die Weisheit nicht eben mit Löffeln gegessen hatte. Und doch steckte in ihm viel mehr als nur plumpe Kraft.

»Diesmal ist es anders«, sagte Bjarkar scheinbar zusammenhangslos in seine Gedanken hinein.

»Anders?« Jolfur verstand nicht.

»Der Kampf. Er ist anders«, sagte Bjarkar in einem Ton, als erkläre dies alles. »Wir sind Rebellen. Keine Söldner.«

»Was macht das für einen Unterschied, wenn wir gegen die Unterdrückung durch Torpaks Herrscher kämpfen?«

»Bisher haben wir für uns gekämpft«, erklärte Bjarkar gedehnt. »Schließen wir uns dem Heer an, kämpfen wir für sie.«

»Für Zarife?«

Bjarkar nickte.

»Was ist so schlimm daran?«, wollte Jolfur wissen. »Zarife wird auch gegen Torpak kämpfen. Jedes Schwert zählt. Wir sind keine Söldner, wir sind Verbündete.«

»Wir sind Söldner«, beharrte Bjarkar. »Sie wird herrschen, wir nicht.«

»Irgendjemand wird immer herrschen«, sagte Jolfur leichthin. »Was ist daran verwerflich? Sie wird uns von den Tyrannen befreien und die goldenen Zeiten von Benize zurückbringen. So wie die Prophezeiung es uns seit Jahrhunderten verheißt.«

»Wird sie das?« Bjarkar sah Jolfur von der Seite her an.

»Bin ich dir wieder zu gutgläubig?«, fragte dieser in Anspielung auf den Beginn ihres Gesprächs.

»Ich meine, dass ich es erst dann glaube, wenn ich die goldenen Zeiten mit eigenen Augen sehe«, meinte Bjarkar wie zuvor. Doch beließ er es nicht dabei, sondern fügte hinzu: »Wir alle kennen die Legenden, die uns erzählen, wie es damals war. Weil wir sie kennen, glauben wir zu wissen, wie es in Benize war, und haben im Grunde doch gar keine Ahnung.«

»Nun, immerhin wissen wir, dass die Herrscher in Torpak die Legende nicht dulden«, wandte Jolfur ein. »Das beweist, dass sie Zarifes Rückkehr fürchten.«

»Aber beweist es auch, dass die Legenden wahr sind?«, fragte Bjarkar herausfordernd. »Was, wenn es diese goldenen Zeiten niemals gegeben hat? Wenn Zarife eine machthungrige Tyrannin ist, die die Legenden geschickt dazu nutzt, ein Heer für den Tag ihrer Rückkehr bereit zu haben?«

»Bjarkar!« Die ketzerischen Gedanken seines Freundes erschütterten Jolfur. Für ihn war der Freiheitskampf der Rebellen untrennbar mit der Rückkehr Zarifes verbunden. Er war stolz und glücklich, die entscheidende Schlacht miterleben zu dürfen, und hoffte wie so viele im Waldland auf den Beginn einer friedlichen Zeit unter Zarifes Herrschaft, ganz wie es die Prophezeiung vorhersagte. »Die Legenden sind wahr«, sagte er so fest, als genüge allein die Überzeugung, um aus den Worten eine Wahrheit zu machen. »Zarife wird das Land befreien. Unter ihrer Herrschaft wird Benize neu erblühen, und wir können endlich in Frieden leben. Dafür kämpfen wir und dafür sterben wir. So wie wir es geschworen haben.«

In der Nacht zum Montag begannen sich Sandras Träume zu wiederholen. Immer wieder gab es Fragmente, die sie im wirren Durcheinander zusammenhangsloser Bilder wiederzuerkennen glaubte. Orte, Landschaften, Gestalten oder Gebäude, bei denen sie das Gefühl hatte, sie schon einmal gesehen zu haben oder deren Namen kennen zu müssen. Zwischendurch tauchte immer wieder das seltsame Zeichen aus drei spiralförmigen Kreisen auf, das auch auf dem Rücken der Affenskulptur zu sehen war. Doch die Lösung des Rätsels, die im Traum so greifbar nahe schien, rückte augenblicklich in weite Ferne, wenn sie erwachte. Was blieb, war das Gefühl, dem Geheimnis der Träume ein Stück weit auf die Spur gekommen zu sein, und die Erinnerung an den Affen, der sie auf allen Traumpfaden wie ein Schatten zu begleiten schien.

Die kurzen, wenig erholsamen Schlafphasen blieben nicht ohne Nachwirkungen. Auch am Montag wurde Sandra von einer dumpfen Antriebslosigkeit geplagt. Sie stand gar nicht erst auf, ließ das Zimmer im Dunkeln und ging auch nicht ans Telefon. Sie wollte nichts sehen, nichts hören und mit niemandem sprechen. Nur einmal machte sie eine Ausnahme, um Manon zu beruhigen, die sich am frühen Morgen nach ihrem Befinden erkundigen wollte und das Telefon ununterbrochen klingeln ließ.

Als ihre Freundin am späten Nachmittag zu Besuch kam, lag Sandra immer noch mit ungewaschenen Haaren im Bett. Der Fernseher lief, aber sie schaute nicht hin. Wäre es nach ihr gegangen, hätte sie ihre Freundin auch nicht hereingelassen. Endlose Diskussionen über den Sinn und Unsinn des Affensammelns oder Vorhaltungen über ihre Nachlässigkeit waren nun wirklich das Letzte, was sie an diesem Tag gebrauchen konnte. Aber Manon hatte jetzt einen Schlüssel.

»Na, wie geht es dir?« Manon schaltete das Licht an, setzte sich wie selbstverständlich zu Sandra ans Bett und ließ eine Plastiktüte mit schwerem Inhalt auf die Bettdecke fallen.

»Geht so.« Sandra setzte sich auf und nahm ihr Kopfkissen in den Arm. »Ich fühle mich immer noch müde. Vermutlich muss ich mal richtig ausschlafen. Dann geht es mir wieder besser.«

»Also kein Virus?«, fragte Manon. »Kein Arzt?« Es war nicht zu übersehen, dass sie sich ernsthafte Sorgen um Sandra machte.

»Kein Virus.« Sandra ließ sich auf das Bett zurücksinken und stopfte sich das Kopfkissen in den Nacken. »Und auch kein Arzt. Gar nichts.«

»Na, da bin ich aber froh.« Manon wirkte erleichtert. »Ich habe mir große Sorgen um dich gemacht. Deshalb bin ich auch hergekommen.« Sie schaute sich aufmerksam um. »Brauchst du irgendetwas? Milch, Brot, Kaffee … Gesellschaft?«

»Danke, ich habe alles.« Sandra winkte ab. »Eigentlich möchte ich nur meine Ruhe haben.« Sie fuhr sich mit den Händen über die Augen und gähnte. »Ach, ich weiß auch nicht, was mit mir los ist«, räumte sie fast entschuldigend ein. »So müde und zerschlagen habe ich mich noch nie gefühlt.«

»Klassisches Burn-out-Syndrom, würde ich sagen«, diagnostizierte Manon und deutete auf die Plastiktüte. »Schau mal da rein, vielleicht hilft es dir.«

»Was ist da drin?« Sandra zog die Tüte zu sich heran.

»Ein paar Zeitschriften.« Manon grinste. »Gegen Langeweile.«

»Das ist lieb von dir.« Sandra zog die Zeitschriften aus der Tasche. »Vielleicht sind da ja auch ein paar Tipps drin, die bei einem Burn-out helfen.«

»Tipps gegen Burn-out, Frühjahrsmüdigkeit, Winterspeck … Tipps für und gegen alles.« Manons Grinsen wurde eine Spur breiter. Dann aber wurde sie wieder ernst. »Brauchst du wirklich nichts?«, erkundigte sie sich noch einmal.

»Wirklich nicht.« Die Fürsorge ihrer Freundin rührte Sandra. »Mach dir keine Sorgen um mich«, sagte sie. »Ich rufe dich an, wenn ich Hilfe brauche.«

»Sicher?«

»Ganz sicher.«

»Na gut.« Manon erhob sich. »Aber nicht vergessen. Du darfst übrigens auch gern anrufen, wenn es dir besser geht!«

»Mach ich.« Sandra gelang ein Lächeln. »Aber jetzt möchte ich wirklich noch etwas schlafen.«

»Euer Wunsch ist mir Befehl«, Manon stand auf, deutete eine übertriebene Verbeugung an und ging zu Tür. Dort angekommen, drehte sie sich noch einmal um. »Du solltest vielleicht ein paar von diesen Vitaminpräparaten nehmen, die dich so gut über den Winter gebracht haben. Vitaminmangel darf man nicht unterschätzen.«

»Ja, Mama.« Sandra lachte und bat: »Machst du das Licht wieder aus? Ich habe Kopfschmerzen.«

»Klar.« Manon tat wie ihr geheißen und öffnete die Wohnungstür. »Also dann, gute Besserung«, wünschte sie und fügte hinzu: »Und ruf mich an, wenn was ist.« Dann fiel die Tür ins Schloss.

Sandra hörte noch, wie Manon von draußen abschloss. Es wurde ruhig. Sie war wieder allein.

Gähnend kuschelte sie sich in ihre Decke. Die Bewegung brachte die Zeitschriften ins Rutschen. Ehe sie danach greifen konnte, fielen sie zu Boden.

»Mist.« Sandra seufzte. Eine Zeitschrift lag aufgeschlagen unter den anderen, die Seiten waren verknickt. Sandra glättete das Papier und wollte die Illustrierte gerade wieder zuschlagen, da fiel ihr Blick auf ein doppelseitiges Panoramafoto, das sie wie magisch anzog. Mit klopfendem Herzen tastete sie nach ihrer Brille, schaltete die Leselampe ein und besah sich das Foto genauer. Es zeigte die schottischen Highlands. Sanft gewellte grüne Hügel erstreckten sich unter einem azurblauen Himmel. Ein See in der Farbe des Himmels lag eingebettet in die wildromantische Landschaft. Keine Welle kräuselte die Oberfläche, die wie ein Spiegel das Bild einer malerischen weißen Burg am Ufer zurückwarf.

Benize.

Wie aus dem Nichts tauchte der Name in ihren Gedanken auf und setzte sich dort fest. Ein Name, den sie nie gehört hatte, von dem sie aber aus tiefster innerer Überzeugung wusste, dass er wie kein anderer zu diesem Bild passte.

»Benize«, Sandra flüsterte fast. Sie kam sich vor wie jemand, der von einer fremden Speise kostet und überrascht ist, wie gut sie schmeckt. Mehr noch: Das Wort weckte eine schmerzliche Sehnsucht in ihr, die sich nur mit einem Gefühl vergleichen ließ: Heimweh.

Von einer Sekunde zur nächsten waren Schwermut und Kopfschmerzen wie weggeblasen. Das Foto gehörte zu einem Artikel über Schottland, dessen Zeilen sie geradezu verschlang. Doch was sie an Text vorfand, war enttäuschend. Das Foto hatte ihren Appetit geweckt, aber der Bericht ließ sie hungrig zurück. Nichts von dem, was dort stand, berührte auch nur annähernd die Gefühle, die der Anblick der Highlands in ihr ausgelöst hatte. Nichts gab ihr einen Hinweis auf das, was sie suchte, und nirgends fand sie das Wort Benize.

Von plötzlichem Tatendrang erfasst, sprang Sandra aus dem Bett und schaltete ihren Laptop ein. Die Suche im Internet brachte jedoch nur eine Antwort: Ein Benize gab es nicht. Schon gar nicht in Verbindung mit den schottischen Highlands.

Mit der Ernüchterung stellten sich auch die Kopfschmerzen wieder ein. Sandra schaltete den Laptop aus und legte sich wieder ins Bett. Die Zeitschrift mit dem Bild der Highlands lag aufgeschlagen neben ihr. Immer wenn sie es betrachtete, durchströmte sie ein Gefühl der Wärme, das sie sich nicht erklären konnte. Manchmal glaubte sie, der Lösung so nahe zu sein, dass sie nur danach greifen musste, doch wie zuvor in ihren Träumen fehlte immer ein winziges Puzzleteil, um das Rätsel zu lösen.

Mehr Bilder, dachte sie bei sich. Ich müsste mir mehr solcher Bilder ansehen, vielleicht komme ich dann hinter das Geheimnis des Wortes. Für einen Augenblick erwog sie, wieder das Internet zu Rate zu ziehen, verwarf den Gedanke aber gleich wieder. Das Suchwort »Highlands« hatte ihr über einhunderttausend Ergebnisse eingebracht, zu viel für eine kopfschmerzgeplagte Studentin. Morgen, dachte sie bei sich. Gleich morgen früh, wenn ich mich besser fühle, gehe ich in die Bücherei und besorge mir einen Bildband der Highlands.

Der Gedanke war nicht wirklich tröstlich, aber die Kopfschmerzen wurden schlimmer, und Sandra fühlte sich außerstande, an diesem Tag noch aus dem Haus zu gehen. Sie würde noch eine Tablette nehmen und versuchen zu schlafen. Alles andere musste bis morgen warten.

Am frühen Nachmittag kamen Reiter ins Walddorf. Gor, der gerade die Schweine im Stall versorgte, hörte sie schon von Weitem. In wildem Galopp preschten sie den staubigen Waldweg entlang. Düstere, bärtige Gestalten in Mänteln aus Fell und mit ebensolchen Hüten, auf Pferden, deren Leiber mit flockigem Schweiß bedeckt waren und von deren Mäulern Schaum zu Boden tropfte.

Der Zustand der Pferde kümmerte die Männer nicht. Ohne Rücksicht trieben sie die Tiere mit Schlägen und Sporentritten an. Als sie die ersten Hütten passiert hatten, zügelten sie die Pferde und forderten die Dorfbewohner durch lautes Rufen auf, sich am Brunnen in der Mitte des Dorfes zu versammeln. Aber die Menschen hatten Angst. Viele versteckten sich in den Hütten, und nur wenige fanden den Mut, dem Aufruf Folge zu leisten.

»Sind das alle, die hier wohnen?«, herrschte einer der Reiter das halbe Dutzend Männer an, die sich in sicherem Abstand auf der anderen Seite des Brunnens eingefunden hatten.

»Nicht alle, aber genug.« Da die anderen Männer nicht reagierten, trat Gor vor. »Nicht jeder Reiter, den das Dunkel des Waldes ausspuckt, ist ein Freund des Waldvolks. Wir haben gelernt, vorsichtig zu sein.« Er machte eine Pause, trat noch einen Schritt auf die Reiter zu und fragte dann: »Wer seid ihr, und was führt euch hierher?«

»Wir bringen eine Botschaft.« Einer der Reiter parierte sein Pferd hart mit dem Zügel. Es wieherte schrill und stieg mit wirbelnden Hufen. »Meine Männer und ich ziehen durch das Land, um alle Gegner Torpaks zum Widerstand aufzurufen. Das Heer der Rebellen formiert sich an der Grenze zum Hochland. Sie heißen jedes wackere Herz willkommen, das bereit ist, das Schwert gegen Karadek und seine Schergen zu erheben.«

»Ein Aufstand?« Gor erschrak. Plötzlich bekam der Befehl, den Hákon aus Torpak erhalten hatte, eine völlig neue Bedeutung.

»Nicht irgendein Aufstand«, erklärte der Reiter mit gewichtiger Stimme. »*Der* Aufstand. Die Raben haben gesprochen, wie es uns in der Prophezeiung verheißen wurde. Sie haben verkündet, dass Zarife, die einzige und wahre Herrscherin von Benize, den Fängen des Todes entronnen und zur Rückkehr bereit ist. Nicht mehr lange, dann wird sie das Heer der Rebellen in die alles entscheidende Schlacht führen und rächen, was man uns vor vielen hundert Jahren angetan hat.«

Wieder ließ er sein Pferd steigen und im Kreis tänzeln, während er mit dröhnender Stimme rief: »Zarife wird zurückkehren, noch ehe der erste Schnee das Waldland bedeckt. Ich bin gekommen, um einzufordern, was der Hohepriesterin kraft ihres Amtes zusteht: die Treue ihrer Untertanen. Ich bin gekommen, um jeden zu den Waffen zu rufen, der noch in der Lage ist, eine solche zu tragen. Jung und Alt müssen in diesen Tagen wie ein Mann zusammenstehen, um der Knechtschaft Karadeks ein Ende zu setzen und Benize zu alter Größe, Macht und neuem Ruhm zu führen!«

»Woher sollen wir wissen, dass du die Wahrheit sagst?«, fragte ein alter hagerer Mann hinter Gor mit schnarrender Stimme. »Schon oft glaubten Seher und Auguren die Raben sprechen gehört zu haben. Immer haben sie sich getäuscht. Wer sagt uns, dass es diesmal anders ist?«

»Jene, die wachen, sandten uns das Zeichen«, erklärte der Reiter. »Aus allen Richtungen des Himmels erreichten uns die Bluttauben zum Zeichen, dass sich die Prophezeiung erfüllt hat. Und mehr noch: In Torpak rüstet sich ein gewaltiges Heer für den Marsch ins Hochland. Diesmal gibt es keinen Zweifel. Nicht mehr lange, und Benize wird frei sein.«

»Freiheit!«

»Zarife kehrt zurück!«

»Nieder mit Torpak!« Gor hörte, wie ein begeistertes Raunen den Platz erfüllte, und wandte sich um. Überall waren die Menschen aus den Hütten gekommen und hatten dem Reiter gelauscht. Die Botschaft berührte etwas in ihnen, das tief in ihren Herzen verwurzelt war und sich nach den leuchtenden Tagen von Benize zurücksehnte. Einer Zeit, die, glaubte man den Legenden, besser, schöner und friedvoller gewesen sein sollte als die entbehrungsreichen Jahrhunderte unter der Herrschaft Torpaks.

Gor erschauerte. Für das, was der Reiter hier mit hehren Worten beschrieb, gab es nur ein Wort: Krieg. All das Gerede von Heldenmut und Prophezeiung, von Vorhersehung, Macht und Ruhm konnte nicht darüber hinwegtäuschen, dass den Menschen des Waldlands ein blutiger Winter bevorstand.

»Ihr habt gehört, was ich zu sagen habe.« Die Worte des Reiters hallten über den Platz und drängten sich in Gors Gedanken. »Der Tag der Entscheidung ist nahe. Also, kommt ins Hochland und kämpft Seite an Seite mit uns für Zarife, für Benize und für die Freiheit!« Mit diesen Worten wendete er sein Pferd, hieb ihm die Sporen in die Seite und preschte, gefolgt von seinen Männern, aus dem Dorf. Zurück blieben mehr als dreißig aufgebrachte Menschen, die sofort heftig zu diskutieren begannen. Einige von ihnen, vor allem die jungen Männer, wollten sich sofort den Rebellen anschließen, andere hatten noch Bedenken, und wieder andere zogen sich verstohlen von der Menschenmenge zurück, weil ihre Väter, Brüder oder Söhne in den Diensten Torpaks standen.

Gors Gedanken galten Hákon. Er musste seinen Bruder warnen. Angesichts der Lage würde er sich entscheiden müssen, ob er weiter Totenwache halten oder dem Befehl aus Torpak Folge leisten wollte.

Bisher hatte es im Dorf stets ein friedliches Nebeneinander gegeben zwischen denen, die in Karadeks Diensten standen, und jenen, die gegen ihn waren. Doch damit würde es nun vorbei sein. Der bevorstehende Krieg würde das Dorf unausweichlich in zwei Lager spalten. Freunde würden gegen Freunde kämpfen, Väter gegen Söhne, Brüder gegen Brüder. Gor wagte nicht daran zu denken, was daraus erwachsen mochte.

Jemand sprach ihn an, aber er hörte gar nicht hin. Ohne zu antworten, verließ er den Platz, um seinen Bruder zu suchen. Er hatte ihn seit dem Ende der Totenwache nicht mehr gesehen und vermutete, dass er sich im Haus ihrer Mutter zum Schlafen niedergelegt hatte.

Als er die Hütte erreichte, fand er sie verlassen vor. Hákons Schlafstatt wirkte unberührt. Und was noch seltsamer war, von seinen persönlichen Dingen fehlte jede Spur. Besorgt und verwundert machte Gor sich auf den Weg zum Totenplatz abseits des Dorfes, wo seine Mutter mit den anderen Frauen der Sippe die Tagwache hielt.

»Mutter, wo ist Hákon?«

»Hákon?« Seine Mutter blickte auf. Das graue Haar, die hängenden Augenlider und die tiefen Sorgenfalten auf der Stirn ließen sie älter erscheinen, als sie in Wirklichkeit war. Sie stand vor einem Kessel, der an einem Dreifuß über einem offenen Feuer hing, und bereitete aus Kohl und Rüben eine Suppe für die Frauen zu. »Hat er sich denn nicht von dir verabschiedet?«

»Verabschiedet?«

»Ja, heute Morgen.« Sie richtete sich auf und strich sich eine widerspenstige Haarsträhne aus dem Gesicht. »Zwei Stunden nach Sonnenaufgang kam er zu mir und bat mich, ihn von der Pflicht der Totenwache zu entbinden. Er wollte mir nicht sagen, warum, er meinte nur, er müsse dringend ins Hochland reiten.«

»Bei den schwarzen Pforten des Halvadal!«, fluchte Gor. Hákon war fort. Für eine Warnung war es zu spät. Wenn es stimmte, was seine Mutter sagte, hatte sein Bruder mehr als zwei Stunden Vorsprung. Es war unmöglich, ihn jetzt noch einzuholen.

15

Als die Sonne den Himmel hinter den Bergen im Osten eisblau färbte, machten sich Jolfur und seine Getreuen wieder auf den Weg. Nach einer viel zu kurzen und frostigen Nacht, die sie im Schutz einiger Tannen verbracht hatten, marschierten sie weiter talwärts durch die höher gelegenen Regionen des Waldlands nach Westen, wo irgendwo hinter dem undurchdringlichen Grün das Hochland begann.

Anders als noch am wolkenverhangenen Vortag, verwöhnte der Morgen sie mit Sonnenschein, der die Kälte aus den Knochen vertrieb und ihnen das Gehen leichter machte. Die Schneedecke wurde dünner, je tiefer sie ins Tal hinabstiegen. Bald waren auf den Lichtungen nur noch vereinzelte Schneeflecken zu sehen.

Nach den frostigen Temperaturen im Hochgebirge mutete die Männer die Luft in den Wäldern geradezu warm an. Auch der Wind, der über die derben Gesichter strich, hatte an Schärfe verloren. Mit dem Wetter besserte sich auch die Laune der Männer. Sie unterhielten sich leise beim Gehen, und manchmal war gedämpftes Lachen zu hören.

Jolfur nahm die gute Stimmung unter den Männern erfreut zur Kenntnis, hielt sich selbst aber zurück. Wärme und Sonne konnten nicht darüber hinwegtäuschen, dass ihm schon seit dem Aufbruch am Morgen unbehaglich zumute war. Am Vortag hatte er diesen Eindruck noch nicht gehabt, diesmal jedoch hielt er sich hartnäckig und ließ sich auch damit nicht vertreiben, dass er sich einzureden versuchte, es dürfe eigentlich keinen Grund zur Sorge geben. Immer wieder ertappte er sich dabei, dass er sich umschaute, ohne selbst zu wissen, wonach er denn suchte. Dann wieder spähte er aufmerksam in die Dunkelheit zwischen den Bäumen, weil er glaubte, dort eine Bewegung gesehen zu haben.

Seine Anspannung blieb nicht unbemerkt. Kurz bevor die Sonne ihren höchsten Stand erreichte, gesellte sich Bjarkar zu ihm. Der hünenhafte Axtkämpfer besaß seinem derben Äußeren zum Trotz ein erstaunlich feines Gespür für die leisen Schwingungen, die einem plötzlichen Wetterwechsel oder einer drohenden Gefahr vorauseilten. Ein Geschenk der Götter, dem schon einige der Männer ihr Leben verdankten.

Eine Weile ging er schweigend neben Jolfur her. Dann blieb er stehen und sagte leise: »Wir werden beobachtet.«

Jolfur legte den Finger auf die Lippen. Solange er nicht wusste, ob sein Gefühl ihn nicht doch trog, wollte er die anderen nicht beunruhigen. »Wo?«, fragte er knapp und setzte sich wieder in Bewegung, um kein Aufsehen zu erregen.

»Irgendwo da drinnen.« Bjarkar deutete in den Wald hinein. »Es folgt uns.«

»Gardisten?«, fragte Jolfur.

»Nein.« Bjarkar schüttelte den Kopf. »Zu leise.«

»Was dann?« Jolfur spürte, wie sein Unbehagen wuchs.

Bjarkar zog die Schultern hoch und machte eine entschuldigende Geste. Er wusste es nicht.

Sie blieben wachsam, konnten aber nirgends einen Hinweis auf mögliche Verfolger entdecken. Auch als sie um die Mittagszeit rasteten, blieb alles ruhig. Jolfur entspannte sich etwas. Als er zum Aufbruch drängte, suchte Bjarkar wieder seine Nähe. »Nun?«, fragte er.

»Nichts.« Jolfur seufzte. »Und bei dir?«

»Auch nichts.«

»Vielleicht haben wir uns getäuscht«, meinte Jolfur in Anspielung auf das Gespräch am Morgen.

Bjarkar sah ihn an. Die ungeheure Dichte von Haaren und Bart verhinderte, dass Jolfur die Gedanken oder Gefühle seines Freundes von dessen Gesicht ablesen konnte.

Sie brachen auf und überquerten einen Bergkamm, der von Osten nach Westen verlief. Ein Pfad, von Wanderern, Jägern und Rebellen geschaffen, schlängelte sich auf dem schmalen Grat dahin, während baumbestandene Schluchten zu beiden Seiten so steil abfielen, dass einem schwindelig werden konnte. Jolfur ging an der Spitze, während Bjarkar es wie selbstverständlich übernommen hatte, die Nachhut zu bilden. Sie waren übereingekommen, dass Bjarkar aufmerksam zurückschauen würde, während Jolfur den Pfad vor sich im Auge behielt.

Langsam neigte sich indes der Nachmittag dem Ende zu. Die Gespräche der Männer verstummten, die Schatten wurden länger. Es wurde immer schwieriger, im Halbdunkel zwischen den Bäumen etwas zu erkennen. Die kleine Rebellengruppe ließ den Kamm hinter sich und machte sich im schwindenden Tageslicht an den Abstieg, in der Hoffnung, noch vor der Dunkelheit einen geeigneten Lagerplatz zu finden. Dies gestaltete sich jedoch schwierig. Der Pfad wand sich schier endlos durch einen Hohlweg, den der Regen aus dem porösen Felsgestein herausgewaschen hatte. Nirgends bot sich den Männern ein geschützter Platz zum Ausruhen. So gingen sie weiter, erschöpft und hungrig, während sich die gewaltigen Tannen hoch über ihren Köpfen dem Abendrot entgegenreckten, das den Himmel in die Farben des Blutes tauchte.

Nebel senkte sich über den Wald, die Geräusche des Tages verstummten. Im schwindenden Licht wurden die Bäume zu dunklen Riesen, zwischen denen sich huschende Gestalten zu bewegen schienen. Immer wieder glaubte Jolfur, Augenpaare in den Schatten aufblitzen zu sehen, doch der Eindruck verging so schnell, dass er ihn nie wirklich greifen konnte. Für eine Weile hoffte er, seine angespannten Sinne würden ihm einen Streich spielen, aber dann gab sich der Verfolger zu erkennen.

Jolfur sah ihn als Erster. Mit einem Warnruf brachte er die Gruppe augenblicklich zum Stehen und zog sein Schwert. Die Kreatur kauerte kaum zwanzig Schritte vor ihnen mitten auf dem Hohlweg. Ein riesiger, pechschwarzer Wolf mit geiferndem Maul, dessen Augen im Dämmerlicht unheilvoll leuchteten.

»Was ist das?« Dem jungen Rekruten unmittelbar hinter Jolfur stand die Furcht ins Gesicht geschrieben. Er starrte auf das riesige

Tier, das ihnen den Weg versperrte, während er mit zitternden Händen versuchte, sein Messer vom Gürtel zu lösen.

»Ein Schattenwolf!« Bjarkar hatte sich von hinten durch die Menge geschoben. Die Axt fest in der Hand, trat er neben Jolfur und fügte hinzu: »Einer der Dashken.«

Die Worte machten jede Erklärung überflüssig. Alle kannten und fürchteten die Dashken, vor allem, wenn sie ihre wohl gefährlichste Gestalt annahmen. Schattenwölfe waren der Inbegriff des Todes. Nur sehr wenige hatten je eine Begegnung mit ihnen überlebt.

»Was nun?« Bjarkar ließ den Wolf nicht aus den Augen. »Sollen wir angreifen?«

»Nein.« Jolfur hatte noch nie einem der gefürchteten schwarzen Wölfe Auge in Auge gegenübergestanden, spürte jedoch, dass ein Angriff nicht der richtige Weg war. Kein Schwert und keine Axt, so hieß es, könne den Elementarwesen etwas anhaben. Sie konnten nur verlieren.

»Warum nicht?« Trotz des Bartes und des schlechten Lichts sah Jolfur die grimmige Entschlossenheit in Bjarkars Blick.

»Weil es kein Wesen aus Fleisch und Blut ist.« Jolfur spie auf den Boden. »Du wärst schneller tot, als ich deinen Namen rufen könnte.« Er sah Bjarkar von der Seite her an. »Und jetzt sage nicht, dass du die Geschichten über die Schattenwölfe erst dann glaubst, wenn du die Wahrheit am eigenen Leib spürst.«

Bjarkar antwortete nicht, denn in diesem Augenblick fletschte der Wolf die Zähne und ließ ein drohendes Knurren vernehmen.

»Jolfur! Hinter uns.« Der Warnruf kam von einem Getreuen am Ende der Gruppe. Jolfur wandte den Kopf und fand seine schlimmste Befürchtung bestätigt. Auch hinter ihnen kauerte eine der riesigen schwarzen Bestien auf dem Hohlweg.

Sie saßen in der Falle.

Als Sandra am Dienstagmorgen erwachte, fühlte sie sich so frisch und ausgeruht wie schon lange nicht mehr. Die Kopfschmerzen waren fort, die depressive Stimmung der vergangenen Tage war wie weggeblasen. Ein Blick auf die Uhr zeigte ihr, dass sie früh dran war. Die Stadtbücherei würde erst in einer Stunde öffnen. Sie hatte also noch genügend Zeit, um ausgiebig zu duschen und zu frühstücken.

Schwungvoll schlug sie die Decke zurück, schwang sich aus dem Bett und zog die Jalousien hoch. Draußen nieselte es, aber das tat ihrer guten Laune keinen Abbruch. Leise vor sich hin summend, ging sie in die Küche, setzte sich einen Kaffee auf und schaltete das Radio ein.

»... verschwand die Maschine mit mehr als einhundertfünfzig Insassen plötzlich von den Radarschirmen. Rettungskräfte sind auf dem Weg zur Unglücksstelle, um ...« Sandra war schon auf dem Weg zur Dusche, als sie die Nachricht hörte.

Ivana.

»Nein!« Instinktiv griff sie nach der Tischkante, um sich festzuhalten. Ihre Knie waren weich, ihr Herz raste, und ihre Hände zitterten. Sie hatte die Meldung nur zur Hälfte mitbekommen, zweifelte aber nicht einen Augenblick daran, dass Ivana in der verunglückten Maschine gesessen hatte.

Und ich habe sie nicht gewarnt.

Der Gedanke versetzte ihr einen Stich. Irgendwie gelangte sie ins Wohnzimmer, wo sie sich auf die Couch fallen ließ.

Ich bin schuld an ihrem Tod.

Die Worte setzten sich in ihr fest. Sandra versuchte an etwas anderes zu denken. Doch es lief immer auf das Gleiche hinaus:

Ich bin schuld.

Wieder und wieder kreisten die Worte durch ihre Gedanken. Sie konnte nichts dagegen tun. Sie konnte nicht einmal weinen.

Fast hätte sie darüber das Klingeln des Telefons überhört. Sandra musste nicht auf das Display schauen. Sie wusste, dass es Manon war. Vermutlich hatte sie es auch gerade im Radio gehört.

»Ja?« Ihre Stimme klang spröde, als sie sich meldete. Sie musste nicht hinhören, sie wusste auch so, was Manon sagen würde.

»Sandra? Sandra, was ist denn los?«, tönte Manons Stimme aus dem Lautsprecher. »Sag doch was!«

»Manon?« Sandra flüsterte fast.

»Ja?«

»Hast du schon die Nachrichten gehört?«

»Ja, hab ich.«

Manons Gelassenheit machte Sandra stutzig. »Das ... das Flugzeug«, presste sie mühsam hervor.

»Welches? Das in Guatemala abgestürzt ist?«, fragte Manon. »Was ist damit?«

»Guatemala?«, hakte Sandra nach.

»Ja. Was dachtest du denn? Es ist heute Morgen irgendwo über dem Dschungel abgestürzt. Mehr weiß man noch nicht.«

»Aber Ivana ...?«

»Ivana? Sag mal, schläfst du noch? Die wollte nach Ungarn fliegen. Nicht nach Lateinamerika.« Manon seufzte gut vernehmlich. »Außerdem ist sie schon gestern geflogen und heil angekommen. Sie hat mich aus Budapest angerufen, weil du nicht ans Telefon gegangen bist.«

»Dann ist sie nicht ...«

»Sie ist putzmunter, wenn du das meinst«, erklärte Manon. »Und was ist mit dir? Wie geht's dir?«

»Gut!«, sagte Sandra aus vollem Herzen. »Sehr gut.« Das war nicht einmal gelogen. Sie fühlte sich so glücklich wie schon lange nicht mehr. Ivana ging es gut. Sie hatte sich völlig umsonst gesorgt.

»Wirklich?«

»Ja, wirklich. Ich fühle mich blendend.« Sandra lachte befreit auf. »Die Nachricht hat mir einen ganz schönen Schrecken eingejagt. Ich habe gar nicht daran gedacht, dass Ivana ja schon gestern geflogen ist. Gut, dass du angerufen hast.«

»Klingt erfreulich.« Sandra konnte hören, wie Manon aufatmete. »Kann ich heute Nachmittag trotzdem vorbeikommen?«

»Ja, klar. Ich freue mich. Bis nachher.« Sandra verabschiedete sich, schaltete das Telefon aus und stand auf. Im Nachhinein war es ihr ziemlich peinlich, aus der nur halb gehörten Meldung so vorschnelle Schlüsse gezogen zu haben. Guatemala. Wenn sie das mitbekommen hätte, hätte sie sich gar nicht erst Sorgen machen müssen. Erleichtert ging sie wieder in die Küche.

Eine halbe Stunde später stand sie in der Garderobe, zog sich die Jacke an, griff nach ihrem Rucksack und wollte gerade die Wohnungstür aufschließen, als ihr ein Gedanke kam.

Der Affe. Sie hatte den Affen vergessen. Hastig drehte sie sich um, eilte ins Wohnzimmer und verstaute den Affen so selbstverständlich in ihrem Rucksack, als sei nichts dabei, antike Tonskulpturen mit sich herumzuschleppen. Nicht ein einziges Mal blitzte hinter ihrer Stirn die Frage auf, warum sie das tat. Das Gefühl, den Affen nicht allein lassen zu können, war übermächtig.

Drei Stunden später kehrte sie mit einem dicken Bildband über Schottland unter dem Arm nach Hause zurück. Schwungvoll stieß sie die Haustür auf und kramte in der Jackentasche nach dem Schlüsselbund, um ihre Post mit nach oben zu nehmen. Während sie noch mit dem verbogenen Briefkastenschlüssel kämpfte, hörte sie, wie weiter oben im Treppenhaus eine Tür klackend ins Schloss fiel. Gleich darauf ertönten Schritte und das Klirren eines Halsbands.

Ein Hund? Sandra runzelte die Stirn. Niemand im Haus besaß einen Hund. Vermutlich ein Besucher, der sich gerade verabschiedet hatte. Sie nahm vier Briefe aus dem Kasten, verschloss die Klappe sorgfältig und stieg die Treppe hinauf. Auf dem ersten Treppenabsatz sauste ein schwarzer Cockerspaniel an ihr vorbei. Sandra blieb stehen und sah ihm verwundert nach. Als sie sich umdrehte, wäre sie fast mit einem Mann zusammengestoßen, der, zwei Stufen auf einmal nehmend und in eine Duftwolke aus kaltem Rauch gehüllt, an ihr vorbeihastete.

Verwundert schaute sie ihm nach. Irgendwie kam er ihr bekannt vor. Es dauerte jedoch einige Sekunden, bis ihr einfiel, wo sie ihn schon einmal gesehen hatte: nach der Versteigerung, auf der Straße. Der Hund hatte sie angesprungen. Was hatte er hier zu suchen? »Warten Sie!« Sandra eilte die Stufen hinunter, öffnete die Haustür, trat hinaus und spähte die Straße entlang – vergeblich. Der Mann war fort.

»Mist.« Sandra schloss die Augen und lehnte sich an die Hauswand. Hinter ihr schloss die Haustür mit einem leisen »Klack«.

Ganz ruhig, ermahnte sie sich in Gedanken. In diesem Haus gibt es fünfzehn Wohnungen. Vermutlich hat er hier jemanden besucht. Es ist ein Zufall, weiter nichts.

Als sie die Augen wieder öffnete, sah sie die Spinne. Ein hässliches schwarzes Vieh, das einen halben Meter neben ihr auf Augenhöhe an einem Mauervorsprung kauerte. Sandra schnappte nach Luft. Mit verkrampften Muskeln und wild schlagendem Herzen starrte sie die Spinne an, unfähig, sich zu bewegen oder überhaupt irgendetwas zu tun. Wie immer, wenn sie eine Spinne sah, packte sie die Furcht so erbarmungslos, dass sie völlig hilflos war.

»Mit der Phobie müsstest du eigentlich mal zum Psychiater«, pflegte Manon in solchen Situationen zu sagen. Dann zückte sie meist ein Taschentuch und entfernte die Spinne, als sei nichts dabei. Sandra wusste, dass Manon recht hatte. Eine so krankhafte Furcht gehörte behandelt. Schon mehrfach war sie nur knapp an einem Unglück vorbeigeschrammt, weil eine Spinne ihre Reaktionen beeinträchtigt hatte. Je größer die Spinne, desto größer war auch ihre Angst – und das, was da neben ihr an der Wand kauerte, war eindeutig zu groß.

Sandra ließ die Spinne nicht aus den Augen. In ihren Gedanken gab es nur das schwarze Monstrum, sonst nichts. Sie bemerkte nicht einmal, dass die Haustür geöffnet wurde. »Frau Thorsen?« Jemand berührte sie sanft an der Schulter, und in ihrem Blickfeld tauchte das besorgte Gesicht der älteren Dame auf, die im ersten Stock wohnte. »Ist alles in Ordnung?«

Die Stimme brach den Bann. Endlich gelang es Sandra, den Blick von der Spinne abzuwenden. Mit einem Satz in Richtung Tür brachte sie sich in Sicherheit und schnappte nach Luft.

»Geht es Ihnen nicht gut?«, hörte sie die Frau fragen.

»Doch.« Sandra keuchte, als hätte sie gerade einen 1000-Meter-Lauf hinter sich. »Doch ... es ... es geht schon wieder.« Sie lächelte entschuldigend. »Ich ... ich hatte mich eben nur ganz furchtbar erschreckt.«

»So? Aha.« Die ältere Dame schaute Sandra prüfend an. Dann lächelte sie und sagte im Plauderton: »Wissen Sie, mir hilft bei so etwas immer ein winziges Schlückchen Weinbrand. Dann fühle ich mich gleich besser.«

»Danke.« Sandra zwang sich, das Lächeln zu erwidern. »Dann ... dann will ich mal sehen, ob ich einen Weinbrand im Hause habe«, sagte sie schnell. »Vielen Dank für den Tipp.« Sie öffnete die Tür und trat ins Haus. Und während sie sich mit weichen Knien daranmachte, die Treppe zu erklimmen, erwischte sie sich dabei, dass sie das Treppengeländer und den Boden sorgfältig nach weiteren Spinnen absuchte.

Oben angekommen, steckte Sandra aufatmend den Schlüssel ins Schloss. »Keine Spinnen im Treppenhaus«, sagte sie schmunzelnd zu sich selbst. »Kein Grund, beunruhigt zu sein.« Kaum hatte sie das gesagt, gefror ihr das Lächeln auf den Lippen. Die Tür war nicht abgeschlossen.

Unmöglich, schoss es ihr durch den Kopf. Das ist völlig unmöglich. Ich habe abgeschlossen, als ich die Wohnung verlassen habe. Ich schließe immer ab. Immer ...

Langsam schwang die Tür auf. Sandra hielt den Atem an. Im ersten Augenblick fiel ihr nichts Ungewöhnliches auf. Aber als sie eintrat, traf sie fast der Schlag. Ihre Wohnung glich einem Schlachtfeld. Schranktüren standen offen, Schubladen waren herausgerissen, ihr Inhalt lag achtlos auf dem Boden verstreut. Nicht einmal vor ihrem Bett hatten die Einbrecher haltgemacht. Kissen und Decken lagen auf dem Boden. Die Unterbett-Box war hervorgezerrt und der Inhalt herausgerissen worden.

Langsam schritt Sandra durch das Chaos und suchte nach Hinweisen. In der Luft hing der Geruch von kaltem Zigarettenrauch. Es gab keinen Zweifel: Der Mann mit dem Cockerspaniel war hier gewesen.

Das Telefon klingelte und riss sie aus ihren Gedanken. Ich muss die Polizei anrufen, dachte sie. Hektisch suchte sie nach dem Telefon, konnte es in dem Durcheinander aber nicht finden. Als das Klingeln verstummte, gab sie auf. Die Polizei konnte sie auch später noch anrufen. Zunächst einmal galt es festzustellen, ob etwas fehlte. Sandra schaute sich um. Der Laptop, das Wertvollste, was sie besaß, stand noch auf dem Schreibtisch. Fernseher, Hi-Fi-Anlage, MP3-Player – alles war noch da. Selbst das Sparschwein neben dem Kühlschrank war nicht angerührt worden. Die Schmuckschatulle mit den Erbstücken ihrer Großmutter lag ungeöffnet auf dem Boden. Es fehlte nichts.

Seltsam. Sandra runzelte die Stirn. Wenn der Einbrecher kein Interesse an den Wertgegenständen gehabt hatte, wonach hatte er dann gesucht? Konnte man einen Einbruch ohne Diebstahl überhaupt bei der Polizei melden? Immerhin war das Türschloss unversehrt. Wie sollte sie beweisen, dass es tatsächlich ein Einbruch war und nicht das Ergebnis einer heftigen Auseinandersetzung? Fragen über Fragen kamen ihr in den Sinn, auf die sie keine Antwort fand.

Seufzend ließ sie sich auf die Couch sinken und schaute sich um. Erst auf den zweiten Blick wurde ihr klar, dass sie den Einbrecher gestört haben musste. Nicht alle Türen waren geöffnet worden. Offenbar hatte der Mann sie kommen hören und war geflohen, ehe er sein Werk hatte beenden können.

Ehe er sein Werk hatte beenden können ... Sandra spürte, wie ihr die Kehle eng wurde. Er würde wiederkommen. Heute, morgen, übermorgen, … irgendwann. Sandra spürte, wie sie zu zittern begann. Sie wusste, dass sie sich in ihrer Wohnung nie mehr sicher fühlen würde.

Ich muss sofort Manon anrufen, dachte sie. Hektisch durchwühlte sie ihren Rucksack und fischte das Handy heraus. Für Notfälle hatte ihre Freundin immer ein Gästebett in ihrer Wohnung – und dies war ein Notfall.

Aber Manon war nicht zu Hause. Auf ihrem Handy meldete sich nur die Mobilbox. »Ruf mich an oder komm vorbei, wenn du kannst. Es ist wichtig«, hinterließ Sandra ihr eine kurze Nachricht, schaltete das Handy auf Stand-By und legte es vor sich auf den Tisch.

Der Gestank nach Zigaretten war fremd und widerwärtig. Sandra stand auf, öffnete das Fenster. Die Frühlingsluft tat gut, und die alltäglichen Geräusche von der Straße und der Gesang der Vögel vermittelten ihr einen Hauch von Normalität. Wie von selbst wanderten ihre Gedanken zu der Affenskulptur. Sie lag noch immer in ihrem Rucksack.

Ich sollte sie herausholen. Der Gedanke hatte etwas Zwanghaftes an sich. Vorsichtig stieg sie über Papier und Kleiderberge hinweg, ging zum Flur und öffnete den Rucksack. Die Skulptur lag eingebettet zwischen fünf Büchern über das schottische Hochland. Vorsichtig holte Sandra die Figur hervor und schaute sie an. Mehr denn je erschien ihr der Affe seltsam vertraut. Wie ein geliebtes Spielzeug aus Kindertagen, das viele Jahre in einer Kiste auf dem Dachboden gelegen hatte und das unzählige Erinnerungen weckte, sobald man es zur Hand nahm. Sie konnte förmlich spüren, wie sie sich in ihr regten, und fand doch keinen Zugang zu ihnen. Es war wie verhext. Einerseits spürte sie eine tiefe Vertrautheit, die ihr zuflüsterte, dass der Affe einmal sehr wichtig für sie gewesen war. Andererseits war er ihr so fremd wie ein beliebiges Ausstellungsstück in einem Museum. Zutiefst verwirrt stellte sie den Affen auf das Regal zurück. Sie hatte jetzt wirklich keine Zeit, sich um solche Dinge zu kümmern.

Sie nahm ihr Handy zur Hand und wählte die ersten beiden Ziffern der örtlichen Polizeidienststelle, hielt dann aber mitten in der Bewegung inne und starrte grübelnd auf das Display. Wenn ich nichts als gestohlen melden kann, überlegte sie noch einmal, werde ich Mühe haben, den Beamten den Überfall zu erklären. Wahrscheinlich denken sie, dass ein eifersüchtiger Freund hier alles verwüstet hat. Oder sie glauben, ich leide an Paranoia, wenn ich ihnen von dem Mann mit dem Hund erzähle.

Unschlüssig sah sie sich um. Auch ohne den Einbruch hatte es in ihrer Wohnung schon schlimm ausgesehen. In der Küche türmte sich der Abwasch vom Wochenende, und ein halbes Dutzend überquellender Mülltüten warteten nach Tagen der Antriebslosigkeit darauf, endlich hinuntergetragen zu werden.

Wenn das jemand sieht, hält er mich womöglich für einen Messi, dachte sie beschämt und fragte sich, ob sie die Unruhe und Aufregung, die eine Anzeige mit sich bringen würde, wirklich erdulden wollte.

Nein! Etwas in ihr sträubte sich beharrlich dagegen, Fremden Einblick in ihr Leben zu geben. Es war auch so schon alles verrückt genug. Sie wollte lieber ihre Ruhe haben.

Entschlossen löschte sie die Ziffern und legte das Handy fort. Ich sollte aufräumen, überlegte sie. Die Arbeit wird mich ablenken, und außerdem hat es etwas Beruhigendes an sich, alles an seinem Platz zu wissen.

16

Jolfur wusste, dass er das Knurren und den tödlichen Blick der Schattenwölfe niemals würde vergessen können – wenn er dieses Abenteuer überleben sollte. Mit sich überschlagenden Gedanken durchforstete er sein Gehirn nach allem, was er jemals über die dämonischen Bestien gehört hatte, erinnerte sich aber an nichts, auf das er für eine erfolgreiche Verteidigung hätte zurückgreifen können. Schattenwölfe galten als unbesiegbar. Einer allein, so hieß es, könne mühelos fünfzig Männer töten. Der Geruch von Blut trieb sie zur Raserei, die, einmal entfacht, erst dann ein Ende fand, wenn ihre Blutgier gestillt war.

»Was sollen wir tun?« Die Stimme des jungen Rekruten neben ihm bebte vor Furcht. Jolfur antwortete nicht. Mit erhobenem Schwert sah er die Wölfe näher kommen. Geduckt und mit gefletschten Zähnen schoben sie sich von beiden Seiten an die Gruppe heran, die sich in dem Hohlweg zusammendrängte.

»Jolfur!« Bjarkars Tonfall machte deutlich, unter welcher Anspannung der Axtkämpfer stand. Er war ein Mann der Tat und es nicht gewohnt, sich zurückzunehmen. Wäre Jolfur nicht gewesen, hätte er längst einen Angriff gewagt.

Jolfurs Blick huschte umher. Sein Atem ging schnell, und sein Herz hämmerte, während er verzweifelt nach einem Fluchtweg suchte. Das Licht schwand, und eine leise Stimme flüsterte ihm zu, dass die Wölfe angreifen würden, sobald es ganz dunkel war. Aus den Augenwinkeln entdeckte er lange Baumwurzeln, die sich wie Ranken an den nackten Fels klammerten. Es war nicht sicher, ob sie das Gewicht eines ausgewachsenen Mannes tragen würden, aber es war immerhin eine Möglichkeit ...

»Die Wurzeln!«, rief er seinen Männern zu und deutete auf die Felswand. »Wir müssen da hoch, schnell.« Noch während er das sagte, wusste er, dass die Zeit nicht ausreichen würde, alle in Sicherheit zu bringen. Sie waren zu viele. Hier unten auszuharren, würde jedoch den Tod aller bedeuten.

Seine Männer schienen ähnliche Gedanken zu hegen. Niemand reagierte. Bereit, ihr Leben für die anderen zu geben, harrten sie an Jolfurs Seite aus, der sie im Stillen für ihre Treue verfluchte. In einem Akt der Verzweiflung packte er den jungen Rekruten an der Schulter, drängte ihn auf die Ranken zu und brüllte: »Rauf mit dir! Sofort! Das ist ein Befehl!« Der Rekrut zuckte zusammen, als sei er geschlagen worden, begann aber ohne zu zögern mit dem Aufstieg. Jolfur sah mit Genugtuung, dass die Ranken hielten. Der Junge hatte den Rand des Hohlwegs noch nicht erreicht, da packte Jolfur auch schon den nächsten am Arm. »Und jetzt du!«, befahl er derb und rief: »Und dann ihr. Einer nach dem andern, verstanden? Bjarkar und ich werden die Biester aufhalten, bis ...« Der gellende Schrei hoch über ihren Köpfen erstarb im Geräusch berstender Knochen. Ein Tropfen benässte Jolfurs Wange.

Blut!

Alarmiert blickte er nach oben und sah gerade noch, wie die erschlaffte Gestalt des jungen Rekruten über die Kante des Hohlwegs gezerrt wurde. Gleich darauf tauchten an der Stelle drei glühende Augenpaare auf, die auf die eingekesselten Männer hinabstarrten.

»Neiiin!« Bjarkar hieb seine Axt mit einer solchen Wut gegen den Felsen, dass Funken stoben. Die andern schwiegen betroffen. Jolfur spürte ihre Blicke auf sich ruhen und glaubte die stumme Anklage darin zu erkennen: Du hast ihn getötet.

Aber für Trauer und Vorwürfe blieb keine Zeit. Die Wölfe waren jetzt so nah, dass Jolfur den strengen Geruch ihrer pelzigen Leiber fast überdeutlich wahrnahm. Er fragte sich, worauf sie wohl warten mochten, da zerriss ein schauriges Heulen vom Rand des Hohlwegs die Dunkelheit, und der Angriff begann.

Die Dämmerung war schon hereingebrochen, als eine Gruppe von Jägerinnen zu den Höhlen zurückkehrte. Sie hatten das Gebiet nahe dem Waldland erkunden sollen. Die fünf Frauen waren tagelang zu Fuß im Hochland unterwegs gewesen und wirkten erschöpft. Aideen sah sie schon von Weitem. Seit sie ihre Wache bei dem Simion am späten Nachmittag beendet hatte, war sie damit beschäftigt, Reisig aus den Hainen rings um die Höhlen der Hüterinnen zusammenzutragen. Noch am selben Abend wollte sie es mit Bethia auf die Anhöhe bringen, um das heilige Feuer für die Anrufung vorzubereiten. Das große Feuer im Felsenrund, so hatte Bethia ihr erklärt, würde die Magie der geheimen Worte verstärken und das Weltentor öffnen, das sich irgendwo dort oben befand.

Wie alle Hüterinnen war auch Aideen von großer Zuversicht erfüllt. Nach all den Jahren des Wartens würde sich der Kreis endlich schließen. Doch sosehr der Gedanke an Zarifes Rückkehr sie auch beflügelte, so bitter war der Beigeschmack, den er für sie hatte. Sie hatte mit niemandem darüber gesprochen, aber der Gedanke, dass die Frau aus der fremden Welt getötet werden musste, um Zarifes Seele in ihren alten Körper zurückzuführen, war ihr unerträglich.

Als sie die Schale bereitgestellt hatte, in der das Blut der Frau aufgefangen werden sollte, war ihr schon bei dem Gedanken übel geworden, und das Wissen darum, dass Bethia ihr das schlagende Herz herausschneiden würde, um es in den geöffneten Brustkorb der Toten zu legen, weckte mehr als nur Abscheu in ihr.

Tod war für sie eine Folge des Alters, ein lautloser, friedfertiger Gast, der sich auf leisen Sohlen in die Höhlen jener schlich, deren Zeit gekommen war. Dass er auch ein grausames Gesicht haben konnte, war für Aideen immer ein Teil der alten Legenden gewesen. Niemals in all den Jahren, die sie nun schon im Hochland lebte, hatte es auch nur ein Blutopfer bei den Hüterinnen gegeben. Umso mehr erschreckte es sie, wie selbstverständlich Bethia den Opfertod der Fremden plante und dabei auch bereit war, das grausige Ritual eigenhändig zu begehen.

»Richte Bethia aus, dass wir mit wichtiger Kunde vom Waldrand zurückgekommen sind.«

Aideen schaute verwundert auf. Vor ihr stand eine der Jägerinnen, die eben angekommen waren. »Bethia ist nicht hier«, sagte sie. »Sie ist mit der Oberin ins Tal der Dashken gegangen. Die Oberin hielt es für an der Zeit, die Dashken zusammenzurufen und ihnen von Zarifes baldiger Rückkehr zu berichten, damit sie sich bereitmachen können.«

»Dann sag es ihr, sobald sie zurückkommt.« Die Stimme der Jägerin wankte vor Erschöpfung. »Sie findet uns im Speiseraum.«

Eine gute Stunde später kehrten die Oberin und Bethia aus dem Tal der Dashken zurück. Aideen begegnete ihnen nahe dem Haupteingang der Höhlen. Sie hatte alles Reisig zusammengetragen und sich Zeit für eine kleine Mahlzeit genommen, während sie auf Bethia wartete. Als die Seherin hörte, dass die Jägerinnen angekommen waren, galt ihr Interesse sogleich ihnen und den Neuigkeiten, die diese mit sich führten.

»Wo sind sie?«, fragte sie Aideen, und das Leuchten in ihren Augen machte deutlich, wie sehr es sie danach verlangte, mit den Frauen zu sprechen.

»Sie waren hungrig. Ihr findet sie im Speisesaal«, erwiderte Aideen.

»Ich danke dir.« Bethia nickte ihr zu und ging an ihr vorbei in die Höhlen. Unsicher, was sie nun tun sollte, wollte Aideen ihr folgen, doch eine Hand auf der Schulter hielt sie zurück.

»Hast du nicht eine Aufgabe zu erfüllen, Aideen?«, hörte sie die Oberin fragen.

»Nein. Das heißt, eigentlich schon.« Aideen wandte sich um. »Ich habe das Reisig zusammengetragen, wie Bethia es mir aufgetragen hat. Wir wollten es zum Felsenrund hinaufbringen. Aber nun ...« Sie machte eine entschuldigende Geste.

»... zwingen die Ereignisse Bethia, den Plan zu ändern«, ergänzte die Oberin. »Das heißt aber nicht, dass das Reisig hier liegen bleiben kann.« Sie überlegte kurz und sagte schließlich: »Ich werde Mel und Orla bitten, dir zu helfen. Was hältst du davon?«

»Mel und Orla?«, rief Aideen erfreut aus. »Aber ja ... ja natürlich ist es mir recht.« Sie lächelte scheu. »Das ist wirklich sehr freundlich. Ich danke Euch.«

»Vorwärts!« Jolfurs Befehl brach den Bann, den der Anblick der glutäugigen Bestien und das grausige Schicksal des jungen Rekruten über seine Getreuen gelegt hatten. Wie ein Mann hoben sie die Waffen und stürmten voran, dem einzelnen Schattenwolf entgegen, der mit langen Sätzen durch die Dunkelheit auf sie zusprang.

In vollem Lauf warf sich die Kreatur gegen Bjarkar, der sie mit einem Axthieb zur Seite schleuderte, welcher jeden anderen das Leben gekostet hätte. Der Wolf blieb benommen liegen, während die Männer die Gelegenheit zur Flucht nutzten. Es dauerte jedoch nicht lange, da kam die Bestie wieder auf die Beine und nahm mit den vier anderen Schattenwölfen die Verfolgung auf.

»Lauft!« Die Furcht verlieh Jolfurs Stimme einen schrillen Klang. Mit dem Schwert in der Hand hastete er den Hohlweg entlang, der nun frei vor ihnen lag, während die Wölfe ihnen dicht auf den Fersen waren. Aus den Augenwinkeln sah er, wie Bjarkar stehen blieb, um die Männer vorbeizulassen. Offenbar plante der Axtkämpfer, sich den Wölfen entgegenzustellen, um den anderen die Flucht zu ermöglichen. Jolfur wusste, dass es Wahnsinn war. Er wusste aber auch, dass sie den Wölfen kaum entkommen konnten. Schon gellte ein weiterer Todesschrei durch die Nacht, als die Wölfe einen Rebellen, der etwas zurückgefallen war, packten und in Stücke rissen.

Der grausige Verlust bescherte den Verfolgten einen kleinen Vorsprung, denn unter den Wölfen brach ein schonungsloser Kampf um die besten Stücke aus. Für den Augenblick waren sie beschäftigt, aber Jolfur wusste, dass sie sich mit der Beute nicht zufriedengeben würden. Wenn ihr Hunger gestillt war, würden sie aus purer Mordlust töten und nicht eher ruhen, bis auch der letzte Mann in seinem Blut am Boden lag. Entschlossen blieb er stehen, umklammerte das Schwert mit beiden Händen und rief seinen Männern zu, dass sie weiterlaufen sollten. Nur wenige Herzschläge später fand er sich neben Bjarkar wieder, der sich breitbeinig im Hohlweg aufgestellt hatte.

»Verschwinde!«, fuhr er Jolfur an, ohne den Blick von den dämonischen Kreaturen abzuwenden. »Das mache ich mit denen alleine aus.«

»Zwei Waffen werden sie länger aufhalten als eine.« Unbeirrt nahm Jolfur den Platz neben Bjarkar ein. »Ich lasse dich nicht im Stich, mein Freund.«

Bjarkar nickte knapp und sagte: »Mögen sich unsere Wege dort kreuzen, wo die Seelen der Tapferen ein Heim finden.«

Schulter an Schulter drängten sich die Schattenwölfe durch den Hohlweg. Drei liefen vorweg, zwei bildeten die Nachhut. Geifernd und mit gebleckten, blutverschmierten Zähnen kamen sie auf Jolfur und Bjarkar zu.

Jolfur umklammerte sein Schwert so fest, dass die Fingerknöchel weiß hervortraten, und auch Bjarkar machte sich bereit. Aber die Wölfe zögerten. Als warteten sie auf den richtigen Augenblick, blieben sie außerhalb der Reichweite der Waffen stehen und musterten die beiden Krieger aus zusammengekniffenen Augen. Ein sonores Knurren aus fünf Kehlen erfüllte den Hohlweg. Dann plötzlich entschloss sich der Erste zum Angriff und sprang vor. Bjarkar wich mit einem Schritt geschickt zur Seite aus und ließ die Axt noch in derselben Bewegung auf den Nacken der Bestie niedersausen. Jolfur hörte Wirbel und Knochen bersten und lachte grimmig. Der Wolf heulte auf und fiel, eine klaffende Wunde im Genick, reglos zu Boden. Er war nicht tot, Schattenwölfe starben nicht, aber der Sieg vermochte ihnen zumindest eine kurze Verschnaufpause zu verschaffen.

Doch nicht einmal diese war ihnen vergönnt, denn schon im nächsten Augenblick gingen die anderen Wölfe zum Angriff über. Mit wütendem Geheul sprangen sie auf Jolfur und Bjarkar zu, und die Welt versank in einem Durcheinander aus schnappenden Kiefern, blitzenden Klingen, Schreien und wütendem Heulen.

Jolfur und Bjarkar kämpften wie besessen. Rücken an Rücken stehend hieben, stachen und schlugen sie unermüdlich auf die schwarzen Kreaturen ein. Sie wussten, dass ihre Kräfte irgendwann erlahmen würden und sie dem Ansturm nachgeben mussten, dennoch waren sie entschlossen, ihr Leben teuer zu verkaufen, um den anderen die Flucht zu ermöglichen.

Aus den Augenwinkeln sah Jolfur seine Männer um eine Biegung verschwinden. Er keuchte vor Anstrengung. Schweiß rann ihm über die Stirn und nahm ihm die Sicht. Er wollte ihn fortwischen, doch der Augenblick der Unaufmerksamkeit kostete ihn fast das Leben. Als hätte er nur darauf gewartet, schoss ein Wolf heran und schnappte nach seiner Kehle. Jolfur wehrte den Angriff im letzten Augenblick mit dem Arm ab, während er gleichzeitig das Schwert hochriss und es dem Wolf in den ungeschützten Bauch rammte. Das Tier heulte vor Schmerz auf und stürzte zu Boden, aber Jolfur hatte keine Zeit, sich über den Sieg zu freuen. Über das Heulen des Wolfes hörte er Bjarkar aufschreien. Ein Wolf hatte sich in den Falten seines Fellmantels verbissen und versuchte ihn zu Fall zu bringen, indem er mit aller Macht daran zerrte. Das Tier schien den Angriff wohl überlegt zu haben, denn es stand so weit hinter Bjarkar, dass dieser es nicht erreichen konnte.

»Jolfur, hilf mir!«

Jolfur reagierte sofort. Mit einer geschmeidigen Bewegung drehte er sich um und durchtrennte das Leder des Mantels. Der Wolf taumelte zurück, einen großen Fellfetzen im Maul. Während Bjarkar seine Attacken nun ungehindert fortsetzen konnte, fand sich Jolfur in größter Bedrängnis. Drei Wölfe sprangen ihn gleichzeitig an. Das Schwert entglitt seinen Händen, als er hart auf dem Boden aufschlug.

»Bjarkar!« Sein Schrei gellte durch den Hohlweg, während er die Arme in einer sinnlosen Abwehrbewegung in die Höhe riss, um die schnappenden Kiefer abzuwehren. Die Furcht verlieh ihm ungeahnte Kräfte, während er mit Händen und Füßen um sein Leben kämpfte. »Bjarkaaa ...!« Der Schrei erstarb Jolfur auf den Lippen. Er wusste, Bjarkar würde nicht kommen. Doch gerade als er glaubte, sein Leben sei verwirkt, fand der Angriff ein überraschendes Ende. Dort, wo eben noch vier schnappende Kiefer seiner harrten, war plötzlich nur noch ein konturloser schwarzer Nebel, der rasch im Hohlweg emporstieg und hoch über ihren Köpfen nach Westen davonzog.

»Bei den schwarzen Pforten des Halvadal, was war das?« Keuchend ließ Bjarkar die Axt sinken und sah nach oben, wo der finstere Nebel über dem Grat des Hohlwegs verschwunden war.

»Scheint so, als hätten wir ihnen Angst eingejagt.« Jolfur raffte sich schwerfällig auf. Von seinen Kleidern waren nur noch Fetzen übrig, die Haut darunter brannte wie Feuer von den unzähligen Wunden, die die scharfen Zähne der Wölfe ihm zugefügt hatten. Aber er spürte den Schmerz kaum. Er war noch am Leben, das allein zählte, und so machte er seiner Erleichterung mit einem Grinsen Luft.

»Unsinn.« Bjarkar schüttelte den Kopf. »Wir hätten beide tot sein müssen.«

»Danken wir den Göttern, dass das Schicksal es anders bestimmt hat.« Jolfur war nicht bereit, länger über das seltsame Verhalten der Wölfe nachzudenken. »Bist du verletzt?«

»Meine Hand!« Bjarkar verzog schmerzhaft das Gesicht und hob die blutüberströmte Schwerthand in die Höhe. »So ein Biest hat mich gebissen.«

»Das sieht böse aus, wir müssen es sofort verbinden.« Jolfur suchte an seinem Untergewand nach einem sauberen Streifen, den er dafür verwenden konnte. Aber Bjarkar schüttelte den Kopf. »Nicht jetzt. Wir müssen erst die anderen suchen«, sagte er voller Sorge. »Wer weiß, vielleicht sind die Wölfe ihnen gefolgt!«

Mildes Mondlicht machte es Mel, Orla und Aideen leicht, den Weg zu finden, als sie wenig später mit großen Reisigbündeln auf dem Rücken den Hügel erklommen, auf dessen Kuppe sich der Ring aus riesigen Felsen erhob. Die drei Freundinnen sprachen wenig; zu steinig war der Pfad, zu schwer und sperrig die Last. Oben angekommen, legten sie die Bündel ab und gönnten sich eine kurze Rast.

»Ich kann es kaum erwarten, bis Zarife zurückkehrt.« Mel setzte sich neben Aideen auf einen Felsen, atmete tief durch und ließ den Blick über das mondbeschienene Hochland schweifen. In der klaren, kalten Luft stieg ihr Atem als kleine Wolke zum Himmel auf, denn zum ersten Mal seit Tagen wehte kein Wind. »Dann haben die Verbannung und dieses Versteckspiel endlich ein Ende«, fuhr sie fort. »Endlich werden wir über dieses Land herrschen und können gehen, wohin wir wollen.«

»Aber zuvor wird es Krieg geben«, gab Aideen zu bedenken. »Bethia sagt, dass ein Heer aus Torpak zur Grenze des Hochlands marschiert, wo sich auch die Rebellen zur entscheidenden Schlacht versammeln.«

»Ein Heer.« Mel lachte kurz auf. »Was ist das schon? Wir haben die Dashken auf unserer Seite. Wenn Zarife es ihnen befiehlt, werden sie nicht zögern, Torpaks Krieger in Stücke zu reißen.«

»Mel!« Die harten Worte ihrer Freundin erschreckten Aideen. »Wie kannst du so etwas nur sagen? Die Dashken sind eine mächtige, aber auch gefährliche Waffe. Einmal losgelassen, werden sie im Blutrausch keinen Unterschied mehr zwischen den Rebellen und den Kriegern aus Torpak machen. Wenn Zarife sie nicht klug einsetzt, werden Tausende sterben – darunter auch viele Unschuldige.«

»Aber am Ende werden wir frei sein.« Offenbar war es Mel gleichgültig, wie hoch der Preis für diese Freiheit sein würde. Sie schaute Aideen an. In ihren Augen brannte ein leidenschaftliches Feuer, das Aideen nie zuvor bei ihr gesehen hatte. »Frei! Verstehst du?«, sagte sie eindringlich. »Wir können dann gehen, wohin wir wollen – auch ins Waldland. Wir werden die Priesterinnen Zarifes sein, von allen geachtet und verehrt. Ist das nicht ein wunderbarer Gedanke?«

»Doch, das ist es«, pflichtete Aideen ihrer Freundin bei. »Aber diese Freiheit wird mit Blut erkauft sein.«

»Es gibt keinen Krieg ohne Verluste«, erwiderte Mel so bar jeden Gefühls, als hätte sie den Satz in einem Lehrbuch gelesen. »Die Herrscher von Torpak haben sich damals im Kampf gegen Zarife auch nicht darum geschert, wie viele von uns sterben mussten«, ereiferte sie sich weiter. »Am Ende haben sie die wehrlosen Priesterinnen abgeschlachtet wie Vieh. Menschen, die so etwas tun, verdienen in meinen Augen keine Gnade.«

»Aber das ist doch viele hundert Jahre her«, warf Aideen ein.

»Na und?« Mel machte eine wegwerfende Handbewegung. »Hat sich seitdem irgendetwas geändert? Sie waren unsere Feinde und sind es auch heute noch. Die Anzahl der Jahre macht da keinen Unterschied. Wenn die Dashken uns nicht schützen würden, hätten sie längst alle Hüterinnen getötet.«

»Mel und ich haben uns freiwillig gemeldet, um für Zarife zu kämpfen«, mischte Orla sich in das Gespräch ein. »Sobald der Feldzug beginnt, werden wir und einige andere Jägerinnen ihrer persönlichen Eskorte angehören.«

»Ihr habt was?« Fassungslos starrte Aideen ihre Freundinnen an. »Aber das ist Wahnsinn. Ihr seid Jägerinnen und keine Kriegerinnen. Wie könnt ihr …?«

»Wir haben gelernt, mit Waffen umzugehen«, fiel Mel ihr ins Wort. »Wir sind bereit, für unsere Überzeugung zu kämpfen. Mag sein, dass andere sich lieber hier in den Hügeln verkriechen und warten, bis die Schlacht gewonnen ist. Ich aber will dabei gewesen sein, denn ich will später voller Stolz sagen können, dass es auch mein Sieg war.«

»Wenn du dann noch am Leben bist.« Die Bemerkung kam Aideen spöttischer über die Lippen als beabsichtigt, und sie bereute es sofort.

»Willst du damit sagen, dass du mich für eine Versagerin hältst?«, fuhr Mel sie an. »Ausgerechnet du, die du dich feige hinter deiner Gabe versteckst, um nicht in den Kampf ziehen zu müssen?«

»Ich bin nicht feige.« Nun wurde auch Aideen ärgerlich. »Und ich verstecke mich hinter gar nichts.«

»Nicht? Das ist mir aber neu. Wer konnte denn nicht auf Hasen schießen? Wer wandte sich ab, wenn es darum ging, die Tiere auszuweiden? Irre ich mich, oder warst du das?« Beißender Spott schwang in Mels Worten mit, der Aideen tief verletzte.

»Mitleid und Abscheu sind kein Zeichen von Feigheit«, konterte sie. »Ich weiß, dass ich nie eine so gute Jägerin war wie du oder Orla. Aber feige bin ich nicht.«

»Mitleid und Abscheu sind oft nur ein Deckmantel, hinter der sich die Feigheit verbirgt.« Mel sah Aideen scharf an, doch ehe diese etwas erwidern konnte, schritt Orla ein. »Lass es gut sein, Mel«, sagte sie beschwichtigend. »Wir alle hier dienen Zarife auf unsere Weise. Du und ich haben uns für die Waffen entschieden, während Aideen ihre besondere Gabe nutzt.« Sie verstummte und fuhr dann in gemäßigtem Tonfall fort: »Und jetzt sollten wir uns daranmachen, das restliche Reisig hier heraufzuschaffen. Vergesst nicht, dass wir alle Zarife erst dann dienen können, wenn die Anrufung gelungen ist.« Sie drehte sich um und ging den Hügel hinab.

»Wie wahr.« Mel erhob sich und folgte ihr. Aideen blieb noch sitzen. Sie war verwirrt und bestürzt zugleich. In den wenigen Tagen, die sie ihre Freundinnen nicht gesehen hatte, hatte sich Mel erschreckend verändert. Die Nachricht von der bevorstehenden Rückkehr Zarifes schien aus ihr einen völlig anderen Menschen gemacht zu haben. Aideen wusste, dass Mel sehr unter dem abgeschiedenen Leben und der Einsamkeit in den Höhlen litt. Manchmal hatte sie diese gar einen Kerker genannt, aus dem einen nur der Tod befreien konnte. Die Aussicht auf Macht und Freiheit schien sie indes so in den Bann geschlagen zu haben, dass es für sie keine anderen Ziele mehr gab.

Aideen spürte, dass sie ihre Freundin verloren hatte. Betrübt schickte sie sich an, Mel und Orla zu folgen.

Warte, Schwester...

Aideen zuckte zusammen und schaute sich um. Das Felsenrund war menschenleer. Nichts regte sich in den Schatten, die das Mondlicht wob, auch in den Lücken zwischen den Steinen war niemand zu sehen. Hatte sie sich getäuscht? Einen Augenblick lang wartete sie noch und lauschte, dann erhob sie sich.

Schwester!

Aideen blieb abrupt stehen. Diesmal war sie ganz sicher, eine Stimme gehört zu haben. Jemand hatte sie gerufen. Ihr Blick irrte umher. Wo war der Sprecher, der sich an sie wandte? Schließlich nahm sie all ihren Mut zusammen und rief verhalten: »Wo bist du? Und wer bist du?«

Ich bin nicht, aber ich war. Verloren bin ich, aber nicht ohne Hoffnung, denn du bist gekommen. Das Warten war nicht vergebens.

Die Worte strichen durch das Felsenrund wie umherwehendes Laub. Mal ertönten sie vor, mal hinter Aideen. Mal glaubte sie, sie rechts von sich zu hören, nur um sich einen Augenblick später nach links zu wenden. »Ich sehe dich nicht«, sagte sie mit klopfendem Herzen. »Wo bist du?«

Ich bin hier und doch nicht hier, fort und doch nicht fort. Ich bin, was ich bin. Ich hoffe, und ich warte.

Die flüsternden Worte verhallten. Sie klangen flach und tonlos. Es war eindeutig die Stimme einer Frau, aber so ohne jedes Gefühl, dass sie eine Leere heraufbeschwor, die alles Leben entbehrte. Eine eisige Kälte, wie Aideen sie schon im Heiligtum gespürt hatte, streifte ihr Gesicht, und sie fühlte die Nähe von etwas, das sie weder sehen noch in Worte fassen konnte.

»Worauf wartest du?«, fragte sie, weil sie spürte, dass die Stimme nicht von sich aus weitersprechen würde.

Auf jemanden, der meine Worte hören kann, ehe es zu spät ist.

Wieder strich die Stimme rastlos umher, dann plötzlich war sie ganz nah: *Ich habe auf dich gewartet, Schwester. Auf dich …*

»Zu spät?«, fragte Aideen. »Wofür?«

Für die Wahrheit. Zu spät, zu spät … noch ist es nicht zu spät … Noch gibt es Hoffnung.

»Wovon sprichst du?« Aideen war verwirrt und fühlte sich hilflos. Die Stimme war keine Einbildung, dessen war sie sich sicher. Aber was war sie dann?

Statt eine Antwort zu erhalten, verschwammen die mondbeschienenen Felsen plötzlich vor ihren Augen und wichen einem Anblick, der Aideen aufkeuchen ließ.

Sie stand auf einem Turm, den Blick in die Ferne gerichtet, wo der nächtliche Himmel von Fackelschein erhellt wurde. Der Boden unter ihren Füßen dröhnte. Sie hatte Angst.

Neben ihr stand eine Frau. Stolz und furchtlos blickte sie dem Heer entgegen, das sich ihnen im Schutz der Dunkelheit näherte. Zarife!

Der Anblick der Hohepriesterin rief in Aideen tiefe Bewunderung hervor, und für einen Augenblick wich die Angst der Zuversicht, dass alles gut werden würde. Die Frau sagte etwas und wandte sich ihr zu, ehe sie sich anschickte, den Turm zu verlassen. Raben stiegen auf und flogen davon, während sie hinter Zarife eine gewundene Treppe hinunterstieg und auf einen ummauerten Innenhof gelangte. Dort hatten sich viele Menschen versammelt, die ihnen erwartungsvoll entgegenblickten.

Ein hünenhafter Krieger mit tätowiertem Schädel trat vor, schlug die geballte Faust gegen den Brustharnisch, beugte das Knie und sagte etwas zu Zarife, worauf diese sich an die Versammelten wandte.

Aideen konnte die Worte nicht verstehen, aber sie sah die Enttäuschung in den Gesichtern der Menschen und spürte, wie die Hoffnungslosigkeit auch nach ihr griff. Von der Zuversicht, die sie eben noch gespürt hatte, war nichts geblieben. Sie wusste, dass sie sterben würde, und fürchtete sich vor dem, was kommen mochte. Verzweifelt suchte sie nach einer Möglichkeit, der tödlichen Falle zu entkommen, doch für eine Flucht war es längst zu spät, denn schon im nächsten Augenblick erschütterte der Stoß eines Rammbocks das Tor …

»Aideen?« Jemand rüttelte sie unsanft an der Schulter. »Aideen, hörst du mich?«

»O... Orla?« Aideen blinzelte verwirrt.

»Was dachtest du? Ein Geist?« Orla lachte. Sie wirkte erleichtert. »Ich habe mir Sorgen gemacht, weil du uns nicht gefolgt bist«, erklärte sie. »Und dann finde ich dich hier ohnmächtig vor.« Sie verstummte, schaute Aideen besorgt an und fragte. »Was ist geschehen? Fühlst du dich nicht gut?«

»Es geht schon wieder.« Erst jetzt bemerkte Aideen, dass sie auf dem Boden lag. Schmerzen hatte sie keine. Wie es aussah, war der Sturz glimpflich abgelaufen. Dankbar ergriff sie Orlas Hand, die ihr beim Aufstehen behilflich war, und klopfte sich den Schmutz von der Kleidung. »Ich muss kurz das Bewusstsein verloren haben«, murmelte sie.

»Sieht ganz so aus.« Orla nickte. »Geht es wieder?«

»Ja.« Verstohlen schaute Aideen sich um und lauschte, fand aber nirgends einen Hinweis auf die geisterhafte Stimme, die zu ihr gesprochen hatte. »Ich hätte heute vielleicht mehr essen sollen.«

»Essen ist immer gut.« Orla lachte und legte ihr freundschaftlich den Arm um die Schultern. »Komm mit. Mel hat unten sicher schon drei Bündel geschnürt. Einmal müssen wir noch hier zum Felsenrund hinaufgehen, dann sind wir für heute fertig und können uns stärken.«

Aideen folgte ihr widerspruchslos. Sie versuchte so zu tun, als sei nichts geschehen, ihre Gedanken aber drehten sich im Kreis. Wer war die Stimme, die da zu ihr gesprochen hatte? Wovor wollte sie sie warnen? Sie überlegte, ob sie Bethia davon erzählen sollte, entschied sich aber dagegen. Sie wusste noch zu wenig, und es bestand die Gefahr, dass die Seherin sie nicht ernst nahm. Aideen presste die Lippen zusammen und fasste einen Entschluss. Für Mel und Orla mochte es der letzte Aufstieg an diesem Abend sein. Für sie nicht. Sobald sie allein war, würde sie noch einmal zurückkehren, um herauszufinden, was es mit der Stimme auf sich hatte. Danach konnte sie Bethia immer noch davon erzählen.

17

Als die Sonne unterging, sah Sandras Wohnung schon fast wieder ordentlich aus. Wohl fühlte sie sich dennoch nicht. Die Geborgenheit, die sie in ihren vier Wänden immer verspürt hatte, wollte sich auch nach dem Aufräumen nicht wieder einstellen. Nichts war mehr wie zuvor. Selbst mit verschlossener Tür fühlte sie sich plötzlich schutzlos und preisgegeben.

Erschöpft warf sie sich auf ihr Bett und schloss die Augen. Sie spürte, wie die Müdigkeit nach ihr griff, und ließ sich treiben, aber gerade als sie kurz vor dem Einschlafen war, machte sich jemand an der Wohnungstür zu schaffen. Der Einbrecher!

Wie elektrisiert schoss sie in die Höhe und starrte auf die Tür, die soeben langsam aufschwang.

»He, Sandra! Störe ich?« Manon steckte den Kopf hinein und grinste. »Hast du etwa geschlafen? Mitten am Tag?«

»Manon!« Sandra stieß einen erleichterten Laut aus, sagte dann aber leicht verärgert: »Was fällt dir ein, mich so zu erschrecken? Kannst du nicht klingeln?«

»Klingeln? Warum?« Manon hob den Schlüssel in die Höhe. »Ich hab doch den hier. Außerdem hast du mich eingeladen. Schon vergessen? ›Komm vorbei, wenn du kannst‹, hast du mir auf die Mailbox gesprochen. Also, da bin ich.«

»Schon gut.« Sandra fuhr sich mit den Händen übers Gesicht. »Ich bin ja froh, dass du da bist. Setz dich. Ich mache uns einen Tee.« Sie stand auf und ging in die Küche.

Manon lehnte sich an den Kühlschrank. »Oh, du hast Post.«

Die Worte erinnerten Sandra wieder an die Briefe, die sie mit nach oben genommen hatte. Geöffnet hatte sie noch keinen davon. Warum auch? In Zeiten von E-Mails schrieb niemand mehr Briefe, die es wert waren, gelesen zu werden. Meist waren es Rechnungen oder Werbung. Lustlos nahm sie die Briefe zur Hand. Das Couvert mit den Kontoauszügen erkannte sie sofort und legte es ungeöffnet auf den Tisch zurück. Der Werbebrief für eine Lotterie wanderte in den Mülleimer, ebenso wie die Aufforderung, Münzsätze in Silber zu kaufen. Sandra wollte auch den letzten Brief wegwerfen, hielt dann aber inne. »Nanu, da steht, dass ich etwas gewonnen habe«, sagte sie und hielt Manon den Umschlag hin.

»Vermutlich den Besuch eines Vertreters für moderne Haushaltsgeräte.« Manon grinste. »Wirf es weg. Das ist bestimmt nur wieder eine neue Masche, damit die ahnungslosen Empfänger die Briefe auch öffnen.«

Aber Sandra war neugierig. Der Briefbogen, den sie aus dem Umschlag zog, war an sie persönlich adressiert.

»›Herzlichen Glückwunsch, Frau Thorsen‹«, las sie laut vor. »›Sie haben an unserem Vitaenzym-Gewinnspiel teilgenommen und wurden aus 50 000 Einsendern als Gewinner gezogen.‹« Sandra runzelte die Stirn. »So ein Blödsinn. Ich nehme nie an Gewinnspielen teil. Von der Firma habe ich noch nie etwas gehört.«

»Sag ich doch, das ist nur Werbung.« Manon deutete auf den Mülleimer. »Der gehört dahin.«

»Warte mal... Da steht: ›Ihren Teilnahmecoupon haben wir kopiert und unten auf diesem Schreiben angefügt.‹« Sandra faltete den Brief ganz auf und sog erstaunt die Luft ein. Ganz unten war die Kopie eines Zettels zu sehen, auf dem ihr Name und ihre Adresse standen.

»He, das ist deine Handschrift. Woher haben die den Zettel?«

»Keine Ahnung ...« Plötzlich fiel es Sandra wieder ein. »Der stammt von meinem Bäcker. Vor sechs Wochen habe ich da bei einem Gewinnspiel mitgemacht, bei dem Kaffee verlost wurde.«

»Sieh mal an. Dann machst du also doch bei Gewinnspielen mit.« Manon schmunzelte.

»Das ist doch was anderes.« Sandra schüttelte den Kopf. »Die Box stand auf der Theke. Es kostete nicht mal Porto.«

»Cool, dann gehört dem Bäcker wohl ein Versandunternehmen für Vitamin- und Enzympräparate.« Manon studierte den Briefkopf. »Ganz schön geschäftstüchtig, der Mann.«

»Blödsinn. Meinem Bäcker gehört nur die Bäckerei.« Sandra überlegte fieberhaft. »Aber vielleicht hat er die Adressen auf den Teilnahmescheinen verkauft.«

»Das wäre dann auch ziemlich geschäftstüchtig.« Manon grinste. Der offensichtliche Adressenhandel schien sie nicht weiter zu kümmern, denn sie fragte: »Aber was hast du nun gewonnen?«

»Eine Reise! Vier Nächte in Irland! Hier steht: ›Sie und eine Begleitperson Ihrer Wahl fliegen nach Dublin, übernachten dort in einem komfortablen Hotel und fahren mit unseren modernen Reisebussen weiter nach Newgrange‹«, las Sandra vor. »›Dort haben Sie die Möglichkeit, das 4500 Jahre alte Königsgrab, eines der größten Wunder der prähistorischen Zeit, zu besichtigen. Anschließend haben Sie die einmalige Gelegenheit, sich umfassend über unsere preiswerten und hochwirksamen Enzympräparate zu informieren, ehe es am nächsten Tag nach …‹ Das klingt ja interessant!«

»Für mich klingt das eher nach einer Werbeverkaufsfahrt.« Manon nahm Sandra den Brief aus der Hand und betrachtete ihn eingehend. »›Bestaunen Sie die große Anzahl jungsteinzeitlicher Kunstwerke, die die Wände der Grabkammern von Newgrange schmücken‹«, las sie vor. »›Vor allem die Triskel, wie die Steinzeichnungen auch genannt werden, geben den Archäologen bis heute Rätsel auf.‹«

»Triskel?« Das Wort ließ Sandra aufhorchen. Hatte Ivana nicht von Triskeln gesprochen, als sie die Gravur auf dem Rücken der Affenskulptur betrachtet hatte?

»Na, die haben vielleicht Nerven«, hörte sie Manon sagen. »Sieh mal, die Reise geht schon übermorgen los. Wer kann sich denn so kurzfristig freischaufeln?«

»Ich!« Das Wort entschlüpfte Sandra wie von selbst.

»Du?« Manon starrte sie an. »Das ist nicht dein Ernst – oder?«

»Doch.« Sandra sagte das ganz bewusst. »Die Reise kommt gerade richtig«, erklärte sie. »Weißt du, die letzten Tage waren wirklich ziemlich anstrengend für mich, und dann heute Mittag …« Sie brach ab, als ihr einfiel, dass Manon ja noch gar nichts von dem Einbruch wusste.

»Was war heute Mittag?«, hakte Manon nach. »Gab es Ärger? Hast du mich deshalb angerufen?«

»Ja, nein … Nicht direkt.« Sandra legte Manon einen Arm um die Schultern, führte sie zur Couch und setzte sich neben sie. Einige Sekunden lang suchte sie noch nach den richtigen Worten. Dann erzählte sie ihrer Freundin von dem Einbruch.

»Ein Einbrecher?« Fassungslos starrte Manon Sandra an. »Hier in der Wohnung?« Sie sah sich um. »Sieht aber gar nicht so aus.«

»Ich habe schon aufgeräumt.« Sandra lächelte matt. »Guck lieber nicht in die Schubladen.«

»Und es wurde nichts gestohlen?«

»Nichts.«

»Gar nichts? Ist ja verrückt.«

»Finde ich auch.« Sandra war erstaunt, wie gelassen sie inzwischen über den Einbruch sprechen konnte. »Kannst du jetzt verstehen, warum ich etwas Abstand brauche?«, fragte sie und fügte hinzu: »Ich habe dich vorhin angerufen, weil ich dich fragen wollte, ob ich heute Nacht bei dir schlafen kann.«

Manon zögerte nicht. »Na klar! Nicht nur heute Nacht. Du kannst bleiben, solange du willst. Um Abstand zu bekommen, musst du wirklich nicht auf eine zweifelhafte Reise gehen.«

»Danke, das ist nett von dir.« Zum ersten Mal, seit sie den Einbruch bemerkt hatte, lächelte Sandra. »Ich packe nur schnell ein paar Sachen zusammen und komme mit zu dir.« Und als hätte sie Manon gar nicht richtig zugehört, sagte sie: »Es sind ja nur zwei Nächte, bis die Reise beginnt.«

Am frühen Nachmittag des dritten Tages ihrer Wanderung gelangten Tisea und Peme an einen Fluss. Klar und funkelnd wand er sich im verblassenden Sonnenlicht in südlicher Richtung dahin und bot den Dürstenden eine willkommene Erfrischung.

Auf einer Lichtung nahe dem Fluss gönnten sie sich eine kurze Rast und folgten dann dem Wasser stromaufwärts nach Norden, wo irgendwo hinter dem undurchdringlichen Dickicht das Hochland liegen musste. Obwohl sie nun schon Tage unterwegs waren, waren sie auf ihrem Ritt noch keinem anderen Reisenden begegnet, hatten aber auch keine Anzeichen von Gefahr entdecken können.

Tisea, die zunächst befürchtet hatte, man könne nach ihnen suchen, entspannte sich allmählich. Obwohl sie wegen Silfris lahmer Hinterhand nicht schnell reiten konnten, hatten sie sich schon ein beachtliches Stück von ihrem Heimatdorf entfernt, und es hatte ganz den Anschein, als wären sie vor Verfolgung sicher.

Während sie schweigend weiterritten, wanderten Tiseas Gedanken zu Peme. Sie spürte den Körper ihrer Schwester warm und weich an ihren Rücken gelehnt. Die Arme lagen Tisea locker um die Taille. Peme schlief.

Tisea schmunzelte. Ihre kleine Schwester hielt sich tapfer. Sie fragte nicht, was Tisea vorhatte, und klagte nicht, wenn sie geweckt wurde. Ohne zu murren, saß sie auf, wenn Tisea zum Aufbruch drängte, und obwohl der lange Ritt ihr bereits einige wunde Stellen eingebracht hatte, kam ihr kein Schmerzenslaut über die Lippen. Auch von Heimweh war nichts zu spüren. Es war, als sei Peme damit zufrieden, dass Tisea bei ihr war. Die Furcht, auch die geliebte Schwester zu verlieren, so schien es, ließ sie alles andere klaglos ertragen.

Pemes bedingungsloses Vertrauen rührte Tisea. Hatte sie die Anhänglichkeit ihrer Schwester zu Hause oft als lästig empfunden, spürte sie jetzt, wie ungeheuer wichtig es Peme war, nicht allein zu sein. Sie war alles, was der Kleinen noch geblieben war. Ein einsamer Felsen im Strom, der ihr Halt und Schutz bot. Für einen Augenblick beschlich Tisea der Gedanke, dieses Vertrauen nicht verdient zu haben. Wer konnte schon sagen, wie die Reise enden würde?

Ein Schatten strich lautlos über sie hinweg, und sie riss erschrocken den Kopf in die Höhe. Eine große nachtschwarze Eule hatte sich vom Nahen des Pferdes offenbar gestört gefühlt und ihren Ruheplatz gewechselt. Tisea atmete auf. Bisher hatten sie viel Glück gehabt, und Tisea hegte die leise Hoffnung, dass dies auch so bleiben möge.

Es war schon fast dunkel, als sie einen kleinen, von Hasel- und Brombeersträuchern geschützten Felsüberhang in Ufernähe entdeckte, der ihr für ein Nachtlager wie geschaffen schien.

Während Peme Silfri zum Fluss führte, damit er saufen konnte, suchte Tisea nach einer Stelle, an der sie die Tasche mit dem Verbandszeug und dem Dolch von Benize verbergen konnte. Ein Spalt in der Felswand erschien ihr als Versteck wie geschaffen. Vorsichtig schob sie die Tasche so weit hinein, dass sie nicht mehr zu sehen war.

Der Boden war mit dürrem Laub bedeckt, sodass sie darauf verzichteten, ein Feuer zu entfachen. Als sie ihr karges Mahl gegessen hatten, rollten sie ihre Decken aus und legten sich nahe dem Felsüberhang zur Ruhe.

Die Nacht war mild, fast warm nach den kühlen Nächten zuvor. Trockenes Laub, Harze und modriges Holz verströmten einen würzig vertrauten Duft und ließen die Heimat nicht mehr so fern erscheinen wie noch am Tage. Tisea seufzte, drehte sich auf den Rücken und sah zum Himmel hinauf, wo sich über den Baumkronen die ersten Sterne zeigten. Ein einsamer Nachtvogel ließ sein dumpfes Lied ertönen, während Insekten summend umherflogen und der Fluss träge gluckernd dahinströmte.

Ein kurzer Blick aus den Augenwinkeln bestätigte ihr, dass Peme noch wach war. Kein Wunder, sie hatte am Tag viel geschlafen und war gewiss nicht müde. Auch sie lag auf dem Rücken, starrte zu den Sternen hinauf und hing ihren Gedanken nach.

Tisea gähnte. Die Stille ringsumher machte sie schläfrig und vermittelte ihr ein Gefühl von Sicherheit. Kurz überlegte sie, ob sie wie in der vorangegangenen Nacht abwechselnd Wache halten sollten, verwarf den Gedanken aber gleich wieder. Dieser Lagerplatz war kaum einzusehen und sicher. Außerdem waren sie schon viel zu weit von zu Hause entfernt, als dass ihnen jetzt noch jemand nachstellen würde. Ein letztes Mal noch vergewisserte sie sich, dass die Tasche mit dem Verbandszeug nicht zu sehen war, dann schloss sie die Augen, um ein wenig zu schlafen.

Ein leises Klirren weckte sie nur wenig später. Im ersten Augenblick glaubte sie, es sei Silfris Zaumzeug. Dann hörte sie Peme erschrocken aufschreien. Tisea setzte sich auf. Mit einem Schlag war sie hellwach. In der Dämmerung erkannte sie fünf schattenhafte Wesen, die sich wie eine undurchdringliche Mauer vor ihrem Lager aufgestellt hatten.

Peme war zurückgewichen und kauerte mit dem Rücken an der Felswand. Die Arme fest um die Knie geschlungen, starrte sie die dunklen Gestalten mit angstvoll geweiteten Augen an.

Tiseas Blick irrte umher. Aber wohin sie auch sah, sie fand keine Lücke, durch die sie hätten fliehen können. Mit zitternden Fingern tastete sie an ihrem Gürtel nach dem einzigen Messer, das sie besaß – doch zu spät! Kaum dass ihre Finger das Heft berührten, war eine der Gestalten schon bei ihr und schlug ihr das Messer aus der Hand.

Es war weit nach Mitternacht, als es in den Höhlen der Hüterinnen endlich so ruhig wurde, dass Aideen es wagte, noch einmal hinauszugehen. Für gewöhnlich legte sich Bethia zeitig schlafen, aber die Ankunft der Jägerinnen und die Nachricht vom Rebellenheer, das sich nahe dem Waldrand sammelte, hatten für Aufregung gesorgt. So war es diesmal besonders spät geworden.

Lautlos huschte sie durch die menschenleeren Gänge. Zu so später Stunde waren nur wenige Öllampen an den Wänden entzündet, aber Aideen hätte den Weg hinaus auch im Stockfinstern gefunden. Als sie den Eingang erreichte, vertrat die Wachhabende ihr den Weg. »Was suchst du so spät noch draußen?«, erkundigte sie sich.

»Ich habe meinen Umhang vergessen.« Aideen bemühte sich um eine feste Stimme. Sie war noch nie gut im Lügen gewesen und froh, dass das schlechte Licht Schatten auf ihr Gesicht warf. »Wenn es in der Nacht Regen gibt, könnte er Schaden nehmen, daher wollte ich ihn holen.«

»Gut, aber beeile dich.« Die Wachhabende gab den Weg frei. »Du weißt, dass es nicht gern gesehen wird, wenn sich Hüterinnen so spät noch im Freien aufhalten. Es ist kalt.«

»Keine Sorge, ich bin gleich wieder da.« Aideen schlüpfte hinaus. Im Mondschein lief sie den gewundenen Pfad hinauf, der von den Höhlen zum Felsenrund führte. Sie fror erbärmlich. Im Nachhinein schien es ihr kein guter Einfall gewesen zu sein, den verlorenen Umhang als Grund für ihren nächtlichen Ausflug anzugeben. Sie hätte ihn jetzt wirklich bitter nötig gehabt.

Angst hatte sie auch. Es war das erste Mal, dass sie es wagte, die Höhlen mitten in der Nacht auf eigene Faust zu verlassen. Mit jedem Schritt verblasste der Mut, der sie hierher geführt hatte, ein wenig mehr. Schließlich blieb sie stehen, schlang die Arme fröstelnd um den Oberkörper und blickte verzagt auf das Felsenrund, dessen hellgraues Gestein gut hundert Schritte vor ihr wie frisch gefallener Schnee im Mondlicht schimmerte.

Ich kann es nicht … Aideen zitterte, aber diesmal nicht vor Kälte. Sie war überzeugt, keinen einzigen Schritt mehr tun zu können.

Feigling. Das Wort huschte durch ihre Gedanken und hallte im Takt ihres hämmernden Herzens nach.

Aideen atmete tief durch, presste die Lippen fest aufeinander und kämpfte gegen die aufkommende Mutlosigkeit an. Sie hatte nicht die halbe Nacht wachgelegen, um so kurz vor dem Ziel aufzugeben. Entschlossen tat sie einen Schritt auf die Felsen zu.

Schwester?

Ein Windhauch, kühler als die frostige Nachtluft, streifte ihr Gesicht und ließ Aideen erstarren. Sie war wieder da! Offenbar war sie nicht an einen Ort gebunden, denn das Felsenrund war noch ein Stück Weg entfernt. Mit angehaltenem Atem schaute Aideen sich um und entdeckte ein hauchzartes Gespinst aus Nebel, das sich wogend im Mondlicht um sie herum bewegte.

Schwester.

»Ich bin hier.« Aideen flüsterte fast. »Ich bin gekommen, um mit dir zu sprechen.«

Sprechen … flüstern … wispern. O ja, das müssen wir. Aber schnell und geschwind, ehe sie es bemerken. Die Nacht ist ihr Revier. Eile, eile. Ich bin nicht sicher …

Das Gespinst schwebte sehr nah heran, und Aideen glaubte erneut, den kühlen Hauch zu spüren. »Wer bist du?«, fragte sie. »Und was willst du von mir? Vorhin hast du von einer Gefahr gesprochen, die es abzuwenden gilt. Was ist das für eine Gefahr? Und warum erzählst du mir davon und nicht Bethia, wenn es so dringend ist? Sie ist eine erfahrene Seherin und …«

Du kannst hören. Sie nicht.

Wieder strich das Gespinst um Aideens Kopf.

Wer bin ich?, sinnierte es. *Wer war ich? Du hast gesehen, was ich einst sah. Du warst dort, wo ich einst war. Du fühltest, was ich einst fühlte. Doch jene eine rief dich fort und führte dich an einen anderen Ort.*

»Dann zeig es mir noch einmal.« Aideen nahm all ihren Mut zusammen. Sie hatte immer noch Angst, aber ein Gefühl sagte ihr, dass dem Gespinst nichts Böses innewohnte. Als hätte jemand einen Vorhang beiseite gezogen, fand sie sich urplötzlich auf dem Platz wieder, den sie zuvor schon in der Vision gesehen hatte. Doch anders als zuvor, konnte sie diesmal nicht nur sehen, sondern auch hören, was geschah.

Überall wurde gekämpft. Pfeile sirrten durch die Luft, Klingen blitzten auf, und Schreie gellten durch die Nacht. Jetzt konnte allein die mächtige Hohepriesterin das Blatt noch wenden.

In Todesfurcht schaute Aideen sich um. Dann entdeckte sie sie. Zarife stand wenige Schritte hinter der Reihe der Verteidiger, aber nichts deutete darauf hin, dass sie versuchen würde, das Schlachtenglück zu wenden.

Verzweiflung flammte in ihr auf. Ohne lange zu überlegen, rannte sie los. Die

Leiber der Gefallenen machten ihr das Fortkommen schwer, aber das konnte sie nicht aufhalten.

»Herrin, rettet uns!« Sie fasste nach Zarifes Arm und sank auf die Knie. »Ich flehe Euch an, ruft die Dashken, sonst sind wir verloren.«

»Närrin.« Die Kälte im Blick der Hohepriesterin ließ Aideen erschaudern. »Die Dashken sind zu wertvoll, um sie für das hier zu opfern«, hörte sie Zarife von oben herab sagen. »Sie werden nicht kommen. Sie wissen ja nicht einmal, was hier geschieht.«

Mit einem Schlag wurde Aideen bewusst, was die Worte bedeuteten. Zarife hatte niemals vorgehabt, der Dashken zu rufen. Sie hatte Benize verraten und sah tatenlos zu, wie ihre ahnungslosen Getreuen für sie in den Tod gingen. Fassungslos starrte sie Zarife an. Diese erwiderte den Blick kühl und gelassen. »Dies ist erst der Anfang«, sagte sie siegessicher. »Aber das wird niemand mehr erfahren.« Ihr Arm schnellte vor, und Aideen spürte einen beißenden Schmerz in der Magengegend. Keuchend riss sie die Augen auf. Vor ihr stand Zarife, den geweihten Opferdolch Benizes in den Händen. An der Klinge klebte Blut. Ihr Blut! Aideen wollte schreien, aber statt eines Lautes quoll zähflüssiges Blut zwischen ihren Lippen hervor. Einen Augenblick lang hielt sie sich noch aufrecht, dann versagten ihre Kräfte. Die Dunkelheit griff nach ihr, und das Letzte, was sie hörte, war Zarifes Lachen.

Keuchend lag Aideen am Boden, die Hände auf den Bauch gepresst, als spüre sie dort noch immer die klaffende Wunde, die der Opferdolch gerissen hatte. Es dauerte eine Weile, bis sie begriff, dass sie nicht tot war und die Wunde nicht wirklich existierte. Noch länger dauerte es, bis sie die Botschaft hinter der Vision erkannte: Zarife hatte ihren Untergang selbst herbeigeführt. Was daraus folgte, war so ungeheuerlich, dass Aideens Verstand sich weigerte, es zu akzeptieren.

»Das ... das ist nicht wahr«, stieß sie hervor. »Du lügst. Ich weiß nicht, wem du dienst, aber du lügst. Ich lasse es nicht zu, dass du Zarifes Andenken in den Schmutz ziehst. Sie ist ehrenvoll in den Tod gegangen. Kämpfend bis zum letzten Atemzug. So, wie es in der Überlieferung niedergeschrieben wurde.«

Lüge! Lüge! Lüge!

Auch das Gespinst wirkte nun sehr erregt. Ruckartig schoss es heran, verharrte dicht vor Aideens Nase und sauste wieder davon, um das Spiel sogleich zu wiederholen.

Was ist Lüge? Was ist wahr?, summte es in einem eigentümlichen

Singsang. *Weißt du es? Ich weiß es, denn ich war dabei. Dein Tod ist mein Tod. Du hast gesehen, was ich sah. Hüte dich, denn ich weiß ... ich weiß, was geschehen wird.*

»Ach ja? Weißt du das?« Aideen rappelte sich auf. Sie war jetzt so erbost, dass sie nicht einmal die Kälte spürte. »Was wird denn geschehen?«

Untergehen. Ihr alle werdet untergehen, raunte die Stimme ihr zu, während das Gespinst weite Kreise um ihren Kopf zog. *Nicht zuhören wollt ihr mir. Die alte Seherin nicht, und du auch nicht. Verloren seid ihr. Tot und verloren, so wie wir, die der Hohepriesterin einst vertrauten.*

»Aber dir soll ich vertrauen«, sagte Aideen herausfordernd. »Warum? So ein Ding wie du ist mir noch nie begegnet. Was bist du? Ein Geist? Oder ein Geschöpf der Magier aus Torpak, das uns gegen Zarife aufwiegeln soll?«

Ein Geschöpf aus Torpak? O nein. Ich bin niemandes Geschöpf. Einst war ich wie du, aber das ist lange her. Deine Feinde sind auch meine Feinde. Die Feinde Benizes. Mächtige Feinde aus Torpak und schlimmer, viel schlimmer noch ... oh! Die Stimme brach ab, und das Gespinst sauste blitzartig davon.

»Was ist los?« Aideen wandte suchend den Kopf. »Wo bist du?« Niemand antwortete. »Also gut, dann gehe ich und komme nie wieder. Und ich werde dich so lange für ein Geschöpf Torpaks halten, das uns in eine Falle locken soll, bis du mir das Gegenteil bewiesen hast.« Wieder wartete sie einige Herzschläge lang, aber auch diesmal erhielt sie keine Antwort. Wer immer zu ihr gesprochen hatte, war fort.

»Dann gehe ich jetzt!«, sagte sie laut und stieg den Hügel hinab. Insgeheim horchte sie immer noch darauf, ob sich die Stimme nicht wieder meldete – doch vergeblich. Bald sah sie den Eingang der Höhlen im Mondschein vor sich liegen. Aideen war nicht sicher, ob sie enttäuscht oder wütend sein sollte. Wütend, weil sie sich die eisig kalte Nacht um die Ohren schlug, nur um sich Lügengeschichten anzuhören, die Torpaks Magier ersonnen hatten. Oder enttäuscht, weil vielleicht doch ein Fünkchen Wahrheit in den Worten lag, für das sie aber keine Beweise hatte.

Ursprünglich hatte sie Bethia schon am Morgen von der Stimme erzählen wollen, nun aber war sie sich nicht mehr sicher, ob das klug war. Sie war der Seherin erst ein paar Tage anvertraut und kannte sie noch nicht so gut. Was, wenn diese sie für verrückt hielt, weil sie Stimmen in der Luft hörte? Es gab Dinge, über die man besser Stillschweigen bewahrte, und diese Stimme gehörte ganz eindeutig dazu.

Nachdenklich schritt Aideen auf die Höhlen zu, als plötzlich wieder der eisige Luftzug ihr Gesicht streifte.

Warte. Die Stimme klang gehetzt und war nur schwer zu verstehen, als spräche sie aus großer Entfernung. *Wenig Zeit ... Feinde da ... überall ... immer mehr ... suchen und suchen ... Beweise ... Freund von Benize ... helfen wollen ... Höre ... höre ... schnell ... wenig Zeit: In drei Nächten ... Botin ... kommt ... nicht allein ... Ihr müsst ... helfen. Gefahr ... Mann und Kind werden sterben ... helfen ... ah!* Wieder brach die Stimme ab, und diesmal wusste Aideen, dass sie nicht wiederkommen würde.

»In drei Nächten?«, sagte sie laut, in der Hoffnung, dass das geisterhafte Wesen es hören würde. »Ich verstehe. Wenn es zutrifft, was du sagst, komme ich wieder.« Einen kurzen Augenblick wartete sie noch auf eine Antwort, dann ging sie zurück zu den Höhlen.

»Wo ist der Umhang?«, fragte die Wachhabende streng.

»Ich ... ich konnte ihn nicht finden«, gab Aideen zähneklappernd zur Antwort. »Ich habe ihn überall gesucht, aber er war fort. Vielleicht hat ihn jemand gefunden und mit hineingenommen. Ich werde morgen früh danach fragen.«

»Soso.« Die Wachhabende maß sie mit einem prüfenden Blick. »Du solltest dich rasch an einem Feuer aufwärmen«, riet sie etwas freundlicher. »Deine Lippen sind ja schon ganz blau.«

18

»Und du bist dir wirklich sicher, dass du da mitfahren willst?« Über den Rand ihrer Teetasse hinweg schaute Manon Sandra an.

»Ganz sicher.« Sandra gähnte und schaute zur Balkontür. Draußen regnete es. Der Himmel war grau, der Wind drückte die Tropfen in Böen gegen die Scheibe.

»Hoffentlich ist in Irland besseres Wetter«, murmelte sie.

»Bestimmt nicht.« Manon ließ keine Gelegenheit aus, Sandra die Reise schlechtzureden.

»Na, du kannst einem Mut machen.« Sandra setzte ihre Tasse ab.

»Ich möchte eben, dass du hierbleibst.« Manons Stimme klang wirklich besorgt. »Hast du schon angerufen und dich angemeldet?«

»Nein.« Sandra schüttelte den Kopf. »Gestern war immer besetzt. Ich versuche es nachher wieder.«

»Vermutlich haben sie fünfhundert Leute angeschrieben, die jetzt alle wissen wollen, ob man sich den Gewinn auch auszahlen lassen kann.« Manon grinste.

»Ist mir egal. Ich fahre. Ich will einfach nur weg.« Sie nahm noch einen Schluck vom Instant-Kaffee und schüttelte sich.

»Du kannst doch auch bei mir wohnen«, bot Manon an. »Du störst mich nicht, ehrlich. Und wenn du einen Monat bleibst. Ist kein Problem.« Sie machte eine Pause und fügte hinzu: »Ich kaufe auch richtigen Kaffee.«

»Lieb von dir.« Sandra lächelte. »Aber ich fahre.«

Geh zum Fenster.

Sandra zuckte zusammen. Da war es wieder, das Zupfen in ihren Gedanken, das sie Dinge tun ließ, die sie eigentlich nicht tun wollte. Sandra straffte sich und blieb sitzen.

Geh! Sandra biss die Zähne zusammen. Die Stimme hatte an Kraft gewonnen. Sie wollte nicht zum Fenster gehen, aber obwohl sie sich dagegen wehrte, war es ihr unmöglich, sitzen zu bleiben. Wie von selbst führten ihre Arme und Beine die Bewegungen aus. Sandra fühlte sich wie ein Geist. Gefangen in einem Körper, der ihr nicht gehorchte, musste sie erleben, wie sie zum Fenster ging. Sekunden des Wahnsinns, fast wie in einem Albtraum. Sie wollte aufschreien und um Hilfe rufen, aber nicht einmal das gelang ihr. Als sie am Fenster stand, fanden Körper und Geist mit einem Ruck wieder zusammen. Sandra keuchte auf und schloss die Augen. Ihr war schwindelig, und sie fühlte sich einer Ohnmacht nahe.

»Sandra?« Manon sprang auf und kam besorgt zu ihr. »Du meine Güte, was ist denn los? Du bist ja ganz blass.« Während sie Sandra mit einem Arm Halt gab, öffnete sie mit der anderen Hand das Fenster einen Spalt weit. »Hast du in letzter Zeit öfter Probleme mit dem Kreislauf?«

Sandra schüttelte den Kopf und atmete tief durch. Der Wind drückte frische Luft ins Zimmer. »Es geht schon wieder, danke«, sagte sie matt und stützte sich mit beiden Händen auf der Fensterbank ab.

»Wirklich?«

»Ja.« Nur zögernd wagte Sandra, die Augen wieder zu öffnen. Unten auf der Straße huschten die Autos vorbei wie geschäftige Tiere. Eine Frau mit Kinderwagen kämpfte gegen den Wind an, und ein Mann mit Hund studierte unter dem Vordach des gegenüberliegenden Hauses einen Zettel, den er in der Hand hielt. Ein Mann mit einem Hund – mit einem schwarzen Hund.

Sandra zuckte zusammen. Aus dem dritten Stock waren kaum Einzelheiten zu erkennen, aber das war auch nicht nötig. Sie wusste, wer dort unten stand. Er!

Furcht schnürte ihr die Kehle zu. »Manon?«

»Ja?« Manon war sofort an ihrer Seite.

»Hast ... hast du ein Namensschild an deinem Briefkasten?«

»Wie bitte?«

»Ein Namensschild«, wiederholte Sandra ungeduldig. »Ich will wissen, ob dein Name unten am Briefkasten steht?«

»Nein, wieso? Erwartest du Post? Ich hatte noch keine Zeit, eines anzubringen. Ich wohne ja noch nicht lange hier.«

»Gut.« Sandra atmete auf. »Dann kann er mich nicht finden.«

»Finden? Wer?« Es war Manon deutlich anzusehen, dass sie Sandra nicht folgen konnte.

»Der Mann mit dem Hund. Der, der bei mir eingebrochen hat.«

Manon wurde es nun endgültig zu viel. »Leiden wir jetzt etwa auch noch an Paranoia?«, fragte sie gereizt. »Nun komm mal langsam wieder zu dir, sonst schleppe ich dich heute noch zu einem Psychiater.«

»Aber er ist da.« Mit einem Kopfnicken deutete Sandra auf das Haus gegenüber. »Da unten auf der Straße.«

»Wo?« Manon reckte sich. »Da ist niemand.«

Für den Rest des Tages bewegte Sandra sich nicht vom Fenster weg. Die Straße fest im Blick, saß sie auf einem Stuhl und wartete. Manons Spott prallte ebenso an ihr ab wie deren gut gemeinte Versuche, sie zu etwas anderem zu überreden. Sollte Manon sie ruhig für verrückt halten. Sie brauchte ihre Freundin nicht mehr. Sie brauchte niemanden mehr. Wenn sie morgen im Bus zum Flughafen säße, würde sich alles zum Guten wenden, dessen war sie sich sicher. Nur eine Nacht noch musste sie durchhalten, sich nur noch ein paar Stunden vor denen verbergen, die nach ihr suchten. Dann …

Jedes Mal, wenn sie an diesem Punkt angelangte, brach der Gedankenfluss ab. Was blieb, war das Verlangen, nach Newgrange zu fahren. Es war inzwischen so übermächtig, dass sie ohne zu zögern bereit gewesen wäre, ihre gesamten Ersparnisse für ein Flugticket nach Irland herzugeben. Seit Manon und sie am Vorabend im Internet Bilder der alten Kultstätte angesehen hatten, war aus dem Wunsch, dorthin zu reisen, ein regelrechter Zwang geworden, dem sie sich nicht mehr entziehen konnte.

Und morgen war es so weit, wenn …

Wohl schon zum hundertsten Mal an diesem Tag griff Sandra nach dem Telefon, das neben ihr auf der Fensterbank lag. Viel Hoffnung, eine Verbindung zu bekommen, hatte sie nicht. Umso überraschter war sie, als diesmal kein Besetztzeichen ertönte.

»Vitaenzymreisen. Sie sprechen mit Frau Gulogova«, meldete sich eine freundliche Frauenstimme mit deutlich osteuropäischem Akzent am anderen Ende der Leitung. »Was kann ich für Sie tun?«

»Guten Tag, hier ist Sandra Thorsen. Ich … ich habe bei Ihrem Gewinnspiel eine Reise gewonnen. Ich würde gern mitfahren, aber ich habe dazu noch ein paar Fragen …«

Während sie sich mit der Frau unterhielt, kam Manon näher und lauschte. Sandra ärgerte sich, dass ihre Freundin so neugierig war. Andererseits hatte sie auch nichts zu verbergen.

»Gut, dann fahre ich also morgen mit dem Bus zum Flughafen. Alles klar«, sagte sie abschließend. »Sie können mich fest eintragen. Wer noch? … o nein. Ich reise allein.«

»Warte!« Manon legte ihr die Hand auf den Arm.

»Was ist denn?«, herrschte Sandra Manon im Flüsterton an, während sie das Telefon an ihr Sweatshirt presste, damit die Frau es nicht mitbekam. »Wenn du es mir immer noch ausreden willst, verschwendest du deine Zeit. Ich fahre.«

»Ich komme mit.«

»Du?«

»Ja, ich.« Manon schaute sie ernst an. »Ich habe dich beobachtet. Du bist so …« Sie suchte händeringend nach den richtigen Worten, »… so anders. Ach, ich weiß auch nicht. Auf jeden Fall will ich dich da nicht allein hinfahren lassen. Wenn dir etwas passiert, würde ich mir mein Leben lang Vorwürfe machen. Also habe ich nachgedacht und beschlossen, dich zu begleiten. Das heißt – wenn du mich mitnimmst.«

»Oh, Manon, das ist wunderbar.« Am liebsten wäre Sandra aufgesprungen und hätte ihre Freundin umarmt, aber etwas hielt sie zurück. *Nein, es ist nicht gut. Es ist eine Katastrophe,* flüsterte es in ihr. *Rede es ihr aus. Schick sie weg. Du brauchst sie nicht. Du brauchst niemanden. Sie stört dich nur.* Aber diesmal hatte die Stimme keine Chance, die Freude über Manons Angebot war zu groß. »Natürlich kannst du mitkommen«, sagte sie. »Ich freue mich.« Sie hob den Apparat wieder ans Ohr und sagte: »Ja ... ja, Sie haben richtig gehört. Es kommt doch noch jemand mit. Buchen Sie bitte für zwei Personen.«

Hákon erwachte von einem Schrei. Alarmiert schnellte er in die Höhe und griff nach seinem Kurzschwert, das neben ihm auf dem Boden lag. Wachsam schaute er sich im Dämmergrau des Morgens um, bemerkte aber keine Anzeichen von Gefahr.

Es war die zweite Nacht, die er nach seinem überstürzten Aufbruch im Wald verbrachte. Zuerst war er ohne Ziel nach Norden geritten, dann hatte er am Morgen Hufspuren entdeckt. Sie waren etwa einen Tag alt; im harten und trockenen Waldboden waren sie nur undeutlich zu sehen, trotzdem hatte er sofort erkannt, dass das Tier die rechte Hinterhand weniger belastete. Das konnte nur Silfri sein.

Die Spur führte nach Norden, und er hatte beschlossen, ihr zu folgen. Mit einem scharfen Ritt war es ihm gelungen, den Abstand zu dem lahmenden Pferd rasch zu verkürzen. Bevor er es jedoch einholen konnte, war die Dunkelheit hereingebrochen und hatte es ihm unmöglich gemacht, die Fährte weiter zu verfolgen. Und nun der Schrei ... Hákon war sich sicher, dass er von einer Frau stammte, die in Panik aufgeschrien hatte. Wie angewurzelt stand er da und lauschte. Der nahe Fluss gluckerte leise, ein erster Vogel fiepte verhalten im Geäst, und sein Pferd graste leise schnaubend in der Nähe. Der Schrei wiederholte sich nicht. Doch gerade als Hákon glaubte, sich getäuscht zu haben, gellte erneut ein Schrei durch den morgendlichen Wald.

Nun gab es kein Halten mehr. Mit einem Satz war Hákon auf dem

Rücken seines Pferdes und lenkte es in die Richtung, aus der der Schrei gekommen war.

Das Erste, was er sah, war eine Gruppe von Pferden, die am Ufer des Flusses grasten. Dann entdeckte er die Männer. Sie bewegten sich unweit des Flusses unter einem Felsüberhang und schienen ein Lager zu durchsuchen. Auf den purpurnen Umhängen prangte Torpaks Stierkopf und ließen keine Zweifel daran, dass sie der Garde angehörten. Als sie Hákon bemerkten, drehten sie sich um und zogen ihre Schwerter. »Wer bist du? Und was hast du hier zu suchen?« Zwei Gardisten kamen auf ihn zu.

»Ich bin Hákon«, erwiderte er. »Fährtensucher und Waldläufer in Karadeks Diensten.«

»Reite weiter!« Einer der Gardisten, offensichtlich der Anführer der Gruppe, wedelte ungeduldig mit der Hand. »Hier gibt es nichts zu sehen.«

»Nicht?« Hákon reckte sich im Sattel. »Und was ist dort?«

»Das geht dich nichts an.« In der Stimme des Mannes schwang ein drohender Unterton mit. »Und jetzt reite weiter.«

»Kein Gardist ist befugt, einem Fährtensucher Befehle zu erteilen«, erklärte Hákon selbstbewusst. »Wir empfangen unsere Befehle allein von Zoltan.«

»Wir auch.« Die Gardisten rührten sich nicht von der Stelle.

»Und wie lautet euer Befehl?«, fragte Hákon scharf.

Der Gardist grinste. »Wie lautet dein Befehl?«

»Ich bin auf der Suche nach Pferdedieben«, log Hákon, ohne mit der Wimper zu zucken. »Sie haben in einem Dorf unweit von hier einen silbergrauen Wallach gestohlen. Das Tier lahmt. Ich verfolge ihre Spur nun seit zwei Tagen – und sie führt hierher.«

»Hier gibt es keinen silbergrauen Wallach.« Der Gardist tat, als sehe er sich um. »Ich kann dir leider nicht helfen.«

»Und wem gehört das Lager dort?«, forschte Hákon weiter.

»Rebellen!« Der Gardist spie auf den Boden. »Das Pack versteckt sich hier überall. Sie sammeln sich an der Grenze zum Hochland.« Er blickte Hákon an, grinste breit und fuhr sich mit dem Zeigefinger in eindeutiger Pose über die Kehle. »Wir sorgen dafür, dass es nicht allzu viele werden.«

Hákon überlief es eiskalt. »Ich will sie sehen!«, forderte er, schwang sich vom Rücken seines Pferdes und stapfte, ohne die Schwerter der Männer auch nur eines Blickes zu würdigen, zwischen den Kriegern hindurch auf den Felsüberhang zu.

»Bleib stehen!« Jemand packte ihn hart an der Schulter. Hákon wirbelte herum und blickte in das narbige Gesicht des Anführers. »Ich sagte, das geht dich nichts an«, zischte dieser drohend.

»Hilfe!« Der Ruf erstickte in einem Schluchzen.

Hákons Augen verengten sich zu schmalen Schlitzen. »Rebellen, wie?«, fragte er leise, streifte die Hand des Gardisten ab und zwängte sich an den Männern vorbei zum Lagerplatz.

Tisea und Peme kauerten gefesselt unter dem Felsvorsprung. Tiseas Wange zierte ein blutiger Striemen. Peme weinte. Als sie Hákon erblickten, flackerte Hoffnung in ihren Augen auf, aber er tat, als kenne er sie nicht. Die Gardisten waren in der Überzahl. Wenn er die Mädchen retten wollte, durfte er keine Schwäche zeigen. Und er musste vorsichtig sein. Wenn der Schwindel aufflog, war auch sein Leben in Gefahr. Um einen getöteten Waldläufer würde man in Torpak nicht viel Aufhebens machen. »Das sind die beiden«, erklärte er in Anspielung auf seine Geschichte von dem gestohlenen Pferd. »Die Beschreibung passt haargenau.« Er blickte die Männer nacheinander an und fragte scharf: »Also, wo ist das Pferd?«

»Es ist fortgelaufen«, meldete sich einer der Gardisten zu Wort.

»Schweig!« Der Anführer hob drohend die Hand, doch es war bereits zu spät.

»Fortgelaufen. Soso.« Hákon nickte bedächtig. »Nun, das lässt sich nicht ändern. Dann bringe ich die beiden eben ohne das Pferd zurück, damit sie bestraft werden können.« Er sah, wie Tisea zusammenzuckte. Das Entsetzen in ihrem Gesicht berührte ihn. Gern hätte er ihr alles erklärt, aber das musste warten.

»Na gut. Du kannst sie haben.« Der Anführer baute sich dicht vor Hákon auf und versperrte ihm die Sicht auf die Mädchen. In seinen Augen blitzte es begehrlich, als er hinzufügte: »Wenn wir mit ihr fertig sind.«

Hákon erschrak. Entschlossen, den Mädchen Leid zu ersparen, schob er sich an dem Gardisten vorbei und ließ seinen Blick prüfend über das verwüstete Lager schweifen. »Wie ich sehe, habt ihr bereits alles durchsucht«, sagte er. »Und wenn nicht, könnt ihr euch die Mühe sparen. Die beiden da sind Pferdediebe, keine Rebellen. Euer Auftrag ist also erfüllt.«

»Noch nicht ganz.«

Etwas prallte hart auf seinen Hinterkopf. Der Schmerz raubte ihm den Atem. Das Letzte, was er sah, waren Tiseas angstgeweitete Augen. Dann wurde es dunkel.

Am Morgen des vierten Tages nach der Versammlung der Heerführer machte sich Zoltan mit der berittenen Vorhut des Heeres auf den Weg nach Norden. Während sich das Fußvolk aus Gardisten, Söldnern und Zwangsrekrutierten wie auch der Wagentross mit Waffen und Vorräten, Handwerkern, Heilern, Köchen und Dienstboten im ersten Grau des Morgens noch zum Abmarsch bereit machte, verließen die mehr als zwei Dutzend Reiter die Stadt und preschten auf den schlammigen, vom Regen der vergangenen Tage aufgeweichten Straßen in den Wald.

Die Stadt lag noch in tiefem Schlummer, und die wenigen, die zu dieser frühen Stunde schon auf den Beinen waren, schauten überrascht auf, als sie die Berittenen erblickten.

Zoltan hatte den Marschbefehl bewusst bis zum letzten Augenblick hinausgezögert und lediglich die Befehlshaber der einzelnen Truppen eingeweiht. Zu groß war die Gefahr, dass sich die Pläne herumsprachen, und zu ungewiss der Ausgang der kommenden Schlacht, die, wer immer auch gewinnen mochte, nur allzu leicht in einem blutigen Bürgerkrieg enden konnte.

Geheimhaltung war für ihn das oberste Gebot gewesen, und zumindest bis zu diesem Morgen war es ihm gelungen, den Feldzug unter einem Mantel des Schweigens vorzubereiten. Sobald sich das Heer in Marsch setzte, würde sich die Nachricht wie ein Lauffeuer im Land verbreiten und, dessen war er sich sicher, binnen kürzester Zeit auch die Rebellen erreichen. Von nun an war schnelles Handeln geboten. Der Plan sah vor, das Heer in einem Gewaltmarsch von nur fünf Tagen im Waldland in Stellung zu bringen, um den Rebellen möglichst wenig Zeit zu geben, Fallen und Befestigungen in dem oft unwegsamen Gelände zu errichten. Das wiederum konnte nur gelingen, wenn sie genaue Kunde vom Lagerplatz der Rebellen hatten, aber auch dafür hatte Zoltan bereits vorgesorgt.

»Gibt es Neuigkeiten von den Spitzeln?« Menard schienen ganz ähnliche Gedanken zu bewegen. Als sie die Straße erreichten, die von Torpak aus nach Norden führte, schloss er von hinten zu Zoltan auf und zügelte sein Pferd neben seinem Freund.

»Sie erwarten uns morgen Abend an der Furt über die Dronthe«, erwiderte Zoltan. »Ich kann nur hoffen, dass sie genug Zeit hatten, etwas herauszufinden.«

»Es ist ein vortrefflicher Plan, Gardisten als Bauern zu verkleiden und sie als Spitzel bei den Rebellen einzuschleusen«, lobte Menard. »Was sich im Kampf gegen die Tamjiken bewährt hat, sollte auch im eigenen Land den gewünschten Erfolg bringen.«

»Das hoffe ich.« Zoltan gab sich zuversichtlich, obwohl ihn Zweifel plagten. Menard war einer der wenigen, die etwas von den Spitzeln wussten. Unmittelbar nachdem Zoltan und Odion mit Karadek über Zarifes Rückkehr gesprochen hatten, hatte Zoltan eine Gruppe von fünf Gardisten ausgewählt, sie in die Kleidung einfacher Bauern gesteckt und ins Waldland geschickt. Ihr Befehl lautete, sich als Anhänger der Rebellen auszugeben und so viele Erkundigungen wie möglich über die Rebellen einzuholen. Auskünfte über die Bewaffnung der Rebellen, ihre Truppenstärke und Kampfkraft, vor allem aber darüber, wo sich ihr Hauptlager befand, waren für einen erfolgreichen Feldzug in dem nur schwer zugänglichen Gebiet ein wichtiges Pfand, das am Ende über Sieg und Niederlage entscheiden konnte.

Die Garde Torpaks war eine hervorragend ausgebildete und mit besten Waffen ausgerüstete Truppe, deren Kampfkraft in einer Schlacht auf freiem Feld ihresgleichen suchte. Die Rebellen aber kannten sich im Wald sehr viel besser aus und hatten in den Jahren des Widerstands primitive, aber gefürchtete Waffen und Fallen entwickelt, die es den Truppen aus Torpak lange Zeit unmöglich gemacht hatten, wirksam gegen sie vorzugehen. Zwar hatte es immer wieder Versuche gegeben, der schwelenden Rebellion ein Ende zu bereiten, aber letzten Endes waren sie aufgrund des Krieges gegen die Tamjiken kläglich gescheitert. Das Heer ohne Kenntnis der Lage ins Waldland zu schicken, kam einem Todeskommando gleich, und es gab nichts, das Zoltan mehr fürchtete als eine vernichtende Niederlage.

19

Hilflos musste Tisea mit ansehen, wie Hákon mit einem Knüppel niedergeschlagen wurde. Ihr Herz raste. Hektisch versuchte sie ihre Hände von den Fesseln zu befreien, während sie ihren Rücken gleichzeitig so fest an den Felsen presste, als könne dieser ihr Schutz bieten.

Dann wandten sich die Männer ihr zu. Ein Schatten fiel auf Tisea so drohend und unheilvoll wie ein Vorbote dessen, was gleich geschehen würde. Der Anführer der Gruppe bückte sich, legte seine schwielige Hand unter ihr Kinn und grinste sie an.

»Was wollt ihr von mir?« Tiseas Stimme bebte vor Angst. Ihre Lippen waren aufgesprungen, der Mund trocken.

»Na, was schon?« Der weinsaure Atem des Anführers ging stoßweise und streifte ihre Wange. »Du bist ein hübsches Ding.«

Dann packte er Tiseas Beine und zog sie mit einem kräftigen Ruck nach vorn. Ein scharfer Schmerz durchzuckte ihre Arme und Handgelenke, als sie auf den Rücken fiel. Ihr Kopf prallte hart auf die Erde und die Luft entfuhr pfeifend ihren Lungen. Sie wollte schreien, aber ihre Kehle war so zugeschnürt, dass sie keinen Ton herausbrachte. Die Männer schleiften sie ein Stück weit über den Boden und lösten die Fesseln an ihren Füßen. Sie wollte nach ihnen treten, doch die Männer waren vorbereitet und hielten sie fest, während der Anführer mit begehrlichem Grinsen vor sie trat.

Mit den Worten: »Dann wollen wir doch mal sehen, wie es darunter aussieht« riss er ihr das Gewand bis zum Hals auf. Die Bewegung löste die Enge in Tiseas Hals. Sie bäumte sich auf und schrie ihre Verzweiflung in den Wald hinaus. Wie ein gefangenes Tier wand sie sich unter den Händen ihrer Peiniger, die plötzlich überall zu spüren waren.

Ihr Gebaren schien die Männer nur noch mehr anzustacheln. Tisea hörte sie lachen und schmutzige Worte rufen. Dann waren die Hände fort, und der Anführer warf sich mit roher Gewalt auf sie. Tiseas letzter Gedanke galt Peme. Sie betete zu den Göttern, dass auch diese Männer sie für einen Jungen hielten, damit ihr all dies erspart bliebe. Dann explodierte der Schmerz in ihr, und ihre Welt zerbarst in Scherben.

Grelles Sonnenlicht blendete Hákon, als er erwachte. In seinem Kopf wütete ein hämmernder Schmerz. Er lag auf dem Rücken, Arme und Beine weit von sich gestreckt. Über ihm wölbte sich ein Himmel aus Blättern, denen die Sonne einen goldenen Glanz verlieh. Ganz unvermittelt kam Bewegung in die Blätter, und sie begannen sich zu drehen. Hákon wurde schwindelig. Hastig schloss er die Augen, aber das Gefühl wollte nicht weichen.

Wo bin ich? Was ist geschehen? Fragen blitzten in seinen Gedanken auf und verblassten wieder, ohne dass er eine Antwort fand. Er stöhnte leise und wollte die Hand heben, um seinen schmerzenden Kopf zu betasten. Aber sein Arm war schwer wie Blei und gehorchte ihm nur widerwillig. Als er sein Haar berührte, durchzuckte ihn ein heißer Schmerz. Ruckartig zog er die Hand fort. Sie war rot von Blut. »Verdammt.« Hákon seufzte, schloss die Augen und ließ die Hand kraftlos zu Boden sinken.

Wenn ich mich doch nur erinnern könnte.

Doch so sehr es sich auch mühte, seine Erinnerung endete an dem Punkt, da er sich am Abend zuvor schlafen gelegt hatte.

Zeit verstrich, und allmählich nahm er auch andere Dinge wahr. Den Geruch des Waldes, das Hämmern eines Spechtes, das leise strömende Geräusch eines Flusses und ... ein leises Wimmern.

Hákon lauschte. Da weinte doch jemand. Wer immer es war, befand sich ganz in der Nähe. Ein Mädchen ... Peme! Und Tisea! Mit den Namen kehrte auch die Erinnerung zurück.

Die fünf Gardisten. Das Lager. Die Mädchen.

Hákon schnappte nach Luft. Ungeachtet der Schmerzen richtete er sich zum Sitzen auf und schaute sich um. Peme saß noch immer gefesselt an der Felswand. Sie hatte die Knie angewinkelt und presste die Stirn dagegen. Ihre Schultern bebten. Sie weinte.

Hákon versuchte aufzustehen, aber er war zu schwach, die Beine versagten ihm den Dienst. Die Anstrengung brachte ihm ein heftiges Schwindelgefühl ein. Übelkeit übermannte ihn, er würgte und erbrach seinen kargen Mageninhalt auf den Waldboden. Danach fühlte er sich etwas besser. Er gönnte sich einen kurzen Augenblick der Ruhe, um neue Kräfte zu sammeln.

Dann sah er Tisea. Sie lag halb entblößt nur wenige Schritte von Peme entfernt. Sonnenstrahlen streichelten ihre bleiche Haut und konnten doch nicht darüber hinwegtäuschen, was man ihr angetan hatte. Gesicht und Hände waren von Erde verdreckt, Blätter hingen in den wirren Haaren, ihr Körper war von blutigen Schrammen übersät.

Der Anblick schürte Wut und Verzweiflung in Hákon. Er hatte die Mädchen schützen wollen, aber er hatte versagt. »Diese Dreckskerle!« Hákon ballte die Fäuste. Er wusste, wozu die Krieger der Garde fähig waren. In den Schankstuben Torpaks brüsteten sie sich nur zu gern mit dem, was sie den Frauen im Krieg gegen die Tamjiken angetan hatten.

Taumelnd bewegte Hákon sich auf Tisea zu, las eine Decke vom Boden auf und bedeckte damit ihre Blöße. Sie atmete, aber sie rührte sich nicht. Ihr Körper zeigte Spuren schlimmer Misshandlungen. Hákon wagte nicht, sich vorzustellen, was das Mädchen hatte erdulden müssen. Kummer, Wut und Schmerz schnürten ihm die Kehle zu. Weinen konnte er nicht.

Er spürte einen Blick auf sich ruhen und schaute auf. Peme starrte ihn an, und was er in ihren Augen sah, ließ ihn frösteln. Niemals zuvor hatte er einen so sinnentleerten Blick gesehen, jenseits allen Schmerzes, der ihn einfach zu durchdringen schien. Es war der Blick einer Toten, leblos und kalt. Die Gardisten hatten sie nicht angerührt, aber Hákon ahnte, dass sie alles mit angesehen hatte.

Es war die Kühle auf der Stirn, die Tisea aus dem Dunkel holte, das sie umfangen hielt. Für einen Augenblick noch blieben die Bilder verschwommen und die Gefühle fern. Dann sah sie den Mann, der sich über sie beugte, bäumte sich auf und schrie.

Unter der Bewegung explodierte ihr Körper vor Schmerzen. Ihre Haut brannte wie Feuer, und in ihrem Unterleib wüteten heftige Krämpfe. Doch die Furcht war stärker und verlieh ihr ungeahnte Kräfte. Mit beiden Fäusten schlug sie auf den Mann ein und trat nach ihm, als dieser ihre Hände packte. Sie schnappte mit den Zähnen nach seinem Arm und wand sich wie ein gefangenes Tier, um sich aus seinem Griff zu befreien. Der Mann keuchte. Ein Laut, den Tisea nicht ertragen konnte. Tränen stiegen ihr in die Augen, und sie schrie ihre Pein in den Wald hinaus.

»Tisea!«

Der Name zog an ihr vorbei. Ein Wort. Bedeutungslos. Am Abgrund des Wahnsinns gab es keine Namen, nur Furcht und Schmerzen. Sie war die Beute. Eine leichte Beute, zur endlosen Qual verdammt. Die Gewissheit zu unterliegen, steigerte ihre Panik ins Unermessliche. Das Keuchen des Mannes wurde heftiger. Tisea öffnete den Mund zu einem erneuten Schrei, als ihr ein Schwall eisigen Wassers jäh den Atem raubte. Hustend und spuckend fuhr sie in die Höhe und rieb sich mit den Händen über das Gesicht, während ihr das Wasser aus den Haaren in eisigen Rinnsalen den Rücken hinabfloss.

Verwirrt öffnete sie die Augen und schnappte nach Luft. Peme kniete neben ihr, einen Wasserschlauch in den Händen.

»Danke.« Die dunkle Männerstimme ließ die Furcht in Tisea aufs Neue entflammen. Ruckartig drehte sie sich um und hob drohend die Hand. Dann erkannte sie, wer gesprochen hatte.

»Há ... Hákon?« Ihre Stimme war rau wie ein Reibeisen. Unfähig zu begreifen, was Traum und was Wirklichkeit war, blickte sie den jungen Waldläufer an. »Hákon.« Sie schluchzte auf. Ihre Lippen bebten. Dann begann sie zu weinen.

Übermüdet vom frühen Aufstehen und leicht genervt von der zweistündigen Fahrt im überfüllten Bus, erreichten Sandra und Manon am frühen Donnerstagmorgen das Flughafengelände.

Noch während der Fahrt hatte Manon Zweifel geäußert, dass die Reise auch wirklich stattfinden würde. Ihre Bedenken erwiesen sich jedoch als unbegründet. Bei ihrer Ankunft im Terminal 2 war das große Schild mit der Aufschrift »Herzlich willkommen bei Vitaenzymreisen« ebenso wenig zu übersehen wie der Pulk von Senioren, die sich mit ihrem Handgepäck um eine eigens errichtete Vitalbar drängten, an der für alle Gewinner der Reise ein kostenloser Begrüßungscocktail bereitstand.

Nach dem Einchecken hieß es dann erst einmal warten. Sandra und Manon vertrieben sich die Zeit bis zum Abflug mit Lesen.

»So langsam bekomme ich Hunger.« Manon schlug ihr Buch zu und sah Sandra an. »Lust auf ein zweites Frühstück?«

»Klar.« Sandra schaute auf die Uhr. »Wir haben noch fast eine Stunde, das sollte für einen Kaffee genügen.« Sie rollte ihre Zeitschrift zusammen und öffnete den Rucksack, um sie hineinzustecken, da packte Manon sie am Arm.

»Was ist das?« Manon deutete auf ein längliches Paket, das, sorgfältig in Handtücher gewickelt, im Rucksack steckte.

»Das?« Sandra gab sich unbefangen. »Das ist die Skulptur ...«

»Mensch, bist du vollkommen verrückt geworden?« Manon war außer sich. »Glaubst du wirklich, sie lassen dich mit dem Ding im Handgepäck in ein Flugzeug steigen?«

»Warum nicht? Es ist nur eine Tonfigur.«

»Nur eine Tonfigur?« Manon gab einen kurzen spitzen Laut von sich. »Ich weiß ja, dass es Jahre her ist, seit du das letzte Mal geflogen bist, aber auch dir sollte klar sein, dass es heute sehr strenge Sicherheitsbestimmungen für das Handgepäck gibt. Und solche Tonfiguren fallen ganz bestimmt darunter.«

»Wie meinst du das?« Sandra hatte sich keine Gedanken darüber gemacht, ob der Affe als Handgepäck erlaubt war oder nicht. Wie in den vergangenen Tagen war es für sie selbstverständlich gewesen, den Affen bei sich zu wissen. Für die Flugreise hatte sie kurz erwogen, ihn im Koffer zu verstauen, weil er dort zwischen den Kleidungsstücken besser geschützt war. Aber dann hatte sie es doch nicht übers Herz gebracht, ihn so weit entfernt in den Laderaum des Flugzeugs zu verbannen, und sich für das Handgepäck entschieden.

»... die ist doch antik«, hörte sie Manon gerade sagen. »Da musst du bestimmt ein Zertifikat vorlegen, wenn du sie außer Landes bringen willst, sonst hält man dich wohlmöglich für eine Kunsträuberin. Oder schlimmer noch, für eine Terroristin. Immerhin könntest du Sprengstoff im Innern der Skulptur versteckt haben oder während des Fluges damit auf jemanden einschlagen.« Manon schnappte nach Luft. »Also ehrlich, ich bin geschockt. Ich war überzeugt, dass der Affe noch in deiner Wohnung steht. Unfassbar, dass du ihn die ganze Zeit mit dir herumschleppst.«

»Ich hänge nun mal an ihm.« Noch während sie das sagte, wusste Sandra, dass es nicht wirklich überzeugend klang, hatte aber auch wenig Lust, sich wegen des Affen zu rechtfertigen. Sie steckte die Zeitschrift in den Rucksack, zog den Reißverschluss zu und wechselte das Thema. »Was ist nun? Wollen wir noch einen Kaffee trinken oder nicht?« Während sie Manon erwartungsvoll anschaute, erhaschte sie aus den Augenwinkeln einen Blick auf eine Gruppe Japaner, die mit ihren Koffern ganz in der Nähe vor einem der Abfertigungsschalter warteten. Ein Mann in der Uniform der Flughafenpolizei, der einen schwarzen Cockerspaniel an der Leine führte, trat auffällig unauffällig hinzu. Während der Hund nacheinander an allen Koffern schnupperte, tat er, als ob er eine Broschüre studierte.

Sandra überlief es eiskalt. Plötzlich hatte sie es sehr eilig fortzukommen. Ruckartig stand sie auf, warf sich den Rucksack über die Schulter und lief in Richtung des Bistros.

»He, warte.« Manon sprang auf und lief ihr hinterher. »Sag mal, bist du jetzt sauer?«, fragte sie, als sie Sandra eingeholt hatte.

»Nein, nur hungrig.« Sandra blieb stehen und blickte noch einmal verstohlen zu dem Polizisten zurück. Dieser ging gerade zu den Stühlen, auf denen sie eben noch gesessen hatten. »Das mit dem Affen verstehst du eben nicht«, versuchte sie Manon zu beruhigen. »Aber du musst dir deswegen wirklich keine Gedanken machen, das klappt schon.«

Manon musterte sie mit einem langen, schwer zu deutenden Blick, seufzte dann und sagte: »Na, du musst es ja wissen.«

Das zweite Frühstück verlief schweigsam. Manon rührte die ganze Zeit über gedankenverloren in ihrer Tasse.

Endlich wurde ihr Flug aufgerufen. Sandra sprang sofort auf, schnappte sich den Rucksack und eilte in Richtung der Sicherheitskontrolle. Manon folgte ihr etwas langsamer. »Wenn man dich so sieht, könnte man meinen, du bist auf der Flucht und nicht auf dem Weg in den Urlaub«, hörte Sandra sie hinter sich spotten. Sie wollte sich umdrehen und antworten, da sah sie den Hund. Er tauchte weiter vorn ganz in der Nähe der Schlange auf, die sich vor der Sicherheitskontrolle gebildet hatte.

Sandra klopfte das Herz bis zum Hals. Sie wusste, dass sie dem Hund nicht ausweichen konnte, wenn sie sich brav anstellte. Sie musste handeln. Weiter vorn konnte sie die Senioren ihrer Reisegruppe erkennen. Einige hatten die Kontrollen schon passiert, andere warteten noch darauf, dass das Handgepäck durchleuchtet wurde. Dahinter standen bunt gemischt Geschäftsreisende und Familien mit Kindern.

Als Sandra das Ende der Schlange erreichte, zögerte sie nicht. Sie straffte sich, rückte ihre Brille zurecht und tat, was sie zuvor niemals gewagt hätte. Mit den Worten: »Entschuldigen Sie bitte, ich muss da vorn zu meiner Großmutter« zwängte sie sich höflich, aber bestimmt an den Wartenden vorbei. Dabei achtete sie weder auf die empörten Proteste noch auf die Beschimpfungen, die man ihr nachrief. Ihr einziger Gedanke galt dem Hund, dem sie auf keinen Fall begegnen durfte. Endlich hatte sie die Seniorengruppe erreicht. Mehr als fünfzehn Leute trennten sie nun von Manon, die sich brav am Ende der Schlange eingereiht hatte. Fünf Reisende vor ihr befand sich die Kontrolle für das Handgepäck.

Ohne auf die dicke Frau hinter sich zu achten, die sich keifend über ihr schlechtes Benehmen ereiferte, legte Sandra ihren Rucksack auf das Band. Ein Blick zurück zeigte ihr, dass der Mann mit dem Hund die Reisenden erreicht hatte. Wie zufällig ließ er die Leine länger werden und erlaubte es dem Spaniel, an den Taschen und Rucksäcken der Reisenden zu schnuppern. Sandra hörte den Hund hinter sich hecheln und war froh, dass ihr Rucksack schon auf dem Band lag. Dennoch klopfte ihr Herz so laut, dass sie fürchtete, es könne sie verraten.

Die Welt schien den Atem anzuhalten. Alle Geräusche verstummten, die Umgebung verschmolz zu einer grauen, konturlosen Masse. Es war, als gäbe es nur noch sie und den Hund, der schnuppernd um ihre Beine strich. Sie konnte die Gefahr, die von dem Tier ausging, fast körperlich spüren. Der Hund war ihr Feind. Er wollte ihr schaden, sie vernichten. In Bruchteilen von Sekunden blitzten Bilder in ihren Gedanken auf, die ihr fremd und doch auf seltsame Weise vertraut waren. Da war ein weißer Tempel, ein Heer fackeltragender Krieger, eine junge Frau in schlichtem grauem Gewand, die sie flehend anblickte, ein Krieger mit erhobenem Schwert, das Gesicht von Wut verzerrt …

Die Bilder lösten einen Sturm von Gefühlen in ihr aus. Hass, Rachegedanken. Für einen Augenblick glaubte sie, davon mitgerissen zu werden, sich zu verlieren. Sie bekam Angst und wehrte sich. Der Versuch, sich von den inneren Bildern loszureißen, ging fast über ihre Kräfte. Nur mit einer enormen Willensanstrengung gelang es ihr, sich zu beruhigen. Die Bilder verblassten, und mit ihnen lösten sich auch die heftigen Empfindungen auf. Stimmen und Geräusche kehrten zurück, die Umgebung war wieder zu erkennen.

Der Hund war fort.

»… sind ja wohl die unverschämteste Person, die mir jemals begegnet ist. Hallo? Ich rede mit Ihnen.« Eine fleischige Hand legte sich auf ihre Schulter. Üppig beringte Finger mit langen, himmelblau lackierten Nägeln griffen zu wie eine Klaue.

»Fassen Sie mich nicht an!« Sandras Kopf flog herum, während sie das Handgelenk der Frau packte und die fleischigen Finger von ihrer Schulter riss. Die Frau verzog schmerzhaft das Gesicht, aber Sandra war noch nicht fertig. Statt die Hand freizugeben, verstärkte sie den Druck noch und beugte sich so weit vor, dass sie der Frau direkt in das aufgedunsene Gesicht blickte. »Nie wieder!«, zischte sie ihr drohend zu. »Verstanden?«

Die Frau presste die Lippen zusammen und nickte.

»Gut.« Mit einem Ruck ließ Sandra die Hand los. Die Frau murmelte etwas Unverständliches und rieb sich das gerötete Handgelenk.

»Ist das da Ihr Rucksack?«

Es dauerte einen Augenblick, bis Sandra verstand, dass die Frage ihr galt. Erst jetzt bemerkte sie, dass eine Lücke entstanden war, weil die Passagiere vor ihr schon abgefertigt waren und sie nicht aufgeschlossen hatte.

»Ja … ja klar«, stammelte sie und versuchte, dabei so normal wie möglich zu wirken. Schnell schob sie ihren Rucksack vor, damit der Inhalt überprüft werden konnte. Über die Köpfe der Wartenden hinweg sah sie, wie Manon den Hals reckte. Sie wirkte nervös und sehr besorgt. Umso größer war das Erstaunen auf ihrem Gesicht, als der Angestellte Sandra den Rucksack mit den Worten reichte: »In Ordnung, Sie können weitergehen.«

20

»Verloren?« Karadeks Faust krachte auf den Tisch. Ruckartig stand er auf und scherte sich nicht darum, dass der Stuhl hinter ihm umstürzte. »Was soll das heißen: Ihr habt ihn verloren?«

»Das heißt, dass die Sucher den Simion nicht mehr finden können.« Odion wirkte äußerlich gelassen, aber seine Hände waren feucht. Zu oft schon war er Zeuge von Karadeks Willkür geworden. »Die beiden anderen wurden zerstört, wie Ihr es befohlen habt – der dritte ist fort.«

»Fort?« Karadek kam um den Tisch herum auf den Auguren zu. Wie immer, wenn er sehr aufgebracht war, wurde seine Stimme gefährlich ruhig. »Was ist mit der Frau?«, wollte er wissen und schaute Odion dabei in die Augen.

»Sie ist auch verschwunden.« Odion ahnte, dass seine Worte nicht dazu beitrugen, die Wut des Regenten zu mäßigen. Er spürte Karadeks Atem an der Wange und sah die Zornesröte auf dessen Gesicht, aber er bewahrte Haltung und ließ sich seine Furcht nicht anmerken. »Sie hat ihr Heim mit unbekanntem Ziel verlassen. Niemand kann derzeit sagen, wohin sie gegangen ist. Aber sie suchen nach ihr – alle.«

»Alle, ja?«

Etwas in Karadeks Stimme verriet Odion, dass er seine Worte jetzt gut wählen musste. »Ja, alle. In ihren Papieren haben wir Hinweise auf Freunde und Verwandte gefunden. Es steht zu vermuten, dass sie sich dort verborgen hält und den Simion bei sich hat. Die Sucher sind bereits auf dem Weg dorthin.«

»Dann bete zu den Göttern, dass sie sie rechtzeitig finden.« Karadeks Tonfall ließ keinen Zweifel daran, dass für ihn die Grenze des Entschuldbaren erreicht war. Aufgebracht wandte er sich um und schritt im Raum auf und ab. »Sie ist die Letzte«, sagte er mühsam beherrscht. »Es gibt keinen Zweifel. Sie muss die Frau sein, der Zarifes Seele innewohnt. Wenn die Sucher sie nicht finden, bevor sie das Tor erreicht – wenn wir sie nicht aufhalten –, wird es einen vernichtenden Krieg geben. Blut wird fließen, mehr noch als zu Zarifes Zeiten. Väter und Söhne, Freunde und Brüder werden sich gegenseitig meucheln, und das alles nur, weil deine Sucher versagt haben.«

»Seid unbesorgt. Das Heer kommt gut voran. Die Krieger werden die Rebellen aufspüren und vernichtend schlagen, ehe Zarife den Fuß auf den Boden des Hochlands gesetzt hat. Dann gibt es niemanden mehr, der für sie das Schwert führen wird.«

»Mögen die Götter deine Worte erhören.« Karadek wirkte nicht überzeugt. »Wenn es Zarife gelingt, die Dashken auf unsere Männer zu hetzen, werden wir keinen einzigen lebend wiedersehen.«

Odion verneigte sich unterwürfig. »Wie Ihr wisst, haben sich meine Männer dessen bereits angenommen«, erklärte er. »Wir arbeiten Tag und Nacht an einem Zauber, der den Dashken Einhalt gebieten kann. Mit etwas Glück werden wir schon bald Erfolg haben.« Das war nicht ganz die Wahrheit, aber Odin war klug genug, Karadek in der angespannten Lage nicht noch ein weiteres Scheitern einzugestehen. Tatsächlich suchten seine Männer Tag und Nacht in den alten Schriften nach Hinweisen darauf, wie man sich der Elementargeister des Nordens erwehren konnte. Bisher waren sie jedoch nicht fündig geworden.

»Glück?« Karadek schnaubte ungehalten. »Es wäre mir lieber, ihr würdet mehr auf euer Können als auf das Glück vertrauen.«

»Das Glück ist der Begleiter des Tüchtigen«, zitierte Odion ein altes Sprichwort. »Es ist also nur angemessen, darauf zu hoffen. Ich werde Euch unverzüglich unterrichten, sobald wir etwas gefunden haben.«

Am Abend des Tages, der auf den Abmarsch aus Torpak folgte, erreichte das Heer unter Zoltans Führung das Schwemmland der Dronthe. Zottige Rinder grasten auf den Weiden, die Felder waren abgeerntet. Die aufgebrochene Erde wurde vom trockenen Laub der Bäume bedeckt, das der kühle Nordwind vom Waldland bis hierher getragen hatte.

Über dem Lager lag eine gespannte Ruhe. Alle wussten, dass sie die Furt am nächsten Tag passieren und in das Rebellengebiet eindringen würden.

Zoltan ließ seine Männer rasten und brach mit Menard zur Furt auf, um dort Kunde von den Spitzeln zu erhalten. Er zügelte sein Pferd im Schatten des letzten schützenden Erlenhains und ließ dann den Blick über die weite, baumlose Ebene vor sich schweifen.

»Ein ziemlich flaches und feuchtes Land«, hörte er Menard neben sich sagen. »Was mag uns im Wald jenseits der Furt erwarten?«

»Was mag uns erwarten, wenn wir die Furt durchqueren?« Zoltan verzog keine Miene, aber aus seinen Worten sprach große Sorge. »Kein Hinterhalt und keine Späher, den ganzen langen Weg von Torpak bis hierher«, murmelte er so leise, als spräche er zu sich selbst. »Das ist nicht gut ... Nicht gut.«

»Ich würde meinen, es zeugt davon, dass dein Plan aufgegangen ist«, erwiderte Menard. »Für die Rebellen kam der Aufbruch völlig überraschend. Sie sind nicht vorbereitet und können uns deshalb nicht ...«

»Schön, wenn es so wäre.« Zoltan verengte die Augen zu schmalen Schlitzen und versuchte zu erkennen, ob sich am fernen Waldrand etwas bewegte. »Es ist zu weit weg.« Seufzend schüttelte er den Kopf. Dann wandte er sich um, löste eine lederne Tasche vom Sattel und holte einen sorgfältig in ein Tuch eingeschlagenen Gegenstand hervor. Der In-die-Ferne-Seher war eine der wenigen Kostbarkeiten, die die Sucher aus der fremden Welt mit nach Torpak gebracht hatten. Im ganzen Land gab es nur zwei davon. Eigentlich war es den Suchern streng verboten, Dinge über die Weltengrenzen hinweg nach Torpak zu schaffen. In diesem Fall aber hatte Karadek eine Ausnahme gemacht, weil das Gerät ihm im Feldzug gegen die Tamjiken einen entscheidenden Vorteil eingebracht hatte.

Die Zwillingsrohre mit den glänzenden Augen konnten Dinge, die weit entfernt waren, ganz nah erscheinen lassen, wenn man hindurchsah. Es war ein Zauber, der selbst den Auguren und Magiern von Torpak Rätsel aufgab. Zoltan hatte das seltsame Ding schon im Krieg gegen die Tamjiken verwendet, doch es war ihm noch immer unheimlich. Zögernd setzte er es an die Augen und ließ den Blick über das jenseitige Ufer der Dronthe schweifen. Die Büsche und Bäume erschienen jetzt so nah, als stünde er nur wenige Schritte davon entfernt. Und obwohl die Sonne schon fast untergegangen war, konnte er noch immer jede Einzelheit erkennen. Rehe, die zum Trinken an den Fluss gekommen waren, ein Boot, das verlassen im Schilf lag, die Holzpflöcke, die die Furt markierten und ...

»Bei den Toren des Halvadal!« Zoltan stockte der Atem.

»Was ist?« Menard richtete sich im Sattel auf und versuchte etwas zu erkennen. Zoltan antwortete nicht. Langsam ließ er den In-die-Ferne-Seher sinken und reichte ihn seinem Freund, der ihn verwundert entgegennahm und hindurchschaute.

»Bei den Göttern.« Keuchend ließ Menard die Zwillingsrohre sinken. »Sind das ...« Ihm versagte die Stimme.

Zoltan nickte. »Diese Bastarde!« Er ballte die Hand zur Faust und schlug damit so heftig auf den Sattel, dass sein Pferd erschrocken tänzelte. Auf der anderen Seite der Furt waren drei Holzkreuze errichtet worden, an denen schlaff wie Puppen reglose Gestalten hingen. Es waren drei der fünf Männer, die Zoltan als Spitzel zu den Rebellen geschickt hatte. Sie waren tot.

»Es ... es könnten auch Räuber gewesen sein«, sagte Menard.

»Nein.« Zoltan blickte grimmig entschlossen zur Furt hinüber. »Nein, das waren keine Räuber. Das waren *sie*. Es ist eine Warnung. Sie wissen, dass wir kommen, und wollen uns zeigen, dass sie unsere Pläne durchschaut haben.«

»Werden sie uns an der Furt erwarten?«, fragte Menard.

»Dann hätten sie die toten Spitzel dort nicht so aufgestellt.« Zoltan schüttelte den Kopf. Er war sicher, dass die Späher nicht einfach nur getötet worden waren. Vermutlich hatte man sie zuvor gefoltert, um herauszufinden, wie ihr Auftrag lautete. Zoltan fluchte leise. Er hatte die Männer selbst ausgewählt. Allesamt erfahrene und zuverlässige Krieger, die sich auch zuvor schon im Kampf behauptet hatten. Er wusste jedoch aus Erfahrung, dass die Folter nahezu jedem die Zunge lösen konnte, wenn die Qualen nur groß genug waren. »Nein, ich denke nicht, dass sie einen Angriff bei der Furt planen«, sagte er langsam. »Sie wissen, dass sie uns im Wald überlegen sind, und verlassen sie sich auf die Taktik, die sie seit Jahren erfolgreich anwenden.«

Menard suchte den Waldrand nach den anderen beiden Spähern ab. »Es sind nur drei. Vielleicht hatten die anderen mehr Glück.«

»Vielleicht liegen sie auch irgendwo tot im Wald«, knurrte Zoltan. »Aber selbst wenn sie noch leben, wird uns das nicht mehr viel nutzen.« Er schüttelte niedergeschlagen den Kopf. »Jetzt, da die Rebellen wissen, dass wir Spitzel eingeschleust haben, können wir keinem Bericht mehr Glauben schenken. Die Gefahr, dass man uns absichtlich falsche Angaben zukommen lässt, ist einfach zu groß.«

»Was schlägst du vor?«, fragte Menard.

»Wir reiten zurück.« Zoltan ließ sein Pferd wenden. »Hier können wir nichts mehr ausrichten. Morgen werden wir mit der Vorhut zeitig aufbrechen, um die drei da fortzuschaffen. Unseren Plan, sie zu bespitzeln, konnten die Rebellen durchkreuzen. Ich werde jedoch nicht zulassen, dass sie unseren Kriegern mit so etwas die Kampfmoral rauben.«

Tisea hatte lange geweint. Als der Tag heraufgezogen war, war sie in einen unruhigen Schlaf gefallen, aus dem sie erst am Nachmittag wieder erwacht war. Hákon hätte die Zeit gern genutzt, ihre Wunden zu säubern und zu verbinden, aber jedes Mal, wenn er sie berührt hatte, war sie zusammengezuckt und hatte im Schlaf aufgeschrien, sodass er es nicht gewagt hatte. Bei allem, was er tat, hatte Peme ihn stumm beobachtet. Die Stimmung war bedrückend gewesen. Selten hatte Hákon sich so hilflos gefühlt.

Als er am nächsten Morgen erwachte, erlebte er jedoch eine Überraschung. Tisea kauerte ganz in seiner Nähe und schaute ihn an. Ihr Blick war klar, aber so leer, dass er unwillkürlich fröstelte. Sie lebte, doch es schien, als hätte sie sich selbst verloren.

»Du ... du bist verwundet«, sprach er sie leise an. »Ich muss die Wunden säubern und verbinden.« Die Worte muteten selbst in seinen Ohren lächerlich an. Schrammen, Schnitte und Prellungen würden irgendwann der Vergangenheit angehören. Die wirklich tiefen Wunden hatte ihre Seele davongetragen, und diese würden niemals heilen. Hastig verdrängte er den Gedanken. Auch an Wundbrand konnte man sterben. So mancher Krieger war schon Opfer eines vermeintlich harmlosen Schnittes geworden.

»Ich weiß.« Tisea nickte. Sie klagte nicht und gab sich stark, aber Hákon spürte, wie sie zusammenzuckte, als er ihr wenig später die Verbände anlegte und heilende Salbe auftrug.

Danach blieb sie schweigsam. Sie war geschwächt, nahm aber wieder am Leben teil und versuchte so zu tun, als sei nichts geschehen. Peme wich nicht von ihrer Seite.

Die Nacht kam und der Schlaf ließ die Dämme brechen.

Als Hákon in der Nacht erwachte, hörte er Tisea weinen. Gern hätte er sie in den Arm genommen und getröstet, ahnte jedoch, dass sie seine gut gemeinte Annäherung nicht würde ertragen können. So lag er einfach nur wach und lauschte, bis die Erschöpfung über die Verzweiflung siegte und Tisea ins Land des Vergessens trug.

Am nächsten Tag ließ Hákon nichts unversucht, Tisea und Peme zur Umkehr zu bewegen. Aber weder die Nachricht vom Kummer ihres Vaters noch die Gefahr, erneut Opfer der Gardisten zu werden, konnten Tisea davon abbringen, die Reise fortzusetzen. Stur beharrte sie darauf, nach Norden zu reiten, auch wenn sie Hákon eine Erklärung dafür schuldig blieb.

Die Sorge um die beiden Frauen war nicht Hákons einziger Kummer. Erst jetzt, da er die Zeit fand, über sein eigenes Handeln nachzudenken, wurde ihm bewusst, in welche Lage er sich mit seinem überstürzten Aufbruch gebracht hatte. Indem er nach Norden und nicht nach Torpak geritten war, hatte er Zoltans Befehl zuwider gehandelt und damit gegen die obersten Gesetze Karadeks verstoßen, die Ungehorsam und Befehlsverweigerung mit Verrat gleichsetzten. Es waren Vergehen, für die es nur eine Strafe gab: den Tod.

Seltsamerweise verspürte Hákon bei dem Gedanken, dass er nie wieder nach Torpak würde zurückkehren können, weder Furcht noch Kummer. Als Zweitgeborener hatte er schon im Alter von zwölf Jahren in den Dienst der Garde treten müssen, so wie es das Gesetz verlangte. Sein Leben war von Geburt an vorgezeichnet gewesen, und obwohl er mit vielem nicht einverstanden gewesen war, hatte er sich gefügt – bis zu dem Abend der Totenwache. Gors Geständnis und die Erkenntnis, eine Zwillingsschwester zu haben, hatten alles geändert. Mit dem Entschluss, nach Viliana zu suchen, hatte er sein Leben zum ersten Mal selbst in die Hand genommen.

Er bereute es nicht, denn er war aus tiefstem Herzen davon überzeugt, das Richtige zu tun, und fühlte sich wie von einer Last befreit, die ihn schon lange niederdrückte. Er war jetzt ein Abtrünniger, aber er war frei.

Hákon seufzte. Er wusste nicht, was die Zukunft ihm bringen würde. Alles, was er wusste, war, dass die Suche nach seiner Schwester von nun an sein Leben bestimmen und er nicht ruhen würde, ehe er Antworten auf die Fragen gefunden hatte, die in ihm brannten. Dass Tisea nicht umkehren wollte, stimmte ihn traurig, aber er respektierte ihre Entscheidung, denn er spürte, dass auch sie von etwas getrieben wurde, das stärker war als die Sorge um die eigene Sicherheit.

Als die Sonne aufging, brachen sie auf. Tisea und Peme ritten wieder auf Silfri, der tatsächlich fortgelaufen war, sich aber ein paar Stunden nach dem Überfall wieder zu ihnen gesellt hatte. Hákon ritt auf seinem Braunen.

Trotz der Pferde kamen sie nur langsam voran. Tisea litt. Sie klagte nicht, aber ihr Gesicht war angespannt. Hin und wieder hörte Hákon sie aufkeuchen, wenn Silfri stolperte oder einen kleinen Sprung wagen musste, weil das Gelände immer unwegsamer wurde. Je weiter sie nach Norden vordrangen, desto mehr wurde der Wald zu einem tückischen Labyrinth aus schluchtenartigen Hohlwegen und jäh auftauchenden Steilhängen, die einem Reiter leicht zum Verhängnis werden konnten. Hákon musste all sein Geschick aufwenden, um einen gangbaren Weg für die Pferde zu finden, denn er hatte beschlossen, von nun an nur noch abseits der Wege zu reiten, um ein Zusammentreffen mit Gardisten zu vermeiden.

Schweigend bahnten sie sich einen Weg durch die dürstende Wildnis. Jeder hing seinen eigenen Gedanken nach an diesem milden, sonnigen Spätherbsttag voll süßer Düfte und leuchtender Farben. Hákon war seiner selbst so sicher wie nie zuvor. Alles war gut, solange er nur nach Norden ritt, wo der Wald irgendwann enden und in das raue Hochland übergehen würde. Zu Entschlossenheit und Tatendrang gesellte sich ein Gefühl der Verantwortung für Tisea und Peme, das ihm zusätzlich Kraft gab. Schon in der Nacht war er zu der Überzeugung gelangt, dass ihr Zusammentreffen nicht allein das Ergebnis einer Reihe von Zufällen sein konnte. Es schien ihm wohl geplant, wie ein Schachzug in einem großen Spiel, dessen Figuren sie waren.

Seltsamerweise machte der Gedanke ihm keine Angst. Im Gegenteil, er genoss das Gefühl, Teil eines großen Ganzen zu sein. Die Möglichkeit, dass alles, was geschah, einen tieferen Sinn haben könnte, bestärkte ihn darin, seinen Weg weiter zu gehen, und er war begierig zu erfahren, wo und wie das Abenteuer enden würde.

Die Reise ging weiter. Insekten summten umher, und Vögel sangen verhalten, während es im trockenen Laub immer wieder raschelte, wenn die Hufe der Pferde kleine Nager aufscheuchten, die sich darunter verborgen hatten. Häufig sahen sie Rehe und anderes Wild, aber keine Wölfe, die ihnen gefährlich werden konnten. Und nie begegneten ihnen andere Menschen.

Als der Tag sich dem Ende zuneigte, wollte Hákon rasten, aber Tisea ritt einfach weiter. Knorrige Eichen, schlanke Buchen und andere Bäume in rotgoldenem Herbstkleid zogen an ihnen vorüber, die Äste wie Arme in die Höhe gereckt. Hinter den Lücken in dem sich wölbenden Geflecht der Baumkronen schimmerte der Himmel in einem klaren Blau. Goldene Sonnenstrahlen stahlen sich durch die Lücken und berührten den Waldboden in dunstigen Streifen, bis die Sonne schließlich hinter dem westlichen Horizont verschwand und den Wald der Dämmerung überließ. Die Luft wurde kühl und feucht, und die Jäger der Nacht regten sich verschlafen auf ihren Ruheplätzen.

Hákon drängte auf eine Rast. Er war überzeugt, dass Tisea sich zu viel zumutete, obwohl er ihren Wunsch, den Wald so schnell wie möglich hinter sich zu lassen, gut verstehen konnte. Kurz entschlossen zügelte er seinen Braunen, wartete, bis Silfri zu ihm aufschloss, und packte den Kaltblüter am Zügel.

»Was soll das?« Tisea sah ihn verwundert an.

»Es wird dunkel. Wir rasten hier«, sagte Hákon bestimmt. Sein Tonfall war eine Spur schärfer als beabsichtigt, aber er wollte verhindern, dass Tisea ihm widersprach. »Bald schon wird es zu dunkel sein, um einen geeigneten Lagerplatz zu finden«, erklärte er und fuhr, als er den Trotz in Tiseas Gesicht bemerkte, etwas sanfter fort: »Sei vernünftig, Tisea. Die Pferde sind erschöpft und wir auch. Zu leicht können wir im Dunkeln eine falsche Richtung einschlagen.«

»Es ist noch nicht zu dunkel«, beharrte Tisea. »Wir reiten weiter.«

»Nein!« Hákon blieb hart. »Wir sind schon sehr viel länger unterwegs, als es für dich gut ist, und ...«

»Ich bin kein kleines Kind mehr«, herrschte Tisea ihn an. »Ich weiß sehr gut, was ich kann und was nicht. Ob und wie lange ich reite, entscheide immer noch ich.«

»Das ändert nichts daran, dass es dunkel wird.« Hákon war nicht bereit einzulenken. »Hier ist ein guter Platz zum Rasten. Wir bleiben hier.« Um seine Worte zu unterstreichen, schwang er sich aus dem Sattel und führte beide Pferde am Zügel auf ein dichtes Brombeergebüsch zu.

»Aber es ist nicht mehr weit!«, rief Tisea aus. »Ich weiß es. Irgendwo da vorn beginnt das Hochland.«

Hákon hielt an, legte den Kopf schief und schaute sie an. »Warst du schon einmal hier?«, fragte er.

»Nein.« Tisea senkte den Blick.

»Wie willst du dann wissen, wie weit es noch ist?«

»Ich weiß es.«

»Nun, ich weiß es nicht.« Hákon deutete auf die Bäume ringsumher. »Ich habe nirgends Anzeichen dafür gefunden, dass dieser Wald schon sehr bald endet. Das Einzige, was ich ganz sicher weiß, ist, dass wir hier bald die Hand vor Augen nicht mehr sehen können, bis der Mond aufgeht.« Er band die Pferde an einem dicken Ast fest und ging zu Peme, um ihr herunterzuhelfen. Doch die Zehnjährige sah ihn nicht an. Mit zusammengekniffenen Augen fixierte sie einen Punkt irgendwo hinter ihm. Dann hob sie den Arm und deutete nach Norden.

Hákon drehte sich um. Ein Stück weit voraus war zwischen den Baumstämmen der Schein von mehreren Feuern zu sehen. »Lagerfeuer.« Hákon sprach so bedächtig, als wären Worte eine Speise, die erst gekostet werden musste. Der Anblick mahnte ihn zur Vorsicht, weckte zugleich aber auch seine Neugier. Mehrere Feuer waren im Wald eher ungewöhnlich. Entweder gab es dort eine sehr große Lichtung oder ... »Also gut, wir reiten noch ein Stück weiter«, entschied er. »Aber leise. Wer immer die Feuer entfacht hat, wird gewiss Wachen aufgestellt haben. Ich werde vorgehen und die Pferde führen, und ihr ...«, er sah Tisea und Peme ernst an, »...verhaltet euch ganz ruhig.«

Achtsam wie ein Jäger auf der Pirsch, führte Hákon die Pferde durch das Unterholz. Die Hufe fuhren raschelnd durch das trockene Laub und knickten Äste und Zweige, deren Bersten verräterisch durch den Wald hallte. Einmal scheuchten sie sogar ein Rudel Rehe auf, das kopflos davonpreschte.

Dann endlich wurde der Wald vor ihnen lichter und endete schließlich so abrupt, als hätte ein Riese mit einem Messer die Grenze gezogen. Vor ihnen lag eine weite, in Dunkelheit und Nebelschleier gehüllte Hügellandschaft, die sich im schwachen Licht der Sterne bis zum Horizont erstreckte. Die Lagerfeuer befanden sich etwa fünfhundert Schritte westlich von ihnen, direkt am Waldrand. Eine gute Entfernung, die hoffen ließ, dass die Gestalten, die im Schein der Flammen zu erkennen waren, sie nicht entdecken würden.

»Das Hochland.« Tisea hauchte die Worte nur, so ergriffen war sie. »Ich wusste, dass wir es schaffen.«

21

Der Marsch von den Bergen zum Hochland hatte sehr viel länger gedauert, als Jolfur erwartet hatte. Nach dem Angriff der Schattenwölfe war er mit seinen Männern noch drei Tage unterwegs gewesen, ehe sie die Grenze des Waldes erreicht hatten. Obwohl sie von weiteren Angriffen verschont geblieben waren und keine Truppen aus Torpak angetroffen hatten, war die Stimmung unter den Männern nach den tragischen Verlusten im Hohlweg gedämpft. Bjarkar hatte sich in sich selbst zurückgezogen. Ein paar Mal hatte Jolfur versucht, ein Gespräch mit ihm zu beginnen. Aber der Axtkämpfer, ohnehin ein eher schweigsamer Mensch, hatte sich noch einsilbiger gegeben, und so hatte Jolfur sein Unterfangen wieder abgebrochen.

Am späten Nachmittag des fünften Tages, nachdem sie die Hütte in den Bergen verlassen hatten, waren die Bäume endlich zurückgewichen und hatten den Blick freigegeben auf ein Land, das viele nur aus den Legenden und Prophezeiungen kannten. Das Hochland von Benize.

Der Anblick hatte die Stimmung der Männer deutlich gehoben, und obwohl sie wussten, dass sie ihr Ziel noch lange nicht erreicht hatten, war an diesem Abend zum ersten Mal wieder verhaltenes Lachen an den Lagerfeuern zu hören, die sie in sicherer Entfernung vom Wald entzündet hatten.

Zu Jolfurs Überraschung gesellte sich auch Bjarkar dazu. Schweigend saßen sie nebeneinander, starrten in die Flammen und verzehrten ihre Ration aus trockenem Brot und Dörrfleisch.

»Ich habe nachgedacht«, sagte Bjarkar irgendwann, ohne den Blick von den Flammen abzuwenden.

»Das dachte ich mir.« Jolfur nickte bedächtig.

Wieder herrschte Schweigen. Dann fragte Bjarkar: »Willst du nicht wissen, worüber ich nachgedacht habe?«

»Nur, wenn du es mir erzählen willst.«

Bjarkar seufzte und wandte das Gesicht Jolfur zu. »Ich habe über die Schattenwölfe nachgedacht«, sagte er.

»Und? Was ist dabei herausgekommen?«

»Fragen.« Bjarkar las einen Ast vom Boden auf und stieß ihn so kräftig in die Flammen, dass Funken stoben.

»Konntest du auch die Antworten dazu finden?«

»Nein!« Bjarkar schüttelte den Kopf. »Das ist es ja gerade, was mir Kummer bereitet.«

»Vielleicht kann ich dir helfen«, bot Jolfur an.

Bjarkars Blick blieb unergründlich. Dann holte er tief Luft und sagte: »Ich frage mich die ganze Zeit, warum die Schattenwölfe uns angegriffen haben.«

»Weil es ihre Natur ist? Weil sie blutgierige Bestien sind? Weil die Dashken die Menschen hassen? Weil ...« Jolfur fielen noch Dutzende Antworten ein, aber Bjarkar ließ ihn nicht ausreden. »Das ergibt keinen Sinn«, sagte er grübelnd. »Die Legenden berichten, dass die Dashken den Hohepriesterinnen von Benize treu ergeben sind. Da ist es nur verständlich, wenn sie Torpaks Garde überfallen. Die Bewohner des Waldlands hingegen kennen die Dashken nur in ihrer menschlichen Gestalt. Bei ihnen gelten sie als Kinderräuber und Unheilsboten. Angegriffen haben sie die Waldbewohner noch nie, auch wenn wir unseren Kindern gern die Mythen von den Schattenwölfen erzählen, damit sie des Nachts im Haus bleiben. Nun frage ich mich: Warum haben sie uns angegriffen? Warum uns?«

»Weil wir ihre Feinde sind?«

»Aber das sind wir doch gar nicht.« Bjarkar schüttelte den Kopf. »Wir sind unterwegs, um für Zarife in den Krieg zu ziehen. Wir werden auf ihrer Seite kämpfen. Da erscheint es doch völlig unsinnig, wenn sie unsere Leute töten.« Bjarkar sprach jetzt sehr schnell, ein Zeichen dafür, wie sehr ihn diese Frage bewegte.

»Vielleicht wissen sie noch nicht, dass Zarife zurückkehren wird«, überlegte Jolfur laut.

»Nein, nein. Sie wissen es.« Die Überzeugung in Bjarkars Stimme erstaunte Jolfur. Er fragte sich, woher sein Freund diese Gewissheit nahm, behielt es jedoch für sich. »Du zweifelst immer noch an der Glaubwürdigkeit der Botschaft, nicht wahr?«, sagte er geradeheraus. »So lange, bis du das Heer mit eigenen Augen siehst. Und du suchst Beweise dafür, dass hier nicht alles mit rechten Dingen zugeht.« Er zwinkerte Bjarkar zu. »Sei nicht so misstrauisch, mein Freund«, ermunterte er ihn. »Hab Vertrauen. Nur wo Vertrauen ist, stellt sich auch der Sieg ein.«

»Vertrauen.« Bjarkar schnaubte unwillig. »Ich habe gelernt, nicht blind zu vertrauen. Zu oft sieht man nur die Oberfläche. Hier aber sehe ich sogar noch weniger. Wenn ich Zarife vertrauen soll, muss sie mir zunächst beweisen, dass sie es auch verdient. Legenden und vollmundige Prophezeiungen sind mir zu wenig. Zu viele Jahre sind vergangen, seit Benize unterging. Zu viele Menschen haben die Geschichten und Legenden weitergegeben und sie mit ihren eigenen Worten ausgeschmückt, als dass ich ihnen noch bedingungslos glauben könnte. Und dass die Dashken uns im Wald angegriffen haben, trägt auch nicht gerade dazu bei, mein Vertrauen zu wecken.«

»Und ehe du der Nachricht vertraust, die die Bluttaube brachte, willst du Beweise dafür haben, dass die Kunde der Wahrheit entspricht.« Jolfur seufzte. Er spürte, dass sich das Gespräch im Kreis bewegte. Bjarkars Misstrauen würde wohl erst weichen, wenn sie das Heer der Rebellen gefunden hatten. »Noch zwei Tage oder drei«, sagte er voller Zuversicht. »Dann werden wir auf das Heer stoßen. Da bin ich mir ganz sicher.«

»Du bist ein guter Anführer, Jolfur«, sagte Bjarkar, und für einen Augenblick glaubte Jolfur ein dünnes Lächeln hinter dem dichten Bart seines Freundes zu erkennen. »Du glaubst fest an deine Ziele. Es gelingt dir mühelos, die Männer mitzuziehen und sie in ihrem Glauben zu bestärken. Woran du glaubst, daran glauben sie auch. Sie vertrauen dir und werden dir überall hin folgen – selbst wenn du dich irren solltest.« Er verstummte kurz, fuhr dann aber fort: »Nimm es mir nicht übel, dass ich deine Zuversicht nicht teile. Die Erfahrung lehrt mich, dass es nie verkehrt ist, die Dinge in Frage zu stellen und wachsam zu bleiben. Ich für meinen Teil halte es für besser, festzustellen, dass meine Zweifel unbegründet waren, als einsehen zu müssen, dass wir in gutem Glauben in eine Falle gelaufen sind.«

»Das kann ich gut verstehen.« Jolfur nickte bedächtig. Die offene Art des sonst so schweigsamen Mannes berührte ihn. Mehr denn je spürte er das enge Band der Freundschaft, das sie verband. »Du weißt, wie sehr ich deinen Rat schätze«, sagte er. »Gerade wenn wir nicht einer Meinung sind, ist es wichtig, die Lage von unterschiedlichen Standpunkten aus zu betrachten, um eine kluge Entscheidung fällen zu können. Sei unbesorgt, wir werden wachsam sein. Zwei tapfere Kämpfer haben wir bereits verloren. Das …« Er verstummte, weil einer der Männer, die Wache hielten, geduckt angelaufen kam.

»Es sind Leute im Wald«, sagte er leise.

»Wie viele?« Jolfur blickte alarmiert zum nahen Waldrand.

»Schwer zu sagen. Eine Handvoll vielleicht. Mehr nicht.«

»Gardisten?«, wollte Bjarkar wissen.

»Vermutlich nicht. Wir hörten eine Frauenstimme.«

Jolfur überlegte kurz und sagte dann: »Geh zu Reimir und sage ihm, er soll sie beobachten. Wer immer hier so spät noch im Wald unterwegs ist, hat gewiss einen guten Grund dafür. Er soll aber vorsichtig sein und sich nicht erwischen lassen. Ich brauche keinen Streit, der noch mehr Männern das Leben kostet.«

»Das ist nicht nötig.« Bjarkar erhob sich. »Ich werde nachsehen. Die Abwechslung kommt mir gerade recht.«

Eine halbe Stunde später kehrte Bjarkar zurück.

Schon die Art, wie er sich bewegte, kündete davon, dass keine Gefahr bestand. »Es sind ein Mann und zwei Frauen mit ihren Pferden«, berichtete er knapp. »Waldvolk vermutlich. Die eine Frau ist noch sehr jung, ein Kind fast. Sie scheinen Angst vor uns zu haben, denn sie bewegen sich sehr leise und machen einen großen Bogen um unser Lager. Was sie hier zu suchen haben, war nicht zu erkennen. Eine Gefahr stellen sie jedoch nicht dar, denn sie haben kaum Waffen bei sich.«

»Wo sind sie jetzt?«, wollte Jolfur wissen.

»Sie haben fünfhundert Schritte entfernt ein Nachtlager im Wald errichtet. Ich habe den Wachen Anweisung gegeben, sie im Auge zu behalten.«

»Das ist gut.« Jolfur gähnte und streckte sich am Feuer aus. »Es ist spät«, sagte er und gähnte wieder. »Morgen liegt ein langer Marsch vor uns. Versuch ein wenig zu schlafen und grüble nicht so viel. Ich bin sicher, alles wird gut.«

Hákon, Tisea und Peme errichteten ihr Nachtlager im Schutz des Waldes und in sicherer Entfernung von den Lagerfeuern. Während die Mädchen schliefen, hielt Hákon Wache. Kurz spielte er mit dem Gedanken, noch einmal zu den Feuern zurückzukehren, um nachzusehen, wer dort lagerte, aber er wagte es nicht, die beiden allein zu lassen, und beschränkte sich darauf, die Fremden aus der Ferne zu beobachten.

Der Mond ging auf und tauchte das nebelverhangene Hochland in silbernes Licht, während die Nacht voranschritt und dem Morgen entgegeneilte. Wie in den vorangegangenen Nächten sollte Peme ihn zur Mitte der Nacht bei der Wache ablösen. Aber wie schon zuvor zögerte er den Augenblick, da er sie weckte, so lange wie möglich heraus. Zwar hatte Peme während des Ritts geschlafen und war ausgeruht, aber sie war noch ein Kind und zudem sehr ängstlich. Es erschien ihm als eine Zumutung, ihr die Verantwortung einer langen Nachtwache aufzubürden.

Als das Grau im Osten langsam in ein zartes Rosa überging und die Sonne sich anschickte, den Horizont zu erklimmen, drohte der Schlaf Hákon zu übermannen. Immer wieder nickte er kurz ein und schreckte alsbald wieder aus dem traumlosen Schlummer auf. Jetzt erst weckte er Peme, damit sie die Wache übernahm. Dann legte er sich nieder und war sofort eingeschlafen.

Als er erwachte, war er allein.

Tisea und Peme waren fort, ihre Habseligkeiten verschwunden, und auch Silfri graste nicht mehr neben seinem Braunen. Es dauerte einen Augenblick, bis er die Lage wirklich erfasste. Zu ungeheuerlich erschien ihm der Gedanke, dass sich die beiden ohne ein Wort des Abschieds einfach davongemacht hatten.

Er richtete sich zum Sitzen auf und schaute in Richtung der Lagerfeuer. Wer immer dort die Nacht verbracht hatte, war weitergezogen. Nur fünf schwelende Flecken verbrannter Erde kündeten noch von ihrem Aufenthalt.

»Verdammt!« Hákon ballte die Hand zur Faust und hieb sie kräftig auf den Waldboden. Wieso hatte er nichts von Tiseas und Pemes Aufbruch bemerkt? Und wo waren sie hin?

Mit einem Mal wurde ihm bewusst, dass er weder Tiseas Ziel kannte noch wusste, warum sie das Walddorf verlassen hatte. Alles, was sie ihm gesagt hatte, war, dass sie so schnell wie möglich nach Norden ins Hochland wollte. Aber warum? Wen oder was suchte sie dort? Was erhoffte sie sich von dieser Reise? Wusste sie denn nicht, wie gefährlich es im Hochland war? Unzählige Fragen gingen Hákon durch den Kopf, die er Tisea längst hätte stellen müssen. Jetzt war sie fort, und er würde keine Antworten mehr bekommen.

Bei dem Gedanken fasste Hákon einen Entschluss. Mit einem Satz war er auf den Beinen und suchte die Umgebung des Lagers nach Spuren ab. Der Boden war hart und trocken, dennoch konnte er Silfris lahmenden Hufabdruck alsbald ausfindig machen. Die Mädchen hatten sich nicht die Mühe gemacht, die Spur zu verwischen. In schnurgerader Linie führte sie vom Lagerplatz ins Hochland hinein.

Der Anblick machte Hákon die Entscheidung leicht. In aller Eile sattelte er seinen Braunen, klaubte die wenigen Dinge zusammen, die die Mädchen zurückgelassen hatten, und preschte in das Hochland hinein. Ihm war wohl bewusst, dass ihn von jetzt an jeder sehen konnte. Aber das war ihm gleichgültig. Silfris Spur war kaum zwei Stunden alt und verriet, dass sich der Kaltblüter in einer gemächlichen Gangart fortbewegte. Hákon verdrängte den Gedanken an die Gefahr, in die er sich brachte, und spornte sein Pferd zu einem Galopp an. Wenn er nur schnell genug war, dessen war er sich sicher, konnte er Peme und Tisea einholen, ehe die Dashken sie bemerkten.

»Die müssen verrückt sein.« Kopfschüttelnd schaute Jolfur dem einsamen Reiter nach, der in gestrecktem Galopp aus dem Wald hinaus und ins Hochland preschte.

»Er ist ein Narr«, urteilte Bjarkar. »Und die Frauen sind es auch. Kaum einer, der das Hochland betrat, kam lebend wieder heraus. Die Dashken werden sie aufspüren und töten, ehe der Tag vorüber ist.«

»Was mögen sie dort suchen?« Jolfur runzelte die Stirn. Das Mädchen, das hinter der jungen Frau auf dem Pferd gesessen hatte, konnte nur wenig älter als seine eigene Tochter sein. Der Gedanke, dass die beiden Opfer der blutgierigen Schattenwölfe werden würden, stimmte ihn traurig.

»Was kümmert es dich?«, hörte er Bjarkar fragen. »Sie gehören nicht zu uns und folgen ihrem eigenen Schicksal.«

Jolfur nickte und gab den anderen ein Zeichen, dass es weiterging. »Ja, das tun sie wohl«, sagte er bedrückt, als spräche er zu sich selbst.

Sie marschierten weiter am Westrand des Waldes entlang, wo

Bäume und Sträucher sie vor neugierigen Blicken schützten. Der Morgen verrann unter ihren Schritten und ging fast unmerklich in den Nachmittag über, während sie ebenso unermüdlich wie vergeblich Ausschau nach dem Rebellenheer hielten.

»Ich möchte wissen, wann wir das Heer endlich finden.« Die Stimme aus der Gruppe war leise, aber gerade so laut, dass Jolfur sie hören musste.

»Finden? Pah! Ich glaube nicht mehr daran, dass es dieses Heer überhaupt gibt.« Auch die Antwort schien bewusst so laut ausgesprochen, dass sie Jolfur erreichte. Dieser bemerkte sehr wohl, dass die Worte ihm galten, aber er ging nicht darauf ein. Was hätte er auch sagen sollen? Er wusste ja selbst nicht, was sie in den kommenden Stunden erwartete. Die hoffnungsvolle Zuversicht, die er seit dem Aufbruch aus den Bergen gespürt hatte, war dahin.

Jolfurs Gedanken arbeiteten wie ein Mühlrad, während er die Gruppe nach Norden führte. Er spürte, dass es an der Zeit war, aufs Neue um das Vertrauen der Männer zu werben. Gelang es ihm nicht, die Gruppe wieder zu einen, bestand die Gefahr, dass sie auseinanderbrach. Dann war alles verloren, wofür er ...

Etwas zischte nur knapp an seinem Gesicht vorbei und bohrte sich mit einem dumpfen Aufprall in den Baumstamm zu seiner Linken. Jolfur prallte zurück und strauchelte, aber Bjarkar war sogleich an seiner Seite und zerrte ihn wieder in die Höhe. Auch weiter hinten schienen den Männern Pfeile um die Ohren zu schwirren. Jolfur hörte sie rufen und fluchen. Zwar wurde niemand getroffen, aber der Vormarsch kam zum Erliegen.

Bjarkar war der Erste, der die Sprache wiederfand. »Wer seid ihr?«, rief er in den Wald hinein, die Axt kampfbereit mit beiden Händen umklammernd. »Und was wollt ihr von uns?«

Niemand antwortete.

»Ihr elenden Feiglinge!« Bjarkars Miene verfinsterte sich. »Kommt heraus und zeigt euch!«

»Lass es gut sein, Bjarkar!« Jolfur hatte seinen Schrecken überwunden. »Wenn sie uns töten wollten, hätten sie es längst getan.«

»Dein Freund spricht die Wahrheit.« Unmittelbar vor ihnen teilte sich das Gebüsch, und ein hochgewachsener Mann in sauberer, aber stark geflickter dunkler Kleidung trat aus dem Unterholz. Der kurz geschnittene Bart ließ ihn älter erscheinen, als er sein mochte, während ihm die schwarzen Haare offen auf die Schultern fielen. Obwohl unbewaffnet, kündete seine Haltung von großer Selbstsicherheit, die er vermutlich nicht zuletzt auf die Bogenschützen stützte, die immer noch im Wald lauern mochten. »Die Pfeile sind in der Tat nur eine Warnung«, erklärte er gelassen. »Die Zeiten sind schlecht. Selbst hier im Norden treibt sich immer mehr feindliches Gesindel herum. Wir können schließlich nicht jeden passieren lassen.« Er wollte auf Jolfur zugehen, aber Bjarkar vertrat ihm den Weg.

»Wir auch nicht«, knurrte er, die Axt drohend in der Hand wiegend, und fragte: »Wer bist du?«

»Ich bin Mavin«, erklärte der Fremde in einem Ton, der deutlich machte, dass er sich weder von Bjarkars Statur noch von dessen Drohgebärde einschüchtern ließ. »Und wer seid ihr?«

»Ich bin Jolfur«, erklärte Jolfur knapp. »Und das sind meine Männer.«

»Nun, Jolfur«, hob Mavin betont freundlich an. »Dann können wir uns vielleicht unterhalten, ohne dass dieser Hüne hier mir ständig die Sicht versperrt? Solange ihr nicht der Garde Torpaks angehört oder mit dieser im Bunde seid, gibt es keinen Grund für Feindseligkeiten.«

»Wir haben die Feindseligkeiten nicht begonnen.« Bjarkar machte keine Anstalten, zur Seite zu gehen.

»Wie ich schon sagte, die Zeiten sind schlecht.« Mavin beschrieb eine entschuldigende Geste. »Freund und Feind sind kaum mehr zu unterscheiden. Wir müssen vorsichtig sein.«

»Wir auch!«, erwiderte Bjarkar ungerührt.

»Genügt es nicht, dass ich unbewaffnet bin?«

»Nicht, wenn aus den Büschen ein Dutzend Pfeile auf uns gerichtet sind.«

»Schon gut, Bjarkar.« Jolfur trat neben seinen Freund und legte ihm beschwichtigend die Hand auf die Schulter. »Lass uns hören, was er zu sagen hat.«

»Ein weiser Entschluss.« Mavin nickte Jolfur zu und sagte: »Meine Männer und ich sind Vorposten des größten Heeres aus Freiwilligen, welches das Waldland je gesehen hat. Unsere Aufgabe ist es zu verhindern, dass Verräter aus Torpak sich in unsere Reihen mischen.«

»Wir sind keine Verräter.« Bjarkar machte ein Gesicht, als hätte Mavin ihn beleidigt.

»Das sagen alle.« Mavin blieb freundlich.

»Und wie erkennt ihr, ob sie die Wahrheit sagen?«

»Wir erkennen es.«

Bjarkar schnaubte verächtlich und wollte etwas erwidern, aber Jolfur kam ihm zuvor. »Das ist Bjarkar, mein Stellvertreter«, stellte er ihn vor. »Er ist sehr misstrauisch. Wir haben mit unseren Männern die Berge vor Tagen verlassen, weil uns eine Bluttaube die Kunde von der baldigen Rückkehr der Hohepriesterin Zarife überbracht hat. Als wir hörten, dass sich hier am Waldrand ein Rebellenheer versammelt, um an ihrer Seite gegen Torpak in den Kampf zu ziehen, haben wir uns entschieden, uns dem Heer anzuschließen.« Er verstummte und fuhr mit einem prüfenden Blick ins Unterholz fort: »Wenn man es uns gestattet.«

»Zwanzig Mann.« Mavin nickte. »Ich glaube dir die Geschichte, Jolfur« sagte er gönnerhaft. »Bitte verzeih die unhöfliche Begrüßung, aber auch in Torpak weiß man von diesem Heer. Karadek hat versucht, Verräter im Rebellengewand bei uns einzuschleusen. Wir müssen wachsam sein.«

»Ich verstehe.« Jolfur nickte. Aus den Augenwinkeln sah er, dass auch Bjarkar sich entspannte.

»Was ist mit deinen Männern?«, wollte Mavin wissen. »Ist unterwegs jemand zu euch gestoßen?«

»Nein, niemand.« Jolfur schüttelte den Kopf. »Dies sind gute Männer. Sie kämpfen schon viele Jahre an meiner Seite gegen Torpak. Für jeden Einzelnen würde ich meine Hand ins Feuer legen.«

»Nun, das wird wohl nicht nötig sein.« Mavin schmunzelte. »Wir brauchen jede Hand, die in der Lage ist, in der Schlacht ein Schwert zu führen.« Er drehte sich um, machte eine auffordernde Geste und sagte: »Folgt mir, ich weise euch den Weg zum Heerlager. Ihr seid uns willkommen.«

Unmittelbar nachdem das Heer Torpaks die Furt an der Dronthe durchquert hatte, begannen die heimtückischen Angriffe der Rebellen. Wie aus dem Nichts flogen die Pfeile aus dem dichten Unterholz heran und bohrten sich mit tödlicher Präzision in die Hälse der Krieger und deren ungeschützte Körperteile. Gegen Mittag waren bereits zehn Tote und ebenso viele Verletzte zu beklagen, eine Zahl, die sich bis zum Abend noch verdreifachte. Durch die Angriffe der unsichtbaren Gegner kam der Vormarsch immer wieder ins Stocken. Unter den Gardisten brach Panik aus. Zwar kommandierte Zoltan Wachen ab, die den Wald nach jedem Angriff durchkämmten. Doch die Rebellen schienen auch darauf vorbereitet zu sein. Nie konnten die Wachen auch nur einen von ihnen erwischen, wurden dafür aber oft selbst Opfer tödlicher Pfeile.

Die enormen Verluste sprachen sich wie ein Lauffeuer unter den Gardisten herum. Die Krieger waren nur noch unter Androhung von Strafe bereit, an der ungeschützten Flanke des Heeres zu marschieren oder auf die Suche nach den Rebellen in den Wald zu gehen. Einige der Söldner versuchten gar die Flucht zu ergreifen, aber sie wurden schnell gestellt und sogleich hingerichtet.

Obwohl Zoltan anordnete, das erste Nachtlager im Waldland mit dreifachen Wachen zu sichern, konnte er nicht verhindern, dass man am Morgen ein Dutzend Krieger mit durchschnittener Kehle vorfand. Die meisten von ihnen waren mitten im Lager im Schlaf getötet worden, ein Umstand, der für Gerüchte über mögliche Verräter in den eigenen Reihen und noch mehr Unruhe sorgte.

Die Taktik der Rebellen war so offensichtlich wie einfach. Da sie es an Waffen und Kampfkraft nicht mit dem Heer aufnehmen konnten, versuchten sie die Moral der Truppe mit heimtückischen Angriffen derart zu untergraben, dass ein geordneter Feldzug nicht mehr möglich war.

Fast wäre ihnen dies schon am nächsten Morgen gelungen, hätte Zoltan nicht Strenge walten lassen und zwei flüchtige Gardisten vor allen Augen hinrichten lassen. Als sich das Heer schließlich wieder in Bewegung setzte, hatte es mehr als fünfzig Mann verloren, ohne dass auch nur einer der Krieger einem Rebellen von Angesicht zu Angesicht gegenübergestanden hätte.

Der Unmut und die Furcht unter den Männern erhielten neue Nahrung, als immer mehr Krieger während des Marsches wie gefällte Bäume zusammenbrachen, durchbohrt von einem Pfeil, der nur von den Rebellen stammen konnte.

»So geht es nicht weiter, Zoltan«, richtete Menard am späten Nachmittag das Wort an seinen Freund. »Wir haben seit dem Morgen mehr als zwanzig Männer verloren und nicht ein einziges Mal einen Gegner zu sehen bekommen. Die Stimmung ist kurz vor dem Umkippen. Wenn wir nicht bald etwas unternehmen, werden wir die Männer nicht einmal unter Androhung von Gewalt zum Gehorsam zwingen können.« Seine Worte wurden von einem gellenden Schrei unterstrichen, der auf ein neuerliches Opfer schließen ließ.

»Die Männer haben einen Eid geschworen, und diesen werden sie halten.« Zoltan war sich dessen nicht so sicher, wie seine Worte glauben machen sollten. Aber er war zu sehr Krieger, als dass er sich einen Aufstand gegen die Heerführung vorstellen konnte.

»Sie haben Angst, Zoltan«, mahnte Menard. »Nicht wenige glauben, dass es die Dashken selbst sind, die uns angreifen.«

»Die Dashken?« Zoltan lachte spöttisch. »Die Männer sollten wissen, dass die Dashken noch nie einen Krieger Torpaks außerhalb des Hochlands angegriffen haben. Dies wird erst geschehen, wenn Zarife ihnen den Befehl dazu gibt. Aber so weit ist es noch lange nicht.«

Doch Menard ließ sich nicht so einfach abspeisen. Im weiteren Verlauf des Vormarsches wurde er nicht müde, Zoltan über die kritische Lage im Heer zu berichten.

Die unverzügliche Hinrichtung zweier Zwangsrekrutierter, die versucht hatten zu fliehen, nahm er zum Anlass für einen erneuten Vorstoß.

»Na, hörst du sie lachen?«, fragte er Zoltan aufgebracht. »Hörst du, wie sie sich freuen, dass wir uns jetzt schon gegenseitig töten und ihnen die Arbeit abnehmen? Sieben Flüchtige. Sieben Tote, die die Rebellen nicht mal einen Pfeil gekostet haben. Wir nehmen uns selbst die Kampfkraft, indem wir unsere eigenen Männer töten. Das darf nicht sein, hörst du?« Er schaute Zoltan eindringlich an. »Wohin soll das noch führen?«, fragte er. »Noch sind es nur wenige Verzweifelte, die die Flucht wagen. Ich fürchte jedoch, dass sie sich bald scharenweise auf den Weg machen werden. Willst du sie dann alle töten?«

Zoltan antwortete nicht sofort. Die Worte seines Freundes stimmten ihn nachdenklich. Tief in sich spürte er, dass Menard recht hatte, auch wenn sein Kriegerherz sich weigerte, dies anzuerkennen. Feigheit war in seinen Augen die größte Schande für einen Gardisten. Im

Krieg gegen die Tamjiken hatte er so manches Mal die Furcht kennengelernt. Niemals jedoch hatte er sich den Gedanken an Flucht erlaubt, nicht ein einziges Mal auch nur in Erwägung gezogen, dass er seinen Eid auf Karadek und Torpak hätte brechen können, um sein Leben zu retten. Für ihn war es allein der Tod, der ihn von der Treue zu seinem Herrscher entband. Und dies erwartete er wie selbstverständlich von jedem Gardisten.

Schweigend ritt er neben Menard her. Stolz, den Rücken gerade, den Blick fest auf den Waldrand gerichtet, hoffte er den Männern mit seiner Unerschrockenheit ein Beispiel zu geben. Den Pfeil, der aus den Schatten des Waldes herangeflogen kam, ahnte er mehr, als ihn zu sehen. Instinktiv duckte er sich, um dem Geschoss auszuweichen, und hatte Glück: Es verfehlte ihn.

»Ihr solltet besser zielen lernen«, rief er höhnisch in den Wald hinein, während er sich Menard zuwandte.

Doch Menard war nicht mehr da. Das Pferd neben ihm war ohne Reiter.

»Menard?« Zoltans Kopf flog herum, Panik im Blick. Sein Freund lag am Boden. Ein herbeigeeilter Gardist kniete neben ihm. Als er Zoltan rufen hörte, sah er auf und schüttelte den Kopf. Menard war tot. Ein Pfeil hatte seine Kehle durchbohrt. Zoltan erschauerte, als er begriff, was geschehen war. Es war der Pfeil, der ihm gegolten hatte.

22

Wie der Wind flog Hákons Brauner über das Grasland dahin, preschte kraftvoll durch Täler und über felsige Höhen und schloss stetig zu den vor ihm reitenden Frauen auf.

Es war nicht leicht, die Hufspur des schweren Kaltblüters auf dem harten Boden zu erkennen, aber Hákon besaß genug Erfahrung, um ihr dennoch sicher zu folgen. Nur selten musste er absitzen, um ihren Verlauf zu bestimmen. Gegen Mittag entdeckte er am Horizont einen dunklen Punkt, der sich in gerader Linie nach Norden bewegte, und es dauerte nicht lange, bis er sicher war, dass es sich tatsächlich um

Tisea und Peme handelte. Dies ließ ihn neuen Mut schöpfen, und er trieb seinen Braunen weiter an. Am Nachmittag holte er Peme und Tisea endlich ein, die im Schutz eines Hügels eine Rast eingelegt hatten.

»Hákon!« Tisea sprang erschrocken auf, als sie ihn erblickte. Offensichtlich hatte sie nicht damit gerechnet, dass er ihnen folgen würde, und sich nicht einmal die Mühe gemacht zurückzublicken.

»Was soll das, Tisea?« Hákon war viel zu wütend, um sich mit einer Begrüßung aufzuhalten. Noch ehe sein Pferd zum Stehen kam, schwang er sich aus dem Sattel und lief auf Tisea zu. »Bist du von Sinnen, ins Herz des Hochlands zu reiten? Genügt es dir nicht, was im Wald geschehen ist, dass du auch noch dein Leben und das deiner Schwester in Gefahr bringen musst?«

»Uns wird nichts geschehen«, sagte Tisea mit fester Stimme.

»Ach nein?«, fuhr Hákon sie an. »Warum nicht? Weil du eine Frau bist? Weil du unbewaffnet bist? Oder weil du ...?«

»Weil ich es weiß«, fiel Tisea ihm scharf ins Wort. Ihr Tonfall ließ keinen Zweifel daran, dass sie nicht weiter darüber reden wollte. Einen Augenblick lang zögerte sie, dann wurde ihre Stimme sanft. »Ich stehe tief in deiner Schuld, Hákon«, sagte sie aufrichtig. »Ohne dich ...« Sie brach ab, fuhr dann aber fort: »Wie auch immer. Du hast viel für uns getan, aber nun müssen sich unsere Wege trennen.« Sie schüttelte den Kopf. »Wie konntest du nur so dumm sein, uns zu folgen? Glaubst du, wir wissen nicht um die Dashken, die hier hausen? Glaubst du, wir kennen nicht die Geschichten von den Spähern, die ins Hochland ritten und nie zurückkehrten? Hältst du uns wirklich für so dumm?« Sie sah ihn an und seufzte. »Du weißt so wenig, Hákon«, fuhr sie mit sanfter Stimme fort. »Nicht wir haben eine Dummheit gemacht, sondern du. Im Bestreben, uns zu warnen, hast du dich in große Gefahr gebracht. Daher flehe ich dich an: Reite zurück, ehe es zu spät ist.«

»Und ihr?« Hákon sah sie fragend an. »Was ist mit euch?«

»Wir werden erwartet.«

»Erwartet?« Hákon stieß ein Ächzen aus. »Von wem? Von den Dashken?«

»Von den Hüterinnen«, antwortete Tisea ruhig.

»Das ist doch verrückt«, erwiderte Hákon nachdrücklich. »Die Hüterinnen haben sich seit Jahrhunderten nicht blicken lassen, und du willst mir erzählen, sie erwarten dich.«

»Es ist die Wahrheit.« Tisea machte einen Schritt auf Hákon zu und fasste ihn am Arm. »Bitte geh«, sagte sie eindringlich. »Uns zu begleiten wäre dein Tod.« Hákon spürte, dass es ihr ernst war. Zurückzureiten und die Frauen hier ihrem Schicksal zu überlassen, stand für ihn jedoch außer Frage. Tisea und Peme hatten keine Waffen bei sich und keinerlei Erfahrungen in der Wildnis. »Ich bleibe bei euch«, erklärte er mit einer Stimme, die keine Widerrede duldete. »Würde ich jetzt fortreiten, so würde ich mir mein Leben lang Vorwürfe machen, euch im Stich gelassen zu haben. Erst wenn ich weiß, dass ihr in Sicherheit seid, kann ich beruhigt zurückkehren – auch wenn es am Ende meinen Tod bedeutet.«

Tisea sah ihn schweigend an. Dann nickte sie fast unmerklich. »Ulama hat recht«, sagte sie und lächelte. »Du bist wirklich sehr mutig.« Ihre Worte erinnerten Hákon daran, dass sie noch gar nichts von Ulamas Tod wusste. Für einen Augenblick überlegte er, ob er ihr davon erzählen sollte, entschied sich dann aber dagegen. Tisea hing wie eine Tochtertochter an Ulama und hatte schon genug durchgemacht. Es würde niemandem nutzen, sie bei all dem auch noch mit dem Schmerz über den Verlust zu belasten. »Der Abend naht«, sagte er mit einem Blick zum Himmel. »Mein Pferd ist erschöpft. Ihr habt einen guten Platz für die Rast gewählt. Lasst uns die Nacht hier verbringen und morgen früh weiterreiten.«

Sie entschieden sich, auch in dieser Nacht kein Feuer zu entfachen. Schweigend verzehrten sie ihre kalte Abendmahlzeit und beobachteten, wie das Licht langsam der Dämmerung wich. Peme suchte Hákons Nähe. Anders als Tisea schien sie froh zu sein, dass er ihnen gefolgt war. Hákon bemerkte, dass sie immer wieder furchtsame Blicke zum Himmel hinaufwarf, und erinnerte sich daran, dass es ihre erste Nacht fern des Waldes sein musste. Gern hätte er mit ihr darüber gesprochen und sie getröstet, aber selbst jetzt kam ihr kein Wort über die Lippen. Tisea blieb ebenfalls schweigsam. Zweimal noch versuchte Hákon sie in ein Gespräch zu verwickeln, um von ihr mehr über die Umstände zu erfahren, die sie ins Hochland geführt hatten. Aber Tisea blieb einsilbig, und so gab er es schließlich auf und machte sich bereit, die erste Wache zu übernehmen, während sich die Frauen im Windschatten des Hügels schlafen legten.

Viel Ruhe fanden sie nicht. Als die Nacht ihre schwarzen Schwingen über die Hügel und Täler breitete, zerriss ein Heulen die Stille des Hochlands. Schrill, gierig und hasserfüllt.

»Dashken!« Hákon sprang auf. Mit wenigen Schritten war er bei den Pferden, die mit gespitzten Ohren und angstgeweiteten Nüstern nach Süden starrten.

Das Heulen erstarb, schwoll aber gleich darauf wieder an. Gellend und kreischend hallte es über die Hügelkuppen hinweg.

»Wir müssen hier weg. Schnell.« Im Laufschritt führte Hákon die Pferde zum Lagerplatz und begann in aller Eile seinen Braunen zu satteln. »Mit etwas Glück können wir ihnen entkommen.«

Peme und Tisea zögerten nicht. Augenblicklich waren sie auf den Beinen, rafften ihre Habe zusammen und liefen zu Silfri. Der Wallach tänzelte nervös, ließ aber zu, dass sie ihn sattelten. Wenige Herzschläge später saßen sie auf und galoppierten nach Norden, während sich im Süden eine unheimliche Schwärze durch die Talmulden nordwärts bewegte.

Frostige Luft strömte über die Flüchtenden hinweg, während sie ihre Pferde durch das Hochland jagten. Das Heulen blieb hinter ihnen zurück, erstarb aber nicht. Eine halbe Stunde preschten sie nach Norden, ohne einen rettenden Unterschlupf zu finden, verfolgt von dem schrillen Heulen und Kreischen, das sich langsam zur Raserei steigerte.

Hákons Brauner galoppierte ruhig und leichtfüßig. Ohne Anstrengung überquerte er die Hügel und wäre gewiss noch schneller gelaufen, wenn Silfri mit ihm hätte Schritt halten können. Der lahmende Wallach war es nicht gewohnt, im Galopp zu reiten, und trug zudem zwei Reiter. Seine Kräfte schwanden rasch, und er fiel immer weiter zurück.

Hákon fluchte, als er sah, wie schwerfällig sich der Kaltblüter fortbewegte. Er zügelte sein Pferd und wartete, bis Tisea und Peme zu ihm aufgeschlossen hatten.

»Wir müssen schneller reiten«, rief er den beiden zu.

»Silfri kann nicht mehr.« Verzweiflung schwang in Tiseas Stimme mit. »Er ist völlig erschöpft.« Sie schaute Hákon an. »Was ... was sollen wir nur tun?« Eine eisige Windböe, die nichts Natürliches an sich hatte, fegte über das Hochland und zerrte an ihren Kleidern. Der plötzlich aufkommende Sturm riss ihr die Worte von den Lippen und machte es Hákon fast unmöglich zu antworten.

»Ich weiß es nicht!«, schrie er gegen den Wind an und wünschte sich sehnlichst, eine bessere Antwort zu haben.

»Reite du allein weiter!«, rief Tisea ihm zu. »Dies ist nicht deine Aufgabe. Dein Pferd ist schnell. Flieh, solange du es noch ...«

Die Worte gefroren ihr auf den Lippen, als nicht weit entfernt Bewegung in die Schatten zwischen den Hügeln kam. Konturlose Gestalten, Ausgeburten der Elemente glitten wie eine schwarze Flut durch die Talmulden und kamen rasch näher. Der Sturm nahm weiter zu. Wütend fegte er über das Hochland und trug das Brüllen und Heulen der Dashken weit nach Norden.

»Sie kommen!«, rief Tisea Hákon über das Tosen hinweg zu. »Flieh! Flieh doch endlich. Du kannst es schaffen.«

Hákon zögerte. Sein Blick ruhte auf Tisea, die mit wehenden Haaren und sturmgepeitschten Gewändern wie ein Abbild der wilden Windgöttin auf Silfris Rücken saß, während Peme sich verängstigt an sie klammerte. Sein Instinkt sagte ihm, dass er fliehen musste, und die Erfahrung flüsterte ihm zu, dass es klug war, auf diese Stimme zu hören. Sein Ehrgefühl aber verbot es ihm, die beiden Frauen schutzlos zurückzulassen.

»Ich bleibe.« Entschlossen lenkte er seinen Braunen neben Silfri und zog sein Schwert.

»Du bist verrückt!« Tisea starrte ihn an, als hätte er den Verstand verloren. Doch für eine Flucht war es nun zu spät. In das Heulen ihrer Verfolger mischten sich Schreie, die wie zur Antwort mal von rechts, mal von links und dann auch vor ihnen ertönten.

»Sie haben uns eingekreist.« Die Blässe, die das Mondlicht auf Tiseas Gesicht zeichnete, schien sich zu vertiefen. Furchtsam irrte ihr Blick umher.

»Sieht ganz so aus.« Hákon verstärkte den Griff um den Schwertknauf. Da waren die Dashken auch schon heran. Von allen Seiten glitt die Schwärze auf sie zu, ein Ring schwarzer Nebelschwaden, aus dem ein grauenhaftes Kreischen aufstieg.

Peme hielt sich die Ohren zu und krümmte sich, als litte sie große Schmerzen. Tisea zitterte. Sie hatte ihr Messer gezückt, eine geradezu lächerlich anmutende Waffe angesichts des entfesselten Tobens der Elemente ringsumher.

Auch Hákon verspürte Furcht. Doch anders als Tisea war er ganz ruhig. Das Schwert abwehrbereit vorgestreckt, wusste er sehr wohl, dass es aussichtslos war, sich gegen die Dashken zu wehren. Niemand würde kommen und nach ihnen suchen, niemand würde sie vermissen. Sie würden sterben. Hier und jetzt, einsam und ...

Der Gedanke blieb unvollendet, als das Heulen und der Sturm so abrupt endeten, als hätte jemand den Befehl dazu gegeben.

Stille kehrte ein. Für einen Augenblick hörte Hákon nur ein dumpfes Rauschen in den Ohren. Dann bemerkte er, dass sich die dunklen Schwaden zu formieren begannen. Wie von Geisterhand flossen sie auseinander, um sich an anderer Stelle zu sammeln und die gewählte Gestalt anzunehmen. Immer mehr Augenpaare blitzten in der Dunkelheit auf, während wütendes Knurren, ungeduldiges Scharren und Hecheln die Stille erfüllte.

Schattenwölfe!

Hákon erschauerte. Es war nur eine von vielen Formen, welche die Dashken annehmen konnten, aber es war eine der gefürchtetsten. Er hatte die Schauergeschichten, die sich um die schwarzen Bestien rankten, stets für Märchen gehalten. Doch jetzt, da er die Schattenwölfe mit eigenen Augen sah, erkannte er, dass die Wirklichkeit die Geschichten an Grauen sogar noch übertraf. Die Wölfe waren überall, und sie kamen näher. Mordgier und Blutdurst im Blick, zogen sie den Ring um ihre Beute immer enger.

Schwester! Schwester!

Die Rufe schwebten durch Aideens Träume, als wären sie ein Teil davon. Körperlos durchzogen sie die Höhlen der Hüterinnen und das Heiligtum, in dem Zarife auf ihrem steinernen Bett ruhte, wanderten über das sonnenbeschienene Hügelland bis hin zu dem dunklen Streifen hoch aufragender Bäume, der die Grenze zum Waldland bildete, und weiter in ein Dorf, das friedlich im Licht der Morgensonne lag.

Wach auf, Schwester!

Das Dorf verschwand, und die Träume formten das Bild einer Frau, die auf einem Hügel stand. Sie war von Kopf bis Fuß in einen grauen Umhang gehüllt, hatte die Kapuze aber zurückgeschlagen. Ihr goldenes Haar war in der Art der Priesterinnen eng am Kopf geflochten, das jugendliche Gesicht von Schmerz gezeichnet. In einer flehenden Geste hob sie die Hände, und Aideen sah, dass sie rot von Blut waren.

Schwester!

Das Blut tropfte zu Boden. Wo es die Erde berührte, sprossen rote Blumen empor, schneller und immer schneller, bis die Frau inmitten eines blutroten Blütenmeeres stand.

Das Bild verblasste. Aber die Stimme blieb.

Wach auf, Schwester!

Aideen bewegte sich unruhig auf ihrem Lager. Blinzelnd öffnete sie die Augen und fuhr sich mit den Händen über das Gesicht, während sie versuchte, sich aus den Fängen des Schlafs zu befreien.

Schnell, Schwester! Schnell.

Aideen zuckte zusammen. Die Stimme war nicht Teil ihres Traums, sie war hier. Ganz nah bei ihrem Lager schwebte im Schein der Nachtlampe ein feines Nebelgespinst umher. Sie warf einen raschen Seitenblick auf Bethia, die noch immer tief und fest schlief. »Was willst du hier?«, flüsterte sie.

Ihr müsst aufstehen!, wisperte das Geschöpf. *Schnell, sonst ist es zu spät. Sie werden ihn töten.*

»Ihn?«, fragte Aideen. »Wen?«

Sie, ihn, er, du, mich, ihr. Die kleine Nebelwolke schoss aufgeregt hin und her. *Was macht das für einen Unterschied, wenn es gilt, ein Leben zu retten? Beweise. Du wolltest Beweise. Nun rufe ich dich, und du vertrödelst die kostbare Zeit mit dummen Fragen.* Sie schwebte zu Bethia hinüber und strich ihr über das Gesicht. *Wecken, du musst sie wecken, sonst ist es zu spät*, drängte sie.

»Aber was soll ich ihr denn sagen?« Hin- und hergerissen zwischen dem Wunsch, dem seltsamen Geschöpf zu glauben, und der Furcht, einen Fehler zu begehen, zögerte Aideen.

Der Dolch. Sag ihr, der Dolch ist in Gefahr.

»Der geweihte Opferdolch von Benize?« Schlagartig war Aideen hellwach. »Wo ist er? Was weißt du davon?«

Er ist nicht weit von hier in den Hügeln. Er ist nicht in Gefahr. Wohl aber jene, die ihn mit sich führen. So eilt euch, eilt euch, sonst ist es zu spät.

»Also gut, ich wecke sie auf und bitte sie, mit mir hinauszugehen.« Aideen schwang sich aus dem Bett und trat vor Bethias Lager. »Aber ich warne dich. Wenn es nicht stimmt, werde ich Bethia alles von dir und deinen Lügen erzählen.« Sie streckte die Hand aus, um die Seherin zu wecken, zögerte dann aber. Was würde Bethia sagen? Würde sie ihr die Geschichte glauben? Oder würde sie wütend werden und sie dafür bestrafen, dass sie es gewagt hatte, ihren Schlaf zu stören? Unschlüssig schaute Aideen sich um – doch die Höhle war leer. Das Gespinst war fort. Sie musste allein entscheiden, was zu tun war.

Über das Hecheln, Knurren und Scharren hinweg hörte Hákon Tisea leise beten. Er hatte nie Zugang zu den Göttern gefunden, aber er hoffte für sie, dass sie Trost darin fand. Ihm selbst wurde die Lage unerträglich. »Na los. Worauf wartet ihr noch?«, brüllte er die Wölfe an, die sich offenbar nicht zu einem Angriff entschließen konnten.

Ihr Verhalten war seltsam und passte so gar nicht zu den Berichten, die die Schattenwölfe eine blutgierige Meute nannten, welche ihre Opfer binnen weniger Herzschläge in Stücke rissen. Es hatte fast den Anschein, als halte sie etwas zurück.

»Was ist? Seid ihr zu feige, zwei wehrlose Frauen und einen Waldläufer anzugreifen?«, provozierte Hákon die Wölfe weiter. Er hatte mit dem Leben abgeschlossen. Lieber fand er einen schnellen Tod unter den Zähnen und Klauen der Wölfe, als diesen grauenhaften Albtraum länger ertragen zu müssen.

Ein Wolf sprang vor und schnappte nach den Beinen seines Pferdes. Es machte einen Satz, wieherte und stieg mit wirbelnden Hufen. Hákon hatte große Mühe, sich im Sattel zu halten. Überzeugt, dass der Angriff jetzt begann, umklammerte er sein Schwert. Aber der Wolf brach die Attacke ab. Geduckt winselnd zog er sich zurück, als sei er geschlagen worden, und reihte sich wieder in die Masse ein. Dann wurde es still. Das allgegenwärtige Knurren verstummte, das Scharren der Krallen erstarb. Nur das leise Hecheln war vereinzelt noch zu hören.

»Warum greifen sie nicht an?«, fragte Tisea in die Stille hinein. Die Frage galt Hákon, aber er war es nicht, der die Antwort gab.

»Jene, die den Dolch bei sich tragen, sind nicht in Gefahr.«

Hákon zuckte zusammen, als er die Frauenstimme hörte, die sich geisterhaft über den Leibern der Schattenwölfe erhob. Das Mondlicht gestattete ihm einen Blick über das Rudel, doch wohin er auch schaute, nirgends konnte er die Gestalt eines Menschen ausmachen.

»Du bist uns willkommen.« Noch während sie das sagte, tauchte eine Frau inmitten der Wölfe auf. Unbeirrt schritt sie zwischen den Albtraumwesen hindurch, deren Schultern ihr bis zu den Hüften reichten, und ging auf Tisea zu. Hákon würdigte sie keines Blickes. »Du hast uns einen großen Dienst erwiesen«, sagte sie freundlich. »Hier endet nun deine Reise. Ich werde an mich nehmen, was du bei dir trägst, und es dorthin bringen, wo es gebraucht wird.«

»Aber ...« Tisea zögerte und schaute sich unschlüssig um. »Wo ... wo sind die Hüterinnen? Ulama sagte, ich dürfe nur ihnen ...«

»Ich bin eine Hüterin.« Die Frau lächelte. »Und auch sie ist eine.« Sie machte eine knappe Handbewegung, worauf unmittelbar neben ihr wie aus dem Nichts eine junge Frau auftauchte. Sie war kaum älter als Tisea und trug denselben dunklen Umhang wie die ältere Frau. »Du kommst spät«, hörte Hákon die junge Begleiterin mit heller Stimme sagen.

»Verzeiht, aber ich ... wurde aufgehalten«, erwiderte Tisea.

»Du bist hier, das allein zählt.« Das Lächeln der älteren Hüterin vertiefte sich. »Und nun gib mir den Dolch.«

Verwirrt lauschte Hákon dem Gespräch der beiden Frauen. Tisea hatte einen Dolch bei sich? Was mochte es damit auf sich haben? Und was hatte Ulama damit zu tun?

»Tisea hat keinen ...«, hob er an, aber die Hüterin ließ ihn nicht ausreden. »Schweig!«, herrschte sie ihn an, und ihr Lächeln wich einem harten Gesichtsausdruck. »Du kannst froh sein, dass du noch am Leben bist.« Sie deutete auf Tisea. »Danke ihr dafür. Wärest du allein, hättest du längst das Schicksal der anderen Narren geteilt, die den Feinden Benizes dienen.«

»Er ist kein Feind.« Die Heftigkeit, mit der Tisea das sagte, überraschte Hákon. »Wäre er nicht gewesen, hätte der Dolch nie den Weg ins Hochland gefunden. Krieger der Garde haben uns im Waldland überfallen und ... und ...« Sie stockte, als die Erinnerung an den Überfall sie zu überwältigen drohte.

Die Hüterin bedachte Hákon mit einem scharfen, abschätzenden Blick. Ihre Augen schlugen ihn in den Bann und er hatte das Gefühl, als wolle sie ihn mit ihren Blicken durchdringen. »Noch nie ist es geschehen, dass ein Scherge Torpaks vor den Augen der Hüterinnen Gnade fand«, sagte sie so langsam, als müsse sie die Worte erst abwägen, während sie Hákon weiter mit den Augen fixierte. Er spürte eine sanfte Berührung seines Geistes und sah, ohne dass er es bewusst wollte, in Gedanken noch einmal in rascher Folge die Bilder des Überfalls. Seine Erinnerungen zeigten ihm Tisea und Peme gefesselt am Felsen sitzend, fünf Gardisten, die das Lager durchsuchten und Bilder des Streits, den Hákon mit den Kriegern geführt hatte.

Dann brach die Bilderflut ab, und er spürte, wie sich die Hüterin aus seinem Geist zurückzog. Ihm wurde übel, und ein leichtes Schwindelgefühl ließ ihn wanken. Dann fand er seine Haltung wieder und sah die Hüterin lächeln. Was sie gesehen hatte, schien ihr zu gefallen. »Allein gegen fünf«, sagte sie anerkennend. »Du bist sehr mutig.« Hákon schwieg und hoffte, sie würde es als Bescheidenheit auslegen. »Nun also, wir werden dich verschonen«, erklärte sie großzügig. »Du kannst mit deinen Begleiterinnen unbehelligt zum Wald zurückkehren.« Sie hob den Arm in einer befehlenden Geste und rief ein Wort, das Hákon nicht verstand. Kaum hatte sie das getan, lösten sich die Gestalten der Wölfe in Nebel auf, der langsam zurückwich und in den Schatten zwischen den Hügeln verschwand.

»Die Dashken wissen nun, dass ihr Boten Zarifes seid«, hörte er die Hüterin sagen. »Sie werden euch auf eurem Weg nicht mehr behelligen. Aber ich warne euch, solltet ihr es noch einmal wagen, einen Fuß auf den heiligen Boden des Hochlands zu setzen, werden sie nicht zögern, euch auf der Stelle zu töten.«

Hákon atmete auf und nickte zum Zeichen, dass er verstanden hatte. Ich lebe noch, schoss es ihm durch den Kopf, und irgendwie erschien ihm die Wandlung zum Guten fast wie ein Wunder. Während er beobachtete, wie Tisea der Hüterin ein unförmiges Bündel übergab, bemerkte er aus den Augenwinkeln, dass die junge Hüterin ihn die ganze Zeit anstarrte. Er wandte sich ihr zu und schenkte ihr ein Lächeln, aber sie wich seinem Blick aus und sah hastig zu Boden.

Sie ist hübsch, dachte er bei sich und erinnerte sich an Ulamas Legenden, in denen es hieß, dass die Hüterinnen im Hochland ausschließlich Frauen waren. Vermutlich hat sie noch nie im Leben einen Mann gesehen, überlegte er.

»... aber ich will nicht zurückkehren!« Tiseas leidenschaftlicher Ausruf riss ihn aus seinen Gedanken. Eine kurze Weile ruhte sein Blick noch auf der jungen Hüterin, dann wandte er sich wieder der älteren Frau zu, die gerade energisch den Kopf schüttelte.

»Bitte!«, flehte Tisea unter Tränen. »Bitte schickt mich nicht fort. Mein ganzes Leben habe ich davon geträumt, eine Hüterin zu sein. Ich habe niemanden mehr und würde alles dafür geben. Alles! Denn ich wünsche mir nichts sehnlicher, als hier im Hochland zu leben. Ulama wusste es. Darum hat sie mich erwählt. Darum trug sie mir auf, den Dolch herzubringen. Sie war überzeugt, dass ich hier eine neue Heimat finden würde.«

»Und was wird aus dem Knaben?« Die Hüterin deutete auf Peme.

»Dieser *Knabe* ist meine Schwester«, erklärte Tisea. »Sie ist seit dem Tod unserer Mutter stumm. Sie kommt mit mir.«

Die Hüterin wirkte nachdenklich. »Ich spüre, dass du es ernst meinst«, sagte sie gedehnt. »Auch spricht die Sorge um deine Schwester für dich. Dein Anliegen ist jedoch sehr ungewöhnlich. Es ist Jahrzehnte her, dass eine Frau aus dem Waldvolk aus eigenem Willen den Weg zu uns fand. Darüber kann ich nicht allein entscheiden.« Sie verstummte und schien etwas zu überlegen, dann sagte sie: »Also gut. Ihr beide«, sie deutete auf Tisea und Peme, »könnt uns zu den Höhlen begleiten. Betrachtet euch als unsere Gäste und ruht euch aus, während ich dein Anliegen mit der Oberin bespreche.«

»Danke.« Zum ersten Mal seit dem Überfall sah Hákon Tisea lächeln. »Danke«, sagte sie noch einmal aus ganzem Herzen. »Vielen Dank.«

»Aber du reitest zurück«, richtete die Hüterin das Wort an Hákon. »Sofort.« Ihr Tonfall machte deutlich, dass sie keinen Widerspruch duldete. »Ich gebe dir zwei Tage Zeit. Danach werden die Dashken keinen Unterschied mehr zwischen dir und einem Krieger Torpaks machen.«

Aideens Kehle wurde eng, als sie sah, wie der junge Krieger das Pferd wendete und sich auf den Rückweg machte. Alles in ihr schrie danach, ihn aufzuhalten, ihm hinterherzulaufen und mit ihm zu sprechen, aber sie hatte gehört, was Bethia gesagt hatte, und wusste, dass es ihr nicht gestattet war.

Traurig blickte sie ihm nach. Als er die Wölfe mit seinen Worten herausgefordert hatte, hatte sie ihn für seinen Mut bewundert. Als sich sein Pferd mit wirbelnden Hufen auf die Hinterbeine gestellt hatte, um sich des angreifenden Wolfes zu erwehren, war sie voller Hochachtung gewesen. Und als er sie dann zum ersten Mal angesehen hatte, hatte sie ein warmes, prickelndes Gefühl in sich gespürt, das ihr fremd, aber nicht unangenehm gewesen war. Schon der Gedanke daran genügte, um ihr einen wohligen Schauder über den Rücken zu jagen.

Während Bethia mit den Frauen gesprochen hatte, hatte sie die Augen nicht von ihm lassen können. Seine kantigen, von kurzen Barthaaren gezierten Gesichtszüge, die dunklen Augen und die zerzausten Haare, die ihm wirr ins Gesicht hingen, waren ihr fremd und vertraut zugleich erschienen. Die Art, wie er sich bewegte, hatte in ihr das Gefühl geweckt, dass sie ihn schon einmal gesehen hatte, und auch seine dunkle Stimme schien ihr wohlbekannt, obwohl das völlig unmöglich war.

Und dann dieser Blick. Es war wie ein Blitzschlag gewesen, so wild und prickelnd, dass sie ihm keinen Herzschlag lang hatte standhalten können. Aideen seufzte, als sie sich daran erinnerte. Für den Bruchteil eines Augenblicks hatte sie das Gefühl gehabt, ihm wie keinem anderen verbunden zu sein. Da war eine Vertrautheit gewesen, ein Wiedererkennen von etwas, das eine verborgene Saite in ihr zum Klingen gebracht hatte.

Vielleicht wäre aus dem Ton eine Melodie geworden, vielleicht hätte sie Antworten gefunden auf die offenen Fragen, die sich in ihr geregt hatten ... Vielleicht wäre all das wirklich geschehen, wenn sie dem Blick nur etwas länger standgehalten hätte.

Hätte, wäre, wenn ... Aideen biss sich auf die Unterlippe. Es war müßig, darüber nachzudenken. Er ritt fort, und ihr wurde schmerzlich bewusst, dass sie ihn niemals wiedersehen würde.

»Aideen?« Bethia bedeutete ihr, das Pferd mit den beiden Frauen am Zügel zu nehmen und ihr zu folgen. Aideen zögerte. Noch einmal schaute sie dem jungen Krieger nach, dessen Umriss langsam mit der Dunkelheit verschmolz.

Fort. Für immer. Aideen schluchzte innerlich auf. Für einen Augenblick wurde der Drang, ihm zu folgen, fast übermächtig. Doch am Ende rang sie ihr Verlangen nieder, nahm die Zügel in die Hand und folgte Bethia mit dem Pferd zu den Höhlen.

»Er heißt Hákon.«

Aideens Gefühle waren derart in Aufruhr, dass sie die Worte der Frau auf dem Pferd zunächst nicht verstand. »Wie?« Verwirrt sah sie die Frau an. Sie war noch jung, vielleicht sogar etwas jünger als sie selbst, aber ihr Gesicht war von einem tiefen Schmerz gezeichnet, der sie älter wirken ließ.

Da waren Männer, Schmerzen, Schreie und eine namenlose Furcht in der Dunkelheit … Für den Bruchteil eines Atemzugs trafen sich ihre Blicke, und Aideen hatte teil an dem Furchtbaren, das der jungen Frau zugestoßen war. Neben den Bildern, die in so rascher Folge auf sie einstürzten, dass sie keinen Sinn ergaben, spürte sie das Leid der Frau so nah, als entstamme es ihren eigenen Erinnerungen.

Überwältigt von der Fülle der Eindrücke, keuchte Aideen auf und schloss die Augen, um sich zu schützen. Es war das erste Mal, dass sie auf diese Weise Einsicht in einen anderen Menschen erhielt. Sie wusste von Bethia, dass dies Teil ihrer Gabe war. Ein Teil, der lange verborgen gewesen war und sich ihr wie so vieles jetzt neu offenbarte.

Vermutlich hatte auch Bethia die Bilder gesehen, klarer und deutlicher als die Schemen, die Aideen gestreift hatten, und den Mädchen deshalb erlaubt, sie zu begleiten.

»Hákon. Er heißt Hákon«, wiederholte Tisea. Offenbar war ihr nicht entgangen, wie Aideen den Krieger angestarrt hatte.

»Ist er dein Bruder?« Aideen wollte nicht unhöflich sein und stellte die erstbeste Frage, die ihr einfiel.

»Nein. Aber er stammt aus meinem Heimatdorf.«

»Wo liegt das?«, wollte Aideen wissen.

»In dieser Richtung.« Tisea deutete nach Süden. »Ein paar Tagesritte von hier entfernt im Waldland.«

… im Waldland. Aideen horchte auf. Der geheimnisvolle dunkle Saum am Horizont war schon immer Quell ihrer Sehnsüchte gewesen. »Erzähl mir vom Waldland«, bat sie und kam sich vor wie ein Kind, das jemanden um eine Geschichte bittet.

»Gern.« Obwohl der Mond sich gerade hinter einer Wolke verbarg, konnte Aideen sehen, dass Tisea lächelte. Dann begann sie zu erzählen …

Am Abend des zweiten Tages, nachdem das Heer die Dronthe überquert hatte, dem Abend nach Menards Tod, gab Zoltan einen Befehl, der in seinen Augen mehr als alles andere Ausdruck von Feigheit war. Auf einer Lichtung, die ihm groß genug erschien, ließ er das Heer anhalten und ordnete an, ein befestigtes Lager zu errichten.

Zu gern hätte er die Krieger weitermarschieren lassen, aber die Verluste, die die Rebellen seinen Männern in der kurzen Zeit zugefügt hatten, waren so hoch, dass die Kommandanten einen Aufstand befürchteten.

Die Nacht brach herein. Die Geräusche des Tages verstummten, der Wald legte sich zur Ruhe, und der Mond blickte wie ein wachsames Auge vom Himmel auf das Heerlager herab, als hätten die Götter beschlossen, persönlich über die vielen hundert Krieger zu wachen, die hier versammelt waren.

Es war die Zeit des Schlafens, die Zeit auszuruhen und Kräfte zu schöpfen für die Mühsal des kommenden Tages. Aber keiner von denen, die sich auf der Lichtung zusammendrängten, wagte es, die Augen zu schließen. Die Furcht saß zu tief.

Noch am Abend hatten sie begonnen, Bäume zu fällen und einen Zaun aus Palisaden zu errichten, doch die Dämmerung war rasch vorangeschritten, und sie hatten die Arbeiten abbrechen müssen, ehe auch nur ein Bruchteil der schlichten Befestigung fertiggestellt war. Solange es hell war, hatte es keine Zwischenfälle gegeben, was einerseits auf das karge Unterholz und die fehlende Deckung, andererseits auf die massive Präsenz der Wachen zurückzuführen sein mochte, die ständig rings um das Lager patrouillierten. Jetzt aber war es dunkel, und die Männer befürchteten das Schlimmste.

Zoltan saß allein in dem Zelt, das man eigens für ihn errichtet hatte, und war für niemanden zu sprechen. Der stolze Heerführer wirkte müde und alt. Er, der vor seinen Männern stets zuversichtlich und entschlossen auftrat, haderte mit dem Schicksal und versuchte, der Gefühle Herr zu werden, die ihn in der Dunkelheit heimsuchten wie Geister, die sich nicht verscheuchen ließen.

Zorn, Verzweiflung und Trauer waren es, die ihm den Schlaf raubten und die Luft zum Atmen nahmen. Zorn über die Ohnmacht, mit der seine Krieger den tödlichen Angriffen der Rebellen ausgesetzt waren. Verzweiflung, weil er nicht wusste, wie er sie besser schützen konnte, und Trauer, weil er einen Freund und Weggefährten verloren hatte, der ihm immer wie ein Vater gewesen war.

Schatten umwölkten sein Gesicht. Der Feldzug, den er mit so viel Zuversicht begonnen hatte, schien verloren, noch ehe er überhaupt begonnen hatte, und er hasste sich selbst für diesen Gedanken. Noch am Abend hatten die Kommandanten das weitere Vorgehen mit ihm besprechen wollen, er aber hatte sie fortgeschickt. Nicht nur, weil er in seiner Trauer um Menard allein sein wollte, sondern auch, weil er dann hätte zugeben müssen, dass er ratlos war. Solange er nicht wusste, wo das Lager der Rebellen war, konnte er den Plan, den er schon so lange hegte, nicht umsetzen. Wie es aussah, war es gut möglich, dass sie noch wochenlang im Wald umherirrten und aus dem Hinterhalt angegriffen wurden. Schlimmstenfalls so lange, bis das Heer aufgerieben war, ohne dass es je einen Kampf gegeben hatte.

Zoltan seufzte schwermütig. Seine Hoffnungen hatten auf den Spitzeln und Spähern geruht, die die Lage des feindlichen Heeres hatten erkunden sollen. Doch weder sie noch die Waldläufer, die er ausgeschickt hatte, waren zurückgekehrt. Es schien, als hätten sich auch die Götter gegen ihn verschworen.

Irgendwo im Lager ertönte ein Schrei. Kurz und gellend hallte er durch die Nacht und kündete davon, dass wieder ein Krieger sein Leben hatte lassen müssen. Stimmen wurden laut, und für einen Augenblick herrschte hektische Unruhe.

Zoltan nahm es beiläufig zur Kenntnis. Solange die Befestigung aus Baumstämmen rund um das Lager noch nicht fertig war, würde es weitere Opfer geben, so viel war gewiss.

Die Stimmen draußen entfernten sich und wurden leiser.

Zoltan nahm seine Überlegungen wieder auf und folgte den Gedanken, die sich im Kreis zu drehen schienen. Ihm war, als sei mit Menard auch etwas in ihm gestorben.

Die Zeit verrann unter dem Knistern der Flammen, welche die

Talglichter in den Lampen schrumpfen ließen. Kostbare Zeit, die ungenutzt verstrich, während es der mahnenden Stimme der Vernunft nicht gelang, die Gleichgültigkeit zu vertreiben, die Zoltan lähmte. Nach einer Weile wurden vor Zoltans Zelt Stimmen laut. Männer riefen und schrien durcheinander, und energische Rufe forderten die Krieger lautstark auf, zurückzutreten. An den Geräuschen war unschwer zu erkennen, dass sich eine aufgebrachte Menschenmenge dem Zelt näherte.

Etwas Bedeutsames musste geschehen sein.

»Richte Zoltan aus, dass wir einen Gefangenen haben!« Die barsche Stimme eines Kriegers, der zu dem Posten vor seinem Zelt sprach, ließ Zoltan aufhorchen.

Ein Gefangener! Von einer Sekunde zur nächsten waren Gleichgültigkeit und Verzweiflung verschwunden. Noch ehe der Posten seinen Auftrag ausführen konnte, war Zoltan am Eingang, schlug die Plane zurück und sagte: »Bringt ihn zu mir.«

Der bleiche Knabe, der Zoltan wenig später gefesselt auf einem Stuhl gegenübersaß, mochte kaum mehr als sechzehn Lenze zählen. Sein Gesicht war so stark geschwollen, dass er die Augen kaum öffnen konnte. Die Lippe war aufgeplatzt, ein Ohr eingerissen. Aus der Nase tropfte zähflüssiges Blut. Es war offensichtlich, dass die Krieger bereits ihre Wut an ihm ausgelassen hatten. Glaubte man den Worten des Mannes, der ihn hereingeführt hatte, war es allein dem beherzten Einschreiten eines Kommandanten zu verdanken, dass er Zoltans Zelt lebend erreicht hatte.

»Wie heißt du?« Zoltan stellte die Frage nun schon zum dritten Mal, erhielt aber keine Antwort. Er gab einem Krieger, der vor dem Eingang Posten bezogen hatte, ein Zeichen, worauf dieser herbeieilte und einen Trog mit eiskaltem Wasser über dem jungen Rebellen entleerte. Dieser hustete und spuckte.

»Wie heißt du?«, fragte Zoltan noch einmal.

»Eldar.«

»Gut, Eldar«, Zoltan sprach bewusst gedehnt. Wie die Krieger verspürte auch er einen unbändigen Hass auf den Knaben, der feige aus dem Hinterhalt getötet hatte. Er wusste aber auch, dass dieser Bursche ihm tot keinen Nutzen mehr bringen würde. So nahm er sich zusammen und fragte betont freundlich: »Meine Männer waren nicht sehr nett zu dir da draußen, oder?«

Eldar nickte schwach.

»Kein Wunder, sie hassen dich. So, wie sie jeden Rebellen hassen, der aus dem Hinterhalt auf sie schießt. Das verstehst du doch?« Zoltan wartete, aber der Knabe schwieg. »Sie verlangen, dass wir dich töten«, fügte er hinzu. »So langsam und qualvoll, als wären es fünfzig Tode. Einen Tod für jeden meiner Männer, den ihr getötet habt.«

Eldar schluchzte auf. Zoltan entging nicht, dass er zitterte. Der Anblick erfüllte ihn mit Genugtuung. Er zog sein Messer und hielt es so, dass der Junge es sehen musste. »Ich denke, wir werden damit beginnen, dir jeden Finger einzeln abzuschneiden«, sagte er ohne jedes Mitgefühl. »Dann die Zehen, die Ohren und ...« Er grinste und ließ das Messer langsam über den Schoß des Knaben gleiten. Dieser versteifte sich und keuchte auf. »Oh, vielleicht sollten wir lieber damit beginnen?« Zoltans Grinsen wurde eine Spur breiter, als er bemerkte, wie der Knabe zusammenzuckte. »Nun, wie auch immer. Auf jeden Fall aber werden wir uns viel Zeit lassen und achtgeben, dass du das Bewusstein nicht so schnell verlierst. Dann wäre es nämlich nicht mehr so spaßig.«

Wieder kam dem Knaben kein Laut über die Lippen. Nur die Haltung verriet seine Furcht. Eine Weile ließ Zoltan ihm Zeit, über seine Lage nachzudenken, dann trat er vor ihn und flüsterte ihm zu: »Du bist noch jung, Eldar. Viel zu jung, um so zu sterben. Du hast sie erlebt, da draußen. Das sind keine Menschen, das sind Tiere. Grausame Bestien, voller Hass auf die Rebellen. Sie wollen dein Blut sehen, wollen, dass du leidest für das, was deine Freunde uns angetan haben.« Er richtete sich auf und fuhr etwas lauter fort: »Aber ich bin kein Unmensch. Ich mache dir ein Angebot, wie du dich vor der Folter und einem qualvollen Tod retten kannst. Hör gut zu und überlege es dir. Ich wiederhole es nicht noch einmal.« Er machte eine wohlbedachte Pause und sagte dann: »Wenn du uns verrätst, wo das Heer der Rebellen lagert, wenn du uns alles sagst, was du über ihre Waffen und die Anzahl an Kriegern weißt, und uns verrätst, wo sich diese hinterhältigen Pfeilschützen im Wald verbergen, dann werde ich Gnade walten lassen und dir diesen grausamen Tod ersparen.«

Der Knabe presste die Lippen zusammen und gab keine Antwort. Es war jedoch nicht zu übersehen, wie er mit sich rang.

»Nun, Eldar?«, fragte Zoltan wenig später. »Wie hast du dich entschieden? Ich warte.«

»Ich ... ich weiß, wo das Heer lagert.« Die Stimme des Knaben war rau und von Todesfurcht gezeichnet. »Ich ... ich sage es Euch. Aber bitte ... bitte überlasst mich nicht denen da draußen.«

»Darauf hast du mein Wort.« Zoltan zog sich einen Stuhl heran und bedeutete einem der Männer, dem Jungen zu trinken zu geben. Dann beugte er sich vor, sah ihn aufmerksam an und sagte: »Nur zu. Ich höre.«

Eine halbe Stunde später hatte Zoltan erfahren, was er wissen wollte. Zwar hatte der Knabe nicht alle seine Fragen erschöpfend beantworten können, weil er zu jung und offensichtlich noch nicht lange bei den Rebellen war, doch glaubte man seinen Worten, lagerte deren Heer nicht einmal einen Tagesmarsch von ihrem jetzigen Standpunkt entfernt. Ein Glücksfall, auf den Zoltan nicht im Traum zu hoffen gewagt hatte. Nach allem, was der Junge zu berichten wusste, hatten die Rebellen in den letzten Tagen regen Zulauf erfahren. Die Nachricht, dass Zarife zurückkehren würde, hatte sich wie ein Lauffeuer herumgesprochen. Der Knabe schätzte die Stärke des Heeres auf über zweitausend Mann, war sich dessen aber nicht sicher. An Waffen und Pfeilen gab es einen Mangel. Glaubte man seinen Angaben, besaßen nur die Hälfte der Rebellen Schwerter oder Bogen.

Zoltan war zufrieden. »Du hast uns wirklich sehr geholfen«, lobte er und winkte zwei Soldaten herbei. »Schafft ihn raus und tötet ihn«, befahl er knapp. »Aber macht es kurz. Er hat es sich verdient.«

»Nein! Nein, bitte nicht.« Der Knabe bäumte sich auf und wand sich in den Fesseln. »Ihr ... Ihr habt doch gesagt, ich ... ich könnte ... ich dürfte ...«

»Ich habe gesagt, dass ich dir einen qualvollen Tod ersparen werde. Und wie du siehst, halte ich mein Wort.« Zoltan gab den Männern ein Zeichen, den Knaben rauszuschaffen. Mit ausdrucksloser Miene beobachtete er, wie die Gardisten den jungen Rebellen mit sich zerrten, der wie von Sinnen schrie und sich wie wild gebärdete. Einen kurzen Augenblick setzte sich das Gezeter auch vor dem Zelt noch fort. Dann erstarb es in einem dumpfen Schlag.

»Ein rascher Tod ist immer eine Gnade«, murmelte Zoltan, rief einen der Wachhabenden zu sich und trug ihm auf, die Kommandanten des Heeres unverzüglich zusammenzurufen. Er hatte erfahren, was er wissen musste. Nun galt es, sich zu vergewissern, ob die Angaben der Wahrheit entsprachen. Zuvor jedoch würde er die Kommandanten in seine Pläne einweihen.

23

Aideen ließ es sich nicht nehmen, sich persönlich um das Wohl von Tisea und Peme zu kümmern. Die beiden wurden in den Höhlen untergebracht, die den seltenen Gästen der Hüterinnen vorbehalten waren. Sie waren so hungrig, erschöpft und durchgefroren, dass sie Aideen leid taten.

Tisea war sehr mitgenommen angesichts des Schrecklichen, das ihr widerfahren war. Sie bemühte sich, freundlich zu sein, plauderte und tat, als ob es ihr gut gehe. Aber Aideen konnte sie nichts vormachen. Sie hatte gesehen, was geschehen war, und wusste, wie es in Tisea aussah. Peme wirkte nicht minder bedauernswert. Aideen spürte, dass auch sie einen Kummer in sich trug, der weit über die körperlichen Entbehrungen der Reise hinausging. Sie versuchte den Blick des Mädchens festzuhalten, in der Hoffnung, in dessen Seele zu schauen. Doch Peme wich augenblicklich aus, wenn Aideen sie ansah.

So unterhielt sie sich nur noch ein wenig mit Tisea, nachdem sie eine kalte Mahlzeit aus der Küche geholt hatte, und ließ die beiden dann allein, damit sie essen und sich ausruhen konnten.

In den Gängen und Korridoren war es still. Hin und wieder war hinter den Fellvorhängen verhaltenes Schnarchen zu hören, einmal redete eine Hüterin im Schlaf. Aideen dachte an Hákon und das, was Tisea ihr über ihn und das Waldland erzählt hatte. Es war deutlich zu spüren, dass sie ihre Heimat liebte, aber auch, dass sie sich nach einem Leben im Kreis der Hüterinnen sehnte, weil sie fast ihre ganze Familie verloren hatte. Aideen konnte sie gut verstehen. Ihr ging es nicht viel anders, nur, dass sie sich in ihren Träumen immer nach dem Waldland sehnte und bisher nie eine Möglichkeit gehabt hatte, dorthin zu kommen.

Wenn Zarife gesiegt hat, können wir endlich gehen, wohin wir wollen. Wie von selbst kam ihr in den Sinn, was Mel am Abend gesagt hatte. Auf keinen Fall wollte sie ihr Leben hier im kargen Hochland verbringen und sterben, ohne einmal goldene Sonnenstrahlen durch das Blätterdach der Bäume fallen gesehen zu haben.

Wenn Zarife siegt, wird niemand etwas Gutes davon haben.

Aideen fuhr herum und sah die kleine Nebelwolke im Schein einer Öllampe auf und ab schweben. Sie blieb stehen und sagte leise: »Das ist nicht wahr. Wie kannst du so etwas behaupten?«

Ich sage es, weil ich es weiß. Und ich lüge nicht. Du wolltest Beweise, und Beweise gab ich dir. Der Mann und die beiden Frauen waren in Gefahr.

»Das ist richtig«, räumte Aideen ein. »Aber ...«

Sie hat Benize verraten und wird es noch einmal tun. Die Wolke schoss heran und schwebte ganz dicht vor Aideens Gesicht. *Sie will die Macht für sich allein. Dafür hat sie mächtige Verbündete gefunden. Glaubt ihr nicht. Glaubt ihr kein Wort. Sie war und ist eine Verräterin. Ich habe ihr geglaubt. Ich habe ihr gedient und habe dafür mit dem Leben bezahlt. So wie ihr alle bezahlen werdet, wenn sie den Sieg davonträgt.*

Aideen spürte, dass es keinen Sinn hatte, weiter zu streiten. »Also gut«, lenkte sie ein. »Mal angenommen, sie plant wirklich, uns alle zu hintergehen. Was soll ich deiner Meinung nach tun?«

Verhindere die Anrufung. Du bist dabei. Ich weiß, du kannst es. Verhindere, dass Zarife Benize erreicht, auf dass sie für immer in der grauen Zwischenwelt verloren ist.

»Das ist völlig unmöglich.« Allmählich wurde Aideen ärgerlich. »Ohne ihre Hilfe werden wir die Dashken nicht gegen Torpaks Truppen schicken können. Dann sind die Rebellen verloren. Die Herrscher in Torpak werden das Land weiter knechten und ...«

Sie ... sie wird das Land knechten, fiel ihr das seltsame Geschöpf ins Wort. *Sie wird es ausbeuten, zerstören und viele unschuldige Menschen töten, so wie sie es zuvor schon getan hat. Du glaubst, die Truppen aus Torpak wären die Bösen?,* fragte es herausfordernd. *Was bist du nur für eine Närrin. Sie ist es, die sich der Dunkelheit verschrieben hat. Damals und auch heute noch. Sie hat alles genau geplant. Die Legenden, die Prophezeiung und alles, was ihr heute über das alte Reich zu wissen glaubt, stammen allein von ihr. Die schöne heile Welt, nach der ihr euch zurücksehnt, hat es niemals gegeben. Benize gründete seine Herrschaft auf Blut. Barbarisch und grausam. Kriege führten wir nur, um Gefangene zu machen, die wir jenen opferten, deren Gunst wir erhofften.*

»Ihr habt den Göttern Menschenopfer dargebracht?«, fragte Aideen erschüttert.

Den Göttern? Das Geschöpf gab ein Geräusch von sich, das wie ein Lachen klang. *O nein, nicht den Göttern. Die Götter hatten sich längst von Benize abgewandt. Mit dem Blut erkauften wir uns das Wohlwollen jener Wesen, die in der Dunkelheit leben. Auch wenn es dir wehtut, es zu hören: Benizes Herrschaft war keine goldene, glorreiche Zeit. Es war ein finsteres Zeitalter, aus dem die Truppen Torpaks das Waldland damals befreit haben.*

»Befreit?«, rief Aideen aus.

Ja, befreit!

Aideen schüttelte den Kopf. »Das ist nicht wahr. Ich kenne die Legenden. Benize war ein friedliches Reich. Nur selten wurde dort Blut geopfert, schon gar nicht von Menschen. Die Legenden ...«

Die Legenden, die Legenden, spottete die Stimme aus der Nebelwolke. *Gar nichts weißt du. Verblendet bist du, wie all die anderen hier. Legenden, Legenden... Und ich dachte, du bist anders. Dachte, du hörst nicht auf die Lügen, die sie dir hier erzählen. Aber auch du bist verblendet. Du weißt nicht einmal, dass die Legenden erst nach dem Untergang Benizes niedergeschrieben wurden, weil die Truppen aus Torpak alle Erinnerungen an das alte Reich verbrannten. Nichts ist davon geblieben. Nichts außer den Lügen, die Zarife von ihren Anhängern verbreiten ließ, um ein Heer für ihre Rückkehr auszuheben. Ihr alle hier wurdet belogen, ja, belogen, und ihr werdet bitter dafür bezahlen, wenn sie zurückkehrt und eurer überdrüssig wird.*

»Schluss jetzt. Ich höre mir dein verräterisches Gerede nicht länger an«, begehrte Aideen auf. »Zarife wird uns befreien, so steht es geschrieben, und daran glaube ich. Du kannst mir noch so viel erzählen. Ich werde nichts unternehmen, um ihre Rückkehr zu verhindern.«

Dann wirst du ihn nie wiedersehen, denn du wirst hier mit den anderen sterben.

»Wen?« Aideen stutzte.

Den jungen Mann, dem du vorhin das Leben gerettet hast. Die Wolke sauste an ihr vorbei und verschwand in der Dunkelheit. *Deinen Bruder!*

Am Sonntagmorgen stand der Reisebus für die Tour zum Hügelgrab von Newgrange um zehn Uhr vor dem Hotel in Dublin bereit. Die Fahrt war der Höhepunkt der Reise und eigentlich schon für den Freitag angesetzt gewesen. Doch ein Getriebeschaden hatte den Ausflug verhindert.

Sandra und Manon hatten sich die Zeit vertrieben, indem sie an einer verregneten Stadtrundfahrt durch Dublin teilgenommen hatten. Am Samstag hatten sie mit den vierzig anderen Teilnehmern der Reise programmgemäß dem ausführlichen Vortrag über die wundersame Wirkung von Enzymen gelauscht und danach die Stadt noch ein wenig auf eigene Faust erkundet.

An diesem Morgen zeigte sich Irland zum ersten Mal seit ihrer Ankunft von der Sonnenseite. Milde Temperaturen und ein strahlend blauer Himmel ließen die nasskalten Regentage schnell vergessen.

Von Dublin aus ging es etwa eine Stunde nach Norden ins Boyne-Tal, einer wildromantischen Landschaft aus grünen Hügeln, die der Fluss mit seinen unzähligen Windungen geprägt hatte.

Sandra wurde bei dem Anblick ganz warm ums Herz. Mehr noch als vor ein paar Tagen, als sie die Bilder der schottischen Highlands betrachtet hatte, erlebte sie hier ein Gefühl des Nach-Hause-Kommens, das ihr fast den Atem raubte. Je näher sie der Grabanlage kamen, desto unruhiger wurde sie.

Manon entging das nicht. »Ich weiß gar nicht, warum du so aufgeregt bist«, bemerkte sie kopfschüttelnd. »Es ist doch nun wirklich nicht besonders spannend, sich Steine anzusehen, die jemand vor 5000 Jahre aufeinander geschichtet hat ... He, schau dir das mal an.« Sie deutete aus dem Fenster, wo hinter einem Hügel gerade ein riesiger, von Bussen und anderen Fahrzeugen überfüllter Parkplatz auftauchte. »Sieht aus, als hätten sämtliche Reiseveranstalter ihre Newgrange-Besuche wegen des schlechten Wetters auf heute verschoben.«

Bein Anblick der vielen Autos durchzuckte Sandra ein schmerzhafter Stich. Dass Newgrange so überlaufen war, hatte sie nicht erwartet. Der Gedanke, das Grab vielleicht nicht von innen sehen zu können, weckte in ihr ein Gefühl, das weit über eine gewöhnliche Enttäuschung hinausging. Ihr blieb jedoch nicht die Zeit, lange darüber nachzudenken. Schon bog der Bus auf die Zufahrt zum Parkplatz ein.

Die Reiseleiterin erhob sich und lud alle ein, ihr zum Besucherzentrum zu folgen, wo sie freundlich empfangen wurden. Für die Besichtigungen erhielten sie einen kleinen orangefarbenen Aufkleber, auf dem die Uhrzeit für die Führung durch Newgrange aufgedruckt war.

»Um halb sieben?« Manon staunte nicht schlecht, als sie ihren Aufkleber genauer besah. »Das dauert ja noch mehr als sechs Stunden.«

»Sorry, aber es ist heute sehr voll hier«, entschuldigte sich die Reiseleiterin, die sich von anderen Teilnehmern ähnlich enttäuschte Kommentare anhören musste. »Vergessen Sie bitte nicht, dass die Besichtigung ursprünglich für den Freitag geplant war. So gesehen, denke ich, können wir froh sein, dass heute überhaupt noch eine Führung möglich ist. Auch wenn es die letzte an diesem Tag sein wird.« Und sie hielt noch eine Überraschung bereit. Mit den Worten: »Dies hier sind Ihre Eintrittskarten für den Besuch von Knowth, einem weiteren großen Ganggrab, das nur fünfzehn Busminuten von hier entfernt liegt«, reichte sie Manon und den anderen eine kleine grüne Plakette, auf der in schwarzen Buchstaben 2.30 Uhr zu lesen stand. »Knowth ist das größte Ganggrab im Tal und überaus sehenswert. Anders als Newgrange kann es aber nur von außen besichtigt werden.« Die Reiseleiterin schaute sich aufmerksam um und erklärte gut gelaunt: »Da wir erst gegen Abend an den Führungen durch Newgrange teilnehmen können, bleibt uns genügend Zeit, auch Knowth einen Besuch abzustatten. Ein Abstecher, den Sie ganz sicher nicht bereuen werden. Bitte folgen Sie mir zu den Shuttlebussen.«

Manon schaute Sandra an. Sie hatte nicht wirklich Lust, noch ein anderes Ganggrab zu besichtigen. Aber die Aussicht, am Fuße des Hügels von Newgrange sechs Stunden auszuharren, war auch nicht gerade verlockend. »Was meinst du?«, fragte sie.

»Na, was schon?« Sandra seufzte und trat einen Schritt zur Seite, um eine rundliche Seniorin passieren zu lassen. »Jetzt sind wir schon mal hier, dann sollten wir uns das auch ansehen, oder?« Sie schnappte sich ihren Rucksack und folgte der Reisegruppe in einigem Abstand zur Haltestelle der Shuttlebusse.

Manon und Sandra besichtigten Knowth nicht wirklich. Während sich die meisten anderen Teilnehmer der Reise interessiert mit dem großen Grab und dessen achtzehn Satellitengräbern beschäftigten, suchten sich die beiden ein sonniges Plätzchen auf einem Hügel, um das schöne Wetter zu genießen.

Sandra war sehr schweigsam. Die meiste Zeit saß sie einfach nur da und starrte in die Ferne. Auf Manons Frage, woran sie gerade denke, reagierte sie ebenso wenig wie auf alle anderen Versuche, eine Unterhaltung zu beginnen. Manon war das nicht geheuer. Der strenge, verkniffene Ausdruck auf Sandras Gesicht war ihr fremd und machte ihr Angst. Niemals zuvor hatte sie ihre Freundin derart angespannt und grimmig zugleich gesehen. Irgendwann gab sie es auf, mit Sandra sprechen zu wollen. Mit den Worten: »Na, dann eben nicht« streckte sie sich im Gras aus, verschränkte die Arme hinter dem Kopf und schloss die Augen. Hin und wieder schaute sie blinzend zu Sandra hinüber, die noch immer so reglos neben ihr saß, als sei sie selbst zu einem der vielen Steine geworden, die es hier überall zu sehen gab.

Deinen Bruder …

Die Worte des Nebelwesens gingen Aideen nicht aus dem Kopf. Der Gedanke, einen Bruder zu haben, und mehr noch, ihm ohne es zu wissen so nahe gewesen zu sein, hatte ihr den Schlaf geraubt und beschäftigte sie auch nach Sonnenaufgang so sehr, dass sie kaum fähig war, ihren Aufgaben nachzukommen.

Hatte das Wesen ihr die Wahrheit gesagt? Oder war es gekränkt und hatte sie nur verletzen wollen? Was wusste es über ihre Vergangenheit und den jungen Mann, dessen Anblick sie so tief bewegt hatte? Fragen über Fragen gingen Aideen durch den Kopf, auf die nur das Nebelwesen selbst ihr eine Antwort geben konnte. Doch es blieb verschwunden, und Aideen fürchtete, dass es sich ihr auch nicht mehr zeigen würde.

Bethia war nicht entgangen, wie aufgewühlt sie war. Es wäre ein Leichtes für sie gewesen, den Grund dafür in Aideens Gedanken aufzuspüren, aber sie hatte sich zurückgenommen und sich mit der knappen Antwort, dass alles in Ordnung sei, zufriedengegeben. Noch vor der Morgenmahlzeit, die die Hüterinnen gewöhnlich gemeinsam einnahmen, war die Seherin zur Oberin gegangen, um ihr von der Ankunft des Dolches zu berichten und mit ihr über Tiseas ungewöhnliche Bitte zu sprechen. Seitdem hatte Aideen sie nicht mehr gesehen.

Nachdem sie gegessen hatte, machte Aideen sich auf den Weg zu der kleinen Höhle, in der der Simion seit ein paar Tagen aufbewahrt wurde. Sie war dort bis zur Mittagsmahlzeit als Wache eingeteilt und wusste, dass sie von ihrer Vorgängerin schon sehnlichst erwartet wurde.

Die langen Wachdienste im Angesicht der hässlichen Statue waren unter den Hüterinnen nicht eben beliebt. An diesem Morgen aber freute sich Aideen auf die Einsamkeit in der Höhle. Es gab so vieles, über das sie nachdenken musste, und ein wenig hoffte sie auch, dass sich das Nebelgespinst noch einmal zeigen würde, wenn sie allein war.

Sie erreichte die Höhle, zögerte jedoch einzutreten. Drinnen war es still, zu still. Einen Augenblick lang wartete sie noch ab, dann schob sie den Vorhang lautlos zur Seite und trat ein. Ihr erster Blick galt dem Simion. Die Augen der Skulptur waren immer noch dunkel. Aideen entspannte sich und ging leise zu dem einzigen Tisch in der Höhle, vor dem eine der jüngeren Hüterinnen auf einem Stuhl saß. Sie hatte die Arme auf der Tischplatte verschränkt und den Kopf darauf gebettet. Die Augen waren geschlossen, sie atmete gleichmäßig.

Aideen legte ihr die Hand auf die Schulter und sagte streng: »Das ist es also, was du unter Wachehalten verstehst, Elleana!«

Die Hüterin zuckte zusammen und fuhr so ruckartig auf, dass sie fast mit dem Stuhl umgekippt wäre. »Ich ... ich habe nicht geschlafen. Wirklich nicht«, stammelte sie, während sie sich verwirrt umschaute und versuchte, die Lage zu erfassen. »Ich ... ich habe nur ganz kurz die Augen geschlossen und ...«

»Schon gut. Geh etwas essen und dann schlaf dich aus«, sagte Aideen mit einem Lächeln. »Ich werde niemandem etwas verraten.«

»Danke!« Elleana strahlte Aideen an. »Vielen Dank, das ... das vergesse ich dir nie.« Hastig stand sie auf und verließ den Raum.

Aideen sah ihr nach und lauschte darauf, wie ihre Schritte in dem einsamen Korridor verklangen. Dann setzte sie sich auf den Stuhl und genoss für einen Augenblick ganz bewusst die Wärme, die in dem kleinen Raum herrschte. Um den Wachen ihren Dienst bei dem Simion zu erleichtern, hatte die Oberin eines der Gefäße mit den leuchtenden Raupen in der Höhle aufstellen lassen. So war die Luft angenehm warm und frei von den Ausdünstungen der Öllampen.

Aideen gähnte. Die durchwachte Nacht und die Ereignisse der vergangenen Tage forderten nachdrücklich ihren Tribut. Das eigentümliche Rascheln der Sonnenraupen hatte eine einschläfernde Wirkung auf sie. Es dauerte nicht lange, da begannen sich ihre Gedanken im Kreis zu drehen.

Irgendwo unter dem blauen Himmel des Hochlands lief sie auf der schmalen Abbruchkante eines Hügels entlang. Zu ihrer Linken fiel der Hügel sanft als grüne Wiese ab. Zu ihrer Rechten tat sich ein felsiger Abgrund auf, der mehr als zwanzig Meter senkrecht in die Tiefe reichte. Aideen kümmerte das nicht. Übermütig lief sie an der Kante entlang. Mel, Orla und Bethia waren auch da, lachend und winkend kamen sie den Hügel hinauf auf sie zu. Aideen wollte ihnen entgegenlaufen, um sie zu begrüßen, da stolperte sie plötzlich über einen Stein, verlor das Gleichgewicht und stürzte in die Tiefe …

Aideen schreckte auf. Die Hügel und das Grasland waren fort, und statt des Sonnenscheins gab es um sie herum nur das eigentümliche Licht der Raupen.

Ich habe geschlafen! Der Gedanke durchzuckte sie wie ein Blitz, der die Müdigkeit augenblicklich vertrieb. Mit klopfendem Herzen schaute sie zu der Skulptur hinüber und fand ihre schlimmsten Befürchtungen bestätigt: In den Augen des Affen zeigte sich ein schwaches grünes Leuchten!

»O nein!« Fassungslos starrte Aideen den Affen an. Wie lange hatte sie geschlafen? Fünf Minuten? Fünfzig? Egal! Sie musste die Nachricht sofort an Bethia überbringen. Der Simion in der anderen Welt musste dem Tor schon sehr nahe sein. Es konnte nicht mehr lange dauern, bis Zarife es durchschritt. Entschlossen stand sie auf und verließ den Raum mit schnellen Schritten.

Die Zeit drängte. Die Anrufung musste unverzüglich beginnen.

24

Gut durchgeschüttelt von der Busfahrt auf den holprigen Wegen, erreichten Manon und Sandra Stunden später Newgrange und gelangten zu dem kleinen Platz vor dem Eingang des Grabes, wo die Gruppen für die Führungen zusammengestellt wurden. Es war zwar noch nicht dunkel, aber die Schatten waren schon sehr lang.

Manon gähnte und sah auf die Uhr. »Wenn das in dem Tempo weitergeht, ist es dunkel, bis wir wieder am Bus sind.«

Sandra antwortete nicht. Sie schien ganz in ihre Gedanken versunken, während sie die Wand aus weißem Quarzgestein und den mit eindrucksvollen Zeichnungen versehenen Monolithen vor dem Eingang des Grabes betrachtete.

»Sag mal, träumst du?« Manon fasste Sandra an der Schulter und spürte, wie diese zusammenzuckte.

»Was ist?« Sandra fuhr herum, und Manon prallte erschrocken zurück. Sandras Gesicht glich einer bleichen Maske. Die Lippen waren zu dünnen Strichen zusammengepresst. Die Haut unter den Augen wirkte wächsern. Für den Bruchteil eines Augenblicks glaubte sie, einem Geist gegenüberzustehen, doch der Eindruck schwand so schnell, wie er gekommen war, und schon nach dem nächsten Blinzeln war es wieder die freundliche und vertraute Sandra, die da im Licht der untergehenden Sonne stand. »Was ist los?«, fragte sie. »Warum starrst du mich so an?«

»Ich ... ich dachte, du wärst ...«, stammelte Manon. »Ähm, du hättest ... Ach, lassen wir das.« Sie fuhr sich mit den Händen müde über das Gesicht. »Mir scheint schon den ganzen Tag die Sonne auf den Kopf, da muss man ja verrückt werden.« Sie lachte, in der Hoffnung, dass es nicht allzu gekünstelt wirkte, während sie tief in sich noch immer den Nachhall des Entsetzens spürte, das der gruselige Anblick bei ihr geweckt hatte.

Manon hatte bisher kaum ein Wort darüber verloren, aber seit Sandra den hässlichen Affen ersteigert hatte, hatte sie sich auf beängstigende Weise verändert. Diese Veränderung war nicht wirklich greifbar; für Manon aber, die Sandra schon seit vielen Jahren kannte, war sie deutlich zu spüren. In Blicken, Bemerkungen und kleinen Gesten, die weniger herzlich als sonst und dafür reserviert und kühl, ja, manchmal sogar herrisch und aufbrausend ausfielen. Sandras Gehabe um den Affen war zudem reichlich kindisch. Manon hatte sie nicht danach gefragt, aber die verräterische Ausbuchtung in Sandras Rucksack war ein eindeutiges Anzeichen dafür, dass sie den Affen auch auf die Tour zum Hügelgrab mitgenommen hatte.

Zu gern hätte Manon gewusst, was hinter alledem steckte. War Sandra vielleicht Opfer einer geheimnisvollen Sekte geworden? Manon war sich inzwischen sicher, dass der Affe der Auslöser der Veränderung war, hatte bisher aber keine vernünftige Erklärung dafür finden können, wie all das zusammenhängen mochte.

Nach außen hin gab sie sich locker und versuchte, Sandra ihr Unbehagen nicht spüren zu lassen. Tatsächlich aber hatte sie große Angst, ihre Freundin zu verlieren. Sandra war für sie wie eine Schwester, die sie als Einzelkind niemals gehabt hatte. Nach der Scheidung ihrer Eltern war Sandra ihr nicht nur die beste Freundin gewesen, sondern auch eine Vertraute im Kampf gegen Kummer und Einsamkeit. Als ihre Mutter dann ein paar Jahre später gestorben war, war es wieder Sandra gewesen, die ihr mit ihrer warmherzigen Art Halt und Trost gegeben hatte. All das und noch viel mehr hatte Manon dazu bewogen, Sandra nicht allein nach Newgrange reisen zu lassen.

»Es geht weiter.« Jemand tippte ihr auf die Schulter und riss sie aus ihren Gedanken.

»Na endlich.« Manon zwinkerte Sandra zu, aber diese schien sie wieder nicht zu hören. Ihr Blick ruhte wie hypnotisch auf dem finsteren Eingang des gewaltigen Ganggrabes, als könne sie in den Schatten etwas sehen, das Manon verborgen blieb.

Die Angestellten am Eingang wiesen die Besucher an, sich in einer Reihe aufzustellen und hintereinander zu gehen, da es im Innern sehr eng sei. Bevor es ins Herz des monumentalen Bauwerks ging, hielt eine junge Fremdenführerin noch einen kurzen Vortrag über die Abmessungen, Bauweise und Ausstattung des Grabes sowie dessen Entstehungsgeschichte. Manon gab sich interessiert, hörte aber gar nicht richtig zu. Ihre ganze Aufmerksamkeit galt Sandra, auf deren Stirn sich kleine Schweißtropfen gebildet hatten, obwohl sich die Luft mit einsetzender Dämmerung deutlich abgekühlt hatte. Ihr Atem ging stoßweise, und sie zitterte.

»Alles in Ordnung mit Ihnen?«, erkundigte sich eine freundliche Angestellte von Newgrange bei Sandra. Als diese nicht antwortete, richtete die Frau das Wort stirnrunzelnd an Manon. »Geht es Ihrer Freundin nicht gut?«

»Oh, doch ... sie ... sie hat nur Angst, es könnten Spinnen im Grab sein. Sie hat nämlich eine ausgeprägte Spinnenphobie.«

»Spinnen?« Die Frau lachte. »Da können Sie unbesorgt sein. Ich hatte nur Sorge, Ihre Freundin könne die Enge nicht vertragen. Gäste mit Platzangst sollten besser nicht in das Grab hineingehen. Die Gänge sind teilweise sehr eng.«

In diesem Augenblick setzte sich die Spitze der Gruppe in Bewegung. Dem Fremdenführer folgend, stiegen sie eine Treppe empor und tauchten einer nach dem anderen in die ehrwürdige Dunkelheit ein, die das Grab seit fünftausend Jahren umfangen hielt. Es folgte ein fast zwanzig Meter langer, enger Gang, der so niedrig war, dass der Mann vor Manon nur geduckt gehen konnte. Die Wände waren mit aufwendig gestalteten Mustern verziert, und Manon konnte nicht umhin, die einstigen Künstler zu bewundern. Der Gang mündete in eine kreuzförmige Grabkammer, die so ausgeleuchtet war, dass die Schönheit der Steinzeichnungen gut zur Geltung kam.

Ehe der Fremdenführer damit begann, die einzelnen Symbole und deren Bedeutungen zu erklären, wartete er geduldig, bis auch Sandra als letzte der Gruppe die Grabkammer erreichte. »All jene Besucher, die bei der Enge und dem Gedanken an die Tonnen von Stein über unseren Köpfen ein mulmiges Gefühl beschleicht«, leitete er den Vortrag ein, »möchte ich mit dem Hinweis beruhigen, dass die sechs Meter dicke Steindecke die vergangenen fünftausend Jahre völlig unbeschädigt überstanden hat. Daran wird sich aller Wahrscheinlichkeit nach auch in den nächsten zwanzig Minuten nichts ändern.« Einige Besucher lachten, anderen stand das Unbehagen trotz der tröstlichen Worte deutlich ins Gesicht geschrieben. Während der Fremdenführer mit seinem Vortrag begann, blickte Manon verstohlen zu Sandra, die abseits der Gruppe stand. Von der Aufregung und Furcht, die sich vor der Höhle auf dem Gesicht ihrer Freundin gezeigt hatten, war nichts mehr zu sehen. Sandra wirkte jetzt sehr konzentriert. Ihr Augenmerk galt jedoch nicht den Ausführungen des Fremdenführers, sondern den Steinzeichnungen, die sich hier überall an den Wänden fanden. Ihr Blick huschte ständig umher, ganz so, als suche sie nach etwas.

Nach einigen Minuten wurde es schlagartig dunkel. Manon erschrak. Sie hatte nicht darauf geachtet, was der Fremdenführer gesagt hatte, und befürchtete einen Stromausfall. Das erwartungsvolle Raunen der anderen Besucher ließ sie den Irrtum jedoch schnell erkennen. Offenbar folgte jetzt der im Prospekt beschriebene Höhepunkt der Führung; eine Simulation des Sonnenlichteinfalls am Tag der Wintersonnenwende. Manon drehte sich um, und wirklich, über dem

Tunnel, durch den sie in die Grabkammer gelangt waren, zeigte sich ein schwacher Lichtschein, der wie bei einer echten Sonne langsam immer heller wurde. Als die falsche Sonne direkt vor dem Lichtschacht stand, der oberhalb des Tunnels verlief und in einem kleinen Fenster über der Eingangstür mündete, wurde die Grabkammer jäh von einem gleißenden Licht erhellt. Ein ehrfürchtiges Raunen erfüllte den Raum, und auch Manon beobachtete gebannt das gleißende Schauspiel.

Doch der Augenblick des Lichts währte nur kurz. Die falsche Sonne wanderte weiter, und es wurde wieder dunkel. Dann ging das elektrische Licht an. Der Fremdenführer bedankte sich bei den Gästen höflich für das Interesse, wünschte eine angenehme Heimreise und bat alle, ihm nun wieder hinaus zu folgen.

Die Besucher drängten zum Ausgang. Schweigend und sichtlich ergriffen von den grandiosen Eindrücken, die sie von dem Besuch in Newgrange mit nach Hause nehmen würden, gingen sie an Manon vorbei, die auf Sandra warten wollte. Als das Licht erlosch, hatte sie noch ganz in ihrer Nähe gestanden, jetzt aber konnte Manon ihre Freundin nirgends entdecken. Der letzte Besucher ging an ihr vorbei. Dann war die Höhle leer.

»Sandra?« Manon flüsterte fast. Sie erhielt keine Antwort. »Sandra? Bist du noch da?«

Nichts.

Manon spürte, wie ihr die Kehle eng wurde. Die anderen Besucher waren noch nicht weit entfernt, aber schon jetzt hatte es etwas Beklemmendes an sich, allein in der Grabkammer zu stehen. Sie schaute sich um, konnte Sandra aber nirgends entdecken. Vielleicht ist sie hinausgegangen, als es dunkel war, und wartet draußen auf mich, überlegte Manon. Der Gedanke gefiel ihr. Sie drehte sich um und wollte die Kammer verlassen, da hörte sie aus einem der hinteren Winkel ein Geräusch, das sich wie ein leises Seufzen anhörte.

Sobald Sandra die Fingerspitzen auf eines der Symbole an den Wänden legte, spürte sie die enormen Energien, die sich an diesem Ort zusammenballten. Das leichte Kribbeln in den Fingern war draußen an dem großen Stein vor dem Eingang kaum spürbar gewesen. Im Innern des Grabes hingegen war es ungleich stärker, und sie hatte das Gefühl, dass es mit jeder Minute, die verstrich, an Macht gewann. Es war, als lade sich das Gestein langsam auf, und Sandra fragte sich, was wohl geschehen mochte, wenn der Prozess abgeschlossen wäre.

Nachdenklich fuhr sie die Linien mit dem Finger nach. Ein winziger Funken löste sich aus dem Gestein und traf ihre Haut. Instinktiv zog sie die Hand zurück, führte sie aber sogleich wieder dorthin zurück. Diesmal knisterte es leise unter den Fingerspitzen, als sie den Stein berührte.

Sandra verzog den Mund zu einem Lächeln, wunderte sich aber noch im selben Augenblick, warum sie das tat. Das seltsame Schauspiel faszinierte sie. Einen Grund zum Lachen gab es eigentlich nicht. Das Lächeln aber blieb. Sosehr Sandra sich auch bemühte, die Mundwinkel zu entspannen, es gelang ihr nicht.

Was ist das? Sandra runzelte die Stirn und versuchte, die Hand von dem Gestein zurückzuziehen. Aber die rührte sich nicht. Sie versuchte ihren Fuß zu heben, aber auch das misslang. Es war unglaublich, die Muskeln schienen sich ihren Befehlen einfach zu verweigern. Die Hand auf dem Stein konnte ebenso gut die eines Fremden sein.

Ich bin gelähmt, schoss es ihr durch den Kopf. Ich kann mich nicht mehr bewegen. Der Gedanke schürte Panik in ihr.

Manon! Es sollte ein Hilferuf werden, aber es blieb bei einem Gedanken. *Manon! Hilf mir!* Sandra heulte innerlich auf. Sie musste sich bemerkbar machen. Irgendwie. Aber es ging nicht. Plötzlich wurde es dunkel.

Sandra zuckte zusammen, das heißt, sie wäre wohl zusammengezuckt, wenn sie es denn gekonnt hätte. So blieb es bei einem Erschauern im Geiste und einer namenlosen Furcht, die sie in sich aufsteigen spürte.

Was geht hier vor? Sie hatte den Gedanken noch nicht zu Ende geführt, da hatte sie plötzlich das Gefühl, als ströme ein eisiger Atem, der aus den Tiefen ihres Selbst zu kommen schien, durch ihren Körper. Er zog und zerrte an ihr, löste kostbare Erinnerungen aus ihrem Bewusstsein und trug sie mit sich fort. Erinnerungen an ihre Familie und Freunde, Bilder aus den glücklichen Tagen der Kindheit, an ihr Zuhause und all das, was ihr Ich bisher ausgemacht hatte. Sandra raffte zusammen, was sie erreichen konnte, und hielt es fest. Sie spürte, dass sie sich ohne Erinnerungen ganz verlieren würde. Als das Zerren und Ziehen endlich aufhörte, fühlte Sandra sich seltsam losgelöst, fast schwebend in der Hülle, die einmal ihr Körper gewesen war und die nun kein Gewicht mehr zu haben schien.

Ist das der Tod? Ist es das, was man beim Sterben fühlt? Sie wunderte sich, wie seltsam klar und emotionslos die Gedanken waren. Mit den Augen wollte sie die Dunkelheit ringsumher durchdringen, suchte nach einem Lichtschein, an den sie sich klammern konnte. Aber auch dieser Trost blieb ihr versagt.

Der eisige Hauch war fort, aber schon rührte sich etwas Neues in ihren Eingeweiden. Heiß und feurig wie die Glut eines Vulkans, spürte sie einen uralten Zorn in sich aufsteigen, so heftig, bitter und so zerstörerisch, wie sie ihn nie zuvor empfunden hatte. Das Streben nach Vergeltung, Mordlust und Hass loderten in wilder Entschlossenheit in ihr hoch. Sanftmut, Freundlichkeit und Mitgefühl, ja selbst die Fähigkeit zu lieben, alle Gefühle und Eigenschaften, die ihr Wesen bis zu diesem Augenblick bestimmt hatten, verbrannten in der Hitze, während eine neue Macht weiter an Kraft gewann. Eine Macht, die Sandra fremd und vertraut zugleich war. Die Macht jener Wesenszüge, die in ihrem bisherigen Leben keine Rolle gespielt hatten. Die Macht ihrer dunklen Seite. In dem kurzen Augenblick der Finsternis hatte sich ihre dunkle Seite aus den Tiefen ihrer Seele gelöst und die Herrschaft über ihren Körper übernommen. Es war ein Teil von ihr, untrennbar mit ihr verbunden, und hatte doch so gar nichts mit der Sandra gemein, die zwanzig Jahre lang ein beschauliches Leben geführt hatte.

Sandra wollte sich dagegen wehren, aber es war zu spät. Körper und Seele hatten ihre Einheit verloren. Sie hatte keinen Einfluss mehr auf das, was die neue Sandra fortan tun würde.

Was blieb, waren ihre Gedanken und die Erkenntnis, jämmerlich versagt zu haben. Wie ein blindes Huhn war sie in die Falle getappt, die die *andere* ihr gestellt hatte. Hatte wie eine Marionette all das getan, was der *anderen* dienlich war, immer in dem Glauben, es für sich selbst zu tun.

Manons Warnungen hatte sie einfach in den Wind geschlagen, deren Abneigung gegenüber dem Affen als Missgunst abgetan. Dabei hatte sie recht gehabt, so recht. Mit allem.

Rückblickend betrachtet, hätte sie die schleichende Veränderung sogar selbst erkennen können. Doch statt aufmerksam zu sein, hatte sie die Anzeichen dafür einfach ignoriert. Schon die missratene Reportage, das wurde ihr jetzt klar, war ein Hinweis darauf gewesen. Und ebenso die seltsamen Träume und Visionen, die Gedächtnislücken und ihr zeitweise absurdes Verhalten, in dem sie sich selbst nicht wiedererkannte, ja sogar die Depressionen ...

Sandra schluchzte auf. Ihre Welt lag in Scherben.

Ungelenk entfernte sich die andere Sandra in der Dunkelheit heimlich von der Gruppe und verbarg sich in einer der hinteren Ecken der Grabkammer, als es wieder hell wurde.

»Sandra?«

Das war Manon.

Hier, ich bin hier! Sandra schrie aus Leibeskräften und wusste doch, dass niemand sie hören würde, während die *andere* zufrieden beobachtete, wie Manon nach kurzem Zögern auf den Ausgang zuhielt.

Nein, geh nicht! Manon! In ihrem Gefängnis gebärdete Sandra sich wie wild, wand sich und tobte. Doch vergeblich.

Die *andere* öffnete indes den Rucksack und holte den Affen hervor. Der Triskel auf dem Affenrücken schimmerte schwach grünlich, ganz so, als gäbe es im Innern der Figur ein Licht. In einer andächtigen Geste hielt sie die Tonfigur vor das Triskelmotiv, das die Wand in diesem verborgenen Winkel zierte, und presste es mit dem Rücken gegen den Stein.

Das grüne Leuchten sprang von der Figur auf den Stein über und setzte sich auf dem Triskel fort, indem es die Spiralen mit rasender Geschwindigkeit nachspurte. In Bruchteilen von Sekunden erstrahlten der Affe und das Motiv in dem Stein in einem leuchtenden Grün. Doch damit nicht genug. Kaum war das Motiv vollendet, begann sich das Leuchten über das ganze Gestein in der Nische auszuweiten, das sich auf wundersame Weise aufzulösen und in eine schimmernde Wand aus flüssigem Grün zu verwandeln schien.

Die *andere* nahm es mit Freude und Genugtuung zur Kenntnis. Sie hatte nicht einen Augenblick daran gezweifelt, dass der Schlüssel auch nach all den Jahren noch funktionieren würde.

Der Weg war frei. Sie richtete sich auf und machte einen Schritt auf das Tor zu. Da geschahen zwei Dinge gleichzeitig. Das Licht ging aus, weil die Grabkammer für die Nacht verschlossen wurde, und eine vertraute Stimme hinter ihr fragte: »Sandra? Was, um alles in der Welt, tust du da?«

Im großen Felsenrund unweit der Höhlen der Hüterinnen loderten die Flammen eines mächtigen Feuers in den Himmel hinauf. Ganz so, als wollten sie die tief hängenden Wolken berühren, die an diesem Tag von Norden herangezogen waren und das Hochland mit einer dünnen Schicht aus Graupel überzogen hatten.

Bethia stand am Rand des Feuers und blickte in die Gesichter der knapp fünfzig Hüterinnen, die sich an diesem frühen Nachmittag versammelt hatten, um zu vollenden, worauf Generationen vor ihnen gewartet und gehofft hatten.

»Schwestern, es ist so weit!« Hell und klar tönte die Stimme der Seherin über das Knistern der Flammen und das Klagen des Windes hinweg, der durch die Spalten zwischen den Steinen strich. »Gemeinsam werden wir vollbringen, was uns aufgetragen wurde durch jene, die vor uns waren. Eure Kraft wird den Kreis schließen und die ehrwürdige Zarife in ihre Heimat zurückführen, auf dass sie den Kampf gegen die Mörder unserer Schwestern aufnehmen kann.« Sie wies auf das Feuer. »Begebt euch nun an eure Plätze, fasst euch an den Händen und schließt die Augen. Nehmt die Kraft des Feuers in euch auf und lasst sie durch eure Hände fließen, während wir gemeinsam das Lied der Anrufung singen.«

Die Frauen nickten stumm. Seit Tagen schon hatten sie sich auf diesen Augenblick vorbereitet. Jede kannte ihre Aufgabe.

Mit ernster Miene beobachtete Bethia, wie die Hüterinnen rings um das Feuer Aufstellung nahmen und ihren Anweisungen Folge leisteten. Äußerlich wirkte sie gelassen, innerlich aber war sie so aufgeregt wie bei ihrer Weihe zur Seherin. Wie damals stand ihr auch jetzt eine Aufgabe bevor, die sie nie zuvor gemeistert hatte. Wie damals wusste sie nicht, was sie erwartete, und schlimmer noch als damals hing von ihrem Erfolg nicht nur ihr eigenes Wohl ab, sondern das eines ganzen Volkes.

Das Wissen, dass es ihr gelungen war, einen Simion in die andere Welt zu schicken, tröstete sie wenig. Simions waren magische Artefakte, aber keine Menschen. Zarife hingegen war mehr als nur ein Mensch. Nach all den Jahren, in denen sie dem langen Arm des Halvadal getrotzt hatte, wurde sie von den Hüterinnen wie eine Göttin verehrt, und Bethia wusste, dass sie sich bei der Anrufung nicht den kleinsten Fehler erlauben durfte.

Als sie sah, dass alle bereit waren, atmete sie noch einmal tief durch, ergriff die Hände der Frauen, die rechts und links von ihr standen, und vollendete den Kreis. Sie schloss die Augen, fühlte die Hitze des Feuers auf ihrem Gesicht und verwurzelte ihr Wesen fest mit dem geweihten Boden des Felsenrunds unter ihren Füßen. Einige Herzschläge lang geschah nichts, dann spürte sie, wie sich die uralte Melodie der Anrufung in ihr regte, die seit Anbeginn der Wache durch ein streng festgelegtes Ritual von einer Seherin zur nächsten weitergegeben wurde.

Töne stiegen auf und wurden zu Worten einer uralten Sprache, die schon vor Benize bestanden hatte und deren Kräfte überdauern würden, selbst wenn alles verloren war. Kraftvoll und fordernd entflohen sie ihren Lippen, und was sie beschworen, war so zeitlos und überirdisch, dass es in ihrer Sprache keine Worte dafür gab.

Bethia sang weiter. Mühelos überwand sie die Grenzen und Gefühle, die sie an ihren Körper banden, und wurde schließlich selbst Teil des Liedes. Die Kraft der Musik floss durch ihre Hände in den Kreis und machte sie zum Mittelpunkt des Geschehens. Von allen Lasten befreit, erhob sich ihre Stimme über dem Felsenrund und forderte die anderen auf, den monotonen Gesang aufzunehmen, bis sich sämtliche Stimmen zu einem wundersamen Einklang verbanden.

Aus allen Richtungen strömten die magischen Worte nun dem Feuer entgegen, dessen Farbe sich unter der Kraft der Magie langsam veränderte. Zunächst sah es aus, als wären die Flammen in einen grün schimmernden Mantel aus Licht gehüllt. Dann drang die Farbe immer tiefer in das Herz der Flammen vor, bis über dem brennenden Reisig ein gewaltiges grünes Feuer loderte.

Bethia wurde von dem Einklang getragen, der ihre eigene Stimme um ein Vielfaches verstärkte. Sie spürte, wie die Kraft innerhalb des Rings anschwoll, wie sie das Feuer gleich einer leidenschaftlichen Umarmung umschloss und sich weiter verstärkte, bis die darin enthaltene Magie das Gefüge zu zerreißen drohte. Als sei sie selbst ein

Teil der Magie, fühlte Bethia sich zu den Flammen hingezogen, um weitere Macht zu erhalten. Sie sah weder den Ring der Steine noch die anderen Hüterinnen. In einer Wolke aus grünem Leuchten strebte ihr Bewusstsein dem Feuer zu, wissend, dass sie ihren Körper längst als leere Hülle zurückgelassen hatte. Wild und ungestüm griffen die Flammen nach ihr, zerrten und rissen an dem empfindsamen Gewebe, das sie ihre Seele nannte, und versuchten, sie aus den Wurzeln ihrer menschlichen Wirklichkeit zu reißen.

Für einen Augenblick drohte sie sich selbst zu verlieren und in der Hitze zu verglühen, doch die Bande mit dem geweihten Boden und die Verbindung zu den beiden Frauen, die ihre Hand hielten, waren stark und halfen ihr zu widerstehen. Jetzt war sie selbst das Feuer, bereit, in jene finstere Region vorzustoßen, die nie ein Lichtstrahl erhellte, bereit, Zarife zu leiten und ihr den Weg in die Heimat zu weisen.

In ihren Augen spiegelte sich die Glut des grünen Feuers, als sie den Blick durch die Flammen hindurch auf das größte Triskelsymbol richtete, das kundige Hände vor Jahrhunderten in den Stein gemeißelt hatten.

Ich bin die Macht des unzerstörbaren Lebens.

Die Worte woben sich wie von selbst in ihren Gesang und stiegen als Klang über dem Feuer auf, als würden die Flammen selbst die Anrufung rezitieren.

Ich bin die Herrin der geweihten Steine, Herrscherin über die Zeit, Gebieterin der Tore.

Die Glut in ihren Augen nahm zu, während ihre Stimme an Kraft gewann.

Ich bin die, die gewartet hat. Ich bin die, die führen wird. Ich bin die, die Welten verbindet.

Der Boden unter ihren Füßen erbebte, als sie den Fluss der Kräfte bündelte und auf das Symbol der drei Spiralen ausrichtete.

Ich bin die, die singt. Ich bin die, die befiehlt, und ich sage: Öffne dich!

Mit dem letzten Wort schossen zwei grüne Blitze aus ihren Augen hervor und bohrten sich in die Spiralen des Triskels, während ein weiterer aus ihrem Mund drang und die dritte Spirale traf. Ein gleißender Blitz, heller als die Sonne, stieg über dem Felsenrund auf. Gewaltiger Donner zerriss die Luft über dem Hochland, und ein heftiges Beben warf die Hüterinnen von den Füßen. Der Kreis zerfiel, der Zauber brach zusammen, und Bethia wurde jäh zurückgerissen. Dunkelheit griff nach ihr, und das Letzte, was sie sah, war ein gähnender schwarzer Tunnel in dem zuvor noch festen Felsgestein, an dessen Ende sich ein winziges grünes Leuchten zeigte.

25

Hákon ritt langsam. Zu langsam. Die Hüterin hatte ihm zwei Tage Zeit gegeben, den sicheren Waldrand zu erreichen, der sich am südlichen Horizont als dunkle Linie abzeichnete. Ihm war bewusst, dass es sehr viel länger dauern würde, wenn er sein Pferd weiter so vor sich hin trotten ließ.

In der Nacht war er gerade so weit geritten, dass ihn die Frauen nicht mehr hatten sehen können. Sein Nachtlager hatte er in einer Senke aufgeschlagen, doch Schlaf hatte er keinen gefunden. Unzählige Fragen waren ihm durch den Kopf gegangen, auf die er auch jetzt noch keine Antworten fand. Am schlimmsten aber war die bittere Gewissheit, sich wie ein Narr benommen zu haben. Für wen hielt er sich? Für einen glorreichen Helden, der hilflose Frauen vor dem sicheren Verderben retten musste? Hákon lachte spöttisch, als er sich seiner folgenschweren Irrtümer bewusst wurde. Aber wie hätte er auch ahnen sollen, dass Tisea einen Schutz besaß? Wie hätte er wissen sollen, dass Ulama zeitlebens den geweihten Dolch von Benize, einen der kostbarsten Schätze des alten Reiches, gehütet hatte?

Noch schlimmer aber als der Gedanke, ein Narr zu sein, war die Erkenntnis, nun endgültig zum Verräter geworden zu sein. Nicht genug, dass er Zoltans Ruf nicht gefolgt war, weil er nach seiner Schwester suchen wollte. Nun hatte er auch noch den Feinden Torpaks geholfen, ihre Macht zu vergrößern, obwohl es seine Pflicht gewesen wäre, den Dolch Karadek zu bringen.

»Hákon, der Drückeberger, der Narr, der Verräter.« Hákon stieß einen ärgerlichen Laut aus und schüttelte den Kopf. Je länger er darüber nachdachte, desto mehr wurde ihm bewusst, in welch vertrackter Lage er sich befand.

Er zügelte sein Pferd auf einer Anhöhe und richtete den Blick nach Norden, wo Tisea und Peme irgendwo hinter den Hügeln vielleicht schon eine neue Heimat gefunden hatten. »Möget ihr finden, wonach ihr gesucht habt«, murmelte er leise. »Möget ihr von heute an in Frieden leben und …«

Ein greller Blitz, der in der Ferne jäh aus dem Boden schoss und den ganzen Himmel in ein widernatürliches, zuckendes grünes Licht tauchte, ließ ihn abrupt verstummen. Wie gebannt starrte er auf das unglaubliche Schauspiel, dem gleich darauf ein gewaltiger Donnerschlag und ein unheilvolles Erbeben folgten.

Magie. Hákon war weder ein Gelehrter noch kundig in den magischen Künsten, aber erfahren genug, um zu erkennen, dass die beeindruckende Erscheinung keinen natürlichen Ursprung haben konnte. Mit pochendem Herzen beobachtete er, wie das Licht langsam schwächer wurde und dann ganz erlosch.

Er wartete, aber die Erscheinung wiederholte sich nicht.

Hákon wäre ein schlechter Waldläufer gewesen, wenn er nicht auf den ersten Blick erkannt hätte, dass der Blitz dort aufgetaucht war, wo er Tisea und Peme zurückgelassen hatte. Dort, wo auch die Hüterinnen leben mussten.

Sein Zögern währte nicht lange. Er wusste, dass er bei den Hüterinnen unerwünscht war, aber das war ihm gleichgültig, denn er war sicher, dass sich dort eine Katastrophe ungeheuren Ausmaßes ereignet haben musste. Voller Sorge um Tisea und Peme wendete er sein Pferd. Eine leise Stimme flüsterte ihm zu, dass es sinnlos war, dass er zu spät kommen würde und sich damit nur selbst in große Gefahr brächte. Aber er wusste, dass er sein Lebtag keine Ruhe finden würde, wenn er nicht wenigstens versuchte, den Frauen in ihrem Unglück zu helfen. Entschlossen verdrängte er die mahnenden Gedanken an die Dashken, schnalzte mit der Zunge und trieb seinen Braunen durch laute Rufe an, in gestrecktem Galopp nach Norden zu laufen.

»Sandra? Was, um alles in der Welt, tust du da?« Fassungslos starrte Manon ihre Freundin an, die ihre Affenskulptur eben noch gegen den Stein der Grabkammer gepresst hatte. Nun stand sie, in ein grünes Leuchten getaucht, eine Armlänge von der grün schimmernden Wand entfernt, die wie eine senkrechte Wasseroberfläche aussah, und starrte Manon hasserfüllt an. Das seltsame Licht verlieh der Szene etwas Unwirkliches, als sei sie Teil eines bizarren Gruselfilms.

»Verschwinde.« Sandras Stimme klang verzerrt. Manon war überzeugt, dass sie nun endgültig den Verstand verloren hatte. »Es ist zu spät. Du kannst mich nicht aufhalten.«

Ein Knistern erfüllte die Luft. Die ganze Grabkammer war erfüllt von Energie, die so stark war, dass sich die feinen Härchen auf Manons Armen aufrichteten. Sie machte einen Schritt auf Sandra zu. »Sei vernünftig«, bat sie. »Man wird sicher schon nach uns suchen. Jeden Augenblick können Leute hier auftauchen. Du willst doch nicht, dass sie sehen, was du hier treibst.«

»Keine Sorge, das werden sie nicht.« Sandra wirbelte herum und trat mit einem entschlossenen Schritt mitten in die Wand hinein. Für einen Augenblick zeichnete sich ihre Gestalt noch schemenhaft dahinter ab, dann war sie verschwunden.

»Sandra!« Mit wenigen Schritten war Manon an der Wand. Unfähig zu begreifen, was sie gerade gesehen hatte, starrte sie das scheinbar flüssige Gestein an. Das Knistern in der Luft wurde leiser, während die Wand von den Rändern her langsam wieder in einen festen Zustand überging.

»Sandra, komm zurück!«, rief Manon verzweifelt. Aber Sandra war fort. Sie war einfach in die Wand hineingegangen. Wohin? Was war dahinter? Zögernd hob Manon die Hand, führte sie an das flüssige Gestein und dann, ohne auf einen Widerstand zu treffen, mitten hindurch.

Manon! Sandras Stimme streifte ihre Gedanken, kaum dass sie die seltsame Erscheinung berührte. Erschrocken riss sie die Hand zurück, und die Stimme erstarb.

»Sandra!« Manon schrie, erhielt aber keine Antwort. Ohne lange zu überlegen, streckte sie die Hand wieder aus, hielt sie in das grüne Leuchten und rief noch einmal: »Sandra, wo bist du?«

Hier!, tönte es wie aus weiter Ferne. *Hilf mir, Manon!*

Sandra war in Gefahr. Sie war irgendwo hinter der schimmernden Wand und rief um Hilfe. Es war völlig absurd, und doch war es kein Traum. Irgendetwas, das sich jeder Vernunft entzog, war geschehen, und sie war die Einzige, die Sandra helfen konnte.

Ein Knirschen und Knistern lenkte Manons Aufmerksamkeit auf den Rand des seltsamen Gebildes, das sich nun immer schneller in einen normalen Felsen zurückverwandelte. Manon stockte der Atem, als sie erkannte, was das bedeutete. In wenigen Minuten würde Sandra für immer verloren sein. Sie musste handeln, und zwar schnell.

Manon biss sich auf die Lippen. Tränen rannen über ihr Gesicht. Sie wusste, dass ihr kaum noch Zeit blieb, aber es war so schwer, so unendlich schwer, eine Entscheidung zu treffen. Sandra war freiwillig in den Stein getreten, aus welchen Gründen auch immer, aber nun rief sie um Hilfe. Sie durfte ihre Freundin nicht im Stich lassen. Aber was dann? Wo würde sie sich wiederfinden? Voller Angst hob sie den Blick und erkannte ein verschwommenes Bild hinter der glatten Oberfläche des flüssigen Gesteins: sanft gewellte, grüne Hügel und Felsen im Mondlicht. Manon stutzte. War es möglich, dass dies ein verborgener Ausgang war? Daran hatte sie noch gar nicht gedacht! Sie spürte, wie sie neuen Mut schöpfte. Das grüne Leuchten in der Grabkammer schwand immer schneller. Nicht mehr lange, und sie würde hier im Dunkeln ausharren müssen, bis Retter kamen oder das Grab am nächsten Morgen wieder geöffnet wurde.

Der Gedanke, die ganze Nacht womöglich allein in diesem finsteren Grab verbringen zu müssen, machte ihr die Entscheidung leichter. Entschlossen verdrängte sie ihre Zweifel, die Verwirrung und das Entsetzen. Sie wollte hier raus. Und sie wollte Sandra helfen. Und dafür gab es nur einen Weg. Manon atmete tief durch und nahm all ihren Mut zusammen. Mit geschlossenen Augen trat sie in den Felsen, so, wie sie es bei Sandra gesehen hatte.

Aideen schlug die Augen auf, sah aber alles nur verschwommen. Sie lag auf dem Boden, ihr Kopf dröhnte. Mühsam gelang es ihr, sich daran zu erinnern, was geschehen war. Da war ein Blitz gewesen, der sie geblendet hatte, und ein Donnerschlag. Der Boden hatte sich bewegt, als ob er lebendig sei, und sie war gestürzt. Wie lange mochte das her sein?

Aideen stöhnte gequält. Der Versuch, sich zu erinnern, brachte ihr nur noch mehr Kopfschmerzen ein. Sie blinzelte, und endlich nahm die Umgebung wieder Formen an. Da loderte das Feuer. Nicht mehr so hoch wie zuvor und auch nicht mehr grün. Aber es brannte noch.

»Es ist vollbracht!« Bethias Stimme erklang ganz in der Nähe, hörte sich aber seltsam gedämpft an. Aideen verfluchte das Rauschen in ihren Ohren. Stöhnend richtete sie sich zum Sitzen auf und barg das Gesicht in den Händen.

»Bist du wohlauf?« Eine Hand legte sich auf ihre Schulter. Es dauerte eine Weile, bis sie die Stimme zuordnen konnte, dann erkannte sie, dass Orla neben ihr stand.

»Es ... es geht schon.« Das war mehr als übertrieben, aber Aideen wollte nicht, dass die anderen sie für schwach hielten. Dennoch tastete sie nach Orlas Arm und fragte: »Hilfst du mir auf?«

»Natürlich.« Orla reichte ihr die Hand.

Schwankend kam Aideen auf die Beine. Im ersten Augenblick drehte sich alles vor ihren Augen. Dann klärte sich das Bild. Jenseits der Flammen klaffte ein schwarzer Tunnel in einem der gewaltigen Felsen. Die Hüterinnen hatten sich davor versammelt und starrten in das finstere Nichts, an dessen Ende weit, weit entfernt ein schwaches grünliches Leuchten zu sehen war.

»Unglaublich, nicht wahr?«, fragte Orla ehrfürchtig. »Wir haben es tatsächlich geschafft. Das Tor ist geöffnet.«

»Ist ... ist sie schon da?« Plötzlich hatte Aideen Angst, etwas versäumt zu haben.

»Nein.« Orla schüttelte den Kopf, berührte Aideen sanft am Arm und sagte: »Komm, wir gehen zu den anderen.«

Sie umrundeten die Feuerstelle und fanden einen Platz, von dem aus sie eine gute Sicht auf das Tor hatten. Bethia stand davor. In den Händen hielt sie den Simion, dessen Augen nun so stark leuchteten, dass zwei grüne Lichtstrahlen bis weit in den Tunnel hinein reichten. Die Seherin selbst hatte die Augen geschlossen und schien in tiefer Trance versunken.

Auf dem Platz war es jetzt ganz still. Selbst der Wind schien den Atem anzuhalten. Endlose Sekunden verstrichen, dann hörte Aideen eine junge Hüterin flüstern: »Seht doch, das Licht. Es kommt näher.«

Das Heer der Rebellen lagerte gut versteckt inmitten des Waldes. Hier standen die Bäume so dicht, dass die Männer und Frauen zwischen den Stämmen kleine Unterstände aus Ästen und Zweigen errichtet hatten. Jolfur erkannte auf den ersten Blick, dass der Lagerplatz nicht neu war. In der Mitte wirkte er fast wie ein kleines Dorf mit festen Hütten aus Baumstämmen, einer Schmiede und einer primitiven Mühle. Die Pferde grasten auf einer umzäunten Lichtung, und es gab sogar eine Brücke über einen Bach, der wegen der anhaltenden Trockenheit zwar wenig Wasser führte, die Menschen und Tiere im Lager aber immer noch ausreichend mit kostbarem Nass versorgte.

Während die äußeren Bereiche, in denen die Neuankömmlinge lebten, noch ärmlich und ungeordnet wirkten, schien das Lagerleben an sich straff, fast schon militärisch organisiert zu sein. Jolfur nahm es mit Freude zur Kenntnis. Insgeheim hatte er befürchtet, auf einen verwahrlosten und schlecht ausgerüsteten Haufen von Rebellen zu treffen, die hofften, Torpaks Truppen allein durch ihre Masse an Streitern besiegen zu können.

Das Hämmern der Schmiede, die an drei Feuerstellen Tag und Nacht unermüdlich Pfeile und Schwerter herstellten, und die vielen Menschen, die sich im Umgang mit den Waffen übten, zeugten jedoch davon, dass es hier eine starke Führung gab, die durchaus etwas vom Kriegshandwerk verstand und nichts dem Zufall überließ. Jeder schien eine Aufgabe zu haben, der er mit großem Eifer nachging. Wer sich nicht im Kämpfen übte, wusch oder kochte, half beim Bau neuer Unterstände oder trug auf andere Weise seinen Teil zum Wohl der Gemeinschaft bei.

Es war deutlich zu spüren, dass die Menschen weit mehr verband, als es in einer gewöhnlichen Dorfgemeinschaft der Fall war. Alle, die hier lebten, waren freiwillig zusammengekommen. Ihr Hass auf die Herrscher in Torpak und ihre Sehnsucht, das goldene Reich Benizes neu entstehen zu lassen, machten aus ihnen eine eingeschworene Gemeinschaft, in der jeder Einzelne bereit war, für das gemeinsame Ziel bis zum Äußersten zu gehen.

Mavin hatte ihnen gezeigt, wo sie ihren kargen Vorrat an Proviant auffüllen konnten, ihnen einen Platz zugewiesen, wo sie ihr Lager aufschlagen sollten, und sie gebeten, sich am kommenden Tag bei der Heeresleitung zu melden. Die Nacht hatte ihnen zum ersten Mal seit

Langem einen tiefen und erholsamen Schlaf beschert. Als der Morgen graute, machten sie sich auf den Weg zur Heeresleitung, um sich eine Tätigkeit zuweisen zu lassen. Zwei wurden zur Schmiede geschickt, einer zur Mühle, und fünf wurden zum Holzfällen beordert. Die anderen erhielten den Auftrag, sich bei verschiedenen Handwerkern einzufinden. Bjarkar wurde eingeteilt, die Männer im Axtkampf zu unterweisen. Erfahrene Krieger gab es nur sehr wenige in den Reihen der Rebellen und man war froh um jeden, der sein Wissen an die Waldbewohner weitergeben konnte.

Jolfur wurde angewiesen, sich in einer Ecke auf einen Stuhl zu setzen und zu warten. Sobald es die Zeit erlaubte, sollte er bei den Kommandanten des Heeres vorstellig werden, um ihnen Bericht zu erstatten.

Mit Spannung wartete er auf den Augenblick, da er den Männern, die all dies geleistet hatten, gegenübertreten würde. Er wagte nicht zu schätzen, wie viele Menschen sich hier im Wald versammelt hatten, vermutete aber, dass es einige Tausend sein mussten. Und täglich kamen neue hinzu. Niemals hätte er es für möglich gehalten, dass so viele Menschen dem Ruf der Rebellen folgen würden, und wenn er ehrlich war, hätte er nicht einmal gedacht, dass so viele Menschen im Waldland lebten. Das Wissen darum, Teil dieses Heeres sein zu dürfen, erfüllte ihn mit Stolz, und er bereute es keinen Herzschlag lang, den weiten Weg auf sich genommen zu haben. Selbst Bjarkar, der lange argwöhnisch gewesen war, hatte noch am Abend eingeräumt, dass seine Zweifel unberechtigt gewesen seien.

Alle, die mit ihm aus den Bergen gekommen waren, hatten sich im Lager sofort heimisch gefühlt. Hier hatten sie endlich das Gefühl, nicht mehr allein gegen Torpaks Übermacht zu stehen. Mehr noch, zum ersten Mal glaubten sie daran, dass es ihnen wirklich gelingen könnte, sich von der Herrschaft des verhassten Karadek zu befreien.

»Jolfur?«

Er fuhr zusammen und sah auf. Mavin stand vor ihm. »Es ist so weit«, sagte er. »Folge mir. Du wirst erwartet.«

Der junge Rebell führte ihn einen kurzen Gang entlang. Vor einer massiven Holztür stand ein Posten, der respektvoll grüßte und zur Seite trat, als er Mavin erblickte. Der öffnete die Tür und trat ein. »Jolfur«, stellte er den Gast kurz vor und wartete, bis dieser an ihm vorbeigegangen war. Dann schloss er die Tür und setzte sich auf einen der beiden Stühle, die an der langen Tafel in der Mitte des Raums noch unbesetzt waren.

Unschlüssig, was er tun sollte, blieb Jolfur stehen. Die zehn Männer am Tisch hatten sich ihm zugewandt und sahen ihn neugierig an. Mavin war der einzige unter ihnen, dessen Haar noch nicht ergraut war. Alle anderen waren mindestens doppelt so alt wie der junge Rebell, und nicht wenige trugen Narben, die der lange und erbitterte Kampf gegen die Truppen aus Torpak in ihren Gesichtern zurückgelassen hatte.

»Jolfur.« Der Mann am Ende der Tafel erhob sich und deutete auf den freien Platz ihm gegenüber. Seine erdfarbene Kleidung war mit Wolfsfell besetzt, was ihm ein barbarisches Aussehen verlieh. Er war hochgewachsen und breitschultrig. Die langen dunklen Haare waren zu dünnen Zöpfen geflochten und im Nacken so kunstvoll verwoben, dass sie das Gesicht von störenden Haaren frei hielten. Seine Stimme war freundlich und wohlklingend, als er sagte: »Sei willkommen und setz dich zu uns. Mein Name ist Tendor. Ich bin, wenn ich das so sagen darf, der Präsens der Rebellen. Die anderen hier«, er deutete in die Runde, »sind meine engsten Vertrauten. Wir freuen uns, dass du deine Männer aus den Bergen hierher geführt hast und würden, so du es uns gestattest, gern ein paar Fragen an dich richten.«

»Wenn ich euch damit dienlich sein kann, gern.« Jolfur tat wie ihm geheißen und nahm neben Mavin Platz. Zu seinem Erstaunen erfuhr er, dass das Heer Torpaks nur einen Tagesmarsch entfernt lagerte, und lauschte beeindruckt den Berichten der Kommandanten, die den Feind aus dem Hinterhalt angegriffen und ihm schwere Verluste zugefügt hatten.

»Sie haben Angst!«, rief einer der Männer am Tisch mit schallendem Gelächter, als ein Bote eintrat und berichtete, dass das Heer am Vortag damit begonnen hatte, einen Ring aus Baumstämmen um ihr Lager zu errichten.

»Ich habe euch doch gesagt, dass die Garde im Wald nicht zu kämpfen weiß.« Ein grauhaariger Krieger, unter dessen Umhang Teile einer Garderüstung hervorschauten, erhob sich und blickte selbstzufrieden in die Runde. »Noch ein paar weitere nächtliche Angriffe, und sie werden sich vor Angst in die Hosen machen. Dann wird nicht einmal der legendäre Zoltan sie noch zusammenhalten können. Der Kriegherr, dem es gelingt, ein feiges Heer in die Schlacht zu führen, muss erst noch geboren werden.« Die Männer lachten und klopften zustimmend mit den Fäusten auf die Tischplatte.

Jolfur genoss es, die Männer so zuversichtlich zu sehen. Gern ließ auch er sich anstecken von dem Siegeswillen, der die Männer im Raum erfasst hatte. Hier waren nicht einfach nur Menschen zusammengekommen, die ein grausames Schicksal gegen Torpak aufgebracht hatte. An diesem Tisch saßen Krieger, die der Glaube an eine bessere Zukunft vereinte und die fest entschlossen waren, dafür zu kämpfen.

»Nun zu dir, Jolfur«, hörte er Tendor sagen. »Du bist erst gestern zu uns gestoßen und kannst uns sicher berichten, wie es in den Bergen aussieht und was ihr auf dem Weg hierher beobachtet habt.«

Jolfur erhob sich; nach all den Heldentaten, von denen er zuvor gehört hatte, erschien ihm sein eigener Bericht kaum erwähnenswert, und er fürchtete, die Männer zu langweilen. »Ehrenwerter Tendor«, hob er an. »Ich kann Euch leider nicht allzu viel berichten. Wir sind weder dem Heer aus Torpak begegnet, noch mussten wir auf unserem Weg ruhmreiche Kämpfe ausfechten. Bis auf einen Angriff von Schattenwölfen, der zwei Männer das Leben kostete, sind wir ...«

»Schattenwölfe?« Ein grauhaariger Alter im schlichten Gewand der Heiler erhob sich. »Bist du dir ganz sicher?«, fragte er.

»Ganz sicher.« Jolfur nickte.

»Warum stehst du dann noch hier?«, bohrte der Alte weiter. »Schattenwölfe lassen für gewöhnlich erst von ihrer Beute ab, wenn sie diese in Stücke gerissen haben.«

»Ich weiß.« Jolfur nickte. »Und doch ist es die Wahrheit. Ich kann weder sagen, was sie dazu bewegte, uns im Waldland anzugreifen, noch kenne ich den Grund dafür, warum sie von uns abließen. Aber ich bin froh, dass ich noch lebe.«

»Willst du uns nicht von dem Kampf berichten?«, fragte Tendor.

»Gern.« Jolfur setzte zu einem Bericht an. Doch ehe er beginnen konnte, wurde die Tür geöffnet, und ein Krieger stürmte herein. Er war verschwitzt, völlig außer Atem und roch streng nach Pferd. »Mein Herr.« Er beugte ehrerbietend das Knie. »Verzeiht, dass ich diese Versammlung auf so ungehörige Weise störe, aber es gibt schlimme Neuigkeiten.«

»Berichte.« Tendors Miene zeugte von Sorge. »Was ist geschehen?«

»Sie haben einen meiner Männer gefangen.« Die Stimme des Kriegers bebte. »Gestern Nacht. Er ... er ist ... er war noch sehr jung. Sie haben ihn gefoltert, wir hörten seine Schreie. Und dann ...« Ihm versagte die Stimme.

»Was dann?«, drängte Mavin.

»Dann haben sie seinen Kopf als Warnung in den Wald geworfen.« Die Worte lösten einen Sturm der Entrüstung aus. Alle riefen durcheinander, bis Tendor sich Gehör verschaffte.

»Ruhe!«

Augenblicklich war es totenstill. »Wer war es?«, fragte Tendor.

»Eldar.«

Der Name führte erneut zu Unruhe, Bestürzung und Erschrecken. Diesmal jedoch wussten die Männer sich zurückzunehmen. Alle Augen ruhten nun auf Tendor. »Eldar«, sagte dieser nicht minder erschüttert. »Bei den Göttern, welch grausames Ende für diesen tapferen Jungen.« Er schaute Mavin an und sagte: »Geh und bringe es seinem Vater schonend bei, mein Sohn.«

Mein Sohn? Jolfurs Blick wanderte von Tendor zu Mavin und wieder zurück. Dann verstand er.

Mavin nickte, stand auf und verließ gemeinsam mit dem Krieger den Raum, während Tendor alle aufforderte, sich wieder zu setzen. »Dieser Verlust ist schlimm«, hob er an. »Nicht nur, weil viele von uns Eldar kannten. Nicht nur, weil er noch so jung und voller Träume war. Er ist der Erste unserer Männer, der den Truppen lebend in die Hände gefallen ist. Ihrer Späher und Spitzel haben wir uns erwehren können. Jetzt jedoch steht zu befürchten, dass sie auch ohne Spitzel erfahren haben, was sie wissen wollen.«

»Ich werde sofort die Wachen verdoppeln«, sagte einer der Männer.

»Ein guter Entschluss.« Tendor nickte, ließ den Blick über die Gesichter der Versammelten schweifen und fügte hinzu: »Dem aber noch viele folgen müssen.«

Die Stille im Steinkreis war so vollkommen, dass Aideen die Anspannung fast körperlich spürte, die von den Hüterinnen Besitz ergriffen hatte. Alle starrten wie gebannt auf den winzigen grünen Lichtpunkt in den Tiefen des Tunnels, der sich ihnen in einer tanzenden Bewegung näherte.

Bethia rührte sich nicht. Die Augen fest geschlossen, streckte sie die tönerne Affenskulptur dem Licht entgegen. Dabei bewegte sie die Lippen, als singe sie ein stummes Lied, während sich der grüne Lichtstrahl aus den Augen der Statue irgendwo in der Dunkelheit jenseits der Tunnelöffnung verlor.

»Was tut Bethia da?«, fragte Orla flüsternd.

»Sie führt«, erwiderte Aideen ebenso leise. »Das grüne Leuchten und das Lied, das sie singt, vermögen die Sphäre zwischen den Welten zu durchdringen und werden Zarife sicher hierherleiten.«

»Beten wir, dass sie erfolgreich sein möge.«

Das Licht, das zu Beginn kaum mehr als ein Funken in der Dunkelheit gewesen war, war jetzt deutlich größer geworden.

Gleich ist sie hier! Aideen spürte, wie ihr Herz heftig zu pochen begann. Wie die anderen konnte auch sie es kaum erwarten, dass sich die Prophezeiung erfüllte.

Plötzlich kam Unruhe auf. Schreckensrufe wurden laut, und Aideen sah, wie zwei Hüterinnen zu Bethia eilten. Die Seherin schwankte. »Aideen!«, rief sie. »Nimm den Simion. Nimm ihn!«

Aideen blieb vor Schreck fast das Herz stehen. Ohne zu überlegen, bahnte sie sich einen Weg durch die Umstehenden und erreichte Bethia in eben dem Augenblick, da ihr der Simion aus den Händen glitt. Geschickt fing sie ihn auf.

»Was ist geschehen?«

»Was ist mit ihr?«

»Sie hat einen Schwächeanfall.«

»Bringt Wasser, schnell!«

»Bei den Göttern, so helft ihr doch.« Von überall her waren Stimmen zu hören. Alle waren bestürzt und in großer Sorge um die Seherin. Aideen aber hatte nur Augen für die Skulptur. Instinktiv wusste sie, dass sie vollenden musste, was Bethia begonnen hatte, sonst würde Zarife für immer in der Sphäre zwischen den Welten gefangen sein. Ohne zu überlegen, hielt sie den Simion so, dass der Lichtschein wieder in den Tunnel hineinreichte. Es war ein verzweifelter und vielleicht nutzloser Versuch, das Schlimmste zu verhindern, aber es war alles, was sie tun konnte, denn sie kannte das Lied nicht, das Bethia gesungen hatte.

Mit dem Mut der Verzweiflung trat sie vor das Tor, das wie ein gieriges schwarzes Maul im Felsen gähnte. Ein eisiger Windzug, der etwas Widernatürliches an sich hatte, strömte aus der Schwärze und streifte ihr Gesicht wie die Finger des Todes, aber sie wankte nicht und hielt den Simion so unerschütterlich, wie Bethia es getan hatte, dem fernen Lichtschein entgegen. »Komm«, flüsterte sie, weil sie nicht wusste, was sie sonst sagen sollte. »Bitte komm. Wir sind hier. Wir erwarten dich.«

Halte ein, Schwester!

Aideen zuckte zusammen. Fast hätte sie die Skulptur fallen gelassen. »Du?«, entfuhr es ihr.

Sie darf das Tor nicht durchschreiten. Wie ein Blitz schoss das wolkenhafte Gespinst heran. Es platzierte sich genau vor dem grünen Lichtstrahl, konnte diesen aber nicht abschirmen, denn er ging mitten durch den Nebel hindurch.

Halte ein, ich flehe dich an, kreischte es in Aideens Gedanken. *Sie darf nicht zurückkehren ...*

»Geh aus dem Weg!« Aideen hielt die Statue etwas höher und versuchte, dem Nebel auszuweichen.

Ihr werdet alle sterben ... Alle werden sterben! Das Gespinst gab keine Ruhe. Aideen blickte sich um, aber niemand schien es zu bemerken. Während sich die Heilerinnen um Bethia bemühten, starrten die anderen weiter auf das Tor, wo sich das Licht langsam, aber stetig näherte. Offenbar hatten sie nicht den geringsten Zweifel, dass Aideen die Anrufung auch ohne Bethias Hilfe beenden konnte. Die Zuversicht der anderen und die Gewissheit, dass das Licht nach wie vor näher kam, gaben Aideen neuen Mut. »Verschwinde!«, herrschte sie das Nebelgespinst an. »Ich werde vollenden, was Bethia begonnen hat. Du kannst mich nicht aufhalten.« Sie wollte die Anrufung fortsetzen, als in ihren Ohren jäh ein schriller Pfeifton zu hören war, der ihr rasende Kopfschmerzen einbrachte und jeden anderen Gedanken unmöglich machte. Instinktiv wollte sie sich die Ohren zuhalten, unterdrückte aber im letzten Augenblick den Impuls, die Statue loszulassen.

»Hör auf!« In ihrer Verzweiflung schrie sie die Worte laut hinaus. Das Pfeifen wurde unerträglich. Aideen keuchte auf. Schweißperlen traten ihr auf die Stirn, während sie krampfhaft versuchte, den Simion festzuhalten.

Ich lasse nicht zu, dass sie alles vernichtet. Ich lasse nicht zu, dass die Verblendeten dem Bösen die Tür öffnen. Ich habe geschworen zu wachen, und ich gebe nicht auf. Selbst über das Pfeifen hinweg konnte Aideen die Stimme noch hören. *Wirf ihn weg!* Der Befehl hatte etwa Zwingendes. Aideen spürte, wie ihre Arme zuckten.

Wirf ihn in das Tor.

»Nein!« Aideen biss die Zähne zusammen. Ihr Atem ging stoßweise. Das Pfeifen brachte sie an den Rand des Wahnsinns, aber sie kämpfte weiter, wild entschlossen, dem Willen des seltsamen Geschöpfes zu widerstehen.

Wirf ihn fort! Wirf ihn!

Aideen spürte, wie ihre Kräfte schwanden. Verzweifelt hoffte sie darauf, dass ihr jemand zu Hilfe kam, aber niemand schien zu bemerken, welchen Kampf sie innerlich ausfocht. Wie zuvor schon bei Bethia schienen sie ihre Erschöpfung der Anstrengung zuzuschreiben, das Tor geöffnet zu halten und Zarife den Weg zu weisen. Das Licht schien nun ganz nah zu sein. Nicht mehr lange, und Zarife würde das Tor verlassen. Durchhalten, dachte sie ermattet. Ich muss nur noch ein wenig durchhalten.

Hinfort mit dem Simion.

Der Befehl traf sie mit der Wucht eines Fausthiebs. Sie zuckte zusammen und verlor für den Bruchteil eines Atemzugs die Kontrolle über ihren Körper. Dies nutzte das geisterhafte Wesen aus. Aideen spürte, wie ihre Arme ohne ihr Zutun nach vorn schnellten. Der Simion entglitt ihren Händen und flog in eigentümlich trudelnden Bewegungen auf das Tor zu.

Sie hörte die Hüterinnen aufschreien und sah Bethias entsetztes Gesicht. Dann zersplitterte das Bild vor ihren Augen in einem gleißenden Blitz, der den Felsen sprengte und das Tor für immer zerstörte.

26

Kaum hatte Manon das Tor durchschritten, übermannte sie das Gefühl, aus sich selbst herauszutreten. Sie fühlte sich leicht und unbeschwert, wie ein Geist, der körperlos umherwandelt, während sich das grüne Licht um sie herum wie ein Strudel drehte. In dem Licht tummelten sich Bilder von Orten, die sie nie gesehen hatte, von Menschen, die sie nicht kannte, und von Gebäuden, die sie nie betreten hatte. Es war, als sehe sie einen Film in kurzen Schlaglichtern vor ihrem geistigen Auge ablaufen. Die Bilder kamen in immer kürzerer Folge, so wie sich auch der Strudel immer schneller drehte. Bald konnte Manon keine Einzelheiten mehr erkennen. Ihr wurde schwindelig und übel. Panik griff nach ihr. Sie hatte sich getäuscht: Wo immer das Tor in der Felswand auch hinführen mochte, ganz sicher nicht auf die Hügel rings um Newgrange.

Aber für eine Umkehr war es längst zu spät. Irgendwann gab Manon die Gegenwehr auf und ließ sich einfach treiben. Die Flut der Bilder ebbte ab, das Schwindelgefühl verschwand, und sie fand sich in einer samtenen Dunkelheit wieder, durch die sie wie von einem unsichtbaren Sog gezogen wurde. Alles war unwirklich, fast wie in einem Traum. Sie glaubte in einem Tunnel zu sein, aber die Dunkelheit rings um sie herum war vollkommen, und sie fand keine Beweise dafür.

Dann sah sie den Lichtstrahl. Ein dünner grüner Faden, wie ein Laserstrahl, der aus den Tiefen des Raums irgendwo vor ihr zu kommen und sie zu leiten schien.

Ein Licht. Und eine Stimme. Jemand sang in einer Sprache, die sie nicht verstehen konnte. Manon fühlte sich getröstet und geborgen in der Melodie und schöpfte Hoffnung. Sie versuchte den Ursprung des Lichts zu ergründen, fand aber nur Dunkelheit. Plötzlich verstummte das Lied. Das Licht erlosch. Eine eisige Kälte, die sie zuvor nicht gespürt hatte, griff nach ihr. Trost und Zuversicht verschwanden, und der Sog, der sie bisher getragen hatte, verebbte. Manon begann zu trudeln, sie ruderte mit den Armen und versuchte irgendwo Halt zu finden, aber ihre Hände griffen ins Leere, denn einen Boden unter den Füßen gab es nicht. Furcht stieg in ihr auf, doch ehe diese übermächtig werden konnte, kehrte das Licht zurück. Der Sog setzte wieder ein, und wenn er auch nicht mehr so stark war wie zuvor, so war es doch tröstlich zu spüren, dass die Reise weiterging.

Allerdings nicht sehr weit. Kaum dass die Panik abgeklungen war, hüpfte der Lichtstrahl wieder unstet hin und her, verschwand ganz und tauchte wieder auf.

Dann zerriss ein krachender Donnerschlag die Luft. Ein greller Blitz blendete Manon, und eine gewaltige Druckwelle wirbelte sie wie ein trockenes Blatt umher. Manon schrie auf und ruderte mit den Armen, fand in der vollkommenen Dunkelheit aber keinen Halt. Und diesmal tauchte der Lichtstrahl nicht wieder auf …

»Bei den Göttern, Aideen! Was hast du getan?« Fassungslos trat Orla neben Aideen, die wie angewurzelt vor dem Felsen stand und geistesabwesend auf das graue Gestein starrte. Ein klaffender Riss spaltete den drei Meter hohen Findling von der Spitze bis zum Boden. Der Fels war zu beiden Seiten mit Ruß bedeckt, das Triskelsymbol in der Mitte bis zur Unkenntlichkeit geschwärzt. Von dem Tor, das sich eben noch in dem Felsen gezeigt hatte, war nichts mehr zu sehen.

»Verräterin! Sie ist eine Verräterin.« Eine der älteren Hüterinnen überwand den Schrecken als Erste und hastete auf sie zu. Mit zorngerötetem Gesicht packte sie Aideen an der Schulter und riss sie herum. »Das hast du mit Absicht gemacht. Du … du …!«

Ihre Stimme hallte durch das Felsenrund und brach den Bann, den das Unfassbare über die Hüterinnen gelegt hatte. Unvermittelt fand sich Aideen inmitten wütender Hüterinnen wieder, die sie aufs Übelste beschimpften, drohend die Fäuste hoben und unsanft an ihren Gewändern rissen. »Verräterin!«, riefen sie, und einige nannten sie sogar eine Hure Torpaks.

Aideen wehrte sich nicht. Stumm ließ sie die Demütigungen über sich ergehen. Sie wusste, dass sie versagt hatte, war verzweifelt und schämte sich entsetzlich für das angerichtete Unheil. Sie hatte getan, was Bethia von ihr verlangt hatte, und dabei alles nur noch schlimmer gemacht. Das Tor war geschlossen, der Simion zerstört. Niemand wusste, wo Zarife jetzt war. Alles, wofür Generationen von Hüterinnen gelebt und gewirkt hatten, war verloren.

»Verstoßt sie!«

»Tötet sie.«

»Fort mit ihr!«

»Sie ist es nicht länger wert, eine Hüterin zu sein.«

Immer mehr Stimmen wurde laut, die eine Bestrafung bis hin zum Tod forderten. Die Frauen waren außer sich. Aideen spürte, wie sie ihr an Kleidern und Haaren rissen, sie schubsten, kratzten und schlugen. Sie ließ es geschehen. Eine Erklärung für das, was sie getan hatte, kam ihr nicht über die Lippen. Tief in sich wusste sie, dass die Frauen recht hatten. Sie hatte versagt. Natürlich war sie keine Verräterin, aber darauf kam es gar nicht an. Sie hatte die Hoffnungen und Träume von Generationen zerstört und großes Unheil über das Land gebracht. Sie konnte die Wut der Hüterinnen verstehen, und es erschien ihr nur richtig, wenn sie bestraft wurde.

»Haltet ein!« Bethias Stimme war über das Geschrei hinweg kaum zu verstehen. Irgendwie gelang es ihr dennoch, sich Gehör zu verschaffen. »Haltet ein!«, rief sie noch einmal, zwängte sich durch die aufgebrachte Menge und stellte sich neben Aideen. »Seid ihr von Sinnen?«, fuhr sie die Frauen an. »Wie könnt ihr es wagen, Aideen anzugreifen? Ohne zu zögern hat sie ihr Leben riskiert, um zu vollenden, was ich nicht zu Ende bringen konnte. Dafür gebührt ihr Respekt und nicht der Tod.«

»Sie hat das Tor zerstört«, begehrte eine der Frauen auf. »Sie hat die Rückkehr Zarifes verhindert. Sie hat …«

»Sie hat getan, was in ihrer Macht stand.« Bethia legte alle verbliebene Kraft in ihre Stimme. »Sie hat Mut bewiesen und Kräfte entwickelt, denen höchster Respekt gebührt. Am Ende ist es nicht genug gewesen. Aber dafür kann ihr niemand einen Vorwurf machen.«

»Ich habe genau gesehen, dass sie den Simion in das Tor geworfen hat«, rief eine der Hüterinnen, und andere stimmten mit ein. »Sie hat den Simion geworfen. Mit Absicht. Dafür trägt allein sie die Verantwortung.«

»Das ist nicht wahr!« Zum ersten Mal wagte Aideen, sich gegen die Anschuldigungen zu wehren. »Es … es war keine Absicht. Da … da war …« Sie verstummte. Wie sollte sie den Frauen die Stimme erklären, die offenbar nur sie hören konnte? Wie ihnen von dem Gespinst erzählen, wenn es niemand außer ihr gesehen hatte? Noch während sie sprach, erkannte sie, dass alles, was sie zu ihrer Verteidigung hätte anführen können, sich in den Ohren der anderen wie eine lächerliche Lügengeschichte anhören musste.

»... ein unerträglicher Pfeifton?« Bethia schaute sie fragend an.

»Ihr ... Ihr wisst davon?« Aideen war sprachlos.

»Darüber sprechen wir später.« Bethia lächelte flüchtig und hob die Hand, um die aufgebrachten Hüterinnen zur Ruhe zu mahnen. Sie wollte etwas sagen, aber die Oberin kam ihr zuvor. »Ich verstehe eure Wut, aber es steht uns nicht zu, hier und jetzt über Aideens Schuld und Unschuld zu entscheiden«, erklärte sie mit fester Stimme. »Sie kam Bethias Bitte um Hilfe nach. Was dann geschah, darüber gilt es in Ruhe zu ...«

»Seht doch, die Augen!« Der Ausruf einer Novizin ließ alle herumfahren. Das Mädchen hockte auf dem Boden vor dem geborstenen Felsen, hob etwas aus dem Schutt der Felstrümmer auf und eilte damit zu Bethia.

»Der Kopf des Simions.« Ein Raunen lief durch die Reihen der Hüterinnen, als sie erkannten, was die Novizin da in den Händen hielt. Die Skulptur war geborsten. Der Rumpf fehlte, ein Ohr war abgerissen, und auch der Kopf zeigte Risse. In den Augen des Simions aber glomm immer noch das grüne Leuchten, das von Zarifes Nähe kündete.

»Unglaublich.« Bethia nahm den Affenkopf ehrfürchtig entgegen und besah ihn sich genauer.

»Was bedeutet das?«, fragte die Oberin, aber die Seherin war so in ihre Betrachtung vertieft, dass sie nicht darauf einging. »Holt mir einen verkohlten Ast aus dem Feuer«, bat sie, ohne den Blick von dem Simion abzuwenden. »Schnell.«

Wenig später hielt Bethia einen glimmenden Stock in der einen und den Kopf des Simions in der anderen Hand. Wie alle folgte auch Aideen, die neben ihr stand, gespannt jeder ihrer Bewegungen. Der überraschende Fund machte ihr Hoffnung. Sie war überzeugt gewesen, dass der Simion jenseits des Tors für immer verloren war. Doch jetzt ... Sie führte den Gedanken nicht zu Ende, weil Bethia den Stock nun so vor den Simion hielt, dass der Lichtstrahl aus den Augen im Qualm sichtbar wurde. Er wies nach Süden!

Aideen keuchte auf, als sie erkannte, was das bedeutete, und wie zur Bestätigung hörte sie Bethia in diesem Augenblick sagen: »Sie ist hier!«

Schlagartig schlug die Stimmung um. Alle scharten sich nun um die Seherin, in der Hoffnung, einen Blick auf den Kopf des Simions werfen zu können. Die Wut auf Aideen schien vergessen.

»Wo ist sie?«

»Wann kommt sie hierher?«

»Ist sie weit weg?«

»Wie können wir sie finden?«

Alle redeten aufgeregt durcheinander und machten es Bethia unmöglich, eine Antwort zu geben.

»Ruhe!« Es war die Oberin selbst, die ein Machtwort sprach. »Hört auf, Bethia zu bedrängen«, verlangte sie mit scharfer Stimme. »Seht ihr denn nicht, dass sie nachdenken muss? Ich verstehe eure Aufregung, aber es bringt uns nicht weiter, wenn ihr wie Kinder durcheinanderredet. Übt euch in Geduld. Ich bin sicher, Bethia wird uns mitteilen, welche Schlüsse sie aus dem Zeichen zieht, sobald sie sich darüber im Klaren ist.« Tatsächlich wurde es still. Die Hüterinnen waren immer noch sehr aufgeregt, aber sie nahmen sich zurück und warteten voller Ungeduld auf das, was Bethia sagen würde.

Die Seherin ließ sich Zeit. Immer wieder hielt sie den Simion in die Höhe und prüfte mithilfe des qualmenden Stocks, in welche Richtung der Blick des Affen zeigte. Zwischendurch verharrte sie schweigend, als lausche sie auf etwas, das die anderen nicht hören konnten.

Endlich ließ sie den Simion sinken und den Blick über die Gesichter der Umstehenden schweifen. »Sie ist hier«, sagte sie wieder und fügte hinzu: »Der Blick des Simions weist nach Südosten. Dort müssen wir sie suchen.«

»Ich werde gehen.« Mel trat vor. Ihre Augen leuchteten vor Eifer.

»Nein, du nicht.« Bethia schüttelte den Kopf. »Ich werde gehen.«

»Aber Ihr seid noch nicht wieder bei Kräften«, warf eine der Heilerinnen ein. »Es wäre mehr als leichtsinnig, zu diesem Zeitpunkt eine ...«

»Keine Sorge, ich fühle mich schon besser«, fiel Bethia der Heilerin ins Wort. »Und außerdem gehe ich nicht allein. Aideen wird mich begleiten.«

Ein Raunen lief durch die Menge, als die Hüterinnen das hörten.

»Die Verräterin?«, ereiferten sich einige.

»Sie wird wieder alles verderben«, mahnten andere.

Aber Bethia ließ sich nicht beirren. Sie winkte Aideen zu sich und sagte so laut, dass alle es hören konnten: »Lauf hinunter und hole uns Proviant für zwei Tage. Und bitte die Botin des Dolches, uns ihr Pferd zu leihen. Wir dürfen keine Zeit verlieren. Es ist möglich, dass Zarife verletzt ist und unsere Hilfe braucht.«

Aideen nickte und wandte sich um, um Bethias Anweisungen auszuführen. Mel warf ihr finstere Blicke zu, als sie an ihr vorbeiging. Sie sagte nichts, aber Aideen spürte, dass die Kluft zwischen ihnen immer größer wurde. Es tat weh, aber sie hatte nicht die Zeit, sich darum zu kümmern. Zarife war irgendwo dort draußen im Hochland. Sie zu finden und sicher zu den Höhlen zu bringen, war nun das oberste Gebot.

»Bei den Göttern!« Als der junge Magier den Raum betrat, in dem sich das einzige Weltentor Torpaks befand, prallte er erschrocken zurück.

Er war nur kurz hinausgegangen, um sich etwas zu essen zu holen, als ein Knall aus dem Torraum ihn hatte zusammenzucken lassen. Sofort war er zurückgelaufen und fand nun die drei großen, pyramidenförmigen Leuchtkristalle, die in Form eines Dreiecks auf dem Boden in der Mitte des Raums angeordnet waren, in eine dicke Rauchwolke gehüllt vor.

Fassungslos trat er vor die erloschenen Kristalle, achtete jedoch darauf, die filigranen Linien und magischen Schriftzeichen, welche die drei miteinander verbanden, nicht zu berühren.

Was war nur geschehen?

Das Weltentor von Torpak war von den Magiern vor Jahrzehnten mithilfe der drei kunstvoll geschliffenen Kristalle in den Kellergewölben des größten und prächtigsten Hauses in Torpak – dem Haus der Magier – errichtet worden und wurde seitdem Tag und Nacht bewacht. Noch nie hatte es einen solch dramatischen Zwischenfall gegeben. Noch nie waren die Kristalle auch nur für einen Augenblick erloschen.

Der Magier hustete. Qualm und Gestank verhießen nichts Gutes. Und während er noch überlegte, wie er den Vorfall dem Auguren und obersten Magier Torpaks erklären sollte, stolperte dieser auch schon zur Tür herein.

»Bei den Toren des Halvadal!«, entfuhr es Odion. »Was ist geschehen? Ich spürte ein Erbeben und ahnte, dass es mit dem Tor zusammenhängen muss. Aber das …« Er führte den Satz nicht zu Ende. Bestürzt schritt er auf das Tor zu. Der Qualm verzog sich langsam und gab den Blick frei auf einen schwelenden Brandfleck, der auf dem Boden in der Mitte des Dreiecks eine ganze Reihe von Schriftzeichen ausgelöscht hatte.

»Ich … ich weiß es nicht genau«, stammelte der junge Magier, bemüht, seine Nachlässigkeit vor den Auguren zu verbergen. »Ich habe nur kurz nicht hingesehen, da gab es einen Knall, und eine Stichflamme schoss aus dem Boden hervor. Die Kristalle erloschen, und seitdem sieht es so aus.«

Odion sagte nichts. Nacheinander überprüfte er die Kristalle und ließ sich dann mit geschlossenen Augen in Trance gleiten.

Als er wieder aufsah, war sein Blick von tiefer Sorge geprägt.

»Was ist mit dem Tor?«, erkundigte sich der junge Magier.

Odion antwortete nicht sofort. Erschüttert betrachtete er den Ort der Verwüstung und sagte dann wie abwesend: »Das ist kein Tor mehr. Die Verbindung ist zerstört. Wir haben sie verloren – für immer.«

Als Manon erwachte, brach die Sonne durch eine Lücke in der Wolkendecke. Geblendet schloss sie die Augen. Sie lag auf dem Rücken, ihr Kopf schmerzte, und sie hatte das Gefühl, dass sich alles um sie herum drehte. Unsicher, was geschehen war, blieb sie liegen und unterzog ihren Körper einer kurzen Kontrolle. Arme und Beine schienen unversehrt. Zumindest spürte sie keinen Schmerz, wenn sie Zehen und Finger vorsichtig bewegte.

Zaghaft öffnete sie ihr Bewusstsein für andere Empfindungen. Der Boden unter ihr war weich und feucht. Als sie tastend die Hände bewegte, spürte sie Gräser unter ihren Fingern. Eine Wiese oder etwas Ähnliches. Aber ganz gleich, was es war; es war fest und bewegte sich nicht, und das allein zählte.

Ich habe überlebt! Der Gedanke löste einen Knoten in ihrer Brust, und sie atmete auf. Der Weg durch den furchtbaren Strudel hatte ein

Ende gefunden. Ein gutes Ende. Manon lächelte. Ein Windzug trug ihr den würzigen Duft feuchter Erde zu. Sie liebte diesen Geruch und hieß ihn willkommen. Er war ein Zeichen von Normalität, etwas Vertrautes nach all dem Verrückten, was an diesem Tag passiert war. Am liebsten wäre sie gar nicht aufgestanden.

Dann aber spürte sie die Kälte und erkannte ihren Irrtum. Die würzigen Gerüche waren vertraut, aber es schwang nicht der Duft darin mit, der es hätte sein müssen. Dies war nicht der Duft der jungen aufgebrochenen Erde nach einem warmen Frühlingstag, nicht der Wohlgeruch, der von lauen Nächten und einem nahenden Sommer kündete. Die Luft trug die Ahnung von Kälte und Frost in sich, Vorboten von Schnee und Eis, so wie Manon es von späten Herbsttagen kannte.

Schlagartig war es mit der Ruhe vorbei. Manon setzte sich auf, schaute sich um und fand ihre schlimmsten Befürchtungen bestätigt. Sie saß auf einem Hügel inmitten einer Landschaft, die dem Boyne-Tal zwar sehr ähnlich war, die aber unmöglich die Gegend um Newgrange sein konnte. Nirgends waren Häuser zu sehen. Keine Straße, kein Auto, kein Mensch und keine Tiere.

Ich bin allein. Der Gedanke hätte sie erschrecken und ihr Angst machen müssen. Aber Manon spürte nichts dergleichen. Es schien, als habe sich ihre Fähigkeit, sich zu ängstigen, im Grab von Newgrange erschöpft. Alles, was sie fühlte, war eine große Leere, gepaart mit Ratlosigkeit.

Fröstelnd zog sie die Beine an den Körper und schlang die Arme um die Knie. In Newgrange war es ihr in der Jeans, dem Top und der leichten Strickjacke fast zu warm gewesen. Hier aber spürte sie eine beißende Kälte auf der Haut

Wo war sie? Auf der Suche nach etwas Vertrautem ließ Manon den Blick über die Landschaft schweifen. Doch wohin sie auch sah, überall bot sich ihr das gleiche Bild: Sanfte grüne Hügel wölbten sich unter einem wolkenverhangenen Himmel. Es gab nur wenige Büsche und gar keine Bäume, dafür aber reichlich Felsen und Steine. Nirgends war eine Menschenseele zu sehen. Nichts deutete darauf hin, dass sich außer ihr noch jemand in dieser Einöde befand.

»Sandra?« Zögernd und viel zu leise kam Manon der Ruf über die Lippen. »Sandra? Wo bist du?«

Mit weichen Knien richtete sie sich auf, in der Hoffnung, etwas erkennen zu können, aber die Schatten in den Tälern gaben nicht preis, was sich in ihnen verbarg, und so blieb ihr nichts anders übrig, als noch einmal und sehr viel lauter zu rufen.

»San-draaaaaa!« Der Ruf brach sich an den Hügeln und verhallte in der Ferne. Manon lauschte, erhielt aber keine Antwort.

Ratlos wollte sie sich wieder setzen, als sie plötzlich Blicke im Nacken spürte. Jemand war hinter ihr. Ganz nah. Es war unheimlich. Sie war sicher, niemanden gesehen zu haben. Und dennoch ... Manon biss die Zähne zusammen, nahm all ihren Mut zusammen und drehte sich um.

Eine knappe halbe Stunde, nachdem die Novizin den Kopf des Simions zwischen den Gesteinstrümmern gefunden hatte, machten sich Bethia und Aideen mit Silfri auf den Weg, um Zarife zu suchen. Die Hüterinnen selbst besaßen keine Pferde und konnten auch nicht reiten, aber Silfri war für Bethia, die noch unter den Folgen des Schwächeanfalls litt, ein Glücksfall. Etwas unbeholfen hatte die Seherin den breiten Rücken des Kaltblüters erklommen und ließ sich nun von Aideen führen. Bethia hielt eine Schale mit räucherndem Nurpuk in den Händen, einem wohlriechenden Harz, das aus den Nadelsträuchern des Hochlands gewonnen und von den Hüterinnen gern für rituelle Zwecke verwendet wurde. In regelmäßigen Abständen ließ Aideen Silfri anhalten, damit Bethia mithilfe des Simions prüfen konnte, ob sie noch auf dem richtigen Weg waren.

»Was ist, wenn Zarife im Waldland ist?«, fragte Aideen, als sie eine Weile schweigend nach Süden gegangen waren.

»Sie ist nicht im Waldland.«

»Nicht?« Aideen wandte sich um. »Woher wisst Ihr das?«

»Ich weiß es.« Bethias Tonfall machte deutlich, dass sie nichts weiter dazu sagen wollte. Und tatsächlich wechselte sie gleich darauf das Thema. »Du hast sie auch gehört, nicht wahr?«, fragte sie scheinbar zusammenhangslos.

»Wen?« Aideen wusste sehr wohl, wovon Bethia sprach, aber sie versuchte Zeit zu gewinnen.

»Die Stimme und den grässlichen Pfeifton.« Bethia blieb geduldig. »Ich weiß, dass du sie auch gehört hast, denn ich habe dich mit ihr sprechen gehört.« Aideen antwortete nicht sofort. Unschlüssig, was sie sagen sollte, suchte sie nach Worten. »War es dieselbe Stimme, die du auch schon am Heiligtum gehört hast?«, fragte Bethia in ihr Schweigen hinein.

»Nein. Das heißt, ich weiß es nicht«, gab Aideen zu. »Die Stimmen am Heiligtum konnte ich nicht verstehen. Diese hier hat schon öfter zu mir gesprochen.«

»Öfter? Warum hast du mir nie etwas davon erzählt?«

»Weil ...« Aideen biss sich auf die Lippen. Im Nachhinein erkannte sie, dass es besser gewesen wäre, Bethia sofort einzuweihen. Aber für Reue war es zu spät. Sie konnte nur hoffen, dass die Seherin ihre Beweggründe verstehen würde. »Ihr ... Ihr wart so beschäftigt«, hob sie leise zu einer Erklärung an. »Ich hatte Angst, es Euch zu sagen, denn ich wollte nicht, dass Ihr mich für verrückt haltet.«

»Du hattest Angst, dass ich dich für verrückt halte?« Bethia klang belustigt. Sie schüttelte den Kopf und fügte hinzu: »Wie kommst du denn auf so einen Gedanken? Natürlich halte ich dich für verrückt, so wie ich mich selbst auch für verrückt halte. Eine Seherin ist immer ein wenig verrückt, denn sie sieht Dinge, die anderen verborgen bleiben. Die Fähigkeit, Stimmen von Tieren, Pflanzen und auch von den Geistern zu hören, ist untrennbar mit unserer Gabe verbunden. Es ist nichts Verwerfliches daran.«

Aideen senkte beschämt den Blick. »Verzeiht.«

»Du musst noch viel lernen.« Bethia lächelte verständnisvoll. »Aber es ist noch nicht zu spät. Nach allem, was geschehen ist, möchte ich, dass du mir alles erzählst, was du über die Stimme weißt. Alles, hörst du? Das ist sehr wichtig. Vom ersten Tag bis hin zu dem, was dir heute am Tor widerfahren ist. Jetzt.«

Aideen nickte. Sie überlegte kurz, wie sie beginnen sollte. Dann erzählte sie, wie Bethia es verlangt hatte ...

»Sie wollte, dass du die Anrufung verhinderst?« Bethia war außer sich über das, was sie von Aideen erfuhr. »Und sie wagt es zu behaupten, dass Zarife eine Verräterin ist?«

»So ist es.« Aideen nickte und nahm einen großen Schluck aus dem

Wasserschlauch. Sie war durstig und erschöpft vom langen Reden. »Darum hat sie mir auch die Bilder aus ihren Erinnerungen geschickt, die das beweisen sollten.«

»Bilder! Pah.« Bethia machte eine wegwerfende Handbewegung. »Du tatest gut daran, ihr nicht zu glauben. Visionen sind leicht zu beeinflussen. Jeder halbwegs geschickte Magier aus Torpak vermag einen solchen Zauber zu wirken.«

»Dann glaubt Ihr auch, dass dieses Gespinst von Karadek zu uns geschickt wurde, um die Hüterinnen zu entzweien?«, wollte Aideen wissen.

»Dieser Gedanke liegt nahe, allerdings ...« Bethia verstummte, als in der Ferne ein Ruf ertönte.

Aideen hatte es auch gehört. Sofort ließ sie Silfri anhalten und lauschte reglos. Doch der Ruf wiederholte sich nicht.

»Es kam von dort«, wagte Aideen nach einer Weile vorsichtig zu sagen, hob die Hand und deutete nach Süden. »Glaubt Ihr, es könnte Zarife ...?« Sie führte den Satz nicht zu Ende.

»Es gibt keine Menschenseele zwischen den Höhlen und dem Waldland«, sagte Bethia. »Aber die Richtung stimmt, und es war eindeutig die Stimme einer Frau.« Sie lächelte und nickte Aideen zu. »Wir sollten uns beeilen«, meinte sie voller Tatendrang. »Ich hätte nicht gedacht, dass wir sie so schnell finden.«

»Warum bist du mir gefolgt?« Zarifes Stimme bebte vor Zorn. Eine grenzenlose Wut trieb ihr das Blut in heißen Wogen durch den Körper und ließ sie die beißende Kälte vergessen, die der Wind über das Hochland trieb. Es war Wut über die Unfähigkeit der Hüterinnen, die sie hier an diesen einsamen Ort gerufen hatten, Wut auf ihr altes Ich, dem es in dem kurzen Augenblick der Schwäche, die den Weltenwechsel begleitet hatte, gelungen war, Manon einen Hilferuf zu senden – die dann tatsächlich den Mut aufgebracht hatte, ihrer Freundin durch das Tor zu folgen.

Zarife war außer sich. Dass ihr gleich zu Beginn ein solcher Fehler unterlaufen war, kam einem Versagen gleich – und sie hasste es zu versagen. Manon hätte hier niemals auftauchen dürfen. Ihr Wissen um Sandras Vergangenheit konnte ihre Pläne gefährden, die sie in den endlosen Jahrhunderten zwischen Leben und Tod geschmiedet hatte und die nun kurz vor der Vollendung standen.

Das Einfachste wäre gewesen, Manon in ihre Welt zurückzuschleudern, aber der Durchlass, der sie ausgespien hatte, hatte sich längst wieder geschlossen. Der Weg zurück war versperrt. Jetzt hatte sie nur noch eine Möglichkeit: Sie musste Manon töten. Zarife ballte die Fäuste. Sie hatte keine Skrupel, sich der störenden Person zu entledigen. Aber sie war noch zu schwach. Sie musste Zeit gewinnen. Zarife horchte in sich hinein und spürte, wie sich tief in ihr bereits neue Kräfte regten. Nicht mehr lange, und sie würde einen vernichtenden Angriff wagen können.

»Warum ich dir gefolgt bin? Was ist das denn für eine Begrüßung, nach allem, was ich für dich riskiert habe?«, herrschte Manon sie an. »Erst rufst du um Hilfe, und dann führst du dich auf, als sei ich dir hinterhergelaufen. Das ist wirklich nicht die feine Art.«

»Du hättest nicht hierherkommen dürfen.« Zarife sprach ganz ruhig, während sie auf den richtigen Augenblick zum Zuschlagen wartete.

»Ach, hätte ich nicht? Das hat sich vorhin aber noch ganz anders angehört«, giftete Manon sie an. »Und sag jetzt nicht, ich hätte mir nur eingebildet, dass du um Hilfe gerufen hast. Es war ganz eindeutig deine Stimme, die ich durch die seltsame Öffnung in dem Grab gehört habe. Du hast nach mir gerufen, und ich bin dir gefolgt.«

Manons offensive Art verwirrte Zarife. Sie war es gewohnt, dass man ihr mit Ehrfurcht und Hochachtung begegnete, und hätte nicht in Traum damit gerechnet, dass Manon ihr derart heftig und respektlos die Stirn bieten würde. »Ich habe nicht nach dir gerufen«, erklärte sie kühl.

»Ach, so ist das.« Manon verschränkte die Arme vor der Brust und schnaubte verächtlich. »Dann bin ich wohl verrückt geworden und höre Stimmen, die es gar nicht gibt? Jetzt spiel hier nicht die Unschuldige«, wetterte sie. »Ich bin hier, weil du mich gerufen hast. Denn ob du es glaubst oder nicht, ich mache mir tatsächlich Sorgen um ...«

»Schweig!« Zarife war das Gezeter leid. In einer herrischen Geste hob sie die Arme, beschwor den Wind und fegte Manon mit einer jäh aufkommenden Böe die Beine unter dem Leib weg.

Manon keuchte überrascht auf und stürzte zu Boden. Im letzten Augenblick gelang es ihr, den Sturz abzufangen, indem sie sich abrollte. Aber Zarife war noch nicht fertig. Mit wenigen Schritten war sie bei ihr, beugte sich über sie und sagte mit schneidender Stimme: »Ich brauche dich nicht, und ich habe auch nicht nach dir gerufen. Was immer du hier zu suchen hast, es wird dir nicht gelingen, meine Pläne zu durchkreuzen, denn ich werde dich zerquetschen wie eine Laus, ehe du Schaden anrichten kannst.« Mit jedem Wort spürte Zarife, wie die Magie in ihr weiter an Kraft gewann.

»Sag mal, bist du jetzt total verrückt geworden?« Mühsam kam Manon wieder auf die Beine. Wut und Verwirrung wechselten in ihrem Blick in rascher Folge. Offensichtlich wunderte sie sich über den plötzlichen Sinneswandel ihrer Freundin und wusste die Lage nicht einzuschätzen. Einen Augenblick lang zögerte sie, dann atmete sie tief durch und fuhr in versöhnlichem Tonfall fort: »Bitte, Sandra, beruhige dich. So kommen wir nicht weiter. Ich habe dir doch nichts getan. Lass uns in Ruhe darüber sprechen, was passiert ist, ja? Und dann lass uns überlegen, wie wir wieder von hier wegkommen. Es hat doch keinen Sinn, wenn wir uns nur anbrüllen. Nach all den Jahren, die wir nun schon befreundet sind, sollten wir ...«

»Ich ... bin ... nicht ... deine Freundin!«, zischte Zarife mit unheilvollem Unterton in der Stimme. »Und ich bin nicht Sandra. Ich bin Zarife, die Hohepriesterin von Benize.«

»Also wirklich, jetzt ist aber Schluss mit dem Unsinn.« Manon hob die Hände. »Natürlich bist du Sandra. Ich weiß zwar nicht, wie du das mit dem Tor in dem Felsen hinbekommen hast, aber deshalb bist du immer noch du selbst.« Sie trat auf Sandra zu, um ihr zum Zeichen ihrer Zuneigung den Arm um die Schultern zu legen. Aber diese wich zurück.

»Fass mich nicht an!«, rief Zarife schrill, spreizte die Finger, streckte die Hände von sich und setzte das Gras vor Manons Füßen mit einem Bündel violetter Blitze in Brand.

»He, was soll das?« Manon taumelte zurück und starrte sie verwirrt an. Zum ersten Mal schien ihr bewusst zu werden, wie bedrohlich ihre Lage wirklich war.

Zarife zögerte nicht. Sie wusste, ihr blieb nur noch wenig Zeit. Manon war gewarnt. Jeden Augenblick konnte sie die Flucht ergreifen. In einer machtvollen Geste hob sie die Arme und sammelte ihre Kräfte, um Manon mit einem gewaltigen Blitz zu Asche zu verbrennen.

Manon, lauf! Sandra wand sich im Gefängnis ihres eigenen Körpers und schrie aus Leibeskräften, aber Manon hörte sie nicht. Hilflos und zur Untätigkeit verdammt, musste Sandra mit ansehen, was geschah. Sie spürte die Wut ihrer dunklen Seite, fühlte die ungeheuren Energien, die sich in ihrem Körper zusammenballten, und ahnte, dass gleich etwas Furchtbares geschehen würde.

Es ist meine Schuld, dass sie hier ist, dachte sie. Es ist allein meine Schuld, wenn sie stirbt.

Noch nie war Sandra so verzweifelt gewesen. In den Minuten, die dem Öffnen des Tors gefolgt waren, war es ihr wie durch ein Wunder noch einmal kurz gelungen, die Herrschaft über ihren Körper zu erlangen. Für wenige Sekunden hatte ihre dunkle Seite Schwäche gezeigt und es ihr ermöglicht, um Hilfe zu rufen. Sie hatte nicht wirklich damit gerechnet, dass Manon sie hören würde, und noch weniger daran geglaubt, dass ihre Freundin den Mut besaß, ihr zu folgen. Aber sie hatte sich geirrt. Manon war hier. Sie war gekommen, um ihr zu helfen, nicht ahnend, dass sie sich selbst damit in Lebensgefahr brachte. Jene, die sich Zarife nannte, war entschlossen, Manon zu töten, und Sandra spürte, dass der vernichtende Schlag unmittelbar bevorstand.

Wie von Sinnen wand sie sich in den Fesseln, die Zarife ihrem alten Ich angelegt hatte, rannte gegen die verschlossenen Türen ihres Geistes an und versuchte verzweifelt, sich durch die unzähligen Schichten aus Hass, Bosheit und magischen Kräften einen Weg zu dem Teil ihres Wesens zu bahnen, in den sich die Vernunft zurückgezogen hatte. Sie musste Manon warnen, musste verhindern, dass etwas Furchtbares geschah.

Gedanken streiften sie. Gedanken, die ihre eigenen waren und doch nicht von ihr stammten.

Sie ist eine Gefahr, flüsterte es. *Sie wird uns beide vernichten. Sie wird uns töten, wenn wir es nicht tun.*

Nein! Sandra schrie gequält auf. Nein, das ist nicht wahr. Sie ist meine Freundin, sie will mir helfen. Ich muss sie retten.

Mit den Augen Zarifes sah sie Manon vor sich stehen, verwirrt, enttäuscht und zutiefst gekränkt von dem Verrat, den Sandra augenscheinlich an ihrer Freundschaft begangen hatte. Sie schien die Veränderung wohl zu bemerken, ahnte aber immer noch nicht, in welcher Gefahr sie sich wirklich befand.

Manon! Die Angst um ihre Freundin verlieh Sandra ungeahnte Kräfte. In ihrer Panik wuchs sie über sich selbst hinaus. Wie schon auf dem Weg durch das Tor, nutzte sie eine kurze Schwäche ihrer dunklen Seite aus, die mit dem Wirken der Magie einherging, um sich für den Bruchteil von Sekunden aus ihrem Gefängnis zu befreien. Der Strom der Magie riss sie mit sich, und für einen winzigen, unendlich kostbaren Augenblick gelang es ihr, ihre Muskeln wieder zu kontrollieren.

»Lauf!«, schrie sie Manon mit sich überschlagender Stimme zu. »Sie will dich töten! Lauf weg, solange du es noch ...«

Wie ein Peitschenhieb fuhr Zarifes Zorn auf sie nieder. Die Fäden, die sie mit ihrem Gefängnis verbanden, strafften sich und zerrten sie zurück in das Verlies, in welches Zarife sie gesperrt hatte. Sandra heulte auf und stemmte sich dagegen. Aber ihr Widerstand zerbrach unter dem Druck des Willens, mit dem Zarife ihr Aufbegehren strafte. Hart prallte sie gegen die Mauern ihres Gefängnisses, wo sie sich wimmernd zusammenkrümmte. Geschwächt von der Anstrengung, Manon zu warnen, von Schuldgefühlen geplagt und beschämt über ihre Unfähigkeit, spürte sie, wie Zarife ihre magischen Kräfte sammelte, wohl wissend, dass sie nichts mehr tun konnte, um ihre Freundin zu retten.

27

»Lauf!« Sandras Stimme gellte durch das Hochland. »Sie will dich töten! Lauf weg, solange du es noch kannst.« Für den Bruchteil einer Sekunde glaubte Manon, die vertraute Sandra aus den Worten herauszuhören, doch der Eindruck schwand so schnell, wie er gekommen war. Die Verzweiflung in Sandras Blick wich hasserfülltem Zorn, und sie wurde wieder zu dem verzerrten Abbild einer Fremden.

Entsetzen packte Manon, als sie sah, wie Sandra die Arme in die

Höhe riss. Die Hände zu Klauen gekrümmt, die von violetten Blitzen umzüngelt wurden, starrte sie Manon an wie ein Krieger, der das Schwert zum Todesstoß erhebt.

»Sandra …?« Manon versagte die Stimme. Unfähig zu begreifen, was hier geschah, sah sie dem Tod ins Auge, als sei all dies nur eine weitere grausige Szene aus einem Horrorfilm und sie ein unbeteiligter Zuschauer. Schon züngelten die Blitze an Sandras Armen hinab und suchten einen Weg, ihre Kräfte zu entladen. Die Luft vibrierte. Es zischte und knisterte, während ein schauriger Laut, der nichts Menschliches mehr an sich hatte, aus Sandras Kehle drang. Der Schrei gellte über die Hügel hinweg und wurde von deren kahlen Flanken wie ein höhnisches Gelächter zurückgeworfen.

Es war der Schrei, der den Bann brach. Schlagartig wurde Manon klar, dass dies kein Film war und auch kein Traum. So absurd ihr alles erscheinen mochte, es war real. Eine Wirklichkeit, die furchtbarer nicht hätte sein können – und sie steckte mittendrin. Einen Herzschlag lang zögerte sie noch, dann ergriff sie die Flucht. Mit einem gewagten Satz hechtete sie zur Seite und begann noch in derselben Bewegung zu laufen.

Keine Sekunde zu früh! Schon ging ein gewaltiger Blitz an der Stelle nieder, an der sie eben noch gestanden hatte, spaltete den Boden und ließ schwelende Erde zurück.

Manon hörte Sandra zornig aufkreischen, aber sie blickte nicht zurück. Blindlings hetzte sie durch die karge Landschaft, stolperte über Felsen und Strauchwerk, fiel hin und richtete sich wieder auf, ohne auf die Schmerzen und das Blut zu achten, das aus einer Platzwunde am Knie hervorquoll. Getrieben von namenlosem Entsetzen und nie gekannter Panik, rannte sie weiter, bis die Beine ihr den Dienst versagten und sie bäuchlings im Gras landete.

Keuchend blieb sie liegen. Nach Luft ringend, lauschte sie, fand aber keine Anzeichen dafür, dass Sandra ihr gefolgt war.

Sie hätte erleichtert sein müssen, aber Freude über die gelungene Flucht blieb ihr versagt. Zu sehr quälten sie die Gedanken an das, was geschehen war, zu verworren erschien ihr Sandras seltsame Wandlung. Die Situation war vollkommen absurd. Was war in der Grabkammer von Newgrange geschehen? Was war mit Sandra los? Und überhaupt: Wo hatte das Tor sie hingeführt?

Irgendwann begann sich ihr Herzschlag zu beruhigen, der Atem wurde gleichmäßig. Doch mit der Ruhe kehrte auch die Kälte zurück. Mehr als zuvor spürte sie die frostige Kühle des Windes auf ihrer Haut. Um wenigstens etwas Schutz zu haben, robbte sie zu einer Felsengruppe, kauerte sich zusammen und wartete.

Durch die Augen des Körpers, der nicht mehr der ihre war, sah Sandra Manon fliehen. Gleichzeitig spürte sie die Erschöpfung, die ihren Körper nach dem ungeheuren Gewaltakt der Magie heimsuchte, und bemerkte erleichtert, dass ihr dunkles Ich weder in der Lage war, Manon zu folgen, noch einen erneuten Angriff auf sie zu wagen. Aus einem Grund, der sich Sandra nicht erschloss, schien die Fremde in ihr Manon zu fürchten und als eine ernst zu nehmende Bedrohung anzusehen, aber sie vermochte nicht weiter darüber nachzusinnen. Manon zu warnen, hatte ihr auch die letzten Kräfte abgefordert.

Sie fühlte sich wie in einem entsetzlichen Albtraum gefangen, und als sei das eigene Elend nicht schon genug, hörte sie, wie sich ihr dunkles Ich in Gedanken ermutigte: *Nun gut, sie hatte Glück. Diesmal ist sie mir entkommen. Aber schon bald werden die Dashken sie aufspüren und in Stücke reißen.*

Sandra wusste nicht, wohin die Fremde sie gebracht hatte und wer die Dashken sein mochten, aber sie spürte, dass es für Manon nichts Gutes verhieß, und betete im Stillen darum, dass sie ihnen entkommen konnte.

Ein gleißend violetter Blitz, der von einem entsetzlichen Schrei begleitet wurde, entflammte den Himmel und tauchte das Land für Bruchteile eines Augenblicks in ein unheimliches Licht.

»Bei den Göttern!« Aideen blieb wie angewurzelt stehen und blinzelte. Bunte Punkte tanzten ihr vor den Augen und nahmen ihr die Sicht. »Was war das?«

»Ich weiß es nicht.« Bethia schüttelte den Kopf und ließ den Blick prüfend über das Land schweifen. »Aideen, sieh nur, da vorn!«, rief sie dann. »Dort auf dem Hügel. Das muss sie sein!«

Aideen schaute in die angegebene Richtung. Und wirklich ... Auf einer Hügelkuppe nicht weit entfernt stand eine einsame Gestalt.

Sie wandte ihnen den Rücken zu und schien nach etwas Ausschau zu halten.

»Zarife!« Bethias Stimme war nicht mehr als ein Flüstern. »Den Göttern sei Dank, wir haben sie gefunden.« Sie ließ den Kopf des Simions in das Bündel mit dem Proviant gleiten und sagte ehrfürchtig: »Spute dich, Aideen, wir dürfen keine Zeit verlieren. Die erwürdige Zarife erwartet uns.«

Aideen nickte und schritt schneller aus. Wie alle Hüterinnen konnte auch sie es kaum erwarten, endlich jener Frau gegenüber zu treten, von der die Legenden so viel Gutes und Heldenhaftes zu berichten wussten. Dieses erste Zusammentreffen nach vielen hundert Jahren war ein bedeutender Augenblick, und Aideen war von Stolz erfüllt, ihn miterleben zu dürfen.

Sie hatten die Hälfte der Strecke zum Hügel zurückgelegt, als die Frau sie entdeckte. Mit einer ruckartigen Bewegung fuhr sie herum, kam den Hügel herab und eilte auf sie zu. Aideen klopfte das Herz vor Aufregung bis zum Hals. Jetzt würde alles gut werden.

»Das wurde aber auch Zeit.« Der harsche Tonfall, den die eigentümlich gekleidete Frau anschlug, ließ Aideen innerlich zusammenzucken. Sie konnte nicht sagen, wie sie sich das erste Zusammentreffen mit Zarife vorgestellt hatte, aber so gewiss nicht. Die Fremde benahm sich nicht nur seltsam, sie sah auch so aus. Schon auf den ersten Blick erkannte Aideen, dass sie nicht viel älter sein konnte als sie selbst. Auch trug sie sehr sonderbare und der Jahreszeit unangemessene Kleidung: eine enge blaue Hose und ein Hemd, das mehr Haut entblößte, als es verdeckte. Sie musste sehr frieren, aber davon war nichts zu spüren, als sie die Stimme erhob. »Was ist? Seid ihr stumm oder schwachsinnig? Warum starrt ihr mich so an?«

Aideen bemerkte beschämt, dass sie die Fremde die ganze Zeit angestarrt hatte. Auch Bethia schien die unfreundliche Begrüßung die Sprache verschlagen zu haben. Jetzt raffte sie ihr Gewand, glitt von Silfris Rücken und verbeugte sich ehrerbietend, indem sie auf die Knie sank und die Stirn auf den Boden presste.

Hastig ließ Aideen den Führstrick des Pferdes los und tat es ihr gleich. Diese tiefe Verbeugung war eine Form der Demut, die unter den Hüterinnen nur bei hohen Festen zu Ehren der Götter Anwendung fand. Es kam ihr seltsam vor, einem Menschen so die Ehre zu erweisen, aber sie vertraute Bethia und hoffte, dass sie alles richtig machte.

»Bitte verzeiht uns unser Erstaunen, ehrwürdige Zarife«, hörte sie Bethia sagen. »Wir sind auf der Suche nach Euch, um Euch zu den Hüterinnen zu führen, hatten aber nicht zu hoffen gewagt, Euch so nah bei den Höhlen zu finden. Ich bin Bethia, Seherin im Kreis der Hüterinnen, die Euch ewige Treue geschworen haben. Jene, die mich begleitet, ist meine Novizin Aideen.«

»Eine Seherin sollte immer wissen, wo sie suchen muss.« Zarifes Tonfall war schneidend, ein Zeichen dafür, wie erbost sie war. Ohne auf die Begrüßung einzugehen, fuhr sie fort: »Ich frage mich, warum ihr überhaupt nach mir suchen musstet. Das Weltentor befindet sich an geweihter Stätte, wo sich einst der Weiße Tempel Benizes über dem Hochland erhob. Dort hätte ich ankommen müssen, nur dort. Nicht hier mitten in der Wildnis. Wie konnte das geschehen? Sind meine Anweisungen im Strom der Zeit verloren gegangen? Oder haben die Hüterinnen sie nicht richtig befolgt?«

»Eure Weisungen sind unversehrt«, beeilte sich Bethia zu erklären. »Wir haben sie gehütet wie einen Schatz, all die Jahrhunderte lang. Jede Seherin lernte ihren Wortlaut auswendig, um vorbereitet zu sein für den Tag, an dem Ihr endlich zu uns zurückkehren würdet. Wir haben alles so gehalten, wie Ihr es bestimmt habt. Das Feuer, der Gesang, der Simion ... Wir haben das Tor im Steinkreis geöffnet und Euch den Weg gewiesen. Wir haben den Simion ...«

»Und warum bin ich dann nicht dort?«, fiel Zarife Bethia ins Wort. »Warum bin ich hier? Mitten im Nichts?« Ihre Worte schnitten wie Schwerter durch die Luft, und selbst Aideen spürte die Drohung, die darin mitschwang.

»Es ... es gab ein Missgeschick.« Bethia stockte.

»Ein Missgeschick?«, brauste Zarife auf. »Was seid ihr für jämmerliche Hüterinnen, dass es euch nicht einmal gelingt, eine einfache Anrufung durchzuführen. Unglaublich. Ich komme zurück, um Benize zu neuem Ruhm zu führen, und was finde ich vor? Einen Haufen unfähiger Frauen, die nicht einmal in der Lage sind, ihre Hohepriesterin gebührend zu empfangen.« Sie hob die Hände in einer verzweifelten

Geste und wandte sich Aideen zu. »Sprich du!«, forderte sie. »Wie viele seid ihr?«

»Etwa fünfzig, Herrin«, antwortete Aideen mit gesenktem Blick.

»Fünfzig?« Zarife lachte auf. »Ist das alles? Ist dies das Heer, das auf meine Rückkehr wartet, um dem elenden Gesindel aus Torpak den Garaus zu machen?«

»Wir hörten, dass sich in den Wäldern ein Rebellenheer formiert, das nur auf Euren Befehl wartet«, wagte Aideen zu sagen.

»Rebellen? Soso.« Zarifes Stimme wurde etwas weicher, als fände sie Gefallen an dem Gedanken. »Nun, das ist immerhin etwas. Wie viele Krieger zählt es denn, dieses Rebellenheer?«

»Verzeiht, Herrin, aber auch das wissen wir nicht.«

»Ihr wisst es nicht?«, herrschte Zarife Aideen an. Sie war völlig außer sich. »Bei den Göttern, gibt es denn überhaupt etwas, das ihr wisst?« Sie verstummte, als müsse sie nachdenken. »Steht auf«, befahl sie schließlich. »Beide. Bringt mich zu eurer Oberin. Ich habe mit ihr zu reden.« Sie wandte sich um, ging zu Silfri und schwang sich wie selbstverständlich auf dessen Rücken.

Aideen sah es mit Sorge. Das Pferd war wichtig für Bethia, die noch immer geschwächt war. Es erschien ihr nicht richtig, dass Zarife ritt, während die alte Seherin laufen musste. Verstohlen warf sie Bethia einen Blick zu. Sie wirkte bedrückt, wagte es aber anscheinend nicht, Einwände zu erheben.

»Was ist los? Willst du mich nicht führen?«, richtete Zarife das Wort voller Ungeduld an Aideen.

»Ja, doch ...« Aideen biss sich auf die Unterlippe.

»Aber ...?«, fragte Zarife. Eine Warnung schwang in dem Wort mit, die Aideen nicht entging, die sie aber nicht hören wollte.

Zarife würde niemals das Leben einer ihrer Getreuen aufs Spiel setzen, nur um es selbst bequem zu haben, dachte sie bei sich und rief sich all die Geschichten über das selbstlose Wirken der Hohepriesterin in Erinnerung. Sie konnte verstehen, dass Zarife über die misslungene Anrufung wütend war, aber sie war fest davon überzeugt, dass Zarife Bethias Wohl am Herzen liegen würde, wenn sie nur wüsste, wie es um die Seherin stand.

»Ich warte.« Zarife klopfte ungeduldig mit der Hand auf den Sattel.

»Herrin, ich …« Aideen verstummte. Sie ahnte, dass sie gerade im Begriff war, etwas sehr Mutiges oder sehr Dummes zu tun. Die Ehrfurcht vor der Hohepriesterin verbot es ihr, deren Handeln in Frage zu stellen. Die Sorge um Bethia hingegen drängte sie, es nicht schweigend hinzunehmen. Wenn Bethia es nicht wagte, für sich zu sprechen, musste sie ihr helfen. »Herrin, das Pferd«, hob sie an und nahm all ihren Mut zusammen. »Es … es ist wichtig für Bethia. Die Anrufung hat sie sehr geschwächt. Es wäre besser, wenn sie …«

»Aideen, bist du von Sinnen?«, fiel Bethia ihr ins Wort. »Wie kannst du es wagen, die Entscheidung der Hohepriesterin anzuzweifeln?«

»Deine Novizin ist entweder sehr dumm oder sehr mutig«, richtete Zarife das Wort an Bethia. »Hast du versäumt, sie Demut zu lehren?«

»Herrin, ich …«

»Unwichtig!« Zarife gebot Bethia mit einer knappen Handbewegung zu schweigen. »Auch ich bin erschöpft. Ich reite. Nimm den Strick, Mädchen, und führe mich zu den Hüterinnen.«

Aideen warf Bethia einen kurzen Blick zu. Die Seherin schloss die Augen und nickte. »Lass es gut sein, Aideen«, sagte sie. »Es geht mir besser. Ich schaffe das schon.« Dann holte sie tief Luft, um Kräfte zu sammeln, und setzte sich in Bewegung.

Nie hätte Manon geglaubt, dass sie irgendwann einmal so hilflos und allein sein würde. Es war eisig kalt, und sie hatte weder etwas zu essen noch zu trinken bei sich. Wenn nicht zufällig jemand hier vorbeikam, musste sie selbst nach Hilfe suchen. Die Angst vor Sandra oder vielmehr dem Wesen, zu dem sie geworden war, war jedoch so groß, dass sie den Augenblick, da sie die Flucht fortsetzte, immer weiter hinauszögerte.

… dem Wesen, zu dem Sandra geworden war. Der Gedanke beschrieb wie kein anderer, was sie gerade erlebt hatte. Trotzdem weigerte sich ein Teil von ihr immer noch hartnäckig, daran zu glauben. Sandra war immer noch Sandra. Was auch in diesem seltsamen Tunnel mit ihr geschehen war, sie war immer noch sie selbst.

Und wenn sie von einer fremden Macht besessen ist?, wisperte es in ihr. Unsinn. Manon schob den Gedanken weit von sich. *Besessen.* So etwas gab es nur in Horrorfilmen.

Es wirkte ja auch wie in einem Horrorfilm. Die Stimme in ihr gab keine Ruhe. *Die Augen, die Blitze, der Schrei ... Sie hat versucht, mich zu töten.*

Nein, sie hat mich gewarnt. Nur weil sie gerufen hat, dass ich fliehen soll, bin ich jetzt noch am Leben. Sie hat ...

Manon stockte mitten in den Überlegungen und ließ die Ereignisse auf dem Hügel im Geiste noch einmal an sich vorüberziehen. Genaugenommen war es, als hätten zwei Frauen auf dem Hügel gestanden. Die Sandra, die ihr helfen wollte, und eine fremde Sandra, die sie töten wollte. Zwei Frauen in einem Körper, die unterschiedlicher nicht sein konnten ...

Schizophrenie! Manon überlief es eiskalt. War das möglich? War es das, was mit Sandra geschehen war? »Du veränderst dich, Sandra.« Die Worte, die sie selbst zu Sandra gesagt hatte, kamen ihr plötzlich wieder in den Sinn. Hatte sie es nicht längst gespürt? Hatte sie nicht schon viel früher Anzeichen davon entdeckt, dass Sandra handelte, als sei sie nicht mehr sie selbst?

Sie ist besessen, wisperte die Stimme in ihr, aber Manon hörte nicht auf das, was ihre überreizten Sinne sie glauben machen wollten. Besessenheit war für sie ein Ausdruck aus dem tiefsten Mittelalter. Er besagte im Grunde nichts anderes, als dass jemand eine gespaltene Persönlichkeit hatte. Schizophrenie eben. Sie hatte sich damit noch nie beschäftigt, doch es entsprach ihrer Natur, unerklärliche Dinge wissenschaftlich anzugehen. Schon als Kind war sie fest davon überzeugt gewesen, dass es für alles, was anderen unheimlich erschien, eine ganz natürliche Erklärung geben musste. Das wiederum hatte ihr schon früh den Ruf eingebracht, mutig zu sein.

Nachdenklich kaute Manon auf ihrer Unterlippe. Sandras Schicksal beschäftigte sie so sehr, dass sie darüber sogar die Kälte vergaß. Konnte Sandra wirklich zu einer derart gespaltenen Persönlichkeit geworden sein, dass sie von einer Sekunde zur nächsten nicht mehr wusste, was sie tat? Nun, um das herauszufinden, würde man wohl einen Psychiater bemühen müssen. Vermutlich konnte dieser Sandra auch helfen, wieder zu sich selbst zu finden.

Manon seufzte, froh, eine halbwegs vernünftige Erklärung für die Ereignisse gefunden zu haben. Dabei war sie sich durchaus bewusst, dass sie bei ihren Überlegungen etwas Wichtiges außer Acht ließ, gestattete es sich aber nicht, weiter daran zu denken. In dem Augenblick, in dem sie sich fragen würde, wie es Sandra gelungen war, Blitze aus ihren Händen auf sie zu schleudern, würde ihre schöne wissenschaftliche Erklärung in sich zusammenbrechen wie ein Kartenhaus.

Eilig schob sie den störenden Gedanken beiseite und richtete ihr Augenmerk auf die konkreten Probleme, die sie selbst betrafen. Sie musste weiter. Weg. Irgendwohin. Schließlich konnte sie nicht ewig hinter diesem Felsen kauern. Nur wohin?

Vorsichtig richtete Manon sich ein Stück auf und spähte zurück. Von Sandra war weit und breit nichts zu sehen.

Sie ist weg ... Der Gedanke ließ Manon mutiger werden. Sie erhob sich nun ganz und blickte sich um. In alle Richtungen bot sich ihr das gleiche Bild. Sie stand inmitten einer herbstlich gefärbten Hügellandschaft, die entfernt an das schottische Hochland erinnerte und auf der nur hin und wieder gedrungene Gruppen von niedrigen Gehölzen zu sehen waren. Viele waren schon kahl, andere trugen noch ihr buntes Blätterkleid.

»Herbst.« Fröstelnd schlang Manon die Arme um den Oberkörper, um sich gegen den Wind zu schützen, der sie nun mit voller Wucht traf. »Das ist verrückt. Unmöglich. Es ist doch schon fast Sommer.« Ungewollt hatte sie immer lauter gesprochen. Nun erschrak sie vor dem Klang ihrer eigenen Stimme.

Ringsumher lastete eine erdrückende Stille, die sich in den letzten Minuten so sehr vertieft zu haben schien, dass sie fast selbst wie ein lebendiges Wesen wirkte. Keine Vögel zwitscherten, kein Insekt schwirrte umher, ja nicht einmal der Wind schien Geräusche zu machen.

Was ging hier vor? Manon spürte, wie eine eisige Furcht ihren Nacken hoch kroch. »Ganz normal. Es ist alles ganz normal«, murmelte sie leise vor sich hin, um sich selbst zu beruhigen, und wusste doch im selben Augenblick, dass sie sich belog.

Hier ist nichts normal. Gar nichts. Empört wollte Manon den Gedanken davonscheuchen, da sah sie die Schwärze. Wie schwarzer Nebel floss sie durch die Täler. Eine dunkle Flut, die kein Ende zu haben schien. Faszinierend und bedrohlich. Schön und unheimlich. Manon konnte den Blick nicht davon abwenden. So einen Nebel hatte sie noch nie gesehen. Fast hatte sie den Eindruck, er bewege sich wie ein lebendes Wesen. Aber selbst jetzt noch verbot es ihr die Vernunft, etwas anderes als ein natürliches Phänomen hinter dem unheimlichen Anblick zu vermuten. Als ein Heulen aus Dutzenden Kehlen die Stille zerfetzte, gab es für sie nur eine Erklärung: Wölfe – und sie kamen näher.

Manon schlug das Herz bis zum Hals. Kälte, Hunger und Durst waren vergessen. Alles in ihr schrie nach Flucht, während ihre Augen die Landschaft hektisch nach etwas absuchten, das ihr Schutz bieten konnte – vergeblich. Wohin sie auch blickte, nirgends sah sie ein Haus, eine Hütte oder sonst etwas, wohin sie hätte flüchten können. Und schlimmer noch, es gab nicht einmal einen Baum, auf den sie hätte klettern können.

Und die Wölfe kamen näher.

Lauf!

Diesmal reagierte Manon sofort. Ohne sich noch einmal nach dem schwarzen Nebel umzublicken, in dessen Deckung die Wölfe sich versteckten, rannte sie los.

Auf dem Weg zurück zu den Höhlen hatte Aideen das Gefühl, in ihrem Kopf drehe sich alles.

Was hast du erwartet?, wisperte eine leise Stimme in ihr. *Es ist doch nicht verwunderlich, dass Zarife wütend über die misslungene Anrufung ist.*

Aideen seufzte. Sie konnte den Ärger der Hohepriesterin verstehen, aber die Wut erschien ihr zu zügellos, irgendwie unangemessen. Nach allem, was die Legenden über Zarife erzählten, hatte sie sich die Hohepriesterin ganz anders vorgestellt. Hart und unnachgiebig gegenüber ihren Feinden, aber großmütig und freundlich zu denen, die auf ihrer Seite standen. Aideen versuchte, ihre Gefühle in Worte zu kleiden, fand aber nur eines, das zutraf: Sie war enttäuscht.

Zarife unterschied sich so gänzlich von dem Bild, das Aideen sich von ihr gemacht hatte, dass sie nicht anders konnte, als enttäuscht zu sein. Herzlos war sie und kalt, berechnend und selbstgefällig. Aideen war überzeugt, dass sie keinen Finger rühren würde, Bethia zu helfen, wenn diese in Not geriet. Doch bei aller Enttäuschung konnte auch sie sich nicht völlig von dem Bild lösen, das sie über so viele Jahre in ihrem Herzen getragen hatte. Der Teil von ihr, der immer noch fest an Zarife glaubte, schämte sich für ihre Gedanken und flüsterte ihr zu, dass sie die Hohepriesterin ja noch gar nicht richtig kennengelernt hatte.

Du musst ihr mehr Zeit geben, wisperte es in ihr. *Zarife ist der Inbegriff aller Tugenden, die wir Hüterinnen preisen, aber sie war lange fort und muss sich erst wieder zurechtfinden. Wenn ihr das gelungen ist, wird sie wieder zu dem werden, was die Legenden von ihr sagen.*

Aideen seufzte und blickte auf. Wie gern würde sie der Stimme glauben. Aber es war schwer, so furchtbar schwer.

Zarife saß kerzengerade auf Silfris Rücken und ließ sich von ihr führen, während Bethia mit schweren Schritten hinter ihnen herstapfte und keuchend versuchte, den Anschluss nicht zu verlieren. Aideen spürte, wie ihr bei dem Anblick die Kehle eng wurde. Bethia hatte gesagt, dass es ihr besser gehe. Aber das war nicht wahr. Sie hatte gelogen.

Immer wieder warf Aideen einen besorgten Blick zurück. Bethia versuchte, es sich nicht anmerken zu lassen, aber es schien ihr sehr schlecht zu gehen. Offenbar hatte die gewaltsame Unterbrechung der Anrufung sie doch weit mehr mitgenommen, als sie zugeben wollte. Das Erste, was Aideen von Bethia gelernt hatte, war, dass sie die Seherin niemals stören durfte, wenn diese in tiefer innerer Versenkung war. Das, so hatte Bethia ihr erklärt, könne schwerwiegende Folgen haben. Sie hatte von Schwachsinn oder Gedächtnisverlust gesprochen, weil Körper und Geist durch den Schrecken nicht mehr richtig zusammenfänden. Aber auch davon, dass ihr altes Herz von dem Schock Schaden nehmen könne.

Aideen hörte Bethia hinter sich aufkeuchen. Die rechte Hand auf die Brust gepresst, schleppte sie sich nur noch gebückt dahin. Der Anblick brach Aideen fast das Herz. Bethia bewegte sich wie eine Greisin, und es schien nur eine Frage der Zeit, bis die Kräfte sie endgültig verließen. Aideen nahm all ihren Mut zusammen und sprach Zarife an. »Verzeiht, Ehrwürdige, aber wir müssen rasten. Bethia geht es nicht gut.«

»Du erdreistest dich, mir Vorschriften zu machen?« Der Blick, mit dem Zarife sie von oben herab musterte, ließ Aideen innerlich zusammenzucken. Aber die Furcht, dass Bethia etwas passieren könnte, war stärker als alle Vorsicht. »Bitte«, flehte sie. »Wir müssen Bethia eine Rast gönnen.«

»Sie sagte selbst, dass es zu den Höhlen nicht weit ist.« Zarife schien es nicht zu kümmern, dass die Kräfte der Seherin immer schneller schwanden. »Das kleine Stück wird sie doch wohl noch durchhalten.« Kaum hatte sie das gesagt, brach Bethia mit einem erstickten Schmerzenslaut zusammen.

»Bethia!« Aideen ließ den Führstrick los und eilte zu der Seherin, die verkrümmt auf dem Boden lang. »Bethia!« Sie fiel auf die Knie, zog rasch ihren Umhang aus und bettete den Kopf der Seherin darauf.

»Aideen.« Bethias Lider flackerten. Ihr Blick irrte unstet umher. »Bist du da, meine Tochter?«

»Ich bin hier.« Aideen schluckte hart und ergriff Bethias Hand. Sie fühlte ein Prickeln in der Nase. Weinen konnte sie nicht.

»Aideen ... du musst ...« Bethia sprach so leise, dass Aideen sie kaum verstehen konnte. Sie beugte sich weit vor und lauschte. »... die Stimme ... die Stimme.«

Aideen war so aufgeregt und voller Sorge, dass sie den Zusammenhang der Wortfetzen nicht verstand. »Bitte, Bethia, geht nicht fort«, flehte sie. »Ich muss doch noch so viel lernen. Ihr dürft mich jetzt nicht allein lassen.«

Bethia atmete schwer. Ihre Lider waren geschlossen. Dann ganz plötzlich riss sie die Augen auf. »Nein«, stöhnte sie. »Höre, meine Tochter. Zarife ist ... ah ... die Stimme ...« Aus den Augenwinkeln sah Aideen eine schlanke Hand, die sich so hastig auf Bethias Stirn legte, als wolle sie verhindern, dass diese weitersprach. Die Seherin bäumte sich auf. Ihr Atem ging schnell, ihr Blick war voller Furcht. Ein seltsames Knistern drang an Aideens Ohren, und sie spürte, wie Bethia erschlaffte.

»Sie hat es überstanden.« Zarife erhob sich und wischte sich die Finger an der Hose ab, als hätte die Berührung sie beschmutzt. »Die Arme konnte nicht loslassen. Ich habe es ihr leichter gemacht.«

»Ihr habt sie getötet!« Der Kummer war so übermächtig, dass Aideen ganz vergaß, wer vor ihr stand. »Ihr habt ...«

»Mäßige deinen Zorn, Novizin.« Zarife schaute sie streng an. »Ich habe sie nicht getötet. Ich habe sie erlöst«, sagte sie langsam und eindringlich. »Die Seherin war alt und schwach. Habe ich recht?«

»Ja.« Aideen nickte furchtsam, obwohl ein Teil von ihr aufbegehrte. Aber sie wusste, dass sie Zarife nicht gewachsen war, und wollte den Zorn der Hohepriesterin keinesfalls auf sich lenken.

»Sie hat mir ihr Pferd aufgedrängt, ohne dabei auf ihr eigenes Wohl zu achten«, sprach Zarife weiter. »Sie tat es, obwohl ich es nicht wollte.«

»Ja, das hat sie.« Aideen glaubte sich zu erinnern, dass es nicht so gewesen war, pflichtete Zarife aber dennoch bei.

»Sie hat nachdrücklich darauf bestanden, dass ich reite«, sprach Zarife weiter. Und wieder nickte Aideen.

»Ich habe alles versucht, um sie zu retten, aber ich hatte keinen Erfolg.«

»Ja.« Trotz der Trauer um Bethia verspürte Aideen plötzlich eine leise Dankbarkeit gegenüber Zarife. Hatte sie nicht wirklich alles getan, um die Seherin zu retten?

»Gut.« Zarife lächelte und brach den Blickkontakt ab. Aideen hatte das Gefühl, in ein schwarzes Loch zu stürzen. Sie atmete tief durch und blinzelte, dann war das Gefühl verschwunden. Traurig schaute sie Bethia an. Die Augen der Seherin waren geöffnet. Ein Ausdruck panischer Furcht lag darin, der Aideen erschauern ließ. In einer letzten Geste der Freundschaft hob sie die Hand und schloss Bethias Lider.

»Komm und hilf mir beim Aufsitzen!« Zarifes Stimme drang wie aus weiter Ferne an ihr Ohr. »Wir wollen hier nicht herumstehen, bis es dunkel wird.«

Aideen erhob sich, als hätte sie keinen eigenen Willen. »Was wird aus Bethia?«, fragte sie matt.

»Die anderen sollen sie später holen«, sagte Zarife leichthin. »Wir können sie ja wohl kaum den ganzen Weg mitschleppen.«

Das leuchtete Aideen ein. Zwar betrübte es sie, Bethia hier allein zu lassen, aber ihre erste Aufgabe war es, Zarife zu den Höhlen zu bringen. Vorsichtig erhob sie sich, nahm ihren Umhang an sich und bettete Bethias Kopf sanft auf die Erde.

Das Rad der Zeit steht nicht still, hatte die Seherin erst vor wenigen Tagen zu ihr gesagt. *Nicht für mich und nicht für dich. Irgendwann wirst du an diesem Kessel stehen und dir die törichten Fragen einer Novizin anhören müssen. Du wirst alt sein und sie jung, und in ihrem Gesicht wirst du sehen, was nach dir sein wird. Sie wird der erste Vorbote des Todes sein und dich jeden Tag aufs Neue daran erinnern, dass deine Tage gezählt sind.*

Aideen konnte sich noch genau an jedes Wort erinnern. Und sie fragte sich, ob Bethia damals wohl geahnt hatte, wie wenig Zeit ihr noch blieb.

28

Manon floh.

Der Boden unter ihren Füßen flog dahin, eine verschwommene Fläche, deren Gräser Teil des blutigen Nebels vor ihren Augen zu sein schienen. Ihr keuchender Atem klang heiser, ihre Kehle brannte wie Feuer, und ihr Herz raste wie wild. Sie war am Rand des Zusammenbruchs, aber sie blieb nicht stehen. Das Stechen in der Seite beachtete sie ebenso wenig wie das Schwindelgefühl in ihrem Kopf. Sie rannte und stolperte, fiel hin, rappelte sich auf und rannte blindlings weiter, getrieben von dem entsetzlichen Heulen und Knurren, das immer näher kam.

Die knorrige Wurzel eines Busches setzte ihrer Flucht ein jähes Ende. Ihr Fuß blieb daran hängen, und der Schwung riss ihr die Beine unter dem Leib weg. Sie kippte nach vorn und schlug hart auf den Boden. In ihrem Körper explodierte der Schmerz, vor ihren Augen tanzten Sterne und ein hämmerndes Pochen in ihrem Fußknöchel verhieß nichts Gutes.

Manon fühlte, wie die Ohnmacht nach ihr griff, und kämpfte dagegen an. Das schaurige Heulen hinter ihr gewann an Stärke. Wie ein Triumph hallte es über das Hochland.

Sie wollte aufstehen, doch dazu fehlte ihr die Kraft. »Hil-feee!« Ihr verzweifelter Schrei war über das Heulen der Wölfe kaum zu hören. Manon spürte die Erschütterungen im Boden, die dem nahenden Rudel vorauseilten, und schloss die Augen. Sie ahnte, dass ihre Flucht hier ein Ende gefunden hatte, so wie ihr Leben vermutlich auch.

Die Erschütterungen wurden stärker. Manon spürte die Nähe der Wölfe selbst mit geschlossenen Augen und nahm den durchdringenden Raubtiergeruch wahr, der von den pelzigen Leibern ausging. Das Heulen verstummte und wich einem gierigen Hecheln wie von unzähligen Hunden, die lange und schnell gelaufen waren.

Manon schluckte schwer. Todesfurcht schnürte ihr die Kehle zu und machte es ihr unmöglich, noch einmal um Hilfe zu schreien. In Erwartung des tödlichen Bisses schloss sie die Augen und versteifte sich. Die Jäger hatten ihre Beute gehetzt und gestellt, jetzt konnte es nicht mehr lange dauern, bis ...

»Gib mir deine Hand, schnell!«

Eine Stimme. Fast hätte Manon gelacht. Was man sich so kurz vor dem Ende doch alles einbildete.

»Deine Hand. Schnell.« Jemand berührte sie nachdrücklich an der Schulter. »Wir haben nicht viel Zeit.«

Manon hob den Kopf, sah aber alles nur verschwommen. Die rot glühenden Augen Dutzender schwarzer Wölfe, die mit gebleckten Zähnen da standen und einen dichten Ring um sie gebildet hatten, schienen das Einzige zu sein, das den Nebel vor ihren Augen durchdringen konnte.

Sie blinzelte und erkannte die Hufe eines Pferdes in unmittelbarer Nähe sowie die Gestalt eines Mannes in heller, sandfarbener Kleidung, der neben ihr kniete.

»Schnell jetzt. Lange werden sie sich nicht aufhalten lassen.« Der Mann packte sie am Arm und zerrte sie unsanft in die Höhe. Manon ließ es geschehen, ohne sich zu wehren. Welche Wahl hatte sie denn? Die Wölfe warteten nur auf einen günstigen Augenblick, um sich auf sie zu stürzen. Schwankend kam sie auf die Beine.

»Reiß dich zusammen, Mädchen«, fuhr der Mann sie an. »Du musst durchhalten, hörst du? Sie greifen dich nur deshalb nicht an, weil ich in deiner Nähe bin. Also mach keine Dummheiten.«

Manon nickte matt. Sie war so erschöpft, dass sie sich kaum auf den Beinen halten konnte, spürte aber, dass der Mann es gut mit ihr meinte. Mit schleppenden Schritten erreichte sie das Pferd. Der Mann legte ihre Hand an den Sattelknauf. Dann umfasste er ihr Bein und drückte sie mit den Worten »Und jetzt rauf mit dir!« nach oben. Manon reagierte, ohne zu überlegen, und fand sich eine Sekunde später im Sattel wieder. Der Mann saß hinter ihr auf, nahm die Zügel in die eine Hand und umfasste sie mit der anderen. »Halt dich gut fest«, mahnte er, schnalzte mit der Zunge und grub dem Pferd die Hacken in die Seite. Das verängstigte Tier schnaubte und schüttelte die Mähne. Froh, von den Wölfen fortzukommen, preschte es los.

Jubelrufe empfingen Zarife, als Aideen das Pferd mit der Hohepriesterin im letzten Licht des Tages auf die Höhlen der Hüterinnen zuführte. Eine der Wachen hatte sie schon von Weitem entdeckt und die Kunde verbreitet, sodass bereits alle vor dem Eingang versammelt waren.

Es war deutlich zu sehen, wie sehr Zarife die Huldigungen der Hüterinnen genoss. Von dem Zorn und der Enttäuschung, die sie noch im Hochland zur Schau getragen hatte, war nichts mehr zu spüren. Lächelnd nahm sie die Bewunderung und Ehrenbezeugungen entgegen und ließ sich sogar hin und wieder dazu herab, die ihr entgegengestreckten Hände zu berühren. Auf einen Wink der Oberin eilten Mel und Orla herbei und halfen Zarife beim Absteigen. Doch während Orla sich nur kurz verneigte und dann zurückzog, wich Mel wie eine Leibwache nicht von Zarifes Seite. Die Hohepriesterin nahm es wie selbstverständlich hin und wechselte gelassen einige Worte mit der Oberin, die sich ihrerseits demütig verneigte.

Aideen wandte sich ab, um Silfri aus der Menge zu führen. Die Enge und die Nähe der vielen aufgeregten Hüterinnen machten den Kaltblüter nervös. Er tänzelte schnaubend und schien froh zu sein, als es um ihn herum ruhiger wurde.

Es dauerte eine Weile, bis eine der Heilerinnen bemerkte, dass Bethia fehlte. Besorgt kam sie auf Aideen zu und fragte: »Wo ist Bethia?«

»Sie war zu schwach.« Aideen schüttelte betrübt den Kopf. »Zarife hat getan, was in ihrer Macht stand, um ihr zu helfen, aber es war vergebens.«

»Bei den Göttern!« Die Heilerin schlug bestürzt die Hände vor den Mund. »Was ist geschehen?«

»Bethia war sehr geschwächt«, erzählte Aideen. »Trotzdem hat sie darauf bestanden, dass Zarife auf dem Pferd reiten solle. Zarife lehnte ab, aber wie wir alle war auch Bethia ihr in tiefer Ehrfurcht ergeben und bestand nachdrücklich darauf, dass sie laufen könne. Sie hat ihre Erschöpfung geschickt überspielt. Nicht einmal ich habe bemerkt, wie schlimm es um sie stand. Irgendwann wurde sie langsamer und fiel zurück. Dann brach sie zusammen und starb.«

»Wo ist sie jetzt?«, wollte die Heilerin wissen.

Aideen wies ihr den Weg.

»Gut.« Die Heilerin nickte, als Aideen geendet hatte. »Ich werde sofort eine Gruppe Jägerinnen losschicken, die ihren Leichnam bergen, ehe es dunkel wird«, sagte sie. »Bethia soll eine ehrenvolle Bestattung erhalten.« Sie verstummte und schaute Aideen an. »Es ist ein frühes und schweres Erbe, das du antrittst«, sagte sie voller Mitgefühl. »Ich wünsche dir die Kraft, es anzunehmen.« Damit wandte sie sich um und ging davon.

»Aideen!« Das war Mels Stimme. Aideen sah auf und bemerkte, wie ihre Freundin sich aus dem Pulk löste, der sich um Zarife und die Oberin gebildet hatte. »Zarife sagt, du sollst das Pferd an jemanden geben, der es versorgt, und uns dann ins Heiligtum begleiten.« Etwas an dem Ton, den Mel anschlug, gefiel Aideen nicht. Sie konnte das Gefühl jedoch nicht greifen und verdrängte es. »Ich komme«, sagte sie und rief eine Novizin zu sich, der sie auftrug, sich um Silfri zu kümmern. Dann folgte sie Mel.

»Die Seherin ist da, Herrin.« Mel verneigte sich und deutete auf Aideen.

»Gut.« Zarife zog das Wort etwas in die Länge, und wieder beschlich Aideen ein ungutes Gefühl. Sie schob es auf die Aufregung und das, was ihr bevorstand. Eigentlich wäre es an diesem Abend Bethias Aufgabe gewesen, den Körper zu töten, dem Zarife innewohnte, ihr das Herz herauszuschneiden und es in Zarifes alten, unversehrten Körper zu legen, damit auch die Seele zurückwandern konnte. Aber Bethia war tot, und sie war ihre Nachfolgerin. Alle Farbe wich aus Aideens Gesicht, als sie das ganze Ausmaß dessen begriff, was das bedeutete. Plötzlich bekamen auch die Worte der Heilerin einen Sinn, die ihr die Kraft gewünscht hatte, das schwere Erbe anzunehmen.

Aideen schluckte schwer. Sie wusste, dass sie die Kraft für das Ritual nicht besaß. Noch nie hatte sie Blut sehen können, ohne dass ihr dabei übel wurde. Gewiss würde sie bei der Zeremonie ohnmächtig werden. Was das für Folgen haben würde, daran wagte sie gar nicht zu denken. Wie eine dunkle Woge schlugen Trauer und Verzweiflung jäh über ihr zusammen. Sie fühlte sich einsam und verlassen und wünschte sich nichts sehnlicher, als dass Bethia noch am Leben wäre.

Da war eine Hand, die sich auf Bethias Stirn legte, ein Knistern, ein Erbeben des Körpers und Furcht in ihren Augen …

Wie aus dem Nichts schälte sich eine Erinnerung aus dem Nebel, der Aideens Gedanken zu umfangen schien. Sie spürte, dass sie wichtig war, und wollte sie festhalten, aber sie entschlüpfte ihr, ehe sie sie greifen konnte, und ließ sie ratlos zurück.

»Komm, mein Kind!« Sie spürte die Hand der Oberin auf der Schulter, die sie drängte, Zarife in die Höhlen zu folgen. »Bethias Tod ist ein schwerer Verlust angesichts dessen, was noch vollbracht werden muss«, sagte die Oberin, und es klang fast wie ein Vorwurf. »Diese alte Närrin handelte völlig verantwortungslos. Sie hätte wissen müssen, was sie mit ihrer blinden Ergebenheit aufs Spiel setzte. Zarife das Pferd zu überlassen, mag ihr edelmütig erschienen sein. Doch war es kurzsichtig und dumm. Ohne sie steht das Gelingen der Zeremonie auf Messers Schneide.« Die Oberin schaute Aideen tief in die Augen. »Unsere Hoffnungen ruhen nun allein auf dir, meine Tochter. Du bist die Einzige, die vollbringen kann, was Bethias Hände nicht mehr vermögen. Enttäusche uns nicht.«

Aideen nickte stumm. Ihre Kehle war wie zugeschnürt. Es gab keine Worte und keine Entschuldigung für das, was sie spürte: Sie wusste, dass sie versagen würde

Ich kann es nicht, kreischte es in ihr. *Ich kann es nicht.* Aber sie wusste, dass sie das nicht sagen durfte. Nicht hier, nicht jetzt, niemals. Sie war gefangen in ihrem Schicksal und musste sich ihm fügen, was immer daraus erwachsen mochte. Schweigend ging sie neben der Oberin her ins Herz der Höhlen, dorthin, wo Zarifes Körper seit Jahrhunderten ruhte und auf die Rückkehr seiner Seele wartete. Die anderen folgten ihnen schweigend, wie eine endlose Prozession.

Vor ihr ging Mel Seite an Seite mit Zarife. Es war ein seltsamer Anblick, und Aideen beschlich das Gefühl, dass nicht Mel, sondern der Oberin dieser Platz gebührte. Da diese sich aber wie selbstverständlich hinter Zarife eingereiht hatte, stand es ihr nicht zu, die Entscheidung in Frage zu stellen.

Am Tor zum Heiligtum angekommen, blieben die anderen respektvoll hinter ihnen zurück. Allein Mel schritt so selbstbewusst neben Zarife in die Tunnel, als sei sie schon hundertmal hier gewesen.

»Mel!« Die gedämpfte Stimme der Oberin durchbrach die Stille. Sie schloss zu ihr auf, legte ihr die Hand auf die Schulter und deutete zurück. »Bitte.«

»Sie bleibt bei mir.« Zarifes Stimme war so schneidend, dass Aideen zusammenzuckte. Auch die Oberin wirkte betroffen. »Aber sie ...«

»Kein Aber. Sie bleibt hier.« Zarife wählte einen Ton, der keinen Widerspruch duldete. Mel grinste spöttisch und setzte den Weg fort, während Aideen zu verstehen versuchte, was hier vor sich ging. Die Oberin wirkte gekränkt, wusste ihre Gefühle aber sorgsam zu verbergen. Allein Aideens feine Sinne fühlten ihren Kummer. Um sich abzulenken, lauschte sie auf die Stimmen, die sie früher in diesem Teil der Höhlen immer gehört hatte, aber die Schatten blieben stumm. Nichts rührte sich.

Und dann waren sie am Ziel.

Vor ihnen lag die Höhle mit dem Altar, auf dem Zarifes Leichnam aufgebahrt lag. In einer Ecke des Raums hatten Hüterinnen kostbare Gewänder für Zarife bereitgelegt. Mel und Zarife gingen um den Altar herum, während Aideen und die Oberin davor stehen blieben. Der geweihte Opferdolch von Benize ruhte am Kopfende des Altars auf einem kleinen, mit weißem Tuch bedeckten Tisch.

»Du mein Ich«, sagte Zarife feierlich, griff nach dem Tuch und zog es mit einem kräftigen Ruck von der Toten. Aideen riss staunend die Augen auf. Die Frau auf dem Altar war makellos schön. Sie sah aus, als schlafe sie und wirkte so lebendig, als hätte sie sich gerade erst dorthin gelegt. Das Fleisch war straff, der Körper wohlgeformt und von gesunder Farbe. Ein Anblick wie von einer Göttin, wäre da nicht der lange Schnitt in der linken Brusthälfte gewesen, wo die Hüterinnen vor Jahrhunderten das Herz entnommen hatten.

»Bin ich nicht schön?« Zarifes Worte waren voll selbstgefälliger Bewunderung. Sie lächelte.

»Wir haben alles so gehalten, wie Ihr es damals verfügt habt.« Nie zuvor hatte Aideen die Oberin so unterwürfig erlebt. Die ältere Frau rang unbewusst die Hände, als fürchte sie, dass Zarife doch noch einen Makel entdecken und ihr zürnen könnte. »Es ist alles bereit.«

»Sehr gut.« Zarife hob den Blick. »Sogar der Dolch ist unversehrt.« Sie wandte sich Aideen zu und schaute ihr tief in die Augen. »Nimm ihn.« Der Befehl war zwingend. Aideen sah, wie sie nach dem Dolch griff, ohne dass sie sich der Bewegung bewusst wurde. Alles in ihr sträubte sich dagegen, es zu tun. Sie konnte nicht töten, sie wollte es nicht. Nicht einmal dann, wenn es seit Hunderten von Jahren vorherbestimmt war. Und doch bewegten sich ihre Hände wie von selbst. Es war, als hätte etwas von ihr Besitz ergriffen, ein Wille, stärker als ihr eigener, der sich über sie stülpte ... eine Macht, so stark und unwiderstehlich, dass sie nicht anders konnte, als zu gehorchen. Sie spürte den Dolch in den Fingern und die glatte, kühle Oberfläche der Steine, die den Griff verzierten, während Zarife ihren Blick so unbarmherzig festhielt, dass es schon fast schmerzte.

»Du bist meine treue Dienerin«, hörte sie Zarife sagen. »Mein Wort ist dir Befehl.« Der Blick vertiefte sich und raubte Aideen den Atem. Ihr Herz raste, aber es gab nichts, das sie gegen den fremden Willen hätte tun können.

Tu es!, hallte es in ihrem Kopf. Und obwohl Zarife nicht laut sprach, wusste Aideen, dass die Worte von ihr stammten.

Tu es jetzt. Ich befehle es dir.

Nein!

Etwas in Aideen kreischte auf, wollte sie warnen. Aber es war zu schwach. Ohne zu überlegen, wirbelte sie herum und rammte der Oberin den Dolch tief in die Brust.

Mit wehender Mähne trug Hákons Brauner seine beiden Reiter durch die zunehmende Dunkelheit. Das wütende Heulen der Dashken blieb hinter ihnen zurück, während der Mond im Osten aufging und sich sogleich wieder hinter den Wolken verbarg. Hákon spürte, dass das Pferd ermüdete, wagte es aber nicht, ihm jetzt schon etwas Ruhe zu gönnen. Er wusste, wie unberechenbar die Dashken waren und dass ihm nicht mehr viel Zeit blieb, das Hochland zu verlassen. Er wusste aber auch, dass weder sein Pferd noch die fremde Frau vor ihm einen solch mörderischen Ritt lange würden durchhalten können. Den linken Arm spürte er kaum noch; er hatte ihn um die Taille der Fremden geschlungen, die immer wieder am Rand der Ohnmacht entlangglitt und schon zweimal fast vom Pferd gerutscht wäre, wenn er sie nicht festgehalten hätte. Er fragte sich, wer sie wohl sein mochte.

Er war zurückgeritten, weil er sich um Tisea und Peme sorgte, hatte die beiden aber nirgends finden können. Als er die Suche schon aufgeben wollte, hatte er das Heulen der Dashken gehört und befürchtet, dass Tisea und Peme wieder in Gefahr sein könnten. Unverzüglich hatte er sein Pferd auf einen Hügel gelenkt und gesehen, wie sich die schwarze Flut in die Täler unweit des Hügels ergossen und auf eine Gestalt zugehalten hatte. Mit bangem Herzen hatte er die verzweifelte Flucht der jungen Frau mit angesehen, die die tödliche Gefahr viel zu spät erkannt hatte und auf ihn zugestürmt kam. Als er gesehen hatte, wie nah die Wölfe ihr schon gewesen waren, hatte er sein Pferd zu einem neuerlichen Galopp angetrieben.

Am Ende hatte er sie um Haaresbreite retten können, ein heldenhafter Handstreich, den er nicht zuletzt der Hüterin verdankte, unter deren Schutz er noch immer stand.

Nun saß die fremde Frau vor ihm. Seltsam gewandet und zitternd vor Kälte, die Haare zerzaust und am Ende ihrer Kräfte. Gern hätte er sie gefragt, woher sie kam und was sie im Hochland zu suchen hatte, aber noch war nicht die Zeit zu reden. Der rettende Wald war fern, eine beängstigend dünne Linie am Horizont, und es war fraglich, ob sein Pferd es rechtzeitig dorthin schaffen würde.

Im Heiligtum der Hüterinnen war es so still, dass das erstickte Röcheln der Oberin unnatürlich laut erschien. Die Augen weit aufgerissen, blickte sie auf den Dolch, der aus ihrer Brust ragte, dann auf Aideen, die einen Schritt zurückgewichen war und die Sterbende verstört und erschrocken zugleich anstarrte. Als könne sie nicht begreifen, dass ihr Leben verwirkt war, hielt die Oberin sich weiter aufrecht, wandte den Kopf und sah Zarife an. Kein Zorn lag in ihrem Blick, nur eine tiefe Verwirrung. Blut quoll aus ihren Mundwinkeln, und ihre Lippen bebten, als sie mit letzter Kraft ein einziges Wort formte: »Warum?«

Zarife ließ sich mit der Antwort Zeit. Ungerührt beobachtete sie, wie die Kraft die Oberin verließ. Ihre Beine knickten ein, und sie schlug hart auf dem Boden auf. Ein letzter gurgelnder Laut entfloh den blutigen Lippen, während das Licht in ihren Augen erlosch und ihr Körper erschlaffte.

»Weil *ich* die Herrscherin von Benize bin«, sagte Zarife kühl, schritt um den Altar herum und zog den Dolch mit einem verächtlichen Laut aus der Brust der Toten. »In diesen Höhlen ist nur Platz für *eine* Hohepriesterin.«

Aideen beobachtete sie von einem seltsam entrückten Blickwinkel aus. Ihr war, als geschehe all das nicht wirklich, und wusste doch, dass es die bittere Wahrheit war.

Ich habe sie getötet, schoss es ihr durch den Kopf. Sie wusste, dass Scham, Reue, Trauer oder gar Verzweiflung einen solchen Gedanken begleiten sollten. Aber sie spürte nichts dergleichen. Sie hatte getötet, und es ließ sie kalt.

»Du bist mir wahrlich eine treue Dienerin, Aideen«, lobte Zarife.

Aideen sagte nichts. Sie sah, wie es um Mels Mundwinkel zuckte, als wären die Worte für sie wie ein Schlag ins Gesicht. Sie straffte sich, trat vor, deutete auf den Leichnam auf dem Altar und fragte demütig: »Herrin, verzeiht, aber was ist mit …?«

»Damit?« Zarife trat vor den Altar und nahm den Stab an sich, den ihr alter Körper umklammert hielt. Die Finger der Toten brachen mit einem schaurigen Knacken und fielen zu Boden. Es staubte. »Von ihr nehme ich nur das hier«, erklärte Zarife lächelnd. »Der Rest«, sie legte die Hand auf das Gesicht der Toten, woraufhin deren Körper mit einem grausig zischenden Laut zu Staub zerfiel, »ist nicht wichtig.«

»Aber …« Aideen konnte nicht glauben, was sie sah. Es war, als zerfiele mit der Toten alles, woran sie geglaubt hatte, zu Staub. Ihr Leben, ihre Träume, ihre Ziele … nichts schien mehr Bestand zu haben in einer Wirklichkeit, die ihre schlimmsten Albträume längst überholt hatte.

»Du bist damit nicht einverstanden?« Etwas in Zarifes Stimme warnte Aideen, ihre Worte jetzt gut zu wählen.

»Ich … meinte nur, was sagen wir jetzt denen da draußen?«, gab sie hastig eine Erklärung. »Sie … sie glauben doch, dass Ihr in den Körper zurückkehren werdet. Dafür haben sie gelebt, daran haben sie geglaubt. Wie sollen wir ihnen erklären, dass der Körper nun nicht …«

»Ganz einfach«, fiel Mel Aideen ins Wort. »Wir geben dir die Schuld.« Sie grinste spöttisch. »Nachdem du schon bei der Anrufung versagt hast, wird es niemand wundern, dass es dir nicht gelingt, Körper und Geist der Hohepriesterin zusammenzubringen. Aber keine Sorge, wenn wir es ihnen schonend beibringen, werden sie dich nicht dafür verachten, sondern froh sein, dass Zarife dank deiner Umsicht noch am Leben ist.«

»Das ist hervorragend.« Zarife nickte Mel wohlwollend zu. »Und den Tod der Oberin übernimmst du.«

»Ich?« Mel erbleichte. »Aber ich …«

Zarife schnalzte leise mit der Zunge und schüttelte tadelnd den Kopf. »Du wirst dich doch nicht davor drücken wollen, deiner Hohepriesterin das Leben gerettet zu haben?« Sie schaute erst Mel und dann Aideen an. In ihren Augen erkannte Aideen den gleichen Ausdruck, den sie schon nach Bethias Tod gesehen hatte. Es war unmöglich, sich der Wirkung des Blicks und der Worte zu entziehen, die Zarife nun sprach. »Diese falsche Schlange hat allen nur etwas vorgemacht«, sagte Zarife erbost und stieß den leblosen Körper der Oberin verächtlich mit dem Fuß an. »Ihr war nie daran gelegen, dass ich zurückkehre. Sie dachte immer nur an sich. Mithilfe des Dolches wollte sie sich meine Macht aneignen, indem sie mich hinterrücks zu erstechen versuchte. Es war mein Glück, dass Mel so achtsam war und den Angriff vereitelte, ehe die Oberin ihren teuflischen Plan ausführen konnte.«

Aideen konnte nicht anders, als Mel für ihren Mut zu bewundern. Sie hatte das Bild genau vor Augen, wie die Oberin mit dem Messer in der Hand hinter Zarife stand, und spürte das lähmende Entsetzen, das sie bei dem Anblick ergriffen hatte. Wäre Mel nicht gewesen …

»Für diese mutige Tat, mit der du mir deine bedingungslose Treue bewiesen hast«, hörte Aideen Zarife in ihre Gedanken hinein sagen, »ernenne ich dich zu meiner obersten Priesterin und Beraterin. Fortan wirst du mir nicht von der Seite weichen und mir in allen wichtigen Dingen beistehen.«

»Das … das ist …« Mel fehlten die Worte. Demütig sank sie auf die Knie und ergriff Zarifes Hand. »Danke«, hauchte sie überwältigt von der Ehre, die ihr zuteil wurde. »Ich danke Euch.«

»Schon gut, schon gut.« Zarife löste sich aus dem Griff und deutete auf die Kleider auf dem Stuhl in der Ecke. »Jetzt steh auf und hilf mir, mich anzukleiden. Danach werden wir gemeinsam zu den anderen gehen und ihnen erzählen, was geschehen ist. Sie sollen die Tote hier wegschaffen und den Raum von dem ekelhaften Staub befreien. Morgen wünsche ich hier alles sauber vorzufinden. Und du«, wandte sie sich an Aideen, »achte darauf, dass alle hier schön brav bleiben. Halte deine Augen und Ohren offen und gib mir unverzüglich Bescheid, wenn jemand das Wort gegen mich erhebt. Es steht zu befürchten, dass die Oberin Verbündete hatte. Diese gilt es zu finden und zu vernichten, ehe sie Schaden anrichten können.«

Hákons Pferd wurde immer langsamer. War es zunächst noch getrabt, fiel es bald in einen schleppenden Schritt und blieb dann einfach stehen.

Hákon wusste, dass es keinen Sinn hatte, es weiter anzutreiben. Wenn er dem Pferd keine Rast gönnte, würde es irgendwann vor Erschöpfung zusammenbrechen. Dann würde er den Waldrand niemals rechtzeitig erreichen.

Er saß ab und half der Fremden aus dem Sattel. Sie stöhnte leise, klagte aber nicht. Die Arme fröstelnd um den Körper geschlungen, setzte sie sich ins Gras und starrte geradeaus. Hákon löste seine Decken aus dem Gepäck und legte sie der Frau um die Schultern. Er wünschte, er hätte einen Mantel, der sie wärmen konnte, aber er besaß nur das, was er selbst am Leib trug. Die beiden Decken waren alles, was er ihr geben konnte.

»Danke.« Sie sah ihn an, und zum ersten Mal glaubte er ein schwaches Lächeln auf ihrem Gesicht zu erkennen.

»Ich mache uns gleich ein Feuer.« Hákon erwiderte das Lächeln und bot ihr etwas zu trinken aus seinem Wasserschlauch an. Sie trank gierig und unbeholfen. Wasser lief ihr über die Wangen und das Kinn, die Decken wurden nass. Vermutlich hatte sie auch Hunger, aber das musste warten. Zuerst galt es das erschöpfte Pferd mit Wasser und Hafer zu versorgen. Als Hákon damit fertig war, machte er sich daran, das Feuer zu entzünden.

Die Fremde beobachtete schweigend, wie er im spärlichen Mondlicht trockene Gräser und dürres Geäst zusammensuchte. »Ich habe dir noch nicht gedankt«, sagte sie leise.

»Wofür?« Hákon sah nicht auf.

»Dass du mir das Leben gerettet hast.« Die Stimme der Fremden bebte. »Das ... das war ganz schön knapp.«

»Du hattest großes Glück, dass ich in der Nähe war.« Hákon schlug zwei Feuersteine so kräftig aneinander, dass Funken stoben. »Und du hattest Glück, dass ich noch unter dem Schutz der Hüterinnen stehe. Einen Tag später hätte ich es nicht gewagt, mich dir zu nähern.«

»Also bist du kein Held?« Das klang fast ein wenig spöttisch.

»Ich bin vernünftig. Ach, jetzt komm schon.« Hákon ärgerte sich, weil das Gras nicht brennen wollte. Wütend schlug er die Steine aneinander.

»Hast du keine Streichhölzer?«, fragte die Fremde belustigt.

»Streichhölzer?« Hákon sah sie fragend an.

»Na ja, du weißt schon, diese kleinen Hölzchen mit dem Schwefelkopf, die man nur an einer Pappschachtel entlangziehen muss, damit sie entflammen.«

»So etwas habe ich nicht.« Hákon schüttelte den Kopf und widmete seine Aufmerksamkeit wieder dem Feuer. Die Gräser begannen zu glühen, und er blies kräftig hinein, um eine Flamme aufspringen zu lassen.

Minuten später verströmte ein kleines Lagerfeuer eine spärliche, aber willkommene Wärme. Hákon öffnete seine Provianttasche und reichte der Fremden ein Stück trockenes Brot und einen kleinen Apfel. Sie besah es misstrauisch, biss dann aber hinein und fragte kauend: »Wie heißt du?«

»Hákon.«

»Du bist wohl so etwas wie ein Einsiedler«, meinte die Fremde mit einem Seitenblick auf seine Kleidung. »Oder machst du hier vielleicht so eine Art Survival-Training?«

»Ich bin ein Waldläufer«, erklärte Hákon knapp und fuhr etwas leiser fort: »Das heißt, ich war es. Jetzt bin ich es wohl nicht mehr.« Er wollte nicht darüber sprechen und wechselte das Thema. »Und du?«, fragte er.

»Ich bin Manon«, stellte die Fremde sich vor. Die Wärme, das Essen und Trinken schienen ihr gutzutun, ihre Lebensgeister kehrten langsam zurück. »Ich war mit meiner Freundin Sandra in Newgrange in diesem Keltengrab. Da hat sich plötzlich die Wand geöffnet, und Sandra ist hineingegangen. Sie rief um Hilfe. Da bin ich ihr hinterher in so einen Tunnel. Irgendwann war ich hier. Klingt verrückt, aber es war so.« Sie legte den Kopf schief und fragte: »Ist es weit von hier bis Newgrange?«

»Es gibt hier keinen Ort mit diesem Namen.«

»Nicht?« Manon erbleichte. »Welche Orte liegen dann in der Nähe?«

»Keine.« Mit einem Messer schnitt Hákon eine dünne Scheibe Dörrfleisch ab und reichte es Manon. »Das hier ist das Hochland von Benize. Hier wohnen nur die Hüterinnen und die Dashken.«

»Benize?« Manon runzelte die Stirn. Ihr war, als hätte sie das Wort schon einmal irgendwo gehört. Nur wo? »Was sind Dashken?«, fragte sie.

»So nennen wir die gefährlichen Elementargeister des Hochlands«, erklärte Hákon. »Die Wölfe, die dich verfolgt haben, waren Dashken. Sie dienen den Hüterinnen und können jede beliebige Gestalt annehmen. Ihre Aufgabe ist es, die Hüterinnen zu beschützen. Sie töten jeden, der das Hochland unbefugt betritt. Kaum zu glauben, dass du sie nicht kennst. Hat dir deine Mutter nie davon erzählt?«

Manon schüttelte den Kopf und schaute sich furchtsam um. »Werden sie wiederkommen?«, fragte sie.

»Nein.« Hákon gab sich gelassen. »Ich genieße noch bis morgen Nacht den Schutz der Hüterinnen. Bis dahin müssen wir das Hochland verlassen haben. Wenn du bei mir bleibst, wird dir nichts geschehen.« Manon erwiderte nichts. Sie wirkte verwirrt und irgendwie traurig. Hákon erinnerte sich, dass sie von einer Freundin gesprochen hatte. »Wo ist deine Freundin?«, fragte er.

Manon seufzte. »Ich weiß es nicht. Wir ...« Sie verstummte, dann sagte sie schnell: »Wir wurden getrennt.«

»Hm.« Hákon schaute sie prüfend an. »Das klingt nicht gut«, sagte er und fügte, weil er sie nicht noch mehr ängstigen wollte, rasch hinzu: »Vielleicht hatte sie Glück, und die Hüterinnen haben sie gefunden.«

»Ja, vielleicht.« Manon zog sich die Decken enger um die Schultern. »Es ist so kalt«, sagte sie.

»Der Winter naht«, meinte Hákon. »Nicht mehr lange, dann wird der erste Schnee fallen.«

»Unsinn, es ist bald Sommer.« Sie stutzte und fügte unsicher hinzu: »Zumindest da, wo ich herkomme.«

»Das sieht man.« Hákon versuchte seine Verwunderung durch ein Lächeln zu überspielen. Entweder die Fremde war verrückt, oder er war gerade einem großen Geheimnis auf der Spur. Von einem weinseligen Krieger in Torpaks Tavernen hatte er vor Monaten erfahren, dass es noch eine andere Welt geben sollte als die, in der er lebte. Der Krieger hatte behauptet, dass Karadeks Magier Späher dorthin gesandt hätten, die nach Zarifes wiedergeborener Seele suchen sollten. Hákon hatte das Geschwätz als Ausgeburt eines vom Wein umnachteten Verstandes abgetan und Späße darüber gemacht, aber der Krieger hatte darauf beharrt, dass es stimmte.

Das Gespräch war rasch in Vergessenheit geraten. Nun aber erinnerte er sich plötzlich wieder daran, und auf einmal erschien es ihm gar nicht mehr so abwegig. Die Frau benahm sich überaus seltsam. Sie war ungewöhnlich gewandet und sprach von Orten und Dingen, von denen er noch nie gehört hatte. Auch wirkte sie verwirrt und schien sich überhaupt nicht auszukennen. Irgendwie tat sie ihm leid, aber er war auch misstrauisch. Für einen Augenblick glaubte er gar, dass sie selbst Zarife sein könnte. Aber dann erinnerte er sich daran, wie die Schattenwölfe sie gehetzt hatten, und verwarf den Gedanken wieder. Wäre sie die von allen so sehnlichst erwartete Hohepriesterin, hätten die Dashken sich ihr gewiss in Demut genähert.

»Warum starrst du mich so an?«, fragte Manon.

»Oh, verzeih.« Hastig senkte Hákon den Blick. »Das wollte ich nicht. Es ist nur so vieles merkwürdig.«

»Das finde ich auch.« Manon gähnte. »Aber ich bin zu müde und erschöpft, um mir jetzt den Kopf darüber zu zerbrechen. Morgen sieht sicher alles ganz anders aus. Die Leiterin der Reisegruppe wird sich sicher schon Sorgen machen. Bestimmt wird sie zur Polizei gehen und nach uns suchen lassen, wenn wir nicht wieder auftauchen. Die werden die Gegend um Newgrange sicher mit Hundestaffeln durchkämmen. Vielleicht schicken sie auch einen Hubschrauber. Den werde ich ganz gewiss nicht übersehen, und dann hat dieser Albtraum endlich ein Ende.« Sie legte sich hin, rollte sich zusammen wie ein Kind und schloss die Augen.

Hákon hatte noch viele Fragen, aber er spürte, dass sie nicht mehr reden wollte, und respektierte es. Er wusste nicht, was eine Polizei oder ein Hubschrauber waren, aber die Worte vertieften seinen Verdacht, dass die Frau von weit her ins Hochland gekommen sein musste. Ich sollte sie nach Torpak bringen, überlegte er. Die Magier dort wären sicher sehr interessiert an ihr. Dann aber fiel ihm ein, dass er Torpak vermutlich nicht betreten konnte, ohne verhaftet zu werden. Und die Suche nach seiner Schwester könnte er dann auch nicht fortsetzen.

Musste denn alles immer so schwierig sein? Seufzend legte er noch ein paar Äste aufs Feuer und schürte die Glut. Dann streckte auch er sich auf der harten Erde aus, um etwas zu ruhen. Morgen lag ein langer und harter Ritt vor ihnen. Wenn sie den Waldrand nicht bis zum Abend erreichten, waren ohnehin alle Überlegungen sinnlos. Hákon fuhr sich mit den Händen über das Gesicht und verschob die Entscheidung, was mit der Frau geschehen sollte, auf später. Und während er zusah, wie die Flammen an dem Holz emporleckten, sandte er ein kurzes Gebet an die Götter, dass sein Brauner den Ritt durchhalten möge.

29

Schwester! Wach auf, Schwester!

Die Stimme berührte etwas in Aideen. Sie stand im Felsenrund und schichtete das Reisig für das Anrufungsfeuer auf. *Schwester!*

Die Stimme wurde drängender. »Geh weg!« Aideen fuchtelte mit der Hand in der Luft herum, als könne sie die Stimme so vertreiben. Verbissen arbeitete sie weiter.

Wach auf, Schwester! Wach auf!

Das Felsenrund war fort. Aideen kniete im Hochland neben der sterbenden Bethia. Die Seherin hatte die Augen geschlossen, sie atmete nicht mehr. Aideen spürte, wie die Verzweiflung nach ihr griff. Da schlug Bethia plötzlich die Augen auf und starrte sie an. »Wach auf. Wach auf.« Ihre Stimme klang unheimlich. Der Blick ihrer Augen hielt Aideen gefangen, während das Gesicht langsam zerfiel und zu einem grinsenden Totenschädel wurde …

Mit einem erstickten Schrei fuhr Aideen in die Höhe. Ihr Herz raste, während der Schrecken des Traums noch in ihr nachhallte. Beschämt blickte sie zu Bethias Lager hinüber, um zu sehen, ob sie die Seherin geweckt hatte. Es war unberührt. Bethia war nicht da – und sie würde auch nicht kommen.

Nie mehr! Der Gedanke versetzte Aideen einen schmerzhaften Stich. Bethia war fort. Sie hatte sie allein gelassen. Einfach so.

In die Trauer mischte sich Wut. Warum nur hatte Bethia Zarife das Pferd überlassen? Sie hätte doch wissen müssen, dass sie den Weg zurück nicht würde schaffen können. Jetzt war sie tot, und Aideen hatte niemanden mehr, der sie unterweisen konnte. Dabei hatte sie in der kurzen Zeit kaum etwas gelernt. Sie kannte nicht einmal die einfachsten Rituale, von den ...

Dein Zorn ist nicht gerecht, Schwester.

Aideen wirbelte herum. Das kleine Nebelgespinst schwebte nur eine Armeslänge hinter ihr.

Wach auf, drängte es. *Wach endlich auf.*

»Ich bin wach«, herrschte Aideen das Gespinst an. »Was willst du hier? Verschwinde. Ich hasse dich. Du bist schuld daran, dass alles so gekommen ist. Nur weil du den Simion ...«

Du bist nicht wach, beharrte das Gespinst. *Du träumst den Traum, den SIE dir eingegeben hat. Wach auf und erkenne die Wahrheit.*

»Ich weiß nicht, wovon du sprichst«, erwiderte Aideen barsch.

Du kennst die Wahrheit, wisperte die Stimme. *Suche sie, suche sie. Sie ist in dir. Du warst dabei. Du hast es gesehen. Erkenne die Lüge. Dann wirst du auch erkennen, was ich dir sagen will. Zarife ist nicht die Retterin Benizes. Sie ist böse, und sie denkt nur an sich. Die Hüterinnen werden untergehen. Bethia und die Oberin waren die Ersten. Bald wird es neue Opfer geben. Aber diese werden nicht sterben, o nein. Ihnen hat sie ein schlimmeres Schicksal bestimmt. Schon lauern die Verdammten in ihrer finsteren Welt darauf, sich eurer zu bemächtigen. Dann werdet ihr alle wie Zarife sein. Eure Körper werden euch nicht mehr gehorchen, denn SIE werden sie beherrschen. Ihr werdet hilflos zusehen müssen, was sie euren Körpern antun, so lange, bis der Tod euch gnädig ...*

»Schweig!« Außer sich vor Wut schlug Aideen nach dem Nebelgespinst, doch ihre Hand glitt mitten hindurch. »Das ist nicht wahr«, rief sie erbost. »Du lügst. Nicht sie, du bist böse. Du hast den Simion zerstört. Du hast mich die ganze Zeit belogen.«

Du glaubst mir nicht? Du verleugnest, was du selbst gesehen hast? Das Gespinst sauste aufgebracht umher. *Dann geh hinauf ins Felsenrund. Jetzt sofort! Geh! Dort wirst du sehen, dass ich nicht lüge. Aber gib acht, dass sie dich nicht bemerkt ... und hüte dich vor den Schatten.*

»Warum sollte ich das tun?«, fragte Aideen abweisend. »Es ist mitten in der Nacht. Zarife schläft, so wie alle hier.«

Sie schläft? Ein Geräusch wie ein Lachen erfüllte die Luft. *Glaubst du das wirklich? Wie dumm ihr Menschen doch seid. Schlaft selig, während sie euren Untergang plant. Oh ... Sie kommen. Schnell jetzt. Geh hinaus und sieh!*

Das Gespinst rauschte davon, die Stimme verstummte. Nur ein einziges Mal noch glaubte Aideen sie wie aus weiter Ferne zu hören: *Geh und sieh!*

Unschlüssig schaute sie sich um. Sie war müde. Der Tag war anstrengend gewesen, Kummer und Freude hatten eng beieinander gelegen. Sie sehnte sich danach, zu schlafen und zu vergessen. Ermattet legte sie sich wieder hin, fand aber keine Ruhe. Es war, als hätte das Gespinst mit seinen Worten einen Samen der Unsicherheit in ihre Seele gepflanzt, der in der Stille sofort zu keimen begann. Er weckte bohrende Zweifel und Fragen in ihr und wuchs schließlich so weit heran, dass er ihr Denken völlig beherrschte.

Geh hinaus und sieh!

Am Ende konnte sie nicht anders. Sie musste aufstehen und sich vergewissern, dass die Stimme sie belogen hatte. Erst wenn sie sicher war, dass das Felsenrund verlassen dalag und Zarife wirklich schlief, würde auch sie wieder Ruhe finden.

Leise stand sie auf, warf sich den warmen Mantel über und verließ die Höhle, die sie noch in der Nacht zuvor mit Bethia geteilt hatte. Lautlos huschte sie durch die Gänge. Es war gespenstisch. Nirgends war ein Laut zu hören. Es schien, als habe sich eine unnatürliche Stille über die Höhlen gebreitet, die alle Geräusche verschluckte.

Aideen eilte weiter. Sie ließ die Schlafkammern der anderen Hüterinnen hinter sich zurück und huschte an dem Gang vorbei, der zum Heiligtum führte. Die Tür stand offen, aber das war nicht verwunderlich. Das Heiligtum war nicht länger heilig. Zarifes Körper, der dort so lange geruht hatte, war zu Staub zerfallen. Den heiligen Dolch Benizes hatte Zarife an sich genommen. Noch am Abend waren Novizinnen gekommen, um den Raum zu säubern. Andere hatten die getötete Oberin hinausgeschafft. Jetzt gab es dort nichts mehr, das gehütet werden musste.

Aideen war froh, dass die Novizinnen offenbar vergessen hatten, die Talglichter zu löschen. So war es hell in den Gängen, und sie konnte gut sehen. Wie eine Diebin schlich sie weiter zum Ausgang der Höhlen. Unter einem Vorwand stahl sie sich an der Wachhabenden vorbei und lief den Weg zum Felsenrund hinauf. Es war eine kalte und windstille Nacht. Immer wieder blieb sie stehen, lauschte und spähte aufmerksam voraus. Nichts regte sich, und kein Laut drang ihr an die Ohren. Sie war allein.

Ich wusste es, dachte sie bei sich. Ich wusste, dass das Gespinst mich belogen hat. Sie überlegte, ob sie umkehren sollte, da hörte sie in der Ferne eine leise Stimme. Jemand sprach.

Neugierig geworden, folgte Aideen dem schmalen Pfad, der sich zum Felsenrund hinaufwand. Je weiter sie ging, desto lauter wurden die Stimmen. Eine gehörte eindeutig einer Frau, die andere war seltsam verzerrt und dunkel. Vorsichtig schlich Aideen weiter. Sie hatte Angst, aber ihre Neugier war stärker. Was geschah da oben, mitten in der Nacht? War es wirklich Zarife, die dort sprach? Sollte das Gespinst mit seinen ungeheuerlichen Anschuldigungen am Ende gar recht behalten?

Nur die gewaltigen Felsen trennten Aideen jetzt noch von dem Rund. Weiter zu gehen wagte sie nicht, die Furcht, entdeckt zu werden, war zu groß. Leise schlich sie an den Felsen entlang und versuchte einen Spalt zu finden, der breit genug war, um einen Blick ins Innere werfen zu können. Sie hatte Glück. Zwischen dem dritten und vierten Monolithen gab es einen Durchlass, der fast eine Hand breit war. Aideen musste sich auf die Zehenspitzen stellen, um hindurchzuspähen. Ihr Herz schlug so laut, dass sie glaubte, es werde sie verraten. Aber jene, die sich im Schutz der Felsen versammelt hatten, bemerkten sie nicht. Aideen hielt den Atem an und sah durch den Spalt. Zarife stand vor der geschwärzten Wand, in der sich auch das Tor geöffnet hatte, und unterhielt sich mit zwei Gestalten, die Aideen nur als grün leuchtenden Schattenriss erkennen konnte.

… und hüte dich vor den Schatten. Ein eisiger Schauder lief ihr über den Rücken, als sie sich an die Worte erinnerte. Das grüne Leuchten war unheimlich. Wer immer dort mit Zarife sprach, konnte kein Mensch sein.

… Schon lauern die Verdammten in ihrer finsteren Welt darauf, sich eurer zu bemächtigen …

Sollte es wirklich wahr sein? Plante Zarife ihrer aller Untergang?

Aideen reckte sich und erkannte im Eingang zwischen den Felsen eine weitere Gestalt, die dort Wache hielt. Es war Mel.

»Beweise? Wozu braucht ihr Beweise?«, hörte sie Zarife fragen. »Ihr habt mein Wort. Genügt das nicht?«

Aideen konnte nicht verstehen, was die leuchtenden Wesen sagten. Sie nahm die Antwort nur als ein dumpfes Brummen wahr.

»Das ist jetzt nicht möglich«, entgegnete Zarife scharf. »Der Krieg hat noch nicht begonnen.« Als Antwort ertönte wieder das Brummen.

»Ihr habt mein Wort, dass ihr alle neue Körper erhalten werdet«, versprach Zarife. »Einen Körper für jeden, der für mich kämpft. So haben wir es beschlossen, und daran halte ich mich.«

Das sonore Brummen setzte wieder ein, verstummte aber gleich wieder, als Zarife erneut die Stimme erhob.

»Nein, verflucht!«, rief sie zornig aus. »Euer Meister und ich haben nicht jahrhundertelang verhandelt, dass er jetzt neue Forderungen stellt. Einen Körper für jeden Krieger, sowie das Verbot, anderen Göttern als eurem Meister zu huldigen. So war es abgemacht, und so wird es geschehen. Geht und sagt ihm, ich erwarte, dass die Krieger bereit sind, wenn ich das Tor öffne. So wie wir es vereinbart haben.« Sie schwieg einen Augenblick, dann holte sie tief Luft und fuhr etwas freundlicher fort: »Nun gut, ich will nicht kleinlich sein. Zum Beweis, dass ich keine falschen Versprechungen mache, werde ich euch beiden noch heute Nacht neue Körper schenken. Die anderen müssen warten, bis der Angriff auf die Rebellen und das Heer beginnt.«

Der Angriff auf die Rebellen … Aideen traute ihren Ohren nicht. Die Rebellen waren doch ihre Verbündeten! Hatte Bethia nicht gesagt, sie sammelten sich am Waldrand, um gemeinsam mit Zarife gegen Torpak zu kämpfen? Aideen war völlig verwirrt. Sie wünschte, Bethia wäre noch am Leben … *Bethia*. Als hätte sich ein Schleier gelüftet, sah Aideen die Seherin vor sich; mit schmerzverzerrtem Gesicht, die Hand auf die linke Brust gepresst, keuchend, Furcht im Blick.

»Das kleine Stück wird sie doch wohl noch durchhalten.« Spott lag in Zarifes Stimme.

Bethia lag am Boden. Ihre Lider flackerten. Schweißperlen glänzten auf ihrer bleichen Stirn. Plötzlich riss sie die Augen auf. »Nein«, presste sie wie in Panik hervor. »Nein, nicht …«

Da war eine schlanke Hand auf Bethias Stirn – Zarifes Hand.

Die Augen angstgeweitet, bäumte die Seherin sich auf. Ihr Atem ging schnell. Ein seltsames Knistern ertönte. Dann erschlaffte sie.

Aideen war zutiefst erschüttert. Endlich verstand sie, was das Gespinst gemeint hatte. Und sie erinnerte sich. Bethia war gar keines natürlichen Todes gestorben. Zarife hatte sie getötet, so wie sie auch die Oberin getötet hatte. Aideen zitterte. Schlimmer noch als die Erkenntnis, dass Zarife ihre Erinnerungen verfälscht und sie als Werkzeug für den Mord an der Oberin benutzt hatte, war der Gedanke, dass dann auch alles andere wahr sein musste. »Sie ist böse«, hatte die Stimme gesagt. »Bethia und die Oberin waren nur die Ersten.«

Verrat. Aideen hatte das Gefühl, nicht länger stehen zu können. Das Wort schwirrte in ihrem Kopf herum und setzte sich hartnäckig fest. Zarife hat nie vorgehabt, Benize zu befreien, dachte sie erschüttert. Sie denkt nur an sich. Das Gespinst hat recht. Sie hat uns alle verraten.

Aideen schluckte gegen die Angst an, die ihr die Kehle zuschnürte. Sie musste etwas tun, musste die anderen warnen – aber wie?

»Schaff mir zwei von den Frauen her«, hörte sie Zarife in ihre Gedanken hinein zu Mel sagen.

»Aber Herrin.« Es war nicht zu überhören, dass auch Mel entsetzt war. »Das ... das ist unmöglich. Wie wollen wir ihr Verschwinden den anderen erklären?«

»Ich bin niemandem eine Erklärung schuldig.«

»Dennoch... Bedenkt, damit wären so kurz nach dem Tod der Oberin und der Seherin zwei weitere Opfer zu beklagen. Das könnte Misstrauen wecken.«

»Du bist meine Beraterin«, sagte Zarife gedehnt. »Was schlägst du vor?«

»Wir haben Gäste in den Höhlen«, sagte Mel. »Zwei junge Frauen aus dem Waldland. Sie baten die Oberin darum, ihr als Hüterinnen dienen zu dürfen. Niemand wird sich wundern, wenn sie es sich nach dem überraschenden Tod der Oberin anders überlegt und die Heimreise angetreten haben.«

»Na, das klingt doch wunderbar.« Aideen glaubte förmlich zu sehen, wie Zarife lächelte. »Dann nehmen wir die beiden.«

»… dann nehmen wird die beiden.« Sandra war entsetzt über die berechnende Kälte, die Zarifes Worten innewohnte. Mehr denn je war sie davon überzeugt, in einem furchtbaren, nicht enden wollenden Albtraum gefangen zu sein.

Was war nur geschehen? Seit sie sich in dieser fremden Welt als Gefangene in ihrem eigenen Körper wiedergefunden hatte, stellte sie sich unablässig diese Frage, hatte bisher aber keine Antwort gefunden. Das Letzte, an das sie sich erinnern konnte, war, dass sie mit Manon das Ganggrab in Newgrange besucht hatte. Sie waren hineingegangen, und es war dunkel geworden.

Vielleicht ist dort etwas Furchtbares geschehen?, überlegte sie. Vielleicht gab es ein Unglück, eine Explosion, ein Attentat … irgendetwas, von dem man sonst nur in den Nachrichten erfährt. Vielleicht liege ich im Koma, irgendwo in einem irischen Krankenhaus, und dies hier ist eine Art Prüfung, die dazu dient, meine dunkle Seite zu überwinden, nachdem ein schreckliches Unglück mich fast in den Tod gerissen hat.

Die Gedanken klangen sehr weit hergeholt, hatten aber etwas, dem sie sich nicht entziehen konnte. Sie war nie besonders religiös gewesen und hatte sich stets für zu jung gehalten, um sich darüber Gedanken machen zu müssen, wie der Tod wohl aussehen mochte und was danach kam. Aber Ivana, die sich für alles Spirituelle interessierte, hatte hin und wieder davon gesprochen. »Dieses Leben ist nur eines von vielen«, hatte sie einmal behauptet. »Was du in diesem Leben Gutes tust, so heißt es, wird dir in deinem nächsten Leben hundertfach vergolten. Dazu musst du deine dunkle Seite immer wieder aufs Neue überwinden. Nur dann wirst du die nächste Stufe und schließlich die Unsterblichkeit erlangen.«

Damals hatte Sandra gelacht und es als Spinnerei abgetan. Nun aber kam ihr die Vorstellung gar nicht mehr so verrückt vor.

Seltsamerweise verspürte sie keine Trauer, als sie daran dachte, dass ihr Leben, so wie sie es in Erinnerung hatte, möglicherweise schon Vergangenheit war. Und es waren gerade Ivanas Worte, über die sie einst gelacht hatte, die sie nun trösteten. So wie es aussah, konnte Ivana sogar recht haben. Dann war alles, was sie gerade erlebte, nichts weiter als eine Auseinandersetzung mit ihrer Schattenseite. Während ihr dunkles Selbst die Herrschaft über ihren Körper übernommen hatte und in einer Albtraumwelt schier übermächtig auftrat, sollte sie einer Art Prüfung unterzogen werden. Wenn es ihr gelang, die dunkle Seite zu überwinden, würde sie entweder aus dem Koma erwachen oder sterben und zu einem neuen Leben weiterreisen.

Der Gedanke war so absurd wie alles, was Sandra in den letzten Stunden erlebt hatte, aber er fügte sich perfekt in das Bild und die Ereignisse ein.

Vermutlich habe ich es unbewusst schon richtig gemacht, indem ich Manon vor Zarifes Angriff gewarnt habe, dachte Sandra. Da ist es mir gelungen, mich über meine dunkle Seite zu erheben und Gutes zu tun. Die geplante Opferung zweier Unschuldiger ist sicher eine weitere Herausforderung für das Gute in mir ...

Je länger Sandra darüber nachdachte, desto stimmiger wurde alles. Und statt zu verzagen, fühlte sie sich befreit. Sie glaubte nun zu wissen, was geschehen war, und auch, was sie zu tun hatte. Wenn sie überhaupt eine Chance haben wollte, dieser verrückten Situation zu entfliehen, musste sie sich wehren. Irgendwie musste es ihr gelingen, ihr dunkles Selbst, das sich Zarife nannte, zu bezwingen. Immer und immer wieder, in zähem, kräftezehrendem Ringen, bis sie von höheren Mächten aus ihrer verzweifelten Lage erlöst wurde.

Für Furcht und Unsicherheit gab es keinen Raum mehr, denn diese waren die Quellen, aus denen ihre dunkle Seite Kraft bezog. Sie war entschlossen, den seltsam schwebenden Zustand, in dem sie sich befand, schnellstmöglich zu beenden, indem sie die finstere Seite ihres Selbst energisch bekämpfte.

Tod oder Leben, was immer der Lohn für ihre Anstrengungen sein mochte, alles war besser, als das Gefangensein im eigenen Körper noch länger zu ertragen. So entschloss sie sich, ruhig zu bleiben und abzuwarten. Sie hatte Zarife schon einmal bezwungen und war überzeugt, es wieder schaffen zu können – wenn der rechte Augenblick dafür gekommen war.

Mit klopfendem Herzen hastete Aideen durch die menschenleeren Gänge. Hin und wieder hielt sie kurz an und lauschte, ob hinter ihr schon Schritte zu hören waren. Aber noch schien es, als folge ihr niemand.

Es grenzte an ein Wunder, dass sie es geschafft hatte, unbemerkt von dem Felsenrund fort und wieder in die Höhlen zu kommen. Sie wusste jedoch nicht, wie viel Zeit ihr noch blieb.

Am Ende des Ganges tauchte der Eingang zu der Höhle auf, in der Peme und Tisea schliefen. Aideen rannte darauf zu, trat aber erst ein, als sie sicher war, dass sie nicht verfolgt wurde. Die beiden Frauen schliefen tief und fest im Schein eines kleinen Talglichts.

»Aufwachen, schnell!« Aideen rüttelte zuerst Tisea und dann Peme so heftig, dass beide verwirrt die Augen aufschlugen.

»Was ist los?«, murmelte Tisea.

Aideen war schon bei den Stühlen und warf den Frauen ihre Gewänder zu. »Ihr müsst hier verschwinden. Sofort«, sagte sie. »Ihr seid in großer Gefahr.« Sie hastete zum Eingang, schlug das Wolfsfell beiseite und lauschte. Noch nichts zu hören. Offenbar ließ Mel sich Zeit.

»Was redest du da?«, fragte Tisea verwirrt. »Wir sind hier Gäste ...«

»Falsch!« Aideen nahm das Kleiderbündel auf und drückte es Tisea in die Hand. »Ihr wart hier Gäste. Und jetzt zieh dich an, wenn dir dein Leben lieb ist.«

»Aber die Oberin hat uns ...«

»Die Oberin ist tot!«, fuhr Aideen Tisea an. »Und ihr werdet es auch bald sein. Beeilt euch! Für lange Erklärungen ist keine Zeit.« Das blieb nicht ohne Wirkung. Hastig kleideten Tisea und Peme sich an. Es war nicht zu übersehen, wie bestürzt sie waren. Aber sie stellten keine Fragen und taten, was Aideen ihnen sagte.

»Zieht euch die Mäntel über«, riet Aideen. »Ihr müsst fortreiten, solange ihr es noch könnt.« Sie lauschte wieder in den Gang und gab den beiden ein Handzeichen. »Folgt mir«, flüsterte sie. »Ich bringe euch zu eurem Pferd.«

Zum Eingang der Höhlen war es nicht weit. Die Wachhabende am Tor wandte ihnen den Rücken zu. Aideen betete darum, dass sie Mel nicht mitten im Eingang begegnen würden. Sie gab Tisea und Peme ein Zeichen, dann schritten sie gemeinsam auf die Hüterin zu. Als diese sie kommen hörte, fuhr sie herum, schaute Aideen an und fragte barsch: »Du schon wieder? Was ist los?«

»Ich traf die beiden hier auf dem Weg in meine Höhle«, log Aideen. »Die Kleine quält großes Heimweh. Sie möchte nach Hause.« Sie deutete auf Peme. »Sie und ihre Schwester wollen nicht länger bleiben.«

»Weiß Zarife davon?«, fragte die Wächterin misstrauisch.

»Zarife ist beschäftigt. Sie will nicht gestört werden.«

»Dann müssen sie warten.« Die Wächterin vertrat ihnen den Weg. »Ich habe strikte Anweisung, niemanden ohne Zarifes Einwilligung gehen zu lassen, solange die Verbündeten der Aufrührerin nicht gefunden sind.«

Aideen seufzte. So weit war es also schon. »Aber die Kleine ...«

»Jeder, der die Höhlen ohne Erlaubnis verlassen will, gilt als verdächtig.« Die Wächterin umfasste den Speer fester und richtete ihn drohend nach vorn. »Geht zurück, oder ich werde ...«

Tock! Etwas prallte hart gegen ihre Schläfe und fiel klackend zu Boden. Sie riss die Augen auf und öffnete den Mund zu einem Schrei, aber ihr entwich nur ein ersticktes Keuchen, ehe sie besinnungslos zu Boden sackte.

»Was, zum ...?« Aideen wandte sich um. Hinter ihr stand Peme mit einer Steinschleuder in der Hand und sah sie mit Unschuldsmiene an.

»Du sagtest, wir müssen uns beeilen, wenn wir am Leben bleiben wollen«, erklärte Tisea anstelle ihrer Schwester und deutete auf die Wächterin. »Sie wollte uns aufhalten.«

Aideen schüttelte den Kopf, seufzte und sagte: »Schon gut. Kommt jetzt. Euch bleibt nicht mehr viel Zeit.« Mit einem wachsamen Blick in Richtung des Felsenrunds schlüpfte sie hinaus, deutete nach Süden und flüsterte: »Euer Pferd steht da hinten. Ich wünsche euch viel Glück.« Sie wollte sich umdrehen und in die Höhlen zurückgehen, da spürte sie eine Hand auf der Schulter. »Wirst du uns denn nicht begleiten?«

Aideen zuckte zusammen. Natürlich wollte sie Tisea und Peme nicht begleiten. Sie wollte sie nur zu ihrem Pferd bringen und dann wieder in ihre Höhle zurückkehren. Aber konnte sie das überhaupt? Jäh wurde ihr bewusst, dass Tisea recht hatte.

Die Wächterin hat mich gesehen, schoss es ihr durch den Kopf. Wenn herauskommt, dass Tisea und Peme fort sind, werden sie mich sofort verdächtigen. Aideen überlief es eiskalt. Sie hatte gehandelt ohne nachzudenken.

»Du kannst nicht mehr zurück«, sagte Tisea ernst. »Und du weißt es. Komm mit uns. Silfri ist stark. Er wird uns drei eine Weile tragen können. Danach ...« Sie brach ab und schaute sich gehetzt um, weil oben auf dem Hang Schritte zu hören waren. »Schnell jetzt«, drängte sie. »Wir haben nicht mehr viel Zeit.«

»Da vorn ist es.« Zoltan spähte durch das spärlich belaubte Unterholz und deutete voraus. Weiter vorn zwischen den kerzengeraden Stämmen schlanker Buchen waren Lichter zu sehen, in deren Schein sich trotz der mitternächtlichen Stunde noch etliche Menschen bewegten.

»Sie scheinen in Aufruhr zu sein.« Der tamjikische Söldner neben ihm sprach so leise, dass Zoltan ihn gerade noch verstehen konnte. Zu zweit waren sie aufgebrochen, um sich davon zu überzeugen, dass der junge Rebell die Wahrheit gesagt hatte. Die Kommandanten hatten sich wenig begeistert gezeigt, dass ihr Heerführer den gefahrvollen Ritt persönlich wagen wollte. Aber Zoltan hatte sich nicht beirren lassen. Zu viele Späher und Spitzel waren den Rebellen schon in die Hände gefallen, als dass er sich jetzt noch auf Berichte Dritter verlassen konnte. Zu viel stand für ihn auf dem Spiel. Die heimtückischen Angriffe der Heckenschützen, die dem Heer zahlreiche Verluste eingebracht hatten, hatten seine Befürchtung bestätigt, dass sein Heer den Rebellen in einem Kampf Mann gegen Mann in diesen Gefilden unterlegen sein würde. Torpaks Krieger hatten ihre Erfahrungen zumeist im Kampf gegen die Tamjiken in den Steppen des Südens gesammelt. Für den Kampf in den Wäldern waren sie nicht ausgebildet, und auch den Kommandanten ermangelte es an Erfahrung und Taktiken, sich der Rebellen zwischen den Bäumen erfolgreich zu erwehren.

Aber Zoltan hatte Vorsorge getroffen. Anlass dazu war eine Bemerkung Menards gewesen, der ihm erzählt hatte, dass es im Waldland schon lange nicht mehr geregnet hatte. Das trockene Laub am Boden mochte ein Grund dafür gewesen sein, dass man die Späher so schnell entdeckt hatte, denn es machte ein Anschleichen an den Feind nahezu unmöglich. Nun war es Zoltans große Hoffnung, den Krieg rasch und ohne blutiges Gemetzel zu gewinnen, ehe er überhaupt begonnen hatte.

Ein teuflisches Grinsen huschte über Zoltans Gesicht, als er sich ausmalte, was geschehen würde, wenn sein Plan aufging. »Komm!« Er hatte genug gesehen und gab dem Söldner ein Zeichen. Leise zogen sie sich in den Wald zurück. Etliche seiner Männer waren erbost gewesen, als er einem Überläufer den Vorrang vor den eigenen Spähern gegeben hatte, aber Zoltan hatte zu seinem Entschluss gestanden. Der Tamjike war ein erfahrener Waldläufer und ihm treu ergeben. Schon oft hatte er ihn für Kurierdienste in den Norden geschickt und ihn kleineren Einheiten zugeteilt, die nach Rebellen gesucht hatten.

Gemeinsam machten sie sich daran, ins Heerlager zurückzukehren. Sie waren noch nicht weit gekommen, da hörte Zoltan ein Scharren in der Dunkelheit zu seiner Rechten. Wie von selbst fand das Kurzschwert den Weg in seine Hand. Der Tamjike war ihm zehn Schritte voraus. Zoltan sah, wie er mit zwei Dolchen in den Händen herumwirbelte und einen Schrei ausstieß, um ihn zu warnen. Aber zu spät.

Rebellen stürzten aus dem Dickicht hervor, schlugen Zoltan das Schwert aus der Hand und fielen mit einer solchen Wucht über ihn her, dass ihm keine Zeit blieb, sich zu verteidigen. Er wusste nicht, woher sie kamen und wie es ihnen gelungen war, sich unbemerkt anzuschleichen, war jedoch erfahren genug zu erkennen, dass jeder Widerstand zwecklos war. Schon spürte er den kühlen Stahl eines Dolches an der Kehle und sah im Halblicht des Mondes ein Dutzend Speerspitzen aufblitzen, die sich drohend auf ihn richteten.

»Lauf!« Zoltan bäumte sich auf und brüllte das Wort in die Nacht hinaus. Seine Gedanken arbeiteten wie rasend. Er konnte den Tamjiken nicht sehen, hoffte aber, dass dieser nicht so töricht wäre, sich der Übermacht zum Kampf zu stellen. Zoltan hatte ihm ausdrücklich befohlen, in einem Fall wie diesem zum Heer zurückzukehren und den Kommandanten Bericht zu erstatten, die ihrerseits eindeutige Befehle erhalten hatten: Ganz gleich, ob er getötet wurde oder in Gefangenschaft geriet, sein Plan musste ausgeführt werden.

»Da hinten ist er!«

»Haltet ihn!«

»Pfeile, schnell!«

»Verdammt, er entkommt!«

»Schießt! Schießt doch endlich!«

Die Rufe der Rebellen gellten durch den Wald und zeigten Zoltan, dass der Tamjike klug gehandelt hatte. Er hatte keine Zweifel daran, dass der Söldner den Rebellen entkommen würde. Ein spöttisches Lächeln umspielte Zoltans Mundwinkel, als man seine Arme grob nach hinten riss und sie auf dem Rücken fesselte. Sollten die Rebellen ruhig annehmen, mit seiner Gefangennahme einen Sieg errungen zu haben, der das Heer Torpaks lähmte. Schon die nächsten Tage würden zeigen, welch verheerendem Irrtum sie erlegen waren.

30

»Fort?« Erbost wirbelte Zarife herum. »Wieso fort?«

»Ich ... ich weiß es nicht, Herrin.« Zum ersten Mal, seit sie in den Dienst der Hohepriesterin getreten war, flackerte Furcht in Mels Augen auf. »Es sieht ganz so aus, als hätten sie die Höhlen verlassen. Die Lager waren noch warm, aber Kleidung und Mäntel fehlten.« Mel verstummte kurz und fügte dann hinzu: »Außerdem wurde die Wachhabende am Eingang bewusstlos aufgefunden. Und Aideen ist auch fort.«

»Die junge Seherin?«, fragte Zarife.

»Ja.« Mel nickte.

»Dann hat sie die beiden gewarnt.« Zarifes Stimme bebte vor Zorn. »Wie konnte das geschehen?«

»Ich weiß es nicht, Herrin. Niemand konnte wissen, dass sie in Gefahr sind«, entgegnete Mel. »Wir haben doch gerade erst ...«

»Die Macht des Sehens darf nicht unterschätzt werden.« Die leuchtend grünen Umrisse, die eben noch eine annähernd menschliche Gestalt besessen hatten, zerflossen und wogten hin und her.

»Nein, nein.« Zarife schüttelte den Kopf. »Diese Aideen ist noch lange nicht so weit. Sie ist formbar, ein unbeschriebenes Blatt, das mir gute Dienste leisten könnte.«

»Die Wachhabende hat Aideen aber gesehen«, wagte Mel einzuwenden. »Sie hat die beiden begleitet. Unter dem Vorwand, das junge Mädchen hätte Heimweh, wollten sie sich davonmachen.«

»Verdammt.« Zarife seufzte und machte dann eine entschuldigende Geste in Richtung der grün leuchtenden Umrisse. »Nun denn, wie es aussieht, wird es heute nichts mit den neuen Körpern. Wir sind hier zu wenige, als dass ich eine der Hüterinnen schon jetzt entbehren könnte. Richte deinem Meister aus, dass ich mein Wort halten werde. Sobald ich das Tor öffne, steht es euch frei, euch der Krieger zu bedienen. Und keine Sorge, davon gibt es dann mehr als genug. Jeder von euch wird einen Körper erhalten, das verspreche ich.«

»Wir werden es ausrichten.«

»Gut.« Zarife nickte. »Aber vergesst nicht: Zu einem Abkommen gehören immer zwei Parteien. Wenn ihr wieder leben wollt, müsst auch ihr eure Pflichten erfüllen und mir zum Sieg verhelfen. Ich habe nichts zu verschenken.«

Nachdem die geisterhaften Gestalten in ihre Welt zurückgekehrt waren, herrschte angespanntes Schweigen im Felsenrund. Schließlich sagte Zarife: »Bei Sonnenaufgang werden die Jägerinnen sich auf die Suche nach den Flüchtigen machen. Die Frauen stammen aus dem Waldland, nicht wahr? Dann werden sie versuchen, dorthin zu fliehen. Aber sie dürfen es nicht erreichen.«

»Werden die Dashken sich ihrer nicht annehmen?«, fragte Mel.

»Ich fürchte nicht.« Zarife schüttelte den Kopf. »Als Überbringer des Dolches steht ihnen ein freies Geleit für den Rückweg zu.«

»Verzeiht, aber dann haben wir ein Problem.«

»Und welches?«

»Die drei haben ein Pferd. Dasselbe Pferd, auf dem Ihr bei Eurer Ankunft geritten seid. Die Jägerinnen aber müssen sie zu Fuß verfolgen. Ich fürchte, der Vorsprung wird dann nicht mehr aufzuholen sein.«

»Das ist wahr.« Zarife wirkte nachdenklich. Dann lächelte sie hintergründig und sagte: »Nun, dann werde ich wohl morgen als Erstes meinen treuen Dashken einen Besuch abstatten. Es wird Zeit, einige Regeln zu ändern und neue aufzustellen.«

Als die Dämmerung über dem Hochland anbrach, machten sich Hákon und Manon erneut auf den Weg. Der Himmel war in der Nacht aufgeklart, was die Temperaturen weiter hatte sinken lassen.

Manon fror. Trotz der beiden Decken und des Feuers hatte sie vor lauter Zähneklappern keinen Schlaf gefunden. Zehen und Finger spürte sie kaum noch. Zwar konnte sie äußerlich noch keine Erfrierungen feststellen, sorgte sich aber, dass sie irgendwann schwarz werden und abfaulen würden, so wie sie es in Dokumentationen über gescheiterte Polarexpeditionen im Fernsehen einmal gesehen hatte. Und wenn nicht heute, dann kommende Nacht, so viel war klar.

Sie hatte es satt. Nicht nur die Kälte, auch das unwirtliche Land, das karge Essen und vor allem die unglaublich primitiven Bedingungen, unter denen Hákon in seiner vermutlich selbstgewählten Einsamkeit zu leben schien. Sie sehnte sich nach einer flauschigen Daunendecke, einem heißen Bad und einer aromatischen Tasse Tee, vor allem aber nach ihrer Wohnung und der behaglichen Wärme einer Zentralheizung.

»Hier, das wird dich wärmen.« Hákon schien ihre Gedanken gelesen zu haben. In einem verbeulten Topf hatte er das abgestandene Wasser aus dem Wasserschlauch über dem Feuer erhitzt und ein paar getrocknete Blätter hineingeworfen. Nun reichte er Manon den einzigen Becher, den er zu besitzen schien.

»Was ist das?« Misstrauisch schaute sie auf die dampfende Flüssigkeit.

»Tee.«

»Aha.« Manon wollte nicht unhöflich sein und nippte vorsichtig an dem Getränk. Es schmeckte bitter und ein wenig nach Minze, aber es war heiß und tat seine Wirkung. Kaum dass sie getrunken hatte, spürte sie eine angenehme Wärme in der Magengegend, die sich wohltuend im ganzen Körper ausbreitete. »Danke.« Sie reichte Hákon den Becher und sah, wie er ihn noch einmal füllte, um selbst zu trinken.

»Hält leider nicht lange vor«, sagte er bedauernd, holte Brot und eine Mohrrübe aus der Provianttasche und reichte es ihr.

»Ich habe keinen Hunger.« Das war gelogen, aber Manons Magen rebellierte schon bei dem Gedanken daran, noch einmal das Pferdefutter essen zu müssen.

»Es tut mir leid, aber etwas anderes habe ich nicht.« Hákon wirkte ehrlich betrübt. »Wenn wir im Wald sind, werde ich ein Gasthaus suchen, wo wir ein warmes Essen und Kleidung für dich kaufen können.«

Mir wäre es lieber, wenn die Hubschrauber endlich kommen würden, dachte Manon und suchte wohl schon zum hundertsten Mal an diesem Morgen den Himmel nach Anzeichen für die Suchmannschaften ab. Wieder vergeblich.

»Wir müssen weiter.« Hákon aß auch nichts. Das Brot und die Möhre steckte er wieder ein, löschte das Feuer mit etwas Sand und half Manon auf. »Und wir werden keine Pause machen. Wenn wir den Waldrand dort hinten nicht bis zum Einbruch der Dunkelheit erreichen, werden uns die Dashken in Stücke reißen.« Er deutete nach Süden, wo eine dunkle Linie das Ende des kargen Hochlands markierte. »Und diesmal gibt es nichts, das uns vor ihnen schützen kann.«

»Ist es denn noch so weit?« Manon schlang die Decken noch enger um die Schultern. Stehend war sie dem Wind noch mehr ausgesetzt. Das Feuer vermisste sie jetzt schon.

»Weit genug.« Hákon seufzte. »Hoffen wir, dass mein Brauner es schafft.« Er sah sie an und sagte: »Du kannst die Decken behalten, wenn sie dich beim Reiten nicht stören.«

»Besser mit Decken reiten als erfrieren«, erwiderte Manon, der eigentlich nicht nach Scherzen zumute war. Mit Hákons Hilfe schwang sie sich in den Sattel. Wie schon tags zuvor saß Hákon hinter ihr auf und nahm die Zügel zur Hand. Dann ging es los.

Anders als am Vortag, wo sie kaum etwas von dem Ritt mitbekommen hatte, war Manon jetzt hellwach. Da sie nicht viel mehr tun konnte, als die Decken vor der Brust zusammenzuhalten, nutzte sie die Gelegenheit, sich umzusehen.

Das Hügelland war tatsächlich so unbewohnt, wie es ihr im ersten Augenblick erschienen war. Es war unglaublich, dass es in Irland noch so einsame und weitläufige Landschaften gab, in denen nicht mal ein Telefon- oder Strommast auf ein wenig Zivilisation schließen ließ. Nach wie vor war Manon felsenfest davon überzeugt, in Irland zu sein. Die vielen Ungereimtheiten verdrängte sie einfach, so wie sie auch den Angriff der geisterhaften Wölfe inzwischen als eine Folge ihrer von Hunger, Durst und Kälte überreizten Sinne ansah. Den seltsamen Fremden, der sie vor den Wölfen gerettet oder, wie sie inzwischen glaubte, einfach nur auf dem Höhepunkt ihrer Entzugsphantasien gefunden hatte, konnte sie hingegen nicht verleugnen. Immerhin saß sie auf seinem Pferd und spürte seinen Atem im Nacken. Er war freundlich und schien aufrichtig um ihr Wohlergehen besorgt, dennoch blieb sie ihm gegenüber misstrauisch. Schmutzig und unrasiert, wie er war, war er für sie der klassische Aussteigertyp. Ein weltfremder Träumer, der im realen Leben vermutlich gescheitert war und seine unreifen Wildwest-Ambitionen nun in der Einsamkeit auszuleben suchte. Von solchen Typen las man ja immer wieder. Vermutlich war er mächtig stolz, sie gerettet zu haben, und tat ihre Hoffnung auf Suchtrupps und Hubschrauber nur deshalb als unsinnig ab, weil er sich davon Ruhm erhoffte.

Einsiedler rettet verirrte Urlauberin. Manon schmunzelte, als sie an die mögliche Titelzeile der morgigen Lokalpresse dachte. So oder so ähnlich stellte sich dieser Hákon die Reaktion auf seine Heldentat wohl vor. Immerhin hatte er ein festes Ziel. Der Waldrand, den er angeblich so dringend erreichen musste, schien zwar noch weit entfernt, aber er kam beständig näher, und Manon wagte zu hoffen, dass sie dort noch vor Einbruch der Dunkelheit einträfen. Schon der Gedanke daran, eine weitere Nacht im eisig kalten Hügelland verbringen zu müssen, ließ sie gleich wieder frösteln.

Wie von selbst wanderten ihre Gedanken zu Sandra. Fast hatte sie ein schlechtes Gewissen, weil sie rasch Hilfe gefunden hatte, während diese vermutlich noch immer dort draußen herumirrte.

Sie wollte dich töten, wisperte eine Stimme in ihr. Aber nun, da sie ein wenig geschlafen hatte, war Manon sich gar nicht mehr sicher, welche ihrer Erinnerungen wahr und welche nur erfunden waren. Sie zweifelte nicht daran, sich mit Sandra gestritten zu haben; dass diese jedoch Blitze auf sie geschleudert hatte, erschien ihr im Nachhinein reichlich phantastisch.

Sie war überzeugt, dass es für alles, was hier geschah, eine ganz vernünftige Erklärung gab, die sich über kurz oder lang auftun würde, wenn sie nur beharrlich danach suchte und alle Hinweise wie ein Detektiv zusammenfügte. Auf keinen Fall würde sie Sandra im Stich lassen. Sobald sie im Wald Hilfe gefunden hatte, würde sie den Leuten von ihr berichten und sie bitten, nach ihr zu suchen.

Die Hände auf dem Rücken gefesselt, stolperte Zoltan voran. Es war dunkel, die Luft war stickig. Der Sack über seinem Kopf ließ nur wenig Licht und noch weniger frische Luft durch das dichte Gewebe. Er wusste nicht, wohin die Rebellen ihn führten, und wagte nicht, daran zu denken, was ihn erwartete, nahm es aber als gutes Zeichen, dass man ihn nicht sofort getötet hatte.

Unmittelbar nach seiner Gefangennahme hatten die Rebellen ihn zum Kommandanten ihres Vorpostens gebracht, der ihn verhört hatte. Zoltan hatte sich nicht die Mühe gemacht, Rang und Namen zu verheimlichen. Warum auch? Einer der Rebellen, ein übergelaufener Gardist, hatte ihn sofort erkannt.

Aber er hatte ohnehin nicht vorgehabt, seine Herkunft zu leugnen, zumal er aus den Gesprächen der Rebellen erfahren hatte, dass der Tamjike ihnen entkommen war. Er würde die Nachricht von seiner Gefangennahme überbringen, und seine Leute würden wissen, was zu tun war. Die Rebellen würden also keinen Nutzen davon haben, den Heerführer der Garde in ihren Händen zu wissen, denn in wenigen Tagen würden sie alle tot sein. Aber das ahnten sie natürlich nicht, und so nutzte Zoltan ihre Unwissenheit, um sich Vorteile zu verschaffen.

Die Erfahrung hatte gezeigt, dass die Rebellen Kommandanten und Heerführer nicht so vorschnell hinrichteten wie Späher und einfache Gardisten, mit denen oft kurzer Prozess gemacht wurde. Auch wurden Gardisten von hohem Rang nicht der Folter unterzogen. Die Rebellen hofften mit ihnen ein Pfand in der Hand zu haben, welches das Schlachtenglück zu ihren Gunsten wenden konnte. Nicht selten waren Kommandanten in der Vergangenheit gegen gefangene Rebellen ausgetauscht worden. Und wenngleich Zoltan wusste, dass ihm diese Gnade versagt bleiben würde, so war er doch bestrebt, alles dafür zu tun, seine letzten Tage so angenehm wie möglich zu verbringen.

Der Weg war lang und beschwerlich. Wohl schon zum hundertsten Mal stolperte er über eine Baumwurzel, gleich darauf stieß er sich den Kopf an einem Ast. Er fluchte laut und versuchte die Hände, die ihn an den Armen gepackt hielten, in einem Anflug von Zorn abzuschütteln. Doch vergeblich. Die Männer hielten ihn mit eisernem Griff.

Irgendwann wurde der Weg ebener. Die Äste wichen zurück, und ringsumher waren Geräusche zu hören, die an ein Lagerleben erinnerten. Menschen kamen herbei und erkundigten sich mit gedämpfter Stimme, wer der Gefangene sei. Kinder begleiteten sie ein Stück und machten lachend ihre Späße über den kopflosen Mann. Die Wachen jedoch gaben keine Auskunft; schweigend führten sie Zoltan weiter durch das Lager, das, wie er staunend bemerkte, ungeheuer groß sein musste. Während er seine Schritte zählte, lauschte er auf die Geräusche, die von außen durch den Sack drangen.

Irgendwo verrichteten Schmiede unermüdlich ihre Arbeit. Das Hämmern, mit dem sie den heißen Stahl formten, war schon von Weitem zu hören. An anderer Stelle wurden Befehle gebrüllt.

Zoltan schmunzelte. Offenbar hatten die Anführer der Rebellen die Hoffnung noch nicht aufgegeben, aus den Bauern und Schweinehirten ein richtiges Heer formen zu können. Aber es gab auch andere Geräusche. Kinder lachten, Hunde kläfften, und ein Hahn krähte. Jemand musizierte, und irgendwo schrie ein Säugling. Es waren Laute, die in einem Heerlager fremd und unwirklich anmuteten. Laute, die zum Frieden und nicht zum Krieg gehörten und die etwas in Zoltan weckten, das er längst vergessen glaubte. Die Geräusche erinnerten ihn an seine eigene glückliche Kindheit, die er fernab von Krieg und Garde in einem Walddorf verbracht hatte, und berührten sein Gewissen.

Doch ehe er sich Gedanken darüber machen konnte, ob der Feldzug es rechtfertigte, all die Unschuldigen zu töten, bedeuteten ihm die Wachen, stehen zu bleiben.

»Richte dem Anführer aus, er ist da!«, erklärte einer der Männer knapp. Schritte entfernten sich auf hölzernen Planken, verklangen und kehrten schließlich zurück.

»Schafft ihn rein«, sagte eine rauchige Stimme. »Sie erwarten ihn.«

Zoltan spürte, wie er wieder an den Armen gepackt und eine Treppe hinaufgeführt wurde. Eine Tür wurde geöffnet und noch eine. Dann hörte er das Raunen von mindestens einem Dutzend Männer.

»Ich denke, der Sack kann jetzt fort.« Zoltan spürte, wie sich jemand an dem Sack zu schaffen machte und das Band um den Hals löste. Köstliche frische Luft strömte unter die Haube, dann wurde ihm der Sack mit einem Ruck vom Kopf gerissen. Zoltan schnappte nach Luft und schloss, vom Tageslicht geblendet, die Augen, während die Männer im Saal fast gleichzeitig aufkeuchten.

»Bei den Göttern, er ist es wirklich.«

»Es ist wahr.«

»Unglaublich!«

Die Stimmung im Raum schwankte zwischen Fassungslosigkeit

und Entsetzen. Offenbar hatten alle die Nachricht vernommen, aber nur wenige daran geglaubt, dass man den ruhmreichen Heerführer Torpaks wirklich gefangen genommen hatte. Nur einer behielt die Ruhe. Zoltan kämpfte noch mit der plötzlichen Helligkeit, als sich ein Mann am Ende der langen Tafel erhob und mit knapper Geste um Ruhe bat.

»So sehen wir uns also wieder, Zoltan«, sagte er gemessen. In den Worten lagen weder Zorn noch der Wunsch nach Vergeltung. Dennoch trafen sie Zoltan wie Schwerthiebe.

Er fuhr sich mit den Händen über die Augen und blinzelte. Endlich klärte sich das Bild. »Tendor?« Überraschung, Unglaube und eine unterdrückte Freude lagen in diesem einen Wort. Zum ersten Mal in seinem Leben drohte Zoltan die Stimme zu versagen. Doch er riss sich zusammen und sagte nur: »Bei den schwarzen Pforten des Halvadal, ich dachte, du bist tot.«

Ein zäher, dichter Nebel füllte das Tal nördlich der Höhlen der Hüterinnen an diesem kühlen und wolkenverhangenen Morgen.

Das Tal war kreisrund und maß, wollte man es durchschreiten, in alle Richtungen mehr als dreihundert Schritte. Betrachtete man es von oben, wirkte es wie eine hässliche Pockennarbe, die eine gewaltige Eruption vor Jahrtausenden im Hochland zurückgelassen hatte. An den Seiten fielen felsige Klippen steil zu dem erloschenen Krater hin ab, der tief unter der Abbruchkante lag. Schutt und Steine hatten sich am Fuß der Klippen angesammelt. Die Geröllhalden waren mit den Jahren stetig angewachsen und reichten inzwischen fast bis zur Hälfte der Felswände hinauf. Ihr Bewuchs war so spärlich wie das Sonnenlicht, das den Grund des Kraters nur in den Tagen um die Sommersonnenwende berührte. Es war ein düsteres, lebloses und ein unheimliches Tal – das Tal der Dashken.

Gefolgt von Mel, die sich ihr wie keine andere ergeben zeigte, stand Zarife am Rand des Abgrunds und schaute mit unbewegter Miene auf die wogenden Nebelschwaden, die ihr den Blick auf den Grund des Kraters verwehrten. Früher hatte sie oft hier gestanden, damals, als Benize noch mächtig gewesen war und das Volk sie wie eine Göttin verehrt hatte. Oft hatte sie den Elementargeistern des Hochlands ihre

Aufwartung gemacht und sich ihrer Treue versichert. Die Dashken waren genügsame Wesen und trotz ihrer gefürchteten Fähigkeiten ein einfaches Volk, das vor allem nur eines wollte: in Frieden leben.

Kaum mehr als zwei Dutzend von ihnen hatten vor Jahrhunderten in diesem Krater Zuflucht gesucht und gefunden. Fast niemand wusste um ihre geringe Zahl, denn die Dashken schützten sich mit einem einfachen Trick. Indem sie Dutzende Abbilder von sich schufen, konnten sie mühelos den Eindruck eines ganzen Heeres oder gewaltigen Rudels erwecken. Eine Fähigkeit, die sich schon häufig als sehr nützlich erwiesen hatte.

Die Priesterinnen von Benize, denen später die Hüterinnen folgten, waren die Einzigen, die sie in ihrer Nähe duldeten. Ein uralter Pakt, den die Erbauer des Weißen Tempels mit den Dashken geschlossen hatten, verpflichtete sie der Hohepriesterin bis zum heutigen Tage. Und wenn auch niemand mehr wusste, was sie damals als Gegenleistung erhalten hatten, so befolgten die Dashken Zarifes Befehle noch ebenso zuverlässig wie einst.

Das Lächeln auf den Lippen der Hohepriesterin erreichte die Mundwinkel nicht, als sie sich an ihren letzten Besuch im Tal der Dashken erinnerte; damals, als sie ihren Verbündeten einen Angriff auf die Truppen Torpaks untersagt hatte. Es schien ihr, als sei es gestern gewesen, als hätte es die Jahrhunderte in der trostlosen grauen Welt zwischen Leben und Tod nicht gegeben, in denen sie ihre Macht gestärkt und neue Verbündete gewonnen hatte.

Vieles war seitdem geschehen, doch die Dashken hatten ihr unerschütterlich die Treue gehalten. Nun galt es, sie von den alten Befehlen zu entbinden und sie ein letztes Mal für den Kampf zu gewinnen.

»Warte hier.« Zarife gab Mel ein Zeichen.

»Sollte ich nicht besser mitkommen?«, fragte Mel mit einem unbehaglichen Seitenblick über den Kraterrand hinweg.

»Nein.« Zarife schüttelte den Kopf. »Das erledige ich allein.« Sie nickte Mel zu und begann mit dem Abstieg. Ein dünner Pfad wand sich an der Südseite des Kraters die steile Klippe hinunter. Er war kaum einen Meter breit und so steil, dass die Füße auf dem losen Geröll immer wieder wegrutschten. Wer hier entlangging, brauchte starke Nerven, vor allem aber sollte er nicht in die Tiefe schauen, die schon so mancher unachtsamen Priesterin zum Verhängnis geworden war.

Zarife kümmerte der gähnende Abgrund zu ihrer Rechten wenig. Ihre Füße fanden den Weg wie von selbst, während sie in Gedanken noch einmal ihren Plan durchging. Die Dashken sollten nicht wissen, wozu sie die Zeit ihrer Abwesenheit genutzt hatte. Auf keinen Fall durften sie erfahren, dass ihre neuen Verbündeten planten, nach ihrem Sieg über die Sterblichen in dieser Welt zu verweilen. Der Handel, den Zarife geschlossen hatte, sah vor, dass jeder, der ihr im Kampf gegen die Truppen aus Torpak und die Rebellen zur Seite stand, zur Belohnung einen menschlichen Körper seiner Wahl erhielt. Die Untoten der Zwischenwelt waren Verdammte, denen das Tor zum Halvadal verschlossen blieb. Ihr sehnlichster Wunsch war es, endlich wieder leben und fühlen zu können, doch war ihnen in ihrem jetzigen Zustand auch der Weg zurück in die Welt der Menschen verschlossen.

Ein böses Lächeln umspielte Zarifes Mundwinkel, als sie an die Zeit zurückdachte, da sie zum ersten Mal von den Mächten der lichtlosen Halbwelt und ihren Bewohnern erfahren hatte und sich der Möglichkeiten bewusst geworden war, die sich ihr damit boten. Ihre langjährigen Studien des Todes und die Macht, sich die Kräfte derer zunutze zu machen, die durch den heiligen Dolch ihr Leben ließen, hatten ihr wie zufällig den Schlüssel zu jener finsteren Halbwelt in die Hände gespielt.

Schon immer war es ihr Bestreben gewesen, sich ein Land zu unterwerfen, es weit mehr zu beherrschen, als es ihr in ihrer Position als Hohepriesterin jemals möglich wäre. Zunächst hatte sie nicht geahnt, welches Opfer sie dafür bringen musste. Das war ihr erst später bewusst geworden, doch da wäre es für eine Umkehr bereits zu spät gewesen. Um mit dem Herrscher der Halbwelt zu verhandeln und einen Pakt mit ihm schließen zu können, hatte sie ihr Leben beenden und selbst in dessen Welt eintauchen müssen. Da es freiwillig geschehen war, war ihr die Wiedergeburt sicher gewesen, nur der Zeitpunkt und Ort ihres nächsten Lebens waren nicht offenbar gewesen.

Sie hatte viele Vorbereitungen getroffen, um sich gegen jegliche Unwägbarkeiten abzusichern. In ihrem Sehnen nach Macht hatte sie jedoch keinen Augenblick gezögert, das Wagnis einzugehen.

Am Ende hatte sie sogar Benize verraten und alle, die an sie glaubten, in den sicheren Tod geschickt, ohne eine Träne zu vergießen. Das alte Reich hatte untergehen müssen, damit ein neues entstehen konnte. Sie selbst hatte sterben und den Weg in die Halbwelt finden müssen, um dann, wenn die Zeit gekommen war, stärker als je zuvor wiedergeboren zu werden. Dass sie dafür in ihren alten Körper zurückkehren musste, war ein Irrtum gewesen, den sie sich ohne Bitternis eingestand. Der Leichnam hatte ihr gute Dienste geleistet. Die Hüterinnen hatten mit der ihnen zugedachten Aufgabe vortrefflich dazu beigetragen, die von ihr selbst verfassten Legenden über das goldene Reich Benize am Leben zu erhalten. Dies wiederum hatte dafür gesorgt, dass die Menschen ihr wohlgesonnen waren und sie sehnsüchtig erwarteten. Etwas Besseres hätte sie sich nicht wünschen können.

Nun lagerten Tausende Rebellen am Waldrand und warteten nur auf ihr Zeichen, um gegen Torpaks Heer in den Krieg zu ziehen. Wo sich dieses Heer befand, darüber hatte Zarife noch keine Kunde, aber sie war überzeugt, bald mehr zu wissen. Bei Sonnenaufgang hatte sie die Raben zu sich gerufen, die den Priesterinnen des Weißen Tempels schon in der Vergangenheit vortreffliche Dienste geleistet hatten. Noch im Verlauf des Vormittags erwartete sie die Kundschaftervögel mit Nachrichten über Lage und Größe des Heeres zurück. Dann würde sie endlich in der Lage sein, den richtigen Zeitpunkt für die entscheidende Schlacht zu bestimmen.

Blieben nur noch die Flüchtigen, die mit ihrem Pferd unterwegs zum Waldland waren. Inzwischen hatte Zarife keine Zweifel mehr, dass sie gewarnt worden waren, ein Umstand, der für ihre Pläne nicht ganz ungefährlich war. Ihr größter Vorteil lag in der Überraschung. Sollten die Rebellen nur glauben, dass sie die verheißene Retterin sei, sollten die Hüterinnen in ihr ruhig die Frau sehen, die ihnen das goldene Zeitalter zurückbrachte. Je länger sie arglos waren, desto besser war es für ihre Pläne. Wenn die Flüchtigen jedoch Kunde von ihrem Pakt mit dem Halbweltwesen hatten, konnte das zu unvorhersehbaren Schwierigkeiten führen. Die drei mussten den Tod finden, noch ehe sie das Waldland erreichten. Und wer war für diese Aufgabe besser geeignet als die Dashken?

Mit einem Lächeln auf den Lippen tauchte Zarife in die kühlen Nebelschwaden ein, die den Krater auf der Hälfte wie eine graue Wolkenschicht bedeckten. Für einen Atemzug konnte sie die Hand vor Augen nicht erkennen. Dann aber lichtete sich der Nebel, und sie sah die Welt ringsumher wie durch einen dünnen Schleier. Aufmerksam blickte sie sich um. Von den Dashken war weit und breit nichts zu sehen, aber Zarife wusste, dass der Eindruck trog. Sie hatten ihr Nahen längst bemerkt und sich irgendwo in der Nähe versammelt. Sie spürte es an dem Prickeln in ihren Fingerspitzen, eine Folge der ungeheuren Energien, die die Geschöpfe der Elemente in sich vereinten.

Sie sind hier, dachte sie selbstzufrieden. Und sie erwarten mich.

»Wir grüßen dich, Herrin des Weißen Tempels.« Die hellen und sanften Stimmen schienen von überall her zu kommen und keinen Ursprung zu haben. Zarife wandte sich um, konnte aber keine Veränderung in der Umgebung bemerken.

Es dauerte einen Augenblick, bis sie bemerkte, dass diese weder vor noch hinter ihr, sondern über ihr stattfand. Aus dem dichten Nebelschleier, der den Himmel bedeckte, lösten sich dicke Tropfen, die, an langen grauen Fäden hängend, der Erde zustrebten. Als sie den Boden berührten, formten sie langsam menschenähnliche Gestalten, indem immer mehr Nebel den Faden herabfloss. Zuerst wurde der Saum eines Umhangs sichtbar, dann eine gegürtete Taille, Hände in weiten Ärmeln und Gesichter, umrahmt von hellen Haaren, die in der Art der Hüterinnen eng am Kopf geflochten waren. Immer mehr Frauengestalten formten sich so aus dem Nebel, bis Zarife sich inmitten einer mehr als hundertköpfigen Schar geisterhafter Hüterinnen wiederfand, die alle nahezu gleich aussahen. Die Illusion war vollkommen. Nicht einmal sie vermochte zu sagen, welche der Gestalten echt und welche nur Abbilder waren.

»Willkommen, Herrin des Weißen Tempels.« Eine der Frauen trat vor und begrüßte Zarife, indem sie sich leicht verneigte. Die anderen taten es ihr gleich. »Wir hörten, dass Eure Rückkehr unmittelbar bevorsteht. Euch schon so bald hier zu sehen, hätten wir jedoch nicht erwartet.«

»Ich hatte es eilig, nach Hause zu kommen.« Zarife lächelte. »Wie ich sehe, habt ihr mein Erbe all die Jahrhunderte lang hervorragend beschützt.«

»Einst haben wir geschworen, den Weißen Tempel und seine Bewohner zu schützen«, erwiderte die Nebelfrau. »Das gilt auch für die Erben der Erbauer. Zeit spielt keine Rolle.«

»Dann seid ihr bereit und willens, Vergeltung zu üben für den Frevel, den Torpaks Truppen im Hochland begingen?«

»Wir haben geschworen, an Eurer Seite zu kämpfen, wenn die Zeit der Rache gekommen ist«, sagte die Nebelfrau. »Ein Wort von Euch genügt …«, sie wirbelte herum, und schon sah Zarife sich einem Heer grimmig dreinblickender Nebelkrieger gegenüber, »… und wir sind bereit.« Sie wirbelte erneut herum und nahm wieder die friedliche Gestalt der Hüterin an.

»Genau das wollte ich hören.« Zarife nickte der Nebelfrau wohlwollend zu. »Doch ehe es so weit ist, habe ich noch eine andere Aufgabe für euch. Drei Frauen sind mit einem Pferd auf dem Weg zum Waldrand, um das Heer Torpaks zu warnen.«

»Ich weiß«, die Nebelfrau nickte bedächtig. »Es sind die beiden Dolch-Boten in Begleitung einer Hüterin. Wir haben sie bemerkt, jedoch sind uns die Hände gebunden. Niemals, so wurde es von Euch selbst bestimmt, dürfen wir uns im Hochland gegen eine Eurer Seherinnen wenden, und auch die Boten genießen für den Rückweg einen besonderen Schutz.«

»Der Schutz ist hiermit für diese drei aufgehoben«, sagte Zarife bestimmt. »Die Seherin ist eine Verräterin. Auf der Flucht hat sie die Hand gegen eine ihrer Schwestern erhoben und diese schwer verletzt. Sie ist nicht länger Teil der Gemeinschaft.« Zarifes Miene verfinsterte sich. »Auch die Boten des Dolches haben unsere Gastfreundschaft schändlich missbraucht, um heimlich Informationen für Torpak zu sammeln. Damit haben auch sie ihr Recht auf Unversehrtheit verspielt. Keine von ihnen darf das Waldland erreichen.«

»Ist das Euer Wunsch?«

»Es ist ein Befehl«, erwiderte Zarife. »Für meine Jägerinnen haben sie bereits einen zu großen Vorsprung. Ihr allein könnt sie jetzt noch aufhalten.«

Die Nebelfrau nickte ernst. »Die Schattenwölfe werden Euch nicht enttäuschen.«

31

»Tot?« Tendor lachte, doch es lag kein Spott darin. »Nein, tot bin ich nicht, wie du siehst.« Er breitete die Arme aus und drehte sich im Kreis, um seine Worte zu unterstreichen. »Jedenfalls nicht wirklich. Tot bin ich nur für jene, die es glauben sollen.«

»So wie für mich?« Zoltan verzog keine Miene. Den im Krieg gegen die Tamjiken verschleppten und für tot erklärten Freund und Waffengefährten als Anführer der Rebellen wiederzutreffen, war ein Schock, den er nur schwer überwinden konnte.

»Ja, auch für dich, mein Freund.« Tendors Stimme nahm einen sanfteren Tonfall an. »Obwohl es mich bei dir besonders schmerzte. Es ließ sich aber nicht vermeiden. Dir muss ich nicht sagen, dass wir manchmal gezwungen sind, solche Schritte zu tun und der inneren Stimme zu folgen – auch wenn es schmerzt.«

»Innere Stimme, pah. Das ist wohl die lächerlichste Begründung für Verrat, die ich jemals gehört habe.« Allmählich fand Zoltan seine Fassung wieder. Nun verstand er auch, warum das Lager mehr einem Heer als einem zusammengewürfelten Haufen von Bauern und Schweinehirten glich. Wem sonst, wenn nicht Tendor, dem ruhmreichen Anführer der Garde, der im Kampf gegen die Tamjiken nahezu jede Schlacht gewonnen hatte, sollte es gelingen, das zu bewirken. »Die Stimme Karadeks ist es, auf die du hören solltest, denn ihm hast du einst ewige Treue geschworen.« Erbost über den Eidbruch seines besten Freundes spie Zoltan verächtlich auf den Boden.

»Ich verstehe deine Wut, mein Freund, aber …«

»Ich bin nicht mehr dein Freund«, knurrte Zoltan. »Freunde verraten einander nicht. Freunde kämpfen Seite an Seite für die gerechte Sache.«

»Gerechte Sache?« Tendor lachte auf. »Wovon sprichst du? Doch nicht von Karadek, der das Volk seit dem Tod seines Vaters knechtet? Der es rücksichtslos seiner Männer beraubt, damit sie in sinnlosen Kriegen sterben? Von Karadek, der Frauen und Kinder öffentlich hinrichten lässt, weil sie dem alten Glauben huldigen? Der Tausende zu Frondiensten zwingt und sie Hunger leiden lässt, während er selbst in

Reichtum schwelgt?« Er atmete schwer, schüttelte den Kopf und fügte leise hinzu: »Mach die Augen auf, Freund, und sieh dich um. Dann wirst du erkennen, dass es der Falsche ist, dem du den Eid geschworen hast. Zu Anfang, ja, da mag es noch gerecht zugegangen sein. Damals, als Karadek noch jung und voller Ziele war. Damals habe auch ich ihm die Treue geschworen. Aber die Macht war zu verlockend für ihn. Sie hat ihn zerfressen wie ein schleichendes Gift. Einmal davon gekostet, entwickelte er sich zu einem Tyrannen, der das Volk gnadenlos ausbeutet.«

»Das ist nicht wahr!«, rief Zoltan aus. »Karadek ist kein Tyrann. Das Wohl seines Volkes liegt ihm mehr am Herzen, als du ahnst. Aber die Menschen sind verblendet, sie wollen nicht einsehen, welchen Lügen sie aufgesessen sind. Wie Kinder hängen sie an den Lippen derer, die die Mär vom goldenen Reich Benize im ganzen Land verbreiten und die trügerische Sehnsucht nach der Rückkehr der Hohepriesterin Zarife in die Herzen pflanzen. Dieselbe Sehnsucht, von der ihr euch nährt, denn jeder Verblendete wird sich irgendwann gegen die Herrscher in Torpak wenden und den Weg zu euch finden. Zunächst ging es langsam vonstatten, fast unbemerkt. Irgendwann aber waren es so viele, dass Karadek hart durchgreifen musste, um die Menschen vor diesen gefährlichen Lügen zu schützen.« Zoltan starrte Tendor an, atmete tief durch und sagte voller Bitternis: »Und nun bist auch du den Täuschungen erlegen. Das hätte ich nicht erwartet.« Er schüttelte betrübt den Kopf. »Dich tot zu wähnen, wäre für mich leichter zu ertragen gewesen als die Gewissheit, dass du es sein wirst, der die Bewohner dieses Landes in den Untergang führt.«

»Wie kannst du es wagen, unseren Anführer zu beleidigen?« Einer der Versammelten sprang auf und hob drohend den Dolch. »Tendor ist der beste Anführer, den man sich vorstellen kann. Die Rebellen stehen hinter ihm wie ein Mann. Alles, was wir sind, verdanken wir ihm.«

»Daran zweifle ich nicht einen Augenblick«, erwiderte Zoltan gelassen. »Auch ich habe großen Respekt vor Tendors Wirken. Aus Bauern und Schweinehirten ein Heer zu formen, ist wahrlich eine meisterliche Leistung.« Er wandte sich wieder Tendor zu und sagte leise: »Doch sollte ein kluger Anführer immer gut abwägen, wofür es sich zu kämpfen lohnt.«

»Das hat er längst getan.« Ein noch sehr junger Mann am Ende des

Tisches erhob sich. »Jeder Einzelne hier würde nicht zögern, sein Leben für die Freiheit zu geben.«

»Das weiß ich sehr wohl, und als Krieger achte ich euren Mut«, erwiderte Zoltan. »Doch ist es nicht die Freiheit, die euch erwartet, wenn ihr Zarife zum Sieg verhelft.«

»Schweig er endlich!« Ein grauhaariger Krieger, der Teile einer zerschlissenen Gardeuniform trug, sprang so heftig auf, dass sein Stuhl polternd umkippte, und hieb mit der Faust auf den Tisch. »Wie lange sollen wir uns das Lügengeschwafel dieses Mannes noch anhören?«, wetterte er. »Mit Verlaub, Tendor, auch wenn Ihr Euch einst freundschaftlich zugetan wart, so ist er immer noch der Anführer des feindlichen Heeres und unser Gefangener, nicht unser Gast.«

Zustimmende Rufe wurden laut. Einige Männer hieben beipflichtend mit der Faust auf den Tisch.

»Du sprichst ein wahres Wort, Rogar«, ergriff Tendor wieder das Wort. »Aber gerade du solltest wissen, dass man die Jahre im Dienst der Garde nicht so einfach wegfegen kann. Auch wenn wir heute klüger sind und das bekämpfen, woran wie einmal geglaubt haben, so werden diese Jahre immer ein Teil von uns sein.« Er holte tief Luft und schaute in die Runde. Es war zu spüren, wie er mit dem Thema abschloss, und so galten seine nächsten Worte nicht mehr der Vergangenheit, sondern der Zukunft. »Nun denn, in der Tat sind wir hier nicht zusammengekommen, um darüber zu beraten, wer von uns auf dem rechten Weg ist. Das Schicksal meinte es gut mit uns und spielte uns den mächtigsten Mann im Heer des Karadek in die Hände. Unsere Aufgabe ist es nun, darüber zu beraten, wie wir diese Fügung sinnvoll nutzen können.«

»Tötet ihn und schickt seinen Kopf zurück ins Heerlager«, rief der Grauhaarige. »Sie sollen wissen, dass wir keine Gnade kennen.« Wieder erhielt er von einigen Seiten Zustimmung, andere jedoch zögerten.

»Damit würden wir etwas verschenken.« Tendor schüttelte den Kopf. »Sicher weiß er vieles, das uns von Nutzen wäre.«

»Nun, dann werden wir ihm eben die Zunge unter der Folter lockern, ehe wir seinen Kopf ins Heerlager schicken«, ergänzte der Grauhaarige grinsend. »Das hat bei den Spähern, die er uns schickte, wunderbar geklappt.«

Tendor wollte etwas sagen, aber der junge Rebell am Ende des Tisches kam ihm zuvor. »Ich halte es für unklug, diesen Mann schon jetzt zu töten. Er ist ein wichtiges Pfand. Statt ihn zu töten, sollten wir seine Gefangennahme geschickt für uns nutzen. Ein einfacher Späher mag als Geisel wertlos sein in diesen Tagen. Er aber ist lebendig zehnmal wertvoller für uns als tot.«

»Lebendig könnte er uns entwischen, tot nicht«, brummte der alte Krieger. Ein Großteil der Versammelten nickte zustimmend.

»Rogar hat recht«, meldete sich ein anderer zu Wort. »Wir haben hier keinen Kerker, in den wir ihn sperren könnten. Wie wollen wir sicherstellen, dass er uns nicht entkommt?«

»Wir haben starke Ketten und einen dicken Baum«, entgegnete der junge Mann. »Drei Wachen sollten genügen, um mögliche Verräter, die ihn befreien wollen, von ihm fernzuhalten.«

»Oder heimliche Meuchler, die es nicht erwarten können, ihm ein Messer zwischen die Rippen zu stoßen.« Wieder war es der Grauhaarige, der sich zu Wort meldete. Er wandte den Kopf und blickte den Jüngling herausfordernd an. »Davon gibt es hier nämlich eine ganze Menge.«

»Sollte es so weit kommen, können wir seinen Kopf immer noch ins Heerlager schicken.« Der junge Mann erwiderte den Blick des Älteren, ohne mit der Wimper zu zucken. »Oder fürchtest du, er könnte gestohlen werden?« Ein paar Männer lachten, andere sahen zu Tendor hinüber, als warteten sie auf eine Entscheidung.

Zoltan lauschte der Diskussion so ruhig, als stünde nicht sein Leben, sondern das eines anderen auf dem Spiel. Er hatte mit dem Leben abgeschlossen. Was machte es schon aus, ob er jetzt starb oder in drei Tagen? Hätte er die Wahl, er hätte einen schnellen Schwertstreich dem qualvollen Tod vorgezogen, der die Rebellen erwartete. So gab er sich teilnahmslos und wartete, wie Tenor entschied.

»Mein Sohn hat recht.«

Zoltan zog erstaunt eine Augenbraue in die Höhe, als er Tendors Worte hörte. Er hatte nicht gewusst, dass sein einstiger Freund einen Sohn hatte. Vermutlich war er das Ergebnis irgendeiner Wald-Liebschaft, die er in Torpak geheim gehalten hatte. Die Ähnlichkeit war auf den zweiten Blick jedoch unverkennbar.

»Am Vorabend der Schlacht sollten wir nicht leichtfertig mit den

Geschenken des Schicksals umgehen«, erklärte Tendor weiter. »Wir wissen nicht, was die Zukunft bringt. Vielleicht kann er uns noch nützlich sein. Daher stimme ich dafür, ihn zunächst als Geisel zu behalten und ihn bis auf Weiteres an den Büßerbaum zu ketten. Vier Wachen werden Tag und Nacht dafür sorgen, dass er nicht flieht, aber auch, dass ihm kein Leid geschieht.« Er wandte sich dem Grauhaarigen zu und sagte: »Sollte die Lage es erfordern, werden wir erneut über sein Schicksal beraten.«

Verhaltenes Gemurmel erfüllte den Raum. Es war nicht klar zu erkennen, ob es Zustimmung oder Missfallen kundtat. Da aber auf Tendors Nachfrage hin niemand Einwände erhob, rief dieser die Wachen, deutete auf Zoltan und sagte: »Führt ihn ab, kettet ihn an den Büßerbaum und stellt ihm vier Wachen zur Seite. Niemand darf ihm näher als fünf Schritte kommen. Wir brauchen ihn lebend. Sollte jemand es wagen, ihm ein Leid anzutun, erwartet diesen selbst der Tod.«

Nachdem sie den Dashken aufgewartet hatte, wurde es für Zarife Zeit, zu den Hüterinnen zu sprechen. Sie wusste, dass die wenigen Grußworte, die sie am Abend zuvor an die fünfzig Frauen gerichtet hatte, nicht ausreichten, um deren Neugier zu stillen. Bethias Tod, der Tod der Oberin, das Verschwinden Aideens und der beiden Gäste hatten viele Gerüchte aufkommen lassen, die sie im Keim ersticken wollte. Die Hüterinnen sollten die Wahrheit erfahren – ihre Wahrheit.

Ein listiges Lächeln umspielte Zarifes Mundwinkel. Schon damals, als sie noch die Herrin des Weißen Tempels gewesen war, hatte sie sich erfolgreich der Geistesbeeinflussung bedient, einer Fähigkeit, die zuverlässig dafür gesorgt hatte, dass die Legenden und Geschichten, die sie über sich selbst hatte verbreiten lassen, völlig glaubwürdig klangen. Mit ein paar wohlüberlegten Erklärungen würde es ihr ein Leichtes sein, alle Sorgen und Befürchtungen der Hüterinnen zu zerstreuen. Wie Kinder würden sie an ihren Lippen hängen und ihr jedes Wort widerspruchslos glauben.

In Begleitung von Mel erreichte sie die Höhlen, wo die Hüterinnen sich schon in dem großen Speisegewölbe versammelt hatten und auf sie warteten. Als Zarife den Raum betrat, wurde es schlagartig still.

Alle Augen waren auf sie gerichtet und begleiteten aufmerksam jeden ihrer Schritte.

Zarife ging zu einer kleinen, aus der nackten Felswand geschlagenen Empore, von der aus sonst die Oberin zu den Hüterinnen gesprochen hatte. Während Mel respektvoll zurücktrat, erklomm Zarife die Stufen und ließ den Blick schweigend über die versammelten Hüterinnen schweifen.

Was sie in den Blicken der Frauen sah, sagte ihr mehr als alle Worte. Während die Frauen in den vorderen Reihen sie ehrfürchtig und mit glänzenden Augen ansahen, erkannte sie eine Spur von Unsicherheit in den Augen der Frauen dahinter, und jene, die sich ganz hinten zusammengefunden hatten, schauten sie misstrauisch, zum Teil sogar hasserfüllt an. Zarife ließ sich davon nicht aus der Ruhe bringen. Am Ende würden ihr alle Frauen gleichermaßen ergeben sein, dessen war sie gewiss.

»Schwestern«, hob sie mit gewinnendem Lächeln an, während sie im Geiste geschickt jene unsichtbaren Fäden wob, die ihr die Hüterinnen gefügig machen würden. »Seit vielen hundert Jahren sehne ich mich danach, wieder unter euch zu weilen. Es war nicht einfach, aber die Kraft, die euer Glaube, euer Hoffen, eure Sehnsucht und eure feste Überzeugung euch gegeben haben, konnte die Grenzen zwischen den Welten überwinden und mich endlich wieder zu euch führen. Ich bin stolz und glücklich, bei euch zu sein, aber auch sehr enttäuscht, weil ich feststellen musste, dass nicht alle von euch diese Freude mit mir teilen wollten. In der Abgeschiedenheit des Heiligtums hat jene, zu der ihr seit vielen Jahren aufgeblickt habt, versucht mich zu töten. Allein eurer mutigen Schwester Mel ist es zu verdanken, dass nicht ich, sondern sie selbst dabei den Tod fand.« Sie machte eine bedeutungsvolle Pause, um die Worte wirken zu lassen, und fuhr dann fort: »Das Schicksal eurer geliebten Seherin hingegen betrübt auch mich zutiefst. In ihrer Sorge um mein Wohlergehen bedachte Bethia nicht ihre eigene Schwäche und gab ihr Leben, damit ich wohlbehalten hier ankommen sollte. Ein wahrlich tragisches Schicksal, jedoch geprägt von einem Edelmut und einer Selbstlosigkeit, wie man sie nur selten bei einem Menschen findet. Ich werde sie in meine Gebete einschließen, auf dass ihr das Opfer im Halvadal gewürdigt werden möge.« Als sie weitersprach, gewann ihre Stimme an Schärfe. »Am Morgen erreichte mich die unglaubliche Kunde, dass die Botin des Dolches und deren Schwester offenbar mit den Schergen Torpaks im Bunde stehen. Die Bitte, sich euch anschließen zu dürfen, diente einzig und allein dazu, uns unsere Geheimnisse zu entlocken und die Krieger unseres Feindes hierher zu führen. Es steht zu befürchten, dass sie die Oberin bereits für sich gewinnen konnten. Und als sei das alles noch nicht schlimm genug, stand Bethias Novizin ihnen bei ihrem schändlichen Treiben offenbar auch noch hilfreich zur Seite. Sie war es, die ihnen in der Nacht zur Flucht verholfen hat ...« Während sie sprach, ließ Zarife den Blick beständig über die Gesichter der Versammelten schweifen und band diese durch einen intensiven Blickkontakt nach und nach an ihr Bewusstsein. Die unsichtbaren Fäden durchzogen den Raum wie ein Spinnennetz und leiteten immerzu einen einzigen stummen Satz von Zarifes Geist an die Hüterinnen weiter: Sie sagt die Wahrheit. Sie sagt die Wahrheit ...

Der Erfolg war schon wenig später deutlich zu spüren. Je länger die Rede andauerte, desto mehr wichen Unsicherheit, Misstrauen und Hass aus den Blicken der Hüterinnen. Als Zarife schließlich dazu überging, den Frauen ihre Pläne für den Feldzug gegen das Heer aus Torpak zu erläutern, wusste sie die fünfzig Seelen uneingeschränkt hinter sich.

»Wir sind nur fünfzig, aber wir werden siegen!«, rief sie kämpferisch aus. »In der Zeit der Verbannung habe ich Freunde gewonnen, mächtige Freunde, die nur darauf warten, dass ich sie zu Hilfe rufe. Sobald ich das Tor zu ihren Gefilden gänzlich geöffnet habe, werden sie wie eine alles verschlingende Flut über die Barbaren aus Torpak herfallen und hundertfach vergelten, was diese Benize damals angetan haben.«

Die Hüterinnen jubelten. Keine fragte danach, was das für Verbündete waren. Niemand wollte wissen, welchen Lohn sie für ihre Dienste erhielten, und nicht eine stellte die Frage, ob sie das Land nach ihrem Sieg auch wieder verlassen würden. Sie waren wie berauscht von Zarifes Worten und nahmen alles so hin, wie die Hohepriesterin es sich wünschte.

Zarife sah es und lächelte huldvoll. Selbst die Hüterinnen in den hintersten Reihen waren ihr nun bedingungslos ergeben. Sie war am Ziel. Die Rache konnte beginnen. Zufrieden drehte sie sich zu Mel um, die wie eine Leibwache am Fuß der Empore stand. Da bemerkte sie aus den Augenwinkeln eine winzige Bewegung zu ihrer Rechten.

Eine halbe Armeslänge neben ihrem Gesicht ließ sich eine der haarigen schwarzen Höhlenspinnen gemächlich an einem Faden von der Decke hinabgleiten. Zarife stockte der Atem, sie zitterte. Angstschweiß perlte auf ihrer Stirn. Sie brachte kein Wort mehr hervor. Die Welt vor ihren Augen schrumpfte zusammen, bis es nur noch die Spinne gab, die soeben innegehalten hatte, als überlege sie, ob sie den Weg zum Boden fortsetzen oder lieber auf Zarifes Schulter klettern solle.

Niemals zuvor hatte Zarife sich so hilflos gefühlt. Weder ihre Magie noch ihr Verstand vermochten der unglaublichen Angstgefühle Herr zu werden, die sie beim Anblick der Spinne übermannten. Mel sprach sie an, aber sie war nicht in der Lage zu antworten. Sie konnte nur das grauenhafte Spinnenbiest anstarren und hoffen, dass es sie nicht berühren würde.

Am Ende war es Mel, die sie aus der unerträglichen Lage rettete. Offenbar hatte die Hüterin erkannt, was vor sich ging. Mit einer raschen Bewegung durchtrennte sie den Spinnfaden, sodass die Spinne zu Boden fiel, und beendete das Grauen, indem sie das Tier mit dem Fuß zertrat.

Das schaurige Knacken des Chitinpanzers löste die Starre, welche die Angst in Zarife ausgelöst hatte. Sie schnappte nach Luft und wischte sich den Schweiß von der Stirn, während sie gleichzeitig darum kämpfte, nach außen hin Haltung zu wahren. Den Hüterinnen war jedoch nicht entgangen, was geschehen war. Alle schauten sie tief besorgt an.

»Was starrt ihr mich so an?«, versuchte Zarife ihre Schwäche mit Strenge zu überspielen. Auf keinen Fall sollten die Frauen glauben, dass sie sich vor einer Spinne fürchtete. »Die Umstellung und der neue Körper sind immer noch ungewohnt für mich. Also sorgt euch nicht, das wird bald vergehen.«

Zarife straffte sich und versuchte, nicht auf den schwarzen Fleck am Boden zu achten, während sie die Empore verließ. In Gedanken allerdings beschäftigte sie der Vorfall auch weiterhin. Es war überaus seltsam. In ihrem früheren Leben hatte sie sich nicht vor Spinnen gefürchtet. Diese Furcht gehörte zu Sandra, so wie all die anderen mehr oder weniger nützlichen Eigenschaften, die sie gewaltsam in den hintersten Winkel ihres Bewusstseins verbannt hatte. Wie war es möglich, dass sie die Furcht so stark gespürt hatte, als wäre es ihre eigene? Zarife überlegte hin und her, fand aber keine Antwort.

Als sie die Versammlung schließlich auflöste, gab sie den Befehl, alle Höhlen unverzüglich nach Spinnen abzusuchen und diese zu töten. Auf keinen Fall wollte sie den haarigen Biestern noch einmal so nahe kommen.

Tisea, Peme und Aideen ritten bis weit in den Morgen hinein. Zu dritt auf einem Pferd kamen sie nur langsam voran, waren aber immer noch schneller, als wenn sie zu Fuß unterwegs wären. Der warme Leib des Pferdes und die Nähe der anderen halfen ihnen außerdem, die Kälte der Nacht besser zu ertragen.

Tisea saß vorn und hielt die Zügel. Dahinter kauerte Peme. Aideen bildete den Abschluss. Die junge Hüterin litt. Sie war noch nie geritten und hielt sich mehr schlecht als recht auf Silfris breitem schaukelndem Rücken. Als die Sonne aufging, tat ihr das Gesäß so weh, dass sie glaubte, auf rohem Fleisch zu sitzen. Zudem spürte sie jeden einzelnen Knochen im Körper. Sie verfluchte sich dafür, den Ritt überhaupt begonnen zu haben, wusste dabei aber sehr wohl, dass sie jederzeit wieder so handeln würde.

Viel mehr noch als das eigene Schicksal und die Schmerzen beschäftigte sie jedoch der Gedanke an den Verrat, den Zarife an den Hüterinnen und all jenen beging, die so sehr auf ihre Rückkehr gewartet hatten. Um ein Haar wäre sie selbst Opfer der magischen Kräfte geworden, mit denen Zarife die Erinnerungen anderer so zu verfälschen vermochte, dass sie sich ihren Plänen und Wünschen widerspruchslos fügten. Wäre der Geist dieser Novizin nicht gewesen, die ihr die Augen geöffnet hatte …

Aideen wagte den Gedanken nicht zu Ende zu führen. Um sich abzulenken, sah sie sich um. Es war längst hell geworden, auch wenn die aufgehende Sonne sich hinter dichten Wolken verbarg und die Kälte der Nacht nicht vertreiben konnte.

Wohin Aideen auch blickte, gab es nichts als braungrüne Hügel, graue Felsen und kahle Sträucher. Trostlos, einsam, traurig. Aideen seufzte. An diesem Morgen schien es keine Ablenkung zu geben. Alles war bedrückend. Vorsichtig versuchte sie eine andere Haltung einzunehmen, um ihre verkrampften Muskeln zu lockern, da spürte sie, wie Peme plötzlich zur Seite rutschte. Nur durch ein beherztes Zugreifen konnte sie verhindern, dass das Mädchen vom Pferd fiel. Der Ruck weckte Peme auf. Sie schenkte Aideen ein verstörtes und zugleich entschuldigendes Lächeln. Dann schmiegte sie sich wieder an ihre Schwester.

»Es hat keinen Sinn weiterzureiten«, entschied Tisea, der Pemes Missgeschick nicht entgangen war. »Wir müssen rasten.«

»Nein!«, rief Aideen aus. »Das dürfen wir nicht. Zarife wird uns die Dashken hinterherschicken, und dann ...«

»Wollte sie das wirklich tun, wären die Dashken längst hier«, behauptete Tisea und fügte hinzu: »Silfri ist erschöpft. Peme ist erschöpft. Ich weiß nicht, wie es dir geht, aber ich bin es auch. Wir rasten.«

»Was weißt du schon von den Dashken«, fuhr Aideen Tisea an. Müdigkeit und Schmerzen machten es ihr schwer, den richtigen Ton zu finden, und so hörte sie sich bissiger an als beabsichtigt. Dabei hatte Tisea recht, sie brauchten eine Rast. Allein die Furcht vor den Elementarwesen drängte Aideen weiterzureiten.

»Ich habe sie gesehen, falls du dich noch daran erinnern kannst«, meinte Tisea spitz. »Und ich weiß sehr wohl, wovon ich spreche. Die Schattenwölfe haben uns verfolgt und durch das Hochland gehetzt, bis wir auf euch trafen. Sie sind schnell, unglaublich schnell. Nicht einmal Hákon wäre ihnen auf seinem Braunen entkommen.« Sie drehte sich zu Aideen um und sagte: »Ich mache mir nichts vor, Aideen. Seit wir aufgebrochen sind, denke ich darüber nach, was geschehen ist. Glaub mir, ich weiß, was uns erwartet, wenn Zarife das freie Geleit für den Rückweg aufhebt. Früher oder später wird unsere Flucht enden. Es spielt keine Rolle, ob wir dann noch dicht an den Höhlen sind oder nahe dem Waldrand. Die Dashken können sich Zeit lassen. Sie werden uns mühelos einholen, ganz gleich, wie weit wir geritten sind. Der Waldrand mag uns eine gewisse Sicherheit bieten, aber auch jenseits davon wurden die Schattenwölfe schon gesehen. Jetzt, da Zarife zurückgekehrt ist und ihre Rache vorbereitet, wird auch diese Grenze keinen Bestand mehr haben. Wenn es ihr Wille ist, werden die Wölfe uns aufspüren und töten, wann immer sie es wollen. Jetzt, heute Abend oder in der Nacht. Wir sind nirgends sicher und müssen uns daher auch nicht unnötig quälen. Deshalb rasten wir dort.« Sie deutete nach Westen, wo in einer Mulde zwischen zwei Hügeln die Oberfläche eines kleinen Sees schimmerte. »Silfri muss saufen«, sagte sie bestimmt. »Und wir auch.«

Wenig später saßen sie am Ufer des kleinen Sees und löschten ihren Durst, indem sie das Wasser mit den hohlen Händen schöpften. Zu essen hatten sie nichts. Es war keine Zeit gewesen, etwas einzustecken, als sie aus den Höhlen geflohen waren. Aideen wollte sich hinsetzen, aber die Schmerzen waren zu groß, und so entschloss sie sich, sich hinzulegen, obwohl das Gras von der Nacht noch feucht war.

»Willst du schlafen?«, erkundigte sich Tisea.

»Nein.« Aideen sah auf. »Und selbst wenn, ich könnte es nicht.«

»Gut.« Tisea setzte sich neben sie. »Ich habe nämlich Fragen.«

»Dann frag.« Aideen verschränkte die Arme hinter dem Kopf.

»Zunächst einmal sollst du wissen, dass ich dir glaube, wenn du sagst, unser Leben sei in Gefahr gewesen«, begann Tisea. »Aber es gibt so vieles, das ich nicht verstehe.«

»Auch ich verstehe vieles nicht, aber ich will versuchen, dir zu antworten.«

»Gut.« Tisea nickte ernst. »Dann sag mir, was geschehen ist, seit Zarife zurückgekommen ist. Peme und ich haben so gut wie gar nichts mitbekommen. Alle waren so aufgeregt, niemand wollte sich mit uns aufhalten. Und dann kamst du mitten in der Nacht und behauptetest, wir seien in Gefahr. All das ist höchst verwirrend, aber ich würde es gern verstehen.«

»Zarife ist eine Verräterin«, sagte Aideen knapp. »Sie hat Bethia und die Oberin getötet ...«

»Das hast du schon in den Höhlen gesagt.« Tisea nickte ernst. »Aber ich kann es immer noch nicht glauben. Sie ... sie waren doch so freundlich.«

»Es ist so, wie ich es sage. Zarife hat sie getötet, weil sie ihr im Weg waren.« Sie schaute Tisea an und sah die Bestürzung in ihrer Miene. »Ich wünschte, es wäre anders«, sagte sie traurig. »Sie brauchte die beiden für ihre Verschwörungslüge. Deshalb wollte sie euch auch töten und den anderen erzählen, dass ihr Verbündete der Oberin gewesen wäret.« Aideen wunderte sich, wie selbstverständlich ihr die kleine Lüge über die Lippen kam. Etwas in ihr sträubte sich dagegen, Tisea von den gespenstischen Wesen zu erzählen, mit denen sich Zarife verbündet hatte. Sie wusste nicht, warum, spürte aber, dass es besser war, dies erst mal für sich zu behalten.

»Ich danke dir. Auch in Pemes Namen.« Das Lächeln, das Tisea ihr schenkte, war aufrichtig. »Wir haben dir unser Leben zu verdanken. Ich hoffe, ich kann es irgendwann einmal gutmachen, wenn ... wenn das alles hier vorbei ist.«

Am späten Nachmittag brach die Sonne durch die Wolkendecke. Rotgoldenes Licht ergoss sich über das Hochland, entflammte die fernen Bäume in prächtigen Farben und umriss scharf die dunklen Gestalten der beiden Reiter, die vor dem Hintergrund des herbstlich gefärbten Hochlandes auf den Wald zuhielten.

Manon und Hákon waren erschöpft. Nur mühsam hielten sie sich im Sattel. Ihr Wasservorrat war verbraucht, der Proviantbeutel leer. Das Fell des Braunen war von flockigem Schweiß bedeckt, die Nüstern vor Erschöpfung geweitet. Hákon spürte, wie er bei jedem Schritt zitterte, und wusste, dass er nicht mehr lange durchhalten würde. Er hatte noch nie ein Pferd zuschanden geritten und hoffte, das auch diesmal nicht tun zu müssen, aber noch gab er es nicht frei. Bei aller Dankbarkeit, die er dem treuen Tier gegenüber empfand, war jeder Schritt, den es zurücklegte, zu kostbar, jede Minute, die sie nicht selbst laufen mussten, zu wertvoll, und die Sorge, diese womöglich folgenschwere Entscheidung zu früh zu treffen, zu groß.

So feuerte er seinen Braunen weiter durch Zurufe an und ließ ihn die Zügel spüren, auch wenn ihn dessen Not berührte und sein Gewissen dagegen rebellierte.

»Wie weit ist es noch?«, hörte er Manon fragen, die in verkrampfter Haltung vor ihm auf der Satteldecke saß. Gegen Mittag hatte Hákon den Sattel und alles, was entbehrlich war, im Hochland zurückgelassen, um es dem Pferd leichter zu machen.

»Wenn wir weiter so schnell vorankommen, schaffen wir es vor Einbruch der Dunkelheit.« Hákon formulierte die Antwort bewusst vorsichtig. Er hielt die Fremde für verwirrt und wollte nicht, dass sie sich sorgte. Den ganzen Tag lang hatte sie den Himmel nach etwas abgesucht, das sie Hubschrauber nannte, und sich immer wieder umgeschaut, ob irgendwo Leute mit Hunden nach ihr suchten. Dazu hatte sie ihm ständig von Orten und Dingen erzählt, deren Namen er noch nie gehört hatte.

Er hatte ihr aufmerksam zugehört und versucht, so zu tun, als wisse er, wovon sie sprach, obwohl er kaum etwas verstanden hatte. Klar war für ihn nur, dass sie offenbar nicht allein im Hochland gewesen war. Eine Frau, die sie Sandra nannte und die offenbar ihre Freundin war, sollte auch dabei gewesen sein.

Hákon spürte, dass Manon sich sehr um sie sorgte. Wann immer das Gespräch auf sie kam, bestärkte er sie in der Hoffnung, dass ihr nichts geschehen war, obwohl er im tiefsten Innern davon überzeugt war, dass sie längst ein Opfer der Schattenwölfe geworden war.

»Ich hoffe, wir finden schnell ein Hotel oder eine Pension«, hörte er Manon sagen, die ihre lebensbedrohliche Lage offenbar immer noch nicht begriffen hatte. »Ich habe einen Bärenhunger und muss dringend telefonieren.«

Hotel, Pension, telefonieren ... Hákon seufzte. Schon wieder solche Wörter. Was war das nur für eine seltsame Frau? »Ich kann dir nichts versprechen«, sagte er ausweichend. »Ich kenne den Wald hier oben im Norden nicht so gut.«

Manon antwortete ihm nicht. Eine Weile starrte sie stumm geradeaus, dann bemerkte er, dass ihre Schultern bebten, und hörte sie leise schluchzen.

Auch das noch. Ihre Verzweiflung berührte Hákon. Gern hätte er sie getröstet, fand aber nicht die passenden Worte. Noch während er überlegte, was er sagen könnte, strauchelte das Pferd. Es taumelte noch einige Schritte vorwärts, dann brach es zusammen. Hákon und Manon wurden zu Boden geschleudert. Der Aufprall war hart und raubte Hákon den Atem. Die kahlen Zweige niedriger Sträucher schrammten über sein Gesicht, und ein beißender Schmerz schoss von seinem Handgelenk den Arm hinauf. Eine Weile blieb er benommen liegen.

»Alles in Ordnung?« Manon schniefte noch, hatte sich aber wieder im Griff. Taumelnd kam sie auf die Beine.

»Es geht schon.« Hákons Knie schmerzte, und in seinem Handgelenk pochte es. Ansonsten schien er bei dem Sturz keine Verletzungen davongetragen zu haben. »Und bei dir?«

»Ich bin o.k.« Manon ordnete die beiden Decken und legte sie sich wieder um die Schultern. »Was nun?«, fragte sie mit einem Blick auf das erschöpfte Pferd.

»Wir laufen.« Hákon stand auf und klopfte sich die Gräser von der Kleidung.

»Was wird aus dem Pferd?«

»Das wird schon wieder.« Hákon war sich dessen nicht so sicher, wie seine Worte sie glauben machen sollten. Aber er hatte jetzt ganz andere Probleme. »Wir können nicht warten, bis es sich erholt hat«, erklärte er. »Wir müssen los. Sofort und so schnell wie möglich.« Er sah, wie Manon das Tier bestürzt musterte, und fügte hinzu: »Keine Sorge. Die Schattenwölfe werden ihm nichts antun.« Er fasste Manon am Arm und deutete zum Waldrand. »Und jetzt komm, wir dürfen keine Zeit mehr verlieren.« Einen Augenblick noch zögerte Manon, dann gab sie den Widerstand auf und folgte ihm.

Viel zu langsam kam der rettende Waldrand näher, während sie durch das Hochland stolperten. Hunger und Durst quälten Hákon bei jedem Schritt. Er wusste, dass es der Fremden nicht viel besser ergehen konnte. Umso mehr erstaunte es ihn, dass sie nicht klagte, sondern sich tapfer vorankämpfte, während sich die Sonne langsam dem Horizont zuneigte und die kostbare Zeit schneller verrann, als sie laufen konnten.

»Du nimmst das hier wohl ziemlich ernst«, bemerkte Manon nach einer Weile.

»Es ist ernst«, erwiderte Hákon knapp. Wohl zum hundertsten Mal, seit sie aufgebrochen waren, warf er einen prüfenden Blick zum Stand der Sonne und maß dann mit den Augen die Entfernung zum Wald. »Wir müssen schneller laufen.«

»Noch schneller?« Manon schnappte nach Luft und presste die Hand auf die Taille. »Das … das schaffe ich nicht.«

»Du musst.« Hákon griff nach ihrer Hand, um sie mit sich zu ziehen, aber sie entwand sich ihm. »Ich muss gar nichts!«, fuhr sie ihn an. Ihre Augen funkelten zornig. »Was willst du denn machen, wenn ich mich jetzt einfach hier hinsetze und kein Stück weitergehe? Willst du mich dann etwa übers Knie legen wie ein unartiges Kind?«

»Nein.« Hákon schüttelte den Kopf. »Ich würde dich sitzen lassen und allein weiterlaufen. Du bist alt genug und kennst die Gefahr. Ich habe dich einmal gerettet und mein Leben für dich aufs Spiel gesetzt. Ich habe mein Pferd geopfert, damit wir beide durchkommen. Aber jetzt ist Schluss, es gibt nur noch dich und mich. Und glaube mir, ich werde keinen Finger mehr krümmen, um dich zu retten – schon gar nicht gegen deinen Willen.«

»Was bist du doch für ein Held.« Das klang spöttisch und war wohl auch so gemeint. Anscheinend hatte Manon bereits vergessen oder verdrängt, dass sie in der vergangenen Nacht fast ein Opfer der Dashken geworden wäre.

»Du hast die Schattenwölfe gesehen«, erinnerte Hákon sie. »Entscheide selbst. Ich für meinen Teil möchte ihnen nicht noch einmal begegnen.«

»Schattenwölfe, pah«, Manons Lachen klang ein wenig irre. »Die habe ich mir doch nur eingebildet. Die waren nie wirklich da.«

»Glaubst du?«

»Ich weiß es.« Manon klang, als glaube sie es wirklich. »Ich war total verängstigt, hungrig, durstig und am Ende meiner Kräfte. Da spielt einem die Phantasie schon mal einen Streich.«

Hákon seufzte. »Meinetwegen glaub, was du willst«, sagte er gereizt und beschleunigte seine Schritte. »Ich gehe weiter.«

Zu seinem Erstaunen folgte sie ihm nach einigem Zögern. Als er noch eine Spur schneller ging, fiel sie nicht zurück, blieb aber immer einige Schritte hinter ihm. Hákon war das nur recht. Waren sie zunächst nebeneinander gegangen, achtete er nun sorgsam darauf, immer einige Schritte Abstand zu ihr zu halten. Es kostete ihm zu viel Kraft, sich mit ihr zu streiten. Kraft, die er besser fürs Laufen verwendete.

Als roter Feuerball neigte sich die Sonne dem Horizont entgegen. Der Wald schien nun ganz nah zu sein, und doch war er immer noch viel zu weit entfernt. Im verlöschenden Licht glaubte Hákon Gestalten zu erkennen, die sich am Waldrand bewegten, aber der Eindruck war durch die Auszehrung und Erschöpfung so verschwommen, dass er seinen Augen nicht mehr traute.

Ein Blick zurück zeigte ihm, dass Manon immer noch hinter ihm war. Obwohl mit dem Licht auch die Wärme schwand und die Nacht die Vorboten ihrer frostigen Schatten bereits ins Hochland schickte, hatte sie die Decken fortgeworfen. Ihre Schritte waren unsicher, die Arme hingen kraftlos herab. Immer wieder stolperte sie über niedriges Gebüsch, schaffte es aber jedes Mal wie durch ein Wunder, einen Sturz zu verhindern. Hákon wusste, dass er kaum einen besseren Anblick bot. Auch seine Schritte waren unsicher, auch er war am Ende seiner Kräfte. Den rettenden Wald zum Greifen nah vor Augen, erging es ihnen nicht viel besser als zuvor seinem Pferd. Es war nur noch eine Frage der Zeit, bis sie endgültig zusammenbrechen würden.

»Hákon!« Manons Stimme war rau von der ausgedörrten Kehle. »Hákon, warte!«

Hákon wollte warten, aber seine Beine gehorchten ihm nicht. Sie bewegten sich einfach weiter. Irgendwie gelang es ihr dennoch, ihn einzuholen.

»Warte!«, keuchte sie, legte ihm eine Hand auf die Schulter und brachte ihn damit zum Stehen. »Das ... das ist doch Wahnsinn. Lass uns ausruhen. Jetzt. Hier. Später können wir immer noch ...«

Weiter kam sie nicht. Irgendwo über dem Hochland zerriss ein Heulen die Luft, laut, schrill und unheimlich. Hákon spürte, wie Manon zusammenzuckte, während die Furcht auch ihm den Nacken hinaufkroch.

Die Augen weit aufgerissen, schaute Manon ihn an. »Was ... was war das?« Wie zur Antwort ertönte das Heulen erneut. Diesmal näher. Noch stand die Sonne zur Hälfte über dem Horizont, aber es würde nicht mehr lange dauern, bis die Dunkelheit ihren schwarzen Mantel über das Hochland breitete. Irgendwo im Osten ertönte die Antwort auf den schauerlichen Laut. »Sind das ...« Manon war so blass wie der Kalk an den Mauern des Palasts in Torpak. Ihre Lippen bebten.

»Ja.« Hákon nickte. Ein letztes Mal sammelte er seine Kräfte, ergriff ihre Hand und brüllte: »Lauf!«

Noch nie in ihrem Leben war Manon so erschöpft gewesen. Es war ihr unbegreiflich, woher sie die Kraft für das Laufen nahm. Aber längst schon hatten ihre Gedanken keinen Einfluss mehr auf das, was sie tat. Jede Bewegung, jeder Atemzug, jeder Blick entsprang ihren ureigensten Fluchtinstinkten und dem Willen zu überleben. Sie wusste, dass sie sich geirrt hatte, wusste, dass sie sich den ganzen Tag selbst etwas vorgemacht hatte, weil sie keine bessere Erklärung für das Unbegreifliche fand, das ihr in den letzten vierundzwanzig Stunden widerfahren war. Falsch. Alles war falsch – und doch war es real.

So real wie Hákons Hand, die sich fest um die ihre krampfte und ihr zeigte, dass sie nicht allein war mit ihrer Angst. Eine Hand, kräftig und rau, die sie mit sich zog, immer weiter auf den Waldrand zu, obwohl sie ihre Beine schon längst nicht mehr spürte. Sie hob den Kopf und bemerkte eine Bewegung jenseits des blutigen Nebels vor ihren Augen. Es war nicht Hákon, den sie noch gut erkennen konnte, es war etwas anderes. Etwas, das dunkel und drohend näher kam und direkt auf sie zuhielt. Der Boden dröhnte, und über allem erhob sich erneut das grauenhafte Heulen der Schattenwölfe.

Sie haben uns eingekreist, schoss es Manon durch den Kopf. Wir sind verloren. Sie wollte rufen, wollte Hákon warnen, der die Gefahr nicht zu bemerken schien und geradewegs auf die dunklen Geschöpfe zuhielt. Aber die Stimme versagte ihr den Dienst. Die Furcht wurde übermächtig. Manon spürte, wie ihre Knie weich wurden, wie sie stolperte, taumelte und wie ein gefällter Baum zu Boden fiel. Sterne tanzten vor ihren Augen, und sie hörte Hákon aufschreien. Das Letzte, was ihr an die Ohren drang, war das grauenhafte Heulen der Schattenwölfe.

32

Schwarz und klar senkte sich die Nacht über das Hochland. In der feuchten Luft zeichnete der Frost kunstvolle Muster aus Reif auf die Blätter der niedrigen Sträucher und ließ die geschmeidigen Halme der Gräser unter seinem eisigen Atem erstarren. Der Mond hielt sich hinter den Wolken verborgen, und auch die Sterne fanden nur selten eine Lücke, durch die sie auf das Hochland hinunterschauen konnten.

In einen kostbaren Wolfspelz gehüllt, stand Zarife im Felsenrund oberhalb der Höhlen, betrachtete das zerstörte Weltentor und sann über die Pläne nach, die sie in ihrer Abwesenheit geschmiedet hatte. Vieles war so gekommen, wie sie es geplant hatte. Einiges war nicht ganz nach Plan gelaufen, und ein kleiner Teil würde ganz anders kommen, als sie es sich gedacht hatte. Nachdem sie die möglichen Widersacher ausgeschaltet und sich die verbliebenen Hüterinnen gefügig gemacht hatte, wurde es Zeit, sich dem großen Ziel zu widmen, für das sie all die Mühsal und Entbehrungen auf sich genommen hatte: die absolute Alleinherrschaft über ein ganzes Volk zu erringen.

Die Raben waren gegen Mittag zurückgekehrt und hatten ihr berichtet, dass die Rebellen am nahen Waldrand ihr Lager aufgeschlagen hatten. Nur einen knappen Tagesritt von ihnen entfernt hatte das Heer aus Torpak ein befestigtes Lager im Wald errichtet. Zu großen Kampfhandlungen schien es zum Glück noch nicht gekommen zu sein. Vermutlich fürchteten die Truppen aus Torpak ein Eingreifen der Dashken, während die Rebellen darauf warteten, dass die zurückgekehrte Hohepriesterin sich ihnen zeigte, zumal es in der Legende hieß, sie werde sich mit den Menschen verbünden, um gemeinsam den Rachefeldzug gegen Torpak zu beginnen.

Zarife schmunzelte. Mit dem Ergebnis der von ihr selbst erdachten Lügenlegende konnte sie wahrlich zufrieden sein. Wie geplant hatten sich am Rande des Waldlands all jene versammelt, die in der Lage waren, ein Schwert zu führen. Zusammengenommen bildeten sie das gewaltigste Heer, das jemals in Benize aufgestellt worden war und das schon bald den Grundstock ihrer Alleinherrschaft bilden würde.

Weder im Waldland noch in Torpak gab es jetzt noch genügend Männer, die sich dem vereinigten Heer aus Rebellen und Gardisten würden entgegenstellen können, wenn dieses unter ihrem Befehl in Torpak einmarschieren würde.

Doch so weit war es noch nicht. Der Gedanke führte Zarife unwillkürlich zu den Hindernissen und Unwägbarkeiten ihres Plans, die sie nicht hatte kommen sehen. Dass die Anrufung scheitern und das Weltentor zerstört werden würde, damit hatte sie nicht gerechnet. Aus ihrem Plan, das Tor zu öffnen und ganze Heerscharen von Verdammten in die Welt der Lebenden fluten zu lassen, würde vorerst nichts werden. Ihre eigenen Kräfte gereichten zwar dazu, das beschädigte Tor einen Spalt weit zu öffnen und für eine begrenzte Zeit offen zu halten; für einen mächtigen, alles verschlingenden Angriff aber, wie sie ihn sich immer erträumt hatte, war die Zahl derer, die hindurchschlüpfen konnten, jedoch zu gering.

Ein neuer Plan musste her, galt es doch, schnell und klug zu handeln. Die Zeichen standen auf Krieg. Ein winziger Funke mochte genügen, um einen alles vernichtenden Flächenbrand zu entfachen. Und nichts wäre schlimmer, als einen Großteil der wertvollen Leben in einer sinnlosen Schlacht zu verlieren.

Zarife seufzte. Jenseits des Tores warteten Tausende darauf, aus ihrem tristen Gefängnis befreit zu werden. Meuchler, Schächer, Lustmörder ... der Abschaum dessen, was die Menschheit in Jahrtausenden hervorgebracht hatte. Von den Lebenden zumeist durch eine Hinrichtung getrennt und im Halvadal unerwünscht, fristeten sie ein nicht enden wollendes Martyrium zwischen Leben und Tod. Die meisten scherten sich nicht um Pläne oder Abmachungen, sie dachten nur an sich. Einmal freigelassen, würden sie nur schwer im Zaum zu halten sein. Allein die Tatsache, dass sie es Zarifes Gnade zu verdanken hatten, wie lange sie in dieser Welt verweilten, machte sie zu Verbündeten.

Zarife schloss die Augen, legte die Hände gegen den Stein und machte sich bereit. Schon einmal hatte sie den Spalt geöffnet, um die beiden Boten zu empfangen, diesmal jedoch musste sie es länger offen halten. Mit ihren Sinnen erkundete sie das Tor, umging zerstörte Felder und ordnete die verbliebenen Elemente so, dass sich ein winziger Spalt öffnete, aus dem ein eisiger grauer Nebel in das Felsenrund quoll. Sie spürte, wie jenseits des Tores Jubel aufbrandete, als die ersten grünlich leuchtenden Halbwesen hindurchflossen. Sie spürte aber auch, dass ihre Kräfte rasch schwanden. Nachdem etwa zwanzig Gestalten das Tor durchschritten hatten, musste sie die Verbindung abbrechen. Die Wutschreie und die Empörung der Zurückgebliebenen wurden von dem sich schließenden Tor verschluckt. Zarife lehnte die Stirn an den Stein und gönnte sich einen Augenblick des Innehaltens, ehe sie sich zu den menschlichen Umrissen umdrehte, die ihre Befehle erwarteten.

»Wann kommen die anderen?« Eines der Wesen glitt vor.

»Morgen. Vielleicht. Wenn ihr eure Sache gut macht.« Zarife straffte sich. Ihre Stimme war befehlsgewohnt und zeigte keine Schwäche. Alles sollte so aussehen, als gehöre es zu ihrem Plan, zunächst nur zwanzig Verdammte in ihre Welt zu holen. »Ihr seid die Vorhut«, erklärte sie, als sei all das von langer Hand geplant. »Euch fällt eine besondere

Aufgabe zu.« Sie lächelte. »Ihr werdet in das Rebellenlager gehen. Dort steht es euch frei, euch eure Opfer unter den Rebellen zu suchen. Eure Aufgabe wird es sein, einen offenen Schlagabtausch zwischen den Rebellen und den Kriegern zu verhindern. Ihre Leben sind zu kostbar. Zu viele von euch warten jenseits des Tores auf einen Körper, den sie besetzen können. Bedenkt jedoch, dass ihr nur wenige seid. Ihr dürft euch nicht verraten, bis ich euch den Befehl dazu gebe – verstanden?«

Aideen, Tisea und Peme schlugen ihr Nachtlager am Ufer eines kleinen Sees auf. Sie wählten eine Stelle in einer windgeschützten Senke, an der der grünbraune Schilfgürtel stark gelichtet war. Ein schmales Stück sandiger Uferstreifen bot Silfri Platz, damit er saufen konnte.

Peme entdeckte einen Brombeerstrauch, der noch Früchte trug, und erlegte sogar ein Kaninchen mit ihrer Kanka. Während Tisea das Tier mit geübten Handgriffen häutete und ausweidete, sammelten Peme und Aideen Gräser und trockenes Geäst für ein kleines Feuer, das wenig später knisternd in die Höhe sprang. Sie spießten die Fleischstücke auf Stöcke und garten sie über den Flammen; das Fleisch war zäh und schmeckte bitter, aber immerhin konnten sie ihre knurrenden Mägen damit füllen. Als sie gegessen hatten, war es dunkel geworden. Aideen wollte das Feuer löschen, um keine Aufmerksamkeit zu erregen, aber Tisea und Peme froren und wollten nicht auf die Wärme verzichten.

»Hier ist weit und breit kein Mensch«, meinte Tisea. »Wer also sollte das Feuer sehen?«

»Die Jägerinnen?« Aideen sah Tisea scharf an. »Ich bin lieber vorsichtig. Auch wenn wir bisher unbehelligt geblieben sind, kann ich mir nicht vorstellen, dass Zarife uns so einfach ziehen lässt.«

»Die Jägerinnen haben keine Pferde«, hielt Tisea ihr entgegen. »Sie werden uns nie einholen.«

»Und wenn die Dashken uns längst auf den Fersen sind?«

»Dann würde es uns auch nichts nützen, das Feuer zu löschen«, behauptete Tisea, die davon überzeugt schien, dass die Dashken nicht mehr kommen würden. »Auf dem Weg zu den Hüterinnen haben sie uns mühelos aufgespürt – ohne ein Feuer.«

»Also schön.« Aideen seufzte. »Dann bleibt es eben an. Aber nur solange noch genügend Reisig da ist, um es am Leben zu halten. Ich werde im Dunkeln jedenfalls kein Holz suchen gehen.« Sie legte ein paar Stöcke auf die Glut, um ihre Worte zu bekräftigen. Dann warf sie einen Blick auf Peme, die am Feuer eingeschlafen war, und sagte versöhnlich: »Leg du dich auch ruhig nieder. Ich bin noch nicht müde und übernehme die erste Wache.«

»Ich könnte aber auch ...«, hob Tisea an, doch Aideen schüttelte den Kopf. »Nun gut.« Tisea stand auf, ging zu Peme und legte sich hinter ihr zum Schlafen nieder. Einen Arm schlang sie um ihre Schwester, um diese zu wärmen.

Aideen betrachtete die beiden mit einem Anflug von Wehmut. Sie hatte nie eine Schwester gehabt und beneidete die beiden um die Zuneigung und das selbstverständliche Einvernehmen, das sie miteinander verband. Es musste schön sein, jemanden zu haben, der einem so nahe stand. Für einen Augenblick ließ sie die Gefühle zu, die in der melancholischen Abendstimmung in ihr aufstiegen. Dann straffte sie sich, schob die bedrückenden Gedanken beiseite und kletterte auf die kleine Anhöhe, welche die Senke nach Norden begrenzte, um ihre Wache zu beginnen.

Die Zeit verstrich langsam. Das gemächliche Plätschern der Wellen begleitete Aideen wie eine sanfte Melodie, während sie in die Dunkelheit hinausspähte und bangen Herzens auf das gefürchtete Heulen lauschte, das dem Nahen der Schattenwölfe stets vorauseilte. Sie wünschte, sie könnte Tiseas Zuversicht teilen, die sie bereits außer Gefahr wähnte, aber sie konnte es nicht. Nicht, nachdem sie in die finsteren Abgründe von Zarifes Seele hatte blicken können.

Zarife hatte Bethia getötet; die Oberin hingegen hatte sie selbst auf Zarifes Befehl hin getötet. Aideen spürte eine tiefe Scham in sich aufsteigen. Sie wusste, dass sie die grauenhaften Bilder jenes Augenblicks, da sie der Oberin den Dolch in den Leib gerammt hatte, niemals würde vergessen können. Das Erschrecken in den Augen, der keuchende Atem, das Blut ...

Ich habe getötet. Ich bin eine Mörderin.

Aideen schluckte schwer. Wie sollte sie mit diesem Makel weiterleben? Wie jemals Frieden finden? Sie hatte das alles nicht gewollt und doch nichts dagegen tun können. Zarife hatte sich ihrer wie einer willenlosen Puppe bedient. Um das Verbrechen zu sühnen, muss ich weitergeben, was ich weiß, überlegte sie. Ich muss alle warnen. Die Hüterinnen, die Rebellen, ja sogar die Herrschenden in Torpak müssen wissen, was Zarife plant.

Entschlossen ballte sie die Fäuste. Sie hatte endlich ein Ziel.

War sie Tisea und Peme zunächst nur aus Furcht um ihre eigene Sicherheit gefolgt, hatte ihre Flucht nun einen tieferen Sinn. Erst hier in der Abgeschiedenheit des Hochlands wurde ihr klar, dass sie die Einzige war, die um den Verrat wusste. Die Einzige, die das drohende Unheil vielleicht noch würde abwenden können.

Eine Bewegung im Norden lenkte Aideens Aufmerksamkeit auf einen grünlichen Lichtschein, der sich ihrem Lager rasch zu nähern schien. Was mochte das sein? Sie blinzelte, fand aber keine Erklärung für die seltsame Erscheinung. Ein wenig sah es aus wie ein Schwarm leuchtender Käfer, der sich unter ständigem Hin-und-her-Wogen rasend schnell durch die Nacht bewegte. Unablässig veränderte er seine Form, war mal lang und schmal und dann wieder zusammengeballt wie ein dichtes Knäuel. So etwas hatte sie im Hochland noch nie gesehen. Das Leuchten hingegen kam ihr bekannt vor. Rasch legte sie sich flach ins Gras, duckte sich und beobachtete, wie die seltsame Erscheinung näher kam. Wie sich schon bald herausstellte, war es nicht nur ein Lichtgebilde, sondern gleich zwei. Als sie kurz verharrten, sah es fast so aus, als stünden dort zwei in Licht gehüllte Menschen.

Menschliche Umrisse aus Licht. Aideen durchfuhr es wie ein Blitz. Sie sind hier! Ein eisiger Schrecken schoss ihr durch die Glieder, als sie erkannte, was das zu bedeuten hatte. Zarife musste ihre Verbündeten bereits ins Land geholt haben. Schneller, viel schneller, als Aideen es für möglich gehalten hätte, war der Albtraum Wirklichkeit geworden.

Fest an den Boden gepresst, lag Aideen im Gras. Sie hatte furchtbare Angst und wagte kaum zu atmen. Gehetzt wanderte ihr Blick von den geisterhaften Wesen zu Peme und Tisea, die am Feuer lagen und schliefen. Sie wusste, dass sie die beiden warnen musste, aber die Lichtgestalten waren schon so nahe, dass sie unmöglich etwas rufen konnte, ohne sich selbst zu verraten.

Feigling! Verräterin!

In Gedanken verachtete sie sich zutiefst für ihre Schwäche. Die beiden verließen sich darauf, dass sie Wache hielt, und nun … Aideen nahm allen Mut zusammen, um Peme und Tisea eine Warnung zuzurufen. Doch vergeblich. Ihre Kehle war wie zugeschnürt.

Die Lichtgestalten erreichten das Lager und schwebten lautlos zum Feuer. Ihre ganze Aufmerksamkeit galt den schlafenden Frauen. Aideen bemerkten sie nicht. Die Zähne fest zusammengebissen, schob Aideen sich rückwärts den Hang hinunter. Ihr Herz raste, in ihren Ohren rauschte das Blut. Sie hatte furchtbare Angst. Nicht nur um sich, auch um Tisea und Peme, die immer noch ahnungslos schliefen. Alles in ihr schrie nach Flucht, aber ihre Glieder waren schwer wie Blei und gehorchten ihr nicht. Sie konnte nichts tun, außer dazuliegen und zu beobachten, was geschah.

Starr vor Entsetzen musste sie mit ansehen, wie sich eine der beiden Lichtgestalten zusammenballte und dann zu einem langen dünnen Faden streckte. Wie eine Schlange wand er sich um Pemes schlafende Gestalt und wartete, bis sich die zweite Lichtgestalt in gleicher Weise um Tisea gewunden hatte.

Die beiden Frauen wurden unruhig. Sie redeten und bewegten sich im Schlaf. Dann ging alles sehr schnell. Wie auf ein geheimes Zeichen hin glitt das Ende eines jeden Fadens zum Ohr des umschlungenen Körpers und tauchte darin ein. Peme schrie auf und bewegte sich zuckend hin und her, während der Lichtfaden immer kürzer wurde und schließlich gänzlich in ihrem Schädel verschwand. Auch Tisea litt. Sie riss die Augen auf und schlug um sich, als wolle sie sich gegen einen unsichtbaren Feind zur Wehr setzen. Doch der Kampf währte nicht lange. Kaum war das Ende des Lichtfadens in ihrem Ohr verschwunden, wurde sie wieder ruhig. Einen Augenblick lang schaute sie sich noch verwirrt um, als sei sie aus einem unruhigen Schlummer erwacht und wisse nicht, was sie geweckt hatte, dann hörte Aideen sie gähnen und sah, wie sie sich wieder neben Peme schlafen legte.

Endlose Minuten herrschte Stille in der kleinen Senke. Aideen lag wie versteinert in ihrem Versteck, unfähig zu begreifen, dass das, was sie eben gesehen hatte, wirklich geschehen sein sollte.

Ein Albtraum, dachte sie bei sich. Das kann nur ein Albtraum oder eine schreckliche Vision gewesen sein. Sie drehte sich zu Silfri um. Der Kaltblüter graste gemächlich in der Nähe und schien nichts Ungewöhnliches bemerkt zu haben.

Also doch ein Albtraum. Aideen lauschte in die Nacht hinaus. Die

Wellen des Sees plätscherten leise, zwischen den Gräsern fiepte eine Maus, und ein kühler Nachtwind trug die Düfte des Herbstes über das Hochland. Peme und Tisea lagen beieinander am Feuer, als sei nichts geschehen.

Aideen wartete noch eine ganze Weile. Je mehr Zeit verstrich, desto sicherer wurde sie, alles nur geträumt zu haben.

Zarifes Ankunft, der Tod zweier Menschen, die ihr am Herzen gelegen hatten, und die düsteren Prophezeiungen des Gespinsts hatten zweifellos Spuren an ihrer empfindsamen Seele hinterlassen. Nahm man dann noch die überstürzte Flucht, die ungewisse Zukunft, die Müdigkeit und die Furcht vor den Dashken hinzu, war es kein Wunder, wenn ihr Verstand ihr solch schreckliche Bilder vorgaukelte.

Die Nacht schritt voran. Irgendwann war Aideen fest davon überzeugt, Opfer eines Wachtraums geworden zu sein. Je mehr sie sich entspannte, je mehr die Angst wich, desto mehr griff die Müdigkeit nach ihr. Der Tag war anstrengend gewesen, und sie hatte schon in der vergangenen Nacht nur wenig geschlafen. Ihr Körper brauchte dringend Ruhe. Gähnend stand sie auf, um Tisea zu wecken, damit diese die nächste Wache übernahm. Langsam ging sie hinunter in die Senke, umrundete das Feuer und rüttelte Tisea sanft an der Schulter. »Wach auf, Tisea«, sagte sie leise, um Peme nicht zu wecken. »Ich muss jetzt schlafen. Du wolltest die Wache übernehmen.«

Tisea bewegte sich unruhig und murmelte etwas Unverständliches, wachte aber nicht auf.

»Tisea, bitte!« Aideen rüttelte sie etwas heftiger. »Du musst jetzt Wache halten.«

»Aideen? Was ist los?«, murmelte Tisea verschlafen, schlug die Augen auf und sah Aideen an.

Die Hüterin keuchte auf und prallte erschrocken zurück.

Kein Albtraum, hämmerte es hinter ihrer Stirn. Es war kein Albtraum. Und während sie noch auf Tiseas grünlich schimmernde Pupillen starrte, zerriss in der Ferne das schaurige Heulen der Schattenwölfe die Stille über dem Hochland.

Hákon erwachte mitten in der Nacht, ohne dass er hätte sagen können, was ihn geweckt hatte. Es schlief sich nicht gut mit dem Rücken an einen Baum gefesselt, aber die unbequeme Lage war es nicht, die ihn hatte aufschrecken lassen.

Aufmerksam schaute er sich im Lager der Rebellen um, konnte jedoch nicht viel erkennen. Die anhaltende Trockenheit hatte dazu geführt, dass man nahezu alle offenen Feuer verboten hatte. Allein den Schmieden war es noch erlaubt, ihre Öfen zu betreiben, denn es mangelte an Waffen für all die Menschen, die sich den Rebellen inzwischen angeschlossen hatten.

So war es nahezu dunkel im Lager, wenngleich einige Laternen nahe den Büßerbäumen ein wenig Licht spendeten.

Hákon seufzte und überdachte seine Lage. Am Abend hatten die Rebellen ihn und Manon im letzten Augenblick vor den Schattenwölfen gerettet, die ihnen dicht auf den Fersen gewesen waren. Er hatte Wasser und etwas zu essen bekommen, während sie die bewusstlose Manon in die Obhut der Heilerinnen gegeben hatten, weil es ihr sehr schlecht ging. Dafür hätte Hákon den Rebellen dankbar sein können, doch das Verhör, dem man ihn anschließend unterzogen hatte, war weitaus unfreundlicher gewesen. An seiner Kleidung hatten die Rebellen unschwer erkennen können, dass er zu Karadeks Männern gehörte, und so hatten sie ihn auch behandelt. Er hatte den Hass und die Verachtung in ganzer Härte zu spüren bekommen, die die Rebellen dem Herrscher aus Torpak gegenüber empfanden, und wäre vermutlich sogar getötet worden, wenn nicht Tendor aufgetaucht wäre, um das Verhör persönlich fortzuführen.

Hákon hatte ihm alles erzählt, was er wusste. Was hätte er auch tun sollen? Sein Leben hing vom Wohlwollen des Rebellenführers ab, und er fühlte sich zu jung, um zu sterben. Die meisten Fragen hatte er ohnehin nicht beantworten können, weil er weder am Aufmarsch der Truppen beteiligt gewesen war noch etwas über die Pläne des Heeres wusste.

Er hatte Tendor von der Suche nach seiner Schwester erzählt und davon, wie er Tisea und Peme ins Hochland begleitet hatte. Er hatte von dem Dolch gesprochen, den sie bei sich getragen hatte, von der Flucht vor den Schattenwölfen und der Begegnung mit den Hüterinnen. Abschließend hatte er von Manon berichtet, die er im Hochland aufgelesen und vor den Wölfen gerettet hatte. Der Rest war den Rebellen ja schon bekannt gewesen. Die Tatsache, dass er im Hochland unbeschadet bis zu den Hüterinnen und wieder zurück hatte reiten können, schien Tendor beeindruckt zu haben. Vermutlich hatte dies Hákon das Leben gerettet. Entgegen der Forderungen, ihn sofort hinzurichten, hatte Tendor ihn an einen der Büßerbäume ketten lassen und verfügt, dass man ihn in Ruhe lassen solle.

Hákon vermutete, dass Tendor seine Kenntnisse über das Hochland für zu wichtig hielt, als dass er sie durch eine vorschnelle Hinrichtung verloren geben wollte. Außerdem hatte Tendor angekündigt, seine Aussagen durch Fragen an Manon überprüfen zu wollen, sobald diese wieder zu sich kam.

Manon. Hákon schmunzelte. Sie war eine Verrückte, dessen war er sich sicher. Vermutlich würde auch Tendor an ihrem seltsamen Gerede verzweifeln, aber das kümmerte ihn wenig, solange sie nur seine Aussagen bestätigte.

Irgendwo in der Dunkelheit hinter ihm stöhnte jemand auf.

Hákon zuckte zusammen und schrak aus seinen Gedanken auf. Der Laut hatte sich gequält angehört. Entweder träumte jemand schlecht, oder ... Hákon lauschte, aber das Stöhnen wiederholte sich nicht. Auch sonst war es still. Alle im Lager schliefen tief und fest. Prüfend ließ er den Blick zu den beiden Männern wandern, die ihn bewachen sollten. Ein junger Bursche lehnte mit dem Rücken gegen einen Baum. Er wirkte wach, aber Hákon war sicher, dass der Eindruck täuschte. Der andere versuchte erst gar nicht, seine Müdigkeit zu verbergen. Zusammengesunken saß er kaum fünf Schritte entfernt und schnarchte leise.

Hákon wandte den Kopf und versuchte, einen Blick auf den zweiten Büßerbaum zu erhaschen, an den die Rebellen Zoltan gefesselt hatten. Die Rebellen hatten sorgfältig darauf geachtet, dass Zoltan und er sich nicht ansehen konnten, und so erspähte er lediglich die Wachtposten, die rings um den Baum Stellung bezogen hatten. Auch sie wirkten mehr schlafend als wach und nahmen ihren Dienst offenbar nicht so ernst, wie sie es sollten.

Wieder stöhnte jemand hinter Hákon. Es war ein eigenartiger Laut, der ihm einen Schauder über den Rücken jagte. Hákon versuchte sich umzudrehen – und diesmal sah er etwas. Es waren etwa fünf dünne, leuchtend grüne Fäden, die sich, schwebenden Schlangen gleich, lautlos durch das Lager bewegten. Es hatte ganz den Anschein, als suchten sie nach etwas.

Hákon blinzelte. Er glaubte zu träumen, aber als er die Augen wieder öffnete, waren die schlangenartigen Fäden noch immer da. Und nicht nur das: Sie bewegten sich direkt auf ihn zu. Mit geradezu unheimlicher Gelassenheit strichen sie um den Baum herum und auf die Wachen zu, wanden sich wie Schlingpflanzen um deren Beine und krochen langsam immer höher. Hákon wagte nicht, sich zu rühren. Auf seiner Stirn perlte kalter Schweiß. Er hatte schon vieles gesehen und erlebt, doch dies hier war das Unheimlichste von allem. Die Wachen schienen die Berührungen der grünen Fäden nicht zu spüren. Sie schliefen einfach weiter. Erst als die Dinger ihnen in die Ohren krochen, zuckten sie zusammen und gaben gequälte Laute von sich.

Dann war der Spuk vorbei. Die leuchtenden Fäden waren fort. Der junge Bursche, der an dem Baum gelehnt hatte, streckte sich, als erwache er aus einem kurzen Schlummer, und schlenderte auf Hákon zu. »Na«, sagte er gelassen. »Du bist ja auch noch wach.«

»Ich … ich habe bis eben geschlafen«, log Hákon und betete darum, dass der Posten weitergehen möge.

»Ach ja?« Langsam hob der Bursche den Blick, schaute Hákon aus grünlich schimmernden Augen an und sagte drohend: »Dann ist es ja gut.«

»Schattenwölfe!« Augenblicklich war Tisea auf den Beinen. »Peme, wach auf.« Sie rüttelte ihre Schwester an der Schulter. »Los, wach auf, wir müssen hier weg.« Peme regte sich unwillig. »Schnell! Die Schattenwölfe kommen!« Tisea ließ nicht locker. »Wach endlich auf.« Ungeduldig zerrte sie ihre verschlafene Schwester am Arm in die Höhe. Peme kam auf die Beine und folgte ihr taumelnd zu Silfri. Der Kaltblüter hatte die Ohren aufgestellt und schnaubte nervös. Mit einem Satz war Tisea auf seinem Rücken und half Peme beim Aufsteigen.

Aideen zögerte. Plötzlich war sie froh, Tisea nicht in ihre Geheimnisse eingeweiht zu haben. Sie wagte nicht daran zu denken, was mit ihr geschehen wäre, wenn die geisterhaften Wesen erfahren hätten, was sie im Felsenrund gehört hatte.

»Was ist los mit dir?«, fragte Tisea ungeduldig und streckte ihr die Hand entgegen. »Sitz auf, oder willst du, dass dich die Dashken hier in Stücke reißen?«

»Ich …« Das Heulen der Wölfe riss Aideen die Worte von den Lippen. Am Ende war die Furcht vor den Wölfen größer als die Angst vor dem, was mit Peme und Tisea geschehen war. Kurz entschlossen ergriff sie Tiseas Hand und saß hinter Peme auf. Tisea ließ Silfri antraben. Der Kaltblüter zitterte vor Furcht. Froh, endlich fliehen zu können, preschte er los. Weit kamen sie nicht. Als sie den Rand der Senke erreichten, blieb Silfri wie angewurzelt stehen, tänzelte und schnaubte nervös.

»Bei den Göttern.« Fassungslos starrte Aideen auf die wogende Masse schwarzer Leiber, die sie umringten. Ihre Flucht musste die Wölfe überrascht haben. Sie griffen nicht sofort an, sondern bleckten nur die Zähne und knurrten hasserfüllt.

»Du bist eine Hüterin!«, rief Tisea Aideen zu. »Tu doch etwas. Ihr habt den Wölfen schon einmal befohlen. Sag ihnen, sie sollen den Weg freigeben.«

»Ich … ich kann nicht.« In ihrer Todesfurcht vermochte Aideen kaum zu sprechen. Sie wusste, dass ihr Leben verwirkt war. Am Ende hatte Zarife doch gesiegt. »Bethia konnte es. Aber sie ist tot. Ich habe nicht die …«

Ehe sie etwas dagegen unternehmen konnte, rutschte Peme von Silfris Rücken und schritt unbeirrt auf die Wölfe zu. »Peme!« Tiseas Ruf übertönte das allgegenwärtige Knurren und Scharren, aber das Mädchen schien die Warnung nicht hören zu wollen.

Unerschrocken trat sie vor die Wölfe und sagte: »Ihr bekommt uns nicht. *Sie* hat uns gerufen, und wir werden nicht weichen. Sie hat uns diese Körper überlassen, die wir nicht mehr hergeben werden. Versucht ihr, sie zu holen, werdet ihr es bitter bereuen. Also schert euch fort und erschreckt die Lebenden. Hier könnt ihr nicht gewinnen.«

Aideen traute ihren Ohren nicht. Noch nie hatte sie Peme sprechen gehört. Es hieß, das Mädchen sei stumm. Den Worten jedoch wohnte eine solche Machtfülle inne, dass Aideen sie körperlich spüren konnte. Das war nicht die Stimme eines verängstigten Mädchens, das waren die Worte einer mächtigen und unerschrockenen Person, die den Tod nicht fürchtete und sich ihres Handelns sicher war. »Hinfort mit euch«, hörte sie Peme sagen. »Verschwindet, dann werden wir euch vielleicht verschonen.« Aideen starrte Peme an und begriff. Der Mund des Mädchens bewegte sich nicht. Nicht Worte, Geistesbefehle waren es, die sie empfing. Wer immer von Pemes Körper Besitz ergriffen hatte, war offenbar so mächtig, dass er selbst den Dashken befehlen konnte. Und wirklich: Das Knurren der Wölfe wurde zu einem Winseln, ihre drohend vorgestreckten Köpfe senkten sich. Unterwürfig legten sie die Ohren an und schlichen geduckt davon.

»Peme! Bei den Göttern, wie hast du das gemacht?« Tiseas Ausruf klang ehrlich. Offenbar hatte sie nicht mitbekommen, was Peme zu den Wölfen gesagt hatte. Überraschung, Erleichterung und Unglaube schwangen in dem Ruf mit, obwohl ihre Augen immer noch den grünlichen Schimmer besaßen.

Peme antwortete nicht. Schweigend drehte sie sich um und kehrte zu ihnen zurück. Ihre Bewegungen wirkten hölzern, ihre Miene verkrampft, und auf ihrem Gesicht zeigte sich eine Blässe, die zuvor nicht da gewesen war. Stumm streckte sie Aideen ihre Hand entgegen und schaute sie aus grün schimmernden Augen erschöpft an.

33

»Sie kommt zu sich.«

»Den Göttern sei Dank, ich fürchtete schon, ich hätte sie verloren.«

»Wasser, schnell, bringt frisches Wasser.«

Die Worte erreichten Manon wie durch eine zähe Nebelwand. Sie spürte, dass sie nicht allein war, fühlte sich aber außerstande, die Augen aufzuschlagen und nachzusehen, wer da sprach.

Eine Hand schob sich unter ihren Kopf und hob ihn an. Dann berührte etwas ihre Lippen. Es war rau und kühl wie der Rand eines Gefäßes und ... feucht. Wasser!

Kaum dass das Gefäß ihre Lippen berührte, spürte Manon, wie köstliches Wasser ihren trockenen Mund füllte. Gierig begann sie zu schlucken. Mehr und mehr. Niemals im Leben hatte sie solch einen Durst verspürt, nie gewusst, wie köstlich, wie unendlich köstlich klares Wasser schmecken konnte.

»Genug, Kindchen. Es ist genug.« Jemand nahm das Wasser fort.

Manon gab einen erstickten Laut von sich und bäumte sich auf, aber die Hand, die sie zuvor gestützt hatte, drückte sie sanft auf ihr Lager zurück. »Ganz ruhig, Kindchen«, hörte sie eine dunkle Frauenstimme sagen. »Du bekommst gleich wieder etwas.«

Manon wimmerte. Sie fühlte sich schwach und elend und hatte Schmerzen. Ihre Lippen waren aufgesprungen und bluteten, ihr Kopf dröhnte. Jeder Muskel in ihrem Körper schien verkrampft zu sein. Erschöpft gab sie die Gegenwehr auf und sank seufzend auf ihr Lager zurück.

»So ist es gut.«

»Soll ich Tendor sagen, dass sie erwacht ist?«, fragte eine helle Stimme, die einem noch sehr jungen Mädchen gehören musste.

»Ja, lauf und hol ihn«, antwortete die ältere Frau. »Aber er soll nicht zu viel erwarten. Sie ist längst nicht wieder bei Kräften.«

Ewas raschelte, dann entfernten sich eilige Schritte.

Die Frau gab Manon wieder etwas zu trinken. Als sie den Becher fortnahm, schlug Manon die Augen auf. Neben ihr saß auf einem Schemel eine Frau mit wettergegerbtem Gesicht, die ihre Großmutter hätte sein können. Mit dem grob gewebten Kopftuch, das die grauen Haare aus dem Gesicht fernhielt, dem fleckigen Kittel und dem geschnürten Leinenhemd darunter wirkte sie wie eine Bäuerin aus dem Mittelalter.

»Wo bin ich?« Manon stützte sich auf die Ellbogen, richtete sich ein wenig auf und schaute sich um. Die Pritsche, auf der sie lag, stand in einer Kammer, die nicht weniger mittelalterlich anmutete wie die Frau. Außer der Pritsche gab es nur noch einen Tisch und einen weiteren Hocker in dem Raum. An zwei Wänden waren Regale aufgestellt, die bis unter die Decke reichten. Manon sah Körbe, Töpfe und allerlei Dinge des täglichen Gebrauchs, die darin lagerten. Genaueres konnte sie nicht erkennen, denn die Hütte lag weitgehend im Dunkeln. Ein winziges Fenster am Kopfende der Pritsche spendete gerade so viel Licht, dass sie die Frau gut erkennen konnte. Eine dicke Kerze auf dem Tisch sorgte dafür, dass es weiter hinten im Raum nicht völlig dunkel war. In ihrem flackernden Schein erkannte Manon eine Vielzahl getrockneter Pflanzenbündel, die von der Decke herabhingen und einen würzigen Geruch verströmten.

»Ich bin Aila, die Heilerin«, stellte die Frau sich vor, ohne Manons

Frage zu beantworten. »Du warst sehr erschöpft, deshalb brachte man dich zu mir.«

»Wo ist Hákon?« Nur ganz allmählich kehrten die Erinnerungen an das, was geschehen war, wieder zurück.

»Der Waldläufer?« Etwas an der Art, wie Aila die Frage stellte, gefiel Manon nicht.

»Da war ein Heulen ... und Wölfe ...« Manon zitterte vor Anstrengung. Die losen Fäden der Erinnerung zu verknüpfen ging fast über ihre Kräfte.

»Schattenwölfe.« Die Frau nickte bedächtig. »Ihr hattet Glück. Unsere Wachtposten haben euch gefunden.« Sie grinste und zeigte ihre Zahnlücken. »Die Pferde waren schneller. Sonst säßest du jetzt nicht hier.«

»Und wo ist Hákon?«, fragte Manon noch einmal.

»Wenn er Glück hat, wird er heute Morgen noch einmal verhört, wenn nicht, ist er vermutlich schon tot.«

»Tot?« Manon erblasste. »Aber warum? Er hat doch nichts getan.«

»Er ist einer von der Garde.« Die Heilerin sagte das in einem Ton, als erkläre es alles, aber Manon verstand immer noch nicht. »Na und?«, fragte sie. »Was ist daran so schlimm? Er hat mich vor den Schattenwölfen gerettet und sein eigenes Leben aufs Spiel gesetzt, um mich hierher zu bringen.«

»Das ist unmöglich«, sagte die Heilerin ernst.

»Wie? Warum ist das unmöglich? Es war so.«

»Niemand entkommt den Schattenwölfen, wenn sie ihn im Hochland aufspüren«, sagte die Heilerin bestimmt. »Allein das Waldland vermag etwas Schutz zu bieten, wenn auch nicht jedes Mal. Aber wie auch immer, dieser Hákon gehört zu Karadeks Männern und ist unser Feind.«

»Karadek? Ich kenne keinen Karadek, und ich weiß auch nichts von einer Garde.« Manon fuhr sich mit den Händen über das Gesicht, schüttelte den Kopf, seufzte und sagte leise: »Ich verstehe sowieso nichts mehr. Sind denn hier alle verrückt geworden? Oder bin ich es?«

»Nein, verrückt sind wir nicht.« Die Tür wurde geöffnet, und ein großer breitschultriger Mann in barbarisch wirkender Kleidung betrat den Raum. »Und du bist es vermutlich auch nicht. Vielleicht kann ich dir helfen zu verstehen.«

»Tendor.« Die Heilerin erhob sich und deutete eine Verbeugung an.

»Aila.« Tendor schenkte ihr ein Lächeln. »Du hast mir wie schon so oft einen großen Dienst erwiesen. Ich danke dir. Du bist wahrlich die Beste.«

»Sie ist verwirrt und noch sehr geschwächt«, erwiderte Aila, ohne auf das Lob einzugehen. »Lasst sie vorsichtig trinken und ein wenig essen. Sie muss sich erst wieder daran gewöhnen.«

»Keine Sorge, ich werde achtsam sein.« Tendor öffnete die Spange seines fellbesetzten Mantels und legte ihn auf den Tisch. Dann trat er vor Manons Lager, setzte sich auf den Hocker und sagte an Aila gewandt: »Lass uns jetzt bitte allein.«

Aila nickte, ging zur Tür und verließ den Raum.

»Wo ist Hákon?« Manon hielt sich nicht lange mit einer Begrüßung auf. Zu groß war die Sorge, dass die Heilerin recht behalten hatte, zu grausam der Gedanke, man könne Hákon ein Leid angetan haben. Der Mann schien großen Einfluss zu haben und wusste sicher mehr darüber.

»Deinem Freund geht es gut.«

»Dann ist er nicht tot?« Misstrauen schwang in ihrer Stimme mit.

»Deine Sorge ehrt dich.« Der Mann lächelte. »Auch er war mehr in Sorge um dich als um sich selbst. Aber ich kann dir versichern, dass er am Leben ist.« Das Lächeln verschwand, und Tendor wurde ernst. »Wie bist du ihm begegnet?«, fragte er.

Obwohl Manon noch leicht benommen war, war ihr sofort klar, dass der Mann sie verhören wollte. Ärger stieg in ihr auf. Hatte sie denn nicht schon genug durchgemacht? Warum gönnte man ihr keine Ruhe? »Wird das ein Verhör?«, fragte sie trotzig.

»Ja.«

»Na klasse.« Manon legte sich hin, schloss die Augen und schwieg.

»Ich warte.«

»Worauf?«

»Auf Antworten.«

Manon sagte nichts. Minuten verstrichen, in denen sie die Augen geschlossen hielt. Dann setzte sie sich ruckartig auf und sagte: »Also schön. Dann höre gut zu. Hákon fand mich dort draußen, als ich von diesen Schattenwölfen angegriffen wurde. Ihm taten sie nichts, und so konnte ich mit seiner Hilfe fliehen.«

»Das hat er auch gesagt.« Tendor schien zufrieden, fuhr aber sogleich mit seinem Verhör fort. »Ich frage mich nur, wie du unbemerkt so tief ins Hochland hineingekommen bist.«

»Das frage ich mich auch.« Manon setzte sich bequemer hin und stützte das Kinn auf die Hände. »Ich war einfach da. Ganz plötzlich. Eben noch war ich mit Sandra in Newgrange, um das Ganggrab zu besichtigen, da ...«

Als hätte die Frage ein Ventil geöffnet, sprudelten die Worte nur so aus ihr hervor. Sie erzählte dem Fremden alles. Von ihrer Reise nach Irland, von dem Affen, von Sandras seltsamem Benehmen im Grab und von dem Tor, das sich mitten in der Wand aufgetan hatte. Von ihrer Ankunft im Hochland, dem Streit mit Sandra und der Flucht vor den Wölfen. Allein die magischen Fähigkeiten, die Sandra plötzlich zu besitzen schien, ließ sie aus. Sie beendete den Bericht mit dem erschöpften Pferd und erklärte in knappen Sätzen, wie viel sie Hákon zu verdanken hatte.

»So ähnlich hat er es uns auch erzählt.« Tendor schien zufrieden und auch ein wenig erleichtert zu sein. »Wo ist deine Freundin jetzt?«, fragte er.

Manon spürte, dass die Antwort wichtig war. »Ich weiß es nicht«, sagte sie aufrichtig. »Nach dem Streit habe ich sie nicht mehr gesehen.« Ein Schatten huschte über ihr Gesicht. »Vielleicht wurde sie ein Opfer der Schattenwölfe, vielleicht ist sie erfroren ... Vielleicht hat sie aber auch Hilfe gefunden.«

»Du sagtest, sie heißt Sandra?«, erkundigte sich Tendor.

Manon nickte.

»Ganz sicher?«

»Ja, verdammt.« Allmählich wurde Manon wütend.

»Du hast nicht zufällig den Namen Zarife schon einmal gehört?«

»Nein«, antwortete Manon gereizt.

»Überlege.«

»Was soll der Quatsch? Ich kenne niemanden, der so heißt, und habe den Namen auch noch nie ... Zarife? Moment mal.« Manon stutzte. ... *Ich bin nicht Sandra. Ich bin Zarife, die Hohepriesterin von Benize.* Das waren Sandras Worte gewesen.

»Nun?« Tendor zog eine Augenbraue in die Höhe. Nur ein Zucken um seine Mundwinkel verriet, wie angespannt er war.

»Sie … sie hat es gesagt«, stammelte Manon verwirrt und erschrocken zugleich. »Sie hat den Namen gesagt.«

»Wer?«

»Sandra.« Manon schaute Tendor an. »Sie hat gesagt: ›Ich bin nicht Sandra. Ich bin Zarife, die Hohepriesterin von Benize.‹«

»Ich wusste es!« Tendor sprang auf, schlug die Faust krachend auf die Tischplatte und stützte sich auf das Holz. »Sie ist da«, freute er sich. »Sie ist gekommen. Jetzt wird alles gut.« Er setzte sich wieder zu Manon, die Wangen vor Freude gerötet. »Erzähl mir mehr von ihr«, bat er. »Erzähl mir alles, was du weißt.«

»Nein!« Manon spürte, dass ihre Chance gekommen war. Sie war nicht länger die Fremde, der man misstraute, sie war nun eine wichtige Person, die Kenntnis von Dingen hatte, die hier offenbar auf großes Interesse stießen. Diese Gelegenheit würde sie sich nicht entgehen lassen.

»Nein?« Tendor runzelte die Stirn. »Warum nicht?«

»Weil ich zufällig auch Fragen habe«, sagte Manon spitz. »Und zwar eine ganze Menge. Ich weiß nicht, was hier gespielt wird und was für ein seltsames Völkchen ihr seid. Vielleicht träume ich das alles auch nur, aber wie auch immer. Ich habe Fragen, und ich verlange Antworten.«

»Gut.« Tendor verschränkte die Arme vor der Brust, er wirkte nun wieder sehr ernst. »Dann stell mir deine Fragen. Ich werde versuchen, sie dir so gut ich kann zu beantworten.«

»Nun, wie kommt ihr voran?« Karadek klopfte ungehalten mit den Fingern auf die Tischplatte. Er hatte den obersten Auguren und Magier Odion unmittelbar nach Sonnenaufgang zu sich gerufen, um zu hören, ob es Fortschritte bei der Suche nach Bannsprüchen gegen die Dashken gab. Das Heer war nun schon mehrere Tage fort und hatte, wie er durch Boten erfahren hatte, das Hauptlager unweit des Rebellenlagers errichtet. Die Bannsprüche wurden zwar noch nicht benötigt, waren aber dringend erforderlich, sobald Zoltan gezwungen war, ins Hochland vorzudringen.

»Also?«, richtete er das Wort noch einmal an Odion. »Wie weit seid ihr?«

»Nun, es ist nicht ganz so einfach, wie es zunächst den Anschein hatte.« Odion wirkte nervös, wich Karadeks Blick aber nicht aus. »Meine Männer arbeiten Tag und Nacht daran. Doch wie es scheint, unterliegen Elementargeister anderen Regeln als die Magie gemeinhin. Das macht es nicht gerade leichter, ihnen auf die Spur zu kommen und einen Spruch zu weben, der …«

»Mit anderen Worten: Ihr habt noch keinen einzigen Bannspruch finden können.«

»So ist es.« Odion hielt Karadeks Blick auch weiterhin stand. »Aber seid gewiss, wir tun, was wir können.«

Karadeks Augen verengten sich zu schmalen Schlitzen. »Du kannst froh sein, dass alle anderen Magier und Auguren in Torpak mindestens genau so unfähig sind wie du«, sagte er drohend. »Wäre es anders, würdest du hier längst nicht mehr stehen.«

Odion erbleichte. »Wir tun alles, was in unserer Macht steht, darauf könnt Ihr Euch verlassen«, sagte er noch einmal.

»Schon gut, schon gut.« Karadek winkte müde ab. Für eine Weile schwieg er. Dann fuhr er sich mit den Händen über das Gesicht, schaute auf und fragte: »Hast du noch mehr solche niederschmetternden Neuigkeiten?«

»Ja.« Odions Stimme wankte nicht.

»Ja?« Karadek hatte das Gefühl, der Raum um ihn herum gerate ins Schwanken. »Was ist es?«

»Eine Vision. Eine Botschaft dessen, was kommen mag. Nicht sicher und noch durch nichts bewiesen, aber dennoch sehr bedenklich«, entgegnete Oidon. »Sie ereilte mich heute Nacht im Schlaf.«

»Was hast du gesehen?« Karadek war auf alles gefasst.

»Die Botschaft war erstaunlich klar. Sie warnte mich davor, dass sich unsere Männer mit den Rebellen verbünden könnten.«

»Unsere Männer? Mit den Rebellen?« Karadek lachte laut auf. »Odion, mein Freund«, sagte er väterlich, »das ist völlig unmöglich.«

»Ich wäre nicht der oberste Augur, wenn ich Träume und Visionen nicht zu unterscheiden wüsste.« Odion ballte in mühsam unterdrückter Wut die Fäuste. »Die Vision warnt vor einem Schulterschluss, ganz gleich wie sehr Ihr Zoltan vertraut.«

»Aber das ist doch lächerlich. Ich glaube nicht, dass …« Karadek verstummte, weil ein Page die Tür öffnete.

»Verzeiht die Störung, Herr«, sagte er, sich demütig verbeugend. »Aber ein Bote vom Heer verlangt Euch sofort zu sprechen. Er sagt, es gebe wichtige Neuigkeiten.«

»Herein mit ihm. Nur herein.« Karadek gab dem Pagen ein Zeichen, den Boten einzulassen. Dieser trat zur Seite und ließ einen Mann herein, dem die Strapazen eines langen Ritts noch ins Gesicht geschrieben standen.

»Nun?« Karadek lehnte sich entspannt in seinem Stuhl zurück. »Berichte! Was gibt es Neues von meinen tapferen Kriegern?«

»Ich komme im Auftrag der Kommandanten«, hob der Bote an. »Und ich bringe Euch bittere Kunde. Zoltan, unser geschätzter und von allen bewunderter Heerführer, ist den Feinden bei einem Erkundungsritt in die Hände gefallen. Wir können nicht mit Bestimmtheit sagen, dass er noch lebt. Jedoch gibt es auch keine Beweise dafür, dass die Rebellen ihn getötet haben.«

»Zoltan wurde gefangen genommen?« Karadek sprang auf. »Bei den Göttern, wie konnte das geschehen? Wo waren die Wachen? Wo waren jene, die über sein Leben wachen sollten?«

»Zoltan war auf eigenen Wunsch mit nur einem Waldläufer unterwegs, um das Rebellenlager zu erkunden. Die Rebellen waren in der Überzahl.«

»Er war allein unterwegs? Dieser Narr ist wohl völlig verrückt geworden! Wie kann er das tun? Er trägt die Verantwortung für Tausende von Kriegern.« Karadek war völlig außer sich.

»Nun, glaubt Ihr immer noch, dass die Vision nur ein Traum war?«, hörte er Odion fragen.

»Was hat das denn damit zu tun?« Karadek war viel zu aufgebracht, um den verworrenen Gedankengängen des Auguren folgen zu können. Das Heer war ohne Führung, wie sollte es sich da mit den Rebellen verbünden …

Karadek stutzte. Zoltan war bei den Rebellen. Vermutlich lebte er noch. Wer konnte schon sagen, welcher Folter er dort ausgesetzt wurde? Wer vermochte zu ermessen, welche Zugeständnisse man ihm unter unsäglichen Qualen abringen würde? Das Heer war in Gefahr! Die Erkenntnis jagte Karadek einen eisigen Schauder den Rücken hinunter. »Ich muss sofort ins Waldland.« Entschlossen stand er auf. »Page?« Augenblicklich wurde die wuchtige Tür geöffnet, und der halbwüchsige Knabe in der Gewandung der Pagen trat wieder in den Raum.

»Lauf zum Kommandanten meiner Leibgarde«, befahl Karadek ihm knapp. »Seine fünfzig Männer sollen sich unverzüglich bereit machen. Wenn die Sonne im Zenit steht, brechen wir auf – ins Waldland.«

»Jawohl, Herr.« Der Page verneigte sich und verließ den Raum. Kaum hatte er die Tür geschlossen, trat Odion vor. Sein Gesicht war von tiefer Besorgnis gezeichnet.

»Das dürft Ihr nicht tun«, mahnte er. »Es ist viel zu gefährlich. Bedenkt, wie viele Opfer allein das Heer auf dem Marsch durch den Wald zu beklagen hatte.«

»Wir marschieren nicht, wie reiten, und zwar schnell«, erwiderte Karadek knapp. »Die Rebellen wissen nicht, dass wir kommen. Ehe sie ihre Posten bezogen haben, sind wir längst vorbei.«

»Und was wird aus Torpak?«, wollte der Augur wissen. »Wenn Ihr auch noch die Leibgarde abzieht, bleibt die Stadt nahezu schutzlos zurück.«

»Es sind noch genügend alte und verletzte Gardisten hier, um die Weiber und Kinder zu beschützen«, meinte Karadek geringschätzig. »Und jetzt entschuldige mich. Ich habe noch eine Menge Vorbereitungen zu treffen.«

Die Sonne hatte sich noch nicht über den östlichen Horizont erhoben, als Zarife im frostigen Dämmergrau den steinigen Pfad zum Platz der Anrufung hinaufschritt. Jeder Atemzug formte eine kleine weiße Wolke, während sie, in ihren wärmenden Wolfspelz gehüllt, den Hügel erklomm, um fortzusetzen, was sie am Abend zuvor begonnen hatte.

Die Nachtruhe hatte ihre Kräfte gestärkt. Mit etwas Glück würde es ihr an diesem Morgen gelingen, das Tor länger geöffnet zu halten. Zarife gab einen missmutigen Laut von sich. Nicht zum ersten Mal verfluchte sie in Gedanken die nichtsnutzigen Hüterinnen, die das Tor bei der Anrufung fast gänzlich zerstört hatten. Wäre es intakt, könnte sie schon jetzt auf dem Weg zum Waldrand sein, um die Früchte ihres Plans zu ernten. So aber würde es noch viele Tage dauern, bis alle Verbündeten das Tor durchschritten hatten. Dadurch ging nicht nur kostbare Zeit verloren, die fortwährenden Anstrengungen, den Verbündeten das Tor zu öffnen, zehrten auch an ihren Kräften.

Doch Zarife hatte gelernt zu warten und wollte sich von solchen Unwägbarkeiten nicht aus der Ruhe bringen lassen. Noch lief alles nach Plan, und obwohl sie diesen ein wenig hatte ändern müssen, gab es doch nichts, das ihr gefährlich werden konnte. Am Ende würde ihr Triumph stehen, wenn auch ein paar Tage später als ursprünglich geplant.

Gedankenversunken trat sie in den Kreis der mächtigen Monolithen, umrundete die große Feuerstelle und trat vor den rußgeschwärzten Stein. Dort hielt sie inne, schloss die Augen und verdrängte alle störenden Gedanken aus ihrem Bewusstsein, ehe sie die Hände flach auf den Stein legte, um eine Brücke zu schlagen und weitere Verbündete ins Land zu holen. Sie hatte die Anrufung noch nicht begonnen, als sie ein warnendes Prickeln im Nacken spürte. Sie war nicht allein. Langsam drehte sie sich um. Hinter ihr standen, aus Nebel geformt, drei Dashken. Der erste Elementargeist hatte die Gestalt einer alten Frau mit schlohweißem Haar angenommen. Die beiden dahinter hatten das Aussehen jener Krieger gewählt, die einst den Weißen Tempel von Benize bewacht hatten. Zorn lag in der Luft. Zarife spürte es, noch ehe die Frau das Wort ergriff.

»Ihr habt uns betrogen!« Die Luft knisterte unter der Gewalt der Worte, die die Frau wählte. »Belogen und betrogen, alle die Jahrhunderte lang.«

»Ich verstehe nicht.« Zarife gab sich unbedarft. »Die Prophezeiung hat sich erfüllt, so wie ich es geschworen habe. Ich bin zurückgekehrt und werde rächen, was man den Priesterinnen des Weißen Tempels angetan hat.«

»Aber Ihr kamt nicht allein.« Etwas Drohendes schwang in der Stimme des Dashken mit. »Jene, die Euch folgen und Eure Befehle erwarten, sind hier nicht erwünscht. Dies ist unser Land, unsere Heimat. Allein die Hüterinnen sind uns willkommen. *Sie* nicht.«

»Oh.« Zarife tat überrascht. »Dann seid ihr ihnen also begegnet.«

Der Elementargeist blieb ihr die Antwort schuldig. Die Schwingungen in der Luft ließen sie jedoch spüren, dass er noch immer zornig war.

»Seid unbesorgt. Meine Verbündeten werden euch nicht behelligen«, versicherte sie. Sie war nicht bereit, sich zu rechtfertigen, und würde den Forderungen auch nicht nachgeben. »Sie werden von hier direkt ins Waldland gehen. Das Hochland ist nicht in Gefahr.«

»Nicht in Gefahr?« Der Elementargeist stieß ein spöttisches Lachen aus. »Glaubt Ihr das wirklich? Diese Kreaturen sind der übelste Abschaum, den die Menschheit hervorgebracht hat. Weder im Leben noch im Halvadal sind sie willkommen. Sie werden sich nicht damit zufriedengeben, hier auszuharren. Sie werden Benize in tiefe Finsternis stürzen.«

»Sie gehorchen meinem Befehl«, versicherte Zarife selbstbewusst. »Ich allein bestimme. Ich bin das Gesetz. Sie werden mir bei meiner Rache helfen und erhalten dafür ihr Leben zurück. So wurde es besprochen.«

»Damit gebt Ihr das Land der Barbarei preis«, warnte der Dashke.

»Ich räche nur, was die Truppen Torpaks uns angetan haben.«

»Das ist nicht wahr, und Ihr wisst es.« Die Stimme des Dashken gewann wieder an Schärfe. »Die Truppen Torpaks hätten niemals gesiegt, wenn wir dem Weißen Tempel hätten beistehen dürfen. Es war Euer Wunsch, dass wir es nicht taten. Ihr habt Euer Reich selbst vernichtet.«

»Altes muss vergehen, damit Neues entstehen kann«, erklärte Zarife ungerührt. »Aus der Asche des Vergangenen entsteht der fruchtbare Boden für die neuen Samen. So war es, und so wird es immer sein. Benize musste untergehen, um Raum für ein neues, noch größeres und mächtigeres Reich zu schaffen. Ein Reich, das die alten Grenzen sprengen wird und unter meiner Regentschaft zu neuer Größe heranwächst.«

»Allein die Saat, die Ihr dafür gewählt habt, ist von übelster Natur.«

»Sie sind mir treu ergeben, und sie sind stark«, beharrte Zarife. »Ein großes Reich braucht starke Krieger. Für Schwächlinge gibt es in Benize keinen Platz.«

»So habt Ihr Euch entschieden?« Der Elementargeist schien zu spüren, dass Zarife nicht von ihren Plänen ablassen würde.

»Mein Entschluss steht fest.« Zarife nickte. »Nichts und niemand wird mich daran hindern, ihn umzusetzen. Aber ich will großzügig sein und biete euch einen Handel an. Schließt euch uns an. Kämpft gemeinsam. Dann werden auch euch die Früchte des Sieges zuteil.«

»Dieser Handel ist für uns nicht annehmbar«, erklärte der Elementargeist ruhig. »Eure Ziele sind nicht die unseren. Uns steht der Sinn nicht nach Macht und Einfluss, wir wollen nur in Frieden leben. Die Verdammten sind nicht unsere Freunde. Ihr müsst Euch entscheiden: sie oder wir.«

»Sie aufzugeben würde bedeuten, meine Rache zu verleugnen«, erwiderte Zarife bestimmt. »Nur mit ihrer Hilfe kann ich erreichen, wonach es mich verlangt.«

Der Elementargeist nickte, als hätte er keine andere Antwort erwartet. »Dann wird das Band, das die Hüterinnen und die Dashken jahrhundertelang in Freundschaft verband, nunmehr durchtrennt«, erklärte er ernst. »Unser Eid bindet uns noch bis zum nächsten vollen Mond an das Versprechen, Euch hier zu dulden. Bis dahin müssen alle Hüterinnen das Hochland verlassen haben. Solltet Ihr diese Weisung missachten, werden wir keinen Unterschied mehr zwischen der Garde Torpaks, den Rebellen und den Hüterinnen machen. Der alte Schwur gilt nicht länger. Vom nächsten vollen Mond an gehört das Hochland wieder allein den Dashken.« Mit diesen Worten wandte er sich um und schwebte davon, während sich die Gestalt der Frau in Nebelschleiern auflöste. Die beiden anderen folgten ihm.

Wenige Herzschläge später war Zarife allein. Sie war wütend, bestürzt und erschrocken. Wütend, dass die Dashken ihre neuen Verbündeten so schnell entdeckt hatten. Bestürzt, weil die Elementargeister nicht mit sich hatten verhandeln lassen, und erschrocken, weil sie noch nie so deutliche Worte von den sonst so zurückhaltenden Dashken gehört hatte. Nach all den Jahrhunderten der Freundschaft hatte sie nicht damit gerechnet, dass die Elementargeister sie so einfach aus dem Hochland werfen würden. »Vermutlich wollen sie uns schon lange loswerden und haben nur nach einem Grund dafür gesucht«, murmelte sie leise vor sich hin. Der Gedanke gefiel ihr. Niemals hatten sich die Dashken darum geschert, was gut oder böse war. Sie hatten immer nur ihre eigenen Ziele verfolgt. Dass sie sich angesichts der neuen Verbündeten aufführten wie trotzige Kinder, verstand Zarife nicht, aber sie konnte damit leben.

Die Dashken hatten ihre Schuldigkeit erfüllt. Von nun an würden keine Kinder mehr ins Hochland verschleppt werden müssen, um den

Hüterinnen die Nachkommenschaft zu sichern. Bald schon würde es für jedes junge Mädchen im Land die höchste Ehre sein, bei den Priesterinnen Benizes dienen zu können. Auch gab es keinen toten Körper mehr zu schützen.

Die alten Werte und Verbindlichkeiten gehörten der Vergangenheit an. Es wurde wirklich höchste Zeit für eine neue Ordnung unter ihrer Herrschaft, so, wie sie es sich schon immer erträumt hatte. Eine Ordnung, für die eine Handvoll Elementargeister nicht von Belang war. Ein dünnes Lächeln umspielte ihre Lippen. Bis zum nächsten Vollmond war es noch lange hin. Bis dahin würde sie nicht mehr im Hochland weilen. Bis dahin würde sie längst auf dem Thron in Torpak sitzen.

Die Rebellenkrieger kamen, um Hákon erneut zu einem Verhör zu holen. Während sie seine Fesseln lösten, versuchte er, ihnen in die Augen zu sehen, bemerkte jedoch nichts Ungewöhnliches.

Er hatte kaum geschlafen, war müde und verwirrt und wusste nicht, was er tun sollte. Bis zum Morgengrauen hatte er die beiden Wachtposten, die in der Nacht von den seltsamen grünen Fäden befallen worden waren, genau beobachtet. Die Männer hatten sich nicht ungewöhnlich verhalten.

Mit Beginn der Dämmerung war der Schimmer so weit verblasst, dass er kaum noch zu sehen war. Noch in der Nacht hatte es Hákon gedrängt, Tendor unverzüglich zu berichten, was er gesehen hatte. Nun war er sich dessen nicht mehr so sicher. Was sollte er sagen? Die Wahrheit klang so absurd, dass ihm vermutlich niemand glauben würde. So nahm er sich vor, zunächst einmal abzuwarten, was Tendor von ihm wollte, ehe er sein Wissen preisgab.

Die beiden Rebellen führten ihn in denselben Raum, in dem er schon am Vortag verhört worden war. Zahlreiche Prellungen zeugten davon, dass sie nicht gerade sanft mit ihm umgegangen waren. Obwohl Hákon noch nie die Hand gegen einen Rebellen erhoben hatte, hatten sie all ihre Wut und ihren Hass auf Torpak hemmungslos an ihm ausgelassen.

Während die Rebellen ihn an den Stuhl fesselten, der, den dunklen Flecken geronnenen Blutes nach zu urteilen, für die Gefangenen bereitstand, überkam Hákon die Furcht, nicht Tendor, sondern jemand anderes könne ihn verhören. Dann aber hörte er die vertraute Stimme des Rebellenanführers vor der Tür und atmete auf. Gleich darauf betrat Tendor den Raum.

»Nun, Hákon«, hob er an, »ich hoffe, du hattest eine geruhsame Nacht.«

»Nein.«

»Ich gebe zu, die Büßerbäume sind nicht eben gastfreundlich«, sagte Tendor im Plauderton, »aber einen Kerker haben wir hier leider nicht.« Er schritt durch den Raum, zog sich einen Stuhl heran und setzte sich Hákon gegenüber. »Vielleicht interessiert es dich zu hören, dass deine Begleiterin zu sich gekommen ist. Es geht ihr gut, soweit man das sagen kann. Ich komme gerade von ihr. Du hast Glück. Sie hat all deine Angaben bestätigt.«

»Gut.« Hákon blieb kühl. »Dann könnt Ihr mich ja freilassen.«

»Gemach, gemach.« Tendor verzog den Mund zu einem dünnen Lächeln. »So einfach geht das nicht. Du bist immer noch ein Angehöriger der Garde und …«

»Ich *war* ein Angehöriger der Garde«, korrigierte Hákon nachdrücklich. »Es ist so, wie ich es Euch gestern gesagt habe. Ich bin dem Aufruf, nach Torpak zu kommen, nicht gefolgt und habe mich damit des Verrats schuldig gemacht. Ich kann nicht dorthin zurückkehren. Niemals. Sie würden mich töten.«

»Kennst du Zoltan?«, wollte Tendor wissen.

»Wer kennt ihn nicht?«

»Und? Kennt er dich auch?«

»Zoltan kennt alle Waldläufer. Oft erhielten wir unsere Befehle direkt von ihm.«

»Gut.« Tendor nickte. »Du hast ihn gesehen und weißt, dass er unser Gefangener ist. Was würde er mir erzählen, wenn ich ihn nach dir frage?«

»Na, was schon? Das, was ich Euch auch schon erzählt habe.« Hákon seufzte. »Es gibt nur eine Wahrheit. Sagt er etwas anderes, so lügt er.«

»Das werden wir gleich haben.« Tendor erhob sich, ging zur Tür und wechselte kurz ein paar Worte mit den Wachen. Dann schloss er die Tür und setzte sich wieder.

»Und?«, fragte Hákon, als ihm das Schweigen des Rebellenführers zu lange dauerte. »Was geschieht jetzt?«

»Wir warten.« Tendor lehnte sich zurück, verschränkte die Arme vor der Brust und schwieg. Schon bald wurde die Tür geöffnet, und einer der Rebellen, die Hákon zum Verhör geführt hatten, betrat den Raum. Er beugte sich vor, um Tendor etwas zuzuflüstern. Doch dieser sagte: »Sprich laut. Er kann es ruhig mit anhören.«

»Der Gefangene sagt, dass er einen Waldläufer namens Hákon kenne«, berichtete der Krieger. »Er bezeichnet ihn als Feigling, der dem Marschbefehl nicht nachgekommen sei, und sagt, die Garde suche nach ihm, um ihm den Prozess zu machen.«

»Danke.« Tendor gab dem Mann ein Zeichen, den Raum zu verlassen. Dieser salutierte kurz und ging.

»Du scheinst mir eine ehrliche Haut zu sein«, wandte sich Tendor wieder an Hákon.

»Ich habe nichts mehr zu verlieren. Warum sollte ich lügen?«

»Und was würdest du tun, wenn ich dich freiließe?« Er sah Hákon scharf an.

»Ich würde Euch bitten, hierbleiben zu dürfen«, kam prompt die Antwort. »Wohin sollte ich sonst gehen?«

Tendor nickte bedächtig. »Deine Kenntnisse vom Hochland mögen uns vielleicht einmal gute Dienste leisten. Aber natürlich kann ich dich jetzt nicht einfach laufen lassen. Schon um deiner eigenen Sicherheit willen.«

»Also?« Hákon schaute den Rebellenführer erwartungsvoll an. Niemals hätte er erwartet, dass dieser mit dem Gedanken spielte, ihn freizulassen.

»Wir haben eine ganze Reihe von Überläufern unter uns«, hob Tendor an. »Da man nie wissen kann, ob sich nicht doch ein Spitzel einschleicht, hat es sich bewährt, dem Überläufer für eine gewisse Zeit einen erfahrenen Krieger zur Seite zu stellen. Nicht nur um die Ehrlichkeit seines Ansinnens zu prüfen, sondern auch, um ihn vor allzu übereifrigen Gardehassern zu schützen.« Er verstummte. Hákon spürte, dass er etwas sagen sollte, schwieg aber. »Und?«, fragte Tendor nach einer Weile.

»Was – und?« Hákon runzelte die Stirn.

»Bist du einverstanden?«

»Womit? Mit dem Leibwächter?« Hákon konnte immer noch nicht glauben, dass Tendor ihn wirklich freilassen wollte.

»Nenn es, wie du willst.«

»Ja ... ja, natürlich.« Hákon nickte. »Ich versichere Euch, dass ich keine Schwierigkeiten machen werde.«

»Das hoffe ich doch.« Tendor drehte sich zur Tür um und rief: »Er ist einverstanden. Komm herein.« Gleich darauf wurde die Tür geöffnet, und ein hünenhafter Axtkrieger mit zottigem rotblondem Haar kam herein. Er begrüßte Tendor mit einem Kopfnicken, trat neben den Stuhl des Rebellenführers und verschränkte die Arme vor der Brust. »Darf ich vorstellen? Deine Leibwache.« Tendor deutete auf den Hünen. »Das ist Bjarkar.«

34

Die Sonne stand schon hoch am Himmel, als Zarife Mel bemerkte, die den steinigen Pfad zum Platz der Anrufung erklommen hatte, um ihr Wasser und etwas zu essen zu bringen. Respektvoll blieb die junge Hüterin außerhalb des Steinkreises stehen und wartete, bis sie zum Eintreten aufgefordert wurde.

Zarife sprach sie nicht sofort an. Die Hände auf das geschwärzte Felsgestein des Tores gelegt, versuchte sie gerade durch Meditation, die magischen Bande des zerstörten Weltentores neu zu knüpfen. Ihr Ziel war es, das Tor so weit wiederherzustellen, dass ihre Verbündeten in einer einzigen großen Welle hindurchgleiten konnten. Davon war sie jedoch noch immer weit entfernt. Sie war erschöpft und unzufrieden, denn die Arbeit ging nur schleppend voran. Immerhin hatte sie das Tor in den frühen Morgenstunden sehr viel länger offen halten können als am Vortag. Fast zweihundert ihrer Verbündeten war es so gelungen, die finsteren Gefilde zu verlassen und sich auf den Weg zum Rebellenlager zu machen.

Zweihundert von mehr als fünftausend. Zarife gab einen ärgerlichen Laut von sich. Es waren noch immer viel zu wenige, um sich darüber freuen zu können. Alles ging viel zu langsam.

Ein ungehaltener Seufzer entfloh ihren Lippen. Die Angelegenheit entwickelte sich mehr und mehr zu einem Kraftakt, dem sie sich allein nicht gewachsen fühlte. Wenn sie sich nicht bis zur völligen Erschöpfung verausgaben wollte, musste sie das Tor instand setzen. Doch das würde ihr ohne Hilfe nicht gelingen.

»Herrin?« Offenbar glaubte Mel, dass die Hohepriesterin sie noch nicht bemerkt hatte. Zarife beschloss, sie in dem Glauben zu lassen.

»Mel?« Sie wandte sich um und tat überrascht.

»Ich bringe Euch Wasser und einige Speisen, so wie Ihr es gewünscht habt.«

»Ich danke dir. Tritt näher.« Zarife winkte Mel zu sich und wartete, bis diese den Korb abgestellt hatte. Dann sagte sie: »Ich habe noch eine Aufgabe für dich. Das Tor ist bei der missglückten Anrufung fast völlig zerstört worden. Es kann wiederhergestellt werden, aber dazu brauche ich Hilfe.«

»Soll ich Euch ...?«

»Du nicht«, fiel Zarife ihr ins Wort. »Geh hinunter und frage nach Freiwilligen. Drei Frauen sollten genügen.«

»Vermutlich werden sich dreißig anbieten.« Mel grinste.

»Dann wähle aus, aber wähle gut.« Zarifes Stimme nahm einen unheilvollen Unterton an. »Stark und gesund müssen sie sein, voller Lebenskraft. Und sie müssen entbehrlich sein, falls ...« Sie machte eine bedeutungsvolle Pause. »... etwas schiefgeht.«

»Ich verstehe.«

»Es wäre daher auch nicht verkehrt, wenn sie der Oberin nahe gestanden hätten.« Zarife blickte Mel ernst an. »Nur für den Fall, dass wir den anderen etwas erklären müssen.«

»Macht Euch keine Sorgen. Ich werde die Richtigen auswählen.«

»Gut. Aber beeil dich. Ich brauche sie noch heute Nachmittag.«

»Sie werden in spätestens einer Stunde hier sein.« Mel deutete eine Verbeugung an und machte sich auf den Weg zu den Höhlen. Zarife sah ihr nach, bis sie hinter den Felsen verschwunden war. Mel war ein Glücksfall. Nur sehr selten gelang es ihr, so ergebene Diener zu finden. Natürlich konnte sie Menschen an sich binden, indem sie deren Geist beeinflusste, so wie sie es bei den Hüterinnen getan hatte. Doch das Band war schwach, es konnte zerreißen und sie selbst dadurch in große Gefahr bringen. Mel hingegen diente ihr aus freien Stücken. Sie war die Einzige hier, die nicht von ihr beeinflusst worden war. Sie war ehrgeizig und beseelt von dem Streben nach Macht – Eigenschaften, die Zarife sehr wohl zu schätzen wusste.

Dennoch war Vorsicht geboten. Zarife wusste, dass sie Mels Ehrgeiz im Auge behalten musste, wenn sie nicht eines Tages selbst dessen Opfer werden wollte.

Den Weg bis zum Waldrand legten Aideen, Peme und Tisea ohne Zwischenfälle zurück. Aideen hätte darüber erleichtert sein sollen, aber sie war es nicht. Tisea und Peme waren nicht mehr sie selbst. Sie benahmen sich kaum anders als am Vortag, dennoch konnte Aideen deutlich spüren, dass sie sich verändert hatten. Da war etwas Leises, Unsichtbares, das nicht einmal sie selbst zu bemerken schienen, das ihnen aber dennoch anhaftete wie ein Schatten.

Tisea hatte schon ein paar Mal versucht, ein Gespräch mit Aideen zu beginnen, aber die wortkargen Antworten, die sie erhalten hatte, schienen ihr den Spaß an der Unterhaltung wieder genommen zu haben. Peme war schweigsam wie immer. Zu Aideens Erstaunen war Tisea mit keinem Wort auf den Vorfall am See eingegangen. Als sei es für sie nicht ungewöhnlich, dass ihre halbwüchsige stumme Schwester ein ganzes Rudel Schattenwölfe zur Umkehr bewegte, hatte sie Peme beim Aufsitzen geholfen und den Ritt fortgesetzt. Daraufhin hatte auch Aideen das Ganze mit keinem Wort erwähnt. Dass die beiden sie noch in ihrer Nähe duldeten und ihr auch weiterhin zur Flucht verhalfen, konnte nur bedeuten, dass die seltsamen Geschöpfe, die sich der beiden bemächtigt hatten, kein Aufsehen erregen wollten. Solange sie sich unauffällig verhielt, hatte sie gute Aussichten, den Waldrand lebend zu erreichen. Sollten die Wesen in ihr eine Gefahr sehen, dessen war Aideen sich sicher, würden sie nicht zögern, sie aus dem Weg zu räumen.

Sie war heilfroh, als sich aus dem dunklen Streifen am Horizont nach und nach die Umrisse von Bäumen formten. Der Gedanke, vielleicht noch eine weitere Nacht mit den beiden Frauen im Hochland verbringen zu müssen, machte ihr Angst, und sie betete darum, dass sie den Wald vor Sonnenuntergang erreichen würden. Aber nicht nur sie, auch Tisea und Peme schienen es eilig zu haben. Waren sie nach ihrer Flucht aus den Höhlen zunächst einfach nur nach Süden geritten, beschlich Aideen nun mehr und mehr das Gefühl, dass sie auf ein ganz bestimmtes Ziel zuhielten. Aideen wagte nicht, sie zu fragen, wohin sie wollten, aber das war auch nicht nötig, denn es klärte sich schon bald von selbst.

Es dunkelte bereits, als sie sich dem Waldrand bis auf wenige hundert Schritte genähert hatten. Da löste sich eine Gruppe von Reitern aus dem herbstlich gefärbten Unterholz und preschte auf sie zu. Aideen hielt den Atem an, als sie die fünf schwer bewaffneten Krieger sah, die ihnen entgegengeritten kamen.

Ich bin gerettet, schoss es ihr durch den Kopf. Gerettet! Gern hätte sie geweint, doch obwohl ihr die Nase prickelte, blieben ihr die Freudentränen versagt. Dann waren die Männer heran. In einer Linie nebeneinanderstehend, versperrten sie ihnen den Weg und zwangen Tisea, Silfri anzuhalten.

»Woher kommt ihr, und was wollt ihr?«, fragte der Reiter in der Mitte.

»Wer seid ihr?«, antwortete Tisea selbstbewusst mit einer Gegenfrage. »Gehört ihr den Rebellen an oder der Garde?«

»Der Garde?« Der Mann lachte schallend. Seine Begleiter stimmten mit ein. »Sehen wir etwa wie Gardisten aus?«, fragte er und breitete die Arme aus.

»Dann haben wir eine Botschaft für euren Anführer«, erwiderte Tisea ruhig. Es war genau die Antwort, die sie nach ihrer Flucht mit Aideen abgesprochen hatte.

»Sieh an, sieh an, unseren Anführer wollt ihr also sprechen«, sagte der Mann gedehnt. »Na, das kann ich mir vorstellen. Das wollen nämlich viele, wisst ihr? Aber ich muss euch leider enttäuschen. Tendor ist ein viel beschäftigter Mann, der nicht jeden dahergelaufenen Flüchtling persönlich begrüßt. Da müsstet ihr schon einen wahrlich triftigen …«

»Wir kommen aus dem Hochland und bringen eine Botschaft von Zarife«, fiel Tisea ihm ins Wort. »Ist das wichtig genug?«

»Ihr? Ihr wollt von Zarife geschickt worden sein?« Der Mann lachte wieder, diesmal spöttisch.

»Nicht wir. Sie.« Tisea drehte sich um und deutete auf Aideen. »Sie ist eine Hüterin.«

Der Rebell schnalzte mit der Zunge und lenkte sein Pferd neben Silfri, um Aideen besser betrachten zu können. »Wie heißt du?«, fragte er.

»Aideen.« Die Nähe des Mannes war Aideen unangenehm. Sie senkte den Blick und sah schüchtern zu Boden.

»Und du bist wirklich eine Hüterin, Aideen?«

»Ja.«

Der Mann bedachte sie mit einem langen, prüfenden Blick, sagte aber nichts. »Habt ihr Waffen bei euch?«, richtete er das Wort an alle drei. Tisea nickte und reichte ihm ihr kleines Messer, Peme holte ihre Kanka hervor. Aideen schüttelte den Kopf.

»Das sind keine Waffen, das ist Kinderspielzeug«, urteilte der Rebell geringschätzig und gab Tisea und Peme Dolch und Kanka zurück. »Also gut, kommt mit. Ich werde Tendor von euch berichten. Soll er selbst entscheiden, ob er euch anhören will.«

Die Rebellen nahmen Silfri in die Mitte, um Tisea, Peme und Aideen zum Rebellenlager zu begleiten. Bevor er sich an die Spitze der Gruppe setzte, warf der Anführer der Gruppe Aideen einen kurzen Blick zu. Diesmal fing sie ihn auf und spürte, wie eine eisige Hand nach ihrem Herzen griff.

Grün, dachte sie bestürzt. Seine Augen schimmern grün.

»… und das ist Jolfur, mein bester Freund. Jolfur, das ist Hákon«, stellte Bjarkar die beiden Männer einander vor.

»Ein Waldläufer aus Torpak?« Jolfur, der gerade Holz für die Schmiedefeuer hackte, spie auf den Boden. »Ist das Heer so arm an Männern, dass es jetzt jeden aufnehmen muss?«

»Ein ehemaliger Waldläufer«, korrigierte Hákon freundlich.

»Ja, ja. Das sagen sie alle.« Jolfur spaltete das Eichenstück mit einem einzigen Schlag. »Und dann schneiden sie einem im Schlaf die Kehle durch.«

»Er ist in Ordnung«, sagte Bjarkar. »Tendor vertraut ihm.«

»Deshalb muss ich es noch lange nicht tun.« Jolfur legte ein weiteres Holzstück auf den Hackklotz. »Gib auf dich acht, Bjarkar«, mahnte er. »Man kann nie wissen.« Dann schlug er zu.

Bjarkar winkte Hákon, ihm zu folgen. »Nimm es ihm nicht übel«, bat er. »Jolfur hat Schlimmes durchgemacht.«

»Wie die meisten hier.« Hákon blickte sich aufmerksam um. Den halben Tag schon war er mit Bjarkar unterwegs. Der rothaarige Axtkämpfer zeigte ihm das Lager der Rebellen und machte ihn mit verschiedenen Leuten bekannt, die er seine Freunde nannte. Nicht immer mit Erfolg. Der Hass saß bei vielen so tief, dass sie einem Überläufer nicht über den Weg trauten. Hákon konnte es ihnen nicht verübeln. Inzwischen war ihm so viel Schreckliches zu Ohren gekommen, dass er sich schon fast dafür schämte, in Karadeks Diensten gestanden zu haben. Es war erschütternd, was manche hatten durchmachen müssen. Erst jetzt verstand er wirklich, was die Menschen dazu bewog, sich den Rebellen anzuschließen.

»Komm mit.« Bjarkar tippte ihm auf die Schulter und deutete zum Bach. »Da hinten sind noch ein paar von Jolfurs Männern.«

Die drei, von denen Bjarkar gesprochen hatte, saßen in der einsetzenden Dämmerung am Fluss und wuschen Kleidungsstücke im flachen Wasser aus. Als sie die Stimme des Axtkämpfers hörten, drehten sie sich um und blickten ihm entgegen.

Hákon ächzte und blieb wie angewurzelt stehen. Grüne Augen! Alle drei hatten einen grünlichen Schimmer in den Pupillen.

»Was ist los?«, fragte Bjarkar verwundert, der die Veränderung nicht zu bemerken schien.

»Entschuldige, aber ich kann dich nicht dorthin begleiten.« Noch während Hákon das sagte, spürte er, wie albern das für Bjarkar klingen musste. Dennoch blieb er dabei. »Gehst du mit mir weiter?«, fragte er, um der peinlichen Lage zu entkommen.

»Wohin?«

»Ich möchte mich gern noch im Lager umsehen.« Plötzlich hatte Hákon es sehr eilig. Über die Ereignisse des Tages hatte er kaum Zeit gefunden, um über das nachzudenken, was in der Nacht geschehen war. Und wenn, dann war es ihm fast wie ein böser Traum erschienen. Beim Anblick der drei Männer meldeten sich die Erinnerungen nachdrücklich zurück – und verlangten nach einer Erklärung. Offenbar waren die Wachen am Büßerbaum nicht die einzigen Opfer gewesen. Hákon überlief es eiskalt. Wie viele der Rebellen mochten befallen sein? Und was hatte das zu bedeuten?

»Aber wir waren doch schon überall.«

»Trotzdem.«

»Na gut.« Bjarkar seufzte. »Und warum?«

»Ich suche nach etwas«, entgegnete Hákon ausweichend.

»Und wonach?«

»Das erkläre ich dir unterwegs.« Hákon warf einen Blick zum Fluss, wo die Männer ihre Arbeit wieder aufgenommen hatten. Dann drehte er sich um und ging zurück ins Lager.

»Grüne Fäden, die sich in die Ohren von Menschen bohren?« Wie nicht anders zu erwarten, glaubte Bjarkar Hákon kein Wort, als dieser ihm in einer abgeschiedenen Ecke des Lagers berichtete, was er in der Nacht beobachtet hatte. »So etwas Verrücktes habe ich ja noch nie gehört.« Bjarkar grinste. »Die Nacht am Büßerbaum scheint dir mehr zugesetzt zu haben, als man annimmt.«

»Es ist wahr, Bjarkar«, beharrte Hákon. »Alles ist genau so geschehen. Nicht nur am Büßerbaum. Im ganzen Lager! Seit wir von Jolfur fortgegangen sind, habe ich vierunddreißig Rebellen gesehen, deren Augen einen grünen Schimmer zeigen. Das muss einen Grund haben.« Er überlegte kurz, dann sagte er: »Etwas geht hier vor, Bjarkar. So verstohlen und unbemerkt, dass es nichts Gutes bedeuten kann.«

»Also gut. Zeig sie mir«, forderte Bjarkar Hákon auf. »Wenn es hier wirklich Rebellen gibt – viele Rebellen –, deren Augen ein grünliches Leuchten zeigen, werden wir beide unverzüglich zu Tendor gehen. Er muss davon erfahren.«

Aideen saß auf einem Stuhl in Tendors Arbeitszimmer und sah sich unbehaglich um. Der große Raum mit der hohen Decke wirkte beängstigend auf sie, und die Geräusche, die von draußen hereindrangen, trugen nicht gerade dazu bei, ihre Furcht zu lindern. Die Hektik ringsum war für sie kaum zu ertragen. Überall waren Menschen, so schrecklich viele Menschen, auf engstem Raum zusammengepfercht, so schlimm, dass Aideen sich auf ihrem Weg durch das Lager am liebsten irgendwohin verkrochen hätte. Hier in diesem Raum war es ruhiger, sicher fühlte sie sich trotzdem nicht.

»Du fühlst dich unwohl, nicht wahr?« Die Stimme des Rebellenführers, der ihr an dem wuchtigen Holztisch gegenübersaß, war sehr tief, aber freundlich.

»Ja.« Aideen nickte. »Es ist alles so … so fremd.«

»Ist es da, wo du herkommst, nicht so?«, erkundigte sich Tendor.

»Nein.« Aideen schüttelte den Kopf. »Wir waren nur sehr wenige.«

»Umso mutiger ist es, dass du den Weg hierher gewagt hast«, lobte Tendor. »Um der gemeinsamen Sache willen muss jeder bereit sein, Opfer zu bringen.«

»Ein solches Lob gebührt mir nicht.« Aideen schaute auf und blickte Tendor fest in die Augen. Konnte sie ihm trauen? Oder war auch er schon ein Opfer der Verdammten geworden?

Tendor erwiderte den Blick offen und ohne Scheu, vor allem aber ohne ein grünes Leuchten in den Augen. »Du bist zu bescheiden«, sagte er.

»Nein, das bin ich nicht.« Aideen schüttelte den Kopf. »Ich bin nicht freiwillig hier.«

»Nun, auch bei uns sind Befehle widerspruchslos auszuführen, selbst wenn man lieber etwas anderes tun möchte«, sagte Tendor leicht belustigt. »Aber freiwillig oder nicht, wichtig ist die Botschaft, die du uns bringst. Du sagtest der Wache, sie sei von Zarife. Ich nehme an, sie will uns mitteilen, wann wir losschlagen sollen, oder?«

Aideen schaute wieder zu Boden. »Verzeiht, dass ich Euch enttäuschen muss«, sagte sie so leise, dass es kaum zu verstehen war. »Aber das ist es nicht, was ich Euch sagen will.«

»Nicht?« Tendor zog überrascht eine Augenbraue in die Höhe. »Was ist es dann? Nachdem wir so lange auf sie gewartet haben, ist uns jede Nachricht von Zarife willkommen.«

»Ich fürchte, diese ist es nicht.« Aideen klopfte das Herz bis zum Hals. Sie wusste nicht, wie Tendor reagieren würde, wenn er hörte, was sie zu berichten wusste, und ihre Stimme wurde vor lauter Angst noch leiser. Sag es, sprach sie sich in Gedanken Mut zu. Er ist nett. Sag es ihm. Schließlich nahm sie all ihren Mut zusammen und sagte: »Es ist alles ein furchtbarer Irrtum. Die Prophezeiung, die Legenden, ja selbst Zarifes Leichnam, den wir die Jahrhunderte über gepflegt haben… Alles ist falsch. Sie hat uns belogen und ausgenutzt. Uns alle.« Unsicher, ob sie weitersprechen sollte, verstummte Aideen und schaute Tendor an. Der Anführer der Rebellen saß ihr mit versteinerter Miene gegenüber. Nicht die kleinste Regung auf seinem Gesicht ließ darauf schließen, was er fühlte oder dachte.

»Das sind ungeheure Anschuldigungen, die du da vorbringst«, sagte er schließlich. »Hast du dafür Beweise?«

»Genügend.« Aideen nickte. Dann begann sie zu erzählen.

Mit knappen und viel zu hastig vorgetragenen Worten berichtete sie Tendor von der misslungenen Anrufung, von Bethias Tod und der Ermordung der Oberin. Auch die Verdammten aus der Welt der Toten, das seltsame Ereignis am nächtlichen See und ihre Befürchtung, dass Tisea und Peme offenbar von jenen Wesen besessen seien, die Zarife ins Land gerufen hatte, ließ sie nicht aus. Sie war sehr froh, dass die Wachen es Tisea und Peme verboten hatten, dabei zu sein. Nie hätte sie es gewagt, in deren Anwesenheit so offen zu sprechen. Sie wollte gerade von den Menschen mit den grün schimmernden Augen berichten, die ihr im Lager aufgefallen waren, da klopfte es an der Tür, und einer der Wächter trat ein.

»Nicht jetzt!«, polterte Tendor los. Er wirkte angespannt und verfolgte aufmerksam jedes Wort von Aideen.

»Verzeiht, Tendor. Sie sagen, es sei äußerst dringend und dulde keinen Aufschub.«

»Wer sagt das?« Tendor war noch immer ungehalten über die Störung.

»Bjarkar und der Waldläufer«, erwiderte der Wächter. »Sie wollten mir nichts erzählen, behaupten aber, das Lager sei in höchster Gefahr.«

Tendor seufzte: »Also gut, lass sie herein. Aber wehe ihnen, wenn sie meine Zeit mit belanglosen Dingen vergeuden.«

»Das würden wir niemals wagen.« Noch ehe der Wächter etwas sagen konnte, sah Aideen, wie sich ein großer, breitschultriger Mann an ihm vorbei in den Raum schob. Staunend starrte sie auf den wüsten roten Bart und das lange gleichfarbige Haar des Kriegers. Das ist ein Barbar, war ihr erster Gedanke. Sie hatte den Ausdruck schon oft gehört, sich aber nie etwas darunter vorstellen können. Dieser Mann schien es genau zu treffen, wenngleich er sich nicht barbarisch benahm.

»Ehrwürdige«, sagte er an sie gewandt, deutete eine höfliche Verbeugung an und richtete das Wort sodann an Tendor. »Wir müssen dringend reden«, sagte er mit einem kurzen Seitenblick auf Aideen, den sie sehr wohl bemerkte. »Allein.«

»Sie bringt Neuigkeiten aus dem Hochland«, erwiderte Tendor. »Von Zarife. Ich wüsste nicht, was wichtiger sein sollte.«

»Hákon und ich haben beunruhigende Dinge aus dem Lager zu vermelden«, sagte der Bärtige ausweichend. »Sehr beunruhigende.«

Hákon! Aideen zuckte zusammen. Ihr Herz begann wie wild zu pochen, und eine zarte Röte schoss ihr ins Gesicht. War es möglich, dass ...

Sie blickte sich um – und sah ihn, den jungen Waldläufer, dem sie zusammen mit Bethia im Hochland begegnet war. Zögernd betrat er das Zimmer, grüßte Tendor und trat neben den Hünen.

Er ist hier. Er ist am Leben. Aideen jubelte innerlich, so glücklich war sie, ihn wiederzusehen. Am liebsten wäre sie aufgesprungen und zu ihm gegangen. Doch nicht nur der Anstand, auch seine Reaktion hielt sie zurück. Zwar erwiderte er ihren Blick und schenkte ihr ein höfliches Lächeln, aber nichts ließ darauf schließen, dass er sie erkannte.

»Ihr habt nicht zufällig Menschen gesehen, deren Augen grün leuchten?«, vermutete Tendor sehr direkt und mit einem Anflug von Hoffnungslosigkeit in der Stimme.

Bjarkar und Hákon sahen ihn fassungslos an. »Woher wisst Ihr das?«, fragte Bjarkar, der als Erster die Stimme wiederfand. »Genau davon wollten wir Euch berichten. Hákon und ich zählten mehr als drei Dutzend Rebellen mit den seltsamen Augen.«

»Ich wusste es nicht, aber es passt zu dem, was ich gerade erfahren habe.« Tendor seufzte und fuhr sich mit den Händen über das Gesicht. »Bei den Pforten des Halvadal«, murmelte er. »Das ist unglaublich.« Laut sagte er: »Das ist Aideen. Sie ist vor den Hüterinnen geflohen, um uns vor Zarife zu warnen. Wie es aussieht, geht die wahre Bedrohung nicht von Karadeks Heer aus, sondern von Zarife selbst.«

»Von Zarife?« Bjarkar starrte Aideen an, als hätte sie einen Hochverrat begangen und murmelte dann mehr zu sich selbst: »Verdammt, ich habe es doch gewusst ...«

»Gibt es dafür Beweise?«, wollte Hákon wissen.

Aideen nickte. »Ich sah es mit eigenen Augen und hörte mit eigenen Ohren, wie Zarife die Mächte der Unterwelt anrief«, sagte sie. »Jene verlorenen Seelen, die zwischen dem Halvadal und der Welt der Lebenden gefangen sind. Sie versprach ihnen neue Körper. So wurden sie zu ihren Verbündeten. Wenn wir nicht handeln, schnell handeln, werden immer mehr von ihnen kommen. Hunderte. Tausende. Sie werden sich unserer Körper bemächtigen und unsere Seelen, unser Selbst, in einen finsteren Winkel zurückdrängen, aus dem nur der Tod sie erlösen kann.« Sie verstummte und wandte sich wieder Tendor zu. »Was die beiden gesehen haben, ist wahr«, sagte sie mit bebender Stimme. »Auch ich habe es gesehen, bei den Wachen, die uns ins Lager führten. Zwei der Männer hatten denselben Blick wie die Frauen, mit denen ich hierherkam. Grün schimmernde Augen, so wie alle, die bereits von den Verdammten besessen sind.«

»Bei den Göttern!«, entfuhr es Tendor. Er ließ sich zurücksinken und schloss seufzend die Augen. Für einen Augenblick wirkte er alt, müde und besorgt. Doch der Eindruck schwand so schnell, wie er gekommen war, und nur wenig später hatte er sich wieder im Griff. »Setzt euch«, forderte er Bjarkar und Hákon mit fester Stimme auf. »Und dann berichtet uns alles, was ihr gesehen habt.«

»Verdammt.« Wütend schlug Zarife mit der Faust gegen den nackten Fels. »Verdammt, verdammt, verdammt.« Den ganzen Nachmittag hatte sie versucht, das Tor mithilfe der drei Novizinnen wenigstens notdürftig zu reparieren. Der Schaden schien jedoch weitaus größer zu sein, als sie vermutet hatte. Inzwischen war es fast dunkel geworden.

»Verschwindet!«, herrschte sie die drei jungen Frauen an, die ganz in der Nähe standen und sie mit einer Mischung aus Angst und Ehrfurcht ansahen. Die Novizinnen waren erschöpft und von den Anstrengungen gezeichnet, aber noch so weit bei Kräften, dass sie den Weg zurück allein bewältigen konnten. Froh, dass die Mühen und Belastungen endlich ein Ende hatten, machten sie sich auf den Weg zu den Höhlen, um sich auszuruhen.

Zarife gönnte sich diese Ruhe nicht. Der Gedanke, erst wenige Hundert Verbündete im Land zu wissen, schürte ihren Zorn auf die Hüterinnen und all die Missgeschicke, die sich zu häufen schienen. Wenn sie das Tor immer nur kurz öffnen konnte, wäre ein schneller, überraschender Sieg kaum möglich. Sie brauchte Zeit, viel mehr Zeit. Sie konnte nur hoffen, dass die Garde sich mit einem Schlag gegen die

Rebellen Zeit lassen würde. Als die Novizinnen fort waren, gönnte sie sich einen kleinen Augenblick der Ruhe, dann legte sie die Hände wieder an den Felsen, um das Tor für eine neue Einheit von Seelen zu öffnen.

»Bei den Toren des Halvadal, das sind wahrlich schlimme Neuigkeiten.« Tendor hatte zunächst Bjarkar und Hákon gelauscht und dann Aideen noch einmal alles berichten lassen.

Aus Rücksicht auf Hákon hatte sie bewusst darauf verzichtet, Tisea und Feme beim Namen zu nennen, um ihn nicht noch mehr zu belasten. Dass sie die Geschichte dafür eine Winzigkeit abgeändert hatte, war nicht weiter schlimm. Die Botschaft des Verrats beeinträchtigte dies nicht.

»Was werden nur die anderen dazu sagen?«, meinte Tendor betroffen.

»Nichts!«, erwiderte Bjarkar bestimmt. »Weil niemand außer uns davon erfahren darf.«

»Aber meine Hauptmänner müssen ...«

»Wir wissen nicht, wer alles schon besessen ist«, gab Hákon zu bedenken. »Sie benehmen sich völlig normal und fallen nicht auf. Vermutlich sind es noch zu wenige, um etwas zu bewirken. Ich vermute, sie haben den Befehl, sich zurückzuhalten, bis das ganze Heer eingetroffen ist. Unser großer Vorteil ist es, dass sie sich noch unentdeckt wähnen. Nicht auszudenken, was passieren würde, wenn sie sich plötzlich in die Enge gedrängt fühlten.«

»Wir dürfen auch nicht vergessen, dass eine Panik unter unseren Leuten ausbrechen könnte, wenn sie von dem Unheimlichen erfahren«, ergänzte Bjarkar. »Niemand würde mehr wagen zu schlafen und keiner dem anderen vertrauen.«

»Da ist etwas dran.« Tendor nickte bedächtig. »Aber was können wir tun?«

»Wir müssen verhindern, dass Zarife noch mehr von ihnen ins Land holt«, warf Aideen ein.

»Das bedeutet, wir müssen das Tor schließen oder Zarife selbst töten.« Hákon lachte auf. »Nun, das wird ein Kinderspiel.«

»Und was ist mit denen, die schon hier sind?« Bjarkar ging nicht auf

Hákons Einwurf ein, sondern blickte Aideen von der Seite her an. »Wollt Ihr sie töten? Einen Toten zu töten ist mit unseren Mitteln wohl kaum möglich.«

»Damit wäre uns nicht geholfen«, pflichtete Aideen ihm bei. »Stirbt der Wirtskörper, werden sie ihn verlassen und sich einen neuen suchen.«

»Das bedeutet, wir können gar nichts tun.« Bitternis und Trübsal schwangen in Hákons Stimme mit.

»Das Tor zu schließen ist nicht *nichts*«, meinte Bjarkar.

»Aber es ist unmöglich«, sagte Hákon. »Die Dashken werden uns nicht einmal einen halben Tagesritt ins Hochland hineinlassen. Sie beschützen Zarife und ...«

»Das wage ich zu bezweifeln.«

Alle blickten zu Aideen.

»Wie meint Ihr das?«, fragte Bjarkar.

»Die Dashken wissen jetzt, dass Zarife sich andere Verbündete gesucht hat«, erklärte Aideen. »Sie sind sehr empfindsam. Ich kann mir gut vorstellen, dass sie es nicht so ohne Weiteres akzeptieren. Vermutlich ist es ihnen sogar recht, wenn wir das Tor schließen, und sie geben uns freies Geleit. Es käme auf einen Versuch an.«

»Und wenn dieser scheitert, sind wir alle tot«, sagte Hákon düster.

»Wenn wir nichts tun, sind wir es auch, vergiss das nicht«, erinnerte ihn Bjarkar. »So wie ich es sehe, gibt es nur einen Weg. Erst muss das Tor geschlossen werden, dann müssen wir die Verdammten, die schon hier sind, aus unserem Land vertreiben.«

»Und wie wollen wir das anfangen?«, fragte Hákon.

Alle blickten sich ratlos an. Tiefes Schweigen erfüllte den Raum.

Schließlich ergriff Tendor das Wort. »Nach allem, was wir bisher herausgefunden haben, scheint es mir am vordringlichsten zu verhindern, dass noch mehr Verdammte ins Land kommen und Besitz von unseren Männern ergreifen. Jenseits des Tores können Abertausende auf ihre Befreiung warten; nicht auszudenken, was geschehen wird, wenn sie alle unser Land erreichen. Doch wer soll den Weg ins Hochland wagen? Ich fürchte, es gibt nur wenige, denen ich vertrauen kann, und noch weniger, die den Mut hätten, das Wagnis auf sich zu nehmen. Selbst wenn Aideen recht hat und die Dashken Zarife nicht mehr dienen, können wir uns nicht darauf verlassen, dass sie uns nicht angreifen. Bjarkar hat am eigenen Leib erfahren, wie unberechenbar sie sind. Ihre wahre Gesinnung erfahren wir erst, indem wir den Schritt wagen.«

»Ich würde gehen«, sagte Hákon mit einem Seitenblick auf Bjarkar. »Ich kenne den Weg und habe nichts mehr zu verlieren. Lieber sterbe ich bei dem Versuch, mein Land vor der Finsternis zu bewahren, als dass mich hier des Nachts ein Verblendeter hinterrücks meuchelt.«

»Dein Mut ehrt dich, Waldläufer«, sagte Bjarkar anerkennend. Dann grinste er. »Aber denke nicht, dass wir Rebellen nicht ebenso mutig sind. Wenn du gehst, werde ich dich begleiten.«

»Was ist mit Euch?« Zum ersten Mal, seit er den Raum betreten hatte, wandte Hákon sich direkt an Aideen. Sein Blick traf den ihren, und wieder fühlte sie die warme Vertrautheit in sich aufsteigen, die sie schon bei ihrer ersten Begegnung gespürt hatte. Sie hatte Angst, furchtbare Angst. Alles in ihr sträubte sich dagegen, ins Hochland zurückzukehren. Die Furcht aber, ihn schon so bald wieder aus den Augen zu verlieren, ohne erfahren zu haben, ob er wirklich ihr Bruder war, war größer als die Angst vor Zarife.

»Ihr wäret uns eine große Hilfe. Mit Eurem Wissen um die Gemeinschaft der Hüterinnen könntet Ihr uns wertvolle Informationen geben.«

»Ich weiß nicht«, Aideen zögerte. »Zarife weiß, dass ich eine Verräterin bin. Vermutlich hat sie die anderen Hüterinnen längst gegen mich aufgebracht. Ein Zurück gibt es für mich nicht.«

»Es genügt, wenn Ihr im Verborgenen bleibt«, sagte Hákon. »Ihr wisst, dass ich nicht bis zu den Höhlen mitkommen durfte. Ihr allein könnt uns den Weg dorthin weisen. Und mehr noch, Ihr wisst sogar, wo sich das Tor befindet.«

»Hákon hat recht«, pflichtete Bjarkar ihm bei. »Eure Hilfe würde es uns ersparen, kostbare Zeit mit Suchen zu verschwenden.«

Alle Blicke waren auf Aideen gerichtet. Sie wand sich innerlich. Es gab nichts, das sie mehr fürchtete als eine Heimkehr zu den Höhlen, und doch wusste sie tief in sich, dass die Männer recht hatten. Sie musste sie begleiten – auch um Hákon nahe zu sein. Einen Augenblick noch zögerte sie, dann sagte sie schweren Herzens: »Also gut. Ich komme mit.«

»Ich bin sehr froh, dass Ihr Euch so entschieden habt.« Tendor schenke Aideen ein Lächeln und fügte hinzu: »Gern würde ich Euch auf dem gefährlichen Weg selbst begleiten. Doch meine Pflichten lassen dies nicht zu.«

»Wir sind zu dritt«, meinte Bjarkar. »Viel größer sollte die Gruppe auch nicht sein. Sonst werden wir zu schnell entdeckt.« Er grinste siegesgewiss. »Wenn wir mit Aideens Hilfe nahe genug herankommen und das Glück uns hold ist, sollte ein einziger wohlgezielter Pfeil genügen, um uns Zarife vom Hals zu schaffen. Dafür müssen wir nicht mit einem Heer anrücken.«

»So sehe ich es auch.« Tendor nickte. »Vor allem aber wird es kein Aufsehen erregen, wenn ich einen kleinen Spähtrupp ins Hochland schicke. Man wird mir vermutlich vorwerfen, dass ich das Leben meiner Männer vergeude, aber das ist dann mein Problem. Hauptsache, niemand schöpft Verdacht.«

»Was ist mit dem Heer aus Torpak?« Die Frage beschäftigte Aideen schon so lange, dass sie sich nicht länger zurückhalten konnte. »Der Angriff von Zarifes Verbündeten richtet sich nicht allein gegen die Rebellen. Sie plant auch das Heer auf diese Weise zu unterwandern. Am Ende sollen alle Krieger, ganz gleich von welcher Seite, allein ihrem Befehl gehorchen und ein gemeinsames großes Heer bilden. Sie sind ebenso in Gefahr wie Ihr. Solltet Ihr sie da nicht warnen?«

»Warnen?«, brauste Bjarkar auf. »Bei den Toren des Halvadal, warum sollten wir das tun? Sie sind unsere Feinde.«

»Weil Zarifes Verbündete sich auch unter den Kriegern Torpaks ausbreiten werden«, erklärte Aideen. »Selbst wenn es uns gelingt, das Tor zu schließen und die besessenen Rebellen zu erlösen, wissen wir doch nicht, wie viele der Verdammten dort drüben noch schlummern. Sind es nur eine Handvoll, mag das keine Gefahr darstellen. Sind es aber Hunderte, können sie zu einer echten Bedrohung werden. Versteht Ihr? Es ist ein gemeinsamer Feind, den Ihr nur gemeinsam bekämpfen könnt.«

»Ein gemeinsamer Feind.« Tendor nickte bedächtig. »So habe ich es noch gar nicht gesehen. Was Aideen sagt, ist nicht von der Hand zu weisen. Dieser Feind ist erst dann besiegt, wenn auch der letzte Besessene erlöst wurde.« Er überlegte kurz, dann sagte er: »Ich werde Zoltan davon berichten, um seine Meinung zu hören. Er ist unser Gefangener, aber wir beide waren einmal gute Freunde. Ich bin sicher, er wird sich dem nicht verschließen und den Ernst der Lage erkennen. Vielleicht fällt uns zusammen eine Lösung ein.«

»Was ist mit der jungen Frau, die ich im Hochland aufgegriffen habe?«, fragte Hákon. »Sie behauptet, Zarife zu kennen, und nennt sie sogar ihre Freundin. Ich denke, wir sollten sie mitnehmen. Niemand kennt Zarife so gut wie sie. Vielleicht gelingt es ihr sogar, sie zur Vernunft zu bringen, ohne dass Blut vergossen werden muss.«

»Ich bin dagegen«, sagte Bjarkar. »Wenn sie eine Freundin ist, wird sie uns kaum hilfreich sein. Die Gefahr, dass die beiden noch miteinander im Bunde stehen, ist mir zu groß. Bedenke, dass wir Zarife im Notfall töten müssen. Das würde sie gewiss nicht zulassen.«

»Wir müssen ihr ja nicht erzählen, dass wir Zarife töten wollen«, wandte Aideen ein. »Es genügt, wenn sie um die Bedrohung weiß und dass wir das Tor schließen wollen. Ich hätte sie gern dabei; auch wenn ihr Nutzen noch nicht offensichtlich ist und ich Bjarkars Bedenken teile, so spüre ich doch, dass sie uns eine Hilfe sein könnte.«

»Oder eine Last«, knurrte Bjarkar.

»Sie wirkt verwirrt«, gab Tendor zu bedenken. »Offenbar glaubt sie immer noch, in ihrer eigenen Welt zu sein.« Er schaute Hákon an. »Was meinst du?«

»Ich denke, wir sollten mit ihr sprechen«, sagte Hákon. »Es gilt gut abzuwägen. Tatsächlich könnte sie uns wertvolle Hinweise geben, aber wie Bjarkar sehe auch ich eine gewisse Gefahr.«

»Gut.« Tendor nickte. »Dann werdet ihr sie noch heute Abend aufsuchen und mit ihr reden. Wenn ihr sie für geeignet haltet und sie bereit ist, euch zu begleiten, soll es so sein. Wenn nicht, bleibt sie im Lager.«

35

Gehüllt in eine warme Decke, saß Manon inmitten des Rebellenlagers. Sie hatte den Rücken an einen Baumstamm gelehnt und beobachtete, wie die Nacht von Osten heraufzog, während sich die Sonne irgendwo im Westen hinter den Horizont senkte. Ihre Strahlen fielen als rotgoldene Streifen durch die bunt gefärbten Baumkronen bis in die dunkelsten Winkel des Lagers, doch die Schatten gewannen alsbald die Oberhand.

Es war ein kühler, aber schöner Abend, friedlich und still. Manon dachte an zu Hause und stellte sich vor, wie ein solcher Sonnenuntergang in lauen Herbstnächten am Latinger See sein würde. Wenn sich die Farben der Jahreszeiten in wildem Durcheinander auf der glatten Oberfläche des Sees spiegelten, während die hektischen Geräusche der Stadt langsam verstummten. Daheim in Latingen wäre sie um diese Uhrzeit vermutlich gerade erst vom Joggen nach Hause gekommen, hätte die Fenster weit geöffnet, um die kühle Abendluft hereinzulassen, und hätte sich ein leckeres Abendessen zubereitet. Danach hätte sie es sich vor dem Fernseher bequem gemacht oder mit Sandra telefoniert.

Es wurde dunkel und die Nacht hielt Einzug in das Walddorf.

Ich wünschte, ich wäre daheim, dachte Manon traurig und stellte fest, wie sehr sie sich nach Hause zurücksehnte. Am Morgen hatte sie lange mit Tendor geredet, dem Mann, der von sich behauptete, der Anführer des Haufens Verrückter zu sein, die hier unter mittelalterlichen Verhältnissen im Wald campierten.

Tendor hatte ihr jede Frage ernst und sachlich beantwortet. Sie hatte deutlich gespürt, dass er seine Rolle nicht nur spielte, sondern lebte. Vermutlich hielt er das alles hier für die Wirklichkeit und hatte den Bezug zur realen Welt längst verloren. Mit keinem Wort war er auf ihre Anspielungen eingegangen, mit denen sie hatte prüfen wollen, inwieweit er bereit war, über moderne Errungenschaften wie Autos, Flugzeuge, Duschen oder auch nur Feuerzeuge zu sprechen. Die Antwort auf die Frage, wo es das nächste Telefon gab, war er ihr ebenso schuldig geblieben wie eine Auskunft über ein Hotel oder wenigstens ein Gasthaus ganz in der Nähe. Stattdessen hatte er ihr irgendetwas von einem drohenden Krieg erzählt, von einer Prophezeiung, die sich angeblich durch Sandra erfüllt hatte, und davon, wie sehr sich die Menschen nach einem Leben in Frieden und bescheidenem Wohlstand sehnten.

Manon war nicht entgangen, wie ernst es ihm damit war. Offensichtlich war er von allem, was er sagte, zutiefst überzeugt. So wie jeder hier. Auch die Frauen, die sich um sie gekümmert hatten und die sich selbst als Heilerinnen bezeichneten, glaubten offenbar, dass ihr ärmliches und entbehrungsreiches Leben die Wirklichkeit war. Mehr noch als die unzähligen Gewandeten, die sich jedes Jahr in Latingen für ein Wochenende zu einem Mittelalterspektakel trafen, um die angenommenen Rollen unter den damaligen Bedingungen nachzuspielen, schienen die Menschen hier ihr Leben in völliger Isolation von der Außenwelt zu leben. Hörte man auf dem Mittelalterspektakel noch hin und wieder mal ein Handy klingeln oder sah einen Ritter mit einem Feuerzeug hantieren, gab es hier nichts, aber auch gar nichts, das an eine moderne Zivilisation erinnerte.

Die müssen komplett verrückt sein, dachte Manon und überlegte, wo im 21. Jahrhundert noch eine solche Abgeschiedenheit existierte. Sie war überzeugt, dass es in ganz Europa keinen einzigen Flecken mehr gab, der nicht von Satelliten erfasst worden war. Es war kaum vorstellbar, dass so viele Menschen unbemerkt blieben. Und dennoch: Wie die Mormonen in den USA lebten diese Leute ihre ganz eigene Kultur, und zwar so konsequent, dass es schon unheimlich war.

Und wenn ich hier die Verrückte bin? Der Gedanke kam völlig überraschend. Wenn es tatsächlich so ist, wie sie mir weismachen wollen? Wenn hier alles real ist außer mir? Wenn dies hier wie in einem Kinofilm nicht meine, sondern eine völlig andere Welt ist? Der Gedanke ließ Manon frösteln.

»Unsinn«, sagte sie laut und versuchte, das beunruhigende Gefühl zu verdrängen, das sich bei ihr eingeschlichen hatte. »Parallelwelten gibt es nur im Fernsehen.«

Fernsehen ... Das Wort brachte Manon auf eine Idee.

Und wenn das alles hier nur inszeniert ist?, überlegte sie. Der Gedanke war mindestens so verrückt wie die Vorstellung von einer Parallelwelt, aber immerhin im Bereich des Möglichen.

»Ahnungslose Freundinnen werden in eine fremde Welt versetzt, getrennt und müssen dort einige Abenteuer bestehen, ehe sie sich am Ende wieder treffen.« Manon grinste. Je länger sie darüber nachdachte, desto besser gefiel ihr der Gedanke, denn er war die einzige logische Erklärung für alles, was ihr bisher passiert war.

Vielleicht steckt Sandra ja selbst dahinter, überlegte Manon weiter. Vielleicht wurde sie von einem Produzenten-Team dazu überredet, mich in diese Situation zu bringen? Immerhin hat sie die Wand in der

Grabkammer von Newgrange zum Schimmern gebracht und ist mit voller Absicht hineingegangen. Dann waren die Blitze, die sie auf mich geschleudert hat, nichts weiter als ein Hollywood-Trick, der dazu dienen sollte, uns zu trennen.

Manon spürte, wie ihr Herz heftig zu pochen begann. Endlich hatte sie die Lösung gefunden. Eine Reality-Show. Das musste es sein. Ein Puzzleteil fügte sich perfekt in das andere. Irgendwann würde sie daheim vor dem Fernseher sitzen und ihr Abenteuer bewundern können.

»Na wartet!« Manon grinste und ballte die Fäuste. »Wenn ihr glaubt, ihr könnt mich reinlegen, dann habt ihr euch getäuscht.«

»Wer täuscht sich?«

Manon erschrak, drehte sich um und erkannte Hákon, der in Begleitung einer Frau auf sie zukam. »Hákon.« Sie lächelte, hustete verlegen und sagte: »Ich ... ähm, ich täusche mich wohl. Die ganze Zeit warte ich darauf, dass Hubschrauber das Hochland nach Sandra und mir absuchen. Aber ich fürchte, sie werden nicht kommen.«

»Hub-was?« Die Frau, die Hákon begleitete, schaute Manon verwirrt an.

»Hubschrauber«, sagte Hákon hastig, ehe Manon antworten konnte, und wechselte sofort das Thema: »Aideen, das ist Manon. Manon, das ist Aideen. Sie ist eine Hüterin.«

Hákons Tonfall ließ keinen Zweifel daran, dass eine Hüterin etwas Besonderes sein musste. Manon erinnerte sich, dass Tendor von Hüterinnen gesprochen hatte, und war froh, zumindest schon mal von ihnen gehört zu haben. Sie lächelte und nickte Aideen freundlich zu. Ehe sie jedoch etwas sagen konnte, ergriff die Hüterin das Wort.

»Ist es wahr?«, fragte sie scheinbar zusammenhangslos, mit mühsam unterdrückter Aufregung.. »Tendor meint, du seist zusammen mit Zarife ins Land gekommen.«

»Ich kenne keine Zarife«, erwiderte Manon ehrlich. »Meine Freundin Sandra öffnete ein Tor und ging hindurch. Ich folgte ihr.«

»Dann ist diese Sandra Zarife«, erklärte Aideen. »Ich habe von Hákon erfahren, dass du dich um sie sorgst. Daher habe ich ihn gebeten, mich zu dir zu bringen, denn ich möchte dir sagen, dass es ihr gut geht. Sie ist im Norden bei den Hüterinnen und nicht in Gefahr.« Das ist mir klar, dachte Manon grimmig. Sie steckt ja auch mit euch unter einer Decke. Ich wüsste zu gern, was sie dafür bekommt, dass sie ihre beste Freundin der Lächerlichkeit preisgibt. Laut sagte sie: »Danke, das ist beruhigend zu wissen.«

»Erzählst du mir von ihr?«, fragte Aideen.

»Von wem? Von Zarife oder Sandra?« Das klang eine Spur zu bissig, aber Manon konnte nicht anders. Wenn sie schon unfreiwillig die Hauptdarstellerin einer Reality-Show war, wollte sie auch entsprechend selbstbewusst wirken.

Aideen schien den unfreundlichen Unterton nicht bemerkt zu haben. »Von Sandra«, sagte sie. »Wie war sie? Was waren ihre Vorlieben und Abneigungen?«

»Warum willst du das wissen?«, fragte Manon. »Du sagst, du bist ihr begegnet, da hättest du sie auch selbst fragen können.«

»Weil ...« Aideen schaute Hákon an, der fast unmerklich den Kopf schüttelte. »Ich ... hatte dazu keine Gelegenheit, weil ... weil ich mich gleich nach ihrer Ankunft auf den Weg zu den Rebellen gemacht habe. Aber ich ... ich würde gern wissen, was sie für ein Mensch ist.« Es war nicht zu überhören, dass die Antwort nicht ganz der Wahrheit entsprach, dennoch beschloss Manon zu antworten.

»Sandra ist freundlich, selbstlos, pünktlich und grundehrlich. Sie hat ein großes Harmoniebedürfnis und hasst Streit. Sie könnte keiner Fliege etwas zuleide tun. Auf sie kann man sich immer verlassen. Allerdings ist sie auch ein wenig abergläubisch und bisweilen auch unselbstständig, wenn es darum geht, unangenehme Dinge zu erledigen.« Sie schaute Aideen fragend an. »Hilft dir das weiter?«

Aideen und Hákon wechselten einen kurzen Blick. Dann fragte Aideen: »Ist das wirklich diese Sandra, von der du sprichst?«

»Ja. Warum?«

»Weil die Zarife, die ich kennengelernt habe, ganz andere Eigenschaften besitzt.«

»Und welche?«

»Sie ist selbstbewusst und machthungrig, grausam und gnadenlos. Sie tötet, ohne mit der Wimper zu zucken, und denkt nur an sich selbst.«

»Dann ist es wohl nicht dieselbe Frau, von der wir sprechen.« Manon zuckte mit den Schultern. »Ich habe doch gesagt, dass ich Zarife nicht kenne.«

»Diese Zarife«, fuhr Aideen fort, »wurde uns, wie du weißt, in einer uralten Prophezeiung als Retterin verheißen.«

»Stimmt, Tendor hat mir davon erzählt.« Manon nickte.

»Wie es aussieht, hat Zarife jedoch ganz andere, eigene Pläne«, erklärte Aideen. »Sie will die Macht im Land an sich reißen und hat dafür mächtige Verbündete aus der Welt der Geister für sich gewinnen können. Wenn wir sie nicht aufhalten, wird sie unser Land in Finsternis stürzen.«

Also doch eine Queste, dachte Manon und fügte ihrem Bild ein neues Puzzleteil hinzu. Es wunderte sie nicht, dass Aideen ihr so eine Gruselgeschichte auftischte. Ohne ein gefährliches Abenteuer wäre die ganze Sache ja auch mehr als langweilig. Ein finsterer Gegenspieler mit geisterhaften Verbündeten, die es zu besiegen galt, durfte in keinem guten Film fehlen.

»Und nun wird eine Gruppe heldenhafter Krieger ausziehen, um das Land zu retten.« Es gelang ihr nicht ganz, den Spott aus ihren Worten zu verbannen. Dazu war die Situation einfach zu spaßig.

»Woher weißt du das?« Aideen und Hákon sahen sie erstaunt an.

Manon biss sich auf die Unterlippe. Hatte sie zu viel verraten? Auf keinen Fall sollten die beiden glauben, dass sie etwas von dem Schwindel ahnte. »Nun, du ... du hast doch eben selbst gesagt: ›wenn wir sie nicht aufhalten‹«, antwortete sie schnell. »Das klang ganz so, als hättet ihr das auch vor.« Manon entging nicht, dass Hákon Aideen einen ärgerlichen Blick zuwarf. Offenbar waren die Dialoge nicht so penibel abgesprochen wie bei einem richtigen Drehbuch.

Einen Augenblick herrschte Schweigen, dann ergriff Hákon das Wort. »Du hast recht«, sagte er, nachdem er sich vergewissert hatte, dass niemand in der Nähe war, der mithören konnte. »Es hat sich tatsächlich eine kleine Gruppe zusammengefunden, die ins Hochland gehen wird, um das Tor zu schließen, durch das Zarifes Verbündete in unsere Welt gelangen. Aideen und ich sind auch dabei. Da du Zarife besser kennst als jeder andere von uns, wollten wir dich fragen, ob du uns begleiten willst.«

Na also. Manon hatte schon darauf gewartet, dass sie um Hilfe gebeten wurde. Die ganze Geschichte baute schließlich darauf, dass sie als Ahnungslose ein unglaubliches Abenteuer in einer Phantasiewelt erlebte. Vielleicht gab es sogar einen Geldpreis zu gewinnen für die,

die bis zum Ende durchhielten. Fernsehsender waren ja bekannt für hohe Gewinnsummen bei solch aberwitzigen Spielchen. Wo sie schon mal da war und mehrere Tage trotz aller Strapazen durchgehalten hatte, konnte sie sich das auf keinen Fall entgehen lassen. »Ja, klar«, sagte sie lässig. »Das ist kein Problem. Wenn ich euch irgendwie helfen kann, komme ich mit.«

»Gut.« Hákon wirkte überrascht. Offenbar hatte er nicht mit einer so schnellen Zusage gerechnet. »Wir brechen bei Sonnenaufgang auf. Es wäre ratsam, wenn du dich uns schon jetzt anschließen würdest. Wir nächtigen alle im Haupthaus, dort, wo sich auch der große Versammlungsraum befindet.«

»Wenn ihr einen Augenblick wartet, komme ich gleich mit.« Manon stand auf und wollte ins Haus der Heilerinnen gehen, um ihre wenigen Sachen zu holen, da bemerkte sie, dass Hákon sie musterte. »Ist etwas?«, fragte sie.

»Du bist für solch eine Aufgabe unpassend gekleidet«, stellte er mit einem kritischen Blick auf ihre sommerliche Kleidung fest. »Ich werde mitkommen und die Heilerinnen bitten, dir neue Gewänder zu geben.«

Manon widersprach ihm nicht. Tatsächlich war ihr in der dünnen Hose und dem knappen Shirt bitterkalt. Die Decke hatte die Kälte zwar abgehalten, aber damit konnte sie natürlich nicht ins Hochland wandern. Dann ziehe ich mich eben um, dachte sie bei sich und verscheuchte hastig die Frage, wie es den Machern der Reality-Show wohl gelungen sein mochte, das Wetter so täuschend echt auf Herbst zu trimmen.

Die Nacht war schwarz, dunkel und still.

So schwarz wie die Haut und die Kleidung der Gardisten, die sich einen Weg durch das Unterholz bahnten und so dunkel wie das Holz der Fässer und Kisten, die sie auf ihren Rücken mit sich schleppten. Es war gespenstisch. Obwohl Posten der Rebellen in regelmäßigen Abständen Wache hielten, bemerkten sie die tamjikischen Söldner nicht, die sich so flink und lautlos durch den Wald bewegten, wie es nur den Angehörigen ihres Volkes möglich war, und ihre unheilvolle Fracht unbemerkt an verschiedenen Punkten im Unterholz verbargen. Sobald sie sich dieser entledigt hatten, kehrten sie dem Lager den Rücken und machten sich auf den Rückweg, indem sie von einer Rolle Garn abspulten, das sie sorgfältig im trockenen Laub versteckten.

Die Aktion war sorgfältig geplant. Alles verlief ohne Zwischenfälle und unbemerkt von den Rebellen. Die wenigen Tamjiken, denen die seltsamen grünen Lichtstreifen im Wald auffielen, die sich schwebend zwischen den Bäumen hindurch auf sie zu bewegten, vermochten sich später nicht daran zu erinnern. Gemeinsam mit ihren Kameraden kehrten sie am späten Vormittag ins Heerlager zurück, um den Kommandanten den Erfolg ihrer Mission zu vermelden. Sobald der Wind auf Süden drehte, würde das Schicksal der Rebellen besiegelt sein.

»Bei den Göttern, wenn ich nicht wüsste, dass du eine von Grund auf ehrliche Haut bist, würde ich meinen, dass du dir das alles nur ausgedacht hast, um mich einzuschüchtern.« Zoltan schüttelte den Kopf.

»Es ist die Wahrheit«, drängte Tendor. »Die bittere Wahrheit. Zarife hat uns alle hintergangen.«

»Wem sagst du das?« Zoltan verschränkte die Hände hinter dem Kopf und lehnte sich selbstgefällig zurück. »Aber ihr wolltet ja nicht auf uns hören. Ihr habt lieber den Ammenmärchen von dem goldenen Reich Benize gelauscht, als den Auguren in Torpak Glauben zu schenken, die euch vor Zarifes Niedertracht warnen wollten. Habt ihr denn gedacht, wir verbieten die alten Legenden nur so zum Spaß? Habt ihr wirklich geglaubt, dass wir damit nur unsere eigenen Interessen schützen wollten? O nein. Das alles geschah allein zum Schutz der Bevölkerung. Es ist die Pflicht des Sehenden, den Blinden zu warnen und ihn vor Unheil zu bewahren. Selbst wenn der Blinde sich dagegen sträubt.«

»Deshalb habe ich dich zu mir bringen lassen«, griff Tendor den Gesprächsfaden auf, ohne auf Zoltans Vorwürfe einzugehen. »Nun sehen wir die Gefahr – auch für die Krieger Torpaks. Wir müssen handeln, und zwar schnell, sonst sind unsere Männer, meine und deine, bald nichts weiter als seelenlose Hüllen, die allein Zarifes Befehlen gehorchen.«

»Diese Einsicht kommt dir reichlich spät«, meinte Zoltan zynisch. »Statt uns in sinnlosen Gemetzeln gegenseitig zu töten, hätten wir längst gemeinsam Vorbereitungen treffen können, um zu verhindern, dass so etwas geschieht.«

»Du vergisst, dass nicht Zarife allein der Grund für unseren Widerstand ist«, knurrte Tendor. »Ehe Karadek Regent wurde, waren die Rebellen nichts weiter als ein kleiner unbedeutender Haufen, der von einem goldenen Reich und einem besseren Leben träumte. Wäre Karadek die Macht nicht zu Kopf gestiegen, hätte er das Volk nicht über die Maßen ausgebeutet und es in Armut und Elend getrieben, dann hätten deine Worte vielleicht ihre Berechtigung. So aber war letztendlich er es, der die Menschen dazu getrieben hat, sich den Rebellen anzuschließen. Ein Volk, das zufrieden und glücklich ist, braucht keine hehren Prophezeiungen. Doch wo Not herrscht, fallen diese auf fruchtbaren Boden, und eben diesen hat Karadek für Zarife bereitet.« Er verstummte, seufzte und fuhr dann mit gemäßigter Stimme fort: »Aber ich habe dich nicht holen lassen, um mit dir alte Streitgespräche fortzusetzen. Die Frage, ob Karadek ein guter Regent ist oder nicht, können wir getrost auf später verschieben, denn wenn Zarife Erfolg hat, wird auch er nur eine ihrer ergebenen Figuren sein. Ich habe dich holen lassen, um mit dir einen Weg zu ersinnen, wie wir die Bedrohung gemeinsam abwenden können. Und ich gebe zu, dass ich dabei auf deine Unterstützung hoffe. Wie ich schon sagte, wissen wir nicht genau, wie viele meiner Männer bereits von Zarifes Verbündeten besessen sind. Ich rechne jedoch mit einigen hundert. Und jeden Tag kommen neue hinzu. Wie es im Lager der Garde aussieht, vermag ich nicht zu sagen. Ich befürchte jedoch, dass es dort nicht viel besser ist.«

»Mit anderen Worten, uns bleibt nicht mehr viel Zeit.«

»Richtig.« Tendor nickte. »Bei Sonnenaufgang wird eine Gruppe Freiwilliger ins Hochland aufbrechen. Sie wollen versuchen, das Tor zu schließen, durch das Zarife die Verdammten ins Land holt. Unter ihnen ist auch eine ehemalige Hüterin, die von dort geflohen ist, um uns zu warnen. Sie wird ihnen den Weg weisen, dennoch ist es mehr als ungewiss, ob sie Erfolg haben werden.«

»Das ist sehr mutig.« Zoltan nickte anerkennend. »Was ist mit den Schattenwölfen?«

Tendor seufzte und schüttelte betrübt den Kopf. »Auch hier haben wir nicht mehr als Hoffnungen und vage Vermutungen.«

»Dann sind sie verloren«, behauptete Zoltan. »Kaum einer, der das

Hochland betrat, kam lebend zurück. Es wird ihnen nicht anders ergehen.«

»Die Hüterin gab sich zuversichtlich, einen Weg zu finden«, erklärte Tendor, obwohl es nicht ganz der Wahrheit entsprach. »Ich bete darum, dass es ihr gelingen wird, die Dashken zu besänftigen.«

Zoltan schwieg. Dann sagte er: »Nun denn, lass uns hoffen, dass ihnen Erfolg beschieden sein möge, und überlegen, wie wir jene, die schon hier sind, wieder loswerden können.« Er holte tief Luft und sagte: »Fangen wir also ganz von vorne an: Was sind das für Geschöpfe?«

Eine halbe Stunde später hatte Tendor Zoltan alles mitgeteilt, was er von Aideen erfahren hatte.

»Diese Verdammten sind demnach Verbrecher, denen nach der Hinrichtung eine Verbrennung ihres Körpers versagt blieb. Sie können weder in den Halvadal einkehren noch auf eine Wiedergeburt hoffen«, fasste Zoltan das Gehörte zusammen.

»So ist es.« Tendor nickte. »Genau genommen haben wir uns diesen Feind selbst geschaffen, indem wir den zum Tode Verurteilten eine Feuerbestattung versagten, denn es heißt, dass erst das Feuer den Körper von allem Bösen reinigt, damit die Seele in den Halvadal einziehen kann. Diese ewig währende Strafe war vermutlich beabsichtigt. Wer hätte denn auch ahnen können, dass sie irgendwann einmal die Möglichkeit erhalten würden, aus ihrem trostlosen Gefängnis zwischen den Lebenden und den Toten zu fliehen?«

»Nun, dann würde ich vorschlagen, alle, die grünliche Augen haben, unverzüglich zu töten und ihre Leichen zu verbrennen«, schlug Zoltan vor. »Das dürfte leicht umzusetzen sein.«

»Ich soll meine eigenen Männer töten?«, brauste Tendor auf. »Männer, die nicht mal wissen, was ihr Vergehen ist? Bedenke, dass sie sich noch nicht ungewöhnlich verhalten. Sie spüren scheinbar gar nicht, dass ein fremder Geist in ihnen wohnt.«

»Das wird sich vermutlich schnell ändern, wenn Zarife ihren Verbündeten den Befehl gibt, ihre Verstecke zu verlassen«, meinte Zoltan. »Dann wirst du deine Getreuen vermutlich nicht wiedererkennen.« Seine Stimme nahm an Schärfe zu. »Die Männer, die du schützen willst, sind bereits tot. Sie wissen es nur noch nicht. Die fremde Wesenheit wird sich ihrer schon bald bemächtigen, ein Schicksal, das grausamer ist als der Tod. Wenn du sie tötest, tust du ihnen kein Leid an. Du erlöst sie.«

»Dennoch kann ich es nicht tun.«

»Warum nicht?«

»Die Hüterin hat berichtet, dass die Wesen ihren Wirtskörper sofort wieder verlassen werden, wenn dieser stirbt. Dann werden sie sich einen neuen suchen. Wenn das geschieht, kann am Ende das ganze Rebellenheer abgeschlachtet sein, die Verdammten aber weilen immer noch unter uns.«

»Verflixt!« Zoltan verstand. »So kommen wir also nicht weiter.« Eine Weile herrschte Schweigen, dann fuhr er fort: »Lass uns etwas anderes überlegen. Nach der Tradition wird der Körper eines Verstorbenen drei Tage aufgebahrt, um der Seele Zeit zu geben, diesen zu verlassen. Was aber passiert, wenn der Körper sofort verbrennt?«

»Dann ist die Seele verloren«, erwiderte Tendor. »Dem Glauben nach geht die Seele mit in Flammen auf, wenn sie den Körper noch nicht verlassen hat. Eine Wiedergeburt oder eine Einkehr in den Halvadal ist für sie unmöglich. Anders als bei den Verdammten, deren Körper nicht im Feuer bestattet wurden, kann sie nicht einmal in die Zwischenwelt einziehen. Sie hört dann einfach auf zu existieren.«

»Interessant.« Zoltan hob nachdenklich die Hand, strich sich über den Kinnbart und lächelte. »Ich glaube, ich wüsste da etwas, das uns weiterhelfen könnte.«

Viel später als beabsichtigt, machten sich Hákon, Aideen und Manon vom Haus der Heilerinnen auf den Weg zum Haupthaus, wo sie die Nacht verbringen wollten. Es war nicht ganz einfach gewesen, Manon neu einzukleiden, denn im Gegensatz zu den meisten Frauen hier war sie erstaunlich groß. Schließlich erbarmte sich eine der Heilerinnen und übergab Manon ein paar neue Gewänder, die eigentlich für ihren Bruder bestimmt waren.

Obwohl Manon froh war, nun endlich nicht mehr frieren zu müssen, stellte sie schon bald fest, dass der Komfort der neuen Kleidungsstücke doch sehr zu wünschen übrig ließ. Überall am Körper spürte sie die scheuernden Nähte, und der Stoff von Hose und Bluse war so hart, dass er sie juckte. Allein die pelzgefütterte Jacke und die warmen, weichen Stiefel trugen sich angenehm und störten nicht. An der Seite von Aideen ging sie schmunzelnd hinter Hákon her, der eine Fackel trug und den Weg am besten kannte. In den neuen Kleidern fühlte sie sich ein wenig wie ein Schauspieler im Theater, nur dass hier auch alles andere perfekt zur der Stimmung passte.

Auch sonst war Manon guter Dinge. Seit sie glaubte, eine Lösung für all das Unerklärliche gefunden zu haben, das ihr in den vergangenen Tagen widerfahren war, besserte sich ihre Laune beständig. Die Angst war verschwunden und hatte einer gespannten Neugier auf das, was kommen mochte, Platz gemacht. Nun, da sie wusste, dass ihr nichts geschehen konnte, fühlte sie sich zu jedem Abenteuer bereit. Der Gedanke, Mittelpunkt eines Reality-Abenteuers zu sein, motivierte sie ungemein, und sie fing an, Gefallen an der Sache zu finden.

»Halt!« Hákon blieb abrupt stehen und streckte warnend eine Hand nach hinten aus. Manon war so in ihre Gedanken vertieft, dass sie um ein Haar gegen ihn gelaufen wäre, aber Aideen packte sie am Arm und hielt sie zurück.

»Was …?« Manon verstummte augenblicklich, weil Hákon ein drängendes »Schscht …« verlauten ließ. Angespannt starrte er in die Dunkelheit, wo zwischen den Bäumen etwas seine Aufmerksamkeit erregt zu haben schien. Manon reckte sich und spähte über seine Schulter hinweg, konnte aber nichts Außergewöhnliches erkennen.

»Nicht bewegen!«, zischte Hákon den beiden Frauen zu. Manon fand das etwas übertrieben, immerhin waren sie im Lager unter Freunden, von denen ihnen keine Gefahr drohte. Aber sie spielte mit und stand ganz still.

Und dann sah sie es. Wie eine lange phosphoreszierende Schlange schwebte ein seltsames Gebilde zwischen den Bäumen hindurch auf sie zu. Es war ergreifend und gespenstisch zugleich anzusehen. Das Wunderwerk eines Lichtspiels, dazu angetan, jedem Horrorfilm einen prickelnden Gruseleffekt zu verpassen.

Das schwebende Ding kam immer näher, langsam und tastend, ganz so, als suche es nach etwas. Manon stand ganz still. Obwohl sie wusste, dass es nur ein Trick sein konnte, bekam sie heftiges Herzklopfen. Wie Aideen und Hákon beobachtete sie das Gebilde mit angehaltenem Atem und sah, wie es sich Aideen näherte.

Die junge Hüterin war vor Angst wie erstarrt. Sie zitterte und gab wimmernde Laute von sich. Ihre angstgeweiteten Augen folgten dem grünlichen Gespinst, das unmittelbar vor ihr innegehalten hatte. Einen endlosen Augenblick lang geschah nichts. Dann wurde die Spitze des leuchtenden Fadens immer dünner und glitt langsam auf Aideens Ohr zu.

»Bei den Göttern, nein!« Hákon sprang vor, riss die Fackel in die Höhe und stieß sie in einem Akt der Verzweiflung mitten in das grüne Licht hinein. Ein unheimliches Seufzen ertönte. Dann erfüllte ein Knistern wie von einer Feuerwerksfontäne die Luft. Das grüne Licht flammte gleißend auf und erlosch in abertausend weißen Funken, die knisternd zu Boden fielen.

An einigen Stellen fingen die trockenen Blätter sofort Feuer, aber Hákon trat die Flammen aus, ehe sie weiter um sich greifen konnten. Dann war der Spuk vorbei. Nur ein beißender Schwefelgeruch erinnerte noch an das Geschehen.

»Was war das?« Erschaudernd blickte Manon auf die verkohlten Blätter am Boden.

»Das war einer von ihnen.« Hákon verzog angewidert das Gesicht und trat auf einen schwelenden Blätterhaufen.

»Einer dieser Verdammten?«, hakte Manon nach, die sich nicht anmerken lassen wollte, dass sie die gelungenen Spezial-Effekte längst durchschaut hatte.

»Richtig.« Hákon bückte sich, um sich zu vergewissern, dass sich keine Glut mehr unter den Blättern verbarg. Dann richtete er sich auf und blickte Aideen besorgt an. »Es ist vorbei«, sagte er tröstend. »Geht es dir gut?«

»Feuer!« Das Wort kam Aideen scheinbar zusammenhangslos über die Lippen. Als wäre sie mit den Gedanken weit fort gewesen, blickte sie Hákon an und sagte voller Eifer: »Feuer kann sie vernichten. Wenn die Posten eine Fackel tragen, können sie sich schützen.«

»Wenn alle Posten eine Fackel bekommen, wird der Wald vermutlich bald in Flammen stehen«, meinte Hákon. »Aber du hast recht, wir müssen Tendor sofort von unserer Entdeckung berichten. Soll er entscheiden, wie er sie zum Nutzen aller verwenden kann.«

36

»Er kann gehen.«

»Aber Vater, er ist ...«

»Er kann gehen, sage ich.« Tendors Stimme wankte nicht. »Besorge ihm ein schnelles Pferd und geleite ihn sicher durch unsere Posten. Ich werde dir einen Passierschein mitgeben, für den Fall, dass Fragen aufkommen sollten.«

»Aber er ist unser Feind!« Mavin sah seinen Vater fassungslos an.

»Den wahren Feind müssen wir nicht in Torpak suchen«, erklärte Tendor knapp. »Ich übernehme die volle Verantwortung für seine Freilassung.«

»Und ich versichere dir, dass du es nicht bereuen wirst.« Zoltan lächelte und unterstrich die Worte mit einem leichten Kopfnicken. Der Plan, den er mit Tendor ersonnen hatte, bot gute Aussichten, sich der Verdammten mit einem Schlag zu entledigen, die vermutlich längst dabei waren, auch das Heer aus Torpak zu unterwandern. Damit er gelingen konnte, war jedoch schnelles Handeln vonnöten. Selbst Tendor hatte eingesehen, dass er dafür unverzüglich ins Heerlager zurückkehren musste, denn es galt eine Katastrophe zu verhindern.

»Wie du wünschst.« Der Tonfall, den Mavin wählte, machte deutlich, wie wenig er von der Entscheidung seines Vaters hielt. Offenbar hatte er jedoch gelernt, eine solche zu respektieren, denn er erhob keine weiteren Einwände und sagte nur: »Ich hole jetzt das Pferd.«

Wenig später kehrte er zurück. Zoltan verabschiedete sich von Tendor, kurz und herzlich, wie von einem alten Freund. Nach all dem Blut, das in den Jahren des Kampfes gegen die Rebellen auf beiden Seiten geflossen war, ja selbst nach den Grausamkeiten der vergangenen Tage und Wochen war er davon überzeugt, in dem ehemaligen Kameraden und Waffengefährten einen verlässlichen Partner gefunden zu haben, mit dessen Hilfe nicht nur die gemeinsame Bedrohung bewältigt, sondern auch ein unnötiges Blutvergießen verhindert werden konnte. Schon immer war es seine tiefe Überzeugung gewesen, dass sich so manches Gemetzel durch Verhandlungen hätte vermeiden lassen. Diesmal war er entschlossen, dies auch umzusetzen.

Aber dafür musste er schnell sein. Vermutlich hatten seine Krieger die Fässer mit Öl und Pulver längst rings um das Lager der Rebellen in Stellung gebracht. Solange der Wind von Norden kam, würden sie diese nicht entzünden, da dann auch das eigene Lager in Gefahr geriete. Schlief der Wind jedoch ein oder drehte gar auf Süden, würden sie nicht zögern, seine Befehle zu befolgen und die Schnüre zu entzünden.

Lange hatte Zoltan mit sich gerungen, ob er Tendor von seinem teuflischen Plan, das Heerlager der Rebellen in einem gewaltigen Feuersturm zu vernichten, berichten sollte. Schließlich hatte er sich dafür entschieden, denn die Fässer und deren Inhalt waren für das Gelingen ihres gemeinsamen Plans von ungeheurem Wert.

Tendor hatte ihm mit entsetzter Miene gelauscht, als könne er nicht glauben, wozu Zoltan fähig war. Die Rebellen bereiteten sich auf einen offenen Schlagabtausch mit den Truppen aus Torpak vor. Niemals, daran hatte Tendor keinen Zweifel aufkommen lassen, hätte er damit gerechnet, dass das Leben der Männer, Frauen und Kinder, denen er Zuflucht gewährt hatte, in so unmittelbarer Gefahr sein könnte.

Andererseits war er aber auch klug genug zu erkennen, welche Möglichkeiten sich ihm durch die gegen ihn gerichteten Waffen boten. Er ließ sogar anklingen, dass er es für einen Wink des Schicksals hielt, dass Zoltans teuflischer Plan ausgerechnet jetzt kurz vor der Vollendung stand, wo eine neue, weitaus schlimmere Bedrohung am Horizont auftauchte. Die schonungslose Offenheit, mit der Zoltan ihm seine Pläne dargelegt hatte, und seine Bereitschaft, den sicheren Sieg über die Rebellen dem Kampf gegen den gemeinsamen Feind zu opfern, indem er ihnen erlaubte, die Fässer fortzuschaffen, hatten Tendor schließlich dazu bewogen, ihn gehen zu lassen.

Im ersten Licht des neuen Morgens trafen Reiter im Heerlager ein. Die meisten Gardisten lagen noch in tiefem Schlummer, als die fünfzig Mann starke Truppe mit donnerndem Hufschlag durch das notdürftig zusammengezimmerte Tor preschte und die Männer ihre Pferde auf dem freien Platz vor den Zelten der Kommandanten zügelten. Die verschwitzten Leiber der Tiere dampften in der frostigen Luft, während der Atem aus ihren Nüstern in rascher Folge als weiße Wolken aufstieg.

Nicht nur die Tiere, auch die Männer waren erschöpft. Einen ganzen Tag lang und die Nacht hindurch waren sie fast ohne Pause geritten, um möglichen Angriffen der Rebellen zuvorzukommen, und hatten es tatsächlich geschafft, das Heer zu erreichen, ohne auch nur einen einzigen Mann zu verlieren.

Die wenigen Krieger, die zu dieser frühen Stunde schon auf den Beinen waren, sowie die Wachen vor den Zelten nahmen Haltung an und verneigten sich ehrfürchtig, als sie den in Purpur und Gold gekleideten Regenten erblickten, der inmitten seiner Leibgarde vom Pferd stieg und forschen Schrittes auf die Kommandantur des Lagers zuhielt.

»Es ... es ist noch niemand zugegen, Herr«, entschuldigte sich der Wachtposten vor dem Zelteingang. Etwas an der Art, wie der Krieger ihn anstarrte, machte Karadek stutzig, aber er war erschöpft und hungrig und machte sich nicht die Mühe, weiter darüber nachzudenken. »Dann rufe sie zusammen«, herrschte er den Posten an. »Es wird schon hell, und sie sind nicht zum Schlafen hier. Außerdem besorge etwas zu essen für mich und meine Männer. Wir sind gestern aus Torpak aufgebrochen und nahezu ununterbrochen geritten.«

»Jawohl, Herr.« Der Posten nickte pflichteifrig und entfernte sich, während Karadek das Zelt betrat. Drinnen war es nicht viel wärmer als draußen, aber die Stühle um den einzigen Tisch im Raum waren mit weichen Fellen belegt und wirkten einladend. Seufzend nahm Karadek am Kopfende des Tisches Platz, dort, wo eigentlich Zoltan hätte sitzen sollen, streckte die Beine aus und schloss müde die Augen.

Er musste kurz eingeschlafen sein, denn als er die Augen wieder öffnete, sah er sich einer Handvoll Kommandanten gegenüber, die unschlüssig am Eingang des Zelts warteten und wohl nicht wussten, ob sie eintreten durften, solange der Regent schlief. Hastig setzte Karadek sich auf und gab den Männern ein Zeichen. »Nur keine Scheu«, rief er ihnen zu, während er ein Gähnen unterdrückte. »Kommt herein und setzt euch.«

Die Männer wechselten kurze Blicke und kamen zögernd näher. Die Tatsache, ihren obersten Regenten so unerwartet inmitten des Heerlagers anzutreffen, schien sie zu verunsichern. Den ernsten Gesichtern nach zu urteilen, hielten sie es für kein gutes Zeichen, dass er gekommen war.

»Sind alle versammelt?«, fragte Karadek, nachdem sie Platz genommen hatten. Mit einem Kopfnicken entließ er einen Knaben, der ihm ein Tablett mit kalten Speisen gereicht hatte. »Ich habe Kunde erhalten, dass mein geschätzter Freund und oberster Kommandant Zoltan den Rebellen in die Hände gefallen ist«, fuhr er anklagend fort, während er den Blick prüfend über die Gesichter der acht Männer streifen ließ, die ihm gegenübersaßen. »Wie konnte das geschehen?«

Die Männer am Tisch wechselten verstohlene Blicke; offenbar war niemand willens, Auskunft zu geben. Schließlich erhob sich einer der Älteren und sagte mit fester Stimme: »Es war sein Wunsch, allein zu reiten. Wir wollten ihn aufhalten, aber er erteilte uns den Befehl zu schweigen. Dann machte er sich mit seinem tamjikischen Waldläufer auf den Weg zum Rebellenlager und kehrte nicht mehr zurück.«

»Was wurde aus dem Waldläufer?«, fragte Karadek.

»Er kam zurück und überbrachte uns Zoltans letzte Befehle.«

»Und wo ist er jetzt?«

»Nun, ich vermute, er schläft noch.«

»Bei den schwarzen Pforten des Halvadal!« Karadeks Gesicht wurde rot vor Zorn. »Bringt ihn her. Ich will ihn sehen.«

»Verzeiht, Herr, aber er war die ganze Nacht mit einem Spähtrupp unterwegs und kam erst ...«

»Das ist mir gleichgültig«, wetterte Karadek. »Ich war auch die ganze Nacht unterwegs. Und schlafe ich etwa? Also schafft ihn herbei. Sofort.«

Wenig später trat der Waldläufer ins Zelt. Seine nussbraune Hautfarbe ließ keinen Zweifel daran, dass er ein Tamjike war, was Karadek mit einem geringschätzigen Lächeln quittierte. Er wusste, dass Zoltan einige Steppenbewohner als Söldner angeworben hatte, hatte jedoch nie verstehen können, was ihn dazu bewogen hatte. Tamjiken in seinem Heer zu wissen, war für Karadek mehr ein Makel als ein Nutzen. Er duldete sie jedoch, solange sie sich nichts zu Schulden kommen ließen. »Nun«, hob er an, »wie ich hörte, warst du der Letzte, der Zoltan lebend gesehen hat.« Der anklagende Ton in seinen Worten war durchaus beabsichtigt. Er traute den Tamjiken nicht und hielt es durchaus für möglich, dass hier Verrat mit im Spiel war.

»Ich führte ihn zum Lager der Rebellen, wie es sein Wunsch war«, entgegnete der Waldläufer mit starkem Akzent. »Er wollte sich selbst davon überzeugen, dass der Rebell, den er befragt hatte, die Wahrheit gesagt hatte, und sich vergewissern, ob seinem Plan Erfolg beschieden sein würde.«

»Seinem Plan?« Karadek zog erstaunt eine Augenbraue in die Höhe. »Von welchem Plan sprichst du?«

»Nun, ich weiß nicht ...« Der Tamjike warf den Kommandanten einen Hilfe suchenden Blick zu, als wisse er nicht, ob er offen reden durfte.

»Ich warte.« Karadek verschränkte demonstrativ die Arme vor der Brust, schaute die Kommandanten nacheinander an und fragte: »Will mir niemand verraten, welchen Plan Zoltan hatte?«

Eine halbe Stunde, nachdem sie das Rebellenlager verlassen hatten, erreichte die Gruppe um Hákon den Waldrand. Es war noch dunkel gewesen, als sie aufgebrochen waren. Und obwohl der Lärm, den die vier Pferde gemacht hatten, weithin gut zu hören gewesen sein musste, hatten nur wenige Rebellen etwas von dem Aufbruch bemerkt.

Alles war nach Plan verlaufen. Nachdem sie Tendor von ihrer Entdeckung berichtet hatten, dass die geisterhaften Gebilde mit Feuer zerstört werden konnten, hatten sie sich noch in der Nacht mit Proviant, Wasser, Decken und all den anderen Dingen versorgt, die sie für die Reise ins Hochland benötigten, während Tendor selbst die vier kräftigsten Pferde für sie ausgewählt hatte.

Manon fühlte sich nicht recht wohl auf dem stattlichen weißen Wallach, den man ihr gegeben hatte. Obwohl sie wie die meisten Mädchen einmal eine begeisterte Reiterin gewesen war, lag die letzte Reitstunde inzwischen fast acht Jahre zurück, und sie musste sich erst wieder an das Gefühl gewöhnen, allein auf einem Pferd zu sitzen. Zum Glück war der Wallach ein ruhiges und genügsames Tier und machte es ihr leicht, die verschütteten Reitererfahrungen wieder auszugraben.

Am Waldrand zügelten die vier ihre Pferde und gönnten sich einen Augenblick des Innehaltens. Das Hochland war an diesem Morgen nebelverhangen; nur die Kuppen der höchsten Hügel schauten wie

Inseln aus den Nebelschwaden hervor, welche die Täler und Mulden wie ein wogendes graues Meer füllten. Es war ein bewegender Anblick, friedlich und still, und doch lag etwas Unheilvolles darin, das Manon sich nicht erklären konnte.

Ein Blick in die Gesichter der anderen zeigte ihr, dass es ihnen nicht viel anders erging. Die Mienen spiegelten Unsicherheit, Zweifel und Furcht. Aber auch eine grimmige Entschlossenheit.

Wahre Helden, dachte Manon schmunzelnd. Von außen betrachtet, wirkte alles genau wie eine Szene aus einem Film, wenn sich die Helden zur alles entscheidenden Schlacht formieren. Obwohl sie sich große Mühe gab, dass die anderen es nicht merkten, konnte sie die Lage noch immer nicht wirklich ernst nehmen. Allerdings spürte sie seit ihrem Aufbruch auch, dass sich mehr und mehr ein anderes Gefühl in ihr ausbreitete: Stolz. Stolz, Mitglied dieser Gemeinschaft zu sein. Stolz, teilzuhaben an etwas Bewegendem, auch wenn es nur eine Farce war, und Stolz auf sich selbst, da sie glaubte, bisher ein recht passables Bild abgegeben zu haben.

Bei allem Ärger und der Furcht, die sie durchlitten hatte, spürte sie, dass sie sich nicht nur in ihre Rolle fügte, sondern diese auch annahm. Warum auch nicht?, dachte sie bei sich und schmunzelte erneut. Man bekommt schließlich nicht oft die Gelegenheit, eine ganze Welt zu retten.

Aideen sah Manon schmunzeln und fragte sich, was wohl in ihr vorgehen mochte. Wie alle bewegten auch sie hier am Rand des schützenden Waldes ganz unterschiedliche Gedanken und Gefühle. Etwas, das sie schmunzeln ließ, gehörte jedoch nicht dazu. Tendor hatte anklingen lassen, dass die Fremde sich etwas verwirrt benahm. Aideen fürchtete jedoch, dass sich hinter der sorgfältig errichteten Fassade aus gespielter Lockerheit und Mut noch andere, weitaus bedenklichere Eigenschaften verbargen. Das Schmunzeln war längst verschwunden, aber Aideen war erfahren genug, um den leisen Spott in Manons Blicken zu bemerken. Worüber mochte sich die Fremde insgeheim lustig machen? Über die Vermessenheit der kleinen Gruppe, die glaubte, Zarife das Handwerk legen zu können?

Der Gedanke weckte Misstrauen in Aideen. Immerhin war die Fremde lange mit Zarife befreundet gewesen. Was, wenn sie deren

Pläne unterstützte? Im Lager hatte sie sich ahnungslos gegeben, aber auch dort hatte Aideen schon gespürt, dass es noch etwas anderes gab, das sie bewegte. Verstohlen sah sie Manon von der Seite her an. Was wusste sie wirklich? Welche Rolle spielte sie in Zarifes Plänen? Würde sie ihnen helfen oder sie am Ende verraten?

Aideen spürte, wie sich ihr Magen zusammenkrampfte. Mochte Tendor denken, dass diese Manon ihnen eine Hilfe sein konnte, sie glaubte nicht daran. Mit ihren feinen Sinnen spürte sie sehr deutlich, dass Manons Hilfsbereitschaft nur eine Maske war, hinter der sich andere Gedanken und Absichten verbargen. Bethia hätte diese vermutlich erkennen können, doch Aideen mangelte es an Wissen und Erfahrung, mehr herauszufinden. Alles, was sie tun konnte, war, wachsam zu bleiben. Und während Hákon das Signal zum Aufbruch gab, nahm sie sich vor, die Fremde gut im Auge zu behalten.

»Warum fragt Ihr mich nicht selbst?«

Die Kommandanten im Versammlungszelt wandten erstaunt die Köpfe. Auch Karadek richtete die Aufmerksamkeit auf den Zelteingang, durch den soeben ein hochgewachsener und breitschultriger Krieger mit stoppeligem Kinnbart getreten war.

»Zoltan!« Einige der Kommandanten sprangen auf und begrüßten ihren Heerführer überschwänglich, andere bekundeten Überraschung und Freude durch laute Ausrufe. Der Tamjike strahlte übers ganze Gesicht und eilte ebenfalls auf Zoltan zu, um ihn zu begrüßen. Nur Karadek blieb ruhig. Sein Gesicht zeigte keine Regung. Nichts deutete darauf hin, dass er froh war, Zoltan so unerwartet lebend wiederzusehen.

Zoltan erwiderte die Umarmungen, das Schulterklopfen und Händeschütteln, dann löste er sich aus der Gruppe, um zu Karadek zu gehen, der seelenruhig auf seinem Platz saß.

»Sie haben dich also gehen lassen«, stellte der Regent nüchtern fest.

»Ja, das haben sie.« Zoltan deutete eine leichte Verbeugung an. »Sie gaben mir ein Pferd und forderten mich auf, ihr Lager unverzüglich zu verlassen. Das habe ich mir natürlich nicht zweimal sagen lassen.«

»Und?« Karadeks Stimme war schneidend. »Was hast du ihnen dafür gegeben?«

»Nichts. Was soll ich ihnen gegeben haben?«

»Hinweise über unsere Pläne, Auskünfte über unsere Truppenstärke und ...«

»Was denkt Ihr von mir?«, fiel Zoltan Karadek ins Wort. »Ich würde Torpak niemals verraten.«

»Bist du dir da sicher? Wenn es um das eigene Leben geht, schmilzt so manches *Niemals* wie Schnee in der Sonne.« Karadek blieb misstrauisch. »Du bist der erste von Hunderten Gefangenen, die sie ohne eine Gegenleistung laufen lassen. Das sollte uns zu denken geben, oder nicht?«

»Es hat seine Gründe.« Zoltan trat näher und stützte die Hände auf die Tischplatte. »Der Anführer der Rebellen ist kein anderer als Tendor selbst«, berichtete er. »Er ist nicht tot, sondern erfreut sich bester Gesundheit. Wie Ihr wisst, waren Tendor und ich einmal gute Freunde. Zweimal rettete ich ihm im Krieg gegen die Tamjiken das Leben. Er sagte, er wolle mit der Freilassung die alte Schuld begleichen.«

»Wie rührend.« Karadek verzog spöttisch das Gesicht. »Sollen wir dir das wirklich glauben? Könnte es nicht viel mehr auch so gewesen sein, dass ihr euch auf eure Freundschaft besonnen und einen Handel geschlossen habt?«

»Es war so, wie ich es sage.« Zoltan ließ sich nicht beirren. Er wirkte ruhig, seine Haltung deutete jedoch darauf hin, dass er sehr angespannt war. »Glaubt, was Ihr wollt. Ich habe mir nichts vorzuwerfen.«

»So?« Karadek zog eine Augenbraue in die Höhe und musterte ihn scharf. »Dann hast du also kein Bündnis mit Tendor geschlossen?«

Ein Raunen lief durch die Reihen der Versammelten, die die Auseinandersetzung gebannt verfolgten. Karadeks Behauptung war geradezu ungeheuerlich.

»Wer sagt so etwas?« Zoltan ließ den Blick über die Gesichter der Kommandanten schweifen. »Ihr?«, fragte er herausfordernd.

Niemand antwortete. Einige schüttelten fast unmerklich den Kopf, andere schauten betreten zu Boden.

»Es ist nicht wichtig, welches Vögelchen mir das zutrug«, fuhr Karadek fort. »Ich habe zuverlässige Informanten. Wichtig ist, dass ich dir nicht mehr trauen kann. Ich stelle dich hiermit unter Arrest, bis die Sache geklärt ist. Wenn sich herausstellt, dass der Vorwurf unbegründet ist, sehen wir weiter.«

»Aber das Heer und der Feldzug!«, rief Zoltan fassungslos aus. »Jemand muss doch ...«

»Mach dir darum keine Sorgen.« Karadek lächelte herablassend. »Ich bin gekommen, um den Feldzug persönlich anzuführen, und das werde ich auch tun.« Er gab den Wachen am Eingang einen Wink, deutete auf Zoltan und sagte: »Führt ihn ab! Er steht bis auf Weiteres unter Arrest.«

Gehüllt in einen Mantel aus Nebel, hielt die Nacht Einzug in das Hochland. Bei Anbruch der Dämmerung hatte der Wind nachgelassen, und erste kleine Nebelbänke hatten sich, schwebenden Schleiern gleich, in den Niederungen gebildet. Als es kühler wurde, waren diese schnell herangewachsen, immer höher gestiegen und miteinander zu einem undurchdringlichen Grau verschmolzen, das es den vier Reitern nahezu unmöglich machte, auch nur zehn Schritte weit zu sehen.

»So kommen wir nicht weiter.« Hákon zügelte sein Pferd und schwang sich aus dem Sattel. »Wir rasten hier und warten auf den Morgen.«

»Gute Idee.« Manon atmete auf und tat es ihm gleich. Der lange Ritt hatte sie an die Grenzen der Belastbarkeit gebracht. Sie war hungrig, durstig und erschöpft. Ihr Hinterteil schmerzte, und sie meinte, jeden einzelnen Muskel im Körper zu spüren. Die ersten Schritte auf festem Boden waren ungewohnt, ihr Gang hölzern.

»Fühlst du dich nicht gut?«, erkundigte sich Bjarkar besorgt. Der hünenhafte Krieger half gerade Aideen aus dem Sattel, die noch nie allein auf einem Pferd gesessen hatte. Auch sie wirkte müde und erschöpft.

»Es könnte besser sein.« Manon nickte Bjarkar freundlich zu. »Ich weiß zwar nicht, ob ich da morgen wieder hinaufkomme«, gestand sie ehrlich und deutete auf den Sattel, »aber sonst habe ich keine Probleme.«

Ächzend kam Aideen neben ihr zum Stehen und machte ein paar unbeholfene Schritte. Sie klagte nicht, aber die unterdrückten Schmerzenslaute ließen darauf schließen, dass die Folgen des langen Ritts sie noch mehr quälten als Manon.

»Ja, so ein Pferd ist schon eine tolle Sache.« Manon grinste Aideen an, die ihr zur Antwort einen finsteren Blick zuwarf. Offenbar war ihr nicht nach Scherzen zumute.

»Ich habe hier eine Salbe von unseren Heilerinnen.« Hákon gesellte sich zu ihnen und reichte Manon einen kleinen, mit Kork verschlossenen Tiegel. »Wenn ihr die wunden Stellen und schmerzenden Gelenke damit einreibt, fällt euch das Reiten morgen nicht so schwer.«

»Danke.« Manon nahm den Tiegel an sich, zog den Korken heraus, roch daran und rümpfte die Nase. Die dunkelbraune Salbe roch mindestens so streng und abstoßend, wie sie aussah.

Vermutlich ist das eine Art Mutprobe, überlegte sie und hörte in Gedanken schon die Stimme eines Fernsehmoderators: *Wird Manon die eklige Salbe wirklich verwenden? Das sehen Sie morgen in …*

»Was ist damit?«, erkundigte sich Hákon, der ihren Abscheu bemerkte.

»Sie stinkt widerlich.«

»Aber sie hilft.« Hákon schmunzelte.

»Das hoffe ich.« Manon ließ den Tiegel in die Jackentasche gleiten und machte sich daran, ihren Wallach von dem schweren Sattel zu befreien. Der Bauchgurt war schnell gelöst, der Sattel selbst aber war mit dem Gepäck so schwer, dass sie ihn nicht bewegen konnte.

»Darf ich?« Bjarkar schien ihre Mühe bemerkt zu haben. Seinem barbarischen Aussehen zum Trotz besaß der Axtkämpfer, wie Manon überrascht festgestellt hatte, ein überaus freundliches und sanftes Gemüt und war zudem sehr hilfsbereit. Auch jetzt war er wieder sofort zur Stelle, um ihr zur Hand zu gehen. Ohne dass Manon ihn darum gebeten hätte, hievte er den Sattel mit einem kräftigen Ruck vom Rücken des Pferdes und entließ es mit einem Klaps auf die Hinterbacken zum Grasen.

Manon lächelte ihm dankend zu, als er den Sattel zu den anderen stellte. Sie rieb sich die kalten Finger und hauchte dagegen, um sie zu wärmen. Gern hätte sie ein Feuer gehabt, aber Hákon hatte schon unterwegs erklärt, dass sie nur zwei Fackeln entzünden und die Mahlzeit kalt einnehmen würden.

Aideen schien gar keinen Hunger zu haben. Sie hatte bereits eine geflochtene Matte auf dem Boden ausgebreitet, sich, in Decken gehüllt, darauf niedergelegt und die Augen geschlossen.

Manon errichtete ihre Schlafstatt neben Aideen, setzte sich hin und verzehrte eine kleine Ration aus Dörrfleisch und hartem Brot. Sie hatte noch nie gern im Freien campiert, schon gar nicht um diese Jahreszeit, und die allgegenwärtigen Schmerzen machten ihr die Sache auch nicht gerade leichter. Am schlimmsten war der wunde Hintern. Insgeheim hatte sie gehofft, dass es nicht so schlimm sein würde, aber die Schmerzen waren auch im Liegen so groß, dass sie trotz aller Skepsis beschloss, Hákons Salbe zu verwenden. Es war nicht ganz einfach, sie aus dem Tiegel und auf die betreffenden Hautstellen zu bekommen, aber irgendwie gelang es ihr dann doch. Die schmerzstillende Wirkung setzte fast augenblicklich ein und entlockte ihr trotz des furchtbaren Gestanks ein wohliges Seufzen. Den sorgfältig verschlossenen Tiegel stellte sie so neben Aideen, dass diese ihn sehen musste, wenn sie erwachte. Dann rollte sie sich auf die Seite und versuchte, ein wenig zu schlafen.

Aideen erwachte aus tiefem Schlummer, ohne dass sie einen Grund dafür hätte ausmachen können. Weder hatte sie schlecht geträumt, noch war da ein Geräusch gewesen, das sie geweckt haben könnte. Das Erste, was sie sah, war der Tiegel mit Salbe, der unmittelbar vor ihrer Nase stand. Unvermittelt musste sie lächeln. Sie hätte nicht damit gerechnet, dass die Fremde so aufmerksam war.

Manon schlief nur eine Armeslänge neben ihr. Auf der anderen Seite erkannte sie Bjarkars massige Gestalt. Hákon konnte sie nirgends entdecken. Vermutlich hielt er Wache, aber der Nebel war zu dicht, um weiter als fünf Schritte sehen zu können.

Hákon. Der Gedanke an den Waldläufer brachte Aideen auf eine Idee. Seit der letzten Nacht, die sie im Versammlungshaus verbracht hatten, suchte sie nach einer Gelegenheit, ungestört mit ihm zu reden. Sie wollte unbedingt herausfinden, ob das Gespinst recht damit hatte, dass er ihr Bruder war.

Darauf bedacht, keinen Lärm zu machen, setzte Aideen sich auf. Ihre Muskeln waren steif und schmerzten, aber sie kümmerte sich nicht darum. Für sie war nur wichtig, Hákon zu finden.

Leise erhob sie sich und ging in einem weiten Bogen um die Schlafenden herum. Sie musste nicht lange suchen. Hákon saß auf einer nahen Erhebung, den Rücken an einen Felsen gelehnt. Zum Schutz gegen die Kälte hatte er sich eine Decke um die Schultern geschlungen. Im ersten Augenblick glaubte Aideen, er schlafe, aber als sie näher trat, bemerkte er sie sofort.

»Aideen?«, fragte er leise. »Was tust du hier? Es ist noch zu früh für eine Wachablösung.«

»Ich konnte nicht schlafen«, sagte sie mit gedämpfter Stimme. »Darf ich mich zu dir setzen?«

»Sicher.« Hákon rutschte ein Stück zur Seite, damit sie sich auch an den Felsen lehnen konnte. Aideen setzte sich zu ihm, achtete aber darauf, ihn nicht zu berühren. Ihr Herz klopfte wie wild. Tausend Fragen brannten ihr auf der Zunge, und ein Sturm von Gefühlen, wie sie diese noch niemals erlebt hatte, toste durch ihr Inneres. Endlich war es so weit. Sie waren allein. Sie konnte ihn alles fragen. Aber sie schwieg.

Sag etwas, spornte sie sich in Gedanken an. Nun sag schon etwas. Doch ihre Kehle war wie zugeschnürt. Nicht eine von den Fragen, die sie ihm hatte stellen wollen, kam ihr über die Lippen.

»Der Nebel ist unheimlich.« Welch ein närrischer Satz. Aideen hätte sich dafür ohrfeigen können.

»Fürchtest du dich?« Die Wärme in Hákons Stimme berührte sie.

»Nein«, sagte sie ehrlich. »Ich kenne den Hochlandnebel. Er hat mich mein Leben lang begleitet. Aber ich mag ihn nicht. Er kündet von Herbst, Dunkelheit und Kälte. Nicht von Frühling und Sommer.«

»Wie ist es, bei den Hüterinnen zu leben?«, wollte Hákon wissen.

»Frage lieber, wie es war.« Bitternis schwang in Aideens Stimme mit. »Die guten Zeiten gehören der Vergangenheit an. Es wird nie wieder so werden wie vor der Anrufung.«

»Das tut mir leid.«

»Muss es nicht.«

»Warum nicht?«

»Wie lebten zwar zufrieden, aber nur, weil wir es nicht anders kannten.« Je länger Aideen sprach, desto mehr verlor sie ihre Scheu. Ihr war, als kenne sie Hákon schon ewig. »Jetzt, da ich das Waldland gesehen habe und den Menschen begegnet bin, die dort leben, weiß ich, worum man uns betrogen hat«, fuhr sie fort. »Wir hielten uns für Auserwählte, in Wirklichkeit aber waren wir Gefangene.«

»Ihr wart eine Gemeinschaft. Eine große Familie. Und ihr hattet ein gemeinsames Ziel, das euch zusammenhielt.«

»Familie …« Aideen schüttelte den Kopf. »Ich weiß nicht einmal, was das ist.«

»Aber deine Mutter …«

»Ich kenne meine Mutter nicht.« Die Antwort war eine Spur zu hart. Aideen konnte förmlich spüren, wie Hákon bei ihren Worten zusammenzuckte.

»Entschuldige, das … das wusste ich nicht«, sagte er betroffen.

»Ach was. Das ist nicht schlimm.« Aideen bemühte sich um einen lockeren Tonfall. »Keine Hüterin kennt ihre Mutter. Ich war also in guter Gesellschaft.«

»Keine?« Hákon schaute Aideen stirnrunzelnd an. »Wie ist das möglich?«

»Willst du es wirklich wissen?«, fragte Aideen. Hákon nickte.

»Wir Hüterinnen sind angeblich alle Findelkinder, die von ihren Eltern im Wald ausgesetzt wurden«, hob Aideen mit klopfendem Herzen an, »aber das stimmt nicht. Ich habe gesehen, wie es bei mir war. In meinen Träumen. Zuerst habe ich es nicht verstanden, aber dann wurden mir die Augen geöffnet. Ich habe lange darüber nachgedacht und versucht, es zu ergründen. Jetzt weiß ich, dass es kein Traum war. Es waren meine eigenen Erinnerungen, die einzigen, die ich noch an meine Kindheit jenseits des Hochlands besitze. Wir sind nicht ausgesetzt worden, wir wurden entführt. Die Dashken haben uns unseren Müttern entrissen, damit wir Zarife dienen …« Bitternis ließ sie verstummen.

»Die Dashken, sagst du?« Neugier schwang in Hákons Worten mit. Offensichtlich war es ihr gelungen, sein Interesse zu wecken. Für einen Augenblick hatte sie das Gefühl, dass er ihr eine Frage stellen wollte, doch dann schien es, als verlasse ihn der Mut, und er schwieg.

Auch Aideen schwieg, Sie spürte, dass jetzt der rechte Augenblick für ihre Fragen war, aber sie war immer noch gehemmt. Schließlich nahm sie all ihren Mut zusammen und fragte: »Hast du eine Familie?«

»Natürlich.« Hákon nickte. »Mein Vater starb, als ich noch sehr klein war, aber ich habe noch meine Mutter und Gor, meinen Bruder. Ich habe auch eine Schwester, Viliana, aber kann mich nicht an sie erinnern, denn sie verließ uns schon sehr früh.« Er verstummte und starrte schweigend in den Nebel hinaus.

Viliana. Aideen zuckte zusammen. Eine heiße Woge flutete durch ihren Körper. Sie spürte, dass sie den Zipfel einer Erinnerung zu fassen bekam, die seit Jahrzehnten in ihr schlummerte, und tatsächlich stellte sich auch die Vision aus ihrer Kindheit wieder ein …

Da war Sonnenlicht, das golden durch die Baumkronen flutete. Blätter, die sich im Wind bewegten. Kinderlachen und Frauenstimmen, die entzückte Laute von sich gaben.

Dann kam der Schatten, der sich jäh vor den funkelnden Himmel schob. Das Kinderlachen erstarb.

»Dashken!«, rief jemand, und die Frauen schrien auf.

»Viliana! Nein! Bei den Göttern, das dürft ihr nicht!«

Finster und bedrohlich senkte sich der Schatten herab. Hände griffen nach ihr, hoben sie auf und trugen sie fort, während das Weinen der Kinder und die Schreie der Frauen immer weiter hinter ihr zurückblieben. »Viliana! Viliana!«

»Du zitterst.« Hákon legte fürsorglich den Arm um sie. »Verzeih, ich wollte dich nicht traurig machen.«

Aideen stockte der Atem, als sie seine Nähe so unmittelbar spürte. Er ist es, dachte sie erschaudernd. Er ist wirklich mein Bruder. Langsam wandte sie den Kopf und blickte ihn an. »Viliana wurde als Schoßkind von den Dashken verschleppt, nicht wahr?«, fragte sie stockend.

»Woher weißt du das?« Hákon riss erstaunt die Augen auf. »Vermagst du als Seherin auch in die Vergangenheit zu blicken? Sie ist … sie war meine Zwillingsschwester. Ich habe erst vor wenigen Tagen davon erfahren. Nur deshalb bin ich ins Hochland geritten. Ich wollte versuchen, etwas über sie herauszufinden.«

»Nein« Aideen schüttelte den Kopf. »Diese Fähigkeit habe ich nicht, aber du hast mir gerade meine Erinnerungen zurückgegeben. Ich …« Sie stockte und sah ihn an. Ihre Kehle war wie zugeschnürt. Ihr Herz raste. Sie musste tief Luft holen, um die wenigen Worte hervorzubringen, von denen sie wusste, dass sie ihr ganzes Leben ändern würden. »Ich bin Viliana.«

37

Aideen spürte, wie es in ihrer Nase kribbelte, doch wieder blieben ihr die Tränen versagt. Hákon sah sie an, Verblüffung, Freude und Zweifel wechselten in rascher Folge in seinem Gesicht, während er nach den richtigen Worten suchte.

»Du?«, kam es ihm schließlich so zaghaft über die Lippen, als könnten zu laute Worte die kostbare Wahrheit zerstören. »Du bist meine Schwester?«

»Ja.« Aideen schluckte trocken. Ihre Stimme bebte vor Rührung und Glück. »Ja, es ist wahr. Ich spürte es bereits, als Bethia dich vor den Dashken rettete. Aber damals war ich mir noch nicht sicher. Der Name deiner Schwester – mein Name – ist wie ein Schlüssel, den ich verloren hatte. Du hast ihn mir zurückgegeben. Und jetzt …« Sie verstummte.

»Nicht weinen.« Hákon schloss Aideen fest in die Arme.

Die Berührung war nicht mehr fremd, etwas Vertrautes lag darin, das Aideen ein wohliges Erschauern bescherte. »Keine Sorge, ich habe in meinem ganzen Leben noch keine einzige Träne vergossen«, sagte sie.

»Du … du kannst nicht weinen?« Hákon löste die Umarmung und starrte sie an. »Ich kann es auch nicht.« Er lächelte. »Wenn es noch eines Beweises bedurft hätte, dies ist er – du bist wahrlich meine Schwester.« Er umarmte sie erneut. »Ich wusste, dass du lebst«, sagte er glücklich. »Ich wusste es.«

»Was habt ihr hier zu suchen?«

Aideen und Hákon zuckten erschrocken zusammen und sahen sich um. Weniger als fünf Schritte entfernt schwebte eine Frauengestalt, die aussah, als wäre sie ganz aus Nebelschwaden geformt.

»Wer seid Ihr?« Hákon schob sich schützend vor Aideen, die Hand am Heft seines Schwertes.

»Ich habe *dich* etwas gefragt, Sterblicher.«

»Ich bin Hákon, und das ist Aideen«, gab er knapp Auskunft. Er warf Aideen einen kurzen Blick zu und fügte hinzu: »Meine Schwester.«

»Und ich bin der Nebel, das Wasser, der Wind und die Luft ...« Die Nebelfrau lächelte. »Oder wäre dir die Gestalt eines Schattenwolfes lieber?«

»Sie ist ein Dashke!« Aideen löste sich aus dem Schatten ihres Bruders, stand auf und deutete eine Verbeugung an. Obwohl sie schon ihr ganzes Leben im Hochland verbracht hatte, war es das erste Mal, dass sie einem der Elementargeister in seiner friedlichen Form begegnete. Sie war überrascht, dass der Dashke sich ihnen auf diese Weise genähert hatte, und fragte sich, welchen Grund er dafür haben mochte. »Verzeiht, dass wir in Euer Reich eingedrungen sind«, sagte sie mit fester Stimme. »Aber die Umstände erfordern ein rasches und entschlossenes Handeln. Wir konnten nicht anders.«

»Eine Hüterin.« Die Nebelfrau wirkte erstaunt. »Ist es die Stimme Zarifes, mit der du sprichst?«

»Ich spreche nur für mich.« Aideen straffte sich. »Ich diene Zarife nicht mehr. Sie wollte mich töten. So wie sie auch schon die Oberin und Bethia getötet hat.«

»Wir wissen, dass sie sich mit dunklen Mächten verbündet hat und diese ins Land holt.« Die Nebelfrau nickte bedächtig. »Ihr Ziel ist es, über Benize zu herrschen. Aber nun ist sie zu weit gegangen.« Sie gab einen eigentümlichen Seufzer von sich und sagte: »Wir haben verlangt, dass sie die verlorenen Seelen an ihren Verbannungsort zurückschickt. Aber sie ist überzeugt, Macht über die Finsternis zu haben, die sie heraufbeschwört, und weigert sich. So wurde das Band, das zwischen den Priesterinnen des Weißen Tempels und den Dashken bestand, von uns zerschnitten. Von nun an gehört das Hochland wieder meinem Volk. Zarife und die Hüterinnen müssen es bis zum nächsten vollen Mond verlassen haben.«

»Bis zum nächsten vollen Mond?«, entfuhr es Hákon. »Aber das dauert viel zu lange. Bis dahin wird sie all ihre Verbündeten ins Land gebracht haben. Dann ist Benize verloren.«

»Hákon hat recht«, sagte Aideen. »Warum wollt Ihr so lange warten? Wenn es Euch missfällt, was Zarife tut, dann schreitet jetzt ein. Sofort! Verhindert, dass sie das Tor öffnet und immer mehr Verdammte ins Land holt. Zerstört das Tor oder tötet Zarife. Es muss für Euch doch ein Leichtes sein, sie ...«

»Es ist nicht so einfach, wie du denkst, Hüterin«, erwiderte die Nebelfrau. »Der Eid, den wir den Erbauern des Weißen Tempels einst schworen, bindet uns noch bis zum nächsten vollen Mond. So lange können wir nichts gegen die Priesterinnen und ihre Nachkommen unternehmen, ohne uns selbst Schaden zuzufügen. Wir sind machtlos.«

»Aber wir nicht!« Hákon trat vor und stellte sich neben Aideen. »Wir sind auf dem Weg zu Zarife, um ihrem Treiben ein Ende zu bereiten.«

»Das hatte ich gehofft.« Ein fließendes Lächeln umspielte die Mundwinkel der Nebelfrau. »Wir beobachten euch schon den ganzen Tag. Meine Brüder und Schwestern wollen euch töten, so wie wir alle töten, die unser Reich betreten. Ich aber war der Ansicht, dass es nicht klug sei, vorschnell zu handeln. So beschloss ich, die Regeln zu brechen und mit euch zu sprechen, um zu erfahren, was ihr hier zu suchen habt.«

»Wir sind ins Hochland gekommen, um das Tor zu schließen«, sagte Aideen. Sie spürte, dass es wichtig war, dem Dashken die Wahrheit zu sagen. Ihr Leben und das der anderen hing allein davon ab, ob der Elementargeist ihr Ansinnen für nützlich erachtete. »Ich kenne den Weg zum Platz der Anrufung und werde die anderen dorthin führen. Dort werden wir uns Zarife stellen.« Sie verstummte, als ihr bewusst wurde, dass keiner von ihnen bisher weiter als bis zu diesem Punkt gedacht hatte.

»Das klingt, als hättet ihr außer eurem Mut noch keinen Plan.«

»Es ist schwer, einen Plan zu schmieden, wenn wir nicht wissen, was uns erwartet«, mischte Hákon sich in das Gespräch ein und fügte in Anspielung auf die Bedrohung durch die Schattenwölfe hinzu: »Wir wussten ja nicht einmal, ob wir die Höhlen lebend erreichen würden.«

»Nun, daran soll es nicht scheitern«, sagte die Nebelfrau. »Ich erkenne, dass euer Streben auch das unsere ist. Daher werden wir Nachsicht üben. Ihr werdet unversehrt bleiben, bis ihr euer Ziel erreicht und das Hochland wieder verlassen habt.«

»Und wenn wir scheitern?«, fragte Aideen.

»Solltet ihr fliehen müssen, werden die Schattenwölfe euch nicht behelligen – wenn ihr dann noch lebt.«

»Werdet Ihr uns helfen?« Aideen spürte die Hoffnung, die in Hákons Worten mitschwang, und bewunderte ihn für seinen Mut, die Dashken für eine gemeinsame Sache gewinnen zu wollen.

»Wir können den Hüterinnen keinen Schaden zufügen, ohne uns selbst zu schaden, solange der Mond nicht voll ist«, erklärte die Nebelfrau noch einmal. »So haben wir es vor vielen hundert Jahren geschworen. Euch zu verschonen und Erfolg zu wünschen, ist alles was, wir tun können.«

»Wunderbar. Dann können wir uns ja gleich …«

»… für Euren Großmut bedanken«, fiel Aideen Hákon hastig ins Wort, um zu verhindern, dass er etwas Dummes sagte. Sie verneigte sich ehrfürchtig und fügte hinzu: »Seid gewiss, dass wir unser Bestes geben werden.«

»Die guten Wünsche der Dashken werden euch begleiten«, sagte die Nebelfrau. »Möge euch ein schneller Erfolg beschieden sein.« Noch während sie das sagte, verblasste ihre Gestalt und löste sich ganz in dem Nebel ringsumher auf. Dann war sie fort.

»Die guten Wünsche …« Wütend trat Hákon gegen einen Stein. »Bei den Göttern. Ich hätte nicht gedacht, dass die Dashken solche erbärmlichen Feiglinge sind.«

»Bitte, Hákon, mäßige dich!«, mahnte Aideen im Flüsterton. »Sie werden uns nicht angreifen. Das ist mehr, als wir uns erhofft hatten – viel mehr. Es ist eine Gunst, die noch nie jemandem zuteil wurde. Wir können uns stolz und glücklich schätzen, dass sie uns vertrauen.«

»Vertrauen? Pah.« Hákon schüttelte den Kopf. »Siehst du es nicht? Sie suchen doch nur jemand, der die Drecksarbeit für sie macht.«

»Du bist ungerecht«, wandte Aideen ein. »Als wir aufbrachen, hätte niemand auch nur in Traum zu hoffen gewagt, dass die Dashken uns helfen würden. Im Gegenteil, unsere größte Sorge war es doch, dass die Schattenwölfe uns angreifen würden. So gesehen haben wir nichts verloren, aber die Sicherheit gewonnen, dass die Dashken uns nichts tun werden. Es gibt also keinen Grund, enttäuscht zu sein.«

Hákon schaute sie nachdenklich an. »Du hast recht«, lenkte er schließlich ein. »Natürlich ist es gut zu wissen, dass wir die Schattenwölfe nicht fürchten müssen. Trotzdem wäre es schön gewesen, hätten wir sie für uns gewinnen können.« Er seufzte enttäuscht, dann sagte er: »Ist das nicht verrückt? Da sehen wir uns nach all den Jahren zum ersten Mal und haben nichts Besseres zu tun, als zu streiten.«

»Ich hörte, Geschwister tun das hin und wieder.« Aideen grinste und streckte ihm die Hand entgegen. »Komm«, sagte sie, »wir haben noch ein wenig Zeit. Erzähl mir mehr von dir und meiner Familie.«

Nebelschwaden verhüllten den Wald, legten sich als dünne Reifschicht auf die trockenen Blätter am Boden und ließen die Dämmerung nur als blasses Grau durch die Baumkronen sickern. Kein Vogel sang, kein keckerndes Eichhörnchen war zu hören. Der Wald war erfüllt von jenem Schweigen, in dem die ehrfürchtige Erwartung des nahenden Winters fast greifbar wird. Starr und stumm, ausharrend und bangend.

Die Männer, die sich verstohlen einen Weg durch das einheitliche Grau bahnten, kümmerte das alles nicht. Sie hatten einen Auftrag, und dieser duldete keine Verzögerung. Ohne auf das Krachen und Knacken der Äste und Zweige zu achten, die unter ihren Stiefeln barsten, suchten sie den Wald rings um das Lager der Rebellen nun schon seit Stunden nach den Kisten und Fässern ab, die hier versteckt sein sollten.

Sie waren nur wenige. Zehn an der Zahl. Tendor war vorsichtig. Mavin, sein Sohn, hatte jeden Einzelnen selbst ausgewählt und einer sorgfältigen Prüfung unterzogen. Anschließend hatte er sie zu absolutem Stillschweigen verpflichtet, sie zur Vorsicht gemahnt und ihnen geschildert, was zu tun war.

Was er ihnen erzählt hatte, war so unglaublich gewesen, dass die Männer zunächst am Verstand ihres Anführers gezweifelt hatten. Noch beim Aufbruch hatten sie gelacht und hinter vorgehaltener Hand Scherze über grüne Gespinste gemacht, die im Wald lauern sollten. Als sich ihnen dann wenig später die erste grün leuchtende Lichterscheinung genähert hatte, war ihnen das Lachen vergangen. Und obwohl sie sich im Feuer von Mavins Fackel funkensprühend aufgelöst hatte, war die Beklemmung geblieben. Die Männer hatten erkannt, dass Mavin keine Scherze gemacht hatte, und setzten die Suche nun mit doppeltem Eifer fort.

Die Fässer und Kisten, nach denen sie suchten, waren wohl verborgen, aber die Hinweise, die Zoltan Tendor gegeben hatte, leisteten ihnen gute Dienste. Schon bald hatten sie eine beachtliche Menge der gefährlichen Fracht entdeckt.

Während fünf Rebellen die Suche weiterführten, luden die anderen die Fundstücke auf einen Wagen. Die Zündschnüre wickelten sie sorgfältig auf und schafften alles zu einer von niedrigen Büschen bewachsenen Lichtung nahe dem Hochland. Hier luden sie die Kisten und Fässer ab und übergaben sie an fünf weitere Rebellen, die dort bereits auf sie warteten.

Es war eine mühsame und kräftezehrende Arbeit, aber die Männer gönnten sich keine Rast. Sie wussten um die Bedrohung, und die Furcht ließ sie die Müdigkeit vergessen. Tendor hatte einen Plan. Wenn dieser gelingen sollte, musste das Werk bis zum Abend vollendet sein.

»Was willst du?« Die tiefe, durchdringende Stimme eines Bewachers weckte Zoltan aus seinem unruhigen Schlaf. Angekettet an einen Pfosten, kauerte er in einem kleinen, eilig zusammengezimmerten Verschlag, der dem Heer als Arrestzelle diente.

Zoltan ballte die Fäuste und zerrte an den Ketten. Aber die Schmiede hatten ganze Arbeit geleistet, eine Flucht war unmöglich. Wütend hieb er mit der Faust gegen die Wand. Sein Zorn richtete sich jedoch nicht gegen die Krieger der Garde, sondern hauptsächlich gegen sich selbst.

Karadek bei seiner Rückkehr im Heerlager vorzufinden, war ein Schock gewesen, auf den er nicht vorbereitet gewesen war. Zu sehr hatte er sich auf dem Ritt zum Heerlager mit der Frage beschäftigt, wie er unter den vielen hundert Kriegern jene herausfinden sollte, die bereits besessen waren. Er hatte sich den Kopf darüber zerbrochen, wie er sie dazu bewegen konnte, das zu tun, was er von ihnen erwartete. Sein Plan, die Betroffenen als Stoßtrupp zusammenzustellen und als Vorhut unter einem Vorwand zum Rebellenlager zu schicken, wäre durchführbar gewesen. Doch mit dem Auftauchen Karadeks hatten sich die Pläne jäh zerschlagen.

Nun saß er schon seit Stunden in der primitiven Zelle und sann darüber nach, ob und wie er die Besessenen noch rechtzeitig auf den Weg bringen konnte.

»Ich bringe dem Kommandanten Wasser und etwas zu essen«, hörte er eine vertraute Stimme jenseits des Bretterverschlags sagen.

Sie gehörte dem Tamjiken, der ihm als Waldläufer schon so manches Mal gute Dienste geleistet hatte.

»Hat Karadek es erlaubt?«, knurrte der Posten.

»Hat Karadek befohlen, den Kommandanten verhungern und verdursten zu lassen?«, erwiderte der Tamjike.

Der Posten murmelte etwas Unverständliches.

»Na gut, wenn du die Verantwortung für sein Wohlergehen übernehmen willst …« Die unterschwellige Drohung in den Worten des Tamjiken war nicht zu überhören.

»Also schön«, lenkte der Posten ein. »Aber nur ganz kurz.«

Nur ganz kurz … Zoltan überlegte fieberhaft. Der Besuch des Tamjiken war vermutlich die einzige Gelegenheit, noch etwas zu bewirken. Er musste handeln, und zwar schnell. Kaum hatte er den Gedanken zu Ende geführt, da steckte der Tamjike auch schon den Kopf durch die Tür. »Ich bringe Essen und Wasser«, sagte er, legte einen Wasserschlauch auf den Boden, stellte eine Schüssel mit Brot und hartem Käse daneben und sah Zoltan an.

Zoltan hielt den Blick fest und atmete auf. Es lag kein grüner Schimmer darin. Der Tamjike nickte ihm zu und wollte wieder gehen, aber Zoltan hielt ihn zurück. »Warte«, befahl er knapp. »Hör mir gut zu – und keine Fragen.« Der Tamjike nickte. »Im Lager gibt es einige Gardisten, in deren Augen du einen grünen Schimmer erkennen kannst«, fuhr Zoltan so leise fort, dass der Posten vor der Tür es nicht hören konnte. »Suche dir ein paar davon und erzähle ihnen Folgendes: Zarife wird in der kommenden Nacht auf einer Lichtung nahe dem Hochland westlich des Rebellenlagers eine Zusammenkunft abhalten. Und sag ihnen: Zarife erwarte dort alle, die auf ihrer Seite kämpfen. Hast du das verstanden?«

Der Tamjike nickte erneut.

»Gut. Aber achte darauf, dass es niemand außer dem Betreffenden hört.«

»He, was redet ihr da!?«, rief der Posten von draußen.

»Ihm ist das Wasser zu schal«, antwortete der Tamjike.

»Schal?« Der Posten gab ein kehliges Grunzen von sich, das wohl ein Lachen sein sollte. »Er soll froh sein, dass er überhaupt etwas bekommt.«

»Ich habe verstanden.« Der Tamjike sagte das so laut, dass es sich wie eine Antwort anhörte. In Wirklichkeit aber galten die Worte Zoltan. Leise sagte er: »Verlasst Euch auf mich. Ich werde so tun, als hätte ich die Meldung irgendwo aufgeschnappt.«

»Raus jetzt! Sofort!«

»Ich komme schon!« Der Tamjike zwinkerte Zoltan zu und schlüpfte hinaus.

Zoltan sah ihm nach und seufzte. Er vertraute dem Waldläufer, war aber nicht sicher, ob sein Unterfangen Erfolg haben würde. Zu vieles mochte geschehen, das den Plan, der eigentlich gar keiner war, noch durchkreuzen konnte. Zu vage waren seine Vorstellungen davon, wie viele Gardisten tatsächlich schon in der Hand der fremden Mächte waren.

Zoltan seufzte und lehnte sich mit dem Rücken schwer an die Wand seines Gefängnisses. Zum ersten Mal in seinem Leben hatte er das Gefühl, versagt zu haben. Alles war schiefgelaufen, und das hatte er nicht zuletzt seiner eigenen Unaufmerksamkeit zuzuschreiben. Aber für Vorwürfe und Selbstmitleid war es zu spät. Er hatte getan, was er tun konnte. Das Wohl und Wehe Benizes lag, welch Ironie des Schicksals, nun allein in den Händen des Tamjiken – in den Händen eines Feindes.

Der Vormittag verstrich in endloser Eintönigkeit, die nur hin und wieder durch Geräusche aus dem Lager oder die knirschenden Schritte des Postens vor der Tür unterbrochen wurde. Zoltan versuchte zu schlafen, aber die Zelle war zu klein, um sich hinzulegen, und so war es immer nur ein kurzer Schlummer, der ihm ein wenig Vergessen bescherte.

Gegen Mittag unterlag der Nebel der Sonnenwärme und zog sich wie ein verletztes Tier in die Tiefen des Waldes zurück. Grelles Licht flutete durch die Ritzen und Spalten der Arrestzelle und ließ die winzigen Staubteilchen in der Luft golden aufleuchten. Mit dem Licht kam die Wärme. Sie vertrieb die Kälte der Nacht aus den klammen Gliedern, brachte aber auch ein neues Problem mit sich: Durst.

Vergeblich versuchte Zoltan, seine trockenen Lippen mit der Zunge zu befeuchten. Der Wasserschlauch, den der Tamjike ihm am Morgen gebracht hatte, war leer, das Brot und der Käse waren aufgegessen. Er hatte den Posten gebeten, ihm mehr Wasser zu bringen, doch dieser hatte nur eine spöttische Bemerkung fallen lassen und sich nicht weiter um ihn gekümmert. So blieb ihm nichts anderes übrig, als zu warten und zu hoffen, dass der Tamjike ihn nicht vergessen hatte und noch einmal zu ihm kommen würde.

Die Schatten der Bretter, aus denen der Verschlag errichtet worden war, wanderten langsam über den Boden. Zoltan versuchte zu ermessen, wie viel Zeit verstrichen sein mochte, aber es wollte ihm nicht so recht gelingen.

Irgendwann am frühen Nachmittag hörte er Pferde, die sich dem Verschlag näherten. Zügel klirrten, als jemand aus dem Sattel stieg und mit raschen Schritten auf die Zelle zukam.

»Nun, wie macht sich unser Gefangener?« Das war Karadek. Zoltan zuckte zusammen. Er hätte nicht erwartet, dass der Regent persönlich ihm einen Besuch abstatten würde, und befürchtete das Schlimmste.

»Er ist ruhig.« Der Posten trat mit dem Fuß kräftig gegen die Wand der Arrestzelle. »Hört Ihr? Der sagt keinen Mucks.«

»Ich hoffe doch, er weilt noch unter den Lebenden«, sagte Karadek.

»Vorhin bat er noch um Wasser.«

»Gut. Dann mach die Tür auf. Ich will sehen, wie es ihm geht.« Etwas raschelte, als sich der Posten an der Tür zu schaffen machte.

»Deine Ablösung wird jeden Augenblick hier sein«, hörte Zoltan Karadek zu dem Posten sagen. »Ich freue mich, dass auch du dich freiwillig für den Stoßtrupp gemeldet hast. Je mehr wir sind, desto besser. Die Rebellen werden sich wundern ...«

Karadek wollte noch etwas sagen, aber die Tür schwang bereits auf. So ließ er den Satz unvollendet, betrat die Zelle und fragte im Plauderton: »Nun, Zoltan, mein Freund, wie geht es dir?«

»Ich glaube nicht, dass es Euch wirklich interessiert«, knurrte Zoltan, ohne aufzusehen. »Und ich bin nicht länger Euer Freund.«

»Das ist wohl wahr.« Zoltan konnte Karadeks spöttisches Grinsen förmlich spüren. »Ich bin auch nur gekommen, um dir zu sagen, dass wir deinen Freunden, den Rebellen, gleich einen Besuch abstatten werden. Mir ist ein Gerücht zu Ohren gekommen, in dem es heißt, dass die Hohepriesterin Zarife heute Nacht zu ihren Anhängern sprechen will. Eine wunderbare Gelegenheit für einen Überraschungsangriff – findest du nicht?« Zoltan schwieg und tat, als hätte er an der Neuigkeit kein Interesse. Hinter seiner Stirn arbeitete es jedoch. Wie kam Karadek an diese Information? Hatte er dem Tamjiken nicht ausdrücklich gesagt, dass niemand außer den Genannten die Botschaft hören sollte? Was war geschehen?

»Na, willst du uns denn nicht wenigstens Glück wünschen?«, hörte er Karadek in seine Gedanken hinein sagen.

»Nein.« Mürrisch wandte Zoltan den Kopf, blickte den Regenten an und sog die Luft vor Schreck scharf durch die Zähne. Im Schatten des Verschlags waren die grün leuchtenden Pupillen von Karadeks Augen gut zu erkennen. »Wir sehen uns dann später«, hörte er den Regenten spöttisch sagen. »Nach dem Sieg.«

Die Sonne stand tief im Westen, als Manon, Aideen, Hákon und Bjarkar das Felsenrund erreichten, in dessen Mitte der Platz der Anrufung lag. Sie hatten ihre Pferde in sicherer Entfernung in einem Tal zurückgelassen, das vom Hügel nicht eingesehen werden konnte, und sich wie Diebe zu Fuß durch das Hochland geschlichen.

Obwohl sich hoch über ihnen auf dem Hügel nichts regte, waren sie vorsichtig. Die Monolithen gaben ihnen Deckung, aber sie verhinderten auch, dass sie einen Blick dahinter werfen konnten. Niemand vermochte zu sagen, was sie dort oben erwartete.

Unbehelligt erklommen sie den Hügel und folgten Aideen zu der Stelle, von der aus sie schon einmal die Vorgänge im Felsenrund beobachtet hatte. Während Bjarkar und Hákon den Blick wachsam über das Hügelland schweifen ließen, warf Aideen einen Blick durch den Felsspalt.

»Es ist niemand da!« Ihre Stimme klang fast ein wenig enttäuscht, als sie beiseitetrat, um Hákon hindurchsehen zu lassen.

»Und was nun?«, fragte Manon.

»Wir warten.« Bjarkar setzte sich ins Gras und lehnte sich mit dem Rücken an den Felsen.

»Ihr wartet. Ich sehe mich mal da drinnen um.« Noch ehe jemand etwas einwenden konnte, schlich Hákon auf den Eingang des Felsenrunds zu.

»Hákon!« Aideen wollte ihm nach, aber Bjarkar hielt sie zurück. »Er weiß, was er tut«, sagte er bestimmt. »Keine Sorge, die da unten werden ihn schon nicht bemerken.«

Aideen seufzte und blickte Hákon bangend nach, sagte aber nichts.

Aufmerksam spähte sie durch den Spalt. Es dauerte nicht lange, da sah sie Hákon in das Felsenrund treten. Mit einem raschen Blick vergewisserte er sich, dass er wirklich allein war. Dann ging er zur Feuerstelle und hielt prüfend die Hand über die Asche. Einige Augenblicke verharrte er. Dann stand er auf und trat vor den geschwärzten Stein, von dem Aideen behauptete, in ihm liege das Tor verborgen. Auch hier hielt er die Hände prüfend über das Gestein.

»... Bald werden wir ins Waldland ziehen und endlich wieder über Benize regieren.«

Hákon schien die Stimme in eben dem Augenblick zu hören, da auch die anderen sie vernahmen. Ruckartig fuhr er herum, hastete zum Ausgang und verschwand um eine Ecke, ehe die beiden Novizinnen, die mit Reisigbündeln auf dem Rücken den Pfad von den Höhlen der Hüterinnen hinaufkamen, ihn sehen konnten.

»Wo ist Hákon?« Manon warf Aideen einen besorgten Blick zu.

»Sie haben ihn nicht gesehen«, gab Aideen flüsternd zur Antwort, während sie beobachtete, wie die Novizinnen das Reisig über der Feuerstelle aufschichteten und sich daranmachten, ein Feuer zu entzünden.

»Ich würde zu gern wissen, was Zarife hier oben macht«, hörte sie eine der beiden sagen. »Tagaus, tagein geht sie allein hier hinauf. Angeblich um den Feldzug gegen unsere Feinde vorzubereiten. Aber nie ist hier auch nur eine Spur ihres Wirkens zu entdecken. Ist das nicht seltsam?«

»Sie wird schon wissen, was sie tut«, entgegnete die andere. »Du hast doch gehört, was sie heute Morgen gesagt hat. Bald ist alles bereit.« Sie schaute auf, sah ihre Freundin an und fragte: »Oder glaubst du nicht mehr an sie?«

»Natürlich!« Die Novizin stopfte trockenes Moos unter die Hölzer, nahm die Feuersteine zur Hand und schlug diese kräftig aneinander. »Ich war nur neugierig.«

»Es geht uns nichts an«, erwiderte die andere bestimmt. »Unsere Aufgabe ist es, das Feuer zu entfachen.« Sie verstummte und blies in die winzige Glut, die die Funken der Feuersteine auf dem Moos entfacht hatten. Kurz darauf sprang eine kleine Flamme in die Höhe, die rasch heranwuchs und immer mehr Nahrung fand.

Die Novizinnen warteten, bis das Feuer richtig brannte. Dann legten sie noch ein paar dicke Äste in die Flammen und wandten sich zum Gehen. Sie hatten den Platz eben verlassen, als im Eingang die Gestalten von zwei anderen Frauen erschienen. Die eine war kaum von den Novizinnen zu unterscheiden, die andere hingegen war in einen Umhang aus weißem Pelz gehüllt.

»Wer sind die beiden?« Hákon war zurückgekommen und warf einen kurzen Blick durch den Felsspalt.

»Zarife«, flüsterte Aideen. »Und Mel, ihre erste Beraterin.«

»Was tun sie?«, wollte Manon wissen.

»Mel schichtet dicke Holzscheite auf das Reisigfeuer der Novizinnen«, sagte Hákon leise. »Zarife steht vor dem geschwärzten Felsen und hat die Hände darauf gelegt. Sieht ganz so aus, als bereiteten sie eine neue Anrufung vor.«

»Das müssen wir verhindern.« Bjarkar stand auf und löste seine Axt vom Gürtel.

»Aber wie?« Aideen schaute die Männer besorgt an. Noch immer hatten die beiden kein Wort über ihre Pläne verloren, und sie fragte sich, was jetzt kommen mochte.

»Lass das nur unsere Sorge sein.« Hákon nahm seinen Bogen zur Hand und legte einen Pfeil auf die Sehne. »Ein Schuss sollte genügen, die Anrufung zu beenden, ehe sie begonnen hat.«

»Und falls es nicht klappt, habe ich ja noch die hier.« Bjarkar grinste und hielt seine Axt in die Höhe.

»Seid vorsichtig«, mahnte Aideen leise.

»Sie sind unbewaffnet, was soll schon passieren.« Bjarkar gab Hákon ein Zeichen. »Komm, lass es uns zu Ende bringen.«

Aideen sah den beiden nach, bis sie hinter den Felsen verschwanden. Ihr Plan war so einfach wie wirksam – wenn alles glattging.

Manon stand auf und stellte sich neben sie, um auch einen Blick durch den Felsspalt zu werfen. Sie war ein ganzes Stück größer als Aideen, sodass Platz genug für sie beide war. Mit angehaltenem Atem warteten sie darauf, was geschehen würde.

Es wurde dunkel, aber das Feuer auf dem Platz der Anrufung spendete genügend Licht, um das Geschehen gut zu erkennen. Mel widmete ihre Aufmerksamkeit noch immer dem Feuer, Zarife drehte ihr den Rücken zu. Die beiden schienen sich sehr sicher zu fühlen. Keine von ihnen machte Anstalten, den Eingang zu bewachen.

In ihrem mit weißem Pelz besetzten Umhang bereitete Zarife seelenruhig die nächste Anrufung vor. Sie stand vor dem geschwärzten Felsen, hatte beide Hände an den Stein gelegt und schien in eine tiefe Meditation versunken. In dem Riss, der durch den Felsen verlief, zeigte sich ein schwaches grünes Licht, das immer stärker wurde und sich schließlich wie die Strahlen eines widernatürlichen Sonnenaufgangs einen Weg durch den Spalt bahnte. Dieser vergrößerte sich langsam, bis Zarife ganz in das Licht getaucht dastand.

»Bei den Göttern. Sie sind zu langsam.« Aideen ballte die Fäuste. Sie musste handeln, sonst waren die Männer verloren. Ohne einen Gedanken an die eigene Sicherheit zu verschwenden, drehte sie sich um und eilte den Männern hinterher.

Manon blieb allein zurück. Sie war verwirrt und wusste nicht, was sie tun sollte. So beschloss sie zunächst einmal abzuwarten und das Geschehen weiter zu beobachten.

Als sie wieder durch den Felsspalt spähte, sah sie Hákon, der sich, einen Pfeil auf der Sehne, vor den Eingang gestellt hatte und auf Zarife zielte. Der Warnruf der Hüterin am Feuer kam zu spät. In tödlicher Genauigkeit flog der Pfeil auf Zarife zu. Manon sah den Triumph in Hákons Gesicht und hörte den entsetzten Schrei der Hüterin; da löste Zarife in einer blitzschnellen Bewegung den Arm von dem Felsen und streckte dem Pfeil gebietend die Hand entgegen. Dieser vollführte mitten im Flug eine scharfe Wendung und sauste so schnell auf Hákon zu, dass ein menschliches Auge es kaum zu erfassen vermochte.

Der Waldläufer bemerkte die Gefahr erst im allerletzten Augenblick. Er wollte dem Geschoss ausweichen, aber der Pfeil folgte der Bewegung und bohrte sich tief in seine Schulter. Manon unterdrückte einen Schreckenslaut, als sie Hákon vor Schmerz aufschreien hörte. Sein Schrei war jedoch nicht der einzige Laut, der die Stille des Abends in diesem Augenblick zerriss. Während Hákon verletzt zu Boden sank, sprang Bjarkar mit zornigem Gebrüll auf den Platz und schleuderte Zarife noch in der gleichen Bewegung seine Axt entgegen.

Manon ahnte, was geschehen würde, noch ehe sich die Axt zur Umkehr entschloss. Ein Wink Zarifes genügte, um die tödliche Waffe auf Bjarkar selbst zu richten. Dem Rebell blieb nicht die Zeit zu reagieren; nur Bruchteile von Sekunden, nachdem er die Waffe geschleudert hatte, riss die Axt eine klaffende Wunde in seinen Oberschenkel und fällte den hünenhaften Krieger wie einen Baum.

Manon schlucke schwer. Die beiden Männer kampfunfähig am Boden zu sehen, mit Wunden, die nicht nur schmerzhaft, sondern auch täuschend echt aussahen, war mehr, als sie ertragen konnte. Ihr Herz raste. Sie hatte furchtbare Angst, konnte den Blick aber nicht von dem Geschehen auf dem Platz abwenden.

Dort löste sich Zarife gerade von dem Felsen und schritt gelassen auf die Verwundeten zu. Die Flammen des Feuers schlugen hoch und verhinderten, dass Manon ihr Gesicht sehen konnte. Die Stimme hingegen erkannte sie sofort, als Zarife sagte: »Na, so was, wen haben wir denn da? Zwei törichte Rebellen, die glauben, mich mit ihren lächerlichen Waffen aufhalten zu können?«

Sandra! Manon überlief es eiskalt. Das war eindeutig Sandras Stimme. Aideen hatte recht gehabt. Sandra war Zarife. Was, zum Teufel, ging hier vor? Was hatte das zu bedeuten? Einen Augenblick lang klammerte sie sich an die Hoffnung, sich getäuscht zu haben, dann wandte Zarife sich der Hüterin am Feuer zu, und Manon konnte ihr Gesicht erkennen – Sandras Gesicht.

Im Arbeitszimmer des Rebellenführers war es still. Nur das Knistern des Feuers war zu hören. Tendor saß auf seinem Stuhl und beobachtete, wie die Nacht langsam Einzug im Wald hielt. Seine Miene zeugte von Entschlossenheit, tief in seinem Herzen aber fühlte er nur Trauer. Den ganzen Tag hatte er das Haus nicht verlassen und niemanden empfangen. Er wollte allein sein. Zu groß war die Ungewissheit, ob alles richtig bedacht worden war. Zu schwer lastete die Kenntnis um die Ereignisse der kommenden Nacht auf seinem Gewissen.

Es klopfte, und Mavin trat ein. »Wir sind bereit«, sagte er leise.

Tendor antwortete nicht. Schweigend starrte er weiter aus dem Fenster. Nicht die kleinste Regung verriet, dass er die Ankunft seines Sohnes bemerkt hatte.

»Vater?«, fragte Mavin vorsichtig.

»Wie viele?«

Mavin zögerte. Offenbar wusste er, dass die Antwort seinem Vater nicht gefallen würde. »Siebenhundert«, sagte er schließlich und fügte hastig hinzu: »Vielleicht auch ein paar weniger.«

»Bei den Göttern!« Tendor seufzte erschüttert. »Kinder?«, wollte er wissen.

»Eine Handvoll, mehr nicht.«

»Und selbst das sind noch zu viele.« Für einen Augenblick schien Tendors Entschlossenheit zu wanken. Dann fragte er: »Gardisten?«

»Etwa zweihundert.«

Tendor nickte nur.

»Vater?«

»Ich weiß.«

»Wir haben keine andere Wahl.«

Langsam wandte sich Tendor seinem Sohn zu. Er schien um Jahre gealtert. »Also gut«, sagte er. »Fangt an.«

Aideen hörte Hákon aufschreien und sah, wie Bjarkar, von der eigenen Axt getroffen, nur wenige Schritte entfernt schwer verletzt zu Boden sank. Verängstigt presste sie sich mit dem Rücken an die Felsen und überlegte fieberhaft, wie sie den Männern helfen könnte.

»Na, so was, wen haben wir denn da? Zwei törichte Rebellen, die glauben, mich mit ihren lächerlichen Waffen aufhalten zu können?«, hörte sie Zarife sagen.

Die Felsen nahmen ihr die Sicht; wenn sie sich reckte, konnte sie Bjarkar sehen. In ihrer Verzweiflung besann sie sich auf ihre besonderen Kräfte und wagte einen Versuch. Sie schloss die Augen und rief sich in Erinnerung, wie es im Felsenrund aussah: Da war das Feuer in der Mitte und der Riss in der Felswand, aus dem grünes Licht hervorströmte. Da waren Mel und Zarife und die beiden verletzten Männer …

Langsam formte sich im Geiste ein Bild, und was sie noch nie zuvor vermocht hatte, gelang: Vor ihrem geistigen Auge sah sie Zarife langsam auf die Männer zugehen. Hákon lag am Boden. Er biss die Zähne zusammen und presste die Hand auf die verletzte Schulter. Blut färbte sein Gewand tiefrot. Bjarkar versuchte verzweifelt, die Blutung an seinem Bein zu stillen, indem er den Oberschenkel mit beiden Händen fest zusammenpresste. Er war sehr blass und der Ohnmacht nahe.

»Ich sollte euch töten!«, hörte sie Zarife sagen und sah, wie ein bösartiges Lächeln die Lippen der Hohepriesterin umspielte. »Aber das wäre zu gnädig. Der Tod bedeutet nur ein winziges Stückchen Leid vor der Erlösung. Ihr aber werdet noch lange, sehr lange leiden.« Schwungvoll drehte sie sich um und schritt auf das halb geöffnete Tor zu. Noch einmal legte sie die Hände auf den Stein und sagte befehlend: »Zwei!«

Augenblicklich wurde das Leuchten stärker und gebar zwei grün schimmernde Lichtgebilde, die wie Rauch aus dem Spalt hervorquollen. Rechts und links neben Zarife schwebend, glitten sie auf Hákon und Bjarkar zu. »Nun, wie gefallen sie euch?«, fragte Zarife lächelnd. »Stattliche und mutige Krieger, wenn auch sehr töricht. Die Wunden sollten euch nicht stören. Ich werde sie verschwinden lassen, sobald ihr euch entschieden habt.« Die Lichtgebilde dehnten und streckten sich und wurden zu leuchtenden Schlangen. Sie wanden sich um Bjarkar und Hákon, suchend und tastend, als müssten sie erst prüfen, welchen Körper sie wählen wollten. Aideen sah die Furcht in den Augen ihres Bruders und hörte Bjarkar aufstöhnen. Die beiden wussten, was ihnen bevorstand. »Seht nur, wie erregt sie sind«, hörte sie Zarife spotten. »Wie sie voll sinnlicher Erwartung die Vereinigung herbeisehnen.«

Aideen zitterte am ganzen Körper. Sie wollte Hákon nicht verlieren, wollte nicht, dass auch er ein willenloses Werkzeug Zarifes wurde. Es gab nur einen Weg, ihm und Bjarkar zu helfen, aber sie zögerte, denn sie hatte Angst, furchtbare Angst vor dem, was sie tun musste.

Vor ihrem geistigen Auge sah sie die Männer ganz in grünes Leuchten gehüllt am Boden kauern. In ihren Augen flackerte Panik. Sie wussten, dass sie verloren waren.

Aideen war noch nie besonders mutig gewesen. Sie wusste, dass sie schnell sein musste und dass sie nur einen einzigen Versuch haben würde. Leise betete sie darum, nicht zu scheitern.

Mit einem Wutschrei löste sie sich aus dem Schutz der Felsen, stürmte auf den Platz hinaus und riss, ohne innezuhalten, einen brennenden Ast aus den Flammen. Noch ehe Mel begriff, was geschah, war sie schon auf dem Weg zu den beiden Männern.

»Halte sie auf!«, hörte sie Zarife schreien und sah aus den Augenwinkeln, wie die Hohepriesterin mit wutverzerrtem Gesicht die Arme hob. Violette Blitze züngelten zwischen den zu Klauen gekrümmten Fingern. Aber Aideen achtete nicht darauf. Sie hatte nur Augen für

Hákon, vor dessen Ohr die grüne Schlange schon zu einem dünnen Faden wurde.

In einem Akt der Verzweiflung streckte sie den Arm mit dem brennenden Ast vor, berührte das leuchtende Gebilde an seinem Ende und verwandelte es binnen eines Atemzugs in einen silbernen Funkenregen. Noch in der gleichen Bewegung wirbelte sie herum und setzte auch das Gebilde, das Bjarkar umfangen hielt, in Brand. Geschafft, dachte sie glücklich, als auch dieses in einem Funkenregen verging. Sie wollte ihrem Bruder etwas zurufen, als ein Schlag im Nacken sie jäh zu Boden schleuderte und das Bild vor ihren Augen auslöschte.

38

Mavin kauerte im Dickicht und beobachtete das Treiben auf der nur wenige Schritte entfernten Lichtung, wo sich zu dieser späten Stunde Hunderte von Menschen eingefunden hatten. Kein Nebel trübte die Sicht, aber das Bild, das sich ihm bot, war dennoch unheimlich und irgendwie falsch. Im fahlen Mondlicht standen Rebellen und Gardisten einträchtig nebeneinander, redeten und lachten oder fochten spielerisch kleine Kämpfe aus. Die Bewegungen passten oft nicht zu den Menschen, die sie ausführten. Er sah eine Frau, die sich wie ein ruppiger Krieger grölend auf die Schenkel schlug und obszöne Gesten machte, oder Jolfur, der sich vor einem kleinen Handspiegel mit damenhaften Bewegungen das zottige Haar kämmte.

Die junge Frau und das Mädchen, die mit ihrem Pferd und der Hüterin aus dem Hochland gekommen waren, lehnten lässig gegen einen Baumstamm und warfen mit ihren Messern zum Zeitvertreib auf ein Kaninchen, dem sie zuvor die Hinterläufe gebrochen hatten.

Die Stimmung war sonderbar, aber auch von Erwartung geprägt. Rebellen wie Gardisten warteten voller Ungeduld darauf, dass Zarife sich ihnen endlich zeigte. Einige wurden bereits unruhig. Rufe wurden laut, in denen die Unpünktlichkeit der Hohepriesterin beklagt wurde. Fäuste reckten sich, weil man glaubte, hereingelegt worden zu sein. Die Stimmung drohte zu kippen.

Mavin straffte sich. Er hatte schon früh gelernt, dass Freunde über Nacht zu Feinden werden konnten. Und wenn er auch mehr als der Hälfte derer, die sich hier versammelt hatten, einst freundschaftlich zugetan gewesen war, zögerte er nicht, seinen Männern den Befehl zu geben.

Der dreifache Ruf des Käuzchens war das Zeichen. Mavin legte die Hände an die Lippen, rief und lauschte darauf, wie sich der Laut rings um die Lichtung fortsetzte. Als links von ihm der Ruf ertönte, wusste er, dass alle bereit waren. Langsam, fast andächtig nahm er die Blende von dem Talglicht, das vor ihm am Boden stand, und hielt das Ende einer Lunte in die Flamme. Zuckend und zischend sprang das Feuer über und fraß sich an der Schnur entlang. Mavin ließ die Lunte fallen und beobachtete, wie sich die winzige Flamme funkensprühend ihren Weg durch das trockene Laub bahnte.

Eine Weile geschah nichts. Dann zerriss ein gewaltiger Knall die Stille des Waldes, als am anderen Ende der Lichtung das erste Fass des schwarzen Pulvers explodierte, welches die Magier aus Torpak eigens für den Feldzug gegen die Tamjiken hergestellt hatten. Die Stichflamme war so hell, dass Mavin geblendet die Augen schloss. Auf der Lichtung brach Panik aus. Die Menschen liefen brüllend durcheinander. Die Schreie der Verletzten gellten durch die Nacht.

Als Mavin die Augen wieder aufschlug, sah er, dass die Baumkronen über dem Fass Feuer gefangen hatten. Die ganze Lichtung war hell erleuchtet. Die Menschen versuchten zu fliehen, aber es war zu spät. Dem ersten Fass folgten sogleich die anderen Fässer und Kisten, die er mit seinen Männern inmitten der Lichtung und an ihrem Rande versteckt hatte. Unter lautem Krachen und Knallen barsten die Behältnisse, schleuderten ihre tödliche Fracht hoch in die Luft und setzten augenblicklich alles in Brand.

Nur Bruchteile von Augenblicken, nachdem das erste Fass explodiert war, war die gesamte Lichtung in einen dichten Ring aus Flammen gehüllt, aus dem es kein Entkommen gab. Mavin hörte die Eingeschlossenen schreien und die Pferde in Panik wiehern, schriller, schrecklicher und grauenhafter, als ein Mensch es sich in seinen schlimmsten Albträumen vorstellen konnte. Er hielt sich die Ohren zu, doch damit vermochte er die Schreie nicht auszusperren. Sehen konnte er nichts. Das Feuer war zu grell, und die enorme Hitze zwang ihn, immer weiter in den Wald zurückzuweichen. Überwältigt und erschüttert zugleich, starrte er auf das Grauen, das sich vor seinen Augen abspielte. Er wusste, dass er das Richtige getan hatte, aber er wusste auch, dass er die Schreie, den Anblick und den bestialischen Gestank niemals würde vergessen können.

Zoltan konnte den Himmel, der im Norden wie bei einem mitternächtlichen Sonnenaufgang erstrahlte, nicht sehen, aber er hörte die Donnerschläge in der Ferne und spürte die leichten Erschütterungen, die die Explosionen durch den Boden jagten.

Erleichtert lehnte er sich an die Wand des Verschlags und barg das Gesicht in den Händen. Tendor hatte seinen Worten Taten folgen lassen. Das war mehr, viel mehr, als er zu hoffen gewagt hatte. Bis zum Schluss war er skeptisch gewesen, ob Tendor Wort halten würde. Waren es doch hauptsächlich seine eigenen Männer, die er auf so grausame Weise in den Tod schicken musste. Bis zum Schluss hatte er mit sich gehadert, ob es richtig gewesen war, dem Anführer der Rebellen seinen Plan und die möglich Lage der Öl- und Pulverfässer zu verraten. Immerhin war nicht auszuschließen gewesen, dass dieser sie an sich nehmen und gegen Torpak verwenden würde. Und bis zum Schluss hatte er daran gezweifelt, dass die Botschaft, die er durch den Tamjiken hatte verbreiten lassen, den gewünschten Erfolg haben würde.

Zoltan atmete tief durch. Es war vorbei. Das Bangen hatte ein Ende. Im Lager hörte er die Gardisten jubeln, die von dem Spektakel erwacht waren und vermutlich glaubten, es sei das Lager der Rebellen, das dort in Flammen aufging. Ihnen und den Kommandanten würde er am kommenden Morgen einiges zu erklären haben. Zoltan zweifelte nicht daran, dass man ihn freilassen würde.

Wenn die Wahrheit bekannt wurde, würden die Kommandanten vermuten, dass die Rebellen Karadek in einen Hinterhalt gelockt hatten, und ihm dazu Fragen stellen. Das zu widerlegen würde nicht ganz einfach sein, aber Zoltan war sicher, dass er auch das noch bewältigen würde. Er hatte Freunde im Heer. Viele Freunde.

Die Botschaft von Karadeks Tod würde nur die wenigsten traurig stimmen. Sie würden nach einem neuen fähigen Anführer suchen und sich vermutlich an ihn wenden. Zoltan grinste. Er fühlte sich bereit, sich der Aufgabe zu stellen, bereit, endlich Frieden in Benize einkehren zu lassen – sofern es Tendors Leuten gelang, auch Zarife zu besiegen.

Starr vor Entsetzen musste Manon mit ansehen, wie Zarife nach Hákon und Bjarkar auch Aideen außer Gefecht setzte, indem sie ihr eine geballte Ladung zuckender Blitze in den Rücken schleuderte. Der Kampf und das Leid ihrer Begleiter wirkten so echt, dass sie für einen Augenblick an ihrer sorgsam gepflegten Reality-Show-Theorie zweifelte. Andererseits war es aber auch irgendwie logisch, dass sie jetzt gefordert werden würde. Wo, wenn nicht hier, sollte sie sich beweisen und die Welt retten, wenn alles verloren schien?

Was sie dabei irritierte, war, dass sie nicht irgendeinem finsteren Gegner gegenüberstand, sondern Sandra selbst. Was war das nur wieder für eine verrückte Idee?

Als sie durch den Felsspalt blickte, sah sie, wie Zarife erneut zum Tor ging, vermutlich um weitere Lichtgestalten zu beschwören. Es war nicht schwer zu erraten, dass es diesmal drei sein würden. Manon wusste, dass sie handeln musste. Von allen, die aufgebrochen waren, war nur noch sie übrig geblieben.

Handeln, ja. Aber wie? Sie hatte ja nicht einmal eine Waffe, mit der sie dieser Zarife zumindest hätte drohen können, auch wenn sie diese niemals einsetzen würde. Und so ein Streich wie Aideen, die die Lichter einfach verbrannt hatte, würde ihr vermutlich nicht ein zweites Mal gelingen. Blieb also nur eines übrig, das sie tun konnte. Sie musste verhindern, dass Zarife die Lichtwesen anrief.

So schnell sie konnte, rannte Manon um die Felsen herum zum Eingang des Platzes. Sie hatte Angst, unterdrückte diese aber mit dem Gedanken, dass das alles hier ja nicht echt war. Wie würde sie am Ende dastehen, wenn sie sich hier feige hinter den Felsen versteckte, während die anderen scheinbar in Lebensgefahr schwebten. Ungeachtet der Gefahr hatten sich Bjarkar, Hákon und Aideen Zarife entgegengeworfen, und genau das wurde sicher auch von ihr erwartet.

Außerdem: So gefährlich die Zweikämpfe auch ausgesehen hatten, im Grunde konnte ihr nichts passieren. Alles, was sie tun musste, war, ein wenig den Helden zu spielen und zu verhindern, dass diese Zarife die Welt in Finsternis stürzte. Wie sie das anstellen sollte, war ihr immer noch nicht klar. Zunächst einmal setzte sie einfach auf den Überraschungseffekt.

Ohne anzuhalten, hielt sie auf den Platz zu, blieb zwischen Hákon und Bjarkar stehen, stemmte die Hände in die Hüften und rief: »Schluss damit. Es ist genug. Du wirst nicht noch mehr Unheil über dieses Land bringen.« Das klang doch nun wirklich sehr heldenhaft. Auf den Satz war Manon richtig stolz.

Zarife hatte gerade die Hand an den Felsen gelegt, um ihre Verbündeten anzurufen, hielt aber mitten in der Bewegung inne und fuhr herum. »Du!«, fauchte sie mit zornig funkelnden Augen. »Ich dachte, du bist längst tot.«

»Nun, wie du siehst, lebe ich noch.« Manon bemühte sich, locker zu klingen, aber eine unbestimmte Furcht ließ ihre Stimme wanken. Zarife Auge in Auge gegenüberzustehen, war etwas ganz anderes, als sie aus dem Schutz der Felsen heraus zu beobachten. Sandra spielte ihre Rolle als Bösewicht wirklich perfekt, das musste man ihr lassen. Aber Manon war entschlossen, eine mindestens ebenso gute Figur zu machen. Auf keinen Fall wollte sie in diesem Finale patzen.

Manon!

Sandra entdeckte ihre Freundin im selben Augenblick wie Zarife. Neben der eigenen Freude, Manon so unverhofft lebend wiederzusehen, spürte sie die Überraschung Zarifes und deren Zorn darüber, schon wieder gestört zu werden. Seit Zarife das Kommando über ihren Körper übernommen hatte, waren einige Tage vergangen, Tage, in denen Sandra sich immer wieder vergeblich gegen die fremde Wesenheit aufgelehnt hatte, in denen sie aber auch Zeit gehabt hatte zu lernen.

Sie wusste, dass es Zarife schwächte, ihren Widerstand zu unterdrücken. So war es nicht zuletzt auch ihr Verdienst, dass sich Zarife mit dem Öffnen des Tors so schwer tat. Sie wusste aber auch, dass ihre eigenen Kräfte begrenzt waren. Zarife hatte ständig an Macht gewonnen. Nur selten gelang es ihr, sich länger als ein paar Minuten gegen ihre dunkle Seite aufzulehnen – ein Kraftakt, für den sie mit stundenlanger Erschöpfung bezahlte.

Inzwischen kannte sie Zarifes Launen wie ihre eigenen und wusste auch deren Reaktionen daraus abzuleiten. Die langsame Art, in der Zarife sich gerade bewegte, und die Art, wie sie ihre Worte wählte, ließen nur einen Schluss zu: Manon war in höchster Gefahr. In Lebensgefahr. Zarife wirkte beherrscht, war in Wirklichkeit aber außer sich vor Wut und würde nicht zögern, sie zu töten.

Ich muss sie warnen, dachte Sandra, während sie begann, sich in ihren Fesseln zu winden. Sie muss fliehen. Sofort. Sonst ist es zu spät.

»Du kannst mich nicht aufhalten.« Langsam und drohend kam Zarife auf Manon zu. Um ihre Finger züngelten leise knisternd violette Blitze. »Du nicht und auch diese Versager hier nicht, denen du dich angeschlossen hast. Ich weiß nicht, wie es dir gelungen ist, den Schattenwölfen zu entkommen, aber das ist auch nicht mehr wichtig, denn hier und jetzt endet dein närrischer kleiner Ausflug nach Benize.« Sie riss die Arme in die Höhe, um Manon mit wuchtigen Blitzschlägen zu Fall zu bringen, aber diese war darauf vorbereitet und rettete sich mit einem gewagten Sprung zur Seite. Zarife gab einen zornigen Laut von sich, stockte dann aber und schien für einen Augenblick mit sich selbst beschäftigt zu ein. Die Ablenkung dauerte jedoch nicht lange. Dann wandte sie Manon wieder ihre volle Aufmerksamkeit zu. »Du«, zischte sie böse und hob die Arme zu einem erneuten Schlag. »Du glaubst wohl, du hast das Glück gepachtet.«

Aus den Augenwinkeln sah Manon eine Bewegung im Feuerschein. Es war die andere Hüterin, die sich ihr näherte. Vermutlich, um Zarife zu helfen. Manon blieb ganz ruhig stehen und tat, als bemerke sie nicht, dass die junge Frau sich von hinten anschlich. Erst als Zarife zu einem neuerlichen Schlag ausholte, fuhr sie herum, verpasste der deutlich kleineren Hüterin mit dem angewinkelten Arm einen kräftigen Schlag gegen die Schläfe und zog sie wie einen Schild vor sich. Knisternd schlugen Zarifes Blitze in den Körper der Hüterin ein, die sich zuckend aufbäumte. Der Geruch von verbranntem Fleisch streifte Manons Nase. Angewidert gab sie die Hüterin frei. Diese gab einen ächzenden Laut von sich und taumelte noch ein paar Schritte vorwärts. Dann brach sie zusammen und rührte sich nicht mehr.

»Du solltest dir deine Bodyguards besser auswählen«, kommentierte Manon die misslungene Aktion spöttisch. Ein Punkt für mich, dachte sie bei sich und freute sich über die treffende Bemerkung. Der Sieg über die Hüterin war fast zu leicht gewesen, andererseits erschien es ihr aber auch völlig logisch, dass die Handlanger des Bösen sich tölpelhaft anstellten. Schließlich musste am Ende ja das Gute gewinnen, weil die Zuschauer das so erwarteten.

»Du!« Zarife war außer sich. Ihre Hände und Arme waren nun ganz in ein zuckendes violettes Gewirr gehüllt. Manon konnte förmlich spüren, wie die Kräfte darin mit jeder Sekunde weiter anschwollen. Furchtsam wich sie zurück, ließ Zarife aber nicht aus den Augen. Bisher hatte sie viel Glück gehabt, aber das würde nicht ewig währen. Die Hohepriesterin folgte ihr mit kaltem Lächeln; während sie ihr zuckende Blitze vor die Füße schleuderte, drängte sie Manon quer über den Platz, bis diese das kühle Felsgestein im Rücken spürte.

Schwer atmend blieb Manon stehen. Sie saß in der Falle. Zarife stand vor ihr; einen wilden Triumph im Blick, schien sie sich an ihrer Hilflosigkeit zu weiden, während Hákon und Bjarkar das Geschehen von der anderen Seite des Platzes aus beobachteten.

Sie können mir nicht helfen, schoss es Manon durch den Kopf. Niemand kann mir helfen. Ich habe verloren.

Irgendwie war sie immer noch davon überzeugt, dass sich die ganze Sache spätestens jetzt auflösen müsste. Dass jeden Augenblick jemand kommen und: »Schluss! Aus!« rufen würde. Dass grelle Scheinwerfer aufflammten und endlich den Blick auf all die Leute freigeben würden, die für solch eine Fernsehproduktion unerlässlich waren. Sandra würde lachen und sie in die Arme schließen, und sie selbst würde erleichtert sein. Dann würde man ihr erklären, dass alles nur ein großer Spaß gewesen sei.

Manon wartete. Ihr Blick irrte umher. Suchte, hoffte, bangte. Doch vergebens, keine Scheinwerfer flammten auf. Niemand kam, und niemand rief: »Schluss! Aus!«

»Zeigt euch endlich!« Manon spürte, wie das Entsetzen mit eisigen Klauen nach ihr griff. »Helft mir! Verdammt noch mal, wo seid ihr denn?« Doch ihre Rufe verhallten ungehört.

Sandra tobte. Wie eine Löwin kämpfte sie gegen ihre Peinigerin an. Manon schwebte in höchster Gefahr, schien den Ernst der Lage aber nicht zu erkennen. Sie musste ihr helfen, musste sie retten – irgendwie. Wie eine Furie wütete sie in ihrem Gefängnis, versuchte die Fäden zu zerreißen, die sie hielten, und kämpfte gegen Zarifes Willen an, der sie unbarmherzig niederdrückte. Zarife war jetzt viel stärker als bei dem ersten Versuch, Manon zu töten. Panik stieg in Sandra auf, als sie erkannte, dass ihre Kräfte diesmal nicht ausreichen würden, sich gegen ihre dunkle Seite zu behaupten. Alles, was sie tun konnte, war, Zarifes Kräfte durch ihren Widerstand ein wenig zu schmälern, in der Hoffnung, dass Manon die Gefahr endlich erkannte und die Flucht ergriff.

»Manon, lauf!«, schrie sie aus Leibeskräften. »Flieh doch!« Aber ohne Stimme erreichten die Worte ihre Freundin nicht.

Manon fühlte sich der Panik nahe.

Was war hier los? Wieso tat niemand etwas, um diesen Irrsinn zu verhindern? Wieso kam ihr niemand zu Hilfe? Für einen Augenblick blitzte hinter ihrer Stirn der Gedanke auf, dass die Show vielleicht erst mit dem Tod eines der Hauptdarsteller zu Ende war. Aber diesen Gedanken verdrängte sie schnell wieder, denn er steigerte ihre Angst ins Unermessliche.

»Hör auf damit, Sandra.« In ihrer Furcht raffte Manon all ihren verbliebenen Mut zusammen und sprach ihre Freundin direkt an. Ihr Tonfall hatte etwas von einem Psychiater, der mit einem Geisteskranken redet. »Komm, lass den Blödsinn und nimm Vernunft an. Ich weiß nicht, was hier gespielt wird, aber Freundinnen sollten nicht gegeneinander kämpfen.«

»Ich bin nicht deine Freundin!«, zischte Zarife.

»Unsinn, das sehe ich doch. Du bist Sandra. Wer sonst?« Obwohl sie weiche Knie hatte, gelang Manon ein Lächeln. Es hatte ganz den Anschein, als sei Sandra verwirrt und glaubte jemand anders zu sein. Dass sie mit ihr redete, wertete sie jedoch als einen Schritt in die richtige Richtung. »Erkennst du mich nicht? Ich bin es, Manon. Deine beste Freundin.«

»Sandra ist tot«, stieß Zarife hervor. Sie wirkte immer noch zornig, aber auch irgendwie verkrampft, als gäbe es noch etwas anderes, das ihre Aufmerksamkeit forderte. »Ich weiß, dass du meine Pläne durchkreuzen willst. Dafür wirst du sterben.« Sie hob die Hände, aber irgendetwas hielt sie zurück, denn sie ging nicht sofort zum Angriff über.

Manon, lauf!

Für den Bruchteil eines Augenblicks glaubte Manon, Sandras Stimme zu hören. Irgendwo, körperlos. Hektisch schaute sie sich nach einer Fluchtmöglichkeit um, aber im Felsenrund gab es nichts, das ihr Deckung bieten konnte. Auch wagte sie es nicht, Zarife den Rücken zuzudrehen. Aideens Schicksal war ihr eine Warnung. Manons Herz klopfte wie wild. Irgendwo tief in sich hörte sie eine Stimme wispern, dass sie einem Irrtum aufgesessen war. Einem fatalen, tödlichen Irrtum. Was immer hier ablief: Eine Show war es nicht.

Zarife zögerte noch immer. Das violette Licht um ihre Arme pulsierte heftig. Alles schien bereit für den vernichtenden Schlag. Zarife selbst aber wirkte unkonzentriert. Ihre Aufmerksamkeit schien nach innen gerichtet zu sein, und so blieb der Angriff zunächst noch aus.

Manon stand wie erstarrt. Vor lauter Angst, dass eine unbedachte Bewegung diesen Angriff auslösen könnte, wagte sie kaum zu atmen. Ihr Blick irrte umher, in der Hoffnung, irgendetwas zu finden, das sie retten könnte. Doch wohin sie auch blickte, war da nur nackter Fels, Sand und ...

Eine Bewegung in einem Felsspalt kaum einen halben Meter neben ihrem Arm ließ sie erstarren. Im flackernden Feuerschein erkannte sie eine große haarige Spinne, die sich, träge von der nächtlichen Kälte, in dem Spalt bewegte. Eine Spinne! Manons Gedanken überschlugen sich. Das Tier war ihre Rettung, sie musste es nur noch erreichen.

»Aideen! Wach auf, Aideen!«

Jemand rüttelte Aideen energisch an der Schulter.

Aideen kam nur langsam zu sich. Ihr Rücken brannte wie Feuer, und sie wünschte sich die Ohnmacht zurück, die sie den Schmerz vergessen ließ.

»Aideen, schnell!« Das war Hákons Stimme. Ihr Bruder saß neben ihr, den Pfeil noch immer in der Schulter, den Arm von Blut getränkt, und rüttelte sie mit der gesunden Hand wach. »Kannst du laufen?«, fragte er, als er sah, dass sie die Augen geöffnet hatte. Aideen schüttelte den Kopf. Die Schmerzen im Rücken raubten ihr den Atem.

»Du musst! Reiß dich zusammen. Ich kann mich kaum bewegen, der Pfeil ...« Ein Schmerzlaut beendete den Satz, aber er holte tief Luft und fuhr fort: »Bjarkar hat das Bewusstsein verloren. Er wird verbluten, wenn wir ihm nicht bald helfen. Hier.« Er drückte Aideen sein Messer in die Hand. »Hilf Manon«, drängte er. »Hilf ihr, sonst ist alles verloren.«

Aideen blickte auf und sah Zarife vor Manon auf der anderen Seite des Platzes stehen. Das Bild vor ihren Augen verschwamm immer wieder, aber sie verstand. Das Messer fest in der Hand haltend, nickte sie ihrem Bruder zu, biss die Zähne zusammen und kam schwankend auf die Beine.

Sandra spürte, wie ihre Kräfte schwanden, aber sie gab nicht auf. Sie wusste, dass Manon verloren war, wenn sie Zarife nicht mehr ablenken konnte, sie wusste aber auch, dass es nur mehr eine Frage von Minuten war, bis Zarife sie in ihr Verlies zurückschleuderte. Verzweifelt klammerte sie sich an die Hoffnung, dass Manon die Flucht doch noch gelingen würde. Die aber stand noch immer reglos am Felsen und machte keine Anstalten zu fliehen.

Manon.

Sandra heulte gequält auf. Ihrer Freundin in der Not so nahe zu sein und ihr nicht helfen zu können, war grausamer als alles, was sie bisher erlebt hatte. Wenn sie ihr doch nur ein Zeichen geben könnte. Eine Geste, ein Wort, irgendetwas ...

Sie spürte, dass Zarife die Entscheidung suchte. Ihr dunkles Ich holte zum Schlag gegen sie aus, und Sandra wusste, dass sie diesem nichts mehr würde entgegensetzen können. Als die Welle aus Hass und Bosheit, die Zarife gegen sie richtete, durch den Körper flutete und sie mit sich fortriss, gab Sandra auf. Sie wusste, es war vorbei. Es gab nichts mehr, das sie noch tun konnte. Nicht für Manon und auch nicht für sich selbst.

»Weißt du nicht mehr, wie wir einmal im Winter um den Latinger See gelaufen sind und du in eine Schneewehe gestürzt bist? Oder als wir als Kinder Frösche fangen wollten und du mich in den Teich gestoßen hast?« Manon redete ununterbrochen, während sie sich fast unmerklich am Fels entlang auf den Spalt mit der Spinne zuschob.

»Schweig!« Zarife schleuderte ihr einen zuckenden Blitz entgegen, der ihr die Haare versengte. Sie schien das innere Ringen gewonnen zu haben, denn die Blitze gewannen wieder an Kraft. Die Luft knisterte vor Energie.

Manon wartete nicht länger. Ekel und Abscheu unterdrückend, griff sie in die Felsspalte, umklammerte den haarigen Spinnenleib und schleuderte Zarife das handtellergroße Tier entgegen.

Die Spinne prallte gegen Zarifes Gewand und krallte sich dort erschrocken auf der Brust fest, zu träge und zu überrascht, um fortzukrabbeln.

Im ersten Augenblick begriff Zarife gar nicht, wie ihr geschah, dann erkannte sie die Spinne und gab einen erstickten Laut von sich. Die violetten Blitze erloschen schlagartig, und sie ließ die Arme sinken. Ihr Atem ging heftig und stoßweise. Es schien, als hätte sie die Welt um sich herum vergessen, als gäbe es für sie nur noch eines: die riesige haarige Spinne auf ihrem Gewand.

Manon zögerte nicht und floh. So schnell sie konnte, lief sie über den Platz. Fort von Zarife, fort von diesem Ort, an dem so viel Schreckliches geschehen war.

Aideen kam ihr entgegengestolpert, den Blick fest nach vorn gerichtet. Das Gewand auf ihrem Rücken hing in Fetzen, die Haut darunter war verkohlt, aber sie schien die Schmerzen nicht zu spüren. Ohne Manon auch nur eines Blickes zu würdigen, rannte sie auf Zarife zu, eine blitzende Klinge in den Händen.

Die Furcht hatte Manon fest im Griff, und so dauerte es einige Herzschläge, bis sie begriff, was das zu bedeuten hatte:

Sandra würde sterben. Jetzt, hier und so real, wie es in dieser furchtbaren Welt nur möglich war. Manon hielt mitten im Lauf inne. Sie wollte kehrtmachen, wollte Sandra warnen, aber es war bereits zu spät.

»Nein!« Ihr Schrei gellte durch die Nacht, als sie sah, wie Aideen Sandra erreichte und ihr das Messer unter Aufbietung aller Kräfte mit beiden Händen zwischen die Schulterblätter rammte.

»Nein! O mein Gott, Sandra!« Manon schluchzte auf.

Sie sah, wie Zarife sich umdrehte. Das Gesicht – Sandras vertrautes Gesicht – zu einer grauenhaften Fratze entstellt, ging sie mit bloßen Händen auf Aideen los. Diese wich ihr taumelnd aus, zog einen brennenden Stock aus dem Feuer und setzte Zarifes Gewand damit in Flammen.

»Neiiiiin!« Manon rannte los.

Zarife schrie und schlug mit den Händen nach den Flammen. Aber vergeblich. Binnen weniger Augenblicke brannte ihr Gewand lichterloh. Wie eine menschliche Fackel taumelte sie über den Platz, schreiend und kreischend in einem nicht enden wollenden Martyrium aus Flammen.

»San-draaa!« Starr vor Entsetzen hielt Manon inne und starrte auf das Feuer. Ihre Freundin starb auf grausamste Weise, und sie konnte nichts dagegen tun – gar nichts. Unter Tränen sah sie Zarife-Sandra auf das Feuer zutaumeln. Sie stolperte über die Scheite, verlor das Gleichgewicht und stürzte funkenstiebend mitten in die Flammen hinein.

Ein grauenhafter Laut, den keine menschliche Kehle hervorzubringen vermochte, gellte über den Platz, während der Geruch nach verbranntem Fleisch die Luft erfüllte und das Licht in dem Felsspalt erstarb.

Dann wurde es still.

»Wie geht es Bjarkar?«

»Er hat viel Blut verloren.«

»Wird er durchkommen?«

»Das wissen allein die Götter.«

»Was ist mit der anderen?«

Seufzen. »Mel? Wir konnten nichts mehr für sie tun.«

»Das tut mir leid. Sie war eine Freundin von dir, nicht wahr?«

»Früher.«

Manon saß auf dem Hügel der Anrufung, die Felsen im Rücken, und ließ die Worte, die Hákon und Aideen miteinander wechselten, an sich vorbeiziehen, ohne wirklich zuzuhören.

Ihr Blick ruhte auf dem gewaltigen Schein, einer Feuersbrunst im Süden, der den Himmel in diesen letzten Stunden der Nacht glutrot färbte. Sie wusste nicht, was dort brannte, aber es war ihr auch gleichgültig.

Aideen hatte mit den seltsamen Elementargeistern gesprochen. Diese hatten ihr versichert, das Feuer zu löschen, ehe es noch mehr Unheil anrichten konnte. Wenn man genau hinsah, konnte man im Süden bereits Gewitterwolken erkennen, die sich am Nachthimmel auftürmten – zum Dank dafür, dass es Aideen und Hákon gelungen war, Zarife aufzuhalten.

Zum Dank. Manon schluchzte auf. Zum Dank dafür, dass sie Sandra getötet hatten.

Sie schluckte schwer. Sandra war tot. Nichts und niemand würde sie jemals wieder zurückbringen. Es war kein Spiel und keine Fernsehshow gewesen. Es war real. Alles hier war real. So real wie Manons Leben vor dem Besuch in Newgrange gewesen war. So real wie Sandras Tod.

Aideen hatte versucht, ihr alles zu erklären. Sie hatte von den beiden Welten gesprochen, von einem Tor dazwischen, von den Simions und von Zarife, die angeblich in Sandras Körper wiedergeboren worden war und deren altes Ich vernichtet hatte. Manon hatte nicht einmal die Hälfte davon verstanden, und sie war sich auch nicht sicher, ob sie es verstehen wollte.

Sie fühlte sih leer und ausgebrannt, entwurzelt, verzweifelt und unendlich traurig. Ihr Leben war zerstört, alle Ziele und Pläne verloren. Glaubte man Aideen, saß sie in dieser Welt fest, da die Tore für immer geschlossen waren.

Manon seufzte und nahm einen Stock zur Hand. Morgen würden die Hüterinnen das Hochland verlassen, und sie würde mit ihnen gehen. Wohin, war ihr gleichgültig. Nirgends gab es Orte, die ihr etwas bedeuteten. Nirgends jemanden, der auf sie wartete. Sie musste ihr Leben neu beginnen und lernen, mit der Schuld zu leben, die sie auf sich geladen hatte.

Langsam, fast andächtig, zeichnete sie mit dem Stock vier Buchstaben in den weichen Sand zu ihren Füßen.

ENDE

Auch wenn dies kein Film und keine Fernsehshow war, erschien ihr das magische Wort am Schluss alter Filme, bei dem man sich noch schnell eine Träne aus den Augenwinkeln wischte, ehe das Licht anging, irgendwie passend. Der Vorhang war gefallen, nun musste sie nur noch auf das Licht warten.

»Es gibt kein Ende, solange du es nicht selbst verursachst.« Aideen war neben sie getreten. »Bis dahin ist es nur ein Ausatmen für einen neuen Anfang.«

... ein Ausatmen für einen neuen Anfang. Manon sah nicht auf, aber die Worte berührten sie, und sie spürte, dass trotz allem nicht nur Verzweiflung in ihr herrschte. Tief in ihrem Innern war sie bereit, die Herausforderung anzunehmen und sich auf ihr neues Leben einzulassen. Noch war es ein schwaches Gefühl, die Trauer übermächtig, aber es würde wachsen.

Entschlossen wischte Manon mit dem Fuß die Buchstaben fort. Es war nicht ihre Art, zu warten, bis das Licht anging. Sie würde es selbst entzünden – auch ohne Streichhölzer.